GUANDA NOIR

Questa è un'opera d'invenzione. I luoghi sono ovviamente reali, mentre fatti e personaggi sono frutto della fantasia dell'autore o sono utilizzati nella finzione narrativa.

In copertina: illustrazione di Giancarlo Caligaris
Grafica: Giovanna Ferraris/*the*World*of*DOT
Progetto grafico: *the*World*of*DOT

ISBN 978-88-235-2970-0

Gruppo editoriale Mauri Spagnol
www.guanda.it

GIAN ANDREA CERONE

IL TRATTAMENTO DEL SILENZIO

UGO GUANDA EDITORE

Tre persone possono mantenere un segreto, se due di loro sono morte.

BENJAMIN FRANKLIN

Faceva sì che tutti, piccoli e grandi, ricchi e poveri, liberi e schiavi ricevessero un marchio sulla mano destra e sulla fronte; e che nessuno potesse comprare o vendere senza avere tale marchio, cioè il nome della bestia o il numero del suo nome. Qui sta la sapienza. Chi ha intelligenza calcoli il numero della bestia: essa rappresenta un nome d'uomo. E tal cifra è seicentosessantasei.

La Sacra Bibbia, Apocalisse 13:16-18

Prologo

La prima volta percepisce una rugginosa frizione di metallo contro metallo. Poi il suono si trasforma in uno stridio feroce, come un artiglio che raschia una superficie d'acciaio. Il sibilo viene da fuori, da qualche lontano anfratto nel parco della villa.

Il vecchio si arrende alla curiosità, alza il viso dalle pagine consunte e rimane in ascolto. Il mento aguzzo puntato verso l'alto, le mascelle serrate, gli occhiali in equilibrio sul naso aquilino. In quell'istante inizia il concerto della pioggia. Tutto si fa ovattato.

Si sente soltanto il battito delle gocce contro le grandi vetrate della biblioteca.

Nient'altro.

Un lampo improvviso squarcia la notte illuminando le cime degli alberi, il muro di cinta si trasforma in un pallido fondale su cui si stagliano i profili dei tronchi. Poi il rombo del tuono si porta via tutto, risucchiando ogni altro rumore e lasciando la stanza in un tempo sospeso.

La pioggia si fa ancora più intensa.

L'anziano studioso chiude le fragili pagine della cinquecentina con un gesto delicato, si sfila i guanti di cotone bianco e, dopo aver spento la lampada da lettura, cammina lentamente in direzione di un'alta finestra piombata.

Guarda giù, verso la coltre impenetrabile del giardino. Dei cani non c'è traccia, non li sente nemmeno abbaiare. Rimane lì in silenzio, con il fiato che appanna il vetro e gli occhi stanchi che cercano un segno rivelatore tra la vegetazione.

Riecheggia di nuovo quel rumore, più forte e sinistro. Più vicino.

Il vecchio spinge gli occhiali all'indietro e scherma la visuale con le mani. Gli sembra di intuire una presenza accanto alla siepe che circonda la fontana. Guarda meglio, si concentra. All'improvviso un altro lampo rischiara la notte per un breve istante, come magnesio mescolato al clorato di potassio: un'accecante esplosione di luce bianca.

In quel chiarore sfolgorante si disegna il profilo di una figura spettrale, avvolta in un lungo impermeabile nero, il viso nascosto da un ampio cappuccio. Nella mano destra scintilla qualcosa di sottile e tagliente che graffia il pavimento del patio.

L'anziano si stacca terrorizzato dalla finestra mentre tutto si ammanta nuovamente di nero. Raccoglie il libro dalla scrivania e se lo porta al petto. Il cuore batte all'impazzata, gelide gocce di sudore imperlano la fronte cerosa e scivolano tra le sopracciglia irsute. Da qualche punto della casa giunge il rumore di un vetro che va in frantumi, seguito da uno sbriciolio sabbioso.

Nessun allarme.

Il vecchio rabbrividisce, si precipita verso uno degli scaffali, fa scivolare le dita lungo il profilo di mogano intarsiato e spinge con il pollice in un punto preciso. Il fondo della libreria si apre con uno scatto secco e lui infila l'antico volume in una nicchia segreta, poi la chiude e nasconde il pannello allineando sul piano una serie di tomi polverosi.

Di nuovo quel clangore, lo Spettro risale la scalinata dell'atrio mentre la lama d'acciaio batte ritmicamente sui gradini di marmo.

La sua preda trema senza ritegno, cammina a ritroso fino all'angolo più remoto della stanza, gli occhi fissi sulla porta.

Quando si accascia contro la tenda gli vengono in mente le parole del libro di Daniele sull'Anticristo: «*Io stavo osservando nella notturna visione, ed ecco una quarta bestia, terribile e prodigiosa e forte straordinariamente*».

Adesso è soltanto silenzio. Il vecchio si fa ancora più piccolo e si avvolge nello spesso tessuto del tendaggio. Il tamburo che gli batte nel petto si può udire a metri di distanza.

Il guizzo dell'ennesima saetta illumina la sala. Sulla soglia si staglia netta la figura del demone nero. Il rumore dei suoi passi si perde nel boato del tuono.

Il vecchio chiude gli occhi e nasconde la testa tra le mani ossute. «Chi... sei? Co... Cosa vuoi da me?» chiede in un sussurro disperato.

Trascorrono alcuni interminabili istanti, poi una stretta possente gli ghermisce i radi capelli bianchi e lo costringe a sollevare lo sguardo.

Quando riconosce il volto pallido nascosto nell'ovale del cappuccio, la sua mente vacilla sul baratro di un terrore profondo.

La risposta è un ringhio baritonale, una voce d'inferno.

«Sei stupito di vedere me, vero? In effetti è proprio divertente... mi hai avuto sotto gli occhi per tanto tempo, ma non hai mai capito chi ero veramente! Eppure dovresti saperlo. Dovresti ricordarti di tutto il male che hai fatto.» Lo Spettro alza la mano destra e pianta la lama nel petto della sua vittima. Intanto sussurra una specie di rituale: «Io agisco nel nome di Agaliarept, il potente demone che svela tutti i segreti. Sono lo strumento del destino, l'ultimo orizzonte dei malvagi... e oggi porto con me la spada forgiata per punire il tuo peccato e le colpe dei tuoi complici».

Un urlo di dolore sovrasta lo scroscio di pioggia.

«Dov'è il libro?» aggiunge l'aguzzino mentre l'acciaio penetra nella carne cedevole. «Non te lo chiederò due volte.»

«Quale libro? Non so di cosa stai parlando. Dimmi chi sei!» risponde una voce sopraffatta dalla sofferenza.

«Non importa, lo troverò. Ho tutto il tempo che mi serve. Lo troverò! Mi aiuterà a compiere la mia vendetta. E quando avrò finito lo distruggerò per sempre.»

Dopodiché lo Spettro si piega in avanti, e l'ombra del cappuccio cala sul pallido volto del vecchio.

«Davvero non hai ancora capito chi sono...? Tu devi saperlo! Prima di subire il martirio che ho preparato per te meriti di conoscere il mio vero nome.»

La bocca adesso sfiora il lobo della vittima. Mentre la lama continua ad avanzare nella carne lo Spettro sussurra qualcosa.

Il vecchio sbarra gli occhi. Il suo corpo è scosso da fremiti incontrollati mentre un latrato di dolore scivola tra le labbra schiuse.

«No...! Tu... tu non puoi essere... lui! No... non è possibile!» dice raccogliendo le ultime forze.

I denti dello Spettro si avventano sull'orecchio dell'uomo e lo strappano via.

In quel momento un lampo di luce inonda la biblioteca illuminando la sua bocca insanguinata.

«*Ella avea grandi denti di ferro; mangiava e sbranava*» pensa il vecchio prima che su tutto cali per sempre il buio.

IL PRIMO GIORNO

1

Piove anche oggi. In realtà sembra che piova da sempre. Un autunno piscioso, a dir poco.

Antonio Casalegno lancia la penna sulla scrivania e guarda verso la finestra affacciata sul cortile interno della questura di Milano. Lo spazio fra le tende è uno spicchio di cielo grigio e inquinato, gocce che picchiano dritte sui vetri sporchi e poi scivolano giù, disegnando traiettorie anarchiche.

L'ispettore abbassa lo sguardo sul rapporto che ha appena letto e controfirmato. Scartoffie e burocrazia, scienza applicata delle rotture di coglioni.

Casi interessanti ultimamente zero, sembra che tutti gli spostati e gli psicopatici si siano passati la voce e abbiano concordato uno sciopero bianco.

Calma piatta.

Anche nei corridoi occupati dalla divisione milanese dell'UACV, l'Unità Analisi del Crimine Violento, da giorni serpeggia una corrente a bassa tensione. Agenti che vanno e vengono chiacchierando sommessamente, pigre riunioni per riesaminare vecchi casi dormienti, stanca routine operativa.

Casalegno sbuffa, stira la schiena e finalmente toglie i piedi dalla scrivania. Da quando il commissario Mandelli, la sua anima gemella sul lavoro, è in congedo semestrale, si sente come un orfano abbandonato.

Ma a quanto pare ha smanie da storico, il Mario.

*

Tre mesi prima Mandelli gli aveva dato un misterioso appuntamento al solito bar davanti alla questura, quello che i due investigatori amano utilizzare come una sorta di ufficio privato, e gli aveva comunicato di essersi iscritto all'Università Cattolica per prendere una specializzazione in scienze storiche. Il commissario l'aveva chiamato un «periodo sabbatico dedicato al piacere dello studio».

Casalegno aveva guardato il collega regalandogli un sorriso deformato dallo scetticismo più crudo.

«Vabbè, Mario, dai... fai il bravo, bella presa per il culo comunque» aveva detto osservandolo sopra l'orizzonte della schiuma del cappuccino.

L'espressione sul volto di Mandelli non era cambiata di un millimetro. Erano rimasti lì a sfidarsi in silenzio per qualche secondo, poi l'ampia fronte del commissario si era finalmente distesa e nei suoi occhi scuri era passato un lampo divertito.

«Non starai mica dicendo sul serio, vero?» aveva rincarato Casalegno.

Mandelli aveva pinzato la base del naso deformata da una vecchia frattura e fatto segno di sì con la testa.

«Certo che dico sul serio, Antonio. È arrivato il momento. Come diceva il grande Marcello Marchesi, 'l'importante è che la morte ci trovi vivi'. Ecco, io ormai ho superato da un pezzo i cinquant'anni... non ho intenzione di sprecare altre occasioni e soprattutto non voglio farmi cogliere di sorpresa da nessuno.»

«E il lavoro, Mario? Neanche quello è più sufficiente a farti sentire vivo? Ne hai sempre parlato come se fosse una fede, una ragione di vita... e adesso proprio tu vorresti farmi credere che erano tutte balle?»

Il commissario aveva fatto un respiro profondo e si era piegato in avanti.

«Il lavoro è parte della mia vita e non potrei mai farne a

meno, lo sai. Ma ho bisogno... come dire... di qualcosa che sia soltanto mio. La Isa ha capito subito le mie ragioni. E poi, può avermi a casa in orari normali, senza doversi sorbire l'assillo dell'ennesimo caso da risolvere.»

«Ma porca puttana! E io?» Così, di botto.

Casalegno si era subito accorto di aver espresso a voce alta un pensiero infantile che sarebbe dovuto restare ben nascosto nella sua testa. Ma ormai l'aveva detto.

Che accidenti gli era preso?

«Scusa, Mario, non intendevo dire...»

Mandelli aveva riso forte, stringendogli il braccio in un composto gesto d'affetto. «E tu, mi chiedi? Be', sai bene che nella mia vita ci sono poche cose che contano veramente: Marisa, mio figlio, Milano, il lavoro. E poi... e poi sono costretto ad ammettere che ci sei anche tu» aveva detto mentre ritraeva la mano. Dopodiché aveva domandato: «Da quanto lavoriamo insieme, Antonio?»

«Direi diciotto... diciannove anni tra pochi mesi, se non sbaglio» aveva risposto Casalegno con un filo di voce.

«Cazzo... davvero è già così tanto tempo? Be', possiamo dire che se ti ho sopportato così a lungo significa che a te ci tengo, no? A parte gli scherzi, sono stanco... ho bisogno di una pausa, di una distrazione. Vedila pure come una scusa per sottrarmi per un po' a tutto il marciume che ci piove addosso ogni giorno» aveva confessato il commissario strizzando gli occhi. Poi, dopo un sospiro, aveva aggiunto: «Ogni volta che ci mettiamo sulle tracce di qualche assassino o psicopatico mi resta nel naso il fetore della loro crudeltà. E non è una cosa che si può lasciare lì abbandonata sul pianerottolo accanto allo zerbino, come se fosse un sacchetto di spazzatura da gettar via il mattino dopo. Purtroppo quell'odore nauseabondo me lo porto fin dentro casa. Ormai mi accompagna costantemente. Anche mentre cammino per le strade di questa città che ogni anno somiglia sempre meno a quella in cui sono cresciuto. E quindi l'università è la scusa che ho trovato per staccare la spina senza rimorsi e respirare un po' d'aria pulita. E poi lo sai che la storia è la mia passione. Mettila così: alcuni per evadere fanno i cruciverba, io invece studio. Tutto qui».

A quel punto il volto di Mandelli aveva assunto la sua tipica espressione divertita ai limiti dell'arroganza. Quella che, accompagnata da una supposta superiorità intellettuale, sbatteva in faccia all'interlocutore di turno come un guanto di sfida. « Tutto sommato mi sembra che ti sia fatto grandicello e che possa cavartela anche da solo, Antonio. »

« Ma vai a cagare, commissario. Questa ti sembra abbastanza matura come risposta? » Secco, anche piuttosto incazzato.

A quel punto Mandelli si era alzato ridendo e poco prima di lasciare la saletta si era girato per un'ultima volta verso il collega.

« Sono soltanto sei mesi, che cosa vuoi che siano? Passeranno in un attimo. E poi mica sono morto. Puoi sempre telefonarmi, no? »

Sì, certo, figuriamoci. Ogni volta che Casalegno lo aveva chiamato, sperando di coinvolgerlo in qualche caso con il pretesto di farsi dare un consiglio, Mandelli o non aveva risposto o aveva trovato il modo di svicolare, riportando la conversazione sul piano strettamente personale. Dopo tre settimane di inutili tentativi, Antonio ci aveva rinunciato. Negli ultimi giorni gli aveva mandato soltanto qualche messaggio, limitandosi a dei vaghi « tutto bene? », a uno scontato « chissà quante belle studentesse avrai conosciuto », per poi chiudere con un sarcastico e neanche troppo divertente « ti hanno già promosso rettore? »

*

Ora Casalegno è appoggiato a un vecchio schedario, a guardare fuori dalla finestra mentre si accarezza tristemente la barba. Anche il panorama è deprimente: cielo grigio antracite, lo sfondo della pallida facciata del cortile e, su tutto, le frange di una fitta pioggia.

Davvero un autunno piscioso.

L'ispettore si stacca dal mobile scricchiolante, prende in mano il cellulare e trova una chiamata senza risposta. È di Stefania Sileri, la bella patologa con cui intrattiene una relazione che definire discretamente complicata sarebbe riduttivo. Dopo averci pensato un momento fa scivolare un dito sullo schermo e ascolta il suo messaggio vocale.

Antonio, quando puoi sentiamoci, ti devo parlare di una cosa molto importante. Baci.

Il tono asciutto è di quelli che promettono rogne e che di solito preannunciano il periodico tagliando sentimentale. E anche i segnali semantici sembrano andare tutti in quella direzione. *Antonio*, innanzitutto, che suona come un marchio inequivocabile di ufficialità. *Quando puoi*, che in questo caso invece equivale all'esatto contrario, ovvero a un imperioso *immediatamente* mascherato sotto due dita di cerone. E poi un classico, il temibile *ti devo parlare*, che significa guai per antonomasia. Alla fine di tutto c'è il suggello ingannevole dei *Baci* che, per come sono frettolosamente pronunciati, non hanno proprio nulla di romantico e sono soltanto una formalità.

Nella testa di Casalegno il segnale d'allarme adesso risuona forte e chiaro. In questi casi c'è una sola cosa da fare, attivare subito la modalità rinvio. Quindi l'ispettore chiude la schermata, silenzia il telefono ed esce dalla stanza.

2

Alle nove e trenta in punto del suo Casio malandato, Benilda Marisol Cuneta arriva davanti al cancello di villa Bessa Terzaghi. Ha appena percorso al solito ritmo olimpionico i tre chilometri e mezzo che separano la fermata dell'autobus dal suo posto di lavoro, ha i piedi zuppi e doloranti, la giacca fradicia. Il piccolo ombrello portatile non è servito a nulla contro quella pioggia intensa e gelida. Lo chiude e si addossa alla parete di mattoni rossi mettendosi al riparo sotto la stretta pensilina del muro di cinta. Poi fa scivolare il manico della borsa nell'incavo del braccio, ci scava dentro e recupera un fazzoletto con cui si asciuga il volto e si tampona i capelli.

Alza lo sguardo verso il cielo plumbeo e ripensa alle notti sferzate dalla pioggia monsonica in cui nonna Sampa l'abbracciava forte, sussurrandole un vecchio proverbio nello schioccante ritmo della lingua tagalog: « Se la coperta è corta impara a rannicchiarti ». La filippina mignon si stringe ancor più nelle spalle, scaccia un brivido di freddo e finalmente vede il furgoncino bianco del custode farsi strada nel diluvio a colpi di tergicristallo. Pochi istanti dopo Mariano Raboni apre la portiera e corre verso il cancello riparandosi con le grandi mani callose intrecciate sopra la testa. Salta una pozzanghera con agilità da primate e atterra pesantemente sul marciapiede coordinandosi con il sostegno di un'imprecazione.

« *Càn da l'üga*, che pioggia del menga! Ueh, ciao bella

Benilda, è tanto che aspetti? » dice regalando alla colf un sorriso mezzo sdentato.

« Tu sei quasi in orario oggi, signor Mariano, sì, sì » risponde la donna. « Un poco strano per te, forse tu ieri ha bevuto e mangiato meno di solito! » Alza un dito e ridacchiando indica la pancia del custode.

« *Ossignùr*, ci mancava giusto il predicozzo dell'orientale stamattina! » ribatte l'uomo fintamente indignato, e intanto cava dal tascone della giacca un mazzo di chiavi.

« 'Ndiamo, Madre Teresa, dai... che ne abbiamo di cose da fare oggi! »

Raboni gira la chiave, spalanca il cancelletto laterale e lo tiene aperto. Quando Benilda passa, le fa una specie di goffa riverenza e poi la segue. La strana coppia scompare nella pioggia, inghiottita dagli alberi del parco.

Casalegno è in attesa da quasi due minuti sulla soglia dell'ufficio di Samuele Zilli. Finalmente percepisce un brivido elettrico seguito da uno scatto secco. Spinge la porta con la punta delle dita e caccia dentro la testa. Un ronzio soffuso pervade la stanza. Lungo la parete di fondo si apre una postazione semicircolare sulla quale giganteggiano dei monitor ad alta definizione affiancati da una batteria di diavolerie da nerd. Apparentemente non c'è nessuno.

« Mac! Ci sei? » domanda Casalegno rivolto al nulla, prima di richiudere la porta dietro di sé. In risposta arrivano il frullio delle ventole dei computer e il sibilo gelato dell'aria condizionata che picchia dall'alto.

Casalegno si sottrae allo spiffero artico e avanza verso il centro della stanza.

« Oh, Zilli, ma dove diavolo sei? »

Dal basso si sente bofonchiare qualcosa di indecifrabile.

Poi un rumore di attrezzi e un riverbero metallico preannunciano il viso familiare che si palesa sopra il filo del tavolo.

«Eccomi qui, ispettore. Ha bisogno?»

La faccia magra e appuntita di Samuele Zilli, detto Mac, è più esplicita di una carta di identità. Un genio dell'informatica. I leggeri occhiali in alluminio pencolano in equilibrio a metà naso mentre gli occhi vivaci scannerizzano l'interlocutore come un laser. In mano ha un lungo cacciavite, sulle labbra un sorriso indecifrabile: un enigma in bilico tra la presa per il culo e la sincera affabilità.

Zilli è aggregato alla squadra da più di un anno, come consulente della questura per le indagini di informatica forense. Il suo incarico però non era stato un premio, piuttosto una punizione, un compromesso. Pacifico analista nella vita di tutti i giorni, in realtà Zilli era uno dei più geniali hacker d'Europa. In questura si narrava che avesse violato qualsiasi tipo di restrizione digitale, aperto brecce nei sistemi più protetti e scavato nei segreti più sordidi del web. Ma sempre ridistribuendo le carte del mazzo a favore dei più deboli e, ovviamente, ricavando anche un cospicuo guadagno per se stesso.

Tutto era filato liscio fino a quando la polizia postale, con il supporto dei Servizi segreti, lo aveva incastrato.

Tuttavia, al termine del processo, nessuno era riuscito a fornire prove di pagamenti a suo favore o di ricavi illeciti. Così il pirata digitale, soprannominato Mac dai media e celebrato come una specie di Arsenio Lupin della rete, se l'era cavata con una condanna tutto sommato lieve, dopodiché era stato contattato dai Servizi segreti che gli avevano proposto di diventare consulente della questura di Milano. Una tregua vantaggiosa per entrambe le parti, che lui aveva accettato a patto di avere a disposizione tutti i più moderni strumenti di indagine digitale. E così era stato.

Adesso Casalegno guarda il tecnico scivolare col culo sopra il ripiano del tavolo, scendere agilmente e poi fermarsi a un passo da lui.

« No, Zilli, non ho bisogno... o comunque non direi esattamente così. Volevo soltanto sapere se hai novità su Marica. Io ho provato a chiamarla anche ieri, ma come al solito non mi ha risposto » dice l'ispettore mentre osserva le spirali gaussiane contorcersi sui monitor.

Mac gli sorride. « Le manca, vero? La capisco, mi creda, nei mesi scorsi è mancata tanto anche a me... Però da una settimana ci vediamo di nuovo e abbiamo avuto modo di parlare, soprattutto del lavoro e di quello che le è accaduto... insomma, del fattaccio, come lo chiama Marica. Certo che perdere in un sol colpo la Ambrosio e poi Mandelli dev'essere stato complicato per lei, ispettore, adesso si sentirà un po' solo. » Il tono di Zilli è leggero, ma nei suoi occhi non c'è alcun segno di derisione.

« In un certo senso mi sento come uno che è stato mollato dai suoi commilitoni la sera prima dell'offensiva nemica. E sì, Marica manca molto anche a me... ma non certo nel modo in cui sarà mancata a te, Samuele! » risponde Casalegno con un sorriso furbo. Poi fa la sua richiesta: « Raccontami come sta e soprattutto dimmi cos'ha deciso di fare della sua vita. Verità e certezze, è di questo che ho davvero bisogno ».

Zilli lo guarda serio da dietro le lenti, distende le gambe, si appoggia allo schienale e qualche secondo dopo inizia a parlare.

Il primo ad accorgersi che c'è qualcosa che non va è Mariano Raboni. Il custode conosce a menadito tutta la proprietà, ogni minimo particolare, ogni suo angolo più nascosto. Ventitré anni di lavoro nello stesso posto serviranno pure a qualcosa, no?

Si ferma in mezzo al patio e osserva la villa alla ricerca del particolare che stona. La pioggia batte sulle spalle della sua giacca cerata, il rumore ricorda quello di nocche ossute picchiate sul legno. Dietro di lui, sotto la cupola dell'ombrellino azzurro, Benilda sembra un pesce pilota che fluttua nell'acqua. Poi scivola accanto allo squalo balena e apre la bocca per dire qualcosa.

Raboni alza la mano, impone silenzio ed esamina attentamente la facciata neoclassica. La scalinata d'accesso è chiusa da due colonne doriche che sorreggono un ampio terrazzo e un frontone di marmo dai riflessi verdastri. La grande porta a vetri è oscurata da lunghi tendaggi beige. Le finestre del piano terra formano una fila ordinata e intonsa. Mentre il custode si concentra sul pezzo mancante, la pioggia gli scivola sul naso rubizzo e sgocciola tra i baffi.

Un minuto lunghissimo, quasi due. Poi finalmente lo trova.

Una delle finestre del porticato è un buco nero senza alcun riflesso, un'assenza opaca che ingurgita la luce e rinvia un chiaro segnale d'allarme.

«Il vetro! Ecco cos'è...» dice Mariano indicando con il dito.

Benilda si solleva sulla punta dei piedi e scuotendo l'ombrello segue la direzione dello sguardo di Raboni.

«È rotto, sì, sì» dice convinta. «Come mai che professore non ti ha detto... E dove sono cani?»

«Già, hai ragione, i cani. Il vetro magari si è rotto da poco, forse durante la notte, o stamattina. Con 'sto tempo, può essere...» Neppure Raboni crede a quello che ha appena detto. Un vetro così grande non si rompe mai per caso e i cani a quest'ora dovrebbero essere già lì a scodinzolare felici tra le loro gambe. All'improvviso prende la colf per un braccio e la sospinge delicatamente su per la scalinata.

«Benilda, *mi vò denter*, te invece stai qui buona buona

sotto il portico e aspetti che ti chiamo. Chiaro?» Il tono è perentorio.

La donna annuisce in silenzio e accarezza gentilmente la mano di Raboni.

«Tu stai attento signor Mariano, io ho brutta sensazione. Per favore, sì, sì.»

Il custode schiude il suo sorriso senza incisivi e si stacca dal braccio di Benilda. Qualche secondo dopo l'imponente porta a vetri della villa si apre e Mariano Raboni scivola all'interno attraverso il sipario delle tende.

Quando esce dal laboratorio, Casalegno è più nervoso di prima. Lì dentro non ha trovato le risposte che stava cercando, al massimo ha ricavato la promessa di un raffreddore, con quel freddo del cazzo.

A un certo punto Samuele Zilli lo ha guardato con l'espressione convinta di uno scienziato che riscontra la validità della sua teoria e poi l'ha condivisa con lui.

«Marica è ancora fuori assetto, come un quadro scalzato dal suo telaio. Come se improvvisamente si fosse allargata la tela o ristretta la cornice. È la metafora che ha usato lei stessa e devo dire che rende bene l'idea.»

Casalegno non ha lasciato passare neanche due secondi: «E quindi cosa sta facendo? È tornata ad allenare? Ti avrà parlato delle sue intenzioni...»

«In realtà credo proprio che voglia rientrare in squadra, ma non in senso figurato. Intendo dire qui con noi, in questura. Però non so dirle quando lo farà, ispettore. Penso che abbia bisogno di altro tempo. Sta ancora metabolizzando il fattaccio. Se mi passa il paragone sportivo, direi che è quasi in cima all'ultima salita.»

Per un istante Casalegno ha immaginato Marica Ambrosio abbarbicata con la sua mole da lanciatrice di giavellotto sul sellino di una fragile bici da corsa, mentre affronta i terribili tornanti dello Stelvio.

Poi è tornato a pensare al fattaccio.

Nel testo di epica che si studia sui banchi della questura di Milano quel termine fa preciso riferimento all'istante in cui, qualche mese prima, l'agente scelto Ambrosio aveva fatto fuoco contro un serial killer, spalmando il suo cervello contro le pareti del LAOFUSM, il Laboratorio di Antropologia e Odontologia Forense dell'Università degli Studi di Milano. Per la precisione i colpi sparati da Marica erano stati tre, tutti partiti dalla sua pistola personale e tutti andati a segno. Il primo alla spalla destra, il secondo in pieno petto e il terzo esattamente in mezzo alla fronte di uno psicopatico che collezionava vittime femminili e che, in quel preciso momento, stava puntando un bisturi alla gola di Stefania Sileri, la fidanzata di Casalegno.

Dopo che aveva premuto il grilletto, per Marica Ambrosio niente era stato più come prima. Poco importava che avesse salvato la dottoressa da morte certa, interrompendo una scia di orrori che aveva gettato Milano nel panico e mandato in fibrillazione tutti i media nazionali.

A nulla erano valse le sagge parole del commissario Mandelli e i burberi ringraziamenti di Casalegno, entrambi testimoni del tragico evento. A nulla erano serviti i complimenti ufficiali del questore e l'esito dell'indagine interna che aveva scagionato l'agente scelto da qualsiasi responsabilità. Il senso di colpa per aver reciso una vita continuava a pesare come un macigno sul cuore gentile di Marica, un cuore la cui delicatezza era direttamente proporzionale alla potenza del suo fisico atletico.

Dopo quel giorno la Ambrosio si era semplicemente spenta. Si era sfilata dal gioco. Aveva richiesto un periodo di aspettativa ed era scomparsa dai radar dei colleghi e degli affetti. Incluso quello speciale per Samuele Zilli, con cui intratteneva una relazione tanto misteriosa quanto riservata. In assenza di Marica a Casalegno era venuto a mancare qualcosa di indefinibile. Durante le ultime indagini aveva legato molto con lei, apprezzando soprattutto la forza d'animo e la serenità con cui riusciva ad affrontare ogni situazione. Tra loro si era creato un sentimento di profonda condivisione che, seppur in modo differente, Casalegno aveva provato soltanto nei confronti di Mandelli.

La contemporanea assenza di Mario e di Marica lo aveva destabilizzato. E adesso l'ispettore è spaesato come una falena che, abituata a tendere verso la luce, si ritrova improvvisamente persa nel buio.

E in questo preciso istante, lì nel corridoio, il concetto indefinito che gli ronza in testa finalmente si concretizza in un pensiero preciso: « Speriamo che non capiti proprio adesso un bel caso di merda da gestire ».

Non appena contempla quell'ipotesi, il cellulare suona e sullo schermo lampeggia il numero del vicequestore. Per un istante Casalegno resta lì inebetito a guardare verso il vetro alcalino. Poi esplode in un potente starnuto. Mentre si arrende e risponde, pensa che nell'ufficio di Zilli fa davvero un freddo del cazzo.

Vede il sangue quando mette piede sul penultimo scalino. Sulla porta di legno che riprende i colori pastello della boiserie della villa c'è uno sbaffo scarlatto che parte dalla maniglia e si assottiglia in diagonale verso il centro del pannello.

Appena entrato nell'androne il custode ha constatato che il vetro della portafinestra è stato effettivamente rotto dall'esterno, i pezzi acuminati e una miriade di frammenti sparsi sul pavimento hanno confermato i suoi timori. Ha subito controllato la centralina dell'allarme, tutti i sensori perimetrali erano disattivati. Solo allora ha gridato forte il nome del professore nella speranza di ricevere una risposta, ma la sua voce roca si è dispersa riverberando contro l'alto soffitto della sala.

Ora Mariano Raboni stringe il corrimano della scalinata di marmo che dall'atrio conduce al primo piano e fa l'ultimo passo. Dopo qualche secondo di attesa si allontana dal parapetto e si avvicina lentamente alla porta socchiusa della biblioteca, la stanza preferita del padrone di casa.

« Professore... tutto bene? Signor Niccolò, mi sente? »

Indugia per un attimo sulla soglia mentre la giacca sgocciola copiosamente sul pavimento. Passa le dita umide tra i capelli grigi, inarca i baffi contro la base del naso e sospira. Spinge l'anta con la punta della scarpa. La stanza è illuminata dalla luce fredda che dilaga dalle grandi finestre piombate.

Sul parquet tirato a lucido altre tracce di sangue, gocce, striature, segni. Da lì può vedere la scrivania, la sedia ribaltata, le carte sparse ovunque, il tappeto arricciato. Un disordine immobile e inquietante, più che un allarme, un prodromo. O perlomeno, se Raboni sapesse cosa vuol dire lo chiamerebbe così.

L'uomo tentenna, poi finalmente fa un passo in avanti.

Adesso i suoi occhi inquadrano anche il resto della stanza: le grandi tende bianche spruzzate di rosso, la valanga di libri che ha travolto ogni cosa, l'imponente scaffale semivuoto. Al centro di tutto, lui. Una specie di raro uccello antropomorfo inchiodato al mogano della libreria, giusto un metro sopra la linea del secondo ripiano. Un simulacro pagano. La testa riversa di lato e quasi masticata, la bocca distorta in un urlo muto, le braccia tese spillate da una moltitudine di chiodi, le piante dei piedi inchiavardate al ripiano inferiore. Il volto sofferente e appassito ricorda solo vagamente quello di Niccolò Bessa Terzaghi. Il torace è tranciato all'altezza dello sterno e la pelle penzola in due lembi ai lati del corpo, come ali diafane inadatte al volo.

In mezzo al petto, un cratere.

Mariano Raboni resta impietrito davanti a quell'orrore, piantato sulle gambe robuste come una quercia contro la tempesta. Passa un tempo che sembra infinito e poi l'albero vacilla, le labbra si schiudono senza emettere alcun suono. Intanto gli occhi si riempiono di lacrime. A farlo piangere non è soltanto l'affetto di chi ha servito fedelmente, ma il dolore profondo che gli causa quello scempio dissacrante. Un affronto alla grazia di Dio, all'armonia del mondo e alla vita semplice di uomini come lui.

Il custode si piega in avanti e si puntella contro la scrivania per non crollare a terra, sente un rumore alle sue spalle e si volta di scatto verso la porta.

« Signor Mariano... che cosa succede? » È la voce impaurita di Benilda Cuneta, che domanda dalle scale.

Raboni si ricompone, asciuga in fretta le lacrime sulla manica ruvida della cerata, raddrizza la schiena, raggiunge la porta e la richiude alle sue spalle.

Benilda lo guarda esterrefatta, poi nota il sangue sull'anta, osserva i suoi occhi arrossati e capisce. Si avvicina a quell'uomo imponente e apre le mani invitandolo a un abbraccio. Raboni la stringe forte e inizia a piangere come un bambino.

« Tranquillo, signor Mariano. Lei è uomo con grande cuore, non deve vergognarsi » dice la donna con un soffio delicato. « Piange pure signor Mariano, piange, che Benilda è qui... sì, sì. »

3

Il commissario Mario Mandelli aveva fatto una scelta consapevole fin dalla prima lezione. In parte per un latente senso di vergogna, in parte per la sua natura schiva, ma più che altro in omaggio alle vecchie abitudini da poliziotto. E quindi: posizione laterale in un angolo tra le ultime file, con la visuale più ampia possibile, meglio se accanto a una porta o a una finestra.

Il corso di specializzazione era iniziato in una grande aula ad anfiteatro, dove lui era arrivato in clamoroso ritardo, ben oltre la zona franca del quarto d'ora accademico. Si era perso tra i corridoi e le stanze dell'ateneo, tentando inutilmente di orientarsi con l'ausilio di bacheche e di incomprensibili indicazioni digitali. Poi si era arreso seguendo l'impetuosa corrente degli studenti che risalivano un'ampia scalinata, e in mezzo a loro si era sentito come un vecchio cetaceo nel marasma guizzante di un esercito di giovani orche. Mentre veniva trasportato dal flusso oceanico alcuni studenti lo osservavano, indecisi tra due opzioni: sbranare sul posto quel malandato capodoglio oppure giocarci facendolo rimbalzare tra i loro corpi finché la noia del branco non avesse avuto la meglio. Per fortuna avevano optato per la seconda ipotesi. All'improvviso la massa si era frazionata, lasciandolo lì da solo a galleggiare come un naufrago nel *mare magnum* dell'università. A salvarlo era stato il canto di una giovane sirena che, dopo averlo cinicamente etichettato come relitto alla deriva, gli aveva lanciato una pietosa cima con annesso salvagente.

« Si è perso? » gli aveva chiesto con una voce acerba e allo stesso tempo melodiosa.

Mandelli ci aveva messo un po' prima di capire che quella studentessa alta e snella, con due incantevoli occhi azzurri, si stava rivolgendo proprio a lui.

« Ehm, sì... credo proprio di sì » gli era uscito in un balbettio imbarazzato.

« Dove deve andare? » aveva detto la sirena avvicinandosi in modo spudoratamente naturale.

Mandelli era stato investito da un profumo delicato, forse gelsomino, forse glicine. Un soffio di primavera, insomma.

« Sto cercando l'auditorium Cattaneo, per il corso di specializzazione in scienze storiche. »

« Ah... ma allora sei uno studente! » La rivelazione l'aveva autorizzata a passare subito al tu, mentre il suo sguardo scannerizzava quell'uomo robusto, da qualche anno oltre la soglia dei cinquanta, ma ancora interessante e tutto sommato non brutto.

Mandelli si era sottratto all'ispezione provando a depistarla. Aveva morsicato la piccola cicatrice sul labbro superiore e il diversivo lì per lì sembrava aver funzionato, gli occhi della ragazza avevano aggiunto anche quel particolare alla valutazione. Soltanto allora il commissario le aveva risposto.

« Sì, ma non sono un fuori corso... mi sono iscritto per diletto personale... per approfondirc, diciamo. In realtà ho anche un mestiere fuori da qui. » Come battuta era risultata davvero penosa, ma qualcosa doveva inventarsi.

« Ottimo, allora! Soprattutto perché hai un lavoro, di questi tempi non è poco. Io invece non so proprio cosa farò dopo la laurea. Ancora un anno e poi si vedrà » aveva detto la ragazza sfoderando un sorriso che Mandelli aveva visto soltanto negli spot dei dentifrici. «Comunque mi chiamo Alba Locatelli e sono iscritta alla magistrale di politiche per la cooperazione internazionale.»

«Piacere, io sono Mario, Mario Mandelli.» Una presentazione che in bocca a James Bond avrebbe fatto tutt'altro effetto.

Il commissario si era sentito un totale cretino, ma Alba lo aveva sottratto all'imbarazzo sventagliando all'indietro i lunghi capelli castani e alzando uno zefiro primaverile che gli aveva invaso le narici.

«Dai, andiamo, specializzando con un mestiere... ti accompagno io, prima che ti perda di nuovo!» aveva ordinato la sirena trascinando il commissario nella bianca scia del suo sorriso.

Quando insieme avevano spinto la porta chiusa dell'auditorium, tra i banchi semicircolari dell'aula si era sollevato un lieve brusio e il professore, in piedi al centro della sala, aveva rivolto loro uno sguardo truce.

Alba allora lo aveva sospinto in avanti ridacchiando.

«Ci si vede in giro, Mandelli» aveva detto con un tono di voce volutamente alto, per poi stampargli un rapido bacio sulla guancia e sparire nel corridoio.

Mario era rimasto lì, piantato sulla soglia. Dopo qualche secondo aveva attraversato l'aula tra i risolini degli studenti, bofonchiando qualche scusa imbarazzata prima di raggiungere la fila più in alto. Non appena aveva preso posto, da un banco poco distante si era alzata una voce.

«Ahò, hai capito nonno Mandelli che acchiappo che ha fatto!» Una valanga di risate aveva seppellito il trionfale ritorno del commissario tra i banchi universitari.

Oggi invece Mario si è acquattato nelle retrovie di una piccola aula del secondo piano. Guarda verso la finestra e ci trova lo stesso panorama di inizio ora: pioggia dura su un fondale di alberi e cielo grigio. Nel frattempo il professore sta concludendo una lezione sui rapporti culturali tra Lombardia ed Europa nel Seicento. Mandelli sbadiglia, aggiunge un altro scarabocchio sotto i suoi appunti, osserva la targa con il nome a cui è intestata la stanza e prova a mettere insieme qualche reminiscenza del classico. Duns Scoto, un pragmatico francescano dall'intelletto talmente aguzzo da meritarsi il soprannome di Dottor Sottile. E poi c'era quella sua meravigliosa idea dell'ecceità, per cui qualcosa esiste soltanto se è presente « qui e ora », il famoso *hic et nunc*. Un po' come accade a Mandelli che conferma a se stesso di esistere, qui e ora, alzandosi lentamente dal banco e unendosi agli studenti che abbandonano la stanza con la flemma del gregge al pascolo.

Cinque minuti dopo è sotto la tettoia dell'edificio centrale della facoltà a prendere una boccata d'aria malata. Accanto a lui alcuni ragazzi fumano mentre si scambiano battute in un italiano contaminato dal gergo giovanile. La porta automatica si apre e si chiude al ritmo frenetico dell'andirivieni del cambio dell'ora.

« Mandelli! » squilla una voce alle sue spalle.

Il commissario si volta e incrocia lo sguardo luminoso di Alba Locatelli. La studentessa è in compagnia di una ragazza bruna dal viso spigoloso, un po' maschile nei tratti ma a suo modo affascinante. Alba la liquida con un breve saluto e si avvicina a Mandelli sorridendo.

« Ciao, Alba. Come stai? »

« Tu, piuttosto, che fine hai fatto? Dopo l'ultimo caffè che abbiamo preso insieme alla macchinetta sei sparito... »

Mandelli la guarda. Alba indossa un lungo cappotto color smeraldo, un basco di lana verde le segna la fronte poco sopra la linea delicata delle sopracciglia, la tracolla della borsa di cuoio divide in diagonale il morbido rilievo dei seni. È splendida. Mario pensa a quanto dev'essere bella sotto la luce piena del sole agostano. Nell'aria umida di pioggia intanto si diffonde quel sentore di primavera parigina che l'accompagna sempre.

« Mah, non so... probabilmente perché abbiamo orari diversi. O età diverse. O forse, visto che l'altra volta ti ho raccontato che mestiere faccio, istintivamente ci teniamo a distanza... fai tu » dice Mandelli con una punta di sarcasmo.

« Scemo » ribatte lei strizzando un occhio, « il fatto che tu sia un commissario di polizia semmai è rassicurante. Ma non ti preoccupare, resterà un nostro segreto. Te l'ho promesso, no? »

Mandelli si guarda intorno e ficca le mani nel giaccone per nascondere il crescente imbarazzo.

« Facciamo così » dice lei, « adesso ti chiamo e tu salvi il mio numero. Così almeno ci becchiamo in giro e ci prendiamo un vero caffè al bar, di sicuro fa meno schifo di quello del distributore. Okay? »

« Okay. »

Qualche secondo dopo la voce di Sinatra risuona dalla tasca del commissario, lui estrae il cellulare e silenzia *My Way* con un colpo del pollice, quasi infastidito da quella canzone meravigliosa che evidenzia impietosamente la loro distanza generazionale e le loro differenti prospettive sul futuro. Mandelli non si è mai sentito così vecchio. Alla fine si arrende, la guarda negli occhi e abbozza un sì con la testa.

« Va bene, adesso me lo salvo e uno di questi giorni ti mando un messaggio per il caffè. »

« Vedi di farlo, Mandelli » ordina Alba voltandosi e sparendo oltre le porte automatiche. Il commissario resta lì a respirare il suo profumo prima che svanisca nel nulla come ha appena fatto lei.

Poco dopo Mario guarda il telefono, e solo allora si accorge della scritta in rosso in testa all'elenco delle chiamate perse.

Il nome è quello della sua spia in questura. Perché un conto era prendersi una meritata pausa, un altro era non sapere più un cazzo di quello che accadeva sul lavoro e, soprattutto, alla squadra. L'accordo con il suo uomo era chiaro: lo avrebbe chiamato soltanto in caso di situazioni particolarmente gravi, i « bubboni », come li aveva scientificamente definiti Mandelli. Per gli aggiornamenti e i pettegolezzi sarebbero bastati dei semplici messaggi riassuntivi. E così era stato per i tre mesi precedenti.

Mandelli entra nell'edificio e gira a sinistra verso un'uscita di sicurezza con il maniglione antipanico. È il luogo più isolato dell'ateneo, un buco nero nel caos quotidiano dell'università.

Si guarda intorno, appoggia la schiena al muro e tira fuori lo smartphone.

Prima di chiamare registra il nominativo di Alba Locatelli e le manda un messaggio vuoto, una conferma silenziosa di cui si pente subito.

Scuote la testa e seleziona il numero della spia.

La linea è libera, dopo tre squilli risponde una voce deformata.

« Dottore... perdoni il disturbo... ma mi sembrava importante chiamarla. »

Le ultime parole le ha soltanto intuite.

« Ma dove cazzo sei? » dice secco Mandelli, « sembra che stai parlando dentro un catino. »

« Scusi, dottore... aspetti un momento che mi sposto e cerco un angolino più tranquillo » dice la voce in sordina.

Mandelli sente il rumore di una sedia, un vociare indistinto, quindi dei passi e infine una porta che si chiude.

« Mi sente meglio ora? » domanda la voce limpida della talpa.

«Sì, finalmente. Ma dov'eri?»

«Ero in ufficio, con me c'era anche la Donati e non potevo parlare liberamente.»

«A proposito, come sta Gabriella?»

«Direi bene, ieri ha passato anche la seconda visita di idoneità. La spalla ormai è a posto ed è di nuovo operativa.»

«Ottimo. E adesso aggiornami Nicola, per favore.»

Vacirca si schiarisce la gola e fa passare qualche secondo. A Mandelli sembra di vederlo: il ciuffo biondo che pende sul viso magro e pallido, il naso aquilino che separa gli occhi verdi e vivaci.

«Allora, ti decidi o no?» ordina il commissario.

«Va bene, dottore. Mi sa che ci siamo. È arrivato uno di quei... com'è che li chiama, lei?»

«Un bubbone... vai avanti.»

«Sì, direi il più grande di sempre: un omicidio... e sembra pure bruttissimo. Casalegno è su nell'ufficio del vicequestore Pinducciu. La Scientifica e Bencivenni sono già sul posto. La mia amica che lavora alla centrale operativa mi ha mandato l'informativa in via riservata. Questa roba farà molto rumore.»

«Raccontami bene, Vacirca, dammi tutti i dettagli.»

Poi il commissario fa un sospiro rassegnato, osserva il muro di pioggia che continua a cadere senza sosta e si mette pazientemente all'ascolto.

4

Nell'ufficio del vicequestore Salvatore Pinducciu c'è odore di sigaro stantio, lana bagnata e dopobarba scadente. Casalegno chiude la porta e rivolge un rapido saluto al suo superiore che, tanto per cambiare, è chino sulla scrivania a firmare fogli e vidimare rapporti. Pinducciu impenna una mano e senza alzare la testa fa un gesto vago nell'aria. Antonio lo interpreta come un invito a prendere posto sulla poltrona accanto alla finestra, quindi piega il suo metro e novanta e si accomoda sulla seduta di pelle consunta.

Passano alcuni minuti in cui nella stanza dialogano soltanto il sottofondo della pioggia, il fruscio delle scartoffie e il ticchettio dell'orologio a muro, che nella testa di Casalegno ha l'effetto di un timer regolato per far deflagrare definitivamente il suo nervosismo. L'ispettore infila due dita nel colletto della camicia, si liscia la barba e prova a rilassarsi.

«Arrivo... dammi ancora qualche secondo, mi libero di queste rotture di palle e ti dico subito.» Pinducciu parla rivolto ai fogli mentre la penna traccia segni misteriosi sui documenti.

Casalegno lo osserva. Sembra estratto da un blocco di basalto sardo, la figura compressa, le spalle strette ma solide, il collo quasi inesistente e quella testa quadrata incorniciata dai capelli nerissimi e da un pizzetto ottocentesco.

«Allora, andiamo subito al sodo. Non mi va di prenderti per i fondelli indorandoti la pillola» dice nel suo ritmico accento gallurese. «È successo un casino di quelli grossi, Antonio. Stamattina hanno trovato il cadavere del professor Niccolò Bessa Terzaghi nella sua villa di Corneliano Bertario, dalle parti dell'Adda. Il corpo è stato letteralmente inchiodato a una libreria, e dalle prime informazioni che ho avuto da Bencivenni pare che lo abbiano squartato e gli abbiano estratto il cuore dalla cassa toracica.» Pinducciu fa una pausa teatrale e resta lì a godersi la reazione di Casalegno, come sua abitudine tira le immancabili bretelle facendole schioccare sul petto.

«Ovviamente io dovrei sapere chi è, vero?» dice l'ispettore in tono neutro, quasi sulla difensiva.

«Dovresti. Perlomeno se leggessi un po' di più i giornali e frequentassi un minimo la città in cui vivi da anni, invece di startene sempre sulle tue. I Bessa Terzaghi sono un'antica famiglia di Milano. Gente che conta, con conoscenze importanti. Il che significa grane di quelle grosse... ci siamo già passati qualche tempo fa, sai cosa significa.» Pinducciu si alza e si massaggia il collo, poi va verso l'altra finestra e getta fuori uno sguardo furtivo. «Ancora 'sto tempo di merda! Ma non smette più?»

Casalegno non dice nulla, ormai conosce bene l'umorismo malizioso e i modi bizantini del vicequestore. Una volta non lo sopportava, ma ultimamente si è dovuto ricredere e tra i due si è consolidata una sincera stima professionale.

Pinducciu si gira verso di lui. «Niccolò Bessa Terzaghi aveva settantacinque anni e a Milano era un punto di riferimento. Ha insegnato storia dell'arte in varie università e la sua fondazione si è occupata di salvare decine di monumenti e dimore storiche. Agli eventi che organizzava c'era sempre il pienone di vip, autorità e imprenditori, tutti pronti ad aprire il portafoglio. Inoltre pare che avesse una straordinaria collezione di libri rari che pochi anni fa ha in parte donato alla Biblioteca Ambrosiana.»

«Immagino che il giudice incaricato del caso sia il nostro amico Gian Maria Arnaboldi» dice l'ispettore con una punta di fastidio, «e sono pronto a scommettere un euro che conosceva benissimo i Bessa Terzaghi.»

«Allora ti piace vincere facile! Ti pare possibile che il rampollo degli Arnaboldi non conosca una famiglia così importante? Tra l'altro il piemme è già qui da un po', in riunione con il questore... credo che gli ci vorranno ancora una decina di minuti, quindi ti conviene anticiparlo.»

«Insomma, sintetizzando, è come se, insieme a 'sto Bessa Terzaghi, su quella libreria avessero inchiodato tutta la Milano che conta...» chiosa Casalegno.

«Già, un casino enorme... e oltretutto proprio in questo momento in cui non siamo messi benissimo. A proposito, hai notizie del tuo amico Mandelli?» domanda Pinducciu prendendo di nuovo posto dietro la scrivania.

«No, o comunque non ho novità rilevanti. Ogni tanto ci scambiamo qualche messaggio, tutto qui. Perché me lo chiede?»

«Secondo te? Il caso è stato affidato all'Unità di Analisi del Crimine Violento, ma la nostra squadra operativa è ridotta all'osso, e io non voglio che mi mandino qualcuno da Roma a ficcare il naso. La Donati è appena rientrata in servizio ed è stata promossa, ma è pur sempre una giovane assistente capo che alla sua prima missione si è presa una pallottola in corpo e ha rischiato di lasciarci le penne. La Ambrosio ha fatto fuori un sadico e anziché essere contenta di aver salvato la vita alla tua bella, mi è andata in crisi mistica e ancora adesso non sa che cazzo fare della sua vita. Mandelli è entrato nella sua fase Lorenzo il Magnifico... evidentemente ci considera una massa di ignoranti indegni e preferisce avere solo frequentazioni di *haut niveau*. Quel genio vuole 'perseguire il suo accrescimento culturale'...

come ha scritto nella lettera con cui ha richiesto l'aspettativa.»

Casalegno si gusta il tagliente sarcasmo del vicequestore, sorride e si riaccomoda contro lo schienale della poltrona.

«L'ha scritto davvero?» chiede divertito.

Pinducciu fa sì con la testa, aggiunge un ghigno soddisfatto e torna serio.

«Vai subito sul posto, prenditi Donati e Vacirca» ordina. «Ah, quasi dimenticavo. Ho deciso di affiancarti una nuova risorsa. La trovi già là.»

«Ma cazzo!» Il volto di Casalegno si indurisce. «Se è una questione di scarsa fiducia nelle mie capacità, me lo dica chiaro e tondo, capo.»

Il vicequestore raccoglie un mezzo toscano dal bordo della scrivania, lo accende con la dovuta calma e spedisce una nuvola azzurra a schiantarsi contro il soffitto.

«Non c'entra niente la fiducia, Antonio, è che sei solo. A meno che tu non convinca Mandelli a rientrare in gioco già da domani... Questo caso gronda sangue, e la stampa ci intingerà la penna. Dammi retta, se non portiamo risultati in tempi rapidi ci faranno a pezzi. E poi è inutile che ti incazzi, ho già deciso. Viene dalla sesta sezione» conclude muovendo appena la bocca.

«Crimine diffuso? Sai che roba...»

«È una tosta, un viceispettore. Prima di arrivare a Milano era alla Catturandi di Palermo, una piazza non facile e un ruolo operativo molto complicato, soprattutto per una donna in un ambiente tremendamente maschilista.»

Casalegno allunga le mani sui braccioli della poltrona.

«Mmm... la conosco?»

«Se la conoscessi già non l'avrei mai assegnata a questo caso. Ho verificato con chi me l'ha segnalata, inoltre lei dice di non averti mai incrociato prima. Tu sei uno pericoloso con le donne, Antonio.»

«Se dovessi esprimerle quello che penso, ci sarebbe soltanto una parola adatta, dottore» dice Casalegno alzandosi dalla poltrona con la faccia incazzata.

«Lo so, ma non me la puoi dire, ispettore, poi ti dovrei sospendere... e purtroppo non posso farlo perché mi servi» puntualizza Pinducciu ridacchiando. «E ora levati dalle palle. Vai alla villa, farete conoscenza là. Tienimi aggiornato su tutto e ricordati che fino a nuovo ordine l'indagine è roba tua.»

Casalegno è già sulla soglia quando il vicequestore lo chiama.

«Ah, Antonio, stai attento a non fare troppo il pavone con quella nuova... sul posto ci sarà anche la tua fidanzata, e ti ricordo che lei di mestiere seziona i cadaveri.»

L'ispettore scuote la testa, chiude la porta e finalmente soffia un liberatorio vaffanculo.

5

Il Cacciatore trova pace soltanto quando torna a casa e distribuisce i frutti del lavoro quotidiano sul piano retroilluminato del tavolo tecnico. Una ciocca di capelli, la carta di una caramella, un filo di lana, un fazzolettino usato, una forcina, un lucidalabbra. Controlla il suo bottino seduto su uno sgabello svedese, mentre cerca la postura corretta, allineando le vertebre cervicali, incassando le spalle e posizionando le anche a perpendicolo sulle caviglie. Respira profondamente per scacciare tutta la tensione di quella sofferta mattinata divisa tra il dovere e l'ebbrezza della caccia. Ripercorre con la mente i passaggi più importanti del suo modus operandi. Gli intervalli e le pause che gli consentono di seguire le sue prede di nascosto, osservarne i comportamenti, spiarne la routine e i momenti di intimità: una telefonata, un bacio, le risate con gli amici.

E poi ci sono le interazioni dirette, le più eccitanti. Un rapido scambio di sorrisi in un corridoio, un saluto rivolto a un viso ormai diventato familiare, due chiacchiere in confidenza davanti a un caffè. È in quei momenti di vicinanza fisica che fatica a controllare il battito cardiaco, il brivido che s'irradia dalla base del cazzo e poi scorre lungo tutta la sua lunghezza. Ma in quel caso può fare appello a un esercizio collaudato: raddrizza la schiena e si concentra sulla respirazione, accavalla le gambe e si piega leggermente all'indietro per sfavorire l'erezione.

Adesso connette il cellulare e scarica sulla scrivania del

computer le foto rubate. Le trascina in una cartella denominata «FATE» e le apre in rigoroso ordine cronologico, a schermo intero. Il soggetto è sempre lo stesso, una ragazza ripresa in vari atteggiamenti: seduta al tavolino di un bar, intenta a esaminare degli appunti, appoggiata a un muro in compagnia di due coetanei e, infine, mentre esce dall'università. È lei la fata del momento, la sua preferita. Emersa come per magia tra tutte le altre e presto diventata l'unico oggetto del suo desiderio. Il respiro del Cacciatore si fa subito affannoso. Sente di nuovo quella scossa nelle parti basse. Inizia ad accarezzarsi sopra i pantaloni e si china in avanti, allunga le dita dell'altra mano e percorre le linee di quel volto delicato e perfetto, sfiora i lunghi capelli castani e i contorni di quel meraviglioso sorriso e avvicina le labbra allo schermo. Gli sembra quasi di poterla baciare, la immagina lì davanti a lui, in carne e ossa... l'unica cosa che manca per rendere reale quel sogno è il profumo inebriante di primavera che emana dal collo della fata.

Quello si può rubare soltanto in un modo e il Cacciatore sa benissimo come riuscirci.

6

Questa non è mica Milano, dai! Casalegno guarda attraverso il parabrezza spazzato dai tergicristalli e scuote la testa dubbioso. Che cazzo c'entra questo reticolo di stradine che si dipana tra campi e marcite con il roboante titolo di città metropolitana? Niente, zero, nisba. Qui della metropoli non c'è praticamente nulla. Né il riverbero lontano del traffico; né l'odore metallico e cementizio delle periferie; né l'eco delle urla e della cattiveria degli uomini.

Quella che ha davanti potrebbe essere una qualsiasi sperduta campagna del Nord, di quelle immobili e disertate. Di quelle che quando passa un'auto, per qualche istante si smuove qualcosa nell'aria, e poi tutto ritorna subito composto silenzio. Il genere di desolazione campestre in cui d'estate, sotto la cappa soffocante della canicola, puoi imbatterti ancora in qualche eroica bagascia seduta a un crocicchio accanto a un ombrellone colorato. E mentre lei ti saluta gentile con la mano, tu ti chiedi come diavolo c'è arrivata in mezzo a quel nulla padano, con il suo bel vestitino a fiori e il set da spiaggia comprensivo di borsa frigo.

Adesso, con l'estate così lontana, qui piove talmente tanto che sembra di percorrere una sottile striscia d'asfalto sospesa tra due mondi d'acqua.

« Questa non è mica Milano, dai... » Casalegno lo ribadisce anche a voce alta, mentre scala la marcia e affronta una curva butterata di pozzanghere. « Quanto ci vuole ancora, Donati? »

Lei abbassa gli occhi e consulta il cellulare.

« Secondo il gps mancano tre chilometri, ispettore. Truccazzano ce la siamo lasciata alle spalle poco fa, al prossimo incrocio deve prendere a destra e da lì proseguire in direzione dell'Adda. »

Gabriella Donati ha i capelli rossi raccolti all'indietro, un viso trapuntato di lentiggini e due grandi occhi blu. Fino a qualche mese fa, prima di prendersi una pallottola che si era miracolosamente fermata a pochi millimetri dalla spina dorsale, aveva l'espressione fresca della ragazzina. Adesso invece il suo sguardo sembra venato da una perenne incrinatura di sofferenza, l'indelebile consapevolezza degli scampati alla morte.

Casalegno segue le sue indicazioni e imbocca una stradina che taglia in due un enorme campo di erba medica. Il panorama somiglia a quello di una risaia abbandonata.

« Tu cosa mi racconti, Nicola? » chiede gettando un'occhiata veloce allo specchietto retrovisore.

Il viso ossuto di Vacirca sbuca tra i sedili.

« Il corpo del professore è stato ritrovato attorno alle nove e trenta di stamattina dal custode... tale Raboni Mariano, di anni cinquantotto. Il Raboni era in compagnia di tale... »

« Vacirca, cazzo! Mi sembra di ascoltare un audiolibro in cui un poliziotto scemo fa rapporto. Prova a dirlo con parole tue, da bravo, su! »

La testa di Vacirca dondola un sì.

« Allora... Raboni e la colf filippina, che si chiama Benilda Marisol Cuneta, sono arrivati a villa Bessa Terzaghi verso le nove e trenta. Davanti all'entrata padronale si sono accorti che c'era qualcosa che non quadrava, il vetro di una portafinestra del piano terra era rotto e i due cani da guardia erano spariti. Il custode è entrato in casa per primo, chiedendo alla Cuneta di restare al sicuro sotto il portico. All'interno ha constatato che effettivamente c'era stata un'effrazione e che gli allarmi perimetrali della villa erano disattivati. È salito nella biblioteca che Bessa Terzaghi utilizzava come studio e ha trovato il suo corpo inchiodato a una libreria in un marasma di sangue e confusione. Pochi minuti dopo ha chiamato il numero unico d'emergenza. »

Appena Vacirca finisce di parlare, il ritmo del suo ciuffo biondo si placa e lui lo scosta dalla fronte con un soffio.

« Quindi chi è entrato ha fatto fuori i cani, ha rotto il vetro e ha disattivato l'allarme. A meno che non l'abbia disattivato direttamente la vittima... anche se, in una notte cupa e tempestosa come quella di ieri, non avrebbe avuto alcun motivo logico per farlo, no? » dice Casalegno.

Poi rallenta e si ferma a un incrocio. « Donati, vado a destra o tiro ancora dritto? »

« A destra, dottore. Fra poco dovremmo passare davanti al castello di Corneliano, un chilometro dopo c'è la villa. »

« Okay... c'è altro, Nicola? » domanda Casalegno mentre sterza per schivare una buca.

« Per ora è tutto quello che so, ispettore. Ah, no, una cosa importante che posso aggiungere è che il Bessa viveva da solo... mai stato sposato e niente figli. Ha soltanto una nipote, la figlia di sua sorella che è mancata quattro anni fa. Praticamente la nipote è l'ultima discendente della dinastia dei Bessa Terzaghi » conclude soddisfatto Vacirca.

« Nonché l'unica erede! Cosa non trascurabile, direi » aggiunge l'ispettore staccando l'indice dal volante.

« Lo dice ai fini dell'indagine o perché è personalmente interessato? » chiede Donati con un sorrisetto furbo.

Casalegno intanto si è fermato all'ennesimo incrocio di quel dedalo campestre.

« Non ti facevo cosi maliziosa, Gabriella. Piuttosto adesso dimmi dov'è che devo andare. »

*

Riconoscere l'ingresso della villa è stato facile. Di fronte all'imponente cancellata in ferro battuto sono posteggiate due volanti coi lampeggianti accesi, in bilico sul ciglio terroso di un fosso. Pochi metri più avanti c'è un mezzo della Scientifica con il muso rivolto verso la distesa dei campi coltivati. L'altro lato della carreggiata è occupato da un furgone della polizia mortuaria, affiancato da un'Alfa di servizio.

Sotto la pioggia battente, Vacirca e Donati si stringono attorno a un ombrello mentre Casalegno alza il colletto dell'impermeabile e saluta il piantone di guardia a una stretta pensilina.

Poi si infilano tra due pilastrini di arenaria sormontati da una coppia di leoni rampanti. Le zampe di quello sulla destra artigliano un'elegante lastra di marmo su cui è inciso il nome della villa.

Imboccano un sentiero di ghiaia che attraversa una porzione di parco ben curata. L'erba è tagliata di fresco, e anche gli alberi secolari sono stati potati di recente.

Quando arrivano all'entrata principale si soffermano a guardare lo splendido prospetto della villa. Poi salgono la scalinata e si riparano tra due imponenti colonne di marmo. Un giovane agente li guida attraverso delle porte di vetro spalancate, dove un tecnico della Scientifica con la tuta in Tyvek li invita a percorrere una pedana rialzata. In un angolo dell'atrio è stato allestito il punto tecnico di direzione. Un'addetta alla logistica li saluta professionalmente e indica un tavolino su cui sono predisposti i kit per accedere alla scena del crimine.

« Prima di cambiarvi datevi un'asciugata generale, per favore, soprattutto ai capelli. Il cestino è sotto il tavolo » dice porgendo loro un rotolo di carta assorbente.

Una volta infilati soprascarpe e guanti il trio sale la larga scala di marmo che curva verso il primo piano.

Davanti alla porta della biblioteca c'è una donna che sta

parlando al cellulare. Indossa un giubbotto di pelle nera sopra un maglione a collo alto, jeans grigi e un paio di Dr. Martens che spuntano sotto l'elastico dei soprascarpe. È alta, lunghi capelli scuri girano intorno alle orecchie fitte di piercing e anellini d'argento. Gli occhi color onice, tagliati all'insù, alleggeriscono gli zigomi spigolosi, conferendo al viso un fascino nobilmente rapace. Appena li vede, interrompe la chiamata.

« Sei Casalegno, vero? » chiede asciutta puntando l'ispettore, senza neppure degnare di un'occhiata gli altri due. Poi porge la mano inguainata, sfornando un sorriso sfacciato, bianchissimo e privo di qualsiasi soggezione.

« Tu, invece, saresti? »

« Ah, certo. Viceispettore Caterina Dei Cas. »

« Ispettore Antonio Casalegno » dice lui stringendole frettolosamente la mano con un sorrisetto supponente. « Dopo la Catturandi di Palermo devi esserti sentita quasi in vacanza a Milano... Sappi che alla Crimine Violento ci facciamo il culo. »

« Non vedo l'ora... è la mia specialità farmi il culo » ribatte lei prima di girarsi e presentarsi agli altri due imbarazzati colleghi.

Casalegno osserva la scena con uno sguardo carico di ironia. La Dei Cas si volta nella sua direzione e lo guarda dritto negli occhi.

« Posso sapere cos'è che ti diverte tanto, ispettore? »

« Nulla in particolare. Stavo soltanto riflettendo che con il tuo cognome a Palermo non dev'essere stato per niente facile lavorare in mezzo a tanti colleghi uomini » spara Casalegno lisciandosi la barba.

« Non è mai stato facile, Casalegno. È dall'asilo che la gente fa battute idiote sul mio cognome, 'Caterina prende dei cas', 'Caterina regina dei cas', il repertorio più o meno è questo... quindi, se ci rifletti bene, l'allusione non brilla per umorismo, né tantomeno per buongusto. Devi sapere che crescere in Valtellina è molto impegnativo per una ragazza ambiziosa. Da quelle parti bisogna combattere per farsi strada. Quindi fidati, Palermo non è niente al confronto. E adesso che ci siamo presentati, se hai finito di divertirti e vogliamo passare alle cose serie, immagino che dietro quella porta ci sia uno spettacolo che non fa per niente ridere. »

7

In effetti adesso c'è davvero poco da ridere. Pierfrancesco Leonardini si è spinto troppo oltre. Osserva quello che ha appena fatto e inizia a tremare.

Tutto era incominciato come un gioco, in qualche modo anche divertente, eccitante, ma presto si era trasformato in un business remunerativo e sempre più complicato. I soldi si erano moltiplicati che manco Gesù a Cana e lui e i ragazzi avevano perfezionato l'offerta. Come una vera start up di successo avevano sviluppato un efficace piano industriale che aveva generato guadagni stratosferici, roba che alla loro età era pura fantascienza.

Iniziare era stato relativamente facile. Avevano reclutato la manodopera negli atenei milanesi e lombardi sguinzagliando le loro più fidate collaboratrici: le «faine», come le chiamavano nei messaggi criptati che si scambiavano su Telegram. E grazie al gran lavoro di quelle due subdole ammaliatrici ben presto erano arrivati ad avere in scuderia una trentina di ragazze. A ognuna veniva attribuito un nome fittizio, a nessuna veniva data la possibilità di rivelare la sua vera identità, né ai clienti né alle colleghe. Il trucco era pagarle benissimo, quelle puttanelle affamate di soldi e di droga, farle lavorare tanto e, soprattutto, avere in mano un archivio di foto e video compromettenti con cui garantirsi la loro eterna fedeltà e il loro assoluto silenzio. Dopodiché erano passati alla seconda fase, gestendo gli incontri attraverso la rete, il deep web e i social, arrivando addirittura a geolocalizzare gli appuntamenti tramite l'invio di un codice cifrato e seguendo un preciso calendario: due appuntamenti a Milano ogni settimana e uno al mese nei capoluoghi più caldi, Bergamo, Brescia e Varese. La clientela era gente piena di grana e soprattutto perversa, selezionata esclusivamente tramite inviti personali di altri clienti che comunque venivano sempre vagliati con attenzione. Chi entrava nel giro doveva pagare subito una costosa iscrizione al club mentre le tariffe, che variavano a seconda del tipo di serata a cui si partecipava, dovevano essere saldate con largo anticipo, ovviamente extra inclusi.

Nel giro di qualche mese erano arrivati anche al passo successivo: la gestione diretta della roba che girava alle feste. All'inizio, per rifornirsi di cocaina, pasticche, metanfetamine e benzodiazepine, si erano appoggiati a intermediari fidati, fino a quando una sera Marco aveva fatto un po' di conti e si era incazzato di brutto. «Perché minchia dobbiamo regalare tutti 'sti soldi a quei bastardi?» aveva protestato durante una delle riunioni settimanali che tenevano nella mansarda dell'appartamento di suo padre, un famoso architetto della Milano bene. Allora Pierfrancesco, detto Pierfa, si era staccato dal bong ancora fumante di hashish e aveva raggiunto la vetrata che inquadrava il traffico di corso Sempione. Lì, con gli occhi arrossati, aveva fissato la struttura massiccia dell'Arco della Pace. Poi, in un attimo, aveva deciso: «*Scavalchiamoli!*»

Si era girato per verificare l'effetto che quella parola aveva avuto sui due soci. Marco Galli aveva già le pupille ardenti, più per l'idea di appagare la sua avidità che per l'adrenalina di una nuova sfida da affrontare. Mattia Tondelli, lo spilungone con la faccia un po' butterata, aveva già messo in moto il suo eccezionale cervello, ricalcolando il delta tra perdite e guadagni, bilanciando al centesimo il rapporto tra rischi e vantaggi. Dopo qualche minuto, si era alzato e aveva affiancato Pierfa, mettendogli una mano sulla spalla. « Facciamolo! »

Da quella sera era cambiato il mondo, un po' come per una squadra neopromossa che si trova catapultata in serie A. Il primo contatto con i calabresi lo aveva procurato Pierfrancesco. Un suo parente con le mani in pasta un po' dappertutto aveva dei rapporti d'affari con l'erede di un'influente cosca 'ndranghetista ben radicata in Lombardia. Il giorno dell'incontro si erano presentati puntualissimi all'indirizzo di Buccinasco. Si erano avvicinati a un anonimo cancello verde dietro cui si intravedeva una palazzina di due piani, neppure tanto lussuosa, e avevano timidamente suonato il campanello. Indossavano tutti e tre giacca e cravatta, jeans scoloriti e sneakers nuove di zecca. Più che a un trio di insospettabili gangster poco più che ventenni, assomigliavano a tre ragazzini impauriti all'esame di maturità. In effetti erano stati sottoposti a un'interrogazione molto scrupolosa. I professori non ricordavano affatto i mafiosi da film in gessato, brillantina e accento da macchietta. Sembravano piuttosto un pugno di eleganti e spietati commercialisti, con tanto di gemelli d'oro ai polsi di camicie bianchissime e idee ancor più chiare. Un'ora più tardi erano usciti dalla villetta sulle loro gambe, vivi e con un accordo ragionevole: il quindici percento dei loro guadagni in cambio della fornitura esclusiva di droga e di uno sconto progressivo a seconda dei quantitativi spacciati su base semestrale.

Nei mesi successivi era letteralmente piovuto sulle loro teste un diluvio di euro. Ogni ventun giorni, a turno, passavano la dogana con la Svizzera e andavano a depositare borse piene di contanti sul loro conto della WG Bank de Suisse di Locarno. Per orgoglio confederato nessuna guardia di confine si sarebbe mai sognata di perquisire quei bravi ragazzi che dicevano di andare a trovare le loro fidanzatine elvetiche. Due anni a quel ritmo e poi avrebbero chiuso i battenti e investito i soldi in qualche promettente business digitale o nelle energie rinnovabili.

Tutto era filato liscio fino al giorno di quel maledetto incidente.

Durante una festa più sfrenata del solito, una delle ragazze si era sentita male mentre era impegnata a giocare un doppio orizzontale insieme a una sua amica e a due affezionati clienti del settore borsistico. Marco Galli l'aveva subito prelevata per portarla da un medico compiacente, ma lungo il tragitto la ragazza era morta. A ventun anni appena compiuti, sul sedile di una Mercedes GLA che sfrecciava nella notte di corso Buenos Aires.

Il giorno dopo il cadavere di Fabiana Malipieri era stato ripescato mentre galleggiava davanti a un locale della Darsena. L'autopsia aveva certificato che aveva avuto un infarto provocato dall'assunzione di un mix letale di alcol e cocaina e che, con tutta probabilità, a seguito del malore era caduta dal muretto nel metro e mezzo di acqua putrida del naviglio. Sulla riva di cemento grigio la polizia aveva trovato la sua borsa, il suo portafoglio svuotato dei contanti e una bustina di plastica con residui di cocaina di ottima qualità. Gli amici di Fabiana avevano confermato che faceva uso saltuario di stupefacenti, ma non avevano idea del motivo per cui si trovasse lì quella notte. I genitori, una coppia separata di modesti impiegati pubblici, erano convinti che la loro bambina fosse un'ottima studentessa senza tanti grilli per la testa. Nessuno dei due però era riuscito a spiegare i dodicimila euro in contanti che la ragazza teneva nascosti in camera sua, dentro una scatola di scarpe molto costose. Dopo due settimane di indagini l'autorità giudiziaria aveva archiviato il fatto come morte accidentale in seguito a overdose. Per tutti la cosa era finita lì. Per tutti, tranne che per una delle due «faine».

E adesso Pierfrancesco è lì che guarda orripilato l'espressione stupita di Carolina De Bellis che lo osserva dal divano di pelle bianca. A testa in giù, come una carta rovesciata dei tarocchi. Il braccio sinistro ritorto all'indietro contro lo schienale, il destro mollemente abbandonato fuori dal perimetro dei cuscini. Gli zigomi squadrati, i tratti mascolini e la bocca aperta in un urlo muto, del tutto simile a un'angosciosa figura di un quadro di Caravaggio.

Gli occhi privi di vita della ragazza sembrano interrogarsi sul perché di quella fine repentina. Un pantano di sangue inzacchera i capelli crespi e sgocciola sulla moquette con la viscosità di una tempera rossa.

Pochi minuti prima, Carolina si è presentata nel loro covo di viale Piceno per reclamare la sua parte di bottino e ha esposto la sua richiesta parlando lentamente, scandendo bene le parole. Poche, affilate e precise.

« Ho riflettuto per molti giorni su quello che è successo a Pupa. Oltre a voi, io sono la sola a sapere chi fosse davvero... per cui voglio la mia parte. Se no racconto tutto e voi tre siete fregati. Il mio silenzio costa un quarto netto dei ricavi. »

Così, senza indecisioni, diretta. Si è lanciata nel vuoto come un'acrobata senza rete, tutta incoscienza e arroganza. Pierfa l'ha guardata per un minuto con la sfumatura più feroce dei suoi occhi grigi. Poi li ha addolciti. Si è alzato con un sospiro rassegnato e le ha accarezzato una guancia sorridendo.

« Prima ne devo parlare con gli altri. Ma ti capisco, sei con noi dall'inizio e condividere certi pesi costa fatica. E questo sforzo, giustamente, ha un prezzo. Per questo non voglio che tu esca da qui scontenta. » Si è chinato sulla scrivania e ha aperto un cassetto.

« Intanto prendi questi » ha detto sventolando in aria una mazzetta di contanti.

Lei si è avvicinata e con uno sguardo famelico ha artigliato i soldi.

« Pensate in fretta, perché non ho intenzione di accontentarmi di queste briciole. »

Poi si è girata lentamente, senza neppure degnarlo di un saluto.

Invece Pierfa si è mosso veloce. Ha impugnato un pesante fermacarte di cristallo e un secondo dopo le ha sferrato un calcio tre le scapole.

Carolina è crollata in avanti come una marionetta senza fili ed è inciampata in un pouf di pelle, piombando a faccia in giù sul divano. Pierfrancesco non ha perso tempo e, dopo averle premuto un piede sulla schiena, ha calato rapidamente il braccio. Una, due, tre volte. Il primo colpo si è abbattuto con un rumore sordo. Il secondo ha generato uno scricchiolio leggero, simile a quello di un guscio d'uovo che cede. Il terzo ha prodotto un suono arrendevole e acquoso, una sorta di umido ciac-ciac. Il sangue è fuoriuscito lento e scuro. Nascosto da una ciocca scomposta di capelli, lo scoperchio del cranio ha rivelato la massa di materia grigia incastonata tra le schegge d'osso.

Ormai Pierfrancesco Leonardini è lì in piedi da qualche minuto. Continua a singhiozzare, impietrito davanti a quell'orrore. All'improvviso si riscuote, abbassa la mano tremante che stringe il fermacarte insanguinato, lo posa delicatamente a terra e corre a vomitare. Quando esce dal bagno è un po' meno pallido. Passa davanti al corpo di Carolina, si china a raccogliere la mazzetta di soldi dalla moquette, raggiunge la scrivania e si siede. Apre il cassetto, ci infila i contanti e prende una bustina di coca. Ne pizzica un po' con due dita e la sniffa così com'è, senza stare a pressarla e allinearla. La botta arriva nel giro di un minuto. Pierfa inspira forte per liberare le narici dagli ultimi residui dei cristalli, si asciuga gli occhi con la punta delle dita ed estrae il cellulare.

La prima chiamata è ai suoi due soci, soltanto poche parole: « Abbiamo un problema di pulizia, venite da me, subito! »

Una frase in codice neanche troppo originale, che hanno concordato per le situazioni di estrema gravità.

La seconda telefonata invece la fa a un numero che compone a memoria. Quando finalmente qualcuno risponde, Pierfa sussurra la sua richiesta d'aiuto.

« Ho bisogno di te, ho fatto un casino. »

8

È evidente che quel luogo deve aver vissuto momenti di assoluto splendore. Soprattutto nei giorni in cui il sole muoveva lento intorno alla villa e i suoi raggi filtravano attraverso le finestre ad arco, illuminando l'immenso scaffale fitto di libri; oppure quando il profumo della cera d'api si alzava dal parquet intarsiato, tirato a lucido da mani sapienti; o ancor più spesso nel cuore della notte, quando l'antica lampada da lettura inglese sulla scrivania in noce diventava il centro del mondo segreto di Niccolò Bessa Terzaghi.

Adesso, invece, nella stanza dominano incontrastati il caos e l'orrore, sul cui sfondo si muovono i tecnici della Scientifica, alieni in tuta bianca che spennellano porzioni di mobili e ispezionano fessure del pavimento alla ricerca della più minuscola traccia. Una squadra di cacciatori di dettagli.

Casalegno è in piedi alle spalle della Dei Cas. Accanto a lui ci sono Vacirca e la Donati, immobili come statue, gli sguardi piantati sul corpo martoriato di Bessa Terzaghi. Una carcassa lacerata, un angelo scarnificato sospeso nella sua mortale fissità.

«Porca puttana!» dice la Dei Cas sbiancando.

Casalegno le sfila a fianco e sussurra piano: «Benvenuta alla Crimini Violenti... e fidati anche tu, Palermo non è niente al confronto.»

Poi l'ispettore punta deciso verso un anziano corpulento che sta parlando con una donna in prossimità del cadavere.

È Lorenzo Bencivenni, il direttore del Gabinetto di Polizia Scientifica. La matassa ribelle dei suoi capelli grigi è contenuta a stento dalla cuffia che taglia a metà una fronte spaziosa e traslucida. Il naso enorme è corredato da un paio di occhialini da vista a mezzaluna. La bocca pressata da due gote piene e arrossate. Appena nota l'ispettore, alza le sopracciglia e la voce.

« Guarda, guarda chi abbiamo qui, il mitico ispettore 'Asalegno! » Più che un saluto un tuono, seguito dall'immancabile arguzia: « Oh Antoniuccio, che dici, ti garba lo spetta'olino che hanno messo in scena per noi? »

« Una meraviglia, direi, Doc. Di meglio non si potrebbe desiderare in una bella giornata di merda come questa. » Casalegno tiene la testa bassa per non essere costretto a guardare la salma. Perlomeno non ora, non subito.

Intanto la donna con cui Bencivenni stava parlando si avvicina, posa una mano sul suo avambraccio e abbassa la mascherina.

« Ciao, Antonio. Tutto bene? Oggi non hai nemmeno risposto al mio messaggio... »

Stefania Sileri è una donna bella e intelligente, nonché una professionista eccezionale. Probabilmente è per compensare tutti questi pregi che qualche tempo fa ha deciso di autopunirsi, diventando la fidanzata di Casalegno.

L'ispettore la osserva, ricambia il saluto e allarga le braccia in segno di resa.

« Scusa, è colpa di 'sto casino. Pinducciu mi ha tenuto in ostaggio per aggiornarmi e poi mi ha scaricato sul gobbo tutta la responsabilità dell'indagine. »

« Allora oggi sei tu il protagonista del film! *Il caso Bessa Terzaghi è suo, ispettore Casalegno...* non suona male: sai quando si dice che uno ha tutte le fortune, no? » fa lei stiracchiando un sorriso.

Casalegno nota qualcosa di strano. Stefania non ha il solito sguardo luminoso, la sua espressione sembra velata da un filtro opaco. Tristezza, o forse senso di colpa, oppure semplice preoccupazione. A questo punto, però, è davvero curioso di sapere cosa la turba.

« Più tardi parliamo? Così mi racconti cosa c'è che non va... d'accordo? » propone con voce gentile.

« D'accordo. Facciamo stasera da me, se riusciamo... ma mi sa che avrò parecchio da fare » dice Stefania guardando il cadavere. « In ogni caso ti aggiorno. »

Nel frattempo Vacirca, Donati e Dei Cas li hanno raggiunti. Casalegno si volta e presenta la nuova arrivata.

Mentre le due donne si salutano con un cenno del capo, Bencivenni non resiste alla battuta.

« Benvenuta, viceispettore, era ora che mandassero qualcuno con le palle in questa squadra. »

La Dei Cas vorrebbe ribattere, ma Casalegno la anticipa.

« Grazie, Doc, bella solidarietà... questa me la segno. Piuttosto, ci puoi ragguagliare sulla situazione? »

Bencivenni punta il pollice verso il corpo sospeso alle sue spalle con un'espressione ammirata. Sembra quasi il direttore degli Uffizi che si appresta a illustrare un capolavoro.

« Chiunque abbia fatto questa cosa è dotato di vero genio criminale e ha anche una forza fisica notevole. E soprattutto ha avuto tantissimo tempo a disposizione. »

Come sempre accade quando affronta argomenti professionali, l'accento toscano del dottore sfuma in un italiano privo di inflessioni.

« Ovviamente per fare chiarezza sulle cause della morte dobbiamo aspettare l'esame autoptico della dottoressa Sileri, ma più o meno ci siamo già fatti un'idea » dice serio.

« Perfetto! » commenta una voce alle spalle del gruppo. « Allora sono arrivato appena in tempo per ascoltare la storia... buongiorno a tutti. »

Un uomo sui quaranta, alto, snello e con una folta criniera di capelli mossi, osserva divertito la loro reazione. Due occhi grigi e intelligenti brillano dietro le lenti rotonde di un paio di occhiali un po' retrò. Le braccia conserte stringono una giacca di velluto a coste contro un maglione di lana a collo alto. È il sostituto procuratore Gian Maria Arnaboldi, il magistrato che da qualche anno sovrintende a quasi tutte le indagini dell'unità.

«Signor giudice...» saluta l'ispettore muovendo appena il capo.

«Salve Casalegno, mi hanno detto che in assenza del nostro caro Mandelli il caso è stato affidato a lei» replica il procuratore con una sfumatura divertita nella voce.

«Sì, dottore, e abbiamo anche avuto in dote un nuovo prezioso elemento» dice Antonio indicando la Dei Cas senza guardarla.

«Ho saputo. Viceispettore... benvenuta.» Il procuratore rivolge un cenno di saluto alla donna e fissa il corpulento responsabile della Scientifica. «Scusate l'interruzione, lasciamo pure che il dottore ci dica.»

Bencivenni mastica un mugugno e inizia la sua lezione.

«Abbiamo ragione di credere che l'assassino abbia agito da solo e che sia entrato nella proprietà superando il muro di cinta che la separa dai campi coltivati. Sul retro invece ci sono una specie di fosso interrato, rovi, nessuna strada e una distesa di aree incolte. Comunque i miei stanno cercando eventuali impronte sui cancelli d'accesso e tracce di pneumatici lungo il perimetro esterno. Una volta entrato nel parco, in qualche modo il colpevole si è sbarazzato dei cani. Sono due bullmastiff adulti, maschi. Cani perfetti per la guardia e non certo facili da ammansire per degli sconosciuti.»

«Li ha eliminati?» domanda la Dei Cas.

«No, e questa è la prima cosa strana. I cani sono spariti.»

«In che senso spariti, Doc?» chiede Casalegno.

Bencivenni si gratta la fronte sotto l'elastico della cuffia e alza gli occhi al soffitto.

«Belli che andati, 'Asalegno. È molto probabile che li abbia portati via con sé dopo aver completato questo macello. I miei hanno passato al setaccio il parco e l'immediato circondario senza trovare nessuna traccia dei cani, né dei loro cadaveri. La villa è circondata da decine di ettari di terreno agricolo e di boscaglia, ci vorrebbero molti più uomini per svolgere delle ricerche estese.»

«Questo dei cani è un particolare assurdo, non le pare?» domanda Arnaboldi.

«Sì, signor giudice, è strano e soprattutto è rischioso portarsi appresso due bestie così. Sono di grossa taglia, non certo docili e danno nell'occhio. Forse gli animali lo conoscevano, oppure li ha narcotizzati. In ogni caso doveva avere le sue buone ragioni per portarli via e anche un mezzo adatto, magari un furgone o un suv. Vediamo cosa ricaviamo dai calchi dei battistrada. Anche se fuori dalla villa c'è un casino tale che neanche nel parcheggio di un centro commerciale...» Bencivenni sbuffa, si toglie la cuffietta e si passa una mano sulla fronte sudata. «Ma andiamo avanti. L'assassino ha rotto il vetro della portafinestra dell'atrio ed è penetrato in casa da lì. Sia al piano terra che qui sopra abbiamo rilevato impronte multiple di scarponcini o di stivali, numero quarantatré, le suole sono del tipo con disegno a carrarmato, possiamo senz'altro risalire alla marca e al modello. Anche in questa stanza ha lasciato molte impronte, per conciare in quel modo Bessa Terzaghi ha lordato di sangue quasi tutto. Comunque ha fatto più volte avanti e indietro dalla villa dopo averlo ucciso. A conferma di ciò abbiamo molte tracce sulle scale e nell'atrio.»

«Come mai gli allarmi perimetrali non hanno funzionato?» lo interroga Casalegno.

«Questo è il secondo particolare strano. Gli allarmi risultano disinseriti. Quindi o il Bessa Terzaghi non li ha attivati, magari dimenticandosene, oppure potrebbero essere stati disattivati da remoto. I tecnici ci stanno lavorando. Di sicuro non hanno suonato, il combinatore telefonico non è entrato in funzione e pertanto né il gestore né le forze dell'ordine hanno ricevuto la chiamata di sicurezza. Ah, tra i numeri da contattare in caso di effrazione oltre a quello del custode c'è anche quello della nipote, Carlotta Rovelli.»

Ora è il turno della Dei Cas.

«Quindi è entrato dall'atrio e poi è salito fino a qui. Deve aver fatto molto rumore rompendo il vetro, come mai Bessa Terzaghi non ha chiamato subito il 112?»

Bencivenni la osserva per qualche secondo notando per la prima volta la bellezza particolare del suo viso.

«Il padrone di casa non aveva un cellulare, viceispettore, o perlomeno finora non lo abbiamo trovato da nessuna parte. Ovviamente stiamo verificando se ci fossero utenze mobili intestate a suo nome. L'apparecchio telefonico fisso è nel salotto, che poi è la stanza adiacente a questa. Qui non arriva la fibra ottica, come potete immaginare. La villa ha una linea dotata di un link ADSL alla rete, roba preistorica. Il professore navigava sul web solo per motivi professionali, utilizzando un malandato computer che ho già fatto portare via. Comunque queste sono connessioni vetuste per cui l'IP non è affatto protetto, si possono facilmente bucare. Il vostro ragazzo, lo Zilli, farà le sue indagini e ci dirà qualcosa di più.»

«Comunque mi pare di capire che l'assassino non ha avuto tentennamenti e ha puntato direttamente alla biblioteca, il che significa che conosceva bene la casa e sapeva dove avrebbe trovato la vittima» dicc Casalegno sfregandosi le nocche sulla barba. «Questo in qualche modo potrebbe restringere il campo delle indagini. Dopo cos'è successo, Lorenzo? »

« Bessa Terzaghi si è quasi certamente nascosto laggiù. » Bencivenni indica l'angolo tra la libreria e la finestra di sinistra, dove una tenda bianca striata di sangue penzola disordinatamente da una spessa riloga di legno. « L'assassino lo ha raggiunto e lo ha torturato con uno strumento acuminato a lama lunga, come indica quella chiazza da sanguinamento che in gergo tecnico si definisce 'a pozza'. In pratica gli ha infilato la lama sotto la clavicola sinistra e ha spinto dall'alto verso il basso » dice mimando il gesto. « Voleva farlo soffrire, magari per estorcergli delle informazioni... poi gli ha strappato l'orecchio con un morso. »

« Cosa? » dice sorpreso Arnaboldi, muovendo in avanti la testa.

« Sì, Gian Maria, prima del vostro arrivo abbiamo esaminato il cadavere da vicino, usando quella scala appoggiata alla libreria » interviene Stefania Sileri puntando un dito verso il corpo sospeso. « Ma se si guarda con attenzione lo si può notare anche da qui... è un morso nettissimo. Lavoreremo sui segni che ha lasciato per ricostruire un'impronta della dentatura. Aggiungo che, tra le tante cose che mancano, non abbiamo trovato il pezzo dell'orecchio. »

Arnaboldi, che la conosce bene da anni, le rivolge uno sguardo interrogativo.

« Può significare quello che penso? Ovvero che l'aggressore lo abbia... »

« Mangiato? » chiede la Sileri. E si risponde da sola: « È possibile. Quando ho detto che mancano delle *cose* non mi riferivo soltanto a degli oggetti. Non abbiamo rinvenuto neanche il cuore della vittima. E visto il livello di violenza e perversione che si evince dalla scena del crimine, potremmo benissimo trovarci di fronte a un *lust killer*: un cosiddetto psicopatico lussurioso, organizzato e con una deviazione antropofaga. Oppure potrebbero essere dei feticci che il soggetto ha portato via con sé per rivivere in privato l'eccitazione della fase omicidiaria. Ma queste sono cose che dovete scoprire voi».

È Bencivenni a riempire il gelido silenzio che cala nella stanza. «Nei rapporti saremo più precisi, ma tutto fa pensare che da laggiù l'assassino lo abbia spostato di peso davanti alla libreria per terminare il lavoro, come evidenziano quelle striature da trascinamento. Una volta qui, ha praticato un'apertura sotto lo sterno per estrarre il cuore, quindi ha scorticato il cadavere. Dopodiché lo ha tirato su con una corda che ha fatto passare sopra lo scaffale e ha inchiodato per prime le braccia, con una sparachiodi pneumatica e usando chiodi da ebanisteria da cento millimetri. Infine ha fissato i due piedi sovrapponendoli, appoggiandoli al ripiano e trapassandoli con un lungo chiodo in ferro battuto. È di foggia antica, con la testa angolare, di quelli che si vedono nelle rappresentazioni artistiche delle crocifissioni, per intenderci.»

«Ma che cazzo...» esclama la Dei Cas. «Questo è davvero fuori di testa.»

«Noi non useremmo proprio queste parole, viceispettore, ma direi che la sua definizione corrisponde al possibile profilo tecnico» osserva Bencivenni prima di concludere: «Però dobbiamo tener conto che per fare tutto questo sono necessari una motivazione feroce e una lucidità incredibile».

Finalmente Casalegno si arrende e immerge gli occhi in quell'orrore. Alza lo sguardo sul morto, lo osserva a lungo e valuta il suo stato alla luce delle informazioni che ha appena ricevuto. Dopo qualche istante sospira e si volta verso Bencivenni.

«Posso chiederti una cosa, Doc? Prima hai detto che l'assassino ha avuto bisogno di molte ore per realizzare il suo piano, entrando e uscendo più volte dalla villa. Hai già un'idea di quale potrebbe essere il lasso di tempo in cui ha agito? »

« Ovviamente per stabilire l'orario preciso dobbiamo attendere il lavoro della dottoressa Sileri » dice Bencivenni rivolgendosi a tutti i presenti. « Poi potremmo farci un'idea realistica della dinamica. In ogni caso, se proprio vuoi che azzardi un'ipotesi su due piedi, credo che sia entrato non più tardi delle dieci di ieri notte. Deve aver fatto diversi viaggi per prendere e portar via l'attrezzatura e deve aver lasciato la villa poco prima dell'alba. Dopo sarebbe stato troppo rischioso. In questa zona si muovono sempre braccianti e mezzi agricoli e la probabilità di incrociare qualcuno era comunque alta. »

« Dove troviamo il custode e la colf? » domanda Casalegno.

« Credo siano nella sala da tè, giù a pianterreno » risponde Bencivenni, che approfitta del momento per riprendere il comando delle operazioni e il suo amato accento. « Per ora vi s'è detto fin troppo. Avrete presto sulle scrivanie dei bei rapportini con le nostre valutazioni nero su bianco. E ora, se non vi spiace, vi chiedo cortesemente di levarvi tutti da 'oglioni, che noi qui ci s'ha da fare... forza, bellini! »

9

Camminare per le strade della sua città rientra nel novero delle rare cose a cui il commissario Mario Mandelli non sa proprio resistere.

Roba che si conta sulle dita di una mano: l'abbraccio di sua moglie, il profumo del pane appena sfornato, la voce di Sinatra in ogni sua possibile edizione musicale e l'effetto sorpresa che genera sui criminali un travestimento ben riuscito. Sicuramente c'è anche qualcos'altro, ma adesso proprio non gli viene in mente.

Ed eccolo lì, allora, che taglia in diagonale il chiostro della Cattolica, sfilando al riparo dell'elegante colonnato dorico. Una volta uscito punta deciso in direzione di via Carducci.

La pioggia intanto ha parzialmente mitigato la sua violenza mattutina. Adesso scende fitta come un velo di aghi gelati e pungenti che si insinuano in ogni fessura e inzuppano tutto: la giacca, i vestiti, le scarpe.

Mentre cammina a passo svelto il commissario alza gli occhi al cielo autunnale, a quell'omogeneo soffitto di smog che occulta i misfatti della città e annebbia i pensieri degli uomini. Poi riabbassa lo sguardo e calca il cappello impermeabile sulla testa. Solleva il colletto sulla nuca, aggiusta la tracolla della borsa e accelera.

Due minuti dopo attraversa una piazza Sant'Ambrogio semideserta e costeggia il muro della basilica fino a un piccolo slargo, nel cui centro s'innalza un pilastro sbozzato in pietra chiara, sormontato da un capitello consunto. La pioggia scivola sul fusto di marmo cipollino che il riverbero della luce pomeridiana rende simile alla madreperla. È la Colonna del Diavolo, uno dei più antichi retaggi della città. Un monumento unico al mondo, che dall'avvento del cristianesimo ambrosiano e ben prima di finire sulle moderne mappe digitali è sempre stato il centro sacro della città. Gli imperatori che venivano incoronati re d'Italia avevano l'obbligo di abbracciarla per suggellare la loro elezione, e altrettanto facevano i pretori della Milano medievale.

Poi c'era la credenza popolare. La leggenda.

Si diceva che la colonna fosse il simbolo tangibile della lotta tra il demonio e sant'Ambrogio. Si narrava che il diavolo avesse sbattuto le corna contro quel marmo, incidendone la superficie e restando incastrato a culo all'aria in quella piccola piazzetta, prima di essere inghiottito dalla colonna stessa. Mandelli ricorda che sua nonna Rosa, quando passavano di lì mano nella mano, mormorava sempre una veloce preghiera. Una volta gli aveva persino raccontato che da ragazzina aveva appoggiato l'orecchio su quel freddo fusto di marmo e aveva udito distintamente il lamento dell'Inferno.

«Tu non farlo mai, Marietto, ma ricordati che il diavolo esiste! Fidati della tua nonna.»

Il commissario passa una mano sulla fronte bagnata e intanto ripensa al crudo resoconto di Vacirca sull'omicidio di quella mattina. Un tempo forse avrebbe dato ragione alla nonna e avrebbe attribuito la responsabilità di quello scempio a un'entità maligna soprannaturale. Ora non più. Dopo decenni di crimini violenti Mandelli è più propenso ad attribuire le colpe direttamente agli uomini. Sa che sono capaci di indicibili malvagità, spesso per futili motivi, quasi sempre per interesse e odio. Continua a immaginarsi il cadavere di Bessa Terzaghi inchiodato alla libreria e a elaborare ipotesi che portano sempre alla stessa conclusione: una cosa del genere la può fare soltanto un uomo consumato da un male profondo e da un feroce desiderio di vendetta. La sua curiosità si accende di nuovo e gli fa bruciare lo stomaco. Pensa a Casalegno e si domanda come se la stia cavando. Vorrebbe conoscere tutti i dettagli ed essere informato sulle novità, leggere i documenti, accedere ai dati, condividere le sue ipotesi con lui e con la squadra... dare il suo contributo, insomma.

Per la prima volta da mesi, sente il prepotente desiderio di tornare al lavoro e ha la certezza di trovarsi nel posto sbagliato.

Sospira e scaccia la tentazione di chiamare Pinducciu e di mettersi immediatamente a disposizione. Oggi ha già ceduto alla lusinga della passeggiata, per ora basta così.

Una cosa alla volta.

E poi, in qualche modo, sarebbe come darla vinta al Diavolo.

Con un secco colpo di reni si stacca dal muro e rivolge un ultimo sguardo al monumento. Non ha nessuna intenzione di appoggiare l'orecchio contro quel marmo infido. Nonna Rosa può riposare serena.

Con un sorriso sarcastico, mostra il dito medio alla colonna. Dopodiché abbassa la testa e riprende a camminare sotto il diluvio.

10

Apre la bocca, la richiude, resta a lungo in silenzio. Si vede che vorrebbe aiutare, dire, persino suggerire. Invece Mariano Raboni riesce soltanto a deglutire e a incrociare le braccia sul petto, in un atteggiamento difensivo.

Il giudice Arnaboldi scivola sul sedile damascato della poltrona, si piega in avanti e puntella i gomiti ossuti sui pantaloni di vigogna. Anche Casalegno si muove, appoggia una mano sul bracciolo di una poltrona gemella e guarda negli occhi il custode. Benilda Marisol Cuneta è seduta sul divano accanto a Raboni, immobile e muta. A un tratto prende la mano callosa dell'uomo, l'accarezza dolcemente e rompe il silenzio.

« Forza, signor Mariano, devi finire di dire cose che tu sai, forza. Io non so cosa è successo davvero perché non mi hai fatto entrare in sala dei libri. Tu dici, così dopo andiamo tutti a casa, sì, sì. »

La colf accompagna la sua affermazione con un cenno del capo, si asciuga con la punta del fazzoletto gli occhi arrossati dal pianto e rivolge un sorriso complice alla Dei Cas. Il viceispettore è in piedi dietro le poltrone e incombe dall'alto sul rito dell'interrogatorio. In quel salottino neoclassico dai toni pastello sembra una sacerdotessa punk completamente fuori contesto. Ricambia lo sguardo della filippina ma il suo volto rimane inespressivo, imperscrutabile come quello di una sfinge.

« Signor Raboni, continui. La prego » dice gentilmente

Arnaboldi, mentre con le dita pettina all'indietro i folti capelli.

Il custode passa in rassegna la faccia del magistrato e quelle dei poliziotti, poi si sofferma sulle pareti affrescate dell'elegante sala da tè. Una stanza in cui sarà entrato sì e no cinque volte in più di vent'anni di servizio. La sua soggezione è palese, il disagio di essere l'impreparato protagonista di quella tragedia è ancor più evidente.

« Beva un po' d'acqua » gli dice Casalegno indicando il vassoio accanto al divano, « le farà bene. Capisco che si trova in una situazione molto difficile. »

Raboni ubbidisce e finalmente riprende a parlare.

« Come vi ho già detto, quando sono entrato nella biblioteca ho trovato quello che avete visto anche voi... e io non ho toccato niente! »

Fa un respiro profondo, e l'aria sibila nello spazio tra i denti mancanti, producendo una specie di fischio.

« Torniamo a ieri... lei ci ha riferito di aver sentito telefonicamente Bessa Terzaghi. Cosa vi siete detti, di preciso? » La voce di Arnaboldi è regolata sulla modalità interrogatorio, il frutto di centinaia di confronti con ogni genere di soggetto. Sospetti, rei confessi, assassini, ladri, truffatori, bancarottieri, corrotti, concussi, innocenti, colpevoli. Per Raboni usa una particolare intonazione, bassa ma ferma. Una via di mezzo tra il conforto e il pungolo, quella che si utilizza per parlare alla brava gente.

Raboni sposta lo sguardo verso la finestra. Fuori continua a piovere, seppur in maniera meno violenta.

« Il professore mi ha chiamato nel tardo pomeriggio. Abbiamo parlato di alcuni lavori che dovevo seguire. Qui non si finisce mai, metti a posto una cosa e se ne guasta un'altra. E io mi occupo di coordinare tutto: il giardiniere, gli approvvigionamenti, le consegne, le spese, i cani, i manovali che vengono a fare i lavori... e anche la Benilda, qui » dice girando la testa verso la colf che annuisce, ben felice di rientrare nella lista delle priorità.

« Quindi Bessa Terzaghi viveva sempre da solo. Voglio dire, non c'era mai nessuno che rimanesse qui con lui nella villa... che so, a preparare e servire la cena, magari » spiega pazientemente Casalegno.

« No, il professore era una persona molto metodica e riservata. Pochissimi amici, nessuna donna. A parte qualche rara occasione durante le feste in cui veniva sua nipote, restava sempre da solo. Benilda viene dal lunedì al venerdì e pulisce a rotazione le stanze del piano terra e del primo piano. Al secondo ci sono per lo più camere da letto. Ma lassù da un po' di anni è tutto chiuso e gli arredi sono coperti, se no il riscaldamento veniva a costare una fucilata. La Benilda gli preparava anche tutti i pasti e delle cose da surgelare. Il professore mangiava molto poco e poi metteva direttamente lui le stoviglie sporche nella lavapiatti. La maggior parte del tempo la passava in biblioteca. Leggeva e studiava per ore. I libri erano come dei figli per lui, me lo diceva spesso » spiega Raboni scuotendo la testa.

Casalegno annuisce e guarda Arnaboldi, passandogli il testimone.

« Capisco. Ora ci parli dei cani e dell'allarme. Come si spiega che siano scomparsi e che l'allarme fosse disinserito? Lei si è fatto qualche idea? » domanda il procuratore mentre si appoggia allo scomodo schienale e incrocia le lunghe gambe.

« Il Flock e il Grimm sono due splendidi cani da guardia. Ubbidienti, ma soltanto con chi li conosce bene, se no sono cavoli di chi capita sotto le loro grinfie. Una volta hanno beccato uno zingaro che aveva scavalcato dalla parte del fiume e dopo l'han dovuto ricucire per bene, quel mascalzone. Il padrone li adorava, e anche io... »

« D'accordo, ma resta il fatto che comunque l'assassino

in qualche modo deve averli ammansiti. Forse li ha narcotizzati... e poi magari se li è portati via. Perché, Raboni? » insiste Arnaboldi.

« E io come faccio a saperlo? Magari li avrà addormentati! Ma non è facile avvicinare dei cani da guardia come quelli al buio, e poi con questa pioggia. A meno che non lo conoscessero, ma non so... Io mica c'ero! »

« A proposito... lei dove si trovava ieri notte e questa mattina, prima delle nove e trenta? » Ora tocca a Casalegno spingere.

« Io? Ma come potete pensare che io... *robb de' matt*! Sono come uno di famiglia! Ventitré anni che lavoro alla villa, Dio buono! Stanotte ero a casa con mia moglie a dormire. E stamattina presto sono andato dal fabbro per vedere a che punto era con una delle ringhiere del terrazzo grande che sta riparando. Domandatecelo a tutti e due dov'ero! » urla il custode con la faccia paonazza, sputacchiando tra i denti.

« Stia calmo, Raboni » gli ordina Arnaboldi mantenendo un tono fermo ma rassicurante, « verificheremo, non si inquieti. Noi dobbiamo fare tutte le domande del caso. È il nostro lavoro. »

« Va bene » dice l'uomo poco convinto, cercando di recuperare il controllo.

Il giudice fa un cenno a Casalegno, che riprende l'interrogatorio: « Adesso ci parli dell'allarme. Il professor Bessa Terzaghi aveva l'abitudine di staccarlo la notte? Immagino che lei avesse i codici in caso di necessità ».

« Certo che li ho... e c'ho anche il cicalino... il telecomando, insomma » dice Raboni mentre esplora una tasca dei pantaloni ed estrae una scatoletta di plastica grigia con due pulsanti azzurri.

La posa sul tavolino di fronte al divano e aggiunge: « No, il signor Niccolò non lo staccava mai, l'allarme. Era un orologio nelle sue cose, ogni sera lo attivava appena io o Benilda lasciavamo la villa e lo disattivava al mattino, alle sette e trenta, quando andava a fare la sua passeggiata nel parco. Tutte le mattine che Dio mandava in terra, nessuna esclusa. Quando rientrava, se noi non c'eravamo, lo reinseriva. Lo aveva fatto installare sei anni fa, dopo aver subito un furto con scasso. Da allora ci sono stati soltanto due tentativi di intrusione falliti, di cui uno il mese scorso. »

« Cioè? Che tipo di intrusioni? »

« La prima volta è stata una banda di ragazzini di Truccazzano che avevano visto troppe di quelle serie lì con le sparatorie. Uno è finito al pronto soccorso perché Flock gli ha azzannato una chiappa. Ma poi ci han pensato i loro genitori a scartavetrarli per bene, quei piccoli delinquenti. Dopo sono anche venuti in delegazione a scusarsi con il professore, che li ha perdonati e non li ha nemmeno denunciati. »

« Ci parli dell'ultimo tentativo, quello di un mese fa » suggerisce Casalegno, che sente l'istinto formicolare.

« L'altro è stato più strano, in effetti... Cos'era, Benilda, il 10? No, no, era la notte tra l'11 e il 12 ottobre, vero? » fa Raboni rivolgendosi dubbioso alla donna.

« Sì, signor Mariano! Il professore a noi ci ha detto tutto il lunedì mattina, il 12. Sì, sì » conferma soddisfatta la colf.

« Quindi, che cosa è successo? » insiste Casalegno.

Raboni riflette per un istante.

« Quel lunedì mattina il professore ci ha raccontato che durante la notte qualcuno era entrato nella proprietà e che i cani all'inizio avevano abbaiato, ma all'improvviso si erano ammutoliti. Dopo qualche minuto aveva visto un uomo aggirarsi per il giardino e stava per chiamare la polizia... poi l'intruso era sparito, se n'era andato da solo senza lasciare traccia e senza danneggiare o rubare nulla. L'avevo quasi dimenticato! »

Per un attimo nel salotto non vola una mosca, si sente soltanto il rumore della pioggia che accarezza i vetri. In sottofondo si percepisce il vociare dei tecnici della Scientifica, oltre la porta socchiusa.

«Ci dovrà fornire l'elenco di tutti i suoi collaboratori abituali, delle imprese e delle persone che hanno frequentato di recente la villa, e specificare i motivi per cui l'hanno fatto. Tutti» dice secco Casalegno rompendo lo stallo.

Il custode si muove a disagio sul divano e arrossisce un poco.

«Va... va bene. Ma...»

«Ma cosa?» La voce di Arnaboldi si alza di un tono, quello che di solito riserva ai sospetti.

«È che non tutti, insomma...» tentenna Raboni.

«Non tutti rilasciano fattura. In pratica ci sta dicendo che lavorano in nero. E lei magari ci fa su la cresta, vero Raboni?» dice la voce della Dei Cas, che finalmente interviene.

«No, io... forse qualche volta ho fatto lavorare degli amici, ma è gente fidata e sempre approvata dal professor Bessa Terzaghi. E sì, magari per alcuni lavori non fatturavano proprio tutto. Ma è normale. Per poter gestire una proprietà così grande e importante bisogna... fare dei risparmi.»

Il viceispettore Dei Cas gira attorno alla poltrona di Casalegno e raggiunge il divano, si piega sulle ginocchia, allinea il volto proprio davanti a quello di Raboni e lo fulmina con il suo sguardo felino.

«Caro Mariano, ora ti spiego bene una cosa. Sappi che non è normale. E non è nemmeno normale fare la cresta sui lavori che uno gestisce sulla base di un mandato fiduciario, neppure se lo fa da ventitré anni, pensa un po'. Tra l'altro, purtroppo per te, Niccolò Bessa Terzaghi adesso non c'è più e non può neppure confermare che lui approvasse tutto ciò che facevi. Forse non sapeva nulla dei tuoi traffici, oppure semplicemente tollerava i tuoi furtarelli. Chi può dirlo? Però questo fa sì che io adesso sia qui a domandarmi: chissà cosa potremmo mai scoprire se venissimo a fare una bella perquisizione a casa tua. Magari troveremmo dei conti che non tornano, oppure qualche oggetto che è sparito dalla villa... Cosa dici, veniamo a fare un giretto da te? »

La Dei Cas si raddrizza e resta lì a guardarlo, dall'alto. Il custode è sudato, il labbro inferiore trema impercettibilmente sotto lo spiovente dei baffi. All'improvviso abbassa la testa, la prende tra le mani e inizia a singhiozzare. Il viceispettore non si muove di un millimetro.

Poco dopo Mariano Raboni alza lo sguardo e la osserva con gli occhi pieni di lacrime.

« Venite a casa mia, cercate pure tutto quello che volete. Io sono un uomo onesto, non ho mai toccato niente della villa e il professore di me si fidava. E se mi sono arrangiato con la gestione, l'ho sempre fatto solo per risparmiare. Mi creda signora, io al professore ci volevo bene davvero » conclude con la voce rotta.

Caterina Dei Cas tira fuori un fazzoletto dalla giacca di pelle e glielo porge. Attende che Raboni si riprenda, poi gli accarezza il dorso della mano ed esce dalla stanza.

Cinque minuti dopo Casalegno la trova all'esterno della villa, nell'angolo più lontano del portico. Sta fumando un piccolo sigaro appoggiata al fusto di una delle colonne. La nuvola azzurra si perde nel pulviscolo della pioggia mentre l'aroma di anice si mescola al profumo di terra bagnata che sale dal parco.

« Adesso capisco perché vai così a genio a Pinducciu... » dice Casalegno indicando il toscanello. « Stesso vizio, stessa passione. »

Il viceispettore gli concede un mezzo sorriso, tira un'ultima boccata e lascia uscire lentamente il fumo tra le labbra dischiuse. Casalegno per la prima volta la guarda davvero, e quello che vede non gli dispiace affatto.

Lei sbuffa e scuote la testa come una donna capace di leggere il pensiero degli uomini. Getta il mozzicone del sigaro in una fioriera e si raddrizza staccandosi dalla colonna.

« Ne fumo uno al giorno, di solito nel momento più di merda della giornata. Il fatto che tu ti sia palesato proprio adesso potrebbe sembrare più di una coincidenza » dice sorridendo. Dopo qualche secondo aggiunge: « Tranquillo, non illuderti, nonostante l'impegno per aggiudicarti il premio, non sei tu il mio momento di merda. Inoltre sappi che i sigari del vicequestore puzzano da morire, i miei profumano ».

Anche la barba di Antonio si apre in un sorriso.

« Cosa vuoi, Casalegno? »

« Perché l'hai fatto? » domanda l'ispettore indicando la villa con un cenno del capo.

« Raboni? Facevo soltanto il mio lavoro. »

« Lo hai massacrato. »

« Dovevo capire se ci prendeva per il culo. »

« E lo hai scoperto, Dei Cas? »

« Sì. Perché è crollato e ci ha anche implorato di andare a controllare casa sua. Quell'uomo non ha niente da nascondere se non le creste che faceva sui conti, roba da poco, sopravvivenza. Un poveraccio che stanotte ha perso tutto, vent'anni e passa di vita spazzati via da un uragano di sangue e violenza. »

« C'era bisogno di farlo così? »

« Non sempre i modi gentili sono i migliori e tu dovresti saperlo, visto il benvenuto da cafone che mi hai riservato prima. E io voglio sempre sapere la verità da chi ho davanti, la pretendo. Non tanto perché odio essere presa per il culo. No, mi piace proprio conoscerla, a tutti i costi. La consapevolezza talvolta fa male, ma ti concede più scelta, in qualche modo ti rende libera. Le bugie, invece, sono come un guinzaglio che ti trascina nella direzione sbagliata, facendoti sprecare tempo ed energie» dice lei tirando su la lampo del giubbotto di pelle.

«Però spesso conoscere la verità è il metodo migliore per farsi del male» ribatte Casalegno. «Credo che il commissario Mandelli ti piacerebbe molto, la pensa come te.»

«Sì, mi hanno detto che è uno a posto. Se mi somiglia, immagino che qualche volta si sarà ferito anche lui.»

«È uno più che a posto. Per il resto non ho ancora ben capito come fa a gestire questo schifo. Lui dice che il suo scudo è la normalità. Ma certe verità pesano più di altre e prima o poi si oltrepassa il limite della sopportazione... Te lo dico per esperienza diretta. Il tuo limite qual è, Dei Cas?»

Il viceispettore gli posa una mano sulla spalla e lo guarda con i suoi occhi magnetici.

«Quando ci arrivo te lo faccio sapere. E non chiamarmi Dei Cas. Detto da te lo trovo insopportabile.»

Toglie la mano e si avvia verso l'interno della villa, lasciando una traccia di anice a profumare l'aria.

«E come devo chiamarti, allora?» domanda Antonio alla schiena della collega.

Lei alza un dito, e senza neppure voltarsi gli risponde: «Caterina. Chiamami Caterina».

11

Mentre Mandelli risale il pendio che porta alla scintillante bomboniera di piazza Gae Aulenti, la pioggia proclama una tregua unilaterale. Le gocce si fanno sempre più rade e dietro l'imponente guglia del grattacielo fa capolino il pallido sole di novembre. Il commissario gira intorno alle fontane a sfioro che riflettono i profili dell'arena d'acciaio e cemento. Poi punta verso un varco che nasconde una strana opera architettonica: dalla bocca di un cavedio vuoto s'innalzano i profili sinuosi di ventitré tubi dorati in alluminio ossidato. Le trombe d'oro circondano la balaustra di vetro come i petali della corolla di un fiore, disegnando la circonferenza di quel cerchio magico nascosto nel cuore di Milano.

Mandelli lo sfiora compiaciuto, scende a passo svelto la rampa che conduce a corso Como. Quando imbocca il lungo cavalcavia che termina al quartiere Isola, il commissario guarda alla sua sinistra e contempla la vastità industriale della stazione Garibaldi. Sotto un groviglio di cavi e metallo, le linee parallele dei binari tendono all'infinito e si perdono ai piedi del tappeto grigio di un orizzonte carico di nuvole.

Giunto sul lato opposto, punta a sinistra, tuffandosi a passo veloce giù da una scaletta.

Poco dopo si ferma in mezzo a un piccolo slargo presidiato da due bar dove non ha mai messo piede. Berrebbe volentieri qualcosa di caldo prima di rientrare a casa. La lunga passeggiata lo ha intirizzito e persino i suoi scarponcini impermeabili si sono arresi alla pervasività della pioggia e al guado di troppe pozzanghere.

Mandelli sceglie d'istinto il locale meno fighetto dei due ed entra. Nell'aria c'è odore di cibo bruciacchiato, tostatura di caffè, vestiti bagnati e detergenti. Al bancone una coppia di uomini robusti sulla trentina, che il commissario classifica come operai in pausa cicchetto, impegnati in zona nell'ennesima costosa ristrutturazione gradita più agli architetti che ai padroni di casa.

Si siede su un divano di pelle marrone sotto una specchiera serigrafata con il marchio di un famoso liquore al carciofo. Una sciccheria vintage che a lui evoca soltanto i tempi del Carosello televisivo, facendolo sentire ancora una volta più vecchio del dovuto. Il suo pensiero vola ad Alba Locatelli e alle abissali differenze che li separano. Lei, lieve come un refolo di vento, sfrontata e senza paure. Lui, un reperto degli anni Sessanta che ha più o meno la stessa età dei Pink Floyd. Nato troppo tardi per aver fatto il Sessantotto, motivo per cui di rivoluzionario ha sempre avuto ben poco.

Mentre pensa a queste cose, *My Way* risuona forte come una nemesi.

Mandelli infila una mano nella tasca del giaccone, ma il cellulare s'è trasformato in una saponetta viscida di condensa e scivola sotto il tavolino accanto al suo. Due signore modaiole sui trenta si schiacciano contro gli schienali di pelle e lo guardano inorridite mentre lui sbuffa e traffica tra i loro piedi.

Quando si risolleva, riconosce subito il numero della questura.

« Mandelli... Chi parla? » risponde brusco.

« Oh, *maronna*, dotto'. Allora ci state ancora! Che bellezza! » grida una voce esplosiva come un botto di Capodanno a Fuorigrotta.

« Cristo, Santosuso! » dice alzando una mano per scusarsi con le vicine di tavolo. « Si può sapere cosa vuoi? Ma prima di tutto rispondi a una domanda che mi assilla da sempre... com'è possibile che tu, a differenza di tante specie utili e intelligenti che scompaiono ogni giorno dal nostro pianeta, non ti sia ancora estinto? »

« Sempre a vostra disposizione, dotto'. Ditemi voi se posso fare qualcosa di speciale e lo farò... aspetto vostre indicazioni. »

Al commissario vengono in mente almeno mille modi sfiziosi per dar seguito a quella spontanea richiesta. Si trattiene prima di essere travolto dalla consueta spirale di cazzate scatenata dall'agente semplice Giuseppe Santosuso.

« Lascia perdere... affidiamoci alla natura, magari ci pensa lei. Mi dici che cosa vuoi? »

Intanto un cameriere si avvicina e Mandelli ordina un cappuccio e un bicchiere d'acqua gassata.

« Vi state pigliando un bel cappuccino *con la scumma 'ncoppa*, eh, dotto'? Fate proprio bene, con 'sta pioggia. »

« Se non vai subito al punto giuro che rientro appositamente in questura solo per prenderti a calci in culo. »

« Ah, scusate, dotto'... » dice Santosuso un po' piccato prima di proseguire. « Allora... ci sta Vacirca che mi ha chiesto di farvi un'ambasciata. »

« E qual è? » chiede esasperato il commissario.

« Cosa? »

« Il messaggio. »

Seguono secondi di imbarazzato silenzio e poi un'ammissione.

« Non ci capisco più niente, dotto'. »

« Allora, te lo rispiego, tu apri bene le orecchie però. » Mandelli avvicina la bocca al telefono e scandisce lentamente: « *Dimmi cosa ti ha detto Vacirca e poi levati dai maroni*... Ricevuto? »

« Sì, dotto', sapete che quando mi dite quella cosa dei

maroni capisco sempre tutto. Vacirca vi ha inviato un mail, sta nella vostra posta privata» dice fiero Santosuso.

«Oh, là, finalmente ci siamo.»

«Dove?»

«Santosuso...»

«Ditemi, dotto'.»

«Vaffanculo...»

Le due donne lo guardano sdegnate per un'ultima volta e poi si alzano raccogliendo i soprabiti e un campione della loro collezione di borse. Mandelli vorrebbe spiegare, raccontare loro il mondo che si nasconde dietro quella telefonata assurda, ma poi capisce che il resoconto risulterebbe incredibile e, soprattutto, minerebbe per sempre la residua fiducia delle due cittadine nelle forze dell'ordine. Quindi abbozza e apre la posta elettronica alla ricerca dell'e-mail di Vacirca.

Mezz'ora dopo su Milano ha ricominciato a piovere. Mandelli esce dal bar e inizia il suo slalom verso casa tra cani trascinati a pisciare controvoglia, monopattini abbandonati, ciclisti da marciapiede, capannelli di gente che chiacchiera sotto gli ombrelli, ragazzi che esondano da una scuola, furgoncini posteggiati sulle strisce, gruppi di mamme con figliolanze al seguito e fattorini che testimoniano il miracolo dell'avvenuta integrazione multiculturale bestemmiando in tutte le lingue del mondo.

Il commissario ripensa a quello che ha appena letto nel rapporto di Vacirca sull'omicidio di Bessa Terzaghi. Pare che oggi Casalegno abbia condotto le indagini con il giusto piglio, lasciando intelligentemente spazio al giudice Arnaboldi e al nuovo viceispettore.

Una poliziotta dura e capace, la Dei Cas. Era stata trasferita dalla Catturandi di Palermo a Milano a causa di una mano malandrina che, durante un appostamento, un superiore aveva lasciato indugiare sul suo seno. Caterina ci aveva messo meno di cinque secondi per rendere esplicito a quel viscido molestatore il suo concetto di parità di genere. Prima gli aveva spezzato due dita con una perfetta leva torsiva da judo. Poi aveva spostato il peso in avanti e la faccia del superiore aveva sbattuto violentemente contro il cruscotto dell'auto facendogli saltare un incisivo e fracassandogli il naso. Mandelli aveva saputo del trasferimento della Dei Cas da un amico che dirigeva la sezione Crimine Diffuso di Milano e, dopo aver studiato con attenzione il suo curriculum, aveva chiamato un vecchio collega di Palermo per saperne di più. Poco prima di prendersi il periodo sabbatico si era premurato di segnalare il suo profilo a Pinducciu. Il resto lo aveva fatto quella vecchia volpe del vicequestore, muovendo i pezzi come un abile scacchista.

Sarà importante il contributo di una come la Dei Cas per risolvere un puzzle così complicato, di cui Mandelli scompone e ricompone mentalmente le tessere mentre continua a camminare. Una ginnastica mentale allenata nei decenni che aveva deciso di mettere temporaneamente da parte per far spazio alle cose normali, per liberare gli archivi dai pensieri più cupi. Ma siccome per lui è facile come per un professionista tornare in sella a una bicicletta, si ritrova a pedalare veloce lungo il perimetro dell'indagine per poi puntare a un piccolo traguardo che taglia da vincitore. Il premio è la netta definizione di alcuni particolari che a una prima lettura del rapporto di Vacirca risultavano opachi. Adesso ne è sicuro, lui saprebbe in quale direzione indagare. Rientra in sé appena in tempo per schivare la parete d'acqua sollevata da un'auto di passaggio.

Mentre imbocca via Civerchio e finalmente intravede il portone di casa, nella sua testa si materializza una certezza. È arrivato a un bivio e ora dovrà decidere quale strada prendere: rientrare in scena da protagonista o restare nell'ombra e tirare le fila da dietro le quinte.

12

Quando è arrivato all'appartamento di viale Piceno, il Maestro ha trovato i tre ragazzi in uno stato di assoluta prostrazione. Pierfrancesco Leonardini era seduto sul pouf con le mani infilate tra i lunghi capelli chiari, lo sguardo perso nel vuoto, il piede destro che batteva il ritmo muto della tensione. Dalla bocca gli usciva un lento mormorio, un mantra disperato egoisticamente privo di qualsiasi sfumatura di compassione.

« E adesso cosa faccio? E adesso cosa cazzo faccio? » A bassa voce, rivolto a se stesso.

Marco Galli era il più agitato di tutti. Isolato nell'angolo più lontano della sala si era appoggiato alla finestra e guardava il traffico scivolare ordinato sullo sfondo di piazza Emilia, i pugni ficcati in fondo alle tasche dei jeans. Il fisico palestrato e compatto sembrava ancor più compresso dal peso di un crescente nervosismo. Si mordeva il labbro inferiore e ogni tanto scuoteva la testa senza dire una parola.

Una bomba pronta a esplodere, ha annotato mentalmente il Maestro.

E poi c'era Mattia Tondelli, seduto di taglio sul bordo della scrivania di vetro, gli occhi attenti che osservavano ogni particolare e lo soppesavano. Al solito, era il più freddo e razionale dei tre. Certamente il più idoneo ad affrontare un'emergenza e a trovare le giuste soluzioni.

Il Maestro non ha speso nemmeno un ciao, e non ha regalato parole di conforto a nessuno. Non ne ha avute neppure per Pierfrancesco. Ha semplicemente guardato il corpo di Carolina De Bellis riverso sul divano a testa in giù... Davvero un peccato, si è detto. Era una di quelle bellezze androgine e un po' aguzze, ma intriganti. Da quel che ricordava, aveva un'indole crudele e non rinunciava mai a mordere chiunque le passasse accanto, iniettandogli una velenosa dose del suo cinismo.

Il Maestro si è tolto con calma la giacca, ha arrotolato le maniche della camicia appena sotto i gomiti e si è messo in cattedra, dietro la scrivania.

Da lì, con lucidità, ha dettato un programma molto ambizioso. A fine lezione, come ogni buon insegnante, ha dato ai tre alunni parecchi compiti da fare a casa.

L'Audi di Casalegno costeggia i profili metallici del complesso industriale di via Nicolodi, scivola accanto al magazzino di una multinazionale della distribuzione e supera una piccola rotonda. Poi infila una strada che corre tra il muro di cinta di una ricicleria e quello di un'azienda di componentistica.

Poco più avanti c'è una malconcia chiesa parrocchiale addossata a un prato spelacchiato. Forse un tempo era un campo da calcio dove giocavano i ragazzi del quartiere, ora somiglia a una desolante distesa postnucleare disseminata di pozzanghere. L'auto rallenta all'altezza di una palazzina abbandonata e svolta a sinistra, lungo una breve strada sterrata che conduce a una villetta bifamigliare dall'aspetto dimesso. Accorpato al pianterreno della casa c'è un capannone ricoperto da un tetto di lamiera ondulata, da fuori s'intravedono degli uomini in tuta tuffati dentro ai cofani di alcuni mezzi furgonati. Sulla rete metallica che delimita l'area c'è una targa un po' arrugginita: OFFICINA MARVEGGIO – ASSISTENZA MOTORI.

Casalegno accosta vicino al bordo erboso della carreggiata. Osserva a lungo la villetta, poi si gira a guardare il suo passeggero con un'espressione scettica.

«Ma davvero abiti qui?»

Caterina Dei Cas fa una smorfia divertita, guarda attraverso il parabrezza spazzato dai tergicristalli e torna a posare gli occhi da falco sul collega.

«Claudio Marveggio è un mio ex compagno di scuola, di Sondrio. Si è trasferito a Milano una decina di anni fa con la compagna, anche lei valtellinese, e ha messo su quest'officina meccanica che sta andando benino. Quando mi hanno spedito a Milano non sapevo a chi chiedere e così mi sono fatta ospitare da Claudio e Marianna... ho una stanzetta tutta mia, cosa credi?» dice piegando il labbro in una specie di sorriso.

Casalegno scuote la testa incredulo.

«Da quant'è che stai in 'sto buco?» domanda appoggiandosi allo schienale.

«Un mese e mezzo, ormai. Non ho avuto ancora il tempo di cercare qualcosa di meglio. Non è così male, tutto sommato, anche se hanno due bambini che fanno un casino pazzesco e ogni tanto li sento scopare» dice il viceispettore mentre slaccia la cintura di sicurezza.

Poi apre la portiera e caccia una gamba fuori dall'auto.

«Ti saluto Casalegno, è stata una giornata impegnativa e in fondo tu non sei così stronzo come ti hanno descritto. Passa una bella serata e salutami la tua dottoressa...»

«Mi raccomando, tu invece vedi di far la brava nella tua stanzetta» dice l'ispettore. «Ci si vede.»

«Non mi sottovalutare... Io in quella casa ci dormo, non ho mai detto che sono in clausura.»

La Dei Cas gli fa l'occhiolino, chiude la portiera e si dirige verso una bassa cancellata che si apre nella rete.

Casalegno la guarda correre nella pioggia con il giubbotto di pelle tirato sopra la testa.

Resta lì finché la porta della villetta si apre e una giovane donna con una felpa rosa e dei lunghi dreadlock azzurri l'abbraccia e la fa entrare.

Poi l'ispettore accende lo stereo e attende qualche istante. Appena le note di *A Little Rain* di Tom Waits si mescolano al rumore della pioggia, mette in moto, fa manovra e se ne va.

Ancor prima di sentire la chiave girare nella serratura, il commissario Mandelli si alza dal divano e si piazza nell'ingresso di casa, mettendosi in attesa. Qualche secondo dopo la porta si apre lentamente. Due sacchetti di plastica gialla spuntano dal profilo del telaio e fluttuano nell'aria per poi posarsi con dolcezza sul pavimento. Dopo qualche istante, un ombrello legato a corde invisibili si infila in un bel vaso di ceramica, allineandosi ordinatamente accanto agli altri.

L'apparizione di Marisa Bonacina in Mandelli è il terzo colpo di scena del numero di magia, il più eclatante.

Il suo viso è contornato da un foulard fantasia che segna la linea morbida delle guance e mette in risalto un sorriso pieno e sincero. Mentre chiude la porta, con un gesto fluido delle mani scioglie il nodo di seta liberando la testa. Poi, finalmente, alza lo sguardo e i suoi occhi spediscono un saluto complice al marito.

È il gran finale. Il pubblico applaude felice.

«Che acqua, Mario. Non puoi capire il caos che c'era al supermercato...» dice togliendosi le scarpe e tornando al suo metro e sessantacinque.

Gli passa accanto e gli posa un bacio leggero sulle labbra. Toglie l'impermeabile e infila un paio di morbide pantofole rosa.

Intanto il commissario ha impugnato le due borse di plastica in attesa di ordini. Un buffo furiere in ciabatte e abiti borghesi che aspetta un cenno del generale di brigata.

La Isa lo guarda e ridacchia.

«Cosa fai lì, con le buste in mano? Devo fare la pipì, intanto tu metti tutto in cucina che dopo ci penso io» dice allontanandosi lungo il corridoio e sparendo nel bagno.

Mandelli scuote la testa con un mugugno, sorpreso come sempre da quell'uragano di energia. Segue il suo profumo e si avvia verso la cucina.

Quando sta per lasciare le borse sul ripiano del tavolo una voce lo ammonisce da lontano.

«Non metterle sul tavolo, che sono bagnate! Lasciale sul tappetino... E occhio che in una ci sono le uova, quindi stai attento, se no stasera ti tocca la frittata di recupero!»

Mandelli esegue alla lettera e si guarda attorno insospettito. Ormai è certo che Marisa ha messo delle telecamere nascoste. Da anni.

«Guarda che lo stavo facendo!» dice mentre passa davanti al bagno. Torna sui suoi passi in silenzio e si posiziona dietro allo stipite, da lì indugia sull'immagine riflessa nello specchio e osserva di nascosto i movimenti di sua moglie che si spoglia.

«Bugiardo e guardone...» dice la Isa senza neppure alzare la testa, «certo che sei proprio messo male, Mario... Dai, vai di là in sala che ti chiamo quando è pronto... maniaco.»

«Io? Illazioni. Soltanto illazioni e nessuna prova» dice Mandelli sorridendo, e per la prima volta in quella lunga giornata si sente davvero sereno.

Quando sprofonda nel divano prende in mano gli appunti delle lezioni che ha abbandonato sui cuscini. Prima di rimettersi a studiare non può fare a meno di pensare ancora una volta all'omicidio di Bessa Terzaghi. Dopo qualche istante sospira rassegnato e lascia scivolare i fogli sul tappeto. Poi recupera il cellulare dal tavolino, scrive un breve messaggio e preme invio.

13

Casalegno osserva lo schermo dello smartphone. Sotto il nome di Stefania il tempo scorre lento e inesorabile.

Un'ora, cinque minuti e ventisei secondi.

Distoglie lo sguardo, punta gli occhi sul soffitto e segue l'ordinata disposizione dei faretti allineati a tre a tre. Stefania Sileri, in vivavoce, sta cercando di chiarire le sue motivazioni, di trovare una soluzione comune a un problema che apparentemente non ne ha. O meglio, una forse c'è, ma in realtà si tratta di una « dis-soluzione ».

All'improvviso, sul fondale della mente di Antonio, si proietta il film di un ricordo d'infanzia. Era fine maggio e stavano andando a trovare i nonni nella loro casa di campagna di Podalla, sui monti Sibillini. Lui e mamma erano partiti presto da Macerata. Si erano portati un piccolo cestino con la colazione che avevano consumato guardando quei panorami aspri e belli. La radio passava musica italiana e sua madre accompagnava le canzoni con voce delicata, regalando ai testi una coloritura marchigiana. Suo padre era morto da quasi sei mesi ed era il loro primo vero momento di felicità dopo quella tragedia liberatoria. Il destino li aveva sottratti a una crudele routine di violenza domestica. Nessun senso di colpa quindi, nessuna lacrima. Erano finalmente liberi di essere se stessi, di ridere e cantare sotto il primo sole estivo che inondava di luce bianca i monti selvaggi. Mentre s'inerpicavano sulla provinciale 97 e in lontananza si scorgeva il periplo azzurro del lago di Fiastra, si erano accodati a un camion che trasportava due grandi bobine d'acciaio laminato. Quando erano iniziati i tornanti, mamma si era prudentemente tenuta a distanza dal mezzo pesante che arrancava sgasando fumo nero. Due chilometri dopo l'autocarro aveva preso una buca profonda e il sobbalzo aveva scosso il pianale. Un enorme rotolo d'acciaio si era mosso scalzando il cuneo di legno che lo teneva fermo e le corde di sicurezza avevano ceduto di schianto, con un rumore simile a quello di uno sparo. La bobina era caduta ferendo l'asfalto ed era rimbalzata a pochi centimetri dal cofano della loro auto. Poi, con il rombo del tuono, aveva tagliato giù per il pendio travolgendo la vegetazione e facendo schizzare in alto sassi e zolle. Antonio e sua madre erano scesi dalla macchina e si erano abbracciati forte, restando sul ciglio della strada a guardare quella massa impetuosa schiantarsi contro i resti di una vecchia stalla.

Adesso gli sembra di vederlo rotolare ancora, quel rullo inarrestabile, mentre schianta la sua storia d'amore con Stefania Sileri. Un incidente di percorso, una buca. Un inciampo del destino sulla strada tortuosa del loro rapporto. Un evento inatteso, ma in qualche modo anche prevedibile. Casalegno torna a guardare il telefono.

Un'ora, sei minuti e quarantacinque secondi.

Giusto in tempo per sentire Stefania che racconta qualche nuovo particolare sull'offerta che ha ricevuto dalla Johns Hopkins University of Medicine. Poi aggiunge altre frasi di circostanza, che lui ormai coglie soltanto per metà: quello che mi hanno proposto è un prestigioso incarico da *teaching fellow* in scienze forensi; in fondo si tratta soltanto di un anno e mezzo; il Maryland non è poi così lontano; mi si spezza il cuore ma non so davvero che cosa fare. Aiutami a capire cosa devo fare.

Aiutami a capire!

Il tentativo di Stefania di condividere il peso di una scelta che lei in fondo ha già fatto lo fa incazzare come non mai. Stringe forte il telefono mentre i suoi occhi si riempiono di un pianto rabbioso. Si solleva dal divano, una lacrima solitaria scavalla lo zigomo e si perde tra i peli della barba.

Cerca di calmarsi, fa un respiro profondo e ragiona anche sulle sue responsabilità. Forse avrebbe dovuto chiederle di sposarlo. Magari proprio quel giorno in cui l'avevano sottratta dalle mani di un folle assassino e lui l'aveva stretta forte a sé dicendole che l'amava. Oppure in altre decine di occasioni che si erano presentate durante gli ultimi mesi. Non l'aveva mai fatto e lei, d'altro canto, non lo aveva mai spinto a farlo. Molto semplicemente nessuno dei due aveva voluto un impegno più profondo. A modo loro si amavano, ne era certo, ma erano anche due persone radicalmente diverse e indipendenti, con lavori impegnativi, quasi colleghi. Antonio sa bene che tra loro è Stefania quella con la marcia in più. Una donna meravigliosa, che si era già lasciata alle spalle una fallimentare esperienza matrimoniale, con una carriera brillante e prospettive di un futuro professionale ancor più promettente. Lui invece non era che un semplice ispettore di polizia in attesa di promozione, perennemente preceduto da una fama di testa di cazzo e di donnaiolo impenitente. Con una vita sgangherata ancorata a pochissimi punti fissi: sua figlia Valentina, il lavoro e Mandelli. Troppo poco per competere con le solide ambizioni della dottoressa Sileri. E quindi no, non poteva certo biasimarla.

Un'ora, nove minuti e sette secondi e quel cazzo di Maryland!

Quando finiscono di parlare sono ormai le undici passate. Si sono ripromessi di discuterne di persona il prima possibile, ma non si sono quasi salutati. La linea è rimasta sospesa sopra la loro sofferenza per qualche secondo, un'ultima possibilità per imbastire un esito meno infelice.

Alla fine qualcuno ha messo giù, forse lui, forse lei, poco importa.

La giornata finisce peggio di com'era iniziata. Casalegno sta perdendo interi pezzi della sua vita, uno a uno: prima la Ambrosio, poi Mandelli e ora anche Stefania. Si alza dal divano e lancia il telefono sulla poltrona, osserva il suo bilocale immerso nella penombra e si sente tremendamente solo. Non ha mangiato e non ne ha alcuna voglia. Accende lo stereo e va verso il tavolo, riavvia il computer e apre la cartella sul caso Bessa Terzaghi, concentrandosi soltanto su foto e rapporti.

Un'ora dopo si alza, prende una bottiglia di acqua fresca dal frigo e ne beve metà a canna. È tentato di mandare un messaggio a Valentina, ma immagina che sua figlia a quell'ora stia già dormendo. Soltanto in quel momento nota il pallino rosso sull'icona dei messaggi. Quando in cima alla lista vede il nome di *Mario M*, ha un tuffo al cuore. Probabilmente Mandelli gli ha scritto mentre lui era impantanato nella spossante conversazione con Stefania. Si siede sulla poltrona e resta lì con il telefono in mano, poi si decide e apre il messaggio con un sospiro.

Mi hanno detto che sei andato alla grande oggi. Fossi in te guarderei sul retro della villa, dal lato del fiume... e cercherei bene tra chi l'ha frequentata di recente. L'assassino conosceva tutto, è stato lì più volte. Lo odiava. Moltissimo. Domattina alle 8 ai Giardini, davanti alla statua di Indro. Porta un ombrello, di acqua oggi ne ho presa abbastanza. PS Vieni da solo, se porti la polizia non mi faccio vedere...

Casalegno non può fare a meno di sorridere, è un finale piacevolmente inatteso per una giornata di merda. Quella vecchia volpe di Mandelli in qualche modo dev'essersi procurato il fascicolo del caso e deve averlo studiato per bene. Non riesce proprio a resistere a certe tentazioni, né tantomeno al gusto della battuta provocatoria.

Adesso è tutta questione di strategia. Ora sta soltanto ad Antonio non commettere errori. Deve agire con prudenza, piazzare le esche giuste lungo il percorso e, come farebbe un antico e crudele *mechkaro* bulgaro, accalappiare quell'orso ballerino del suo capo e riportarlo a fare il suo spettacolo dentro la gabbia della questura.

14

La sua vera preoccupazione è il tempo. Non gliene rimane molto per portare a compimento il suo progetto. Deve farlo in tempi rapidi, ma sempre con metodo. D'altronde sono anni che si prepara esclusivamente per questo momento e ora si tratta di procedere seguendo il piano prestabilito, studiato, limato e ripensato mille volte. Non c'è possibilità di sbagliare. Non per lui, non più.

Mentre ragiona così, nella strada si diffonde il basso brontolio di un motore diesel, seguito dalla luce dei fari che taglia in due la curva e illumina una sgocciolante siepe di pitosforo. L'ombra nera retrocede di un passo, si nasconde dietro il profilo di un'auto posteggiata e abbassa il cappuccio sulla fronte.

Eccolo lì, l'avvocato, puntuale come al solito. Poco prima di mezzanotte, al rientro dalla consueta partita settimanale di bridge con gli amici del circolo. Un gioco da ragazzi decifrare le sue abitudini, di certo più facile del bridge. Il lunedì sera immancabilmente a casa, il martedì notte dedicato alla scopata con il giovane amante di turno, il mercoledì la cena con il figlioccio... e oggi, appunto, il circolo e le carte, il venerdì sera era per lo più votato alle cene di lavoro. I fine settimana invece li passava quasi sempre nella villa sul lago di Lecco, ultimamente in compagnia del suo fidanzatino ufficiale. Non c'era voluto un grosso sforzo. In meno di un mese lo Spettro aveva raccolto tutte le informazioni necessarie. Nei successivi, invece, aveva perfezionato l'azione di stanotte insieme a tutte le altre previste dal piano. Il giorno prima, finalmente, aveva dato il via alla sua personale apocalisse e ora non poteva più tornare indietro. Neppure Dio poteva fermarlo.

Il taxi rallenta davanti al civico 16 di via Pinerolo, una strada residenziale che corre sul lato più lungo del vecchio ippodromo, a due passi dall'incombente sagoma notturna del Meazza. Dietro il cancello c'è una palazzina moderna su due piani, immersa nel cuore verde di San Siro. Un quartiere non troppo distante dal caotico centro cittadino ma anche vicino all'ordinata schiera di campi coltivati che si estende alle spalle del parco di Trenno. Pochi secondi e dal taxi scende un signore elegante sui sessantacinque che apre un ombrello e indirizza un rapido gesto di saluto al conducente. Poco dopo l'auto riparte facendo sprofondare la strada nel buio. L'uomo indugia per un attimo sotto la pioggia e si guarda in giro, forse più per abitudine che per timore. Intanto un lampeggiante giallo inizia a ritmare i secondi e pian piano la porta basculante del cancello si apre accompagnata da uno stridio metallico. L'uomo con l'ombrello si getta nello spazio appena schiuso e si avvia a passo svelto verso il portone.

Lo Spettro invece attende pazientemente che il cancello si richiuda. Quando la luce intermittente si spegne, esce dal suo nascondiglio. Apre la zip della borsa sportiva e prende un paio di guanti di pelle nera. Li indossa e fa un ultimo rapido controllo della strumentazione. C'è tutto il necessario: corde, picchetti, nastri adesivi, un piccolo coltello multiuso, una serie di bisturi ben allineati nella loro custodia, un contenitore di plastica con le chiusure a pressione, guanti in lattice, la bustina con il kit medico e gli oppiacei. E ovviamente l'artiglio, chiuso nella sua elegante fodera di pelle anticata. Tutto al suo posto. Richiude la borsa e tira la cerniera del giubbotto fin sotto il mento. Con cautela attraversa la strada dirigendosi verso un tratto preciso della recinzione. Passa sotto i rami spioventi di un salice che nascondono la cancellata e poi impugna a due mani una delle sbarre tirandola con forza verso di sé. Il metallo, come previsto, cede in prossimità delle saldature che lui ha provveduto a indebolire nelle notti precedenti. Posa a terra la sbarra di ferro senza far rumore e ripete l'operazione con la successiva. Tre minuti dopo ha aperto un varco grande a sufficienza. Fa passare la borsa dall'altra parte e la posa sull'erba con prudenza, si guarda ancora una volta alle spalle e poi fa scivolare una gamba sopra il muretto, aggrappandosi alla parte superiore dell'inferriata. In un lampo recupera il borsone e resta sotto la pioggia in silenzio, in compagnia del suo respiro. Dopo un minuto in cui tutto rimane perfettamente immobile, percorre una passatoia di cemento fino a un portoncino a vetri. Tiene la testa bassa per evitare di esporre il volto alla telecamera che controlla l'entrata e armeggia con la serratura per qualche secondo. Non appena quella si arrende, lo Spettro spinge la porta con il palmo della mano guantata ed entra.

Una volta all'interno osserva il suo orologio militare e si compiace. È in perfetto orario. Punta le scale che portano al primo piano mentre un sorriso malvagio deforma la sua faccia pallida e mette un piede sullo scalino.

IL SECONDO GIORNO

15

A quell'ora in via Turati il traffico è già intasato. I furgoni posteggiati in doppia fila per le consegne del mattino rallentano il fiume di auto che sgorga da piazza della Repubblica e s'incanala verso il cuore della città. L'ispettore Antonio Casalegno esce dalla pasticceria con un sacchetto stretto sotto l'ascella, sistema il colletto della giacca impermeabile e guada rapidamente la strada. Sul marciapiede opposto, si accosta alla vetrina di un negozio d'abbigliamento e da lì in poi cammina radente ai palazzi per evitare la pioggia che si sta di nuovo intensificando. Approdato nel quadrivio di piazza Cavour, alza gli occhi su quel panorama familiare, a pochi passi dalla questura di Milano. La sua seconda casa.

In fondo allo slargo, oltre alla linea dei semafori, c'è la struttura in pietra bicolore di Porta Nuova. I suoi secolari archi a sesto ribassato separano lo slargo da via Manzoni e dalla frenesia del quadrilatero della moda, segnando il perimetro della cinta muraria medievale attorno a cui un tempo scorreva la cerchia dei navigli. Sulla sinistra, domina la sagoma squadrata e austera del palazzo dell'Informazione, esempio del riordino architettonico imposto alla città in epoca fascista.

Casalegno non può fare a meno di ripensare alla frase che Mandelli ripete spesso durante i loro giri notturni per le strade di Milano: «Questa città porta in faccia tutti i segni della sua età. Basta che impari a guardare sotto lo strato di cerone e scopri sempre una storia diversa da quella che conoscevi».

Tra poco, dopo quasi due mesi di forzata separazione, lui e Mario finalmente si rivedranno. In realtà Casalegno non sa ancora bene come reagirà... forse sarà contento o forse, non appena si troverà di fronte al collega, gli manifesterà tutta la sua frustrazione per quel repentino abbandono mai del tutto digerito.

Intanto supera la cancellata grigia che delimita i giardini dedicati a Indro Montanelli.

La statua del giornalista chino sulla sua macchina per scrivere è circondata da un muretto di arenaria grigia. Nella luce mesta del mattino autunnale il monumento risulta ancor più spoglio e triste del solito. Il giardino, normalmente affollato da stuoli di mamme, babysitter, bambini e cani al guinzaglio, è praticamente deserto. Anche di Mandelli non c'è traccia. Dopo quattro lunghi minuti passati ad attendere sotto la pioggia, alle spalle dell'ispettore risuona una voce inconfondibile.

«Ti avevo detto di portarti un ombrello, no?»

Casalegno si volta e si ritrova davanti la sagoma robusta del suo capo. Mandelli indossa la consueta divisa da combattimento urbano. Scarponcini stringati, pantaloni cargo e l'immancabile giaccone da caccia con il cappuccio rovesciato sul collo. Un buffo cappello impermeabile da pescatore gli copre la fronte gettando una linea d'ombra sugli occhi attenti. Al di là delle scarne parole di saluto, Mario gli rivolge un'espressione beffarda ma non priva d'affetto. Solo allora Casalegno realizza quanto gli sia mancato quello sguardo familiare e paterno, si arrende all'istante e abbandona ogni proposito polemico. Ricambia il saluto con la cosa più simile a un sorriso.

«Mi stanno sulle palle gli ombrelli, lo sai» ribatte allargando le braccia. «Però, come vedi, sono stato di parola...

non ho neppure chiamato i rinforzi per catturarti. Anzi, ho portato questi.»

Solleva il sacchetto di carta bianca e lo scuote.

«Sono i minicroissant della pasticceria di via Turati?» domanda Mandelli interessato.

Antonio conferma con una smorfia divertita e scuote ancora il sacchetto.

«Questa è corruzione, ispettore. Direi che un cappuccino caldo ci sta proprio bene, con quel bendidio.»

16

Dieci minuti più tardi sono seduti uno di fronte all'altro, nel confortevole angolo di un bar di via Manzoni.

Mentre camminavano per raggiungerlo, Mandelli ha portato gli affettuosi saluti di Marisa e ha descritto senza troppa enfasi la sua esperienza universitaria. Ovviamente ha omesso il suo incontro con Alba Locatelli, più per pudore che per reticenza. Casalegno invece l'ha aggiornato su come sono trascorsi gli ultimi mesi in questura: pettegolezzi, trasferimenti, vita d'ufficio. Poi gli ha raccontato di sua figlia Valentina, che ormai è quasi una donna, e soprattutto dei perduranti dubbi di Marica Ambrosio. Ha invece evitato di dire che Stefania Sileri ha praticamente deciso di lasciarlo per andare a lavorare negli Stati Uniti e che la loro storia non ha più futuro. Prima o poi forse gliene parlerà, non certo ora.

Mandelli intanto rovista nel sacchetto, azzanna un piccolo cornetto farcito con la crema al pistacchio e in due morsi lo finisce.

« *Ciumbia*, che bontà! » esclama spazzando via le briciole dal maglione.

« Cazzo, Mario, ma ti rendi conto che ormai ciumbia lo dici solo tu? Quella parola non la usano più nemmeno i vecchi della Baggina. »

Mandelli scuote la testa. « Certo che, quando ti ci metti, sei proprio un marchigiano ignorante... Come molte parole del dialetto milanese anche questa ha un'origine nobile.

Ciumbia viene dalla parola spagnola *chumbo* che vuol dire fico d'india e che, in passato, probabilmente veniva utilizzata anche per indicare il semplice fico. Pare che nel Seicento i nobili spagnoli di Milano lo richiedessero ai fruttivendoli con una certa enfasi. Evidentemente da quell'entusiasmo è nata l'esclamazione dialettale. A proposito, visto che sei un esperto del settore, magari ti viene in mente anche qualche altro interessante significato di fico al femminile... » dice Mandelli sghignazzando.

Casalegno lo manda a quel paese con un gesto della mano.

« Sappi che non mi sei mancato per niente, Mario... non sei affatto migliorato, anzi, sei più pedante e stronzo del solito » ribatte Antonio accennando un sorriso. « Passiamo alle cose importanti. Non ti chiedo neppure chi ti ha fatto avere le carte dell'inchiesta perché so che non me lo diresti mai... piuttosto, dimmi cosa ne pensi. »

Il commissario si fa serio e, come sua abitudine, appoggia il mento sulle dita intrecciate prima di iniziare a parlare.

« Non sono stato sulla scena del crimine, ma da quel poco che ho letto e visto, penso che chi ha pianificato quella mattanza doveva conoscere a menadito la villa e la zona. Sicuramente è stato lì in precedenza, anche più volte. Il che potrebbe spiegare la sua confidenza con i cani. Vale la pena approfondire tutte le informazioni su chi ha svolto dei lavori in loco o su chi ha avuto modo di frequentare spesso la proprietà... Altri domestici, operai, fattorini, addetti alla manutenzione, personale delle compagnie energetiche, installatori. Insomma, il solito elenco di persone che si controlla in questi casi. Il custode, quel Raboni, vi ha già fornito le sue liste? »

Casalegno annuisce e il commissario continua, alzando un po' il tono di voce per sovrastare il chiacchiericcio di fondo del bar.

« L'assassino in precedenza ha provato il suo piano sul

campo, così si spiega la seconda misteriosa irruzione notturna. Credo proprio che fosse lui l'uomo che il professore ha visto aggirarsi di notte in giardino. Secondo me voleva capire come avrebbe potuto gestire i cani e, più in generale, come muoversi al meglio con il buio. Anzi, non escludo che sia andato sul posto anche altre volte, senza che Bessa Terzaghi se ne accorgesse. Sapeva dov'era posizionata la centralina degli allarmi perimetrali, e in qualche modo li ha disinseriti... chi ci sta lavorando? »

« Zilli, ovviamente. E sta anche verificando le eventuali violazioni alla rete ADSL della villa. Non è escluso che l'assassino abbia disconnesso gli allarmi da remoto » risponde Casalegno.

« Giusto » dice Mandelli. « Stampa? Cagacazzi delle tivù? Mi auguro che i nostri abbiano tenuto la bocca chiusa, almeno ieri. »

Antonio annuisce.

« Per ora non è trapelato nulla, ma credo che oggi ce li ritroveremo tra i piedi e comincerà il solito balletto. Pinducciu ha detto che ci coprirà le spalle. Farà uscire una nota stampa stamattina e poi ci trincereremo dietro al solito riserbo ufficiale. Noi siamo cinture nere di reticenza, lo sai. Inoltre Arnaboldi non ama molto la stampa, soprattutto per il trattamento che gli hanno riservato dopo l'assoluzione di suo padre. »

« Meglio così. Pinducciu li terrà a bada. E adesso passiamo al modus operandi del nostro assassino. Ti confesso che mi lascia molto perplesso. C'è tanto teatro in questo delitto, Antonio. Forse anche troppo » dice Mandelli prima di finire il cappuccino con un ultimo lungo sorso.

« In che senso? »

« Nel senso che l'esecutore è certamente motivato da un odio profondo... furioso, dirci. Ma in tutta quella messinscena secondo me c'è qualcosa che trascende una normale ritualistica. È un po' come in quei film splatter in cui scorrono fiumi di sangue finto e tu continui a guardarli affascinato anche se sai che è tutta una cazzata. Non so, io ho visto solo cinque o sei foto della scena e del corpo. Tu invece lo hai visto coi tuoi occhi... magari la mia è una sensazione sbagliata.»

Casalegno riflette a lungo.

«In effetti, credo che tu abbia ragione. Verrebbe spontaneo pensare a uno psicopatico, ma qui c'è un metodo che oggettivamente va ben oltre il semplice autocontrollo... il delitto con un'arma da taglio, lo scorticamento, il fatto di averlo appeso alla libreria e poi inchiodato con due diverse modalità, il morso all'orecchio, la rimozione del cuore e la conseguente ipotesi di cannibalismo. E poi i tempi lunghissimi dell'esecuzione e della messa in scena. Hai ragione, c'è qualcosa che stona in questo orrore, esteticamente è tutto un po'... barocco... come diresti tu.» Casalegno fa una pausa, prima di lanciare l'affondo decisivo: «Nel tuo report rubacchiato immagino che non ci fosse ancora il particolare del vano nascosto nella libreria...»

Gli occhi di Mandelli si illuminano. Scivola sul sedile di velluto consunto e poi si sporge in avanti appoggiandosi al tavolino. «No, dimmi!» ordina secco.

Casalegno sorride come un lupo che ha stanato la preda.

«Allora forse ho capito chi te lo può aver mandato... in ogni caso, dopo che abbiamo lasciato la villa, Bencivenni mi ha chiamato e mi ha riferito una cosa che non era ancora inclusa nei primi rapporti. I suoi hanno trovato un vano segreto nella libreria. Si apriva con un meccanismo a pressione occultato nell'intarsio. All'interno sono state rilevate tracce ematiche di Bessa Terzaghi, quindi è certo che l'ultimo ad aprirlo è stato l'assassino, che doveva essersi sporcato di sangue. Probabilmente cercava qualcosa che per lui era molto prezioso. Forse lo ha anche trovato e portato con sé. Tieni conto che lì dentro ha lasciato dei gioielli e degli orologi costosissimi. Quindi quello che ha preso, se lo ha preso, doveva avere un valore davvero speciale. E doveva anche sapere dov'era nascosto.»

«Oppure se l'è fatto dire dalla vittima, il che giustificherebbe almeno in parte le torture» dice Mandelli. «Questo dettaglio dello scomparto segreto però è molto importante... può aiutarci a tracciare il profilo e a orientare meglio le indagini. Adesso sappiamo che di sicuro non è uno a caccia di soldi facili. Tutto questo rafforza la nostra ipotesi. Ovvero che non si tratti semplicemente di uno psicopatico ma che, sotto a questa storia, possa nascondersi molto altro.»

Casalegno non può fare a meno di notare che parlando dell'indagine Mandelli è scivolato verso il plurale... *aiutarci*, *sappiamo*, *la nostra ipotesi*. Per un attimo è tentato di dirglielo e di godersi quella piccola rivincita personale sul suo mentore, ma sceglie di tenere a freno la lingua e abbozzare. Perché accontentarsi del successo in una piccola scaramuccia d'avamposto quando il vero obiettivo è vincere la battaglia?

E così mantiene il controllo e spinge piano sull'acceleratore, con calma.

«Sì, per ora direi di inserirla tra le opzioni possibili. Ma adesso invece dimmi cosa intendevi esattamente quando hai suggerito di guardare sul retro della villa.»

Mandelli giocherella con una bustina di zucchero e si prende un attimo prima di rispondere.

«Ho letto che la Scientifica non ha rilevato segni interessanti di pneumatici. Il che è abbastanza normale, visto che la strada davanti alla villa sarà sporca di fango e detriti. Inoltre la pioggia di questi giorni può aver cancellato molte tracce.»

«Sì, è così. Quando sono arrivato alla villa c'era un vero e proprio affollamento di auto e di mezzi. Un casino. Lungo il muro di cinta non abbiamo trovato niente di rilevante.

Alle spalle della proprietà ci sono dei campi incolti che, verso il fiume, diventano una fitta boscaglia» conferma Casalegno.

Lo sguardo di Mandelli adesso è infuocato. È la fiamma che si accende nei suoi occhi quando segue un'idea vincente. L'istinto del poliziotto, scriverebbe qualcuno in un giallo. Nel caso del commissario invece è più che altro un misto di esperienza professionale e di naturale abilità intuitiva.

«Il fiume! Per ora non avete allargato il perimetro delle ricerche fino alla riva, vero? Suppongo che ieri vi siate concentrati sulla scena del crimine e sulla villa... e poi immagino che con 'sta pioggia infame nessuno avesse voglia di andare a rovistare nei boschi.»

«Pensi che l'assassino possa essere arrivato da quella parte?» Nell'istante in cui lo chiede l'ispettore conosce già la risposta.

Mandelli non dice nulla, gli occhi fissi oltre la spalla di Casalegno, incatenati a un'idea. Il fastidioso rumore del macinacaffè elettrico sovrasta per un attimo il brusio del locale. La fragranza della tostatura si diffonde nell'aria.

«Ti sei segnato il numero di Mariano Raboni?» domanda all'improvviso il commissario.

Casalegno annuisce tirando fuori il cellulare.

«Perché?»

«Che domanda del menga, Antonio» dice Mandelli facendogli il gesto del telefono con la mano. «Vai fuori e chiamalo. Qui c'è troppo casino per il vivavoce... chiedigli del fiume e poi mi dici.»

L'ispettore esce dal bar, si tiene al riparo dalla pioggia ed esegue. Dopo sei squilli la voce da baritono di Raboni risponde, lui lo saluta rapidamente e gli pone la domanda giusta.

Cinque minuti dopo, Casalegno rientra, raggiunge Mandelli al tavolo, lo guarda negli occhi e annuisce. Mario gli fa un segno impercettibile con le sopracciglia e lui inizia a riferire ciò che gli ha detto il custode.

« I terreni alle spalle della villa sono tutti di proprietà dei Bessa Terzaghi. Ora si tratta per lo più di campi incolti ma nascosto tra la vegetazione c'è un sentiero, una specie di tratturo che un tempo veniva usato per far transitare bestie e merci dal fiume alla villa. Poi lo sterrato prosegue verso il castello di Corneliano e i paesi del circondario. Lungo la riva del fiume c'è un approdo che veniva utilizzato come attracco per le merci, ma fino a una decina d'anni fa è stato usato da Niccolò Bessa Terzaghi per uscire a pesca. Laggiù dovrebbe esserci ancora una vecchia baracca, una specie di casetta di servizio. Ogni tanto Raboni ci andava per controllare che tutto fosse in ordine, ma mi ha detto che è passato almeno un anno dall'ultima volta che ci ha messo piede. »

Il commissario Mandelli si alza di colpo, chiude il giaccone e prima di dirigersi alla cassa per pagare sibila un ordine deciso.

« Devi andare là a vedere, Antonio. Subito. »

Pochi minuti dopo, stanno camminando fianco a fianco senza scambiarsi una parola. Il cielo sopra il centro di Milano ha assunto un colore meno cupo, screziato da una sottile e vaporosa sfumatura ocra che sorregge miracolosamente una striscia di pesanti nuvole grigie. Il tram della linea 1 sferraglia accanto a loro e risale a passo lento via Manzoni, incurante degli scooteristi che a rischio della vita lo superano sfrecciando sui masselli bagnati.

Il traffico di piazza Cavour è più intenso di prima, un concerto indistinto di clacson, motori, voci e vibrazioni. Il canto diurno di Milano. All'angolo con via Fatebenefratelli, Casalegno si ferma. Mandelli fa altrettanto, estrae il cellulare, digita un messaggio e fa sparire rapidamente il telefono. Poi guarda il collega con un'occhiata colpevole e sprofonda i pugni nelle tasche del giaccone.

« Allora, cosa vuoi fare? Vieni con me? » domanda asciutto l'ispettore.

« Ho lezione tra mezz'ora » risponde Mandelli poco convinto.

« Ah, va bene. Allora ci si vede, Mario. »

« Ci si vede, Antonio. »

Non si dicono altro, si salutano con un cenno del capo allontanandosi in direzioni opposte.

Casalegno procede indolente, sforzandosi di tenere a freno la sua frustrazione.

L'orso ballerino viaggia ancora libero nella foresta, ma almeno gli ha fornito la pista giusta per seguire una preda alternativa. Uno scambio equo, tutto sommato.

All'improvviso sente un tocco sulla spalla e si gira di scatto.

« Dove hai la macchina? » chiede Mandelli da sotto la visiera sgocciolante, lo sguardo impermeabile come il cappello.

« In questura. »

« Vai a prenderla, io ti aspetto qui tra cinque minuti. Per ora non ho intenzione di farmi vedere da quelle parti. Un'altra cosa, Antonio... »

« Dimmi. »

« Io probabilmente non avrei usato il termine 'barocco' per descrivere la scena del crimine. Ma è perfetto, rende bene l'idea. Niente male, ispettore. »

Casalegno vorrebbe dire qualcosa, ma non gli viene in mente nulla di più intelligente del silenzio.

Si volta, nasconde sotto la barba una smorfia di soddisfazione, e lascia che il commissario Mandelli resti lì ad attenderlo sotto la pioggia.

17

Prima di uscire dalla metropolitana, Alba Locatelli lancia l'ennesima occhiata al telefono. Controlla i messaggi ma non trova nessuna novità, niente di niente. L'ultimo breve riscontro lo ha ricevuto nel primo pomeriggio di ieri, attorno alle due. « Mi sono rotta le palle di farmi sfruttare per una manciata di euro, ti chiamo più tardi. » E invece non solo Carolina De Bellis non l'ha più richiamata, ma da allora non ha più dato nessun segno di vita, nonostante le tante telefonate a vuoto di Alba. Non è normale, per niente. Loro due si sentono e si scrivono molte volte al giorno. Alba scuote la testa e fa scivolare il cellulare nuovo di zecca nella borsa, la chiude per bene e la assesta sul fianco sotto la mantella impermeabile Moncler, poi prende le scale. A pochi metri dal marciapiede due sciure bloccano l'uscita, mentre aprono gli ombrelli per riparare dalla pioggia le loro permanenti da duecento euro. Alba le manda a quel paese e percorre gli ultimi gradini inseguita dai loro insulti, alza il cappuccio giallo e accelera nervosamente il passo in direzione dell'università.

Dopo la prima ora di lezione esce dall'aula e percorre il lungo corridoio che porta all'area ristoro. Saluta un paio di facce conosciute, compreso un uomo di bell'aspetto che qualche tempo fa ha tanto insistito per offrirle un caffè, le pare di ricordare che si tratti di un docente o qualcosa di simile. Poi passa accanto a un capannello di studenti impegnato a cazzeggiare davanti alla porta spalancata del bar.

Quando li supera, uno dei ragazzi fa un commento stupido su di lei che fa sghignazzare altri due. Alba si volta e li gratifica con uno sguardo sprezzante. I tre ammutoliscono di fronte a quegli occhi azzurri come il mare di Grecia: più che l'imbarazzo, li annichilisce il pensiero che una bellezza del genere non se la potranno mai permettere.

Il bar ristorante è nuovo di zecca. Il lungo bancone metallico è posizionato sotto tre grandi finestre ad arco da cui entra la luce anodina del mattino, sul lato opposto corre invece l'ordinata fila dei tavolini. I colori variano dal bianco panna al verde pallido, la tavolozza di sfumature smunte che secondo gli architetti di oggi rappresenta al meglio il concetto di sostenibilità ambientale. Ad Alba tutto quel pallore deprimente ricorda una mensa ospedaliera. Passa in rassegna la sala ma tra i volti degli studenti che affollano il locale non trova quello di Carolina. Per scrupolo fa un rapido passaggio nei bagni delle donne ma anche lì non c'è traccia della sua amica. Allora esce nel corridoio, si appoggia al muro e guarda speranzosa il telefono. Niente. Prova ancora una volta a chiamarla ma il messaggio è sempre il solito, identico al risultato: l'utente da lei chiamato al momento non è raggiungibile. Alba si succhia il labbro superiore e riflette, poi fa partire una chiamata.

« Ciao Alba. Come stai? » risponde una voce familiare.

« Ciao Lally, bene... Hai per caso notizie di Carolina? »

« No, a casa non c'è. Ma non è in università con te? » domanda Lucrezia Lanteri, la coinquilina di Carolina De Bellis, con il suo tono supponente.

« No. Ti ho chiamata appunto per questo. Puoi dare un'occhiata alla sua stanza, per favore? »

« Ma ti dico che non c'è, se no in qualche modo l'avrei sentita... magari ha dormito fuori o è uscita prestissimo, non so... io mi sono svegliata da poco, le sue cose in bagno sono tutte al loro posto. Secondo me non è neanche passata da casa, me ne sarei accorta.»

«Vai a vedere in camera!» ordina Alba con tono tagliente.

«Okay, okay, non ti scaldare. Vado.»

Si sente un fruscio, forse una porta che si apre, e poi ancora la voce di Lally che chiama Carolina, due, tre volte.

«Non c'è. Te l'avevo detto.»

«Ma ha dormito lì, sì o no?» chiede Alba.

«No... non mi sembra. Il letto è intatto e sulla scrivania ci sono i libri impilati e gli appunti in ordine. C'è anche la sua agenda.»

«Va bene, grazie.»

«Alba... stavolta devo preoccuparmi?» domanda Lucrezia.

«Non so, spero di no. Magari quella scema è a casa di qualcuno che ha conosciuto ieri sera e ha dormito lì.»

«Può darsi, sai che lei lo fa spesso. Fammi sapere, se la senti.»

Alba Locatelli ha già messo giù. Si stacca dalla parete, percorre il corridoio a lunghe falcate, scende nell'atrio e si infila tra le ante rosse della porta a spinta. Una volta fuori guarda verso il cielo piovoso e sospira. Dopo pochi secondi si precipita sotto il porticato, cammina lungo il lato destro del chiostro e sale una rampa di scale. L'anticamera della biblioteca centrale è quasi vuota, ci sono soltanto due studentesse che chiacchierano a bassa voce appoggiate al davanzale di una finestra. Alba si siede su una panca e prende fiato, poi tira fuori il telefono dalla tasca della mantella ma lo rimette subito dentro.

Inutile agire d'istinto. Ha bisogno di ragionare.

Se Carolina avesse conosciuto qualcuno e ci fosse andata a letto, l'avrebbe sicuramente chiamata per raccontarle tutto. E poi c'era quella frase che le ronzava in testa da ieri,

« mi sono rotta le palle di farmi sfruttare per una manciata di euro, ti chiamo più tardi ». E adesso c'è anche il particolare dell'agenda. Carolina non se ne separa mai, per lei è una sorta di testo sacro su cui annota ogni dettaglio della sua vita. Alba sa bene che la sua amica lavora saltuariamente come hostess per eventi aziendali o convegni. Ma per ieri sera non le aveva parlato di impegni di lavoro. Di recente le aveva anche raccontato di essersi imbucata in un giro di feste strane, con gente danarosa e molto più vecchia di loro, dove tra l'altro girava un sacco di droga. Una volta le aveva persino proposto di andare insieme a lei a una di queste cene che aveva definito « particolari ». Alba l'aveva guardata perplessa e poi aveva rifiutato dicendole che per una pazzia simile i suoi potevano anche ammazzarla. Quando poi le aveva chiesto che cosa intendesse esattamente con « particolari », aveva riso, le aveva fatto l'occhiolino e aveva cambiato argomento.

Da chi cazzo sei andata ieri, Carolina?

Mette in fila tutti i fatti e li riesamina di nuovo. E poi ancora una volta, daccapo. Appoggia la schiena al muro e getta indietro i lunghi capelli, li raccoglie in una crocchia con gesti esperti e li fissa trafiggendoli con una matita. Per un attimo pensa di parlarne a suo padre ma si rende conto che sarebbe una cazzata enorme, a quel punto meglio consegnarsi di propria spontanea volontà alla Santa Inquisizione. Allora procede valutando le opzioni praticabili ma le elimina quasi tutte. In realtà gliene resta soltanto una.

Alba ha deciso. Concederà ancora un po' di tempo alla sua amica. Allo scadere delle ventiquattr'ore dall'ultimo messaggio, se Carolina non si farà viva, userà quel numero.

18

Milano non è una città concepita per le auto. Infatti vive il paradosso quotidiano di essere ostaggio del suo stesso traffico. I ricchi, che abitano nelle lussuose vie del centro, si spostano a piedi o al massimo in bicicletta, perché non hanno bisogno di andare troppo lontano per spendere i loro soldi. Tutti gli altri, invece, prediligono la puntualità della metropolitana, con i suoi gusci protettivi e la sua fitta ragnatela sotterranea che ormai raggiunge ogni punto della città. L'esercito dei battitori liberi, nel suo assalto giornaliero, utilizza qualsiasi mezzo sufficientemente agile e rapace: le moto, gli scooter, le minicar, gli skateboard, i monopattini. Cavalcherebbero anche dei razzi, se solo potessero. Oppure si affidano al passo sicuro dei mezzi di superficie, autobus e tram che arrivano sempre a destinazione. E poi c'è il rimanente bailamme stradale. I taxi, gli abusivi, i trasporti privati, i padroncini, i furgoni dei corrieri e delle compagnie di spedizione, i van refrigerati dei supermercati e delle gastronomie, i fattorini delle consegne espresso, i curiosi di passaggio, i turisti spaesati. Chiunque vada e venga dalla città.

Il commissario Mario Mandelli è uno che guida raramente perché non può certo disattendere la sacra regola di tutti i veri milanesi: in città o si prendono i mezzi o si va a piedi.

È per questo che tocca sempre a sua moglie scarrozzarlo. Lei sì che ha un adeguato pedigree automobilistico. Un'autentica nobiltà di guida. La Isa discende dai Bonacina, famiglia di abili meccanici bergamaschi, gente abituata a dare il bacino della buonanotte alla carrozzeria e a sincronizzare l'umore mattutino sul registro del primo motore che romba in officina.

Al lavoro il ruolo dell'autista è affidato all'ispettore Casalegno. A parte rarissime eccezioni, da diciotto anni tra loro due funziona così. E quindi, anche ora, è scontato che al volante ci sia Antonio.

« Sai, mi ero quasi dimenticato che guidi come una lumaca... » dice Mario guardando distrattamente fuori dal finestrino. « E comunque se svoltavi a destra facevamo prima, qui c'è sempre casino. »

Perché il commissario Mandelli non si limita a farsi trasportare sulla portantina come un pascià, ma deve sistematicamente rompere le palle, suggerendo vie alternative, deviazioni o scorciatoie che, a quanto pare, conosce soltanto lui. È la prassi di bordo, perciò Casalegno non fa una piega, continua a guidare come se niente fosse e ne approfitta per partire in contropiede.

« Sai bene che non potresti venire sulla scena del crimine visto che ufficialmente non sei in servizio. Sei in aspettativa, ergo: mancate coperture assicurative, intromissione in un'indagine e via dicendo... se qualcuno lo riferisce a Pinducciu o al questore, tu passi un guaio trascurabile. Invece a me fanno il culo, Mandelli. »

Il commissario continua a voltargli le spalle e a guardare fuori.

« Da quando sei così ligio al regolamento, Antonio? »

« Da quando l'indagine è sotto la mia responsabilità. Tu, al mio posto, avresti detto la stessa cosa. »

« Mi interessa capire se ho ragione, per me è importante » dice Mandelli con un soffio di voce, come se si rivolgesse a se stesso.

«Quindi questo è soltanto un sopralluogo per soddisfare la tua personale curiosità, o in qualche modo stai pensando davvero di rientrare in gioco?»

Antonio sgancia la bomba di profondità, sente infrangersi la superficie del mare e aspetta che l'ordigno si inabissi nel tempestoso animo di Mandelli. Intanto conta i secondi, in attesa dell'esplosione sottomarina.

Ne passano una decina e poi Mario si volta. I suoi occhi guardano oltre il parabrezza, verso l'ingorgo che si muove con la lentezza di una colata di lava inondando piazzale Susa. Nell'Audi si sentono soltanto il rumore dei respiri, la soffusa vibrazione del motore e il picchiettio della pioggia sulla carrozzeria.

«Voglio capire, c'è qualcosa che mi inquieta» dice finalmente Mandelli con gli occhi fissi sulle luci di posizione della macchina che li precede, immerso nei suoi ragionamenti.

«Hai paura che non riesca a cavarmela da solo, papà?» Casalegno picchia duro, pungola lo strato protettivo del commissario, infilza la pelliccia. Vuol vedere se là sotto c'è ancora della carne viva.

Mandelli lo guarda intensamente. Sempre più calmo, quasi docile.

«Ho paura che non si fermerà qui, Antonio. Dietro questo delitto c'è un fatto personale... credo che questo crimine faccia parte di un disegno più ampio. Anzi, in realtà lo temo.»

«E se anche fosse? Non sarebbe la prima volta che affronto un caso simile. Me la caverò anche senza di te» dice Casalegno sulla difensiva. Intanto l'auto imbocca un cavalcavia e si ferma a un semaforo in cima alla salita. Sul muretto rosso che costeggia il viadotto campeggia un BELLA CIAO scritto a caratteri cubitali.

Mandelli non si scompone e prova a spiegarsi meglio.

«Trasformi tutto in una questione personale, è il tuo più grande difetto. Quando capirai che mostrare le proprie fragilità a chi ti vuole bene in realtà è quasi sempre un vantaggio? Credi che non capisca che vorresti avermi al tuo fianco nell'indagine? I croissant, il tono gentile... Un atteggiamento troppo guardingo che non è da te. Antonio, ricordati che ti conosco quasi quanto conosco mia moglie... Quasi, eh» dice Mandelli accennando un sorriso prima di sputare l'osso. «Ma in questo caso non si tratta di te. Si tratta di me.»

Casalegno non dice una parola, ingrana la prima, scollina e poi fa scivolare l'auto giù dal viadotto, in direzione di via Corelli e della Rivoltana.

«Continua» dice accompagnando la parola con un cenno del mento rivolto a Mandelli.

«Sinceramente ci ho provato...» ammette il commissario.

Una resa franca, spontanea. Forse un po' amara.

«E...» Ancora una piccola spinta, leggerissima.

«E non riesco a mollare. Sì, all'inizio mi sono anche divertito. L'università, le lezioni, la libertà di organizzare le mie giornate, tanto spazio per camminare e molto tempo per pensare. Ma poi c'è il lato buffo della faccenda. Un vecchio uomo in mezzo a un mare di giovani, un arnese arrugginito con le gomme sgonfie accanto a ragazzi tirati a lucido e veloci, con le scocche brillanti come il loro futuro. Giovani donne che ti ronzano intorno incuriosite dal fascino dell'antico e ti fanno sentire ancora più vecchio. E poi anche con la Isa non è mica andata come credevo... pensavo che saremmo stati più insieme ma in realtà è rimasto tutto uguale, forse persino peggio. Un po' deludente, immagino per entrambi. Anzi, direi che il tempo rubato che condividevamo prima era più intenso e vero. È evidente che lei non è più abituata ad avermi tra i piedi così a lungo.»

Casalegno annuisce silenziosamente e spinge l'Audi in direzione dell'Idroscalo.

« Finisci, Mario. »

« E quindi non ho mai staccato il cordone ombelicale con la questura. Ero sempre informato su tutto quello che succedeva in ufficio » ammette Mandelli.

« Insomma, vigilavi. »

« Vigilavo. Ma non tanto su di te, credimi. Quanto sul mio lavoro, sulla mia vita. Davvero... spero tu capisca. »

« Capisco » dice Casalegno.

Mario non ha ancora finito, evidentemente c'è un'ultima confessione da fare.

« Perché credi che ti abbia dato appuntamento vicino alla questura? Volevo testare la forza del mio desiderio, mettermi alla prova. Capire come avrei reagito, vedere se alla fine ti avrei seguito. Questa mattina in quel bar c'era un che di paradossale. Nonostante i tuoi maldestri tentativi di coinvolgermi per farmi prigioniero ero io che in realtà mi stavo consegnando al nemico. Volontariamente. »

Antonio annuisce, per lui va bene così. Ha ottenuto ciò che voleva.

Gli resta solo un'ultima domanda.

« Quindi hai intenzione di rientrare ufficialmente? »

Mandelli si raddrizza sul sedile e per il momento risponde a modo suo.

« Adesso accendi il lampeggiante e vedi di darti una mossa, abbiamo già perso troppo tempo in smancerie. »

19

Il Cacciatore ormai la osserva da quasi un quarto d'ora. La fata è appoggiata a una colonna dell'atrio ed è palesemente nervosa. Negli ultimi minuti ha tirato fuori il cellulare già tre volte, per poi ricacciarlo nel tascone del suo impermeabile giallo con gesti sempre più spazientiti. Adesso si mangiucchia una pellicina dell'indice mentre i suoi occhi azzurri fissano preoccupati l'entrata dell'università, evidentemente in cerca di qualcuno. È chiaro che oggi qualcosa la preoccupa. Se n'è accorto subito, quando un'ora prima si sono incrociati nel corridoio del bar e lei gli ha rivolto quel freddo sorriso di cortesia.

Il Cacciatore si è immediatamente risentito, avrebbe voluto leggere sul viso della fata un entusiasmo diverso, un accenno di calore. Per un attimo la rabbia lo ha ottenebrato, ha stretto i denti cercando di mitigare la collera e poi l'ha salutata con un sorriso tirato, accompagnato da un gesto gentile della mano. Uno sforzo enorme. Avrebbe voluto seguirla e parlarle, chiederle che cosa la preoccupasse e soprattutto perché lo trattasse con quella gelida indifferenza. Eppure qualche giorno prima, quando avevano preso quel caffè insieme, era sicuro di aver letto sul suo meraviglioso volto un certo interesse, forse anche qualcosa di più.

Avevano avuto modo di incontrarsi in molte occasioni negli ultimi mesi. La prima volta che l'aveva vista camminare in un gruppo di studentesse, il Cacciatore era rimasto incantato, riconoscendola subito come una fata nascosta in un branco di ragazze mediocri. Svettava di mezza spanna su tutte le altre e dominava la conversazione con un carisma spontaneo. Da allora è diventata l'unico oggetto dei suoi desideri, la protagonista assoluta della sua nuova favola, la sua inesauribile fonte di eccitazione. E così ha iniziato a seguirla dappertutto, sottraendosi appena poteva ai suoi doveri per mettersi sulle sue tracce.

D'altronde stava soltanto seguendo i suggerimenti del suo mentore. Era stato lui a dirgli di assecondare le sue pulsioni, di dar sfogo alle sue fantasie; in questo modo, avrebbe esorcizzato le sue paure, le avrebbe dominate anziché rimanerne succube per sempre. Ed era stato proprio lui a indicargli la nuova zona di caccia, a indirizzarlo verso l'università.

Per troppo tempo aveva tarpato la sua natura, cercando scappatoie o inutili palliativi: sesso a pagamento, incontri al buio, donne trovate in rete, qualche scopata veloce con colleghe o vicine di casa. Inoltre, siccome era considerato un bell'uomo, non aveva avuto difficoltà a instaurare una serie di relazioni. La sua educazione famigliare prima e il suo lavoro dopo lo avevano abituato sin da giovane a distinguere le cose belle da quelle dozzinali. Eppure, per quanto fossero carine, nessuna delle donne che aveva frequentato possedeva la magia giusta. Nessuna di loro aveva saputo eccitarlo in modo speciale ed era stata in grado di soddisfare le sue perversioni più nascoste. Fino al giorno in cui aveva incontrato la prima fata. Da quel momento tutto era cambiato per sempre.

Lei si chiamava Erica Landi e lavorava come tirocinante in uno studio legale del centro di Milano. Si erano incontrati al matrimonio di un conoscente comune e avevano iniziato a frequentarsi fin dal giorno dopo. Lui la ricopriva di attenzioni. Lei all'inizio era stata lusingata da quell'amore prorompente e lo aveva ricambiato con entusiasmo. E così i primi tre mesi erano scivolati via, felici e intensi.

Poi si erano aperte le prime crepe.

Erica aveva cominciato a notare le sue stranezze, a rendersi conto che i suoi desideri erano spesso eccessivi. Lì per lì aveva pensato che, in qualche modo, questo aspetto facesse parte della sua personalità. Poco dopo però lui aveva iniziato a manifestare una morbosa gelosia che, giorno dopo giorno, aveva soffocato la spontaneità del loro rapporto. E poi c'erano quelle richieste sempre più folli che lui le faceva quando erano a letto. All'inizio lei le aveva trovate eccitanti ma a lungo andare si erano rivelate delle perversioni sempre più malate.

Un venerdì sera lei lo aveva raggiunto nella sua casa di famiglia fuori Milano, per passare insieme il fine settimana. Poco dopo lui le aveva mostrato un vestito di raso blu rifinito con inserti di tulle azzurro e aveva preteso che lei lo indossasse a cena. Poi le aveva ordinato di sdraiarsi sul letto e fingersi morta come se fosse una di quelle fate delle favole... avrebbe pensato lui a risvegliarla dall'incantesimo baciandola e scopandola con amore. Quando lei gli aveva riso in faccia, una rabbia feroce aveva incendiato gli occhi del suo fidanzato, ed Erica finalmente aveva capito. A un tratto, il suo castello di illusioni era crollato. E allora gli aveva dato del pazzo, gli aveva detto che quelle sue deviazioni malsane la spaventavano a morte e che la loro storia doveva finire. Lui non aveva reagito male. Anzi, si era dimostrato molto comprensivo e accondiscendente, provando a spiegarle che in fondo si trattava soltanto di un gioco che voleva condividere con lei. Dopodiché, le aveva chiesto scusa per la sua reazione di stizza e aveva ammesso che forse aveva ragione lei e che, semplicemente, non erano fatti l'una per l'altro. Avevano parlato per più di un'ora in modo molto civile e poi si erano abbracciati suggellando la fine di quella breve relazione, che pure aveva avuto dei bei momenti.

Subito dopo Erica aveva preso il cellulare per chiamare un taxi, ma lui si era opposto, dicendole che, per quanto strano, lui restava pur sempre un gentiluomo, e quindi aveva insistito per accompagnarla a casa. Dopo aver riflettuto per qualche secondo lei aveva accettato accarezzandogli affettuosamente una guancia.

All'una e trentacinque di un sabato mattina di maggio, la Golf del Cacciatore sfrecciava a centoventi all'ora sulla tangenziale ovest. A un tratto, all'altezza dell'uscita di Settimo Milanese, lui aveva sterzato bruscamente in direzione del guardrail. L'urto era stato terribile, l'auto si era impennata in aria, aveva ruotato per due volte attorno al suo asse e poi si era schiantata come un missile sull'asfalto. Quel che ne restava aveva terminato la sua traiettoria cento metri dopo, planando sulla corsia di emergenza in mezzo a una pioggia di vetri e scintille.

Per alcuni interminabili minuti c'era stato soltanto silenzio, odore di benzina e scricchiolii metallici.

Poi qualcosa si era mosso dentro l'abitacolo. Il Cacciatore era miracolosamente sopravvissuto all'impatto e dopo essersi ripreso dallo stordimento aveva alzato gli occhi oltre il profilo di nylon dell'airbag. Erica Landi era morta sul colpo, il collo spezzato si era innaturalmente piegato verso di lui in una sorta di ultimo saluto e i suoi grandi occhi da fata lo osservavano ormai privi di vita.

La tragedia aveva sconvolto le loro famiglie e tutti i loro amici. « Un maledetto colpo di sonno mentre la riaccompagnava a casa », questo si diceva con un triste sussurro al funerale di Erica Landi. « Le ho chiesto di restare a dormire da me, ma lei ha tanto insistito perché la riaccompagnassi » ripeteva lui come un mantra mentre seguiva il feretro zoppicando e piangendo, apparentemente disperato. E così, mentre davanti agli occhi comprensivi del mondo si addossava la colpa di quella crudele beffa del destino, in realtà continuava a vedere soltanto l'ultimo sguardo spento di Erica. Un'immagine che in qualche modo lo faceva sentire bene. Quella stronza in fondo se l'era cercata. Lo aveva rifiutato e deriso, e in quell'istante era sparita anche la sua magia. Da allora, lui aveva vissuto con una certezza in più: anche le fate possono morire.

Ora il Cacciatore si riscuote dai suoi pensieri e torna a posare lo sguardo sulla ragazza addossata alla colonna. È davvero bellissima e così vicina, gli basterebbe fare pochi metri per sentire quel suo profumo inebriante. Il pensiero lo eccita. Finge di leggere degli appunti e accavalla le gambe, mentre due studenti si siedono accanto a lui su una delle panchine davanti alla reception. Alba Locatelli si volta e per un attimo sembra quasi accorgersi della sua presenza, ma poi lo sorvola con lo sguardo, infila la mano in tasca e per l'ennesima volta controlla il telefono.

Il Cacciatore ha raccolto molte informazioni su di lei. Ha anche chiesto aiuto al mentore, che gli ha fatto avere alcune notizie fondamentali. Così ha scoperto quale lavoro fa suo padre e sa che Alba vive con i genitori e un fratello più piccolo in un bel quartiere del centro di Milano. Sa che sua madre si occupa di attività sociali e viene da una famiglia molto importante. Inoltre sa che la fata non ha più un fidanzato da quando ha mollato quel ragazzo viziato e odioso con cui l'ha vista discutere qualche tempo prima nei pressi dell'ateneo. Conosce tutte le sue abitudini, i suoi spostamenti e le sue scarse frequentazioni universitarie: quella sua amica alta e mascolina decisamente antipatica, un gruppo selezionato di studenti del suo corso e pochi altri. Ultimamente si è messo di mezzo anche quel misterioso uomo robusto con cui l'ha vista parlare alcune volte. Magari Alba sta aspettando proprio lui! Impossibile che sia uno studente fuoricorso, improbabile che si tratti di un ricercatore, quelli ormai li conosce quasi tutti. Forse è una specie di guardaspalle, un uomo della sicurezza che la controlla su incarico della famiglia. Comunque è uno pericoloso, si vede da come si muove e da come si guarda in giro, con l'atteggiamento di un animale selvatico. Gli ha ricordato quei vecchi leoni con il muso pieno di cicatrici, quei predatori esperti che si muovono con lentezza solennc e stanca e intanto ti spingono sul loro terreno preferito per poi scattare con rapidità letale. Uno da non sottovalutare, per questo il Cacciatore lo ha fotografato e si è ripromesso di approfondire. Quando ne saprà di più deciderà cosa fare.

Perché niente e nessuno può pensare di mettersi tra lui e la sua preda.

20

Quando arrivano alla villa trovano il cancello di servizio spalancato ed entrano in uno spiazzo ricoperto di ghiaia su cui affacciano le porte semiaperte di un imponente garage. I battistrada masticano il pietrisco bagnato producendo un umido scricchiolio. Sotto lo spiovente di una casetta per gli attrezzi un agente di guardia si ridesta dal torpore voltandosi in direzione dell'Audi. Dopo aver riconosciuto i suoi superiori si rasserena, li omaggia con uno svogliato saluto militare e torna a cincischiare con il telefono. Casalegno posteggia la vettura tra una volante con il lampeggiante acceso e un'Alfa grigia e malandata. Il fiore all'occhiello del decrepito parco macchine della loro unità.

Scendono insieme e si dirigono di corsa verso l'autorimessa per sottrarsi alla pioggia battente. Un uomo della Scientifica in tuta bianca è accucciato a terra, seminascosto dalla carrozzeria di una vecchia Jaguar ricoperta per metà da un telone di plastica.

«Alfieri?» dice incerto Casalegno.

«Chi è che rompe?» ribatte una voce nasale poco prima che dal cofano dell'auto emerga un viso dantesco. Gaetano Alfieri, braccio destro di Bencivenni nonché vicedirettore della Scientifica, inclina la testa per allineare gli occhi strabici e mettere a fuoco. La cuffia che penzola su una spalla, la fronte incorniciata da fitti riccioli neri e il naso aquilino lo fanno somigliare alla figura grottesca di un quadro di Bruegel.

«Casalegno! Che ci fai ancora qui? Non ne hai avuto abbastanza ieri?» dice il tecnico mentre raddrizza la schiena e sfila i guanti di lattice.

«Io di sicuro. Ma ti ho portato uno spettatore che si è perso la prima.»

Quando il profilo massiccio di Mandelli affianca Casalegno, la soglia si oscura. Alfieri allora esce allo scoperto e intreccia lo sguardo con quello del commissario. Poi completa la fisionomia da bestiario medievale con un sorriso sghembo.

«Ciao, Mario... sei venuto per invitarmi alla festa di laurea?»

Mandelli sceglie a caso uno degli occhi storti e gli risponde a tono.

«Gaetano, a forza di stare con Bencivenni gli somigli ogni giorno di più. Stai diventando un battutista scarso come lui. Adesso ti manca soltanto di essere un po' più stronzo e poi sei il suo clone magro.»

«Minchia, che camurrioso che sei! Sempre permaloso uguale, vedo...» dice Alfieri riappropriandosi dell'inflessione siciliana addomesticata durante gli anni trascorsi al Nord. «A parte tutto, davvero sei rientrato in servizio?»

Il commissario spinge le mani nelle tasche e lascia che sia Antonio a rispondere.

«Non lo sa ancora, Gaetano. Sta lentamente tornando alla fede, si è incamminato verso le amorevoli braccia protese della Polizia di Stato. Ma è un percorso lungo e complicato. Cerca di essere comprensivo...» dice l'ispettore con un sogghigno.

«Siete due pirla. Ma questa non è certo una novità» ribatte Mandelli con la faccia divertita. Poi indica verso il buio della rimessa. «Cosa fai lì dentro, Gaetano?»

«Scrupolo, commissario, scrupolo. Abbiamo controllato quasi tutto, mancavano soltanto il garage e la casetta di servizio qui davanti. Una specie di magazzino degli attrezzi usato anche come spogliatoio per le maestranze. Qui finora non ho trovato nulla di interessante... a parte questa Jaguar E-Type, che è un vero gioiello d'epoca. Roba da collezionisti. Nell'altra rimessa invece ci sono una Mercedes più recente, vecchie biciclette da corsa e cianfrusaglie varie... foto, trofei, canne da pesca, mobili... roba così. Comunque il mio assistente sta repertando tutto. Appena finiamo, ci facciamo la casetta e poi ce ne torniamo in questura a bere un tè caldo. Anzi, quasi quasi lascio qui quella chiavica di Alfa che ci hanno appioppato e prendo in prestito la Jaguar.»

Casalegno anticipa la domanda che sta per formarsi sulle labbra di Alfieri.

«Noi invece siamo qui per dare un'occhiata al retro della villa, ci vogliamo togliere un dubbio. Per quanto ti riguarda, comunque, Mario non è con me. Almeno non in veste ufficiale» dice con un tono secco che serve a scongiurare qualsiasi replica.

Il vice di Bencivenni li osserva incuriosito, poi fa un cenno complice con la testa.

«Muto come un pesce sono» dice serio.

«Bravo Gaetano, fatti i cazzi tuoi, e campi cent'anni» approva Mandelli. «A parte gli scherzi, non voglio che in questura inizino a girare voci strane, tutto qui. Quando sarà il momento, sarò io a comunicare le mie decisioni.»

«Certo, nessun problema. Sappi che sarei ben contento di ritrovarti di nuovo in giro a rompere le scatole sulle scene del crimine.»

«Grazie, Gaetano, sei un vero amico. Prenditi pure la Jaguar, se vuoi...»

Intanto i due investigatori si voltano e si avviano verso il parco.

Alfieri sorride.

«Io qui non ti ho mai visto, Mandelli!»

Il commissario alza un braccio in segno d'intesa e sparisce tra gli alberi insieme a Casalegno.

Pochi minuti dopo escono da una porta di ferro che si apre sul lato nord del muro di cinta. Tra poco verrà sigillata, come tutto il resto. Una volta terminati i rilievi la Scientifica provvederà alla messa in sicurezza dell'area, poi tutto passerà sotto la responsabilità della magistratura.

Casalegno e Mandelli si stringono contro la parete per evitare di inzupparsi e procedono uno dietro l'altro su un sentiero fangoso che costeggia la proprietà. Arrivati all'angolo, svoltano a destra. Un alto terrapieno corre lungo il retro della villa e declina ripido verso una spianata di terreni incolti, pieni di erbacce e cespugli. Al limitare dei campi s'intravede una fitta boscaglia e, sullo sfondo, un filare di alberi che fa da sipario al fiume Adda.

Alcuni metri più avanti, seminascosta da un rovo che si innalza ben oltre la metà del muro, c'è una persona in attesa sotto un ombrello da campagna in tela verde. Antonio si blocca di colpo e sul momento stenta a distinguere quella figura avvolta in una lunga mantella impermeabile, ma appena nota gli anfibi stringati la riconosce.

Caterina Dei Cas si stacca dalla parete e li saluta accennando un sorriso.

Casalegno sta per dire qualcosa, ma una voce alle sue spalle lo anticipa.

«Buongiorno, viceispettore, è da tanto che aspetta?» chiede Mandelli.

«No, dottore, sono arrivata poco fa con la volante e sono venuta ad aspettarvi qui. Ho trovato questo fantastico ombrellone nel casotto degli attrezzi. Di sicuro sono più asciutta di voi, a quanto vedo.»

«Ha portato le mantelle anche per noi, immagino.»

La Dei Cas si gira su un fianco ed estrae due involucri di

plastica da un borsone, ne lancia uno a Mandelli e l'altro a un impietrito Casalegno.

« Voi due vi conoscete? » Si sente un idiota soltanto a formulare la domanda.

Mandelli lo supera, apre la confezione e tira fuori un poncho impermeabile con il logo della Polizia di Stato. Lo indossa sopra il giaccone e alza il cappuccio.

« Certo che conosco la dottoressa Dei Cas. Sono stato io a segnalarla al vicequestore! Vista la momentanea assenza della Ambrosio e la concomitanza del mio periodo sabbatico, Pinducciu voleva rinforzare la squadra. Non mi piaceva l'idea che scegliessero qualche pirla a caso. E poi lasciarla ad ammuffire alla Crimine Diffuso sarebbe stato un vero delitto. Da Palermo me ne hanno parlato davvero molto bene. Diciamo che, con la scusa della mia assenza, sono riuscito a inserire un elemento di valore nella squadra. » Mandelli fa una pausa, in attesa della reazione del collega.

« A mia insaputa, ovviamente » dice Casalegno. Poi riflette per un momento. « Adesso ho capito tutto... che idiota che sono! Il messaggio che hai mandato all'angolo di via Fatebenefratelli era per lei! Avevi già deciso di venire qui con me e hai fatto lo stesso quella scena penosa fingendo di andartene... » dice battendosi una mano sulla coscia e accompagnando il gesto con una risata sarcastica. « Mi hai preso per il culo... siete due stronzi! Dico sul serio. »

Mario non fa una piega. Anzi, rincara la dose.

« Caterina mi ha detto che ieri non ti sei comportato male... neppure con lei. Sappi che io le avevo spiegato che di solito fai di tutto per sembrare uno stronzo ma per fortuna non sempre ci riesci. Devo dire poi che la galanteria di accompagnarla a casa è stata un tocco di classe, vero vice-ispettore? » dice il commissario rivolgendosi alla Dei Cas.

Intanto Casalegno si sta infilando la cerata. Da sotto il tessuto impermeabile parte un vaffanculo soffocato.

Poco dopo il suo volto barbuto sbuca dalla fessura per la testa e l'ispettore ripete in modo più chiaro: « Vaffanculo... a tutti e due! »

Caterina Dei Cas ride di gusto. I suoi denti bianchissimi mandano un lampo luminoso nel mesto grigiore autunnale.

« Dai! Facciamo la pace, Casalegno. Ci vieni sotto l'ombrello con me? » dice provocandolo.

« Col cazzo, Dei Cas! Dai pure un passaggio al tuo amico commissario. Io me la cavo da solo. »

Antonio fa un passo verso il campo e scivola lungo il ciglio fangoso. Poggia una mano a terra e si rialza agilmente. Poi si volta verso gli altri due che lo guardano beffardi, tenendosi a braccetto sotto l'ombrello.

« Se volete essere così gentili da muovere il culo avremmo anche del lavoro da fare. Non vorrei ricordarvi che, fino a prova contraria, l'indagine è ancora mia. »

21

Avranno fatto sì e no duecento passi, ma a Mandelli sembrano già mille. I pochi metri percorsi gli hanno ricordato le scene di quei film di guerra in cui le truppe restano impantanate allo scoperto, in balia dei cecchini nemici. Una via di mezzo tra *Apocalypse Now* e l'inizio di quel film di Spielberg sullo sbarco in Normandia, di cui non ricorda il titolo. Sembra proprio che la pioggia abbia atteso che mettessero piede in quel groviglio di cespugli, erbacce e rovi per accanirsi impietosamente su di loro. Ora è quasi un acquazzone, freddo e fitto di gocce che percuotono le mantelline impermeabili e pungono le facce. Il terreno smosso è completamente zuppo d'acqua e i piedi affondano nella melma collosa che a ogni passo risucchia gli scarponcini e le energie. Più volte Mandelli incappa in un avvallamento traditore che lo fa inciampare e lo costringe a spingere le ginocchia in alto per non scivolare malamente.

«Ma non ci doveva essere un sentiero?» dice ad alta voce.

Casalegno, che lo precede di qualche metro, ondeggia sotto la mantellina che gli arriva a malapena a metà coscia e alza un dito facendo segno di no.

Invece la Dei Cas, che ha abbandonato l'ombrello e il borsone sul bordo del terrapieno, sembra uno stambecco delle Orobie valtellinesi. Saltella di zolla in zolla con la leggerezza naturale di chi è nato e cresciuto in alta montagna. Poi si ferma su un rialzo di cemento e si rivolge ai colleghi.

«Dobbiamo andare di là» dice indicando alla sua destra. «Da qui non possiamo passare, poco più avanti c'è una cunetta alla francese!»

La sua voce arriva debole e smorzata dalla pioggia. Mandelli e Casalegno la guardano interdetti. Allora lei alza il volume e spiega con pazienza, come se avesse a che fare con dei bambini.

«È un canale di scolo triangolare. Di solito i trattori ci passano sopra, ma noi non possiamo, è troppo ampio. Si vede che in campagna voi due non ci avete mai messo piede! Tra una cinquantina di metri c'è una passerella di cemento, attraverseremo lì.»

Casalegno annuisce. Vorrebbe dirle che in realtà non è proprio così, che lui in campagna ci ha vissuto eccome. Ma il viceispettore Dei Cas si è già rimessa in moto. Mandelli intanto mastica un mugugno e maledice ogni singolo metro che deve percorrere. Prima di seguire gli altri getta uno sguardo circospetto alle sue spalle. Tutt'a un tratto gli sembra di vedere un movimento lontano. Per un secondo intuisce la sagoma di un uomo chinato sopra un cumulo di terra tondeggiante, oltre la strada che curva verso il fiume. Ma forse è solo un abbaglio dovuto alla pioggia. Strizza gli occhi e li riapre. La fugace visione è già svanita. Allora passa in rassegna il campo che li circonda. Anche lì niente di strano, ma non significa nulla. I cecchini più abili sanno mimetizzarsi alla perfezione. Accompagnato da una sgradevole sensazione, abbassa il capo. Poi guarda dove mettere i piedi e riprende a camminare, rimpiangendo l'accogliente tepore delle aule universitarie.

Quando raggiungono il margine della boscaglia, sono fradici e inzaccherati. Si fermano accanto a un gruppo di arbusti bassi, per lo più carpini e robinie. Ripuliscono le scarpe dal fango strusciandole sull'erba di piantaggine che cresce a ciuffi in mezzo ai cespugli di ortiche. La Dei Cas alza la testa e osserva la vegetazione per un momento.

« Aspettatemi qui » dice prima di sparire dietro una rigogliosa pianta di sambuco.

Antonio e Mario si guardano straniti, le facce tirate e stanche. Si spostano vicino a un grosso ontano nero e, senza dire una parola, si mettono al riparo sotto i suoi rami.

« Certo che mi hai proprio messo in mezzo con la Dei Cas... ci sono cascato come un coglione » dice Casalegno asciugandosi la barba con la mano.

« È che non volevo lasciarti tutto solo... » risponde sorridendo Mandelli, mentre appoggia la schiena al tronco dell'albero e riprende fiato. « E poi non è neanche male, no? »

« Davvero una gran bella figa, niente da dire. Grazie per l'assist. »

« Non dicevo in quel senso, Antonio! »

« Sì, avevo capito. Adesso ti stavo prendendo per il culo io, commissario. Era il mio turno. »

Si osservano per un istante, poi scoppiano a ridere.

Mandelli si piega in due e poi cerca di ricomporsi, ma il suo sguardo incontra quello del collega, e allora non resiste a un'altra battuta.

« Ma l'hai vista?! Lei che sgambettava come un capriolo mentre noi sembravamo due elefanti impantanati. »

« Parla per te, Mandelli! Che a momenti mi cadi come un sacco nella cunetta alla francese » dice l'ispettore prima di esplodere nell'ennesima risata.

Sarà per la stanchezza. O forse per la situazione insolita, o per l'allegria di essersi ritrovati, ma non riescono proprio a smettere.

Quando finalmente si calmano sentono un colpo di tosse alle loro spalle. Il viceispettore Caterina Dei Cas li guarda senza dire una parola. Ha i pugni appoggiati sui fianchi e uno sguardo di disgustata pietà dipinto sul volto affilato. Scuote la testa e poi si rivolge soltanto a Mandelli: « Dottore, se il vostro intermezzo comico è finito dovremmo andare. Ho trovato la baracca e il pontile». Dopodiché si gira e senza aspettarli s'incammina verso il fiume.

Scendono lungo un sentiero che digrada ripido in direzione di un sottobosco di piante spontanee. Il terreno è ricoperto da un tappeto di felci che poco dopo si trasforma in un avvallamento spoglio attraversato da radici contorte.

Qualche metro più avanti i tre poliziotti superano il tronco inclinato di un salice piangente. I suoi robusti stoloni si aggrappano come dita artritiche a una sponda di terra smossa. Intanto il rombo del fiume si diffonde tra la vegetazione sovrastando il rumore della pioggia.

Poi finalmente la vedono. A qualche metro dalla riva c'è una baracca di legno sospesa su un impiantito di assi consunte. Una stretta scala conduce verso una porta chiusa con un lucchetto mezzo arrugginito. Sulla sinistra un piccolo pontile in calcestruzzo si proietta verso il fiume allungandosi da una base di cemento ricoperta di muschio. La morbida ansa che ospita l'attracco addomestica l'impetuosa corrente dell'Adda, rinforzata dalle piogge degli ultimi giorni.

Casalegno estrae la pistola, poi indica alla Dei Cas di fare altrettanto e di portarsi sul lato destro della baracca. Mandelli, disarmato, procede prudentemente restando due metri più indietro. La Dei Cas fa un gesto con la mano, poi scompare dietro l'angolo.

Non appena Casalegno mette piede sul primo scalino la struttura scricchiola pericolosamente. Allora spinge lo stivale in avanti e con la suola testa la resistenza dell'asse successiva. Fa un cenno di assenso, sale rapido fino al pavimento su cui poggia la baracca e si schiaccia a destra della porta. Mandelli lo segue su per la scala traballante e si appiattisce sul lato opposto. In quell'istante da dentro si sente provenire una specie di lamento, seguito dal rumore metallico di un barattolo che cade.

I due poliziotti si guardano e reagiscono in un istante, recitando un affiatato automatismo. Casalegno prende una breve rincorsa e colpisce il cardine che si inclina all'indietro. A quel punto è Mandelli che carica come un toro, andando a sbattere contro la porta esattamente al centro, con la spalla sinistra. Le assi si piegano verso l'interno e il telaio cede con uno schianto secco. Il commissario rotola a terra in una pioggia di schegge di legno e pezzi di ferro arrugginito, ritrovandosi disteso in mezzo a un pavimento lordo di merda e sangue. Un istante dopo percepisce un soffio caldo sulla fronte e alza lo sguardo. A pochi centimetri dal suo volto è sospesa una maschera feroce. Dalle labbra deformi spuntano canini affilati pronti ad azzannare.

«Stai fermo! Non muovere un dito» dice la voce di Casalegno alle sue spalle. Ma è il cane che sembra una statua, il corpo piantato sulle zampe vigorose, i muscoli del petto pronti allo scatto, il muso schiacciato proteso in avanti, i denti micidiali esposti in direzione della preda. Dalla mascella scende una spessa bava che cola sulle assi di legno.

Mandelli è impietrito, fissa la bestia dritto negli occhi, cercando di non far trasparire la sua paura. Poi guarda dentro la bocca del cane e impallidisce. Intanto il bullmastiff ringhia minaccioso e disperato. Nell'angolo della baracca c'è il corpo senza vita del suo gemello, con il petto squarciato, in mezzo a un caos indefinito di polvere e sporcizia.

Casalegno fa un passo in avanti e il cane sposta impercettibilmente la testa, adesso nel suo campo visivo ci sono due bersagli. Il ringhio diventa un singhiozzo rauco e ripetuto, ancor più minaccioso.

L'ispettore allunga le braccia e punta la pistola sull'animale, poi danza leggero intorno alle gambe del collega e scivola sul lato destro della baracca.

«Flock! Flock... guarda me, bello... dai!» dice rivolto al molosso, che non sembra reagire.

Mandelli lo guarda stranito, poi torna a puntare gli occhi sul muso rugoso del cane.

« Grimm! Forza, dai... vieni, che ti do la pappa... Grimm! »

L'animale fa uno strano guaito, inclina la testa verso Casalegno e lo osserva confuso.

« Vieni qui, da bravo, Grimm... su! »

La bestia si muove verso di lui e guaisce di nuovo. Tra il cane e la pistola adesso c'è meno di un metro.

Intanto Mandelli gattona lentamente all'indietro, si sposta nell'angolo accanto all'entrata e si rimette in piedi scivolando contro la parete.

Il cane sembra incerto, poi raddrizza la testa e torna a ringhiare contro il commissario.

« Ma porca troia... questo non molla. »

« Stai calmo, Mario » sussurra Casalegno prendendo la mira.

« Non sparare. Rischi di colpire me, se mi salta addosso sono sulla linea di tiro... non farlo. »

Come se avesse risposto a un preciso comando, il cane scatta in avanti. Spinge sulle zampe posteriori e saetta verso Mandelli, che alza le braccia per proteggersi il viso. Un istante prima che il molosso gli azzanni il collo, un boato scuote la baracca e il corpo dell'animale si contorce in volo per poi schiantarsi accanto a una vecchia stufa di ghisa.

« Cazzo! » esclama Caterina Dei Cas dalla soglia, la Beretta ancora fumante puntata a terra. « Cazzo! » Poi, con gli occhi lucidi di pianto, gira sui tacchi e scappa via.

Quando escono dalla baracca la trovano seduta sul pontile, il cappuccio della mantellina calato sul collo, le gambe a penzoloni sopra la corrente.

Mandelli si avvicina piano e le mette una mano sulla spalla. Caterina alza il viso e prova a sorridergli, ma quello che viene fuori somiglia più a una smorfia di dispiacere. Ha gli occhi rossi e la pioggia le scivola sui lunghi capelli neri e sul viso. Non si capisce se stia piangendo.

«Grazie» dice Mario cercando di sovrastare il ruggito dell'acqua che mulina sotto i loro piedi.

Il viceispettore alza le spalle, punta un anfibio e porge la mano a Mandelli, che l'aiuta a risollevarsi.

«Magari l'avrebbe soltanto atterrata... i bullmastiff lo fanno, se sono addestrati alla difesa» osserva con una nota di rimpianto nella voce.

«Così mi fa sentire in colpa, Dei Cas.»

«Ma no, dottore... non è il caso... ho fatto quello che andava fatto, era troppo rabbioso. Sono certa che l'avrebbe azzannata, se no non gli avrei mai sparato... ci sono nata in mezzo ai cani, purtroppo lo avevo capito. Chissà cosa aveva patito quella povera bestia.»

Casalegno li raggiunge a metà strada, tra la baracca e il piccolo imbarcadero.

«Era Grimm...» dice pulendosi le mani in uno straccio recuperato nella casupola. «Il custode ci aveva detto i nomi ieri, mi sono venuti in mente e ho provato a fermarlo richiamandolo... quello che ti ha attaccato era Grimm, era inciso sulla medaglietta. Avevi ragione, Mario, il nostro uomo è stato qui. Lì dentro c'è un macello. Deve aver ammazzato Flock e poi ha lasciato il corpo nella baracca perché l'altro se lo mangiasse... a suo modo gli ha dato un'opportunità, 'sto stronzo.»

Il commissario fa sì con la testa e indica l'Adda.

«È arrivato dal fiume ed è andato via dal fiume. E ha portato i cani fuori dalla villa per un motivo ben preciso... e io adesso so qual è.»

Antonio e Caterina lo guardano in attesa. Il ticchettio della pioggia sulle foglie risuona leggero, un contrappunto delicato all'impetuosa sinfonia della corrente.

«Quando ce l'avevo davanti, con la bocca spalancata, gli

ho visto il lobo di un orecchio umano incastrato tra i denti. Quel bastardo gli ha fatto mangiare i pezzi di Bessa Terzaghi e si è goduto lo spettacolo. »

Improvvisamente percepiscono un fruscio provenire dal sottobosco, giusto un istante prima che il tuono di uno sparo sovrasti il rumore del fiume. I tre poliziotti si gettano a terra, d'istinto. Casalegno e la Dei Cas rotolano su un fianco tentando di estrarre nuovamente le pistole, ma in quel momento un uomo dal fisico possente esce dalla vegetazione con un fucile puntato contro di loro. Il corpo massiccio è avvolto in un'enorme cerata nera, il calcio dell'arma e la falda di un largo cappellaccio impermeabile gli nascondono il viso. Fa due passi in avanti, inclina il fucile e lancia un ordine perentorio.

« Restate sdraiati... faccia a terra e occhi ben chiusi. Giuro che il primo che si muove lo faccio secco. »

Il commissario Mandelli si maledice. La sua intuizione sul cecchino non era soltanto una fantasia. Guarda per un'ultima volta verso quell'uomo misterioso e poi abbassa lo sguardo. Mentre l'odore di terra umida gli invade le narici gli viene in mente il titolo di quel film di Spielberg, e prima di chiudere gli occhi prega ardentemente che qualcuno possa venire a salvare anche loro.

22

Lo Spettro si era goduto lo spettacolo da lontano, stando ben attento a non farsi notare. Nonostante la nottata faticosa, quando era rientrato a casa non era riuscito a prendere sonno. Ancora troppa adrenalina in corpo: ondate di eccitazione stimolavano la sua mente rimandandogli le immagini del supplizio messo in scena in via Pinerolo. Aveva inflitto la seconda punizione nel giro di due giorni, un primato di cui andava molto fiero. E così, dopo essersi concesso qualche sprazzo di sonno agitato, si era alzato e aveva deciso di andare alla villa. L'idea lo solleticava per due motivi. Il primo era la curiosità. Vedere cosa stava facendo la polizia e capire se avesse scoperto qualcosa di rilevante. Il secondo era semplice vanità romanzesca. In poche parole, voleva sapere cosa si provasse a ritornare sul famigerato luogo del delitto.

Quando era arrivato in zona si era fermato per qualche minuto all'incrocio della provinciale a osservare quella campagna che conosceva così bene. Tutto era grigio e immobile dietro la cortina vetrosa della pioggia. Dopo cinque minuti aveva rimesso in moto ed era passato con cautela davanti alla villa. Il cancello di servizio era spalancato. Un poliziotto di guardia passeggiava pigramente sotto la tettoia del garage. Percorso un chilometro, aveva imboccato una stradina sterrata che conduceva verso un filare di pioppi. Dopo aver indossato una giacca impermeabile e un cappellaccio, aveva nascosto l'auto dietro agli alberi e tagliato giù per i campi, camminando su un canale coperto che fungeva da passerella. A circa quattrocento metri dalla villa si era appostato dietro un mucchio di terra di riporto ormai soffocata dai rovi. Lì aveva montato una sorta di tenda provvisoria, un tettuccio di tela cerata appena sufficiente per ripararsi dalla pioggia.

Un'ora dopo il suo binocolo aveva messo a fuoco una figura snella che, nascosta sotto un grande ombrello verde, aveva percorso un tratto del muro di cinta e si era fermata sul retro della villa in attesa di qualcuno. Lo Spettro era certo che si trattasse di una donna. Pochi minuti più tardi un uomo alto e barbuto e uno più basso e tarchiato avevano fatto lo stesso percorso e l'avevano raggiunta. Per un po' avevano discusso, poi gli ultimi arrivati avevano indossato una specie di impermeabile e il più alto dei due si era lanciato giù dal terrapieno scivolando. Erano sicuramente poliziotti.

Quando li aveva visti tagliare il campo in direzione del fiume, aveva avuto la certezza che si stessero dirigendo alla baracca. La donna in testa al gruppetto si muoveva agilmente in quel dedalo campestre e faceva strada ai due uomini che arrancavano impacciati sotto il diluvio. A un certo punto l'uomo tarchiato si era guardato intorno, come insospettito da qualcosa. Girando su se stesso aveva puntato lo sguardo nella sua direzione. Lo Spettro ne era certo, tant'è che una lieve scossa elettrica gli era scesa giù per la schiena. Si era appiattito contro il terreno ed era rimasto immobile, senza mai perdere di vista il poliziotto che dopo un po' si era girato mettendosi lentamente all'inseguimento dei suoi compagni.

Lo Spettro aveva provato un profondo sollievo. Adesso sapeva almeno due cose. Gli sbirri stavano per scoprire la baracca e tutto il resto: le sue mosse, i cani, il modo in cui era arrivato alla villa e la via di fuga attraverso il fiume. La seconda certezza era che ancora non sapevano quello che era accaduto all'avvocato. Ciò significava che le sue informazioni erano affidabili e che, almeno fino al giorno successivo, la polizia non avrebbe scoperto il secondo omicidio. Gli restava tutto il tempo per dedicarsi con calma al terzo sacrificio.

Quando aveva rialzato il binocolo li aveva visti fermarsi al limite della boscaglia e, poco dopo, sparire inghiottiti dal sottobosco. Tra non molto avrebbero scoperto la baracca e poi sarebbe iniziata la vera caccia.

Cinque minuti dopo lo Spettro si era rialzato e, con un sogghigno malevolo stampato in volto, si era mosso verso di loro. E in quel momento aveva sentito il primo sparo.

« Chi cazzo sei? » dice Casalegno alzando leggermente il collo.

L'uomo in nero muove le canne sovrapposte del fucile senza dire una parola, l'ispettore china di nuovo la testa e guarda la Dei Cas, che sente l'urgenza di fare qualcosa. L'idea di morire in quel posto non è contemplata tra i suoi progetti. Casalegno muove gli occhi in direzione della baracca, suggerendole implicitamente un diversivo. Il viceispettore calcola la distanza dalla casupola e gli manda un cenno d'intesa. Ha deciso: scatterà in direzione della baracca e poi rotolerà sotto il pavimento di assi. Se Casalegno ha una buona mira e farà il suo dovere, per quello stronzo ci sarà poco da fare.

Quando sta per muoversi sente un fruscio davanti a sé, a pochi centimetri dalla sua faccia ci sono i piedi dell'uomo che li minaccia.

« Tieni giù la testa, se no te la faccio saltare. »

La Dei Cas alza gli occhi. Sotto il filo sgocciolante del suo cappuccio appaiono due grossi scarponi da montagna con la suola consumata, su quello destro c'è una macchia di vernice verde che sembra un fiore. Il suo sguardo si accende e improvvisamente ricorda di averla già vista da qualche parte...

« Raboni! Ma che cazzo stai facendo!? » grida picchiando i pugni sul terreno.

L'uomo fa due passi indietro e i tre poliziotti alzano lo sguardo all'unisono.

Mariano Raboni tira su la falda del cappello con due dita e abbassa di qualche grado il fucile.

« Ma voi chi siete? E cosa ci fate, qui? »

Casalegno è il primo a rialzarsi e a togliersi il cappuccio.

« Ma porca troia, Raboni! Si può sapere cosa ci fa qui? Posi quell'arma prima che qualcuno si faccia male sul serio. »

Appena il custode lo riconosce, la sua faccia rubizza impallidisce. Qualche secondo dopo posa delicatamente a terra il fucile e lascia andare le braccia lungo il corpo.

La Dei Cas nel frattempo si è messa in posizione di tiro e fa un movimento impercettibile con il mento verso Raboni.

« Giù! In ginocchio e mani bene in vista! »

L'uomo ubbidisce e scuote la testa. Poi inizia a tremare.

« Io... io... non vi avevo riconosciuti. Non... non volevo mica farvi del male! Dio buono! » dice quasi piangendo.

Mandelli alza una mano e gli va davanti, frapponendosi tra lui e la Beretta della Dei Cas.

« Quindi sarebbe lei il famoso Raboni... Si rende conto che stava per fare una gran bella cazzata? »

L'uomo annuisce contrito e il commissario si volta verso la Dei Cas facendole segno di abbassare l'arma. Poi torna a rivolgersi al custode.

« Sono il commissario Mario Mandelli. Adesso noi ce ne andiamo tutti insieme alla villa a chiarire per bene la faccenda, vero? Dai, su, ciula di un ciula! » dice con voce gentile tendendogli una mano per aiutarlo a rialzarsi.

Raboni si rimette faticosamente in piedi, rassicurato dal fatto che a questo mondo ci sia ancora qualcuno che parla come lui.

« Voi due fate sparire quelle pistole. Diamoci tutti una calmata... e soprattutto togliamoci da questa pioggia del menga, che non la sopporto più. »

Dopodiché prende sottobraccio il custode e insieme a lui risale verso i campi col passo lento degli uomini maturi.

« Andiamo Mariano, che qualcosina da spiegare ce l'ha! »

23

Mentre attraversavano il parco di villa Bessa Terzaghi sembravano una pattuglia di veterani che rientra alla base dopo una sortita in territorio nemico. Mandelli, un capitano sporco di fango che agisce solo per senso del dovere, trascinava sottobraccio un abbacchiato prigioniero sospettato di diserzione. Poco più indietro, a coprirgli le spalle, c'erano due guastatori inzaccherati il cui passo nervoso evidenziava una predilezione per l'azione piuttosto che per la noiosa vita da caserma.

Non a caso, appena arrivati tra le mura amiche, i due si sono dati subito da fare. Dopo aver trovato riparo sotto il portico della villa, Casalegno ha chiamato Alfieri che, per sua sfortuna, era appena andato via. Antonio gli ha raccontato brevemente i nuovi sviluppi, chiedendogli di organizzare un sopralluogo sull'area dell'imbarcadero. La Dei Cas ha messo in macchina il fucile sequestrato a Raboni e ha ordinato al piantone di andare al fiume a presidiare la baracca in attesa di rinforzi. Mentre si infilava la mantellina impermeabile e ascoltava le indicazioni del viceispettore, il giovane poliziotto aveva l'espressione sofferente di chi viene mandato al patibolo.

Ora sono seduti in un delizioso salottino, di fronte alla scala che porta al piano superiore: ebanisteria fine, profumo di legno e cera, ticchettii di pendole. Dopo aver lasciato le scarpe infangate sulla soglia, hanno percorso i morbidi tappeti che ricoprono un pavimento di antiche mattonelle di ceramica. Mariano Raboni ha acceso il fuoco nello splendido camino in pietra che domina la parete di fondo. Parlotta da solo, in un misto di lamentele e borbottii di discolpa, poi soffia sotto la catasta e sposta i piccoli tronchi con l'aiuto di una pinza e di un attizzatoio. Quando il fuoco prende vita e si contorce accarezzando i tronchi di faggio, il custode prende posto su una delle quattro poltrone rivolte verso il camino.

Mandelli, seduto accanto a lui, sente arrivare un meraviglioso tepore che asciuga gli abiti e scalda le ossa. Guarda Casalegno e silenziosamente gli riconsegna il bastone del comando.

« Mariano... è il secondo giorno di fila che mi tocca interrogarla, spero sia l'ultimo. Adesso che siamo tutti al calduccio ci spieghi un po' perché ci ha sparato addosso. » Il tono dell'ispettore è forse un po' troppo duro e sferzante. E che cazzo, però, quell'incosciente qualche schiaffo in faccia se lo merita.

Raboni è a disagio, muove il grosso culo sulla sedia e poi guarda Mandelli, cercando un qualche appiglio nel suo sguardo. Mario gli fa un cenno amichevole con il capo e quello inizia a parlare rivolgendosi a Casalegno.

« Quando lei mi ha chiamato stamattina... che mi ha chiesto del fiume... ovviamente mi sono ricordato della baracca. Be', mi è venuto naturale andarci subito a dare un'occhiata. Mica sapevo che ci volevate andare anche voi! Lei non me lo ha mica detto, no? »

Semplice, dritto, anche banale.

Nessuno dei presenti aggiunge nulla a quella logica rozza. Allora la voce rotonda del custode riempie di nuovo il silenzio.

« Sono venuto alla villa e ho visto che c'erano i vostri colleghi, quelli con le tute bianche che fanno le analisi e un poliziotto più giovane. Li ho salutati ma nessuno mi ha detto niente di voi. Allora ho preso uno dei fucili del signor Niccolò, il Breda sovrapposto che è un gioiellino di precisione, e poi sono andato giù per la stradina lungo il campo grande. Quella che fa il giro.»

Mandelli guarda dubbioso verso i due colleghi e alza una mano.

«Mariano, ci sta dicendo che c'è una strada più comoda per andare alla baracca?»

Il custode allunga i palmi callosi verso il fuoco e poi se li passa sulla faccia che sta tornando rossa come sempre.

«Sì che c'è. Si esce dal cancello grande e trecento metri più avanti si prende a destra, si passa sopra il fosso e da lì sono dieci minuti fino all'argine del fiume. È un po' più lunga ma almeno non ci si sporca.» Raboni osserva i loro volti esterrefatti come se avesse detto la cosa più assurda del mondo.

Mandelli lancia uno sguardo ai suoi colleghi e reprime una maledizione. Casalegno alza un sopracciglio e abbozza. La Dei Cas pensa a quando quei due la prendevano per il culo dandole del capriolo e non nasconde una certa soddisfazione.

«Quindi noi ci siamo fatti quel Vietnam nel fango per niente?» domanda il commissario più a se stesso che agli altri, poi interroga direttamente Raboni: «E come mai almeno al ritorno non ci ha detto di passare di là?»

L'uomo si appoggia allo schienale, e la vecchia poltrona geme sotto il suo peso.

«Perché in quel momento credevate che ero un assassino e magari lei pensava che ero anche un ballista e che vi dicevo una pirlata. E poi che cosa ne sapevo io! Magari voi volevate passare di lì per qualche motivo vostro di indagine... mi son detto che era meglio farmi i fatti miei.»

Mandelli si allunga sulla poltrona, sospira rassegnato e fa un gesto con la mano. «Continui, per favore, Mariano.»

Il custode si alza e aggiunge un ciocco di traverso sopra gli altri. La corteccia secca avvampa in un istante e sprizza scintille. Poi Raboni appoggia la schiena alla pietra del camino e li osserva.

« A un certo punto vi ho visti che scendevate giù nel bosco e mi sono chiesto chi eravate. Pensavo a dei malintenzionati o a dei complici di quel macellaio... Sono sceso anch'io e ho raggiunto il pontile. Mi sono nascosto tra le piante e da lì ho visto che due di voi erano nella baracca e uno aveva fatto il giro dietro, con le mantelline non vi ho riconosciuti. Poi ho sentito il colpo di pistola e mi è montato su uno *stremissi* che te lo raccomando. Dopo quello che ho visto ieri non volevo correre rischi. Allora ho aspettato che eravate tutti insieme, ho sparato in aria e sono uscito imbracciando il fucile. Ma mica volevo farvi del male, oh, sia chiaro! »

Nella stanza si sente soltanto lo scoppiettio del fuoco e il sibilo della cappa che risucchia fumo e scintille verso l'alto.

« C'erano Flock e Grimm là dentro, vero? » chiede Raboni con gli occhi lucidi.

Mandelli si alza e gli mette una mano sulla spalla, poi guarda i colleghi.

« Sì, l'assassino ne ha ammazzato uno e lo ha lasciato lì perché l'altro si sfamasse. Grimm però era come impazzito, mi ha attaccato, e il viceispettore Dei Cas è stata costretta a spararg li. Di più non le posso dire. »

Raboni tira su col naso, abbassa il mento sul petto e scoppia in singhiozzi.

« Ieri il signor Niccolò e oggi i miei amati cani. Ma in che mondo viviamo, dottore? »

Nessuno dei tre poliziotti è in grado di dare una risposta onesta a quella domanda.

Un'ora dopo sono tutti al lavoro. Hanno spedito a casa Raboni dicendogli che non avrebbero riferito l'accaduto a nessuno ma che doveva tenersi comunque a disposizione. Appena arrivato, Alfieri ha smadonnato in siciliano ma poi ha professionalmente condotto i suoi al fiume. Approfittando delle indicazioni di Casalegno, la carovana della Scientifica ha usato la strada segnalata da Raboni e adesso sono là che spennellano e rastrellano ogni centimetro di terreno. Vacirca e la Donati sono arrivati sul posto da mezz'ora e sono stati subito aggiornati sugli sviluppi. Ovviamente per entrambi è stata una lieta sorpresa trovare il commissario Mandelli alla villa. Lui li ha liquidati con un saluto burbero, rimandando qualsiasi spiegazione a un altro momento. In fondo a quei due è davvero affezionato, seppur per motivi differenti. Vacirca è un fedelissimo, oltre a essere stato la sua preziosa spia negli ultimi mesi. La Donati invece è la figlia della sua prima fidanzata del liceo e in qualche modo Mario ha un atteggiamento protettivo nei suoi riguardi. Soprattutto dopo che la ragazza ha rischiato di morire in uno scontro a fuoco.

Hanno sentito subito anche Arnaboldi e Pinducciu per aggiornarli sulle novità del caso. Casalegno ha diplomaticamente omesso di riferire che Mandelli era lì con lui alla villa e che l'intuizione sul fiume in realtà era tutta farina del suo sacco. Mario in cambio gli ha promesso che entro sera parlerà con il vicequestore per regolarizzare la sua posizione. Prima però vuole avere il tempo di discuterne con Marisa, spiegarle di persona la situazione e condividere con lei la sua scelta.

Quando l'Audi di Casalegno esce dal cancello principale della villa, sulla strada c'è già una fila di auto posteggiate. I furgoni di due network televisivi hanno appena puntato le parabole satellitari per la diretta contro il cielo plumbeo. Intanto la nota conduttrice di un canale *all news* sta parlando al riparo di un ampio ombrello con il logo della rete, mentre cameraman e fonico le saltellano intorno come fauni.

Non appena li vedono sopraggiungere, giornalisti e operatori si avvicinano compatti all'auto e la bloccano sotto l'accecante danza dei flash. Casalegno rallenta, cercando di farsi strada a colpi di clacson e abbaglianti. Per un attimo la macchina galleggia tra le persone accalcate, sottoposta a un bombardamento di domande insistenti. Quando la conduttrice riconosce il commissario chiede al suo operatore di stringere l'inquadratura sul finestrino e si getta contro il vetro.

«Commissario Mandelli, come procedono le indagini sull'omicidio di Niccolò Bessa Terzaghi? È stato richiamato in servizio appositamente per seguire il caso? Come mai la Scientifica è ritornata sul luogo del delitto?» Una raffica snocciolata in pochi secondi, con dimestichezza professionale.

Per un attimo Mandelli ha la tentazione di nascondere il volto come se fosse colpevole di qualcosa ma poi, semplicemente, guarda verso la telecamera e risponde con un *no comment* attraverso il finestrino semiaperto.

Alle spalle della donna riconosce una serie di volti familiari: alcuni freelance, il giornalista di punta di un telegiornale nazionale, l'inviato di *Estremo Giudizio*, il format di approfondimento giudiziario e, in seconda fila, il volto di Isabella Colaussi, la principale firma di cronaca nera del più importante giornale milanese. I due, che si conoscono da tempo, si scambiano una rapida occhiata e la giornalista accenna un saluto. Proprio in quell'istante l'auto trova un varco favorevole e Casalegno spinge con decisione sull'acceleratore liberandosi dell'assedio.

Un centinaio di metri dopo, Mandelli comunica alla squadra la prossima tappa.

«È l'una e mezza. Non so voi ma io ho una fame della madonna e ho bisogno di riflettere. Vi porto a mangiare un boccone, offro io... Nessun diritto di replica!»

Casalegno volta la testa e incrocia gli occhi della Dei Cas. Il messaggio è chiaro: benvenuta ufficialmente a bordo della Mandelli & Co.

Appena l'Audi sgomma via, lo Spettro abbandona il gruppo di giornalisti assiepati davanti alla villa e si allontana verso la sua auto con passo calmo, sorridendo ai presunti colleghi ancora eccitati per la fuga degli sbirri. Dai loro discorsi ha appreso parecchie cose. Quei tre che stamattina ha visto vagare per i campi sono investigatori tostissimi, di una divisione speciale della questura di Milano, l'UACV, gente che si occupa di crimini violenti, omicidi efferati e serial killer. Cacciatori specializzati, addestrati a catturare i criminali più intelligenti e spietati. Il responsabile operativo è il commissario Mario Mandelli, quell'uomo robusto con gli occhi intelligenti che ha lasciato tutti a bocca asciutta senza rilasciare alcun commento. Il suo vice è quello alto con la barba, Antonio Casalegno. Un ispettore dallo sguardo da lupo che, a quanto pare, è l'ufficiale incaricato dell'indagine. Della misteriosa donna poliziotto invece nessuno sapeva ancora nulla, chi fosse o perché si trovasse lì. Ora che li ha visti da vicino, lo Spettro sente che la sua sfida si fa ancor più intrigante.

Quando sta per aprire la portiera riconosce alle sue spalle la voce di una nota editorialista che ogni tanto viene ospitata nelle trasmissioni televisive per dire la sua sui casi criminali più clamorosi.

«Ciao, scusa se te lo chiedo, ma sai, tra colleghi... se non devi andare subito verso il centro, non è che mi daresti uno strappo al giornale? Non è molto lontano da qui» gli dice con un sorriso sfacciato. « Sono venuta in taxi, ma con 'sta pioggia prima che ne arrivi un altro passa come minimo un'ora... Vorrei scrivere il pezzo su Bessa Terzaghi il prima possibile. Sono sicura che mi capisci... »

Lo Spettro la studia con attenzione, riflette sull'ironia del destino e poi sfoggia il suo miglior sorriso.

« Ma figurati, è un piacere. »

La donna ricambia e gli porge una mano affusolata.

« Piacere mio, Isabella Colaussi. »

« So benissimo chi sei, la tua fama ti precede... accomodati pure. Il resto delle presentazioni è meglio se le facciamo dentro al calduccio » dice l'uomo stringendole la mano e indicando l'altra portiera.

La giornalista fa il giro davanti e sale in auto con uno sguardo di sincera gratitudine.

24

I giardini di via Pallavicino sono un luogo relativamente tranquillo, nonché la principale meta di pascolo e deposito per i cani benestanti della zona Pagano. Si estendono in diagonale tra due lunghe strade parallele e formano una sorta di isola nel cuore residenziale del quartiere, un'area verde fatta di scuole pubbliche, giochi per bambini, fontane e piste ciclabili, circondata da vie pacifiche, regolate sul ritmo del tran tran borghese. Da una di quelle strade, via Tranquillo Cremona, con le sue case ombreggiate sempre in ordine e il suo silenzio impeccabile, quasi svizzero, arriva un ragazzo biondo in compagnia del suo cane, un labrador color champagne il cui naso sembra una bussola impazzita.

« Dai, Rusty, piantala di tirare! » dice Pierfrancesco Leonardini accompagnando l'ordine con uno strattone al collare.

Pochi secondi dopo si infilano tra i due edifici grigi di una scuola e tagliano dentro il parco. Anche se Rusty non è dell'idea, Pierfa gira a sinistra e punta dritto verso uno spiazzo circolare. Al centro c'è una specie di palo circondato da un groviglio di tubi per le arrampicate dei bambini. Poco più in là una gabbia metallica ospita i telai d'acciaio che in primavera vengono ricoperti da tappeti elastici. È il paradiso del salterello, come lo chiamava sua madre quando lui era piccolo e lo portava qui a giocare. Accanto a uno degli alberi spogli al margine dell'area ci sono due uomini dall'aspetto sciatto e pericoloso.

Pierfrancesco libera il cane e si siede su una panchina. Il labrador abbaia, si precipita verso il prato e inizia l'impegnativa esplorazione alla ricerca del luogo ideale in cui lasciare i suoi ricordini. Intanto i due uomini si siedono ai lati di Pierfa senza dire una parola. Il più grosso infila le mani nodose da picchiatore nel giubbotto di pelle.

«Eccoci, bellicapelli... Cos'è che hai di così urgente per farci uscire con 'sto tempo di merda? Lo sai che non ci piace esporci per qualche minchiata. E soprattutto non piace ai nostri capi.» L'uomo accompagna la frase con un movimento della testa, quasi per confermare a se stesso quello che ha appena detto.

Pierfa si piega in avanti e appoggia i gomiti sulle ginocchia.

«Dobbiamo sospendere l'attività per un po'» dice secco, guardando il palo piantato in mezzo alla ragnatela di tubi ritorti.

Quello alla sua sinistra si muove impercettibilmente ma continua a tacere. Una strana cicatrice gli scende a zig-zag da dietro l'orecchio lungo il collo, per poi perdersi sotto il colletto della camicia. La barba nera e dura come il ferro evidenzia il profilo squadrato della mascella da pugile.

«Sospendere» dice il grosso prima di appoggiarsi allo schienale e allungare un braccio intorno alle spalle di Pierfa.

Il ragazzo scivola ancora più avanti, sul bordo arrotondato della panchina.

«Domani facciamo l'ultima serata perché ormai non la possiamo più rinviare, poi ci fermiamo. Due o tre settimane, forse un mese.»

«Un mese...» ripete quello dotato di parola.

«Forse, ho detto.»

Anche il muto con la cicatrice allunga un braccio sullo schienale della panchina.

«E perché? Facci capire» chiede il grosso.

«Abbiamo avuto un problema con una ragazza.»

«Vuoi dire un altro problema...» dice l'uomo mettendogli la mano sulla spalla.

Pierfrancesco non si ritrae e scuote la testa.

«No, stavolta è diverso. Questa era una delle nostre faine, ce ne occupiamo noi. Però poi dobbiamo fermarci per un po' e far calmare le acque. Abbiamo un piano, ci stiamo lavorando. Non risaliranno a noi, scaricheremo la merda su qualcun altro.»

Ha ripetuto le parole concordate con il Maestro, alla lettera.

«Un piano... e ci state lavorando... Hai capito, Alfio? Hanno un piano!» dice quello grosso al muto, che finalmente si gira verso Pierfa e lo guarda con due occhi opachi, privi di qualsiasi sentimento.

«Ho capito, Peppe. Un piano.» Più che una voce è un sussurro roco che soffia sulla faccia del ragazzo.

«Quindi stavolta non avete bisogno che vi puliamo il sederino e organizziamo una messinscena come per quella poveraccia della Malipieri. E bravo *cotraru*! Sono proprio curioso di vedere cosa siete capaci di fare da soli» dice Peppe il grosso, poi si alza all'improvviso e si volta verso Pierfrancesco, che si getta all'indietro contro lo schienale mentre la mano scivola in tasca e impugna il coltello a scatto. Fa per tirarsi su, ma quello con la cicatrice è preparato, gli mette il braccio intorno al collo e stringe forte. Visti da lontano possono benissimo sembrare due amici che scherzano su una panchina.

Il grosso intanto tira fuori il cellulare e si allontana di qualche metro per parlare con qualcuno. Quando ha finito, guarda il suo compare, fa no con la testa e torna a sedersi sulla panchina.

L'altro allenta la presa e aggiusta teatralmente il colletto di Pierfrancesco.

Peppe dice poche parole.

«Avete una settimana, mettete tutto a posto e poi riprendete. State facendo troppe minchiate... e a noi non piacciono i rischi inutili. Recupereremo il mancato guadagno con gli interessi, ci girerete il trenta percento sui ricavi netti dei prossimi due mesi.»

Pierfrancesco lo guarda male. «Ma è un furto!»

«Hai ragione. Allora facciamo tre mesi.»

Il grosso si alza e stira il giaccone con le mani, poi gli mette tre dita davanti agli occhi e si allontana.

Prima di seguirlo, Alfio stringe la punta del mento di Pierfa e lo scuote. «Certi errori costano molto cari, ragazzino. Ricordatelo sempre» dice con un ringhio velenoso che fa gonfiare la cicatrice.

Poi molla la presa e gli fa ciao con la mano.

Cinque minuti dopo Pierfrancesco Leonardini recupera il guinzaglio e fa un fischio. Rusty sbuca da un cespuglio e va verso di lui volando sul prato di erba smunta. «Ogni volta che caga, dopo corre veloce come il vento... che sia questa la vera felicità?» pensa Pierfa sorridendo. Il cane derapa sulla terra dell'aera giochi sollevando spruzzi di fango e gli salta addosso inzaccherandogli i jeans. Lui infila una mano in tasca, trova la crocchetta accanto al coltello e la piazza sulla lingua protesa di Rusty. Poi lo aggancia al guinzaglio e si dirige verso casa. Quando sta per prendere la stradina da cui è arrivato, da una siepe esce la sagoma sottile di Mattia Tondelli. Si sta pulendo i pantaloni dalle foglie.

Pierfa non lo saluta nemmeno e va dritto al punto.

«Com'è venuta la registrazione?»

Mattia si gratta il naso e fa un sorriso soddisfatto.

«Non vinceremo il festival di Cannes ma tutto sommato è un bel prodottino, anche l'audio è perfetto. Questi microfoni direzionali sono una bomba» dice mentre osserva compiaciuto il lungo cilindro metallico che ha in mano. « Il video lo ripulisco al computer e poi salvo tutto sul disco rigido, così se ci serve lo tiriamo fuori al momento opportuno. »

Pierfrancesco lo prende scherzosamente per il collo e gli dà un bacio sulla testa. « Sei un genio del male, Tondelli. Procurarci un asso nella manica è stata una buona idea. Quel coglione di un calabrese ha anche fatto il nome della Malipieri. Lo potremo usare per ricattarli, così se ci spingono nella merda li trasciniamo giù con noi. Trenta percento per tre mesi... 'sti barboni! Muoviamoci, che ricomincia a piovere... dai, mollo la bestia ai miei e andiamo a finire il lavoro. »

25

Casalegno ha percorso la stessa strada dell'andata, ma fin qui Mandelli non ha dato alcuna indicazione. Quando si sono fermati a fare benzina, il commissario ha insistito per lasciare il posto davanti alla Dei Cas e ora è sul sedile di dietro, appeso alla maniglia di cortesia, a rimuginare su qualcosa che lo disturba. Il volto concentrato e gli occhi fissi sulla strada.

«A cosa pensi, Mario?»

Casalegno va sul sicuro. Quel particolare sguardo lo ha già decifrato mille altre volte.

«A una cosa di cui adesso sono certo: stamattina in quel campo ho visto qualcuno che ci stava tenendo d'occhio... e non poteva essere Raboni.»

«Come fa a dirlo, dottore?» chiede Caterina.

Mandelli molla la maniglia e s'affaccia in avanti.

«Il custode ha fatto il giro largo, scendendo lungo il fiume. Non poteva essere lui. E quando ha sentito il colpo della tua pistola, era già nel sottobosco, vicino al pontile. L'uomo che ho visto io invece stava esattamente al centro del campo, alle spalle della scorciatoia che ha percorso Raboni, accanto a un cumulo di terra. Quando ha capito che lo stavo guardando si dev'essere buttato a terra perché è sparito.»

«Non è che hai visto male? Voglio dire, con 'sta pioggia è facile sbagliarsi... e comunque eri lontano» dice dubbioso Casalegno.

«No, Antonio, credevo anch'io di aver preso un abbaglio, ma quando siamo tornati dal fiume ho guardato con attenzione quel rialzo e ho notato che aveva un profilo molto diverso, più netto. C'era qualcuno là sopra questa mattina, ne sono certo.»

«E chi poteva essere, secondo te? Il nostro uomo mi pare improbabile.»

Mandelli emette una specie di mugugno e ribatte: «E perché no? Visto quello che ha fatto finora vi sembra uno che non ama rischiare? Magari voleva capire se avevamo scoperto qualcosa. Abbiamo visto come agisce. Di sicuro è un sadico, ma è anche un assassino organizzato, che segue rigorosamente i suoi piani. Secondo me è in grado di fare qualsiasi cosa e di correre qualsiasi rischio».

Poi torna ad appoggiarsi allo schienale, tira fuori il cellulare e seleziona un numero. Il vivavoce rimanda tre squilli.

«Dimmi, Mandelli» risponde Alfieri ansimando.

«Sei in camporella, Gaetano? Ti sento un po' affaticato.»

«No, è ora di pranzo, sto facendo un divertente picnic con i miei ragazzi, non so da voi ma qui il tempo è magnifico... Che minchia vuoi ancora?»

«Devi fare una cosa per me, Alfieri.»

«Ti pareva.»

«È importante.»

Un attimo di silenzio.

«Dimmi, veloce.»

Mandelli espone la sua ipotesi e Alfieri assicura che i suoi tecnici andranno a dare un'occhiata anche al cumulo di terra.

Quando la telefonata si chiude è come se il commissario si fosse tolto un peso dalla coscienza. Il suo stomaco si fa immediatamente sentire, visto che l'ultima cosa che ha mangiato sono i minicornetti al pistacchio che gli ha portato Antonio a colazione.

L'auto intanto infila una piccola rotatoria e poi si inerpica sullo stesso cavalcavia che hanno percorso la mattina, con la grande scritta BELLA CIAO che li saluta mentre si avvicinano al semaforo.

« Stai sulla destra, Antonio, che andiamo giù all'Ortica » ordina Mario picchiettando sulla sua spalla.

« Dalla Nanda? »

« Perché, esiste un posto migliore dove mangiare in un giorno come questo? » chiede il commissario con un'espressione seria.

L'auto gira e scende una curva infinita che li conduce a uno slargo. Sulla sinistra c'è una strada affiancata da una serie infinita di capannoni industriali che corre dritta verso un orizzonte di filari ferroviari. Sulla destra si allarga un ampio spiazzo nascosto da una fitta macchia di alberi. È il posteggio della famosa balera dell'Ortica. La bocciofila che sta all'interno del locale da ballo è stata per decenni il tempio milanese della raffa, dell'accosto e del gioco al volo. Un luogo in cui orde di anziani e di disciplinati adepti delle bocce si ritrovavano per celebrare il loro rito quotidiano. Quando Mandelli era ragazzino, in un giorno di festa, suo padre lo aveva portato lì ad assistere a un'esibizione dei campioni del mondo della nazionale italiana. Il commissario ricorda ancora il sacro silenzio che accoglieva le giocate dei maestri, il vociare ammirato che spingeva la palla d'acciaio mentre rotolava verso il fulcro del gioco e poi si fermava a un millimetro dal pallino, smorzandosi in un accosto perfetto. Oppure il clangore metallico delle bocciate, quando le sfere scintillanti cadevano dall'alto e colpivano in pieno quelle degli avversari, piantandosi al loro posto e rubando il punto.

Poi c'era stata l'era dell'oblio. Per anni chi passava da lì si fermava con il motore acceso, leggeva il cartello SIAMO CHIUSI e passava oltre. Da qualche tempo, però, la balera è rifiorita e attira giovani, artisti, modaioli e intellettuali che vengono a ballare il liscio e a cimentarsi con le bocce, bevendo un bicchiere di buon vino in compagnia.

A differenza di quello che si può pensare, Milano ha un corpo metropolitano generosamente malleabile, sempre capace di stringersi un po' per fare spazio a chi lo merita e a chi ne ha bisogno. Era successo anche all'Ortica. Un quartiere nato tra i pascoli ingoiati dalla ferrovia e cresciuto sopra i campi agricoli seppelliti dall'industrializzazione. Un luogo in cui lo spirito *casciavit* dei manovali e degli operai era sopravvissuto come un valore di riferimento e di resistenza positiva. Per Mario Mandelli l'Ortica rappresenta la Milano autentica, le cui mura sono fatte di inclusione. Un posto che gli somiglia moltissimo.

Il commissario guarda il profilo affascinante della Dei Cas e le rivolge una domanda: « Sei mai stata da queste parti, Caterina? »

« No, dottore, ma mi sembra un posto piuttosto interessante » risponde lei mentre continua a guardare fuori dal finestrino.

La pioggia ha scelto un ritmo compatibile con gli esseri umani, e scende in gocce leggere che scivolano accompagnate dalla carezza del tergicristallo.

« È più che interessante, devo ammetterlo » dice Casalegno. « Giretto turistico per il viceispettore? Caterina, ce la fai a resistere ancora dieci minuti o muori di fame? Devi sapere che il commissario è una specie di stradario umano. Il che, unito al fatto che ha un'insensata passione per la storia, alla lunga lo rende insopportabile. Quando ne hai abbastanza dillo. »

« Vediamo di non dire cazzate e di muoverci, per favore... » commenta una voce da dietro.

Dopo aver preso una piccola rotatoria l'Audi si ferma all'inizio di via San Faustino, in prossimità del ponte della ferrovia. Casalegno accosta e scendono dall'auto. Davanti a loro, ai lati del sottopasso, ci sono due enormi murales. Sopra la galleria campeggia la scritta QUARTIER DE L'ORTIGA; appena sotto, dipinta con un tratto fine, c'è una bellissima frase: *Teniamo il tempo, al suon di una resistenza mai tradita, liberi dentro l'abbraccio dell'Ortica.*

Mario si commuove sempre quando la legge, non sa esattamente perché ma quei versi di fiera opposizione gli ricordano il patto d'amore e di mutuo sostegno che univa i suoi genitori.

Il murale sulla sinistra è dipinto nei toni del verde ed è noto come il « Muro della Legalità ». Raffigura persone che hanno sacrificato la vita in difesa dei principi della giustizia. Mario prende la Dei Cas sottobraccio e le racconta brevemente le storie di alcuni di loro... le parla di Giorgio Ambrosoli, di Mauro Brutto, di Lea Garofalo. Quando rievoca la vicenda straziante della donna che aveva testimoniato contro la 'ndrangheta ed era stata uccisa dall'ex compagno e il cui corpo era stato dato alle fiamme in un quartiere di Monza, la Dei Cas ha le lacrime agli occhi. Mario non vuole rincarare la dose ed evita di aggiungere un dettaglio personale: all'epoca anche lui era andato sul luogo della distruzione del cadavere. Tempo dopo aveva anche avuto modo di vedere ciò che rimaneva del corpo di quella coraggiosa testimone di giustizia. Quasi tremila frammenti ossei allineati nelle cassette della polizia Scientifica, che uno degli assassini aveva giustificato così: « Mentre il corpo bruciava, spaccavamo le ossa con una pala ».

Attraversano la strada e affiancano Casalegno, che sta osservando l'altro murale dipinto nelle tonalità del rosso e intitolato « Musica Popolare ».

La Dei Cas riconosce i ritratti di Ornella Vanoni, Enzo Jannacci, Dario Fo e, per ultimo, quello di Giorgio Gaber con il suo inconfondibile naso anarchico.

Mentre loro due s'incamminano verso l'auto, Casalegno resta fermo in ammirazione davanti al volto sorridente della Vanoni.

« Sei un suo devoto? » chiede la Dei Cas, incuriosita.

L'ispettore li raggiunge davanti al muso della vettura.

« No. La Vanoni mi piace, ma non sono così fanatico. È che lì sotto c'è la mia frase preferita: '*Hanno ammazzato il Mario in bicicletta, gli han sparato dal tram che va all'Ortica*'. Non so perché ma leggerla mi fa sorridere. A Natale devo ricordarmi di comprarti una bici, Mandelli » dice sghignazzando mentre sblocca le portiere dell'auto con il telecomando.

Il commissario finge indifferenza e prima di salire dietro chiude la questione.

« Sei un uomo ingrato e senza poesia. Andiamo a mangiare, va, che di cagate oggi ne hai dette abbastanza. »

Poi guarda la Dei Cas, fa un sorriso sornione e le regala un'ultima perla: « Viceispettore, devo confessarti una cosa... non sono ancora rientrato in servizio e già mi vorrei licenziare ».

26

Entrare nella trattoria Antica Ortica è come essere sbalzati indietro nel tempo. Appena varcata la massiccia porta di legno con i riquadri di vetro smerigliato, ci si ritrova davanti a un vecchio bancone di mogano alle cui spalle s'innalza una parete di bottiglie di ogni tipo. Grappe, whisky torbati, amari, cognac, gin, rum e una selezione di etichette di liquori ormai estinti da decenni. Sulla parete di sinistra c'è un grande camino in ardesia a spacco naturale, poco più avanti una scala con tre gradini conduce alla sala da pranzo del piano ammezzato. Nell'ingresso c'è odore di buon cibo e di legno stagionato. Dalla cucina invece arriva il tipico sentore del trito d'aglio, limone e prezzemolo con cui si prepara la gremolada. Non appena la campanella della porta smette di vibrare, da dietro il bancone spunta il volto di una donna anziana, illuminato da due grandi occhi azzurri e incorniciato da un'ordinata crocchia di capelli grigi.

« Guarda chi c'è... il Mandelli! Allora ogni tanto ti ricordi di venire a trovare la vecchia Fernanda, eh? » dice la donna esponendo il sorriso di ceramica della dentiera.

« Ciao, Nanda, come stai? » la saluta felice il commissario.

« Dai, diciamo bene, nonostante la schiena a pezzi e quel rompiballe di mio marito che mi brontola sempre dietro » risponde la vecchia lanciando un'occhiata furba ad Antonio. « Toh! C'è anche quel bel mascalzone di Casalegno...

Antonio, l'hai trovata una da sposare o sei sempre uccel di bosco?»

«Niente da fare, non mi vuole nessuna. Avevo intenzione di chiedertelo, ma non me la sento proprio di fare un torto a Giorgio» ribatte l'ispettore sorridendo.

«Ma se quello lì è da anni che non vede l'ora di sbolognarmi! Dai, dai! Accomodatevi su in sala, che c'è rimasto ancora qualcosa da mangiare... E chi sarebbe questa bella *tusa*?» dice Fernanda guardando la Dei Cas.

«Mi chiamo Caterina, signora. Piacere.»

La proprietaria della trattoria esce dal bancone e la prende amichevolmente sottobraccio.

«È il viceispettore Dei Cas, Nanda. Una di noi» spiega Mandelli cedendo il passo alle due donne.

«Accidenti! Allora sei una importante anche te, Caterina. Sentimi bene... se 'sti due si comportano male dagli delle legnate e poi avvisami, che io finisco il lavoro e li avveleno.»

Mentre li accompagna al tavolo, la fragorosa risata della Nanda chiarisce bene da che parte sta.

Mandelli si serve un altro ossobuco, ci versa sopra un'abbondante cucchiaiata di gremolada e poi attacca la carne tenera come il burro. Casalegno intanto ha finito la sua cotoletta, si appoggia allo schienale accarezzandosi lo stomaco e poi lancia un'occhiata al piatto di Mario.

«Pensa che a quest'ora potevi essere in università a gustarti un bel tramezzino alla plastica con i tuoi compagni di corso. Vedi come cambia la vita da un giorno all'altro?» lo provoca con uno sguardo ironico.

«Comunque tutto davvero buonissimo. Gli ossibuchi, poi, straordinari» decreta la Dei Cas pulendosi la bocca con il tovagliolo di cotone bianco. «Sono strapiena.»

Casalegno annuisce e le versa un po' di vino.

Nel frattempo la sala si è svuotata, restano soltanto due pigri avventori seduti al tavolo d'angolo più lontano. Mandelli finisce di succhiare l'osso e si pulisce le dita con una salviettina profumata. In quel momento la voce di Sinatra fa rimbombare le note di *My Way* nella stanza semivuota. La Dei Cas guarda Casalegno di sottecchi e l'ispettore allarga le braccia esibendo un'annosa rassegnazione. All'inizio della seconda strofa finalmente Mandelli estrae il telefono. Sullo schermo sfarfalla il nome Alba L. Dopo qualche secondo d'imbarazzo, il commissario lo posa sul tavolo e si guarda intorno.

«Non rispondi?» chiede Antonio mentre i suoi occhi acuti osservano e registrano quel nome sconosciuto. Mandelli fa no con la testa e silenzia la suoneria. I due clienti ritardatari, risvegliati dal loro torpore, si dirigono verso la cassa per saldare il conto. Appena escono dalla sala, sul tavolo dei poliziotti cala un silenzio improvviso, perlomeno fino a quando Casalegno non fa la domanda che tutti si aspettano: «Mario, chi è *Alba L*?»

Mandelli finge di non capire, richiama l'attenzione del cameriere e lo invita ad avvicinarsi per prendere l'ordinazione.

«Chi vuole un caffè? Tu, Dei Cas, lo gradisci?»

«Sì, grazie» risponde Caterina cercando di non ridere davanti a quel goffo diversivo.

«Anch'io, volentieri» dice Antonio mentre evita accuratamente lo sguardo divertito della collega.

Mario ordina tre caffè e un amaro. Appena il cameriere si allontana il cellulare vibra e sul display lampeggia ancora quel nome. Il commissario stavolta si fa trovare pronto e interrompe la chiamata con un rapido tocco del pollice. Poi, prima che Casalegno torni all'attacco, mette un freno alla situazione arroccandosi dietro a una triplice negazione.

«Non ci provare. Non mi rompere le palle. Non sono fatti tuoi.»

Lo dice tutto d'un fiato, bello dritto. Apparentemente neppure troppo incazzato, più che altro vergognandosi un po'.

Casalegno lo guarda serio. Per un istante nel suo cervello prende corpo l'assurda ipotesi che Mario possa aver tradito la Isa. Ma siccome non ci crederebbe neppure se lo vedesse con i suoi occhi, fa onore alla lealtà della loro lunga amicizia e smette di infierire.

Al tavolo adesso l'imbarazzo è palese. Per fortuna arriva il cameriere a distribuire i caffè. Li bevono con calma, concedendosi più tempo del necessario, poi posano piano le tazzine senza dire nulla. Quando Mandelli prende tra le dita il bicchierino dell'amaro, a suonare è il cellulare di Casalegno. L'ispettore infila una mano nella tasca dei pantaloni, guarda lo schermo e risponde.

«Dimmi... no, no. Ce l'ho qui davanti, si vede che era occupato... hai fatto bene a chiamare me, te lo passo. Ciao, Gaeta'.»

Antonio distende il braccio e porge il telefono al suo superiore.

«Ciao, Gaetano... no, mi stavano chiamando. Dimmi tutto.»

Per qualche minuto nella sala non vola una mosca. Si sente un vociare confuso che proviene dall'entrata, il trillo metallico della campanella e la porta del locale che si chiude.

Mandelli resta in ascolto, poi svuota il bicchierino in un colpo solo. «Ho capito... puoi mandare un'e-mail ufficiale a Casalegno, per favore? No... mettimi soltanto in copia nascosta, per ora. Certo... grazie Alfieri, ti devo un favore.»

Mandelli si gusta il residuo amarognolo della genziana e finalmente rompe gli indugi.

«Ottime notizie! La Scientifica ha trovato degli indizi

sul cumulo di terra. Non più tardi di stamattina, qualcuno ci ha piantato una specie di tenda ed è stato lì sotto l'acqua per qualche ora a osservare la villa e i nostri movimenti.»

«Aveva ragione, commissario... Ci ha preso in pieno!» dice ammirata la Dei Cas.

«Ma guarda te, 'sto gran figlio di puttana» commenta a bocca aperta Casalegno.

Mandelli inclina il bicchierino e fa scivolare l'ultima goccia di amaro sulla punta della lingua.

«Ma c'è di più. Le orme delle scarpe che la squadra ha rilevato sul terreno sono identiche a quelle ritrovate sulla scena del delitto.»

«Era lì, cazzo. Era lì!» soffia Antonio, eccitato.

«Non ho finito, non è tutto» fa Mario alzando un dito per zittirlo. «Gli uomini di Alfieri hanno seguito le impronte. Portavano a un piccolo spiazzo nascosto da un pioppeto... e hanno scoperto che aveva posteggiato la sua auto lì.»

La Dei Cas irrompe con entusiasmo: «Quindi adesso abbiamo anche le impronte degli pneumatici. Forse possiamo risalire al modello di auto e, se ci dice bene, anche al nominativo del proprietario».

Mandelli esibisce un sorriso soddisfatto.

«Se siamo fortunati. Ma c'è un'altra sorpresa.» Il commissario si concede una sapiente pausa teatrale. «I tecnici hanno seguito le tracce dei battistrada e sanno dove si è diretto il nostro uomo.»

La Dei Cas e Casalegno ora pendono dalle sue labbra. La tensione di pochi minuti prima è soltanto un ricordo.

«Ha parcheggiato davanti alla villa. In mezzo alle auto dei giornalisti, dietro i furgoni delle tivù.»

Mandelli lascia che la notizia filtri nella mente dei suoi colleghi e si sente felice come non gli accadeva da tempo.

Caterina batte un pugno sul tavolo e anticipa le conclusioni: « Quel gran pezzo di merda si era mimetizzato tra i giornalisti! Si sarà nascosto tra quelli che stavano intorno alla nostra macchina per farci delle domande. Invece lui voleva soltanto guardarci bene in faccia e gustarsi il suo momento di gloria! »

Il commissario annuisce, alza gli occhi su Casalegno e finalmente riconosce il suo pupillo. Il suo viso affilato è una maschera feroce, il ghigno spietato del lupo che punta la preda.

27

Lei ha parlato quasi ininterrottamente per tutto il tragitto, lui invece, dopo essersi presentato, ha piazzato solo qualche domanda strategica al momento opportuno. Di quelle giuste, quelle da cui si ricavano sempre informazioni utili. Isabella Colaussi non è particolarmente bella e la natura le ha regalato un viso non memorabile, ma ha quel fascino affettato che è l'abito sociale di molte giornaliste di successo. Un'eleganza sotto traccia e mai sopra le righe: scarpe basse, profumi delicati, tessuti naturali ed ecosostenibili, rossetti tenui. Con l'aggiunta di quel misto di saccenteria esclusiva e di arrogante indisponibilità che tanto funziona negli ambienti frenetici delle redazioni. Il tipo di donna che ha sempre bisogno di avere uno specchio nelle vicinanze, o almeno il riflesso di uno schermo o di un vetro in cui rimirarsi. Non tanto per vanità ma per verificare costantemente l'esatta corrispondenza tra il proprio ego e l'immagine di sé che mostra al mondo.

Quando le ha proposto di mangiare un boccone al volo, lei ha guardato il piccolo orologio da polso in oro e poi ha buttato lì una frase scontata: «In effetti finirei comunque per mangiare qualche schifezza in redazione. Non mi far fare troppo tardi, però. Vorrei mettermi al lavoro il prima possibile».

Lo Spettro ha annuito, e senza dire altro ha sterzato verso Lambrate. Si sono fermati in via Ronchi, in un bar pasticceria della zona. Vasto assortimento di dolce e salato, una sala sobria, poco romantica e discretamente affollata. Lui l'ha accompagnata a un tavolo e ha spostato la sedia per farla accomodare. Gesti sempre più rari nel cinico mondo della Colaussi. Hanno ordinato qualche salatino e un piatto unico. Lei ha continuato a parlare, poi gli ha fatto le domande di routine. Lo Spettro ha risposto con il tono naturale di chi dice la verità: sono un freelance; vivo a Milano da poco; prima ero all'estero, a Londra; scrivo per chi mi paga meglio ma il mio sogno è fare il reporter a tempo pieno. Lei ha ascoltato, osservandolo con occhi intelligenti, soppesando attentamente le risposte. Le ha trovate coerenti con il tipo che aveva davanti. Affascinante, un po' disincantato, educato e forse ricco di famiglia. Terminato l'esame di valutazione, lo ha promosso tra gli uomini frequentabili.

Ora l'automobile si ferma davanti all'enorme palazzo a vetri con il logo dell'editore in posizione dominante. Lei lo ringrazia chiamandolo per nome e gli accarezza la mano infilandogli il suo biglietto da visita tra le dita. Lui sorride e Isabella si scompone leggermente. Il riflesso delle gocce di pioggia sul parabrezza non riesce a mascherare del tutto il rossore del suo viso. Poi la giornalista riprende il controllo, esce dall'auto e si dirige a passo svelto verso la porta a vetri, senza mai voltarsi indietro. Lo Spettro si compiace, e il sorriso si trasforma in un ghigno soddisfatto. Adesso grazie a lei ne sa ancora di più. Il commissario Mario Mandelli e l'ispettore Antonio Casalegno non sono più due emeriti sconosciuti. Anzi, è preso dalla smania di conoscerli ancora meglio, di scavare a fondo nelle loro vite e di scoprire le loro debolezze. Per quanto riguarda la Colaussi, invece, avere un'amica giornalista non guasta mai e poi la conoscenza si potrebbe anche trasformare in qualcosa di più intimo.

Gira il biglietto da visita e sul retro trova un numero di cellulare scritto a penna. Adesso è una certezza, prima o poi se la scoperà.

*

Casalegno accosta davanti al portone di via Civerchio e attiva le quattro frecce, più per abitudine che per senso civico. Ogni volta che accompagna a casa Mandelli è lì che fanno il punto della situazione. Talvolta parlando di lavoro, più spesso raccontandosi in modo discreto l'andamento delle reciproche vite. Il commissario si infila la giacca da caccia infangata e si prepara a scendere, ma prima si attiene alla regola e parte con un rapido riepilogo.

«Ora ne parlo con Marisa e se tutto va bene più tardi passo in questura per presentarmi ufficialmente a Pinducciu e rendermi disponibile da subito. Antonio, chiedi a Zilli che faccia una verifica sulle riprese effettuate oggi davanti alla villa. C'erano alcune troupe con le telecamere ma anche tante macchine fotografiche e telefonini. È un lavoraccio, ma se recupera quello che hanno mandato in onda finora e quello che uscirà in seguito, magari abbiamo culo e riusciamo a isolare qualche volto sospetto o addirittura a vedere l'auto di quello stronzo. Dei Cas, tu invece fatti dare una mano da Vacirca e dalla Donati: sentite tutte le testate che hanno mandato degli inviati sul posto e fatevi dare i nominativi. Se è il caso li interroghiamo uno per uno, magari hanno notato qualcosa di strano. Intanto aspettiamo i rapporti definitivi della Scientifica sulla scena del crimine e quelli di oggi giù al fiume e sul cumulo di terra. Anche da lì potrebbe arrivare qualcosa di interessante.»

È la volta di Casalegno, che completa il quadro: «Direi che in giornata dovremmo avere i riscontri sulle manovalanze dalle ditte che hanno lavorato alla villa. Ma non ci conto molto, visto che Raboni ha confessato che gran parte dei lavori venivano pagati in nero. Inoltre la nipote di Bessa Terzaghi dovrebbe essere rientrata in mattinata dalla Svizzera. Dirige una fondazione artistica a Ginevra e fa su e giù da Milano, dove risiede. Speravo di interrogarla già nel pomeriggio, ma a questo punto vorrei che ci fossi anche tu. La convocherei per domattina, se sei d'accordo e se Pinducciu non rompe le palle ».

Mandelli fa un cenno affermativo con la testa e apre la portiera. « Mi sembra tutto, per ora. In ogni caso aggiorniamoci al telefono. »

« Va bene, Mario. In bocca al lupo, comunque » dice Casalegno con un tono volutamente provocatorio.

« E per cosa? » chiede il commissario mentre spinge il cappello impermeabile sulla testa.

« Un po' per tutto. La Isa, Pinducciu... e soprattutto per quella misteriosa Alba! Insomma, saprai tu qual è la tua priorità, no? »

Mandelli lo guarda male, poi si rivolge direttamente alla Dei Cas. « Caterina, scrivi il rapporto sugli eventi della baracca e giustifica il colpo che hai sparato in mia difesa. Sia io che l'ispettore confermeremo la tua versione, non voglio che tu abbia noie appena arrivata. In ogni caso hai fatto un ottimo lavoro stamattina. Grazie. »

Il viceispettore incassa il complimento e annuisce, facendo tintinnare leggermente gli orecchini.

« Ah... Antonio, quasi dimenticavo la parte più importante: vai a cagare. »

Sono le ultime parole che risuonano nell'abitacolo prima che il tonfo sordo della portiera metta la parola fine a quel capitolo.

Capisce che sua moglie non è in casa appena posa il piede oltre la soglia. Quando lei non c'è l'appartamento ha una luminosità diversa. La tapparella della sala è calata all'altezza di sempre, come se Marisa utilizzasse un distanziometro per dosare l'esatta quantità di luce da far entrare in sua assenza. Nell'aria c'è il consueto profumo di pulito. Ogni casa ne ha uno, ben definito e unico. Quello che aleggia nella penombra dell'ingresso è la somma precisa di una delicata gradazione di vaniglia e dell'odore pungente della cera per pavimenti. La riconoscerebbe tra mille, quell'intima sfumatura di buono. Il commissario accende la luce, si leva il giaccone e svuota le tasche, impilando tutto alla rinfusa sulla piccola consolle. Poi toglie gli scarponcini, li lava rapidamente e li mette ad asciugare sopra uno strato di fogli di giornale. Quindi va a farsi una doccia calda, con la speranza di cavarsi dalle ossa l'umidità di quella lunga mattinata. Dieci minuti più tardi sciabatta in accappatoio verso la camera da letto con il cappuccio calato sulla testa. Appena lo solleva si rende conto che è cambiato qualcosa. La luce che illumina la casa si è fatta più intensa. Gira su se stesso e vede una sagoma familiare in fondo al corridoio. Marisa è in piedi, in controluce, indossa ancora l'impermeabile bagnato e stringe qualcosa tra le mani.

«Ciao tesoro» le dice Mandelli sorridendo, «non ti ho trovata e mi sono fatto una doccia. Dov'eri?»

«Sono andata dal calzolaio a portare un paio di scarpe a risuolare. Sei arrivato prima del solito oggi.» La voce di Isa è strana, un po' distaccata, quasi fredda.

«Sì, sono passato da casa ma devo di nuovo uscire tra poco. Però volevo parlarti di una cosa importante.»

«Ah... importante» dice lei con un tono tagliente.

Mario sta per aggiungere qualcosa ma sua moglie lo anticipa con un contropiede da manuale.

«Chi è Alba?»

La richiesta fa il rumore di un sasso scagliato contro un vetro.

Mandelli si pianta lì nel corridoio, sgocciolante. Non ha neppure il tempo di reagire o la prontezza di mettere in piedi un catenaccio improvvisato.

« Alba? » Sa bene che quella domanda è la peggiore delle risposte possibili.

Isa sventola il suo cellulare. Poi, come se le facesse ribrezzo, lo pinza con due dita e lo lascia cadere tra gli altri oggetti dispersi sul mobiletto.

« Quando sono entrata stava vibrando, appena l'ho preso in mano la telefonata si è interrotta. Stavo per portartelo, ma nel frattempo ho notato che avevi altre sette chiamate perse provenienti dal numero di questa *Alba L.* »

Dopodiché incrocia le braccia sul petto e legge la sua reazione, come farebbe un body scanner dell'aeroporto.

« E ti prego, Mario... non dirmi che è una cosa di lavoro perché non ci casco. La tua faccia mi parla da una vita. »

Finalmente Mandelli trova la forza di muoversi, si avvicina e la guarda negli occhi. Anche se non ha nulla da rimproverarsi un latente senso di colpa gli morde lo stomaco. Quell'evidente disagio partorisce una risposta stringata.

« È una collega dell'università » dice con la bocca secca.

« Una collega dell'università... » ripete la Isa, anche se detto da lei ha tutt'altro significato.

« Sì, una studentessa. Non so cosa voglia da me. Oggi mi ha chiamato più volte, anche prima di arrivare a casa. »

« Ho visto. Sette, per l'esattezza. »

La voce di Mario riprende forza e si fa meno incerta.

« Ti assicuro che non so cosa voglia. »

« Quanti anni avrebbe questa tua collega? »

Un'altra pietra, stavolta scagliata ad altezza uomo. Da poco più di un metro, in piena faccia.

« Ventuno, credo. »

« Ventuno... »

Isa lo fissa con uno sguardo che le ha visto raramente in viso, un'espressione che lui non sa proprio come decifrare.

« Immagino che vi siate già incontrati stamattina in facoltà. Chissà cos'avrà da dirti di così urgente» sibila, poi si morde le labbra e attende in silenzio.

Mario deve forzare quello spiraglio. O perlomeno provarci.

«Stamattina non sono andato in università. In realtà siamo andati...»

«Spostati!» Non ricorda di averla mai sentita usare quel tono con lui. «Non mi importa dove siete andati tu e la tua amichetta, spostati!» Un ordine ripetuto con sofferta violenza.

Mario non riesce a credere a quello che sta accadendo: sente le gambe tremare, gli gira la testa e la frustrazione lo annichilisce. Mentre si sposta di lato per farla passare, i suoi occhi si inumidiscono.

Marisa punta decisa verso la camera da letto e una volta lì inizia a riempire un borsone. Apre i cassetti e ci infila un po' di biancheria e qualche vestito.

«Ma cosa stai facendo, Isa?» Dalla gola di Mandelli esce una specie di rantolo che poi, improvvisamente, si trasforma in un disperato ruggito. «Rientro in servizio! È questa la cosa importante che ti volevo dire! Ho deciso stamattina!»

Lei si ferma di colpo, resta lì con un maglione sospeso sopra l'apertura della borsa. Pochi secondi dopo scuote la testa e lo lascia cadere sul letto.

Mario insiste, non vuol perdere la sua attenzione.

«Domandalo ad Antonio, se vuoi, è la verità. Siamo andati insieme a una nuova collega sul luogo del delitto di quel nobile che hanno ammazzato ieri, vicino a Truccazzano. C'erano anche i telegiornali, accendi la tivù e vedrai la notizia da qualche parte... e vedrai anche me. Volevo parlartene prima di andare in questura per mettermi di nuovo a disposizione. I miei superiori non lo sanno ancora, o almeno credo.»

Tutto d'un fiato, con un'urgenza disperata.

Segue un lungo silenzio, tendente all'infinito. Mandelli non ne ricorda nessuno così, tra loro. Alla fine Marisa si muove, gli va incontro e posa delicatamente una mano sul suo avambraccio. Gli occhi di Mario si riempiono di lacrime.

Il viso di Isa si addolcisce, anche i suoi occhi si inumidiscono e il labbro inferiore trema lievemente.

« Mi stai dicendo la verità, Mandelli? »

Mario non ha neppure bisogno di rispondere, abbassa la testa e posa la fronte contro quella di sua moglie.

La prima a parlare è la Isa.

« Adesso calmiamoci tutti e due. Andiamo di là in sala e parliamone, così mi spieghi tutto. Non so perché ho reagito così! Forse ho solo tanta paura di perderti, forse questa cosa dell'università ha scombussolato il ritmo della nostra vita. Mi sento instabile e fragile. Forse lo siamo entrambi, e per di più nello stesso momento. Dobbiamo capire come tornare a sincronizzarci... come facciamo di solito noi. Dobbiamo farlo. »

Lui l'abbraccia forte e restano così per molto tempo.

Marisa Bonacina inizia a singhiozzare piano, Mario la stringe ancora di più.

A un certo punto l'accappatoio si apre e lei, ridendo tra le lacrime, gli dice: « Vai a metterti qualcosa, Mandelli, che in queste condizioni non è proprio possibile parlarti ».

Sul volto di Mario finalmente si allarga un sorriso. Si asciuga gli occhi sulla manica di spugna e ubbidisce a sua moglie. Prima di entrare in camera si gira verso di lei e la guarda serio.

« Però, intanto, tu levati il cappotto e fai sparire quella borsa, per favore. »

28

Dopo un'ora sono ancora lì, abbracciati sul divano.

Mario ha provato a spiegarle il disagio che ha vissuto negli ultimi giorni, a raccontarle di come a un certo punto si fosse sentito fuori posto in qualsiasi luogo andasse, vecchio e inutile in un mondo sempre più veloce e convulso. Le ha anche parlato della crescente nostalgia per il suo lavoro e, sorridendo, di come avesse messo in mezzo Antonio. E poi della Dei Cas e dell'indagine, dell'attacco del cane al fiume, e infine dell'assassino, che probabilmente quella mattina era stato così vicino, a un passo da loro.

Appena si sono rasserenati ha iniziato a parlarle di Alba Locatelli, dell'abbaglio magico con cui quella giovane sirena gli aveva offuscato la vista e la mente. Non tanto per la sua bellezza, quanto per la sfacciata vitalità. Mario ha spiegato a Isa che per lui non era mai stata una questione di attrazione fisica e che il pensiero di tradirla non lo aveva mai sfiorato, nemmeno lontanamente. Si è trattato piuttosto di un incantesimo. Era rimasto ammaliato da ciò che Alba rappresentava ai suoi occhi: ovvero il richiamo della giovinezza.

Il fortuito incontro con quella ragazza per lui era stato un detonatore. Mario aveva rivisto se stesso e Marisa ventenni, riassaporato la sensazione del loro primo sguardo e la fresca incoscienza con cui avevano cavalcato tutto il tempo passato insieme. Aveva visto il film della sua vita scorrere davanti ai suoi occhi e, per la prima volta, era realmente riuscito a misurare quel meraviglioso percorso fatto di anni e di sentimenti.

Si era ricordato tutto. Ogni cosa: la prima volta che lui e Isa avevano fatto l'amore, il loro matrimonio, la morte di suo padre e poi quella di sua madre, la carriera in polizia, le difficoltà e le promozioni, la nascita di loro figlio Giacomo, le vacanze estive a Varigotti, la sofferta incertezza dei giorni della pandemia, i casi più difficili e quelli irrisolti, il dolore straziante dei famigliari delle vittime, la sua squadra, l'amicizia con Antonio e ogni istante passato insieme a lui a dare la caccia ai mostri.

Ora sapeva esattamente cos'era successo, qual era stato il punto di rottura. In lui era esplosa una struggente nostalgia per tutte quelle cose già vissute e ormai passate. E adesso nella sua testa rimbombava una duplice domanda: « Quanta vita deve ancora venire e quanto durerà ancora? »

Quando ha smesso di parlare, Marisa stava piangendo. Dopo un intenso silenzio è toccato a lei ribadire di aver sempre confidato nella loro forza, di non essersi mai sentita sminuita nelle sue scelte e nella sua dignità di donna, nonostante avessero vissuto una vita semplice e senza troppe pretese. Gli ha parlato dei suoi rimpianti, dei sogni irrealizzati e di quelli che invece aveva scelto di perseguire.

A un certo punto gli ha spiegato che l'aspetto più difficile del loro rapporto era stato convivere con l'idea che lui potesse morire in azione. La cosa più dolorosa non era tanto contemplare la possibilità in sé, quanto accettare il pensiero che un giorno potesse *veramente* accadere. E così, per tutelarsi dall'imperscrutabilità del destino, nel corso degli anni Marisa si era costruita un mondo di riferimento. Completamente suo. Prima incentrato sul figlio, che aveva supportato fino alla laurea, poi c'era stato l'impegno nelle associazioni del quartiere e il lavoro part-time di consulente contabile. Infine la frequentazione delle amiche e la fatica quotidiana di mantenere in ordine quella casa, modesta ma sempre dignitosa. Una vita fatta di dedizione, indipendente da suo marito e che, nel malaugurato caso, sarebbe andata avanti anche senza di lui. Quando Mandelli aveva iniziato il suo periodo sabbatico, quel rodato meccanismo si era inceppato anche per lei. Per la prima volta il suo mondo alternativo le era apparso inutile, e soprattutto era venuto meno lo scopo comune che li univa oltre l'amore. Il loro equilibrio di coppia era saltato. Perché, sposando Mario, lei aveva sposato anche la sua missione: combattere il male e trovare i responsabili di crimini orrendi. Negli anni Marisa era diventata qualcosa di più di una semplice moglie. Ormai aveva bisogno di sentirsi costantemente partecipe di quella lotta, di continuare a portare il suo silenzioso contributo.

Marisa ha smesso di parlare da qualche minuto ma loro restano ancora abbracciati sul divano. Nuovamente sincronizzati.

Nessuno dei due sembra aver intenzione di muoversi, almeno fino a quando lei non solleva lo sguardo.

« Adesso devi andare a parlare con Pinducciu prima che la cosa diventi ingestibile. I giornali e le tivù a quest'ora avranno già diffuso le immagini, in rete saranno ovunque. Rischi davvero di mettere in difficoltà Antonio e la squadra » dice Marisa accarezzandogli la guancia.

« Hai ragione, tesoro. »

« E poi devi rispondere a quella ragazza. Da quello che mi hai raccontato è una persona a modo. E sa benissimo che lavoro fai. Se è stata così insistente magari ha davvero bisogno, e tu la devi aiutare. »

Si alza senza dargli la possibilità di replicare e poco dopo ritorna con il suo cellulare.

« Scrivile. » È un ordine, non un suggerimento.

Mandelli prende il telefono controvoglia e digita un messaggio.

Ciao Alba... Stavo lavorando. Cosa succede?

Lo invia, e mentre Marisa sparisce dietro l'angolo, si alza dal divano. Un istante dopo arriva il trillo di risposta.

Scusami Mandelli, ma ho proprio bisogno di parlarti. Ho paura che sia successo qualcosa di grave a una mia amica e non so con chi parlarne. Chiamami. Ti prego.

Isa intanto posa i suoi scarponcini puliti accanto all'entrata e poi si affaccia sulla soglia della sala.

Mario si volta e la guarda.

« Dice che è preoccupata per una sua amica e che non sa chi chiamare... Ma io sono pur sempre un commissario e adesso ho delle cose più importanti da fare! Non può sporgere denuncia? Perché lo deve chiedere proprio a me? »

« Siamo stati a parlarne per più di un'ora, del perché. Ogni tanto mi stupisci per quanto sei gnucco, Mandelli. Quella ragazza si fida di te. Almeno chiamala e senti che cosa ti dice. Se non puoi farlo tu personalmente puoi trovare mille soluzioni per darle una mano. Al limite chiedi a qualcuno che conosci, dai! »

« Ma se un'ora fa l'avresti ammazzata! » ribatte lui ridacchiando.

Lei lo guarda seria, scuotendo la testa.

« No, ti sbagli. Vedi che ho ragione a dire che sei gnucco? Un'ora fa avrei ammazzato te, non lei! Forza, mettiti le scarpe e vai in questura, che io qui ho un sacco di cose da sbrigare. E chiamala, mentre sei per strada. Noi ci vediamo a cena, Mario... stasera cerca di fare il romantico e inventati qualcosa di carino » dice prima di scomparire di nuovo nei meandri della casa.

Il commissario mugugna una specie di sì, poi si alza, infila gli scarponcini asciutti e il giaccone.

Quando sta per uscire, dalla camera da letto arriva un ultimo monito.

« Se rientri davvero in servizio ricordati di avvisare anche l'università, mi raccomando, che sono stati così gentili ad accettarti nonostante l'età... cerchiamo di non fare figuracce, Mandelli! »

Non ci sono più dubbi, il vero capo è già tornato al comando.

29

La chiama mentre attraversa via Thaon di Revel. Il freddo si è fatto più pungente e la pioggia ormai scende finissima, sminuzzata in un pulviscolo vaporoso che pizzica il naso a ogni respiro. A Milano, in pieno novembre, quella è una tregua meteorologica. I ragazzi dell'officina all'angolo ne approfittano per tirar fuori le moto appena riparate allineandole sul marciapiede, nella speranza che i clienti sfruttino il momento favorevole per venire a ritirarle.

La voce di Alba risponde al quarto squillo.

« Mandelli! » Anche se sembra ingenuo entusiasmo, in quell'esclamazione si percepisce del sollievo.

« Ciao, Alba, sto andando in questura. Riprendo servizio » puntualizza il commissario con un certo distacco professionale.

« Ah, quindi non frequenterai più le lezioni? » Lo spartito perde un semitono di gioia.

« Proprio così. Ti avevo detto che avevo un mestiere che mi aspettava fuori dall'università, no? » dice cercando vanamente di sembrare simpatico. « Mi tocca abbandonare i sogni accademici. Purtroppo abbiamo un caso molto impegnativo e mi sentirei in colpa se non dessi una mano anch'io. » Una mezza verità che non racconta tutto.

Intanto Mandelli passa davanti a un piccolo supermercato e punta dritto su viale Zara. Mentre attraversa sulle strisce un ragazzino in scooter lo mette quasi sotto e non contento lo manda anche a quel paese.

«Dimmi tutto, Alba. Cosa succede?»

Per un attimo Mandelli pensa che sia caduta la linea, invece qualche secondo dopo lei riprende a parlare a bassa voce.

«La mia amica, Carolina De Bellis, è scomparsa da ieri pomeriggio. Dovresti ricordartela, probabilmente qualche volta l'hai vista insieme a me in facoltà... be', in ogni caso è sparita. E non è normale.»

«Cosa intendi per sparita?»

«Che non mi risponde da più di ventiquattr'ore. Né ai messaggi, né alle telefonate. E ripeto, non è normale. Oggi non è venuta neppure in università. Ha lasciato sulla scrivania di casa i libri e l'agenda da cui non si separa mai. Ho fatto controllare alla sua coinquilina. Non esiste proprio... Credimi, Mandelli, non sono scema, se te lo dico è così» conclude con una punta di insofferenza.

A Mandelli sembra quasi di vederla, con gli occhi azzurri accesi di preoccupazione e il mento lievemente sollevato in segno di sfida. E allora si ammorbidisce un po'.

«Va bene, va bene... ti credo. Adesso però calmati e raccontami tutto, senza tralasciare nessun dettaglio. Per provare ad aiutarti ho bisogno di capire, ma non ho molto tempo. Ti ascolto.»

Quando la ragazza inizia a raccontare, il commissario ha già nel mirino la fermata della metropolitana. Dieci minuti dopo emerge dal sottosuolo all'angolo tra via Montebello e via Turati. Una volta all'aperto costeggia il triangolo di edifici che, come uno scudo protettivo di cemento, circonda il cortile del consolato americano. Per raggiungere la questura imbocca un'elegante via alberata e approfitta degli ultimi minuti di solitudine per riflettere su quanto gli ha appena riferito Alba.

Finalmente è riuscito a dare un volto a Carolina De Bellis. È una ragazza mora che ricorda di aver visto qualche volta insieme ad Alba nei corridoi della facoltà. Alta quasi quanto lei, due occhi scuri e scaltri, con una morbida cascata di riccioli neri in contrasto con il volto un po' spigoloso e mascolino. Non clamorosamente bella come Alba, ma a suo modo affascinante.

Carolina è nata a Novara, dove il padre vedovo dirige una piccola azienda, ma vive a Milano, in un appartamento di corso Genova condiviso con un'altra studentessa. Oltre a fornirgli queste scarne notizie sull'amica, Alba gli ha spiegato che loro due hanno molto legato e che, da poco più di un anno, sono praticamente inseparabili, soprattutto in università. Studiano sempre insieme e spesso capita che si frequentino anche fuori dalla facoltà, benché i genitori non concedano ad Alba molte uscite notturne, che invece sono la passione di Carolina. In ogni caso, tra messaggi e chiamate, le due ragazze si sentono più volte al giorno. Da mesi. Almeno fino a ieri.

E così Alba ha chiesto a Mandelli di indagare in forma riservata sulla sparizione dell'amica, sperando che nel frattempo si rifaccia viva. Non intende coinvolgere i suoi genitori e neppure allarmare il padre di Carolina, ma al tempo stesso ha una brutta sensazione e si sente in dovere di fare qualcosa. Ovviamente gli ha anche parlato del misterioso messaggio che Carolina le ha inviato poco prima di sparire, quello in cui afferma di sentirsi sfruttata da qualcuno per pochi euro e di essere decisa a farsi valere. Alba però non sa proprio a cosa si riferisca quella frase sibillina, forse a qualche problema relativo ai lavori che l'amica svolge per arrotondare. Ha accennato anche ad alcune feste molto particolari a cui la De Bellis aveva partecipato di recente.

Nonostante quest'ultima informazione abbia fatto risuonare più di un allarme nella mente di Mandelli, lui le ha detto che non può indagare su una persona senza una regolare denuncia di scomparsa. Oppure senza prove incontrovertibili di un atto criminale perpetrato ai suoi danni. Inoltre le ha spiegato che sta riprendendo servizio e che, con tutta probabilità, nei prossimi giorni dovrà occuparsi di un caso molto complicato.

« Ho capito. Mi stai mollando, Mandelli. Fai prima a dirmi che non mi vuoi aiutare... » Quella di Alba Locatelli è stata una considerazione gelida, seguita da una vera e propria sferzata. « Pensavo di poter contare sul tuo aiuto, che tu fossi un uomo sensibile. Quello che avevo conosciuto in università lo era. La persona con cui parlo ora, sinceramente, non so. »

Di fronte a quella reazione Mandelli si è arreso. In fondo, come al solito, ha ragione sua moglie: « Quella ragazza si fida di te ». E quindi, pur senza prometterle un coinvolgimento personale, le ha garantito che in qualche modo se ne occuperà. Le ha raccomandato di tenersi pronta perché presto la chiamerà qualcuno da parte sua. Dopodiché ha aggiunto un saluto sbrigativo e ha terminato la chiamata.

Ora è a metà di via Fatebenefratelli, a un passo dal portone della questura, pronto a rituffarsi nella sua routine professionale. Quando arriva davanti al civico 11 si ferma, tira fuori il cellulare, seleziona un nominativo che non contatta da mesi e scrive un breve messaggio.

Ho bisogno di te... stavolta non puoi dirmi di no. Chiamami.

Poi preme invio e si appresta a oltrepassare quella fatidica soglia.

30

Nel suo ufficio manca l'aria e c'è il classico odore di assenza prolungata, un vago profumo di deodorante per ambienti misto al sentore stagionato degli arredi. Mandelli non accende neppure la luce, va direttamente verso la finestra e preme il pulsante. Mentre la tapparella si arrotola cigolando, il debole chiarore del tardo pomeriggio novembrino accarezza il pavimento con le sue pallide dita. C'è un istante in cui persino i colori del vecchio tappeto riprendono vita per poi tornare al consueto grigiore. Il commissario osserva incantato la lenta caduta della polvere che attraversa la luce e scende su ogni cosa come neve argentata. Poi si riscuote, spalanca la finestra e lascia che l'aria umida spazzi l'ufficio e porti via gli indizi della sua latitanza.

Ha avuto appena il tempo di togliersi il giaccone e di sedersi alla scrivania quando sente bussare. Fin dall'istante in cui ha messo piede in questura Mandelli si aspettava di essere intercettato da Pinducciu e quindi immagina benissimo cosa sta per accadere.

«Avanti!» dice rassegnato alla porta chiusa.

Il cranio pelato dell'agente semplice Giuseppe Santosuso da Caivano fa capolino da dietro l'anta, e subito il suo volto scarno si illumina di gioia, quasi avesse davanti un'apparizione. I baffetti sottili si stirano in un sorriso sincero e pericolosissimo. Mandelli sa bene che potrebbe succedere di tutto e si prepara al peggio.

«Dotto'! Che bellezza vedervi qui al vostro posto! *A ma-*

ronna di Campiglione ha fatto l'intercessone! » esclama entusiasta l'agente irrompendo nell'ufficio.

Santosuso è un fuoriclasse, ma questa volta ha davvero frantumato ogni record: meno di cinque secondi per partorire la prima cazzata.

Mandelli trattiene a stento una risata e si sforza di non visualizzare l'immagine sacrilega appena evocata dalla fervente fantasia di Santosuso.

« Ciao, Giuseppe, lasciamo perdere la Madonna di Campiglione, che anche qui a Milano comunque siamo ben messi. Piuttosto, come sono andate le cose in mia assenza? »

« *È ghiuto tutto a ciammiello*, dotto', ci stavo io a controllare. Non vi preoccupate. »

« Presumo che significhi che è andato tutto bene, in ogni caso mi rassicura moltissimo sapere che posso mollare il lavoro quando voglio se ci sei tu a coprirmi. »

L'agente ovviamente non coglie l'ironia e sorride come se avesse ricevuto una medaglia al valore.

« Cosa c'è, Santosuso? Cosa volevi dirmi? »

« Ah, sì, dotto'! Il questore vi vuole nel suo ufficio. »

Santosuso si irrigidisce, mettendosi quasi sull'attenti mentre evoca il capo supremo.

« Intendi dire il vicequestore, vero? Pinducciu... »

« No, no, dotto'. Ha chiesto di voi proprio il questore. Vi attende su da lui. »

Mandelli è un po' sorpreso. La situazione potrebbe essere più grave di quanto credesse.

« Va bene, vai pure » dice alzandosi.

Santosuso però resta lì, impalato in mezzo al tappeto come una pianta ornamentale. Guarda il commissario in attesa di qualcos'altro, un segno, forse un comando.

« Che vuoi ancora, Giuseppe? »

« Dotto', mi è tanto mancato il vostro solito saluto in questi mesi. »

Mandelli lo guarda storto, poi improvvisamente capisce e un sorriso gli si allarga sul viso.

« Va bene, ti accontento subito... Santosuso, levati dai maroni! » dice imitando il suo tono più incazzato.

Il volto dell'agente semplice si illumina di gioia. « Grazie, dotto'. Adesso sì che siete proprio tornato! »

Quando Mandelli entra nell'anticamera del questore, il segretario lo riconosce immediatamente, gli stringe la mano e sparisce dietro a una porta di legno. Tre minuti dopo si affaccia, si scosta per farlo passare e torna al suo posto.

Il commissario Mandelli è stato altre volte in quella grande stanza rettangolare illuminata da due alte finestre. I muri, rivestiti da una costosa carta da parati, sono abbelliti da quadri di discreto valore e sfregiati dalle orrende croste recuperate negli scantinati della questura. Negli angoli torreggiano due vigorose piante di ficus, corollario del consueto corredo dirigenziale. Bandiere, ritratto del presidente della Repubblica, quadretto della laurea e onorificenze varie appese alle pareti. Nell'aria c'è odore di vecchio mobilio e di cera per pavimenti.

Barricato dietro un'imponente scrivania di legno scuro, il questore alza il viso magro da un rapporto e gli rivolge uno sguardo scaltro. Sprofondato davanti a lui, in una comoda poltrona di pelle marrone, c'è il monoblocco nuragico di Pinducciu.

« Commissario, è un piacere vederla anche di persona. Si sieda » dice il questore con la giusta dose d'ironia mentre indica la poltrona libera.

« Dottore... anche io sono lieto di vederla » risponde Mandelli lasciandosi abbracciare dallo schienale avvolgente. « A cosa devo il piacere? »

Il questore lancia un'occhiata complice a Pinducciu e fa

cadere il rapporto sulla scrivania. Appoggia i gomiti del completo grigio sul ripiano e prima di parlare congiunge la punta delle dita davanti al volto.

«Abbiamo saputo da fonte certa che ha ripreso servizio» dice indicando un televisore ultrapiatto appeso alla parete di fondo. «Pare che tra le notizie del giorno oggi ci sia anche lei, Mandelli. Anzi, direi che è quasi impossibile non vederla, visto che la sua faccia è praticamente su tutte le reti nazionali.»

«Capisco, dottore. Sono appunto venuto in questura per riferire al vicequestore Pinducciu, spiegare le ragioni della mia presenza sul posto e...»

«Ma perché disturbarsi, Mario? A questo punto potevi venire con comodo domattina. Così avevi anche il tempo di rilasciare qualche intervista di aggiornamento per i telegiornali della sera, già che c'eri. Noi avremmo aspettato volentieri altre ventiquattr'ore per conoscere i dettagli.»

La voce monotona e sarcastica di Pinducciu scandisce un rosario di lamentele sacrosante. Mandelli si piega in avanti e cerca di restare serio.

«Mi scuso con entrambi. Voglio precisare che l'ispettore Casalegno non ha alcuna responsabilità, sono io che ho insistito per verificare una mia ipotesi recandomi sulla scena del crimine e...»

«Lo sappiamo, commissario, abbiamo già parlato con Casalegno e con il viceispettore Dei Cas. Sappiamo come sono andate le cose.»

Dopo le parole del questore la stanza precipita in un assordante silenzio. Adesso Mandelli è quasi certo che per lui il gioco sia finito ancor prima di ricominciare. Tocca a Pinducciu sciogliere ogni dubbio.

«Come al solito tu e Casalegno avete agito di testa vostra. Ma ormai questa non è più una novità. Anzi, direi che è una prassi consolidata. Tanto ci siamo sempre noi a pararvi il culo, no? »

Mandelli tenta di replicare ma il dito tozzo del vicequestore si solleva minaccioso.

« Lasciami parlare. Hai idea della figura di merda che ho fatto con il qui presente dottore e con la stampa quando mi è stato chiesto se eri tornato in servizio ed eri incaricato del caso? »

Mario annuisce.

« La sola cosa che ti salva le chiappe è che, come spesso succede, hai avuto un'intuizione felice. Stavolta addirittura due... Io non ho altro da dire, per cui lascio l'ultima parola al capo. »

« Grazie, vicequestore. Commissario Mandelli, qualsiasi sia la sua opinione in merito, sappia che lei è stato ufficialmente reintegrato nelle sue funzioni in data odierna, a partire dalle ore otto di stamattina. Per cui, sia per la stampa sia per chiunque altro qui in questura, lei oggi era alla villa su mio diretto ordine. E adesso, siccome non ha esitato a intromettersi, si prenda pure la direzione di questa bella indagine e mi porti presto dei risultati concreti. Niccolò Bessa Terzaghi era una persona molto in vista e lei è abbastanza esperto e intelligente per capire quale tipo di pressioni io stia ricevendo in questo momento. Ci siamo già passati altre volte, no? »

Mandelli è sorpreso, annuisce, si sposta leggermente in avanti e appoggia le mani sui braccioli della poltrona.

« Grazie, signor questore. Farò del mio meglio. »

« Un'ultima cosa, commissario. Spero vivamente che per un po' di tempo non si prenda altre distrazioni accademiche o di qualsiasi altro tipo. Si ricordi che lei ci serve qui e che non sempre si possono tollerare simili comportamenti. In futuro non vorrei trovarmi costretto a prendere provvedimenti nei suoi confronti. Mi farebbe incazzare, soprattutto perché la considero un eccellente poliziotto. »

Il questore sorride soddisfatto.

« Pinducciu, va bene così. Per me la faccenda è chiusa. »

Il sardo scatta in piedi con un'insospettabile agilità.

« Sì, dottore, va bene così. Ci siamo detti tutto. »

Mentre il commissario si alza dalla poltrona, il questore incrocia il suo sguardo.

« Mandelli, quando esce si ricordi di controfirmare il mio conferimento di incarico di stamattina. Le auguro buon lavoro e aspetto presto risultati brillanti. E adesso toglietevi dalle palle tutti e due e andate a lavorare. »

31

Appena escono dall'ufficio del questore, Pinducciu dà di gomito a Mandelli, aspetta di girare l'angolo e poi scoppia a ridere.

« Mica male, eh? Stavolta mi sono proprio superato. » Il suo entusiasmo è confermato dal ritmo ancor più marcato dell'accento gallurese.

Mandelli lo guarda sorpreso.

« Vuole dirmi che lì dentro ha fatto solo scena, dottore? »

Il vicequestore lo prende sottobraccio e lo trascina verso un boccione di plastica per la distribuzione dell'acqua.

« Non proprio. Quando oggi ti ho visto nei servizi girati davanti alla villa, lì per lì mi sono incazzato. Ma poi ho pensato che forse finalmente eri rinsavito e allora ho biecamente approfittato della situazione. Però, non conoscendo bene le tue intenzioni, mi sono assicurato di non lasciarti scampo. Ho fatto una piazzata tremenda al capo dicendo che era una situazione imbarazzante sia per me sia per la questura, ma che era anche una ghiotta opportunità per farti rientrare, rinforzare la squadra e garantirci che l'indagine andasse nelle mani migliori. Con tutto il rispetto per Casalegno, s'intende » spiega Pinducciu, poi versa un po' d'acqua in un bicchierino di cartone riciclabile, la ingurgita in un sol sorso e prosegue: « E siccome il questore è abituato a districarsi nelle tempeste, ha avuto l'idea di ricorrere al conferimento d'incarico retrodatato a stamattina. Quindi, qualsiasi cosa tu avessi intenzione di dirmi, sei di nuovo in sella» dice il vicequestore mentre getta disgustato il bicchiere nel cestino. «Quest'acqua fa veramente schifo.»

Mandelli scuote la testa e ridacchia.

«In ogni caso il suo spettacolino è stato inutile. Ero venuto in questura proprio per dirle che volevo rientrare subito in servizio.»

«Vabbè... Non del tutto inutile, dal mio punto di vista. Mettiamola così: ti sei preso un bel cazziatone dal questore e per un po' non puoi più fare minchiate» dice Pinducciu prima di sorridergli. «Quindi davvero non devo più risparmiare per la colletta del tuo regalo di laurea?»

«No, stavolta le è andata bene. Può continuare serenamente a spenderseli tutti in sigari e mirto.»

«Il mirto fa cagare più di quell'acqua. Semmai li spendo in filu 'e ferru di Santu Lussurgiu aromatizzato al finocchietto. Prima o poi devo fartelo assaggiare.»

In quel momento *My Way* risuona sul pianerottolo, il vicequestore si defila facendogli segno di sentirsi più tardi e scompare lungo le scale.

Mario estrae il cellulare. Sul display lampeggia il nome che si aspettava di vedere.

«Mandelli...»

«Salve, commissario, come sta?» dice una voce familiare.

«Al solito. Rientrato in servizio oggi, fresco, fresco... non è che in qualche modo la cosa ti può servire da ispirazione?»

Una risata cristallina riempie le orecchie e il cuore di Mandelli.

«Lei era il mio ultimo alibi, dottore. Un fulgido esempio di resistenza. Ma se mi è crollato così, adesso anch'io non ho più scuse e mi tocca rientrare nei ranghi.»

«Ah, ah... Mi fa piacere sentirtelo dire, è evidente che hai puntato sul cavallo sbagliato.»

Dopo un attimo di silenzio Marica Ambrosio riprende a parlare.

« In famiglia chi scommetteva sui cavalli era quel poco di buono del mio babbo. Io preferisco astenermi dall'azzardo, commissario. Ma lo ammetto, il lavoro mi manca. Mi mancate tutti... la squadra... lei... e persino quella testa calda di Casalegno. »

« In questo momento credo che nessuno possa capirti meglio di me. »

« Avevo deciso di rientrare la settimana prossima, già da lunedì, se possibile. Però prima di presentarmi da Pinducciu volevo parlarne con lei, dottore. Volevo avere il suo parere. Ma visto che mi ha anticipato, sono tutta orecchie. »

« E che parere vuoi che ti dia, Marica? Mi sembra magnifico, credo anche che ti spetti una promozione. Umanamente per te è stato molto difficile superare ciò che è successo, lo capisco. Hai ucciso una persona, e questa è una realtà che nessuno potrà mai cambiare. Ma hai compiuto anche un grande atto di coraggio. Il coraggio e il senso del dovere hanno un costo molto alto. Ci costringono a sacrificare una parte di noi stessi. Te lo dico perché ci sono passato anch'io » confessa Mandelli con una punta di amarezza nella voce.

« Spesso sono ancora confusa, mi creda. Ma ogni volta che ci ripenso so che salvare la dottoressa Sileri e impedire a quel mostro di causare altro dolore è stata la cosa giusta da fare, l'unica possibile. » La voce dell'agente scelto si incrina per un momento, poi torna a farsi melodiosa come sempre. « In ogni caso ormai ho capito che nella vita voglio fare soltanto la poliziotta. Aveva ragione lei quando me lo ha detto, subito dopo il fattaccio. In quel momento però non potevo rendermene conto, ero troppo sconvolta. »

Mandelli è emozionato. Stima moltissimo la Ambrosio, una collega forte come un toro ma dotata di un cuore gentile. Per un attimo tace indeciso, ma lei lo toglie intelligentemente dall'imbarazzo.

« Dottore, non voglio farle perdere altro tempo. Ho letto il suo messaggio... Mi dica di cosa si tratta e cosa posso fare. »

« Certo, vado subito al punto. Approfitterei del fatto che non sei ancora rientrata in servizio per chiederti di seguire una faccenda delicata e soprattutto informale. Riguarda una persona che ho conosciuto di recente e che ha chiesto il mio aiuto. Come puoi immaginare non posso occuparmene direttamente e purtroppo credo che si tratti di una cosa seria. »

« Mi spieghi per bene, commissario. Ci penso io. »

Nell'ufficio di Mandelli c'è il tutto esaurito, se si dovesse pagare il biglietto si registrerebbe il record stagionale d'incasso. Il commissario si gode la sua squadra quasi al completo, con la sola eccezione della Ambrosio.

Casalegno e Zilli sono al loro solito posto. Praticamente in gradinata, seduti sul piccolo divano vicino alla finestra, pronti a spalleggiarsi e a farsi beffe degli altri come due bulletti. La Dei Cas si è accomodata su una delle sedie di fronte alla scrivania, ha incrociato le lunghe gambe e adesso fa ballare nel vuoto uno dei suoi anfibi in attesa del battesimo del fuoco. Sull'altra sedia c'è la Donati, coi grandi occhi celesti accesi di felicità. Per lei il ritorno di Mandelli è stata la chiusura di un cerchio. Finalmente si sente di nuovo parte di qualcosa di familiare, al punto che anche la cicatrice sotto l'ascella sinistra ha smesso di farle male. Nicola Vacirca è in piedi dietro le due donne, appoggiato a un mobiletto metallico con la penna sguainata, il bloc-notes pronto ad accogliere quei fitti geroglifici che comprende soltanto lui, ma che in realtà sono resoconti precisi e preziosi. Sulla destra, accanto a uno scaffale carico di faldoni, c'è Giuseppe Santosuso. I suoi occhi volpini gettano sguardi preoccupati verso le mensole traballanti che in passato si sono riversate sulla sua testa insieme a tutto il loro contenuto. Memore di quelle disonorevoli ferite di servizio, l'agente semplice si tiene prudentemente a distanza.

« Vedo che ci siamo tutti, molto bene » dice Mandelli senza nascondere una certa soddisfazione. « La faccio breve. Con grande giubilo dell'ispettore Casalegno vi annuncio che il questore, con la subdola complicità del suo vice Pinducciu, mi ha affidato il caso Bessa Terzaghi. Quindi vorrei che facessimo un rapido punto della situazione in modo da assegnare a ognuno dei compiti precisi per i prossimi giorni. Antonio, incomincia tu, per favore. »

Casalegno si allunga in avanti e appoggia gli avambracci sulle cosce.

« Allora... Ti confermo che domattina alle nove abbiamo convocato la nipote della vittima per interrogarla. Carlotta Rovelli, figlia della defunta Mariella Bessa Terzaghi, è rientrata da Ginevra poche ore fa. Le ho parlato al telefono e mi è sembrata molto provata dalla morte dello zio. Sulle imprese che hanno lavorato alla villa, per ora non abbiamo trovato nulla di rilevante. Ci manca ancora un riscontro dalla società che ha installato l'impianto d'allarme, hanno cambiato proprietà da sei mesi e parte del vecchio personale è stato sostituito. Per il resto stiamo aspettando i report di Bencivenni e compagnia cantante sulla scena del crimine e sui rilievi svolti alla villa e nel parco. Mi dicono che il vecchio tricheco toscano sta dando di matto perché hanno da fare un lavoro immenso. Ho chiesto ad Alfieri di dare la priorità alle impronte delle scarpe, all'arma del delitto e ai calchi degli pneumatici. Inoltre, a quanto ne so, oggi pomeriggio la dottoressa Sileri dovrebbe procedere con l'esame autoptico... sempre che abbia tempo per farlo, visti tutti i suoi importanti impegni. »

Il tono acido con cui l'ispettore pronuncia l'ultima frase non sfugge a Mandelli e a molti dei presenti.

« Samuele, tu invece che mi dici? » chiede il commissario.

« Per quel che riguarda le riprese televisive, ho chiesto al viceispettore Dattoli di darmi una mano. Per chi non lo sapesse, Sonia Dattoli è l'ufficiale che cura il coordinamento informatico della squadra UACV con la polizia postale » dice Zilli guardando verso la Dei Cas. Poi lancia un'occhiata complice a Casalegno. « Credo se la ricordi anche lei, commissario, è quella follemente innamorata di Antonio. Comunque, nonostante il pessimo gusto in fatto di uomini, la Dattoli è davvero fantastica... in pratica ha già scaricato tutte le immagini andate in onda finora e sta monitorando le prossime edizioni dei telegiornali nel caso ne utilizzassero di nuove. Poi analizzeremo insieme i filmati per vedere se riusciamo a isolare qualche fotogramma interessante. Però vi dico subito che ci vorrà un po', almeno due o tre giorni. Abbiamo chiesto i girati originali alle reti, ma dubito fortemente che ce li faranno avere. Tireranno in ballo i loro uffici legali, il diritto di cronaca e menate varie. Una soluzione potrebbe essere che il giudice Arnaboldi li richieda ufficialmente, ma comunque i tempi sarebbero biblici. Inoltre abbiamo contattato tutte le testate presenti, sia online sia cartacee. Entro domattina dovremmo avere l'elenco degli inviati sul posto, con l'esclusione di eventuali freelance. »

Zilli prende fiato, poi continua: « Per quanto riguarda la linea ADSL della villa, è un vero colabrodo, persino un bambino poteva craccare l'IP. Comunque è certo che il Bessa Terzaghi non aveva utenze mobili intestate, invece stiamo recuperando tutti i tabulati telefonici di Raboni e della Cuneta. Le confermo che l'allarme poteva essere gestito anche da remoto. Appena la casa produttrice ci manda i report tecnici li esaminiamo, così posso capire se c'è stata qualche manomissione o intromissione esterna. E poi ovviamente c'è il computer sequestrato alla villa. Il professore era un tipo molto meticoloso. Ho trovato svariate cartelle che contengono documenti sulle attività della fondazione, sulla manutenzione delle proprietà, sulla catalogazione di opere d'arte e libri. Ci lavoro meglio nelle prossime ore e spero di trovare qualche spunto interessante».

Mandelli annuisce, si passa una mano tra i capelli e sospirando si appoggia allo schienale.

«Dobbiamo trovare qualcosa di solido da cui partire. A oggi ci siamo fatti un'idea del profilo psicologico dell'assassino, ma per il resto, a parte le impronte e le tracce dell'auto, abbiamo poco o nulla. E poi, al di là della sua notorietà pubblica, non sappiamo un accidente della storia personale di Bessa Terzaghi. Antonio, sai se Arnaboldi ha autorizzato un'indagine patrimoniale sulla famiglia?»

«Finora no. Mi aspetto la solita manfrina della famiglia ricca e potente da non disturbare troppo, ma spero di sbagliarmi» risponde Casalegno lisciandosi la barba.

Mandelli scuote la testa.

«Non credo, se c'è uno che non si ferma davanti a certe cose è proprio Gian Maria, lo ha ampiamente dimostrato anche in passato. Credo che Pinducciu l'abbia informato che il caso è stato affidato a me. Più tardi lo chiamerò per capire come intende procedere, così ci coordiniamo. In ogni caso ci sono cose che noi possiamo fare da subito... Dei Cas, tu e Vacirca indagate nella vita privata della vittima. Voglio sapere tutto di Bessa Terzaghi. Vecchi amori, amici, nemici, rancori, abitudini, frequentazioni, passioni... tutto il repertorio. Ogni particolare che possa sembrare importante, mi raccomando. Informiamoci bene anche sulla sua fondazione e su quella donazione di libri antichi che ha fatto in passato. Verifichiamo se aveva un catalogo aggiornato della sua biblioteca personale e se per caso manca qualche volume. Magari Samuele trova qualcosa nel pc. Donati, pensaci tu, per favore. Direi che per ora è tutto, finite quello che avete iniziato e poi andiamocene a casa, che è stata una giornata lunga. »

Si muovono tutti, tranne Santosuso. La voce dell'agente semplice cerca di sovrastare il rumore delle sedie e il chiacchiericcio dell'esodo generale.

« E io, dotto', che posso fare per voi? »

Mandelli si alza e gli va vicino.

« Tu stai qui e mi guardi le spalle, come al solito. Sei il mio Sancho Panza, Giuseppe, il mio alter ego... senza di te il mio personaggio non potrebbe esistere. Mi raccomando, occhi aperti e vigili! »

Santosuso lo guarda orgoglioso e un po' commosso.

« Tranquillo, commissario, anche se di panza non ne tengo ci sto qui io a fare il vigile... e non vi preoccupate, *appizzo ll'uocchie* per voi. »

« Perfetto, perfetto. Esattamente quello che intendevo io » sussurra Mandelli sconsolato.

Quando anche Santosuso se ne va, il commissario contempla il disordine della stanza e apre la finestra per far cambiare l'aria.

Poi torna alla scrivania e si lascia cadere sulla sedia con la netta sensazione di non essere mai andato via.

32

Nell'ultima mezz'ora Casalegno ha fatto due chiamate a Stefania Sileri, entrambe senza successo. Probabilmente è ancora impegnata con l'autopsia di Bessa Terzaghi e, come al solito, ha lasciato il cellulare nell'armadietto. Una vecchia abitudine che neppure il rischio di venire uccisa sul posto di lavoro le ha fatto cambiare. Antonio sa bene che dopo quel tragico avvenimento il direttore dell'Istituto di Antropologia Forense ha ordinato di installare una linea telefonica nella sala autoptica, ma Stefania non ha mai voluto dargli il numero.

Casalegno ha pensato spesso a lei durante quella frenetica giornata. Il lungo colloquio della notte precedente gli ha lasciato un profondo senso di amarezza che non se n'è mai andato del tutto. Gli addii telefonici sono di una tristezza infinita: la testa divaga e, alla fine, il mesto momento del distacco supera il peso del tempo passato insieme. Per non parlare del sentimento di frustrazione che si matura dopo. Quello che ci fa domandare cosa abbiamo sbagliato, che spalanca il libro dei se e dei ma, che evidenzia le note di demerito, le cose non fatte, le scuse che hanno seppellito la passione. Le storie d'amore non finiscono mai di colpo, quello è l'alibi degli imbecilli. Spesso scivolano lentamente sul piano inclinato del tempo, finché uno dei due non si ritrova con il culo per terra. In molti casi entrambi.

Antonio saluta il piantone alzando appena la mano, ingrana la seconda e poi sterza verso destra unendosi al flusso di auto che scorre su via Fatebenefratelli. Pochi metri dopo accosta e abbassa il finestrino sul lato del passeggero. Sul marciapiede c'è la Dei Cas che cammina a testa bassa con i pugni infilati nella giacca di pelle, un cappello di lana nera calato sulle orecchie nasconde a malapena due auricolari. Quando si accorge della macchina si ferma e si volta. La pioggerella le bagna il volto e alcune minuscole goccioline d'acqua si aggrappano alle lunghe ciglia nere. Tira fuori le mani dalle tasche, toglie gli auricolari e li fa sparire.

«Cosa vuole, ispettore? Le ricordo che il pedinamento rientra tra i comportamenti persecutori tipici dello stalking...» dice seria.

«La vedo preparatissima sul tema, viceispettore. Può sempre arrestarmi in flagranza di reato e portarmi immediatamente in questura. È fortunata, non è neppure lontana... direi poco più di una trentina di metri» risponde Antonio sorridendo.

«Cosa vuoi?» Gli occhi intensi della Dei Cas studiano la sua reazione.

«Mi chiedevo se ti andasse di prendere un aperitivo e poi di andare a mangiare qualcosa insieme.»

Caterina sbuffa e torna a piantare i pugni in fondo alle tasche.

«E perché? Sentiamo.»

«Perché mi farebbe piacere.»

«Ma la tua fidanzata non la vedi mai?»

«Diciamo che non stiamo vivendo il nostro periodo migliore e ti assicuro che detto così non rende affatto l'idea» risponde sincero.

Lei alza le spalle, come a dire che sono cose che capitano e soprattutto che non la riguardano.

«Basta che tu non ti faccia strane idee, non c'è posto per cose squallide nella mia vita. Non più.»

« Non sarebbero idee poi così strane, anzi... » dice Antonio ridacchiando.

« Sto parlando sul serio, Casalegno. Ti faccio una breve premessa così è tutto più chiaro... aperitivo, o come diavolo lo chiamate qui, cena e chiacchiere. Stop. » Gli occhi serissimi, quasi bui, fermi.

« Va bene, non chiedo di meglio. Credimi. »

La portiera si apre, la Dei Cas scivola sul sedile e allaccia la cintura.

« Due cose, però. Prima portami a casa che devo lavarmi e cambiarmi. Non preoccuparti, sono una veloce. Tu puoi restare ad aspettarmi in macchina o entrare a giocare con i due bambini molesti, scegli tu. »

Casalegno annuisce e intanto si immerge nel traffico serale. « Scelgo di restare in auto. La seconda cosa? »

« Non pensare di cavartela con una pizza o con quelle schifezze fusion pseudo orientali che vi sorbite qui a Milano. Pretendo un buon ristorante, con un'ottima carta dei vini. »

« Altro? »

« Sì, sbrigati che mi sta venendo fame. »

Alba Locatelli aspetta da quasi dieci minuti sotto la tenda di un affollato bar alle colonne di San Lorenzo. Ha il cappello abbassato a trequarti, il bavero del cappotto stretto intorno al collo e uno sciarpone multicolore che le avvolge le spalle in un caldo abbraccio. La persona che l'ha contattata a nome di Mandelli le ha dato appuntamento lì. Al telefono si è presentata semplicemente come Marica, dicendole che il commissario l'ha incaricata di occuparsi del suo problema. Lo ha definito proprio così e non ha aggiunto altro. Alba è rimasta molto colpita dalla musicalità della sua voce e dalla pragmatica gentilezza con cui le ha dato le coordinate per l'appuntamento. Come tanti altri giovani universitari di Milano, anche lei conosce molto bene quel locale a pochi passi dal filare di colonne bianche che fa da sipario alla facciata ottocentesca della basilica. Poco più in là, il rettangolo della piazza è chiuso dal profilo medievale di Porta Ticinese, sotto il cui arco a tutto sesto transitano i tram che scivolano davanti al colonnato e risalgono faticosamente verso piazza Duomo.

A quell'ora il locale è già imballato di gente che entra ed esce con in mano bicchieri di birra o di gin tonic e poi si aggrega sotto la tenda in capannelli spontanei o si siede sghignazzando intorno ai piccoli tavoli di legno del dehors.

La pioggia dei giorni scorsi si è trasformata in un'acquerugiola minuta che si sparge nell'aria avvolgendo tutto come un'umida e lucente pellicola. Alba si stringe nelle spalle e scaccia un brivido di freddo mentre dal tavolo più vicino l'ennesimo lumacone le rivolge delle occhiate esplicite. Lei sbuffa senza degnarlo di uno sguardo e gira la testa verso la piazza.

In quel momento, una donna alta e robusta attraversa i binari del tram e si ferma a pochi metri dal bar. Si toglie il casco, si passa una mano sulla fronte spingendo all'indietro i lunghi capelli e poi li raccoglie in una coda con un elastico. Quando i loro sguardi si incrociano, accenna una specie di saluto e poi si avvicina muovendosi agilmente tra i tavoli.

« Ciao, scusa il ritardo ma con questo tempo è meglio andare piano » dice agitando il casco mentre il viso rotondo e delicato si distende in un sorriso.

« Quindi sei tu Marica? » chiede Alba stupefatta. « Come hai fatto a riconoscermi? »

« Sì, Marica Ambrosio in persona, piacere. Be'... *una bella ragazza con gli occhi blu, alta e riservata*. Diciamo che assomigli molto alla descrizione che mi ha fatto di te il commissario.» Il lieve accento romagnolo aggiunge una curiosa nota di simpatia alla morbidezza della voce.

Alba è alta un metro e settanta ma Marica la supera quasi di mezza spanna. Il petto e le spalle possenti tendono la pelle della giacca da motociclista. Sicuramente una sportiva, forse una lottatrice. La ragazza la guarda ammirata, un po' stupita di ritrovarsi di fronte una specie di gigantessa quando invece dalla voce aveva immaginato tutt'altro tipo di persona. Deve ammettere che Mandelli è uno che riserva belle sorprese.

«Cosa facciamo?» chiede la Ambrosio. «Preferisci stare qui a regalare false speranze a quello sfigato o ci troviamo un tavolo più tranquillo dentro?»

Alba ride di gusto.

«Vada per il tavolo. Comunque da quando sei arrivata tu quello ha smesso di guardarmi... mi domando come mai.»

«Tutto sommato allora non è poi così stupido!»

Si sistemano a un tavolo abbastanza tranquillo, nell'angolo più lontano del soppalco di legno. Nel locale c'è il tipico vociare da aperitivo: risate, pettegolezzi, qualche urlo di gioia per un incontro inatteso, le ordinazioni gridate verso il bancone, rumore di bicchieri e musica di sottofondo, forse un vecchio pezzo dei Dire Straits.

Hanno ordinato due moscow mule e la Ambrosio paga per entrambe, incurante delle proteste di Alba. «Non ti ha risposto?» le chiede.

«No, l'avrò chiamata almeno venti volte, forse di più. Senza contare i messaggi.»

«Probabilmente non lo farà, sono passate quasi trenta ore dalla sua ultima comunicazione, vero?»

Alba annuisce e beve dalla sua tazza gelata.

«Ma tu chi sei? Una collega di Mandelli? Un'investigatrice privata? O magari una specie di guardia del corpo...»

Marica fa una smorfia strana e riflette un momento prima di rispondere.

« Investigatrice privata non me lo aveva mai detto nessuno, però suona bene. Sono una sua collega. Diciamo che sono stata a riposo per un po'. In panchina, hai presente? »

« Più o meno. Hai commesso qualche brutto fallo e ti hanno espulsa, oppure ti sei infortunata? »

« Ho fatto il mio dovere. E mi sono infortunata, alla testa e al cuore, ma ora sto meglio. Adesso però tocca a me chiedere. Sono qui per questo, no? »

Alba abbassa gli occhi, beve un altro sorso, poi posa le mani sul tavolo e raddrizza la schiena. La Ambrosio capisce che è pronta. « Raccontami tutto, anche i dettagli che ti sembrano meno rilevanti. Voglio sentirlo con le mie orecchie, mentre ti guardo negli occhi » dice Marica. « E sappi che ci sono delle regole. Primo: quando avrai finito ti farò delle domande e tu risponderai a tutte, nessuna esclusa. Secondo: non mentirmi perché me ne accorgo. »

La pasticceria è piena come al solito, a Milano la qualità paga sempre, un concetto economico elementare. Le Dolcezze Varesine non fanno eccezione. Sono una piccola macchina da guerra che sforna a ripetizione freschissime delizie e piccoli capolavori dolciari che spariscono nel giro di un attimo. Costantemente, dieci ore al giorno, tutti i giorni, dodici mesi all'anno.

Mandelli cerca un volto noto sopra le teste dei clienti assiepati contro il banco di cristallo, poi lo vede e alza timidamente una mano. L'uomo lo riconosce, fa un impercettibile cenno con la testa e si infila nel retro. Qualche minuto dopo esce con un sacchetto in mano.

« Buonasera, commissario, ecco qui il suo zuccotto » dice il titolare a voce alta tendendo il braccio oltre la vetrina e facendo penzolare il prezioso contenuto nel vuoto. Nel frattempo, come un esperto domatore, lancia uno sguardo minaccioso ai presenti per scongiurare qualsiasi accenno di polemica.

« Gentilissimo come sempre, Massimo » lo ringrazia Mandelli mentre arpiona il sacchetto e incrocia lo sguardo di riprovazione di una vecchia inacidita dal presunto trattamento di favore. « Quanto le devo? »

« Vada, vada, dottore. Dentro c'è lo scontrino, mi paga la prima volta che passa di qui, tanto è di strada, se no mi fa tardi alla sua seratina romantica » ammicca il pasticciere con un'occhiata complice.

Mario esce in strada e si sente un po' un pirla, talmente prevedibile e abitudinario che persino le sue serate speciali sono ormai di dominio pubblico. D'altronde non è così difficile da capire, l'equipaggiamento base è lo stesso da anni: una bottiglia di Franciacorta extra brut cuvée e l'immancabile zuccotto milanese che tanto piace alla Isa.

Il commissario alza gli occhi verso il cielo ormai quasi buio e la pioggia fine che gli bagna il viso. Apre la bocca come un bambino e per qualche secondo resta lì a gustarsi la sensazione delle goccioline che gli solleticano la lingua. Poi, prima che qualcuno lo veda, fa un respiro profondo e s'incammina verso casa.

33

Nell'aria c'è un profumino delizioso, sicuramente Marisa ha cucinato qualcosa di speciale per la loro cenetta. Mandelli passa davanti alla sala e vede il tavolo delle occasioni speciali, con le candele, il servizio buono e le posate d'argento.

« Isa! Ma hai preparato in sala? Stasera vuoi davvero fare le cose in grande, allora. »

Intanto appende il giaccone. « Isa, ci sei? »

Percorre il corridoio fino alla cucina, entra e posa i sacchetti sul tavolo da pranzo.

« Ti ho preso lo spumante e lo zuccotto... quello buono delle Varesine » dice rivolto verso la porta.

Torna in corridoio e si guarda in giro.

« Ma dove sei? »

« In camera... sto mettendo a posto una cosa » risponde la voce di sua moglie.

Quando si affaccia oltre la soglia vede che la stanza è avvolta da un'atmosfera accogliente. La tapparella è abbassata per metà, la luce calda della lampada da notte tinge la penombra di una morbida tonalità arancione. Marisa è sdraiata sul letto, indossa una sottoveste leggera sopra un completo intimo color carne, si è leggermente truccata e un filo di rossetto evidenzia le labbra piene. Quella bellezza prosperosa e naturale che lo ha stregato tanto tempo fa negli anni non ha perso un briciolo di sensualità. Mario contempla la scena stupefatto, mentre il tempo intorno a loro rallenta e poi si ferma.

« Perché non vieni un momento qui, Mandelli? » lo invita con una voce promettente.

Lui sorride e si avvicina, si siede sul letto e le accarezza una coscia. Lentamente. Il corpo di Isa è percorso da un lungo brivido di piacere. Mario sente i pori sollevarsi sotto il passaggio delicato dei polpastrelli. Lei si solleva su un gomito e gli passa una mano dietro il collo, poi lo attira verso di sé e gli forza le labbra con la lingua. Si baciano con passione, e poi ancora e ancora. All'improvviso lo spinge giù sulla schiena, gli slaccia la cintura e gli apre i pantaloni, senza mai smettere di guardarlo negli occhi. Quando finalmente lo libera, la sua prepotente erezione vibra nell'aria. Marisa gli sale sopra, impugna il suo pene dall'alto, poi fa scivolare le dita fino in fondo, lo accarezza piano e risale graffiandolo delicatamente.

« Co... cosa stai facendo, Isa? » domanda Mario in un sussulto di eccitazione.

« Ho voglia di te. Da quando te ne sei andato. Ora ti prendo... e ti scopo... ecco cosa faccio » dice lei soffiando le ultime parole tra le labbra appena dischiuse.

Mario stringe gli occhi e imbastisce una vana resistenza, più per gioco che per effettiva volontà.

« Ma... di là... è tutto... pronto. »

« Sst... stai zitto » dice lei stringendo la sua erezione nel pugno.

« Ma lo... zuc... cotto... si... scioglie. »

Marisa gli mette due dita sulla bocca, e con un sapiente movimento delle anche lo risucchia dentro di sé.

« Sai cosa ti dico, Mandelli? Chi... se ne... frega... dello zuccotto. »

Non sa bene neanche lui perché l'ha portata lì.

Il Buona Toscana è un ristorante un po' modaiolo di via

Panfilo Castaldi, una strada lunga e stretta che, come una sottile vena sotto pelle, unisce le due grandi arterie di piazza della Repubblica e di corso Buenos Aires.

È il posto preferito di sua figlia Valentina, perlomeno quando si degna di andare a cena con lui. Nelle rare occasioni in cui lo studio, i fidanzati di turno e gli impegni della madre non prevalgono sulla prospettiva di una tranquilla serata con suo papà. Cioè, quasi mai.

Ora si sente un po' in colpa per aver condiviso quel posto con Caterina Dei Cas. Forse una scelta troppo confidenziale fatta con un eccesso di leggerezza, forse un mezzo tradimento all'intimità del rapporto con sua figlia. Oppure il senso di colpa è nei confronti di Stefania, per il semplice motivo che sta cenando con un'altra e non con lei.

« Ci vieni con la Sileri, qui? » domanda la Dei Cas sollevando lo sguardo dall'antipasto.

« Scusa? »

« Eri pensieroso. Come se ti fossi pentito... »

« No, non ci vengo con Stefania. Qui ci porto esclusivamente un'altra. »

Caterina lo guarda negli occhi, poi prende il bicchiere e lo accosta alle labbra.

« Soltanto una? Be', poteva andarmi peggio. »

« Mia figlia Valentina, questo è il nostro posto. »

« Allora capisco perché sei dubbioso. Sappi però che apprezzo il gesto. » Il sorriso di Caterina è caldo come il sole.

Casalegno ricambia increspando le labbra sotto la barba. La trova bellissima. Quando è uscita dall'anonima villetta in cui vive, ha davvero stentato a riconoscerla. Niente giacca di pelle nera, niente jeans e soprattutto niente anfibi. I capelli pettinati all'indietro mettevano in risalto il viso perfetto, mentre un trucco leggero evidenziava il taglio obliquo degli occhi magnetici. A completare l'opera, un bel cappotto nero a trequarti, una scollatura in perfetto equilibrio tra la concessione e il diniego e un paio di pantaloni da sera corredati dai giusti centimetri di tacco. Nel giro di pochi minuti la poliziotta risoluta e tagliente aveva lasciato la scena a una donna incantevole. Quando sono entrati nel locale, il titolare li ha salutati con calore e li ha accompagnati al piano rialzato, dove l'ambiente è molto elegante e silenzioso. Si sono accomodati a un tavolo d'angolo, non distante da un refrigeratore per vino stracolmo di grand cru ed etichette prestigiose.

Lui ha indicato la cantinetta e lei ha annuito soddisfatta. Antonio ha mantenuto il suo impegno. Si sono messi a parlare di tutto tranne che di lavoro e dopo un perfetto antipasto, un primo delizioso e mezza bottiglia di Amarone, la Dei Cas si è chiesta se sarebbe stata capace di attenersi alla premessa e di non finire pateticamente tra le sue braccia a fine serata. Casalegno, invece, quella promessa l'ha completamente dimenticata. Ormai si sta soltanto chiedendo che sapore abbiano le labbra di Caterina.

Hanno fatto l'amore due volte di fila e lo zuccotto non si è nemmeno sciolto. Mario Mandelli ripensa alla meravigliosa furia con cui si sono amati e porta il cucchiaino alla bocca. Si gode il dolce equilibrio di gusti di quel piccolo capolavoro di pasticceria e alza gli occhi verso quelli di sua moglie.

« Anche le parolacce ti sei messa a dire, adesso... » le dice mentre si appoggia alla spalliera della sedia.

Isa si pulisce le labbra e lo guarda strano.

« Scusa? »

« Prima, di là... più o meno un'ora fa... non so se ti ricordi. » Mandelli ha lo sguardo sornione di quando inchioda un sospettato.

Marisa sorride e si versa un po' di spumante. Poi beve e allunga le mani lisciando la tovaglia di fiandra.

«E che parolacce avrei detto? Sentiamo» dice facendo la gnorri.

Mario abbassa lo sguardo sul palmo della mano, fingendo di leggere.

«Allora. A verbale viene riportato che la signora Bonacina Marisa, coniugata Mandelli, nei momenti antecedenti l'atto amoroso manifestava le sue perverse intenzioni con un esplicito proposito: 'ti scopo'.»

«Sei un cretino. Non capisci il contesto. D'altronde hai sposato me apposta, in modo che ti possa far vedere il mondo da una prospettiva diversa da quella di un vecchio poliziotto come te. E poi sono molto meno bigotta di quanto pensi.»

Mandelli ride fragorosamente.

«Hai ragione, credo proprio di averne avuto l'ennesima conferma. Anzi, ora che ci penso potremmo anche...» propone ammiccando verso il divano.

«Maniaco! Dai, non fare il *bauscia*, che poi mi tocca rianimarti.»

Isa si alza e sparecchia, mentre passa accanto alla sua sedia si piega con i piatti in mano e gli pianta un bacio sulla bocca. Appena sparisce dietro l'angolo della sala, lo chiama.

«Mandelli... Il tuo telefono vibra!»

Mario va verso l'ingresso, trova il cellulare nascosto sotto il tesserino, guarda lo schermo e risponde.

«Ciao Marica, com'è andata?»

«Non ho buone notizie, dottore.» Detto con quella voce celestiale sembra quasi un controsenso.

«Cioè?»

«Cioè abbiamo due grossi problemi.»

«Procedi» ordina Mandelli lasciandosi cadere sul divano e accavallando le gambe.

«Allora, la prima cosa è che secondo me Carolina De Bellis si è davvero cacciata in un guaio serio. Spero di sbagliarmi, ma temo che possa aver fatto una brutta fine. Non si fa viva da una trentina di ore, il telefono è staccato e né Alba né la sua coinquilina hanno avuto più sue notizie. Io e la Locatelli abbiamo chiamato questa Lucrezia Lanteri, e lei ha confermato che Carolina non è mai rientrata.»

Marica lascia che l'informazione si depositi e resta in attesa del commento di Mandelli.

«Secondo te cosa può succedere, ora?» chiede lui dopo qualche secondo.

«Be', immagino che non sentendo la figlia, il padre della De Bellis si preoccuperà. Credo che presto sporgerà denuncia di scomparsa. A meno che non sia coinvolto anche lui o che ci sia qualcosa dietro, magari un rapimento a scopo di estorsione. Ma dubito, visto che è proprietario di una piccola azienda con un modesto fatturato.»

«Dimmi... insomma, l'idea che ti sei fatta.»

«Secondo me frequentava un giro strano, presumo dei festini in cui giravano droga e soldi facili per le ragazze che partecipavano. Alba mi ha detto che Carolina gliene ha parlato in modo non del tutto esplicito e l'ha anche invitata. Ma lei si è rifiutata. La mia ipotesi è che, a una di quelle feste, la De Bellis possa aver visto qualcosa di brutto o forse abbia riconosciuto qualche volto noto. Potrebbe anche aver provato a monetizzare... non so se mi spiego.»

«Sì, ti spieghi benissimo. Un ricatto andato male. Dici che l'hanno fatta fuori?» domanda Mandelli.

«Se parlassi in veste ufficiale non mi sbilancerei, dottore... ma dato che è un'indagine ufficiosa posso permettermelo. Temo, purtroppo, che sia una possibilità concreta.»

«Cazzo!»

«Già... Oh, poi magari mi sbaglio e questa ricompare all'improvviso. Ma ho davvero un brutto presentimento...»

«Come sai io non posso fare nulla, almeno finché non c'è una denuncia formale. Tu come pensi di procedere?»

«Innanzitutto domattina faccio visita a questa Lanteri, la coinquilina, così la interrogo, ispeziono la stanza di Carolina e cerco qualche indizio. Poi ho pianificato un giro in università con la Locatelli. Ovviamente mi muoverò sotto falso nome, presentandomi come un'amica di Alba. Se il padre sporgerà denuncia i colleghi inizieranno a indagare e verranno a sapere che qualcuno si è interessato alla sparizione. Vorrei evitare che possano risalire a noi.»

Intanto Isa è rientrata in sala e ha lanciato uno sguardo interrogativo a suo marito. Mandelli la rassicura con un gesto della mano e risponde alla Ambrosio.

«Certo, soprattutto non voglio che tu ti metta nei casini per colpa mia.»

Marica indugia un momento prima di aggiungere: «Mi sa che ormai siamo già tutti e due nei casini fino al collo, dottore».

«Cosa vuoi dire?» chiede Mandelli prudente.

«Credevo che non mi avesse detto nulla di proposito, dottore, per non farmi preoccupare. Ma adesso temo che lei davvero non sappia... che non conosca la *reale* identità di Alba...»

Mario alza gli occhi preoccupati verso sua moglie, che sta finendo di sparecchiare.

«No, so soltanto che si chiama così e che è una studentessa. Mi ha raccontato qualcosa sulle sue ambizioni professionali, sul suo corso di studi e sui suoi progetti. Ma tutto sommato hai ragione, non so molto di lei. Perché?»

«Merda...» si lascia sfuggire la Ambrosio. «Mi scusi, dottore.»

«È davvero così grave?»

«Be', me lo dica lei, dottore! Locatelli... ci pensi bene... Andrea Locatelli...» Marica lascia cadere la bomba, che precipita fischiando nel cervello di Mandelli.

E poi esplode.

« Andrea Locatelli...? Cazzo, non è possibile! Vuoi dire il viceministro dell'Interno? »

« Proprio lui, commissario. Ex assessore alla sicurezza del Comune di Milano e ora, per nostro sommo gaudio, ai vertici del dicastero di riferimento della Polizia di Stato. Una bella fortuna, eh? » La voce della Ambrosio sembra di nuovo cantare, come se finalmente si fosse tolta la sordina.

« Ma che sfiga! » sussurra Mandelli. Poi si rivolge a sua moglie e chiarisce la situazione anche a lei: « Alba Locatelli è la figlia del viceministro dell'Interno ».

La Isa si porta una mano alla bocca e scuote la testa con una smorfia divertita stampata sul volto.

« Già, dottore. Davvero un bel casino. Tra l'altro Locatelli ha anche la delega di commissario straordinario per le persone scomparse. Direi che peggio di così per noi era difficile... » commenta la Ambrosio con un risolino ironico.

« Alba è pazza a non avermi detto nulla! » Il tono di voce di Mandelli si alza e Isa smette di sorridere. « Sapeva benissimo che lavoro faccio... che sono un commissario di polizia. Così ci ha messo tutti nella merda! »

« Ovviamente gliel'ho fatto presente. Mi ha confessato che all'inizio non le ha detto nulla perché temeva che lei si rifiutasse di aiutarla. Poi ha provato a dirglielo. Ma pare che, quando finalmente vi siete sentiti, lei sia stato molto sbrigativo e le abbia detto che avrebbe mandato qualcuno a occuparsi della cosa. Inoltre Alba non intendeva in alcun modo coinvolgere suo padre in questa vicenda. »

Mandelli si batte un palmo sulla coscia.

« E infatti Locatelli non verrà a sapere nulla, vero? » commenta sarcastico. « La figlia del viceministro dell'Interno implicata nella scomparsa di un'amica e in un possibile giro di festini a base di droga... perché sai benissimo che è così che la stampa dipingerà la cosa. Gli avversari politici lo sbraneranno. Ti pare poco? Non appena Locatelli sa cos'è successo mi fa il culo a strisce e, come minimo, mi sospende. Il mio sarà il reintegro più breve della storia. Dobbiamo soltanto sperare che la De Bellis sia viva. »

Isa asciuga le mani in uno straccio da cucina e si siede accanto a lui.

« Cosa intende fare, commissario? Molliamo tutto e convinciamo Alba a parlarne con il babbo di Carolina in modo che se la sbrighi lui? Oppure continuiamo? Mi dica lei. »

Mandelli riflette per un momento e stringe la mano di sua moglie.

« No, ora che sappiamo chi è suo padre dobbiamo evitare che Alba venga danneggiata. Non perdiamo tempo e manteniamo il vantaggio che abbiamo. Se tu te la senti prosegui con il tuo piano: vai dalla coinquilina e poi fatti un giro in università. Però sia chiaro, ufficialmente tu di questa storia non ne sai niente. »

« E lei nel frattempo cosa fa? »

« Ci rifletto su e poi ne parlo con qualcuno. Dobbiamo pararci il culo, Ambrosio... devo pensare bene a chi rivolgermi per non fare altre cazzate. Domattina, quando sei con Alba, chiamatemi. Le voglio parlare. »

« Va bene. Mi spiace averle dato cattive notizie, commissario. Ora la lascio riposare, Zilli mi ha raccontato del caso Bessa Terzaghi e immagino che lei sia stanco. Mi saluti la signora Isa, buonanotte. »

« Marica... »

« Sì? »

« Grazie... e perdonami se ti ho coinvolta. »

« Non lo dica neanche per scherzo. Mi ha fatto bene tornare in azione. E poi adesso penso in continuazione a Carolina. Dobbiamo trovarla, dottore. »

« Hai ragione, riposati anche tu. Buonanotte. »

Appena chiude la chiamata Mandelli scaglia il cellulare

sui cuscini e si mette le mani nei capelli. Marisa si avvicina e gli accarezza una guancia.

«Sono stato un vero coglione, Marisa... come ho fatto a immischiarmi senza prima approfondire, senza sapere qualcosa di più su quella ragazza?»

«Stavi frequentando l'università e lei era una studentessa. Me lo hai spiegato tu. Ti ha chiesto aiuto e gliel'hai dato. Mi sembra semplice. Non è che quando uno vive nel mondo reale va in giro a fare il terzo grado a tutti quelli che incontra. Io non vado mica a chiedere al panettiere se è parente di un assessore o alla farmacista se è vero che ha uno zio assassino... Mario, dai! Vedrai che troverai una soluzione. Hai affrontato situazioni molto peggiori, no?»

«Perché, la farmacista ha uno zio assassino e tu non me lo hai detto?» domanda lui ridendo.

«Lo vedi che sei un cretino?»

Mandelli alza il mento e la guarda. Le stringe la mano e la trascina via dal divano.

«Dove stiamo andando?»

«Indovina» dice mentre la prende in braccio e la porta verso la camera da letto.

Nella sala restano la penombra della sera, il tavolo da sparecchiare ancora per metà, la delicata persistenza del profumo di Marisa e i resti ormai disciolti dello zuccotto.

IL TERZO GIORNO

34

Quando la chiave fa scattare la serratura della porta blindata, la mezzanotte è ormai passata da qualche minuto. Giorgio Palmieri entra in casa, tasta la parete alla ricerca dell'interruttore e lo preme. Il pulsante scatta ma non accade nulla. Niente luce. Riprova più volte ma il risultato è una serie di inutili clic. Sbuffa nervosamente e fa un passo in avanti. Poi posa sul pavimento la borsa che ha preparato per il fine settimana e richiude la porta.

«Claudio... sono io, tesoro!» grida verso l'interno dell'appartamento silenzioso. «Ma lo sai che sta ricominciando a piovere? Dio mio che palle, speriamo che 'sto tempo non ci rovini tutto il weekend! Guarda che nell'ingresso dev'essere saltata la luce... Claudio, ci sei?»

Le parole rimbalzano sulle pareti insonorizzate e si perdono nel buio.

Il giovane assistente legale rimette il mazzo di chiavi nella tasca dell'impermeabile ed estrae il cellulare. Pochi istanti dopo il fascio della torcia illumina un costosissimo quadro firmato da Sean Scully appeso alla parete. I suoi colori sgargianti esplodono come un arcobaleno sotto la luce abbagliante.

Palmieri sbottona il trench, scioglie il nodo della sciarpa di seta e fa due passi verso il soggiorno.

«Claudio! Ma dove sei finito, amore?» domanda nervoso mentre segue la luce del telefono.

Non appena raggiunge la soglia della sala viene investito

da un odore sgradevole. Un misto di ferro e miele inquinato da un sottofondo rancido, di roba andata a male o di spazzatura dimenticata. Resta in ascolto per qualche secondo. La casa è immersa nel buio, gli scuri delle portefinestre sono abbassati e fa molto caldo. Dalla cucina non arriva nemmeno il consueto chiarore digitale delle luci di servizio. Anche la scala che porta al soppalco della zona notte è stranamente avvolta dall'oscurità.

Buio pesto.

Palmieri inizia a sentirsi a disagio, una sensazione di paura gli attanaglia lo stomaco. Alza timidamente il cellulare e illumina lo scalino che porta alla zona ribassata. L'odore adesso si è trasformato in una puzza insopportabile, l'uomo porta istintivamente il braccio al viso e affonda il naso nell'incavo del gomito. La luce segue il movimento improvviso della mano e balena sui muri creando un effetto stroboscopico.

«Claudio! Dove cazzo sei? Che cosa sta succedendo? Guarda che se è una specie di scherzo non fa per niente ridere!» dice facendosi coraggio, mentre gira attorno all'angolo del lungo divano che suddivide la sala.

Sente qualcosa di viscido sotto la suola di una scarpa. Nell'appoggiare l'altro piede scivola e batte il ginocchio a terra. Il cellulare gli sfugge finendo a faccia in giù sul parquet. Palmieri prova a rialzarsi puntando il gomito sul divano ma perde l'equilibrio e cade bocconi. Sotto le mani sente una sostanza appiccicosa, si pulisce istintivamente sull'impermeabile e ansimando raggiunge il telefono.

«Ma che cazzo...» sussurra disgustato mentre si rimette in piedi. Il cuore adesso gli batte all'impazzata. Riprende fiato cercando di scongiurare una crisi di panico.

Quando alza il braccio sopra la testa, la luce del telefono illumina una scena dantesca. Il corpo nudo di Claudio Cervignati è disteso a terra, circondato da una chiazza di sangue rappreso. I polsi e le caviglie sono legati a quattro picchetti di ferro conficcati nel legno del pavimento, la tensione delle corde allunga le braccia e le gambe formando una x con il resto del corpo. Il viso è maciullato. Le guance, tagliate fino alle orecchie, lasciano esposte le mandibole prive di denti.

Palmieri lancia un urlo disperato, si gira in preda al terrore e cerca di scavalcare il divano ma inciampa nello schienale, cade in avanti e picchia il naso contro lo scalino. Mentre continua a gridare come un forsennato, stringe il cellulare e avanza carponi nel buio. Una volta raggiunto l'ingresso prova a riprendere il controllo. Gli manca il fiato, ha le narici ostruite dal sangue. Mentre boccheggia alla disperata ricerca di ossigeno estrae le chiavi dalla tasca, apre la porta blindata e stramazza al suolo. Con le forze residue pulisce lo schermo insanguinato del cellulare e digita il numero di emergenza. Fa appena in tempo a dettare l'indirizzo all'operatore, poi crolla a faccia in giù sul pianerottolo.

Alla fine sono andati a casa sua.

Sono usciti dal ristorante poco prima delle undici. Poi Casalegno le ha proposto di bere qualcosa da lui per finire la serata. Caterina Dei Cas ha guardato attraverso il parabrezza bagnato e ha fatto un cenno d'assenso con la testa.

« Va bene, ma le condizioni non cambiano, Antonio. Niente finali squallidi tra di noi » ha detto con un tono fin troppo aggressivo.

Poi nessuno dei due ha più parlato.

Sono arrivati in via Eustachi in pochi minuti, lui ha posteggiato nel controviale tra due alberi smunti e grigi. La strada era deserta e silenziosa. Dalla piazza in fondo alla via arrivava soffuso il rumore del traffico prefestivo. Un ronzio di sottofondo simile a quello che fa un traliccio dell'alta tensione. L'ispettore si è girato a guardarla. Aveva evitato di farlo da quando sono usciti dal ristorante. Ma ora è diverso, ora *voleva* farlo.

« Sei bella... anzi, bellissima. »

La frase ha riempito l'abitacolo.

« Grazie. »

« Peccato che non sia il momento giusto per nessuno dei due. »

« Parla per te, Casalegno, io sono una donna giovane e libera. Quindi ho soltanto momenti giusti davanti a me » ha ribattuto Caterina.

Casalegno ha aperto la portiera ed è sceso dall'auto. Lei lo ha raggiunto, gli ha passato un braccio intorno alla vita e poco dopo sono entrati nel portone.

Ora sono seduti sul divano, la musica soffusa scivola sulle pareti del bel bilocale dell'ispettore, regalo dei facoltosi genitori di Marzia Colzani, la madre di Valentina, che negli anni avevano imparato ad amare quel poliziotto dal carattere difficile.

Caterina ride per l'ennesima battuta di Antonio. Lui si sente in forma, ha lasciato da parte tutti i sensi di colpa e si gode la serata. Ogni tanto stabilisce un leggero contatto, e lei lo lascia fare. Una carezza a una spalla, un gesto per scostarle una ciocca di capelli dal volto. Tutto resta nei limiti del loro patto di non belligeranza.

Caterina stira la schiena e sbadiglia. È quasi l'una e lui dovrebbe riaccompagnarla in quella squallida zona industriale dove lei si è accampata e poi tornarsene a casa tutto solo.

« Dormi qui » le dice all'improvviso. « Domattina facciamo colazione insieme e poi ti accompagno a casa prima di andare in questura a interrogare la nipote di Bessa Terzaghi. »

Lei lo guarda seria, si massaggia i bei piedi e li infila sotto il cuscino del divano.

« Qui dove? »

«Di là, in camera mia, le lenzuola sono pulite. Le ha cambiate oggi la signora che mi aiuta in casa, viene da me due volte a settimana.»

«E tu?»

«E io sto qui, buono buono. A meno che tu non abbia altre intenzioni» dice con un sorriso poco convinto.

La Dei Cas scatta in piedi e si aggiusta i vestiti.

«A me non viene in mente niente di più bello che andare a nanna... da sola. Comunque ci sto. Vado a fare la pipì e mi infilo a letto.»

«C'è uno spazzolino nuovo nel mobiletto a muro del bagno e le mie felpe sono nel secondo cassetto in camera. Prendine pure una, se vuoi.»

Caterina gli accarezza la barba e gli posa un bacio delicato sulle labbra.

«Grazie per la serata, ne avevo davvero bisogno. Buonanotte.»

Sale i quattro scalini del soppalco e quando arriva sulla soglia della camera si gira a guardarlo.

«Ah, comunque io dormo nuda, Antonio.»

Mezz'ora dopo la casa è buia e silenziosa. Casalegno sospira rigirandosi sul divano, tira la coperta sopra le spalle e smette di fare pensieri sconvenienti sulla Dei Cas. Non appena chiude gli occhi, il telefono vibra. Si alza di scatto, recupera il cellulare dal tavolo da pranzo e risponde.

La prima volta che bussa alla porta della camera non risponde nessuno. La seconda volta accompagna il gesto chiamandola.

«Caterina... svegliati, per favore. Devo dirti una cosa importante.»

Poco dopo si sente il fruscio delle coperte e uno scalpiccio di piedi nudi.

«Avevamo detto niente stronzate, Antonio... dai, fai il bravo» dice lei dietro all'anta scorrevole.

La voce di Casalegno è ferma e professionale.

« Vestiti, dobbiamo andare. Ce n'è stato un altro! »

La porta scivola di lato e compare la faccia assonnata della Dei Cas.

« In che senso? »

« Che il nostro uomo probabilmente ha colpito ancora. »

Nella stanza del capo supremo ci sono proprio tutti, schierati come in una sorta di tribunale speciale. Pinducciu è seduto su una delle due poltroncine girevoli davanti alla scrivania del questore. Il giudice Arnaboldi è sotto una delle due grandi finestre, con le suole delle Clarks appoggiate alle colonne del vecchio termosifone. Un moscone gira intorno ai due lampadari spenti e poi si scaglia contro la finestra più lontana. Si sente il tonfo del corpo contro il vetro e poi un potente ronzio di ribellione. L'insetto insiste due o tre volte, determinato a volare libero verso la pallida luce del cielo milanese.

« Mandelli, ma lei si rende conto della situazione in cui ci ha messo? È un'onta per tutta la questura, per Milano e per l'intero corpo di Polizia! » urla il questore sbattendo ripetutamente una cartellina sul piano della scrivania.

Gli altri due annuiscono in silenzio, e i loro sguardi virano verso il puro disprezzo.

« Ma, dottore, io... come potevo sapere che Alba Locatelli era la figlia del viceministro? »

La cartellina vola sul tappeto e i fogli si sparpagliano intorno ai piedi del commissario, ritto sull'attenti nel centro della stanza.

« Ma lei che mestiere fa? Il poliziotto o il passacarte? »

Le domande del questore fanno vibrare i vetri, scatenando di nuovo il moscone che aumenta i giri delle ali ed esplora la superficie della finestra alla ricerca di una via di fuga.

«Dottore, cerchi di capire! In quel momento ero un semplice studente... ho conosciuto Alba... e...»

«E ti sei innamorato come un fesso!» infierisce la voce di Marisa alle sue spalle.

Mandelli si gira e alza le mani per difendersi da quell'accusa infamante.

«No, Isa, non è vero. Io amo solo te, come puoi dire una cosa simile? Abbiamo appena fatto l'amore.»

«Si volti!» urla il capo. «E non metta in ulteriore imbarazzo quella santa donna di sua moglie, per favore.»

Il commissario rivolge un sorriso disperato a Marisa e poi si gira lentamente.

«Voglio la sua testa, Mandelli. La porterò al viceministro su un piatto d'argento.»

«Anche io la pretendo!» reclama Pinducciu alzandosi in piedi e puntandogli contro il suo dito tozzo.

Mario rivolge uno sguardo supplice a Gian Maria Arnaboldi. Il magistrato si stacca dal termosifone, stira la giacca di velluto e poi emette la sentenza: «Mandelli, ci dia la sua testa e facciamola finita».

Il commissario allora si gioca l'ultima carta. Osserva i volti dei suoi carnefici e in un moto d'orgoglio pronuncia la frase risolutiva: «Ho portato lo zuccotto».

Improvvisamente i volti di tutti si distendono.

«Ma è quello che fanno alle Varesine?» domanda interessato il questore.

«Certo, l'ho ordinato appositamente per lei, dottore.»

«Che cosa sta aspettando a tagliarlo, Mandelli?» lo sollecita Arnaboldi. «Piattini ne abbiamo?»

Cinque minuti dopo sono tutti lì a gustarsi il semifreddo, chiacchierando allegramente del più e del meno. Al secondo cucchiaino il questore ha accantonato la richiesta di decapitazione di Mandelli. Quella serpe di Pinducciu ha ovviamente lodato la saggia decisione del capo e Arnaboldi se n'è pilatescamente lavato le mani.

Il moscone sbatte contro i vetri per un'ultima volta e poi si mette a volare intorno alla testa del commissario. Il ronzio si fa insopportabile, Mandelli resta impassibile e degusta con calma il dolce.

« Mario, fai qualcosa! » gli dice Marisa.

Lui continua a mangiare come se niente fosse.

« Mario... Mario! »

Il commissario Mandelli apre gli occhi e ci mette qualche secondo a realizzare.

Sua moglie è sopra di lui e gli sta scuotendo un braccio.

« Mario... il telefono... continua a vibrare. Rispondi, ti prego! » dice prima di lasciarsi cadere sul letto.

Lui scatta fuori dal piumone e mette i piedi a terra.

« Che sogno di merda » sussurra allungando una mano verso il cellulare.

« Mandelli! » risponde racimolando tutta l'autorità possibile, poi per qualche secondo resta all'ascolto.

« Cazzo... Dove? » chiede mentre infila le pantofole. « Avete avvisato Casalegno? Chi c'è sul posto? Bene... Mandatemi immediatamente una volante o un'auto di servizio, per favore. Grazie. »

Mentre si veste nella penombra si sente la voce di Marisa.

« Grave? »

« Molto, pensano che si tratti dello stesso assassino di Bessa Terzaghi. Sembra che ne abbia fatto fuori un altro. »

« Capisco... vuoi che ti faccia un caffè? »

« No, dormi tesoro. Non ti preoccupare. »

« Com'era il tuo sogno? »

« Una cosa assurda, credimi. Ma comunque meglio di questa merda di realtà » risponde mandandole un bacio e uscendo dalla stanza.

35

Ora la pioggia cade di nuovo implacabile. I fari delle autopattuglie si specchiano sull'asfalto illuminando gli schizzi delle pozzanghere mentre le scudisciate dei lampeggianti blu rimbalzano contro l'impenetrabile fondale della notte. Quando la pantera della Mobile si ferma davanti al civico 16 di via Pinerolo, Mandelli alza gli occhi verso la palazzina a due piani immersa nell'oscurità. Un'alta recinzione di ferro circonda il perimetro del giardino, ma il grande cancello a scorrimento è aperto. Il viavai della Scientifica dev'essere iniziato da poco. Alcune figure avvolte nel bianco si dirigono verso la casa, altre stanno ultimando la vestizione sedute a bordo dei mezzi dell'UACV.

Il commissario scende, alza il colletto del giaccone impermeabile e appena superato il cancello individua un volto noto. È un uomo robusto sopra i cinquanta, con due vivaci occhi azzurri e un sottile pizzetto grigio che fa da cornice alla bocca carnosa. Mario arriva alle sue spalle, gli posa una mano sulla schiena e si mette accanto a lui.

« Ciao Luigi, quelli della centrale operativa mi avevano avvisato che saresti stato tra i primi ad arrivare... speravo proprio di trovarti ancora qui. »

« Mandelli, allora è vero che sei tornato al comando! Alla Mobile avevamo messo su un bel giro di scommesse su quanto tempo avresti resistito a fare lo studente. »

Il viceispettore Luigi Lorenzini è un poliziotto esperto, uno degli ultimi veri sbirri milanesi rimasti su piazza, quelli che conoscono i più reconditi segreti della città e tutte le difficoltà del mestiere. Un professionista che ama l'odore della strada e che sa sempre dove scovare le dritte giuste. Lui e Mandelli in qualche modo si somigliano e, soprattutto, si stimano molto.

«Non ho difficoltà a immaginare chi sia stato il promotore della scommessa...»

«Ovviamente sono stato io» ammette Lorenzini alzando le sopracciglia, «e altrettanto ovviamente ieri sera, appena saputo del tuo reintegro, ho intascato tutto il malloppo.»

«Infatti sono venuto qui a riscuotere la mia metà» ride il commissario. «Ma davvero sono così prevedibile?»

L'altro gli dà una pacca sulla spalla.

«Mario, non sono mica un pirla. Ti conosco da un sacco di tempo. Pensi che io possa aver creduto anche per un secondo che ti fossi rimbambito fino a quel punto? Dai, ti sei preso un momento di pausa perché eri arrivato al limite e avevi bisogno di una scusa plausibile. Ci sono passato anche io, cosa credi... Al primo caso serio è scattato il richiamo della foresta perché non potevi starne fuori; succede a tutti i veri poliziotti come noi.»

Gli occhi azzurri di Lorenzini saettano in attesa di una conferma.

«Cazzo, Luigi, la prossima volta che ho dei dubbi esistenziali chiamo prima te, così mi evito il disturbo di fare delle scelte sbagliate.»

«Col cavolo! Ti ricordo che per merito tuo ho tirato su un bel centone. Falle più spesso, 'ste pirlate.»

Ridono entrambi, poi Mandelli sospira.

«E ora, se non ti dispiace, passiamo alle rogne. Sei già stato là dentro?» chiede alzando il mento verso la palazzina.

Lorenzini si fa serio e conferma chiudendo gli occhi.

«Sono arrivato cinque minuti dopo la prima volante.

Avevano già soccorso l'uomo che ha chiamato il 112. Giorgio Palmieri... è un assistente legale che lavora nello studio della vittima. In realtà era il suo compagno o qualcosa di simile. Adesso è lì» dice indicando un'ambulanza con i portelloni posteriori semiaperti. «Lo stanno curando, aveva la pressione a mille e continuava a svenire.»

«È così brutta la situazione?» domanda Mandelli.

«Brutta? Tra le schifezze che ho visto in più di trent'anni di servizio, questa va dritta sul podio. Una cosa pazzesca, vedrai. La vittima è Claudio Cervignati, un avvocato civilista molto famoso, socio di uno studio importante del centro. Il corpo è adagiato sulla schiena, disteso sul parquet del salone, nudo, braccia e gambe legate con delle corde a dei picchetti di ferro, di quelli che si usano per le tende militari, ma più robusti. L'assassino lo ha sicuramente torturato prima di ucciderlo. Non so dirti come lo abbia finito, ma la vittima ha le guance tagliate fino alle orecchie e i denti spaccati o cavati via.»

«Porca puttana! A istinto mi sa proprio che si tratta dello stesso pazzo che ha macellato Bessa Terzaghi due notti fa. Ma perché il nome Cervignati mi suona così familiare?»

«Credo fosse uno degli avvocati che hanno assistito il padre del giudice Arnaboldi durante quel vecchio scandalo che aveva coinvolto le sue cliniche. Il famoso processo sul giro di tangenti che poi è finito in una bolla di sapone, ricordi?»

«Hai ragione! Uno alto ed elegante, con i capelli brizzolati sempre impomatati e pettinati all'indietro, un bell'uomo. E pieno di grana, a quanto ricordo.»

«È lui.»

«Insomma, abbiamo un altro pezzo grosso della città massacrato a domicilio... sai che casino scoppierà domani? Chi c'è su, dei nostri?»

«Il tuo amico Bencivenni con il suo braccio destro, quello siculo. Della squadra investigativa per ora sei l'unico» dice Lorenzini, poi guarda dietro le spalle di Mandelli e aggiunge: « Anzi, no. Adesso non più ».

Il commissario si gira giusto in tempo per vedere Casalegno e la Dei Cas scendere insieme dall'Audi.

« Chi è quel figone lì, Mario? Una nuova? » chiede Lorenzini lisciandosi il pizzetto.

Anche Mandelli stenta a riconoscere Caterina. Le scarpe con i tacchi e un paio di pantaloni eleganti la slanciano, facendola sembrare poco più bassa del metro e novanta di Casalegno.

Mentre guarda la donna stupefatto, Mandelli spiega: « Il viceispettore Caterina Dei Cas è con noi da pochissimo. Ma ti assicuro che quella che ho visto al lavoro ieri non era esattamente la stessa persona che è appena scesa da quella macchina ».

« Porca miseria... e tu hai buttato una così tra le braccia di quel donnaiolo di Casalegno! »

« Già, mi chiedo come mai siano arrivati insieme a quest'ora e perché lei sia vestita così... anzi, meglio se non me lo chiedo. »

Non appena li raggiungono, Mandelli aggiorna i nuovi arrivati. Lorenzini intanto studia la Dei Cas con un sorrisino ironico abilmente celato sotto il pizzetto. Da uomo esperto qual è deve aver intuito che nascosta dietro quella donna affascinante c'è una poliziotta coi controfiocchi. Lo si capisce da come la Dei Cas si è presentata e da come si è subito messa in ascolto, attenta e pronta, senza fronzoli.

Appena ha finito il suo report, Mandelli libera Lorenzini e guida i suoi oltre il cancello. La Dei Cas precede i colleghi e imbocca una stradina di cemento punteggiata da una fila di led luminosi che declina verso un portone presidiato da due agenti in divisa. Il commissario rallenta e parla piano per non farsi sentire da lei.

« Siete usciti insieme ieri sera, vero? »

Casalegno sa bene che non si tratta di una semplice domanda professionale. Ma in quel momento non ha voglia di concedere vantaggi a nessuno, neppure a Mario.

« No, lei era in giro, credo fosse a una specie di festa a casa di amici. Quando mi hanno chiamato le ho telefonato, ero di strada e sono passato a prenderla. » Recitata bella dritta, senza esitazioni, credibile.

Mandelli non lo guarda neppure, prima di accelerare il passo dice soltanto: « Capito. Eravate insieme. Caterina non conosce un cazzo di nessuno a Milano, me lo ha confessato durante il nostro colloquio ».

Poi lo lascia lì a meditare e raggiunge la collega.

Quando arrivano sul pianerottolo del primo piano sanno già molte più cose. Gli uomini della volante li hanno informati che l'immobile è di proprietà dell'avvocato Cervignati e che al pianterreno non abita nessuno. Palmieri ha riferito di essere arrivato a casa del suo amante poco dopo la mezzanotte con un taxi. Neppure dieci minuti più tardi ha contattato il numero di emergenza, riuscendo a malapena a riferire l'indirizzo. Lo strano tono della chiamata e la parola « morto », l'unica che l'operatore fosse riuscito a capire oltre alle indicazioni stradali, erano state sufficienti per dirottare una pantera dal suo giro di pattuglia e farla intervenire subito.

L'appartamento occupa l'intero piano. La porta blindata è spalancata, nell'ingresso due tecnici fotografano dettagli del pavimento e fanno rilievi sui mobili. Il piantone che presidia la soglia li rifornisce di guanti e soprascarpe, Caterina toglie le décolleté coi tacchi e le lascia accanto alla porta. Una volta indossati gli indumenti protettivi, entrano in casa. Mandelli saluta rapidamente i due operatori, poi fissa il quadro appeso sulla parete di fronte alla porta e stenta a credere ai suoi occhi.

«Non mi dire che ti piace quella crosta» dice la voce di Casalegno alle sue spalle.

«Si vede proprio che non capisci una mazza di arte... quello che stai ammirando è uno Scully... e per di più originale!»

«Io di Scully mi ricordo soltanto quella di *X-Files*, Dana... da ragazzo mi ero preso una cotta pazzesca per l'attrice» rivela il collega sottovoce.

Mandelli scuote la testa sconsolato.

«Ma almeno hai idea di quanto valga questo quadro?»

«Direi tra i quattro e i cinquecentomila euro, più o meno» afferma sicura la Dei Cas affiancando il commissario.

Lui la guarda stupito. Casalegno invece sorride divertito, si sta abituando in fretta alle sue uscite sorprendenti.

«Caterina... ma tu come...» farfuglia Mandelli.

«Quando ero a Roma, per qualche mese ho frequentato un famoso gallerista, anche lui era un fanatico di Scully... il pittore, ovviamente, non quella del telefilm» dice ammiccando verso l'ispettore.

Mario le fa un cenno d'intesa e le cede ammirato il passaggio.

Casalegno dà un'ultima occhiata scettica al quadro.

«Dite quel che volete ma per me resta una crosta... vuoi mettere quella gnocca di Dana?»

36

La casa sembra davvero il set di una serie americana. Quattro grandi piantane posizionate negli angoli della stanza illuminano a giorno il grande open space. Fermi sul piano rialzato dell'ingresso, Mandelli, Casalegno e la Dei Cas osservano dall'alto il frenetico lavoro della Scientifica.

Gaetano Alfieri conduce le operazioni agitando le braccia come un eccentrico direttore d'orchestra tutto naso e riccioli. Impartisce un ordine secco, e una coppia di tecnici in tuta bianca se ne va dondolando verso la cucina per completare i rilievi al piano ribassato. Nel controluce di una delle lampade al quarzo sembrano due fantasmi che volteggiano sospesi nell'aria. Un'altra coppia di uomini viene spedita al piano soppalcato, per verificare se ci siano tracce d'intrusione dal tetto. Gli scuri delle due grandi finestre sono abbassati. L'odore di sangue rappreso e di decomposizione aleggia nella stanza. È un tanfo che Mandelli ha sentito centinaia di volte sui luoghi del delitto ma a cui non si è mai veramente abituato. È un afrore colloso, che ti resta attaccato alla pelle e il cui ricordo ti accompagna per giorni. Un profumo di morte che non se ne va neppure quando il caso viene finalmente chiuso e seppellito nell'oscura profondità di un archivio.

Mandelli la chiama la persistenza del dolore. Una perdurante ostinazione olfattiva che, come il ricordo dei volti delle vittime, svanisce solamente con l'andare del tempo.

E talvolta mai.

L'enorme sagoma di Lorenzo Bencivenni è mollemente adagiata su una delle tre poltrone di pelle a destra del divano. Il direttore della Scientifica osserva il corpo straziato dell'avvocato Claudio Cervignati e registra con freddezza ogni particolare della scena del crimine. Un'espressione frutto di decenni di esperienza.

La zazzera ribelle di capelli grigi incorona una fronte spaziosa, gli occhialini da vista a mezzaluna sembrano restare attaccati per magia al grande naso a patata. La bocca è piegata in una smorfia meditabonda, mentre uno strato di pappagorgia ammortizza il peso del mento poggiato contro lo sterno.

Dopo qualche istante di assorta meditazione Bencivenni si accorge dei tre poliziotti.

« Toh, guarda chi c'è... il ritorno del figliol prodigo! Benvenuto al ballo, Marietto! È sempre un piacere farsi un giro nel cuore della notte, eh?! Non dirmi che avevi perso l'abitudine... Va' che delizia che c'hanno apparecchiato stavolta! » La voce rimbomba come una cannonata contro il soffitto della sala.

Mandelli avanza fin dietro il divano e osserva il cadavere.

« Ciao, Lorenzo, sempre bello carico, vedo... » risponde. Poi rivolge un cenno di saluto ad Alfieri, che allarga le braccia rassegnato, tira su il cappuccio della tuta e si china accanto al corpo.

Intanto Bencivenni tenta di alzarsi dalla poltrona, trascina il voluminoso sedere sul bordo del cuscino di pelle e punta i pugni sui braccioli.

« Maremma ladra... » dice sbuffando, « 'Asalegno, cavami da 'sto *buho di 'ulo.* »

L'ispettore s'avvicina alla poltrona e tende una mano. Il direttore della Scientifica la stringe e dopo essersi dondolato sul sedile si tira su con uno sforzo immane.

« Ma quanto cazzo pesi, Lorenzo? » dice serio Casalegno.

«Ma che, sei *grullo*? È il cervello che mi pesa a me, Antonio, non la pancia!»

Mandelli li guarda seccato e interrompe quell'inopportuno intermezzo. «Secondo voi è opera dello stesso figlio di puttana che ha massacrato Bessa Terzaghi?»

In quell'istante la Dei Cas si fa largo tra i colleghi per poter osservare meglio il corpo, e Bencivenni non può evitare di distrarsi.

«Dio bonino, viceispettore! Quando dicevo che qui c'era un ballo, scherzavo. Lei di sera si veste sempre così o lo ha fatto per sedurmi?» chiede con uno sguardo malizioso.

Caterina scuote la testa un po' imbarazzata.

Poi, prima che Mandelli esploda, il responsabile della Scientifica risponde alla sua domanda rinunciando in un sol colpo ai lazzi e all'accento fiorentino. «A prima vista direi proprio di sì, Mario. Secondo me si tratta del medesimo figlio d'un cane. E anche la causa della morte probabilmente è identica.» La mano paffuta di Bencivenni indica il cadavere. «La vedi quella ferita sotto la clavicola sinistra? È uguale a quella che aveva Bessa Terzaghi, e mi gioco le palle dei Medici che a causarla è stata la stessa arma da taglio. Un pugnale molto lungo, forse una specie di baionetta. Però qui l'assassino non era in posizione frontale, come nel caso di Bessa Terzaghi. Questa volta doveva essere in piedi, perpendicolare al corpo, e ha dovuto inclinare notevolmente la lama per raggiungere il cuore. Inoltre anche qui abbiamo delle impronte di suole a carrarmato che sembrano identiche a quelle rilevate alla villa.»

«A che ora risale la morte, dottore?» domanda la Dei Cas.

«Mi chiami Lorenzo, viceispettore, la prego... e mi perdoni la battutaccia che ho fatto poco fa, la consideri come la sciocchezza di un anziano dottore. Mi sono fatto l'idea che il decesso risalga più o meno a ventiquattr'ore fa. La temperatura della stanza era molto alta quando siamo arrivati, intorno ai venticinque gradi. Abbiamo spento il riscaldamento e adesso, con la porta di casa aperta da un po', siamo vicini ai ventuno. Considerando questo fattore, direi che la nostra stima dovrebbe essere veritiera, giusto Alfieri? »

Il suo vice fa sì con la testa mentre armeggia intorno al corpo di Cervignati.

« In ogni caso sarà più precisa la *tu' ganza* dopo l'autopsia » conclude Bencivenni puntando gli occhi su Casalegno. « A proposito, sai quando arriva Stefania? »

Sul volto di Antonio si forma un'espressione infastidita che non sfugge a quel marpione di Bencivenni. Il dottore incrocia lo sguardo di Mandelli e prosegue: « Per tornare alla tua domanda, Mario, credo che dietro questo scempio ci sia la stessa mano che ha agito alla villa. Una persona forte fisicamente, feroce, determinata. La corda che ha usato per legare l'avvocato è di quelle da alpinismo, da arrampicata per la precisione. Ne ho già trovate in molte altre scene del crimine, individueremo facilmente la marca. Sono super resistenti e sottili, e lui ha usato dei nodi particolari che voglio analizzare bene. In ogni caso, il nostro assassino ci sa fare con le legature. I quattro picchetti li ha conficcati nel parquet con una mazzetta o un grosso martello. Ha iniziato da quello in alto a destra e poi gli altri in senso orario. Ci vuole una forza notevole, anche perché sotto le liste di legno c'è la soletta ».

A quel punto interviene Alfieri che, accucciato sul cadavere, dà loro altre informazioni.

« Questo tipo di parquet è a posa flottante sopraelevata, e quindi ha una notevole profondità. Le assi sono molto spesse e sono state posate su una specie di materassino fonoassorbente che a sua volta è disteso su una barriera per il vapore in polietilene. Sotto c'è il pavimento originario, il massetto. »

Mandelli lo guarda ammirato.

«Dei picchetti invece cosa mi dici, Alfieri?»

«Acciaio temperato, ma non sono dei banali picchetti. Hanno una testa piatta, il fusto liscio e la parte finale filettata, in modo che faccia presa e si possa anche avvitare. Direi che ognuno può tenere in tensione più di quaranta chili, ma all'assassino sono serviti relativamente. Sul corpo non ci sono segni di colluttazione, solo qualche livido. Deve aver facilmente sopraffatto Cervignati e, dopo averlo messo a terra, dev'essere stato un gioco da ragazzi immobilizzarlo.»

«Quindi i picchetti fanno parte dell'allestimento teatrale...» commenta Casalegno.

«Be', direi assolutamente di sì» conferma la voce tonante di Bencivenni. «Esattamente come quello che ha messo in scena a villa Bessa Terzaghi. Questo è uno che ama gli spettacoli granguignoleschi.»

Mandelli interviene per spiegare meglio.

«Sta per sanguinosi, truculenti... il termine deriva da un piccolo teatro parigino di fine Ottocento, il Grand Guignol. Era molto famoso per i suoi allestimenti teatrali macabri e violenti, con scenografie orripilanti come questa, ricche di riferimenti esoterici ispirati all'occultismo.»

«Quindi 'sto pazzo è anche un fanatico dell'occulto?» chiede Casalegno.

Il commissario attende che sia Bencivenni a rispondere. Al di là delle estemporanee manifestazioni folcloristiche il Doc è uno tra i massimi esperti europei di comportamenti criminali, uno stimato professore con una sequela di esperienze di insegnamento, master, congressi e seminari in giro per il mondo.

«Potrebbe essere, Antonio. Come sottolineava la dottoressa Sileri a proposito del primo delitto, il responsabile è certamente una personalità disturbata e morbosamente attratta dalla componente ritualistica esoterica. Tuttavia è anche molto lucido e organizzato. Un criminale che si prepara con cura, conosce benissimo i suoi territori di caccia e padroneggia le scene del crimine. Facile che in precedenza abbia avuto anche dei contatti diretti con le sue vittime.» Bencivenni trattiene uno sbadiglio e indica il corpo con il mento. «Dopo stanotte sono convinto che dietro a questo delitto ci sia una forte motivazione personale, una ferocia vendicativa che viene da lontano. Credo proprio che dobbiate indagare in quella direzione.»

«Concordo, Lorenzo» approva Mandelli, «dobbiamo capire se c'è qualcosa che unisce le vittime, se avevano dei legami, dei segreti condivisi.»

«E i denti maciullati e le guance?» insiste Casalegno. «Anche quello fa parte del rito?»

Bencivenni guarda Alfieri e attende che il suo vice gli confermi qualcosa con un movimento delle palpebre.

«Direi di sì. Più che altro è un messaggio. L'esimio Gaetano ha appena verificato un'ipotesi che avevo suggerito prima del vostro arrivo. A Cervignati è stata asportata la lingua.»

«Non capisco... E quindi? Quale sarebbe il messaggio?» chiede la Dei Cas.

«A Bessa Terzaghi ha strappato un orecchio a morsi e poi gli ha cavato il cuore. Con Cervignati invece si è concentrato sulla bocca, infierendo sui denti e asportando la lingua. Mi pare molto chiaro» dice lapidario Bencivenni.

Il commissario annuisce e traduce per se stesso e per gli altri. «Bessa Terzaghi era il primo obiettivo... l'amore tradito, evidentemente un fatto di cuore, o comunque intimo. Cervignati invece era un avvocato... un sorriso ingannatore da distruggere, una lingua velenosa da estirpare. Il secondo della lista.»

«Già» conferma Bencivenni, «non avrei saputo spiegarlo meglio.»

«Cazzo!» dice Casalegno. «Quindi è una vendetta seriale.»

Mandelli annuisce. «E potrebbe non essere finita. Anzi, è assai probabile che ce ne saranno altri.»

L'ispettore soffia l'aria fuori dai polmoni.

«Un altro dannato *Stone22*, Mario.»

«Ci puoi scommettere le chiappe» conferma Mandelli.

Nei primi anni Duemila, ispirandosi ai cerchi dell'Inferno di Dante, il professor Michael Stone della Columbia University aveva sviluppato una vera e propria «scala del male» per stabilire il livello di malvagità dei criminali. Il ventiduesimo, quello attribuito ai torturatori e agli assassini psicopatici, era il più alto di tutti. Da quando erano rientrati da un corso di formazione negli Stati Uniti, Mandelli e Casalegno avevano preso l'abitudine di utilizzare tra loro quel codice per determinare la gravità di un caso. Oltre lo *Stone22*, però, c'era soltanto il baratro dell'orrore.

Dopo una pausa che sembra non finire mai, è la voce di Caterina a riportare tutti alla realtà.

«Com'è entrato?»

La domanda resta sospesa nel vuoto.

Alfieri si alza, gira intorno al cadavere, parla brevemente con i tecnici che hanno ispezionato il soppalco e si unisce al gruppo.

«Per superare la recinzione esterna, ha segato e scardinato due sbarre. Per quanto riguarda l'appartamento, invece, i ragazzi mi hanno confermato che non ci sono segni di effrazione né sulla porta d'ingresso, né sulle finestre, né di sopra. Niente. Comunque abbiamo acquisito le registrazioni della telecamera del portone. Quindi, a meno che non si sia teletrasportato, dovremmo avere le immagini dell'assassino.»

«Poteva avere le chiavi di casa, magari un doppione» suggerisce Casalegno.

« Forse sì. Ma c'è un impianto d'allarme quasi inviolabile. L'appartamento è una specie di bunker pieno di opere d'arte preziosissime... l'avvocato era un noto collezionista » dice Bencivenni.

Il gruppo resta di nuovo in silenzio per quasi un minuto. La luce delle lampade è accecante e la stanchezza inizia a segnare i volti di tutti.

« Sempre che non gli abbia direttamente aperto la vittima » puntualizza Mandelli guardando il corpo di Claudio Cervignati disteso a terra.

« Questo significherebbe che lo conosceva e che si fidava. Per aprire la porta di casa a qualcuno nel cuore della notte non devi avere molti dubbi su chi sta bussando » aggiunge Casalegno.

« Indaghiamo a fondo sulle conoscenze di Cervignati: amici, studio, vita privata » conclude Mandelli rivolgendosi alla Dei Cas.

« Scusate il ritardo! » esclama all'improvviso una voce alle loro spalle. « Ho avuto un problema con l'auto e il giudice è passato gentilmente a prendermi. »

Stefania Sileri e Gian Maria Arnaboldi sono in piedi davanti a loro. La dottoressa indossa la tuta in Tyvek e ha il volto tirato. Con un sorriso stanco, evitando di soffermarsi su Casalegno, prende sottobraccio Bencivenni e si fa ragguagliare sul caso.

Il piemme saluta i poliziotti, osserva incuriosito l'abbigliamento elegante della Dei Cas e anche lui si fa aggiornare sulla situazione.

Un quarto d'ora più tardi Casalegno approfitta del caos generale e si avvicina alla Sileri, che si volta verso di lui con riluttanza.

« Ti ho chiamata, ieri sera. »

« Ho visto il telefono troppo tardi. Scusami, ero distrutta. Ho finito l'autopsia di Bessa Terzaghi alle nove» dice lei in tono fin troppo colpevole.

«Volevo chiederti se ti andava di vederci... magari per parlare ancora... o semplicemente per passare un po' di tempo insieme.»

Lei sposta con il polso una ciocca di capelli sfuggita alla cuffia e lo fissa negli occhi.

«Ho deciso di accettare l'incarico, Antonio. Andrò negli Stati Uniti. Mi spiace.» Tagliente come una lama.

Casalegno accusa il colpo, come se avesse ricevuto un montante alla bocca dello stomaco. Gli manca il fiato, barcolla lievemente, ma forse è soltanto una sua impressione. Spera almeno che la sua sofferenza non sia così palese agli occhi di Stefania.

Ma lei raccoglie le forze per rivolgergli un'espressione di compatimento, uno sguardo che fa più male delle parole che ha appena pronunciato.

Antonio rilassa la mascella e abbozza. E così il loro addio definitivo avviene nel modo più triste e assurdo. Quasi una nemesi: davanti a un cadavere, tra le luci abbaglianti dei quarzi, sul luogo sciagurato di un crimine.

«Va bene.»

Gli esce soltanto quella frase. Una rassegnazione strozzata, debole, penosa.

«Te l'ho detto perché preferisco che tu lo sappia subito. Dopo la nostra telefonata sono stata malissimo. Troppo. E non è giusto soffrire ulteriormente... per nessuno dei due.» Gli occhi di Stefania si riempiono di lacrime.

«Va bene, davvero, tranquilla. Capisco.» Non riesce proprio a dirle altro.

La Sileri inspira forte, ricaccia indietro il pianto e raddrizza la schiena, come se avesse appena posato a terra uno zaino pieno di sassi. Poi guarda oltre la spalla di Antonio, verso la Dei Cas.

« Saprai presto consolarti in qualche modo... non credo sia un caso che il viceispettore sia venuta sulla scena del crimine tutta tirata e con le décolleté che ho visto fuori dalla porta. Giù in strada ho chiesto di te a un agente e mi ha detto che siete arrivati insieme. » Stefania lo dice in modo neutro, senza alcun risentimento o malizia. « E adesso perdonami, ma ho un lavoro da finire. »

Antonio stringe i pugni e cerca di restare calmo. Non ha bisogno di giustificare proprio nulla. Non a Stefania, non ora. Forse mai.

« Se non dovessimo sentirci più fammi soltanto sapere quando parti, vorrei almeno salutarti » conclude con la voce incrinata dal dispiacere.

La guarda per un'ultima volta e prima che lei possa rispondere, si gira e se ne va.

37

Un'ora dopo, nel cuore della notte, l'Audi dell'ispettore Casalegno scivola tra i capannoni industriali della via privata Montanari e imbocca la stradina in fondo a cui abita la Dei Cas. I tergicristalli lavorano a velocità media per garantire la visibilità nel grigiore indistinto di pioggia e buio. I fari illuminano l'asfalto rivelando un percorso di buche e pozzanghere. Pochi metri dopo, l'auto si ferma con il motore acceso davanti alla rete metallica che circonda l'officina. Dentro l'abitacolo nessuno dei due ha voglia di parlare. In sottofondo, la voce strascicata di Marianne Faithfull canta una splendida melodia venata di amarezza.

Sul luogo del delitto la Dei Cas ha visto Casalegno discutere con la Sileri, poi ha letto l'espressione affranta sul viso dell'ispettore quando è ritornato accanto a lei e a Mandelli. L'uomo sicuro e allegro con cui aveva cenato e chiacchierato poche ore prima non c'era più. Durante il tragitto fino a lì Antonio si è limitato a commenti professionali sull'omicidio di Cervignati e a qualche espressione di cortesia. L'intimità che si era creata tra loro durante la serata è stata spazzata via dall'orribile spettacolo di un uomo massacrato e dalla profonda tristezza che segna il volto di Antonio. Ora Caterina è stanca e ha soltanto voglia di dormire, senza dover pensare a nient'altro.

Guarda verso la villetta a due piani dove vive da ospite, ormai da troppo tempo. Ora non ha più nemmeno l'aspetto da avventurosa sistemazione di fortuna. Le luci spente, il tetto grigio e ondulato dell'officina, il giardinetto maltenuto disseminato di giochi per bambini, la pioggia fitta e il buio della notte. Ogni particolare le restituisce perfettamente la mestizia di quella situazione. Pensa ai due anni di sole e di vento trascorsi a Palermo, e una dolorosa nostalgia le stringe il cuore. È ora di trovarsi una casa vera, di farsi degli amici e di dare un senso alla vita nomade degli ultimi mesi.

Quando volta lo sguardo, gli occhi penetranti di Casalegno si incatenano ai suoi.

Nessuno dei due lo ha deciso, ma è quello che vogliono entrambi: i loro respiri diventano uno, le labbra si uniscono, le lingue si esplorano.

Un bacio lunghissimo, che ne vale mille.

Si distaccano riluttanti, con il desiderio di ricominciare daccapo. Poi si osservano senza sorridere, con i cuori sincronizzati sullo stesso folle ritmo.

Caterina porta due dita alle labbra e le sfiora, poi accarezza quelle di Antonio con la stessa delicatezza. Una tenera ed esitante verifica di ciò che è appena accaduto.

Dopo un attimo d'incertezza apre la portiera, si pianta davanti all'auto e gli fa segno di andarsene.

Antonio la guarda attraverso le lacrime di pioggia che scendono sul parabrezza e intanto innesta la retromarcia. Lei resta ferma lì, sotto l'acqua, a osservare i fari che si allontanano e poi svaniscono nel buio.

Nell'istante in cui Mario Mandelli si infila sotto il piumone, Marisa si allunga verso di lui. Gli tasta la spalla e poi scende piano sul petto, in un'assonnata carezza.

« Tutto bene? » chiede nell'oscurità.

Mario tentenna, fatica a trovare una risposta sensata.

« Relativamente, amore. »

Prende la mano tra le sue e se la porta sul cuore.

« Certo, relativamente » dice Isa.

Poi si gira sul fianco, lui sente il soffio tiepido del suo respiro contro la guancia e il delicato profumo della crema da notte. Allunga il braccio e lei incastra la testa nell'incavo della sua spalla.

« Chi è la vittima? »

« Un avvocato. Famoso, tanto per cambiare. »

« È stato lui? Lo stesso uomo? »

Mario sospira e lei si muove come un'onda insieme a lui.

« Sì. Lo stesso. »

Lei gli dà un bacio sul collo.

« Adesso dormi almeno per qualche ora, ti prego. »

« Come se fosse facile... » dice baciandole la fronte e affondando il naso tra i suoi capelli.

« Hai ragione, non è facile ma si deve fare. »

« Perché, tu hai dormito? »

« Non molto. Ti aspettavo. »

Mario le accarezza la guancia e anche senza vederla immagina il suo sorriso.

« Credo che Antonio e Stefania si stiano lasciando » sussurra verso il soffitto.

Isa solleva la testa che resta sospesa nel silenzio per qualche secondo.

« Mi dispiace. Quei due erano un incastro complicato. »

« Penso che sia lei a volerlo lasciare » puntualizza Mandelli con un pizzico di acredine nella voce.

« Perché, ha davvero importanza, Mario? » domanda lei appoggiandosi al cuscino.

Il commissario resta lì a pensare, intanto la stanchezza prende il sopravvento e le palpebre si fanno pesanti. Pochi secondi prima di addormentarsi finalmente le risponde.

« No. Hai ragione, non ha nessuna importanza... buonanotte, amore. »

38

Alle otto e cinque di sabato mattina Marica Ambrosio varca il massiccio portone di legno di un elegante stabile a metà di corso Genova. Rallenta il passo, si appiattisce contro il muro e si guarda intorno con circospezione. La porta a vetri della guardiola è spalancata, la luce al neon è accesa ma, a parte un gatto rossiccio impegnato a lisciarsi il pelo sopra lo zerbino, in giro non si vede nessuno. Quando arriva di fronte al vecchio ascensore, con la coda dell'occhio scorge un movimento nel cortile interno. Una donna sulla sessantina con una giacca impermeabile gialla è impegnata a riempire un secchio con l'acqua che sgorga da un tubo di gomma. Canticchia una canzone di Al Bano e Romina e alza gli occhi verso il cielo carico di nuvole, maledicendo i responsabili delle previsioni del tempo.

Marica si nasconde dietro una parete. Appena la donna scompare verso l'altra scala ciondolando insieme al suo secchio, scatta in avanti, sale gli scalini a due a due e in un baleno si ritrova sul ballatoio del terzo piano. Seguendo le istruzioni che le ha dato Alba, gira intorno al vano dell'ascensore e individua la stretta scala che conduce alla mansarda.

Raggiunta la porta giusta suona energicamente il campanello. Da dentro si percepisce un rumore di passi e dopo qualche secondo l'uscio si apre.

« Sì? » dice una voce acuta dal timbro fastidioso.

« Lucrezia? Lucrezia Lanteri? »

Il viso assonnato di una biondina la scruta dallo spiraglio con uno sguardo sospettoso.

« Sì, lei chi sarebbe? » chiede la ragazza che intanto scosta la porta di qualche centimetro per studiare meglio la mole atletica della Ambrosio.

« Sono Giorgia Colombo, un'amica di Alba. Ci siamo sentite ieri al telefono » risponde Marica con la sua voce suadente.

« Ah, sì, certo... allora diamoci pure del tu... ma che ora è? »

« Sono le otto passate, immaginavo che fossi sveglia per studiare. Vorrei controllare tra le cose di Carolina, per vedere se troviamo qualche indizio, se non ti dispiace. »

« Ah, no, no... tranquilla, entra pure... ehm... in effetti stavo proprio per iniziare a studiare » mente la ragazza spostandosi di lato per farla entrare. « Metto su un caffè, lo vuoi? » aggiunge percorrendo un tratto di corridoio per poi sparire dietro una tenda sulla sinistra.

Marica la segue e inizia ad annotare mentalmente ogni particolare.

« Sì, grazie, volentieri. »

« Vieni pure in cucina, accomodati » dice la voce di Lucrezia da lontano.

Con due falcate l'agente scelto raggiunge la porta dietro cui è sparita la ragazza, scosta le frange di plastica colorata della tenda e sbircia dentro.

È uno stretto cucinino con una portafinestra dipinta di grigio che si affaccia su un minuscolo terrazzino e sul cortile interno. La Lanteri armeggia con una piccola moka da due, accende il fuoco e si volta.

« Accomodati pure... Giorgia, vero? » dice indicando il posto di fronte a sé.

Marica annuisce, solleva la sedia e la rigira per aria come se fosse di carta, in modo da sedersi al contrario, con le gambe larghe e i possenti avambracci appoggiati alla spalliera. Poi osserva Lucrezia.

È magra, sul metro e sessanta, sotto i pantaloni del pigiama si intuiscono forme sode. La felpa sportiva non riesce a nascondere il seno prosperoso, addirittura eccessivo per quella struttura fisica minuta, tanto che Marica si chiede se sia davvero tutta roba sua. Due occhi verdi abbelliscono un viso incorniciato da capelli biondi tenuti insieme da un elastico colorato. Ambrosio la classifica subito tra le donne trasformiste. Quelle che guadagnano punti quando si mettono in tiro, lavorando abilmente sul trucco e scegliendo il giusto rapporto tra la misura ristretta della gonna e l'altezza vertiginosa dei tacchi.

La caffettiera borbotta e nell'aria si diffonde l'aroma di caffè fatto in casa. Lucrezia lo versa nella tazzina e si siede. Bevono in silenzio, si sentono soltanto il ronzio del frigo e un lontano rumore di tubature, probabilmente l'impianto di riscaldamento centralizzato che si mette in moto.

Marica posa la sua tazzina e incrocia nuovamente le braccia.

«Non sei preoccupata per Carolina?»

La Lanteri scivola contro la spalliera.

«Non è la prima volta» dice spostando gli occhi verso la finestra.

«Che sparisce?» chiede la Ambrosio.

«Già... e che le paro il culo» dice la ragazza tornando a guardare verso di lei.

«Capisco. Quante volte è successo?»

«Ultimamente troppe... una volta è sparita per tre giorni, telefono spento e neppure un messaggio. Suo padre mi ha chiamato e io gli ho raccontato un sacco di palle... la sera dopo lei è tornata, raggiante e piena di soldi. Mi sono incazzata di brutto. Per farsi perdonare mi ha regalato un paio di scarpe da seicento euro e mi ha portato a cena fuori. Me le sono prese e sono stata zitta.»

«Ti ha detto da dove arrivavano tutti quei soldi?»

Lucrezia fa segno di no con la testa.

«Però mi ha detto che se li guadagnava tutti fino all'ultimo e che ne meritava di più... Tornerà anche stavolta. Carolina è una stronza egoista che fa sempre quello che vuole, è fatta così... ma questo dovrebbe avertelo detto anche la tua amica Alba, no?»

Marica sta per rispondere ma la Lanteri la anticipa.

«Chi sei in realtà?»

«Te l'ho detto, un'amica di Alba.»

La ragazza sbuffa.

«Come no... va bene... diciamo che non me la bevo. So chi è il padre di Alba e tu mi sembri un po' troppo grande per essere una sua amica. Per non parlare del tuo fisico e di come ti muovi. Chi sei? Un'investigatrice privata? Una della polizia? La sua guardia del corpo?» Marica sorride. Sono le stesse domande che le ha fatto Alba. La biondina è piuttosto sveglia. Allora Marica sfodera la sua voce più persuasiva. «Il termine *amica* indica molte cose. La radice latina della parola è la stessa del verbo amare, dovresti averlo studiato. Quindi considerami una che si prende cura di Alba e delle persone a cui tiene. E questo ti deve bastare, Lucrezia.» Il tono in cui calca il suo nome è sufficientemente esplicito.

«Lally, chiamami Lally.»

Marica si alza e la sovrasta dall'alto.

«Va bene, Lally... e adesso che abbiamo finito con le presentazioni e le chiacchiere da caffè, vorrei vedere il resto della casa e la stanza di Carolina.»

La camera è ben poca cosa. Un letto a una piazza accostato contro l'angolo sotto la finestra. Un armadio dell'Ikea con due ante scorrevoli e uno specchio verticale da parete.

La scrivania è ricoperta di libri ben ordinati e riviste di moda, con una piccola lampada a led che prolunga il suo braccio sopra un'agenda di pelle e una vaschetta che contiene penne e bigiotteria. Appesi a un chiodo piantato nella parete ci sono i pass di fiere ed eventi a cui Carolina deve aver partecipato come hostess. Da dietro la porta spunta una scarpiera.

Marica osserva tutto per quasi due minuti e si imprime nella memoria il quadro generale. Poi indossa dei guanti di lattice e va verso l'armadio. Fruga tra i vestiti e ci trova diversi capi firmati, alcuni ancora con l'etichetta attaccata. Nei cassetti, accanto a mutandine e reggiseni da pochi soldi, ci sono numerosi completi di biancheria intima costosissima. Quando apre la scarpiera conta almeno una dozzina di paia di scarpe che valgono più di un suo stipendio: Miu Miu, Christian Louboutin, Stuart Weitzman, Manolo Blahnik.

Marica fa un fischio e calcola rapidamente che in quella stanza ci saranno quasi ventimila euro tra abiti e scarpe. Non male per una studentessa.

Si siede alla scrivania e passa in rassegna libri e riviste. Smuove il contenuto della vaschetta di plastica con la punta delle dita ma non trova niente di interessante.

Poi passa all'agenda. Sblocca il bottone a pressione della linguetta e inizia a sfogliarla. Ogni tanto solleva il cellulare e scatta delle foto. Si sofferma su una pagina in particolare, la legge due volte e poi fotografa tutto l'insieme e due dettagli.

Dieci minuti dopo ha ispezionato anche il bagno e il resto della casa. Mette la testa dentro la stanza di Lucrezia e la vede seduta sul letto con un libro aperto sulle gambe incrociate.

« Trovato qualcosa di interessante nel giro turistico? »

« Qualcosa » dice Marica asciutta. « Tu ovviamente sai quanto vale la roba che c'è di là, vero? »

Lucrezia chiude il libro, si alza dal letto e infila i piedi curatissimi nelle Havaianas rosa.

« Sì, lo so. »

« E cosa ne pensi, Lally? »

« Te l'ho detto, frequenta giri strani, ma in genere io mi faccio i cazzi miei. » Per un attimo sembra cercare le parole giuste. « Te lo dico chiaro, siamo soltanto coinquiline, non amiche del cuore. E se vuoi il mio parere, non credo che Carolina tenga davvero a qualcuno che non sia lei stessa. »

Marica annuisce, poi si guarda intorno e osserva la stanza. È identica a quella della De Bellis, ma la disposizione dei mobili è diversa. Le scarpe di Lucrezia sono allineate su una mensola bassa e la poliziotta nota un paio di appariscenti Brian Atwood in mezzo a poche scarpe normali e a un paio di sneakers.

Lucrezia se ne accorge. « Sono quelle che mi ha regalato lei. Se vuoi ispezionare anche la mia camera, accomodati pure... » dice divertita.

Marica scuote la testa.

« No, qui ho finito, Lally. Grazie. »

Marica esce sul piccolo pianerottolo della mansarda e poi si volta.

« Se nel frattempo Carolina dovesse chiamarti o tornare, avvisa subito Alba, per favore. »

« Tornerà... come sempre » dice con la sua voce irritante.

« Spero che tu abbia ragione. »

Marica scende la stretta scala e supera il vano dell'ascensore. Soltanto allora sente il rumore della porta che si chiude alle sue spalle.

39

Mandelli è in ritardo di qualche minuto. Infila la porta del corridoio e si affaccia nell'ufficio della squadra. La Donati è davanti al computer, ogni tanto guarda lo schermo e prende appunti su un bloc-notes. Vacirca è in piena colazione e sbrana un cornetto integrale, disseminando la scrivania di briciole, mentre da un bicchierino posizionato accanto alla sua tastiera esala il vapore profumato di un caffè appena fatto. Giuseppe Santosuso è in un angolo della stanza, nascosto tra uno scaffale e una pila di cartelline che sta mettendo in ordine per l'ennesima volta senza che nessuno glielo abbia mai chiesto. Quando vede il commissario in piedi sulla soglia, il suo viso si illumina.

«Buongiorno, dotto'! Siete in ritardo, non è da voi... la signora Rovelli sta già di là nel vostro ufficio con il giudice e l'ispettore! Volete che li avvisi?»

«No, lascia perdere, vado subito» dice Mandelli lanciando un'occhiataccia a Santosuso che si rimette subito al lavoro. Nel frattempo si avvicina di soppiatto alla postazione di Vacirca e gli ruba il caffè.

«Scusa Nicola, fattene un altro. Stanotte come saprete non abbiamo dormito molto» dice trangugiandolo ancora bollente. «Ammazza... ma è fatto con la lava?»

«No, dottore, con la macchinetta che ci siamo comprati quando lei era ancora impegnato a fare lo studente» ribatte Vacirca, e sorridendo indica un aggeggio cromato.

« Che battutone! Praticamente hai confessato che quando il gatto non c'è i topi fanno un po' quel che gli pare! »

La Donati ridacchia senza voltarsi.

« A che punto siamo con le indagini su Bessa Terzaghi? » le chiede Mandelli.

« Dall'autopsia non è emerso nulla che già non sapessimo. È stato confermato che il decesso è avvenuto tra le ventidue e le ventitré di mercoledì scorso. Il professore non aveva ancora digerito la cena, che normalmente consumava verso le venti. Le impronte rilevate sulla scena sono di un carrarmato numero quarantatré... come si chiama la marca delle suole, Nicola? »

L'assistente ingoia l'ultimo morso del cornetto e sfoglia il suo taccuino.

« Allora... ecco qui, Vibram. L'azienda ha degli uffici a Milano, abbiamo chiesto direttamente a loro di farci sapere a quale modello appartengano le impronte. Tra l'altro è confermato che corrispondono a quelle trovate sul cumulo di terra da cui vi ha spiato. »

« I battistrada? »

Vacirca punta l'indice verso la Donati.

« Sono dei 205/55 r16, quattro stagioni, marca Michelin. Una delle tipologie di gomma tra le più diffuse. Vengono montate su moltissimi modelli di auto. Da lì mi sa che caveremo poco o nulla. »

« Invece dal contenuto dello stomaco dei cani abbiamo avuto la certezza che l'assassino gli ha davvero dato da mangiare il cuore e l'orecchio della vittima » dice Vacirca inserendosi di nuovo nel balletto.

« Sui libri della sua collezione privata invece, nulla di interessante? »

« Stiamo finendo di confrontare l'elenco che abbiamo trovato nel computer di Bessa Terzaghi con la lista dei titoli presenti nella sua biblioteca. Zilli intanto sta seguendo tutta la parte digitale, computer, e-mail e allarme. Appena ha qualcosa di interessante ce lo farà sapere» dice Vacirca.

«Quando arriveranno i rapporti della Scientifica sull'omicidio di Cervignati?»

«Alfieri ha detto che ci anticiperà qualcosa già in serata, il resto tra domenica e lunedì. Poveracci, di là sono tutti sotto pressione, dottore. Metà squadra ha finito alle cinque» dice Gabriella, che poi aggiunge: «Le immagini delle telecamere di via Pinerolo e del portone le ha già Zilli, ovviamente».

«Va bene. Per favore, giratemi tutto via e-mail così leggo più tardi... anche la deposizione dell'amante dell'avvocato, Giorgio Palmieri. Voi due organizzatevi e dividetevi il lavoro, quando siete sicuri di aver fatto il possibile andatevene a casa. Non sono sotto pressione soltanto quelli di Bencivenni... è sabato per tutti. A me basta che vi rendiate reperibili domani, per qualsiasi evenienza. Anche tu, Santosuso, mi raccomando.»

Prima di uscire Mandelli si ferma, riflette per un attimo, poi si gira e fa un'altra richiesta.

«Ah, un'ultima cosa. Voglio che mi riferiate immediatamente qualsiasi denuncia di scomparsa di ragazze intorno ai vent'anni, scure di capelli e alte circa un metro e settanta. E qualsiasi segnalazione di rinvenimento di cadaveri che corrispondano a questa descrizione, da oggi e nei prossimi giorni, in provincia di Milano e in Lombardia. È importante.»

I tre annuiscono senza domandare nulla, e il commissario li saluta, getta il bicchierino e se ne va.

Fuori dal suo ufficio c'è un uomo che aspetta seduto su una delle orrende sedie di plastica grigia che arredano il corridoio. È vestito in modo sobrio, con un paio di pantaloni scuri, un maglione a girocollo blu e una camicia bianca. Sulle lunghe gambe incrociate è appoggiato un impermeabile inglese ancora umido.

Mario lo guarda con espressione interrogativa e l'altro si alza salutandolo con un cenno della testa.

« Buongiorno, sono il commissario Mandelli, posso esserle utile? »

« Piacere, dottore, mi chiamo Sandro Nieri. La ringrazio, ma sono qui soltanto per accompagnare Carlotta Rovelli. Sono il suo fidanzato. »

L'uomo ha un lieve accento toscano, lunghi capelli neri, un bel sorriso e due occhi vivaci e intelligenti. È alto qualche centimetro più di Mandelli e sotto i vestiti si intuisce un fisico atletico.

« Ah, capisco... Piacere mio » dice lui ricambiando il sorriso. « Qui ne avremo per un'oretta, più o meno. Se preferisce può andare a farsi un giro, oppure se desidera un caffè può chiederlo a quelli della mia squadra là in fondo. Si rivolga a Santosuso, gli dica che la mando io. »

« Allora mi sa che approfitterò della sua offerta, fuori piove un po' troppo per i miei gusti. » Prima che Mario impugni la maniglia del suo ufficio, l'uomo gli sfiora un braccio.

« Mi prometta che lo prenderete, commissario. Mi fa male vedere Lotti soffrire in questo modo... era molto legata a suo zio. »

Il commissario gli lancia uno sguardo interrogativo.

« È il soprannome di Carlotta, in famiglia la chiamano tutti così » spiega Nieri.

« Non mi piace promettere certe cose. Ma le assicuro che alla fine in qualche modo li prendiamo sempre tutti. Stia tranquillo. »

Poi Mandelli apre la porta ed entra nell'ufficio scusandosi per il ritardo. Gian Maria Arnaboldi è seduto al suo posto, dietro la scrivania. Casalegno si è sistemato sul divano. Una delle due poltroncine girevoli al centro del tappeto è occupata da una donna elegante sui quaranta, i capelli castani raccolti in un'acconciatura un po' démodé, uno chignon alto che slancia il collo già esile. Gli occhi sono decisamente belli, di un verde intenso e luminoso, e ravvivano l'incarnato pallido del viso. La donna fa per alzarsi ma Mandelli la precede.

«Non si disturbi, signora Rovelli, la prego» dice stringendole la mano e facendola riaccomodare.

«Lei invece venga pure al suo posto, commissario» gli propone Arnaboldi. «Mi ero seduto qui solo per cortesia nei confronti della signora, in modo da poterla guardare direttamente in viso.»

Mario appende il giaccone e si accomoda sull'altra poltroncina accanto alla donna.

«Lei è davvero un gentiluomo, signor giudice. Stia lì dov'è. Nessun problema» dice Mandelli dando un taglio alla questione. «Ha fatto buon viaggio, signora Rovelli?»

La donna sembra essersi distratta per un attimo, ma torna subito presente a se stessa.

«Ah... sì, sì. Sono abituata a fare avanti e indietro da Ginevra, vivo un po' qui e un po' là.»

«Innanzitutto mi permetta di esprimere le mie più sentite condoglianze.»

«Grazie, commissario. Anche il giudice e il suo collega sono stati molto gentili. Mi dica come posso rendermi utile. Voglio fare tutto il possibile per aiutarvi a prendere la persona che ha ucciso mio zio.»

«Benissimo. Allora ci dica qualcosa che ancora non sappiamo, signora» dice Mandelli in modo volutamente brusco.

«In che senso, dottore?»

«Nel senso che là fuori c'è qualcuno che per qualche oscuro motivo ha letteralmente massacrato suo zio, asportandogli il cuore. Qualcuno che nutriva un odio profondo nei suoi confronti e che conosceva nel dettaglio le sue consuetudini e la villa, l'attracco sul fiume e il sentiero per raggiungerlo. Qualcuno che, a quest'odio viscerale, unisce una ferocia inumana.»

Per un attimo le parole di Mandelli aleggiano nell'aria.

«Ci dica qualcosa che non sappiamo, la prego» ripete con voce più gentile.

Carlotta Rovelli irrigidisce le spalle e stira le labbra. Si vede che sta lottando per non piangere, ma i quarti di nobiltà milanese uniti alla rigida educazione la costringono a controllarsi, soprattutto davanti a degli estranei. Così, dopo qualche istante, annuisce impercettibilmente e riprende il controllo.

«Non so proprio chi abbia potuto fare una cosa simile...» dice titubante, prima di continuare a parlare in modo più deciso. «Mio zio era una persona molto particolare. Un uomo assai duro con se stesso e con gli altri, poco propenso a mostrare i suoi sentimenti a chicchessia. Al punto che, a parte una singola triste occasione, non ha mai voluto legarsi a una donna né avere figli. Aveva un forte senso di appartenenza alla famiglia e soprattutto al blasone dei Bessa Terzaghi, con quello che ha sempre rappresentato per la città. E poi aveva le missioni culturali da portare avanti, la fondazione e in particolare i suoi libri. Il resto contava davvero poco per lui. Anzi, quasi nulla.»

Arnaboldi incrocia le braccia e si appoggia allo schienale, Mandelli fa un gesto vago con la mano invitandola a proseguire.

«L'unica eccezione era l'amore che lo zio provava nei confronti di mia madre, sua sorella, che era più giovane di tre anni. La venerava. Invece ha sempre detestato mio padre, che ai suoi occhi rappresentava quella borghesia lombarda, industriale e pragmatica, molto più attenta a far quadrare i conti che alla cultura. Si chiamava Luigi Rovelli e aveva costruito il suo successo imprenditoriale sporcandosi le mani in fabbrica insieme ai suoi operai. Una filosofia di vita inconcepibile per un Bessa Terzaghi. Dopo il matrimonio dei miei, lo zio e la mamma praticamente non si sono più parlati. Papà è morto nel 1995 in un incidente stradale mentre rientrava a tarda notte dal lavoro, nei pressi di Mandello del Lario. All'epoca io avevo tredici anni e mamma fu distrutta dal lutto improvviso. Da quel giorno zio Niccolò ha preteso di occuparsi di noi. E lo ha fatto, a modo suo.»

«Cioè?» chiede il piemme aggiustando gli occhialini e sporgendosi in avanti sulla scrivania.

«Oh, fondamentalmente mettendo il naso in tutte le decisioni di sua sorella e indirizzando me agli studi accademici. Ma, come ho detto, era fatto a modo suo e gli interessava vedere soddisfatte le sue aspettative, più che le nostre.»

«Quindi economicamente dipendevate da lui?» chiede Casalegno alle sue spalle.

Carlotta Rovelli lo guarda e fa una strana risatina.

«Ma no! Mia madre gestiva molto bene le nostre finanze e papà ci aveva lasciato una fortuna. Inoltre più tardi abbiamo venduto l'azienda a una multinazionale tedesca e siamo diventate ancora più ricche. No, semplicemente lo zio esercitava un rigido controllo, se possiamo definirlo così. Condizionava le scelte della mamma, non voleva che si risposasse o avesse relazioni stabili con altri uomini, mentre io sono stata spinta verso gli studi artistici. Per un periodo l'ho anche odiato per questo. Ma ora gli sono riconoscente perché alla fine l'arte è diventata la mia passione e il mio lavoro.»

«Aveva degli amici?» chiede Arnaboldi.

«Più che amici li definirei conoscenti speciali. Ma pochissimi, selezionati» risponde la Rovelli.

«Chi sono?» incalza Mandelli.

«Così su due piedi... di sicuro Philippe Ducoeur, un libraio e collezionista francese, di Montpellier. Con lui si sentiva spesso, ma si vedevano molto raramente. C'è anche un professore che insegna alla Sapienza di Roma, di cui però adesso non ricordo il cognome. Poi altri due o tre, qui a Milano. Uno è morto pochi anni fa. Pietro Fornari, il costruttore, lui e lo zio erano stati compagni al ginnasio. C'è anche Carlo Bottaro, lo scrittore, ma avevano litigato tempo fa per una questione politica e non credo che si sentissero ancora.»

Dalla borsa di Carlotta Rovelli giunge la vibrazione di un cellulare. La donna la apre, estrae il telefono e toglie un orecchino.

«Scusate, è una cosa urgente di lavoro. Lo avevo anticipato al dottor Arnaboldi. Devo proprio.»

Il giudice fa un cenno d'assenso e guarda verso Mandelli. Intanto la donna inizia a palare fitto in francese, resta in ascolto per qualche secondo, poi impartisce due ordini secchi, spegne il telefono e chiude la borsa.

Con un gesto elegante rimette l'orecchino.

«Perdonatemi ancora. Dov'eravamo rimasti?» domanda con voce pacata.

«Agli amici di suo zio» le ricorda Casalegno.

«Gli amici... sì, certo. Ah, ecco, stavo dimenticando il collezionista.»

Mandelli si irrigidisce, guarda prima il piemme e poi il volto attento di Antonio.

«Quale collezionista?» chiede con una punta di tensione nella voce.

«Claudio Cervignati, che poi è anche l'avvocato di famiglia. Chiamava sempre lo zio prima di fare un acquisto importante. E lui lo contattava per ogni sua questione legale. Erano amici da anni.»

Nella stanza cala un gelo totale. I tre uomini si guardano imbarazzati.

Carlotta Lotti Rovelli li osserva titubante e pone l'inevitabile domanda, quella che tutti i presenti nella stanza si aspettano di sentire.

«Perché quelle facce? Ho detto qualcosa di sbagliato?»

40

Marica Ambrosio entra nel bar tabaccheria di via Carducci e cerca tra la folla il volto di Alba. La zona caffetteria è assediata da una clientela mista di turisti, commesse e nullafacenti vari. Questi ultimi sono concentrati nella parte più esterna del bancone, quella che funge anche da ricevitoria. Lì, dietro un vetro spesso, intenta a distribuire gratta e vinci e schedine di ogni tipo, c'è una formosa donna asiatica dallo sguardo cinico. False speranze contro bieco pragmatismo, in fondo la vita dipende sempre da quale lato del bancone preferisci frequentare. Il padre di Marica, ludopatico cronico, aveva scelto di stare dalla parte dei perdenti e di giocarsi praticamente tutto, compreso il rapporto con sua figlia. Per questo lei non sopporta la vista di quello spettacolo.

Scuote la testa disgustata, scandaglia il locale per qualche secondo e poi finalmente la vede. Alba Locatelli è seduta a un tavolo d'angolo. Appena nota la poliziotta, lascia una banconota accanto allo scontrino, si alza, scivola tra la gente e la raggiunge.

«Ciao Marica, tutto bene?»

L'espressione della Ambrosio non lascia trasparire nulla.

«È meglio se usciamo. Qui dentro c'è troppo casino e troppa umanità triste per i miei gusti.»

Alba apre un ombrello viola come il suo cappotto.

«Sei davvero d'acciaio» dice stringendo l'avambraccio di Marica. «Ex atleta?»

«Diciamo di sì. Gruppo sportivo della polizia, lancio del giavellotto.»

«Sembra una figata.»

«A me piaceva... adesso mi piace di più il mio lavoro. Andiamo a fare un giro in università. Così ci sediamo da qualche parte e ti racconto della mia visita a casa di Carolina.»

Svoltano l'angolo, attraversano piazza Sant'Ambrogio costeggiando le mura grigie del Tempio della Vittoria e raggiungono lo slargo dove si mescolano agli studenti che il sabato mattina approfittano degli spazi aperti e delle biblioteche di facoltà. Poco dopo spariscono inghiottite dall'arco a tutto sesto dell'ateneo.

È toccato a Mandelli il compito di accompagnare fuori dalla stanza Carlotta Rovelli.

La notizia dell'omicidio di Claudio Cervignati l'ha davvero sconvolta, incrinando l'espressione compassata che ha mantenuto durante tutto l'incontro. La donna ha raccontato di conoscere personalmente l'avvocato e li ha informati che avrebbe dovuto incontrarlo lunedì, per parlare delle disposizioni testamentarie di Niccolò Bessa Terzaghi. Ovviamente Arnaboldi le ha rivelato solo lo stretto necessario, ma le ha comunque chiesto di riflettere sui rapporti tra suo zio e il Cervignati e di pensare a chi potesse nutrire un tale odio nei loro confronti. Dopo cinquanta minuti di interrogatorio la Rovelli è uscita dall'ufficio molto provata e il commissario l'ha consegnata all'abbraccio premuroso del fidanzato. È stata lei a comunicare a Sandro Nieri la notizia del secondo omicidio. Per un attimo l'uomo si è incupito, poi ha stretto Carlotta tra le braccia.

Quando Mandelli rientra nel suo ufficio gli sguardi del piemme e di Casalegno parlano per loro.

«Bel casino» dice Arnaboldi alzandosi e andando verso la finestra.

«Sicuramente» conviene Mandelli mentre si appoggia al bordo della scrivania. «Però è anche un grosso passo in avanti. Adesso sappiamo che i due omicidi sono collegati, che c'è un legame tra Bessa Terzaghi e Cervignati, al di là della loro amicizia. Qualcosa che probabilmente hanno fatto insieme in passato. Una colpa comune che per l'assassino meritava un'atroce punizione pubblica.»

«Pensi davvero a una vendetta?» chiede Casalegno allungando una gamba sul tappeto.

«Mi sembra quasi lampante, proprio come suggeriva Bencivenni... Al primo ha strappato il cuore, al secondo la lingua. Due messaggi molto espliciti, direi.»

Gian Maria Arnaboldi picchietta le unghie contro il vetro e interviene: «A questo punto abbiamo un problema».

«Quale, tra i tanti, dottore?» chiede Casalegno.

«Evitare altri morti. Se la sequenza non è finita, come credo, presto potremmo avere un altro cadavere. Questo pazzo ha iniziato una cosa e sicuramente la vuole finire. E lo farà in tempi rapidi, non dimentichiamoci che ha ucciso due uomini in due giorni. Non penso che aspetterà troppo, soprattutto se la sua lista è ancora lunga.»

«Concordo con lei, dottore» annuisce preoccupato Mandelli.

Il giudice si volta e si passa una mano tra i capelli arruffati. «Dobbiamo allertare gli altri amici di Bessa Terzaghi e capire se hanno una vaga idea del motivo che può aver spinto l'assassino a mettere in atto questo folle progetto. Dobbiamo scavare nelle vite di quei due, molto di più e molto meglio. Intanto autorizzerò un'indagine patrimoniale sulle due vittime e sulla Rovelli per vedere se ci sono anomalie, specie su vicende accadute in passato. Bisogna che ci facciamo velocemente un'idea di chi potrebbero essere i prossimi obiettivi. Se ritiene di aver bisogno di ulteriore supporto me lo dica.»

«Grazie per la disponibilità, ma la squadra adesso è quasi al completo e tra pochi giorni lo sarà in modo definitivo. Sono certo che bastino le risorse che abbiamo, in caso contrario mi rivolgerò a Pinducciu che glielo farà sapere.»

Il giudice sembra riflettere sulle parole del commissario, infine fa un cenno d'assenso e si avvia verso l'uscita.

«Dottore, c'è ancora una cosa... avrei necessità di parlarle urgentemente di una questione molto delicata sulla quale vorrei un suo consiglio» dice Mandelli un'istante prima che il piemme lasci la stanza.

Arnaboldi legge l'ansia negli occhi scuri del commissario.

«Va bene... mi raggiunga giù, allora, così mi accompagna a Palazzo di Giustizia. Tra un'ora ho un impegno, ma nel frattempo mi racconterà. L'aspetto in cortile tra cinque minuti, sono qui con il mio autista.»

Appena la porta si chiude, Antonio si avvicina alla scrivania e scruta il volto del suo collega.

«Cosa intendevi dire con quella frase sulla squadra che presto sarà di nuovo al completo?»

«Mi riferivo a Marica... è pronta a rientrare al lavoro.»

Casalegno si passa una mano sulla barba.

«Mi fa piacere... ma mi spieghi perché io non ne sapevo un cazzo?»

«Me lo ha anticipato lei poco fa, al telefono, deve ancora decidere la data esatta. E adesso è impegnata in un'altra faccenda» spiega Mandelli guardandolo negli occhi.

«Immagino che abbia a che fare con quella questione *molto delicata* di cui devi parlare al tuo amico giudice.»

«Può essere... ma sappi che ufficialmente non so a cosa ti riferisci.»

«E comunque, io devo essere tenuto all'oscuro di tutto come un coglione, vero?» ribatte seccato Casalegno.

«Per ora è meglio così. Più ne stai fuori, meglio è per te e per la tua carriera, fidati. Te ne parlo appena possibile.»

«Stronzate, Mario, tutte stronzate!» sbotta Antonio alzando la voce.

Mandelli non muove un muscolo, la faccia impassibile.

«Adesso devo andare» dice indicando la porta. «So che sei molto nervoso per i problemi con Stefania e la cosa mi addolora moltissimo. Quando vorrai parleremo anche di quello.»

«Non sei mio padre, Mario.»

Il commissario scuote la testa dispiaciuto, indossa il giaccone e apre la porta.

«Quello è un dato di fatto a cui nessuno dei due può porre rimedio» dice con un sorriso triste. Poi aggiunge: «Tu resta pure qui tutto il tempo che vuoi, così ripensi alla cazzata che hai appena detto... quando te ne vai chiudi la porta, per favore».

41

Le sta osservando di nascosto da quasi dieci minuti.

La fata oggi è bellissima, anche più del solito. Indossa un cappotto viola a due bottoni su un maglione a collo alto color malva che si intona perfettamente al resto dell'abbigliamento. Due trecce sottili passano appena sopra il filo delle orecchie e le circondano la testa come una coroncina, mentre la massa dei capelli scende in una liscia cascata lungo la schiena. Gli splendidi occhi azzurri riflettono il colore dei vestiti, una sfumatura indaco li rende irresistibili. Sembra uno di quegli elfi dei film. Peccato che oggi con lei ci sia anche quell'altra.

Una sorta di gigantessa che, da quando lui le ha intercettate nell'atrio, non l'ha lasciata mai sola. Appena le ha viste il Cacciatore si è interrogato su chi potesse essere. Da come si muove sembra ben allenata a controllare il corpo. Porta in giro il suo abbondante metro e ottanta con una grazia inusuale, quasi leggiadra, ma tutto lascia intendere che sia in grado di esprimere una forza eccezionale: le spalle squadrate, le mani forti, le cosce possenti che tendono il tessuto dei jeans. Forse è un'atleta, forse una specie di guardia del corpo. In ogni caso, è pericolosa, non c'è dubbio. Gli ricorda le amazzoni, quelle dipinte sui vasi greci o nel famoso quadro di Rubens. Il Cacciatore decide che la chiamerà Pentesilea, come la regina di quelle mitologiche guerriere.

Le due donne parlano fitto fitto, la gigantessa racconta

qualcosa e la ragazza l'ascolta attentamente, senza perdersi una parola. Quanto vorrebbe che la fata guardasse lui in quel modo! Quel pensiero lo tormenta e lo eccita al tempo stesso. Non resiste a starle così lontano, perciò si avvicina al tavolo in fondo al bar dell'università. Scivola lungo il bancone, si mescola a un gruppetto di persone assiepate davanti alla macchina del caffè e poggia un gomito sul ripiano d'acciaio fingendo indifferenza. Da lì ha una buona visuale e non rischia di essere visto.

A pochi metri da lui, Alba gioca con una bustina di zucchero mezza vuota.

« Quindi Lucrezia non ti è proprio piaciuta, vero? »

« No. Non mi convince, ha qualcosa di falso. Tu cosa sai di lei? » le chiede Marica guardando appena sopra la spalla della ragazza.

« Be', a parte il fatto che anche a me sta sul culo, so che dovrebbe essere di Piacenza, o di quelle parti. È lei che ha proposto a Carolina di condividere la casa, mi sembra di ricordare che appartiene a una sua ricca zia. »

« Da quanto tempo abitano insieme? » chiede la Ambrosio chinando gli occhi sul tavolo.

« Fammi pensare... più o meno da un anno e mezzo, direi » risponde Alba facendo cadere dei granelli di zucchero nella tazza vuota.

La poliziotta alza di nuovo lo sguardo e ispeziona la sala per qualche secondo. « Ordiniamo qualcos'altro. » Non sembra una richiesta, piuttosto un ordine gentile.

« Ma non volevi completare il giro dell'università? » domanda sorpresa Alba.

« Sì, volevo, ma adesso ho cambiato idea » ribatte la Ambrosio alzandosi dal tavolino. « Tu cosa prendi? Un altro cappuccino? »

« Un succo di frutta, un ACE va bene. Se no fai tu. »

Marica si allontana e punta un gruppetto di studenti assembrato accanto al bancone con lo stesso approccio di un pistolero in un saloon del far west. I ragazzi la guardano un po' intimiditi.

« Dov'è andato? » chiede mettendosi le mani sui fianchi.

« Scusa? » dice uno più baldanzoso degli altri.

« L'uomo che era dietro di voi, appoggiato al bancone. Dov'è andato? »

Quelli restano interdetti. Il più giovane esprime la sua perplessità a nome di tutti: « Quale uomo, scusa? »

« Lascia perdere, spostati. »

Marica scuote la testa e il gruppetto si apre in due come il Mar Rosso per lasciarla passare. Scivola velocemente oltre il bar e poi guarda verso l'uscita, ma non vede traccia dell'uomo che sta cercando. Cinque minuti dopo torna al tavolino, posa sul ripiano un marocchino e una bottiglietta di succo, poi si siede.

« Cos'è successo? Me lo spieghi? »

« C'era un uomo che ci spiava. O forse spiava te. »

« Ma dai! »

« Ci seguiva già da prima, nell'atrio, poi l'ho rivisto qui. È rimasto per un po' in fondo alla sala e poco dopo si è mescolato a quel gruppo » dice la Ambrosio alzando il mento in direzione del bar. « Seguiva noi » aggiunge con una sicurezza che non lascia spazio a dubbi.

« Com'era fatto? » chiede Alba interessata.

« Non l'ho visto benissimo. Ma direi alto, castano, occhiali. Vestito bene. Aveva l'aria di un giovane professore. »

« Hai appena fatto l'identikit di centinaia di persone che girano ogni giorno qui dentro, lo sai? »

« Lo so. »

Chiacchiere e risate rimbombano contro i soffitti e il vocio del locale ricorda il rumore di un fiume che scorre. La poliziotta si guarda intorno e scuote la testa.

«Certo che il sabato mattina in università vengono soltanto i fancazzisti.»

«Diciamo che quelli a cui interessano davvero le biblioteche o le aule aperte sono lì a studiare. Il bar serve più che altro per pianificare le serate del fine settimana.»

«A proposito di serate, ho letto l'agenda di Carolina e ci ho trovato diverse cose interessanti.»

Alba si piega in avanti, i suoi grandi occhi color del mare scintillano di curiosità mentre Marica finisce di bere il marocchino.

«Negli ultimi undici mesi, a partire dall'inizio dell'anno, c'è un appunto ricorrente nell'agenda. Due note identiche ogni settimana. Sempre riportate alle ore ventuno, una il mercoledì e una il sabato.» Marica estrae lo smartphone, apre una fotografia, la ingrandisce e la mostra ad Alba. «Come vedi l'intestazione dell'evento è sempre la stessa, FESTA RAGAZZI o talvolta l'acronimo FR» continua a spiegare la poliziotta mentre l'altra guarda attentamente lo schermo. «Sotto invece c'è un riferimento che varia di volta in volta. È formato da una cifra compresa tra uno e dieci, sempre seguita da un numero a due o tre zeri. Evidentemente rimanda a qualcosa di specifico.»

Alba Locatelli annuisce e le rende il telefono. La Ambrosio guarda la foto e poi fa scorrere il dito mostrandole di nuovo lo schermo.

«Qui ad esempio, sotto il primo mercoledì di novembre, è annotato 3 – 1500. Il sabato seguente 5 – 2500, e così via. Ripeto: ogni mese, da inizio anno. Qualche volta la seconda cifra è seguita dal segno più e da un numero aggiuntivo, come nel caso di sabato scorso: 4 – 2000 + 2000. Io ho potuto vedere soltanto l'agenda di quest'anno ma è presumibile che la cosa vada avanti da più tempo.»

Alba si morde il labbro inferiore e poi guarda la Ambrosio negli occhi. «Secondo te cosa vuol dire?»

« Ho un'ipotesi. Il primo numero è riferito a qualcosa che Carolina procurava in occasione delle feste. La seconda cifra è il compenso che riceveva in cambio. Come vedi è sempre un multiplo di cinquecento. Insomma, per ogni unità le venivano corrisposti cinquecento euro. Il segno più immagino che possa indicare delle prestazioni extra che forse forniva lei personalmente. »

Marica appoggia il cellulare sul tavolino e fa un sospiro.

La Locatelli resta in silenzio e si guarda in giro smarrita.

« Vuoi dire che anche lei si vende? Ma no, dai, non è possibile! E poi perché parli al passato? Procurava... riceveva... tu credi davvero che sia...? »

La Ambrosio sembra una statua, immobile come la sua espressione impietosita.

« No, ti prego, no! » dice Alba con un filo di voce. I grandi occhi blu si inumidiscono e una lacrima scivola sulla guancia perfetta. La ragazza la intercetta con la nocca dell'indice.

« Anche Mandelli pensa che qualcuno possa averle fatto del male? »

« È la cosa più probabile. E sì, lo pensiamo entrambi. »

« Cosa pensi che facesse, esattamente? » domanda Alba a fatica.

« Non so... forse procurava dei clienti esclusivi, forse era lei che portava le ragazze che si prostituivano. Magari spacciava, ma non credo... in quel caso non tornerebbe quel costo unitario sempre uguale. E poi non penso che fosse in grado di farlo. Perlomeno non da sola. »

« E adesso? »

« Adesso aspettiamo che suo padre faccia la denuncia e io intanto continuo a indagare in modo non ufficiale. Poi vediamo. Sicuramente dobbiamo trovare il modo di parlarne a tuo padre prima che esca fuori la notizia che tu la conoscevi e la frequentavi. A questo sta pensando Mandelli. »

«Cazzo! I miei mi ammazzano... E poi non voglio che mio padre venga coinvolto!»

Marica le sorride e risponde con la voce contaminata dalla cantilena romagnola: «Mi sembra un po' tardi per evitarlo, oramai».

«Che disastro...» dice Alba portandosi le mani al volto.

La Ambrosio aspetta un attimo e poi passa alla parte finale del suo lavoro. Quella più sporca e spiacevole.

«Tu cosa pensi di Carolina? La consideri anche tu una stronza, come dice la Lanteri?»

«Io... diciamo che è una persona particolare. Dura. Egoista. Ma con me era diversa, più fragile, più aperta...»

«Però non ti ha mai raccontato in modo esplicito delle feste... Mi sembra strano... Non è anomalo che due amiche del cuore non sappiano tutto l'una dell'altra? E poi, com'è possibile che per più di un anno tu non abbia capito che il mercoledì e il sabato lei era quasi sempre impegnata a fare altro?» chiede Marica con una voce dura come la pietra.

«Ma... non puoi... davvero credi che io...» balbetta Alba sconvolta.

«Io non credo niente. Io sono stata mandata qui per capire, a seguito di una tua esplicita richiesta. Ti faccio queste domande perché è mio compito fartele, quindi rispondi!» ribatte Marica impietosa.

«Delle feste so quello che mi ha detto lei, ti ho raccontato tutto quello che so. Erano serate particolari, girava droga e probabilmente soldi facili. Non era roba per me ma non intendevo giudicarla, né tantomeno fare la figlia moralista dell'uomo di governo. Non è che non abbia mai visto della droga in vita mia. So benissimo che là fuori c'è un mondo pieno di merda, soprattutto tra i miei coetanei. Semplicemente credevo che una come Carolina se la potesse cavare in ogni situazione... e lo spero ancora. Io poi il mercoledì non esco mai, sto quasi sempre con mio fratello. È malato, ha una forma di leucemia cronica e ha bisogno di cure continue. Quello è il giorno in cui sto con lui: guardiamo serie tv, giochiamo alla Play, cose così. Il sabato sera invece uscivo quasi sempre con il mio ragazzo, almeno fino a quando non l'ho beccato che si messaggiava con un'altra. Carolina non la vedevo mai nel fine settimana, per quanto ne sapevo io andava quasi sempre a Novara a trovare suo padre» dice Alba con le lacrime agli occhi, poi alza il mento in un moto di fierezza. «Ti bastano come risposte?»

Il volto della Ambrosio si distende, la sua voce torna morbida e magnetica.

«Mi bastano. Scusa, non sapevo di tuo fratello. Però devo chiederti ancora due cose.»

«Non c'è problema, scusami anche tu. So che mi stai aiutando e che rischi dei guai grossi. Dimmi pure.»

«Conosci un certo Pierfa e una ragazza che si fa chiamare Pupa?»

Alba riflette per qualche istante, poi risponde con voce ferma: «No, quei nomi non mi dicono niente. Chi sono?»

«Nell'agenda di Carolina è spesso riportata una nota che dice APPUNTAMENTO CON PIERFA. E c'è anche un POVERA PUPA scritto a pennarello per ben tre volte, su una pagina di quelle senza data che dividono il mese di settembre da quello di ottobre. La nota è seguita da una sfilza di punti esclamativi.»

«Non so proprio cosa pensare, però posso chiedere in giro, conosco tanta gente.»

«Va bene, ma con prudenza. Un'ultima domanda. Tu sei stata spesso a casa di Carolina e di Lucrezia?»

«Sì, qualche volta, perché?»

«Mi chiedevo come mai tutti quei vestiti e quelle scarpe costose di Carolina non ti abbiano mai insospettito.»

«Ah... be', gli abiti sono in gran parte della zia di Lally, almeno così mi hanno detto loro. Li tengono nell'armadio di Carolina per comodità, visto che è il più capiente. Lei va spesso a Novara e quindi non ha bisogno di portarsi dietro troppa roba di ricambio. Mentre le scarpe in realtà non sono solo sue, anzi! » dice Alba.

« Cioè? » domanda sorpresa la Ambrosio.

« Lei e Lally hanno lo stesso numero. Semplicemente le tengono nella scarpiera di Carolina perché in camera di Lucrezia non c'è abbastanza spazio. »

Marica insiste: « Quindi mi stai dicendo che le comprano insieme? »

« Il più delle volte le compra Lally, che è una maniaca delle scarpe e adora i suoi piedi. Ogni tanto ne prende un paio anche Carolina. Ma perché me lo domandi? Pensavo glielo avessi chiesto stamattina. »

« Certo che l'ho fatto. »

« E quindi? »

« E quindi hai ragione. Lucrezia Lanteri oltre a essere una stronza è anche una bugiarda. »

« Credi che c'entri qualcosa con la scomparsa di Carolina? »

Il viso di Marica si incendia di rabbia, e quando picchia il palmo sul tavolino mezza sala si volta a guardare.

« Di sicuro sa molto di più delle balle che mi ha propinato! »

« E adesso che fai? »

« Adesso chiamiamo il commissario Mandelli e gli raccontiamo un bel po' di novità, così lo saluti e gli chiedi scusa per non avergli detto prima chi è tuo padre. »

Alba Locatelli guarda ammirata la forza della natura che siede davanti a lei e sente di aver fatto la scelta giusta.

42

L'auto blu assegnata al giudice Arnaboldi posteggia tra gli spazi riservati davanti all'entrata della procura della Repubblica, sul lato lungo dell'austero edificio che ospita gli uffici del Tribunale di Milano. L'autista scende, apre la portiera posteriore e si mette in attesa del piemme. Arnaboldi allaccia un bottone del cappotto e si infila sotto il guscio protettivo dell'ombrello. Mandelli scende dall'altro lato, chiude delicatamente la portiera e aggiusta il collo del giaccone per ripararsi dalla pioggia che precipita dal cielo plumbeo. In quel momento scatta la suoneria e inizia il solito concerto di Sinatra. Il commissario trova il cellulare e lo sventola verso il magistrato.

«Devo rispondere. Si tratta di un aggiornamento importante, credo riguardi l'argomento di cui devo parlarle. Lei inizi a salire, la raggiungo subito.»

Gian Maria Arnaboldi muove la testa in un rapido sì.

«È armato, commissario?»

«No, dottore.»

«Meglio, così fa prima al controllo di sicurezza. Oggi gli uffici sono chiusi, ma questa è l'entrata che utilizziamo noi magistrati quando lavoriamo il sabato o nei giorni festivi. Lascio detto in guardiola che mi deve raggiungere, così non le fanno storie. L'aspetto, sono molto curioso. Faccia presto però, che ho un bel po' di cose da sbrigare e poi voglio andarmene a casa» dice il giudice prima di voltarsi.

Dopodiché fa un impercettibile gesto verso l'uomo con l'ombrello e insieme a lui si dirige verso l'entrata.

«Ciao, Ambrosio. Novità?» chiede il commissario rispondendo alla telefonata.

«Sbagliato! Sono Alba. Come stai, Mandelli?»

Lui è piacevolmente sorpreso. Nonostante sia trascorso pochissimo tempo, i giorni passati all'università sembrano un ricordo lontano. Per un istante ripensa alle lunghe chiacchierate in compagnia della ragazza davanti alla macchinetta per il caffè.

«Diciamo che sono ritornato al mio posto. In tutti i sensi... Subito in prima linea e nei casini, come prevedibile. Ti avevo detto che qui fuori mi aspettava un mestiere difficile.»

«Io invece volevo scusarmi con te. Mi dispiace se ti ho creato altri problemi. Ma non potevo immaginare che Carolina si fosse messa nei guai fino a questo punto.»

A Mandelli sembra di vederla: gli occhi scintillanti, i lunghi capelli, il sorriso incantevole. Scaccia con un sospiro quell'immagine di prepotente gioventù e guarda l'orologio. Adesso ogni minuto è importante, non si può sprecare altro tempo.

«Tutto a posto, non c'è problema... hai fatto bene a chiedere il mio aiuto. Altrimenti nessuno la starebbe cercando, ricordatelo. Troverò una soluzione per parlarne a tuo padre senza che mi spelli vivo. Intanto tu tieniti pronta a rispondere alle domande dei tuoi. Credo che te ne faranno molte, qualcuna anche su di me. E adesso passami Marica, per favore.»

Si sentono delle voci indistinte e un brusio di sottofondo.

«Eccomi, dottore» dice la voce solare della Ambrosio.

«Ciao Marica... raccontami tutto per filo e per segno.»

*

Abdeladim Ayoub sventola il braccio verso la piattaforma per comunicare che il carico è completo. Dopo una trentina di secondi il motore si spegne e il silenzio cala sul bacino idrico utilizzato per produrre calcestruzzo. L'operatore all'interno della palafitta d'acciaio fa un gesto d'intesa mentre toglie le cuffie protettive, le vibrazioni del metallo si scaricano nell'acqua e una serie di cerchi concentrici colpisce la riva. Pochi istanti dopo si attiva l'impianto di alimentazione a nastro. Una passerella che si snoda per un centinaio di metri sopra la superficie azzurra, per poi raggiungere i silos sulla sponda opposta. Dall'abitacolo del camion che ha appena scaricato diciotto tonnellate di ghiaia, spunta un pollice alzato e una voce urla: « Uè, Ramadan, ferma i buoi... pausa boschetto! »

Abdeladim fa un sorriso sghembo privo del contributo di un canino.

« No, Giorgione. Se i buoi stanno fermi cagano, diceva mia nonna » risponde.

Giorgio Bonometti è una specie di gigante bresciano, con una grande testa rotonda e una folta barba che gli arriva fino allo sterno. La camicia di flanella a quadri nerazzurri è aperta sul davanti, mentre l'enorme pancia da birra deforma il ritratto di Ozzy Osbourne stampato sulla T-shirt.

« Dai, Abdel, che *gò de pisà*... vecchio terrorista islamico che non sei altro! » dice mollando una terribile pacca al collega.

« Non so chi è peggio tra un terrorista e uno che dice bestemmie tutto il giorno come fai tu » ribatte Abdel massaggiandosi il collo. « Poi Allah punisce. »

Affondano gli scarponi nella ghiaia e risalgono la duna terrosa che li separa da una piccola macchia di alberi. Alla loro sinistra c'è una spianata di campi coltivati, delimitata da una fila di casette ordinate che fa da avanguardia all'abitato di Sesto Ulteriano. Sulla destra, poco oltre lo specchio d'acqua, s'intravede il grigiore metallico della zona industriale di San Donato Milanese.

I due operai avanzano appaiati sotto una pioggia fastidiosa e si fermano a pochi metri dagli alberi.

« Dai, facciamo presto, che mi sto inzuppando. Così finiamo l'ultimo giro e ce ne andiamo a pranzo da quel puttanone della Miriana e poi dritti a casa, che è sabato » dice Bonometti chiudendo la fila di bottoni della camicia e aprendo la patta dei pantaloni.

« Tu sempre alla figa pensi. »

« Mica sono un eunuco come te, Ramadan! »

Abdel alza le spalle ridacchiando con il suo canino spezzato e si dirige verso gli alberi sulla sinistra. Giorgione Bonometti invece segue la riva e si sposta verso un tronco circondato da una cortina di piante palustri. Inizia a pisciare fischiettando il tormentone del momento e con l'uccello in mano pensa al seno prosperoso della proprietaria della trattoria. Quando ha finito rimette tutto nelle mutande e si pulisce le dita sulla ruvida stoffa dei pantaloni.

« *Pota*, Abdel, l'hai trovato o devo venire lì ad aiutarti? » dice ridendo come un orco. In quel momento scivola sul fango, fa un passo di lato finendo oltre un cespuglio e inciampa in qualche cosa di morbido. Quando abbassa gli occhi resta incredulo a guardare per alcuni secondi, poi lancia una serie di bestemmie irripetibili e si mette a correre travolgendo il sottobosco come un cinghiale impazzito.

Ayoub intanto svuota la vescica e pensa a come far quadrare i conti. Tre figlie da mandare a scuola, il cibo, la suocera a carico e l'affitto in nero di quel buco a Carpiano ormai non sono più sostenibili. A far lavorare Fatima però non ci pensa nemmeno, poi sua moglie si mette in testa strane idee. Alza gli occhi al cielo, manda una preghiera al profeta e da buon fedele si mette nelle mani di Dio. È in quel momento che sente la voce terrorizzata di Bonometti che urla una sequela di blasfemie, seguite dal suo nome.

«Abdel! Abdel!»

Quando gli compare davanti, l'espressione bonaria di Giorgione è trasfigurata in una maschera di terrore. Filamenti di bava e muco sporcano la barba intorno alle labbra, il viso è pallido come quello di un morto.

«Che è successo? Ti ha morso un serpente?» chiede Abdel spaventato.

«Porca puttana! Laggiù, laggiù» dice l'altro indicando i cespugli con la mano.

Poi si avvicina al marocchino e lo stringe tra le enormi braccia, tremando. «C'è un cadavere... c'è un cadavere... c'è un cadavere» ripete scioccato.

Ayoub si sottrae a quella morsa disperata e prova a calmarlo. «Tranquillo, amico... tranquillo... Tu sta qui. Io vado a vedere.»

Bonometti intanto cade sulle ginocchia e nasconde il volto tra le mani.

Abdel si avvia verso la macchia di vegetazione da cui è appena uscito il collega e avanza circospetto. Dopo una decina di metri lo vede. Dietro il fusto inclinato di un salice, nascosto tra due bassi cespugli, c'è il corpo composto di una giovane donna. Indossa uno strano vestito di velluto blu, con dei pizzi celesti che ricadono flosci sulle braccia pallide. Le mani, bianchissime, sono intrecciate sopra il ventre. Il volto esangue è circondato da una specie di velo di tulle azzurro. Sembra la caricatura di una di quelle principesse addormentate dei cartoni animati che piacciono tanto alle sue figlie.

Abdel cerca di mantenere la calma mentre la pioggia gli bagna i capelli radi e cola sul volto scavato. Ha già visto delle persone morte in passato: le vittime di un grave incidente stradale quando era un ragazzino, qualche vecchio del suo paese, i suoi genitori. Ma questa è una cosa diversa, strana, terribile. Questo scempio è certamente opera di Iblīs, il diavolo in persona, pensa mentre lancia un antico scongiuro maghrebino.

Quando riemerge dalla vegetazione si avvicina a Bonometti e lo aiuta a rialzarsi.

« Dai Giorgione, in piedi. Andiamo a prendere i cellulari sul camion e chiamiamo aiuto... forza. » Il collega lo guarda stravolto e annuisce, appoggiando un braccio spesso come una trave sopra le sue spalle. Mentre s'incamminano faticosamente sotto la pioggia Ayoub scuote la testa, guarda verso il cielo e trae la sua morale.

« Ti avevo detto, no? Se bestemmi troppo poi Allah punisce. »

43

Arnaboldi lascia cadere la penna e si alza dalla scrivania. Mentre pettina la chioma ribelle con le mani, raggiunge la grande finestra quadrata che dà sul cortile interno. Poi alza gli occhi verso il cielo livido e osserva la traiettoria della pioggia che cade sulle auto di servizio nello spiazzo sottostante.

«Certo che lei, Mandelli, se le cerca proprio. Se non ci fosse un possibile risvolto drammatico questa storia farebbe anche sorridere. Lei va in aspettativa per qualche mese e, tra tutte le persone con cui può fare amicizia in università, si va a scegliere proprio la figlia del viceministro!» dice il giudice voltandosi di trequarti.

Il commissario solleva le sopracciglia e allarga le braccia in un moto di finta rassegnazione.

«Cosa vuole che le dica, dottore, è andata così. Però ci tengo a precisare che è stata la ragazza a scegliere me. Forse perché attratta dal mio irresistibile fascino, o forse perché in quel momento mi ero perso e vagavo senza meta...» Poi aggiunge sarcastico: «La verità è che devo averle fatto una pena terribile».

«Non si butti giù così. In fondo lei conserva quel non so che di vintage che piace tanto alle giovani generazioni, un po' come i vecchi vinili e i vestiti usati. E poi, visto come stanno le cose, la Locatelli non ha mica fatto una scelta sbagliata. Anzi, è stata molto lungimirante. Se non l'avesse coinvolta, non avremmo mai scoperto che questa Carolina

De Bellis probabilmente si è cacciata in un guaio più grande di lei.»

Arnaboldi si siede sulla poltrona di fronte a quella di Mandelli e incrocia le lunghe gambe da cicogna.

Il commissario lo osserva per un istante e poi riporta il discorso sulla questione più importante.

«Sarà come dice, dottore, fatto sta che adesso siamo tutti in una situazione difficile. O, perlomeno, il sottoscritto e l'agente scelto Ambrosio...»

«Ci metta pure me, Mandelli. Dato che me ne ha parlato, ormai sono coinvolto tanto quanto voi» dice Arnaboldi facendo una smorfia divertita. «Non dimentichi che sono un pubblico ministero, non è che posso fingere di non aver sentito quello che mi ha appena raccontato.»

«Quindi come pensa di comportarsi?»

«Finché non intervengono atti formali noi di questa cosa non possiamo far parola con nessuno... e men che meno agire di conseguenza. Almeno non in modo ufficiale» puntualizza il giudice pulendo le lenti degli occhiali con l'angolo della giacca di velluto. «Ma proviamo a ipotizzare uno scenario alternativo. Mettiamo che lei chieda un consiglio amichevole a una persona che sta ai vertici del ministero dell'Interno, che intanto sarà stata debitamente informata... Nel frattempo potrebbe sempre accadere qualcosa, no? Magari un evento che forzi un po' la mano al destino.»

Arnaboldi solleva in alto gli occhiali e verifica la pulizia delle lenti, poi li inforca e osserva la reazione di Mandelli.

«Dottore, lei non starà mica suggerendo di...»

«Ah, ah!» lo interrompe il giudice sollevando un dito magro. «Io non suggerisco nulla, al massimo faccio delle supposizioni.»

Mandelli accenna un sì muovendo la testa.

«Certo, dottore. Ma almeno mi dica se ho ben interpretato la sua ipotesi. Poniamo che a un povero commissario in difficoltà venisse data l'opportunità di confrontarsi informalmente con qualcuno molto in alto nella scala gerarchica... ad esempio un viceministro contattato da un conoscente comune... immagino che, in quel caso, il malcapitato funzionario potrebbe farsi consigliare per il meglio. »

Il giudice lo osserva senza dire nulla, perciò Mandelli continua: « Poniamo anche che nel frattempo qualcun altro, magari una compagna di università di Carolina, faccia sapere al padre della De Bellis che sua figlia è scomparsa e non dà notizie di sé da quasi due giorni. In seguito a una sua denuncia formale la cosa diventerebbe di dominio pubblico e a quel punto la procura potrebbe interessarsene. Anzi, dovrebbe ».

« È davvero molto perspicace, commissario. Un'ottima analisi dei fatti. »

« Cosa vuole, stando insieme a lei si impara moltissimo, signor giudice » replica pronto Mandelli.

I due uomini restano in silenzio per un po', poi all'improvviso Arnaboldi va verso la scrivania e recupera il cellulare seppellito sotto una valanga di fogli. Dopo qualche istante di attesa qualcuno risponde alla sua chiamata.

« Gaia, tesoro, come stai? »

Un sorriso sincero si apre sul volto affilato di Arnaboldi, che resta in ascolto per qualche secondo.

« Anch'io, davvero. Sai che tra noi non bisogna neppure ribadirle, certe cose. Ti volevo chiedere una gentilezza, se non disturbo. »

Poco dopo il giudice annuisce e formula la sua richiesta.

« Visto che è sabato immagino che Andrea non sia a Roma, non è che per caso è lì con te? Mmm... Perfetto... riesci a passarmelo un secondo, per favore? Grazie, sei davvero un tesoro, ti richiamo presto così facciamo due chiacchiere. »

Arnaboldi resta con il telefono attaccato all'orecchio e osserva Mandelli.

« Ciao Andrea, scusa se ti disturbo nel fine settimana. Ho chiamato sul telefono di Gaia perché non sapevo se fossi impegnato. Si tratta di una questione molto delicata e urgente di cui vorrei parlarti... benissimo, allora dedicami un po' del tuo tempo che ti spiego... »

Mandelli non ne è del tutto certo, perché la poltrona su cui siede Arnaboldi è in controluce, ma potrebbe scommettere che il magistrato gli abbia rivolto un impercettibile sorriso di complicità.

Il maggiore dei carabinieri Marcello Zurlo scende dall'auto e quando sente il piede affondare nel fango benedice il fatto di aver indossato la tenuta d'ordinanza impermeabile e gli stivali in Gore-Tex. Esce a fatica dall'Alfa Romeo 159 aggrappandosi al profilo della carrozzeria, distende il suo metro e novanta stirando la schiena dolorante e si guarda intorno. Intanto, oltre il filo del tettuccio bianco della gazzella, emerge spaesato il viso adolescenziale di Guido Garavaglia.

« Appuntato, ma almeno noi due non potevamo prendere la jeep? » chiede il maggiore mentre osserva due auto identiche alla loro che parcheggiano nell'area di carico del materiale inerte. « Con 'sto tempo schifoso mi sembrava la cosa più logica. »

« Ha ragione, maggiore. Infatti ci ho pensato, ma purtroppo la jeep è di nuovo dal meccanico » risponde Garavaglia leggermente imbarazzato.

Zurlo fa un'espressione spazientita ed evita di esprimere un giudizio sullo stato pietoso in cui versano le dotazioni dell'Arma. Poi si volta e si rivolge a uno dei militari che li hanno appena raggiunti.

«Capitano Rosati, credo che il responsabile dell'impianto e i due operai che hanno trovato la vittima ci aspettino in quell'auto laggiù. Vada a chiamarli» ordina indicando una Panda bianca con uno sgargiante logo sulla fiancata.

Appena il capitano si muove, Zurlo chiama a raccolta gli altri e dà loro le prime indicazioni.

«Allora, fate bene attenzione, per favore. Circa quarantacinque minuti fa due operai del cementificio sono andati a espletare i loro bisogni lungo la riva e lì hanno trovato il corpo di una giovane donna. Allora hanno immediatamente allertato il loro superiore, che ci ha chiamati. Un'unità del Reparto di Investigazioni Scientifiche sta arrivando sul posto. Noi intanto occupiamoci di presidiare al meglio la zona operativa.»

Il maggiore verifica il grado di attenzione dei quattro giovani carabinieri che ha davanti. Quando è certo che tutti lo ascoltino, si rivolge ai due militari alla sua destra.

«Stando alle foto che ci ha inviato il direttore dello stabilimento, la macchia di alberi dove si trova la vittima dovrebbe essere quella laggiù. Voi due andate a verificare e incominciate a delimitare la scena del crimine a largo raggio. Mi raccomando, non calpestate né toccate nulla in prossimità del cadavere e, in generale, muovetevi sempre in fila indiana camminando nelle orme di quello che sta davanti. Poi aspettateci lì. E soprattutto, non fate casino! Non ho voglia di prendermi un altro cazziatone dal responsabile dei RIS.»

I due annuiscono convinti e Zurlo prosegue: «Voialtri invece dividetevi. Giammanco, tu vai laggiù dove ci sono quelle case a schiera e controlla che nessuno faccia riprese o scatti delle fotografie. Non voglio che per colpa di qualche minchione escano immagini dell'operazione o che entro mezz'ora ci ritroviamo immortalati come ebeti sui social. Fatti lasciare i nominativi di tutte le persone che abitano laggiù, è un deterrente che funziona quasi sempre. E già che ci sei chiedi se hanno visto qualcosa di sospetto la notte scorsa o nei giorni precedenti, non si sa mai.»

Mentre il giovane carabiniere scelto accenna un saluto e imbocca la stradina che taglia lungo il campo, l'ufficiale prende fiato e si rivolge all'ultimo militare rimasto: «Tu perlustra il perimetro. Parti dalla siepe che delimita la zona di carico, poi prosegui lungo la riva e guarda se trovi qualcosa di anomalo o degli indizi, insomma apri bene gli occhi. Forza, muoversi».

Quando lui e Garavaglia restano soli l'appuntato indica la riva. Il capitano Ezio Rosati avanza accanto a un uomo con un impermeabile elegante e un caschetto di sicurezza in testa. Alle loro spalle c'è la strana coppia di operai che ha ritrovato il corpo. Entrambi indossano i giacconi da lavoro con i caschi che ballonzolano allacciati in vita.

Mentre restano lì ad aspettare sotto la pioggia, l'appuntato si affianca al suo superiore e alza lo sguardo verso il cielo triste.

«Che c'è, Garava'?» domanda Zurlo con un sospiro stanco.

«Nulla, maggiore, stavo pensando che questo tempo ha davvero rotto.»

«Appuntato, che fai, sfotti?»

«No, maggiore, non mi permetterei mai, perché?»

«Perché tu sei di Boffalora, sul Ticino, e a 'sto tempo di merda sei abituato fin da piccolo. Pensa invece a me, che sono nato in costiera amalfitana, quanto può avermi già *scassato o' cazzo* 'sta maledetta pioggia.»

44

A mezzogiorno in punto l'auto di servizio assegnata al giudice Arnaboldi accosta davanti al numero 31 di via Antonio Canova. Mario Mandelli apre la portiera anticipando l'autista e lo ringrazia per il passaggio. «Dovere» mormora l'uomo, prima di fare inversione e salutarlo con un cenno della mano.

Il commissario si guarda intorno per un istante, poi alza gli occhi e osserva i quattro piani della bella palazzina d'inizio Novecento che presidia l'angolo con via Randaccio. Un'ordinata aiuola di palme nane impedisce il parcheggio selvaggio davanti al colonnato dorico del portone e due imponenti platani fanno da sipario alla facciata neoclassica, nascondendo i piani superiori alla curiosità di sguardi indiscreti. Il commissario sa bene di trovarsi in una zona benestante, una delle tante sparse a macchia di leopardo sulla mappa di Milano. Questa però è particolare, ha un non so che di metropolitano che mischia il profumo dei soldi all'odore dell'asfalto cittadino. Auto, motorini, mezzi pubblici, fattorini e gente che passa e se ne va a tutte le ore del giorno e della notte.

Poco più in là, corso Sempione porta verso la spianata dell'Arco della Pace, presa d'assalto ogni fine settimana da migliaia di persone attirate dai locali alla moda della zona. Ben nascoste nelle vie perpendicolari ci sono le sedi di prestigiosi gruppi editoriali, di agenzie di consulenza e di alcuni importanti studi legali.

Mandelli fa un passo sul marciapiede e soltanto allora si accorge di una figura massiccia avvolta in un ampio caban blu scuro con una fila di bottoni dorati sul davanti. L'agente scelto Marica Ambrosio si stacca dal muro dell'edificio e lo saluta con un cenno del capo. I lunghi capelli castani sono raccolti alla rinfusa sotto un berretto alla marinara, di quelli che i Beatles e i film di Jean Gabin avevano reso famosi nel secolo scorso. Il cappotto sportivo evidenzia le spalle quadrate e tutto l'insieme le conferisce un'aria più pericolosa del solito: l'effetto è quello che farebbe incrociare un minaccioso lupo di mare in un vicolo buio dell'angiporto di Marsiglia. Mentre si avvicina un sorriso beffardo le taglia la faccia.

« Allora è veramente riuscito a mettersi in contatto con il grande capo! » dice Marica lanciando un'occhiata verso il portone del palazzo.

« Sono stato bravo, vero? » commenta ironicamente Mandelli. « Però credo che la parte più difficile venga adesso. »

« Ci può scommettere » dice la poliziotta arrestandosi a un passo da lui. « È bello rivederla, commissario! Sembra che sia passato un secolo. »

« Stavo per dirti la stessa cosa. »

Restano lì, indecisi se darsi la mano o se azzardare qualcosa di più significativo. Poi Mandelli apre le braccia e la Ambrosio lo avvolge in una stretta affettuosa.

Un gesto che nessuno dei due ammetterà mai di aver fatto, neppure sotto tortura.

Mandelli accantona l'imbarazzo e torna al motivo per cui si trovano lì.

« La ragazza dov'è? »

« È salita poco fa, ma io ho preferito aspettarla qui sotto. Così possiamo prepararci un po' meglio. Quando al telefono mi ha detto che avremmo incontrato il viceministro, ci siamo precipitate qui. Alba era piuttosto agitata. Speriamo che in qualche modo ci spiani il terreno.»

Mentre il commissario la aggiorna sulla chiamata di Arnaboldi, si spostano verso il portone, per ripararsi sotto lo spiovente del palazzo.

«Zilli mi ha riferito dell'omicidio di Cervignati...» dice la Ambrosio levandosi il berretto e lasciando cadere sulla schiena la massa rigogliosa dei capelli.

«Ti ha detto che era l'avvocato di Bessa Terzaghi e che erano molto amici?»

Marica estrae alcune forcine dalla tasca e in tre mosse ricompone una pettinatura elegante che regala all'ovale del suo viso un'aria quasi mite.

«Sì. Mi ha raccontato tutto. Spero non le dispiaccia, visto che non sono ancora in servizio» risponde completando la sua trasformazione con un'espressione da educanda.

«Vedo che ti stai travestendo da brava ragazza per il colloquio ministeriale» commenta Mandelli sorridendo. Poi torna serio: «Non mi dispiace affatto. Samuele ha fatto bene ad aggiornarti. Si tratta di un caso pericoloso, da prendere con le pinze, anche per l'interesse mediatico che susciterà. Non voglio ripetere la brutta esperienza dell'ultimo seriale in cui ci siamo imbattuti. Anche se alla fine lo abbiamo fermato, ne siamo usciti tutti con le ossa ammaccate... chi più chi meno.»

L'ultima frase l'ha detta guardando Marica negli occhi, alla ricerca di qualche residuo timore. Invece si trova davanti uno sguardo fermo e determinato.

«Ma veniamo a noi. Non escludo che il nostro buon viceministro, oltre che per la questione di sua figlia, possa pungolarci le chiappe anche per gli omicidi di Bessa Terzaghi e Cervignati... Ricordati che Locatelli ha fatto della lotta al crimine una sua battaglia politica. Qui a Milano, dopo il questore, chi ci mette la faccia è lui. Quindi aspettiamoci di tutto. »

« Be', a questo punto non ci resta che salire e giocarcela al meglio » conclude la Ambrosio con spirito pragmatico.

« Hai ragione. Non credo che oggi qualcuno ci darà una medaglia, anzi. Cerchiamo di uscirne dignitosamente e molliamo la faccenda della De Bellis nelle mani del viceministro. Tu hai fatto un lavoro egregio, e questo ci aiuterà. Da lunedì mattina ti voglio di nuovo operativa e aggregata alla squadra. Abbiamo bisogno di concentrarci tutti sul caso di quello psicopatico squartatore di vip. »

Marica Ambrosio non dice nulla, scava nella tasca del caban, estrae un rossetto leggero e lo applica con due passate precise. Poi sfrega le labbra e sfoggia un sorriso.

« Come sto? »

« Direi che sembri quasi una brava ragazza, potrei cascarci anch'io » risponde Mandelli mentre entra nell'elegante atrio e s'avvia deciso verso la guardiola del custode.

45

Le porte dell'ascensore interno si aprono direttamente su un salottino.

Due poltroncine separate da un'antica cassettiera fanno da cornice a un tavolino di cristallo. Una lampada a stilo illumina l'accogliente ingresso diffondendo una luce soffusa.

Non appena mettono piede sulla moquette, tra le ante di una porta scorrevole spunta una donna che si fa consegnare le giacche bagnate e le fa sparire in un armadio a muro perfettamente mimetizzato nella parete. Poi accenna un sorriso professionale e dice: « Il dottore e la signora vi attendono di là. Prego, seguitemi ».

Entrano in un salone illuminato da tre grandi finestre rettangolari. L'arredamento è ricco ma non sfarzoso, un discreto equilibrio tra oggetti di design e mobili antichi. Nell'aria c'è un profumo delicato di pulito e di essenze floreali.

La governante li guida oltre un arco di legno chiaro.

« Aspettate qui un momento » suggerisce in tono neutro, poi scompare dietro una porta.

Qualche istante dopo li invita a entrare e richiude delicatamente il battente alle loro spalle.

Sulla soglia li aspetta sorridente quella che a Mandelli pare il clone di Alba con qualche anno in più. Gaia De Carolis in Locatelli è poco più bassa della figlia e ha i suoi stessi occhi color del mare, mentre il viso è più affilato e meno delicato di quello di Alba. I capelli biondo cenere, pettinanti all'indietro, evidenziano gli zigomi alti e una fronte spaziosa priva di rughe. Una donna decisamente affascinante, pensa Mandelli. Adesso che la osserva bene, il commissario ricorda di averla già vista. Forse in occasione di qualche evento di beneficenza cui ha partecipato con la Isa o, più probabilmente, sfogliando le riviste di gossip nella sala d'attesa del suo dentista.

Nel frattempo un uomo si alza agilmente da una poltrona e viene loro incontro. Per dei poliziotti riconoscere il viceministro dell'Interno è un dovere professionale. Andrea Locatelli è un enfant prodige della politica italiana, secondogenito di una ricca famiglia imprenditoriale di Monza. Dopo la laurea in legge si è fatto strada, assumendo ruoli importanti prima in Regione Lombardia e poi presso il Comune di Milano, dove ha ricoperto il ruolo di assessore alla sicurezza e di vicesindaco. Dal vivo sembra un po' più vecchio dei suoi quarantotto anni, qualche ruga d'espressione contorna gli occhi grigi e attenti. I tanti impegni istituzionali e gli incarichi di governo gli hanno fatto perdere un po' del fascino anticonvenzionale e dell'irruenza giovanile che avevano contraddistinto i primi anni della sua scalata al potere. Nonostante tutto resta però l'indiscusso favorito per la poltrona di sindaco di Milano alle prossime elezioni comunali.

«Commissario Mandelli, è un piacere conoscerla di persona» dice stringendogli saldamente la mano.

A Mario non sfugge il rapido lampo di preoccupazione che gli passa negli occhi.

«Piacere mio, signor viceministro» risponde con la giusta dose di reverenza.

«Evitiamo le formalità, qui sono soltanto Andrea Locatelli.» Poi il viceministro si volta, osserva attentamente la Ambrosio e le riserva un sorriso interessato.

«E lei dev'essere la famosa Marica, che tanto piace a mia figlia. Ovviamente avevo già sentito parlare di lei.»

«Ne sono lieta. Spero in termini positivi, signore» risponde la poliziotta mettendosi quasi sull'attenti.

«Gaia» dice Locatelli alla moglie, «forse non sai che è stata proprio l'agente scelto Ambrosio a sparare al serial killer delle mani mozzate. Te lo ricordi?»

«Ma certo, una vicenda orribile. Dev'essere stato molto difficile riprendersi da un'esperienza simile» dice la donna con sincera partecipazione.

Mandelli guarda verso la collega, ma il volto di Marica resta una maschera inespressiva.

«Confermo, molto difficile» risponde con voce ferma.

Gaia Locatelli toglie tutti dall'imbarazzo con un magnifico sorriso.

«Dottor Mandelli... signora Ambrosio, vi prego, accomodatevi.»

Mentre si siedono su un divano rivestito di raso, chiede se desiderino bere qualcosa, ma entrambi rifiutano. In quel momento si apre la porta ed entra Alba.

«Ciao a tutti! Rosa mi ha avvisato che siete arrivati... vi siete già presentati?»

«Sì, Bibi, ce l'abbiamo fatta anche da soli» risponde il padre con un risolino.

La ragazza guarda il commissario e gli fa un sorriso complice.

«Mandelli! Che bello rivederti.»

«Alba...» sussurra lui arrossendo.

Il viceministro prende posto, accavalla le gambe e guarda i presenti con la disinvoltura di chi è abituato a gestire situazioni ben più complicate.

«Il giudice Arnaboldi è un caro amico di famiglia» spiega spostando impercettibilmente lo sguardo su sua moglie. «Mi ha chiesto di incontrarvi urgentemente per valutare insieme a voi come procedere. Alba ci ha fornito tutti i dettagli che la riguardano.»

Locatelli ha indugiato sull'ultima frase osservando le reazioni dei due poliziotti.

«Non vi nascondo che, per come mi è stata presentata, la situazione mi sembra molto grave. Prima di tutto per ciò che potrebbe essere successo a Carolina De Bellis e, in secondo luogo, per l'eventuale coinvolgimento personale di Alba e della nostra famiglia.»

Mandelli si aspetta di sentir pronunciare da un momento all'altro la parola reputazione e si muove a disagio sullo scomodo divano.

«Ho discusso con mia moglie e mia figlia la proposta del giudice Arnaboldi, ovvero che sia Alba ad allertare il padre della De Bellis consigliandogli di sporgere denuncia. Pur comprendendone la logica, noi non crediamo che questo sia il modo migliore di procedere.» Locatelli fa una breve pausa e schiarisce la voce. «Sarò sincero: non voglio che mia figlia sia esposta in prima persona.»

Nel salotto nessuno fiata, Alba si sposta di lato e siede con grazia sul bracciolo della poltrona di sua madre.

Il viceministro tace ancora per qualche secondo, poi riprende: «Gaia e io abbiamo già rimproverato Alba perché non ci ha raccontato tutto fin dall'inizio, non appena ha avuto dei sospetti sulla sparizione di Carolina. Inoltre, dottor Mandelli, coinvolgerla pur sapendo che lei era un commissario di polizia e senza farle presente di essere mia figlia è stato molto scorretto da parte di Alba. Diciamo che temeva il nostro giudizio e che ha approfittato della vostra conoscenza universitaria per provare a risolvere la cosa da sola. Il che non la giustifica, ovviamente. Pertanto le chiedo scusa a nome mio e di mia moglie».

Andrea Locatelli lo fissa negli occhi e, suo malgrado, il commissario si sente un po' in imbarazzo. Soprattutto per quella che il viceministro ha definito « conoscenza universitaria ». Mandelli prova a distendere il volto e replica: « Dottor Locatelli, non è il caso di scusarsi. Vostra figlia mi ha chiesto aiuto e in quel momento mi è sembrato giusto offrirglielo. Piuttosto sono io che ho approfittato della momentanea inattività dell'agente scelto Ambrosio coinvolgendola in modo informale. Mi preme soprattutto che non ci siano conseguenze per lei... Marica non ha alcuna responsabilità ».

Locatelli alza una mano e scuote la testa.

« Commissario Mandelli, voglio rassicurarla subito. Non è mia intenzione prendere alcun provvedimento nei suoi riguardi, né tantomeno nei confronti dell'agente scelto Ambrosio. So bene che lei e la sua unità siete impegnati nella risoluzione degli omicidi di Bessa Terzaghi e di Cervignati, e non voglio certo essere io a causare dei problemi all'indagine in un momento delicato come questo. »

Gaia Locatelli guarda suo marito esterrefatta.

« Intendi Claudio Cervignati? L'avvocato? »

« Proprio lui. Nella notte la squadra del commissario lo ha trovato crocifisso al pavimento di casa sua, a San Siro. Ma probabilmente è stato ucciso ieri sera, e prima torturato come Niccolò Bessa Terzaghi » le spiega il viceministro, poi, rivolgendosi anche alla figlia, aggiunge: « Mi raccomando, vi chiedo di attenervi alla solita riservatezza ».

« Oddio, che tragedia! » esclama la donna portandosi le dita alle labbra. « Tra l'altro lui e Niccolò erano molto legati, fin dai tempi di quella faccenda vergognosa... »

Mandelli raddrizza le orecchie ed è tentato di domandare a cosa si stia riferendo. Ma vista la situazione rinuncia, annota mentalmente il particolare e si ripromette di approfondire in seguito. « Sì, dottore, le confermo che siamo molto impegnati. Quindi dobbiamo concentrarci tutti sull'indagine, compresa la Ambrosio, che è pronta a rientrare dopo un periodo di aspettativa. Credo che lei comprenda la spiacevole posizione in cui mi trovo in questo momento, anche nei confronti dei miei diretti superiori. Quindi, se posso, gradirei sapere come intende procedere per la De Bellis. »

Il viceministro resta in silenzio, guarda verso la finestra, si sfrega gli occhi e sospira.

« Capisco benissimo. Forse vi sorprenderà, ma in realtà vorrei chiedervi di continuare a occuparvene... ovviamente in modo discreto e non ufficiale. Perlomeno finché non c'è una denuncia formale o non veniamo a sapere che fine ha fatto Carolina. »

Mandelli prende tempo per riflettere. Con la coda dell'occhio vede i muscoli di Marica Ambrosio tendersi sotto la stoffa dei pantaloni.

Il padrone di casa si piega in avanti, appoggia le mani sulle ginocchia e aggiunge: « So di chiedere molto a entrambi, commissario. Ma vorrei essere aggiornato su ogni aspetto della vicenda. Devo sapere quando e come muovermi per tutelare mia figlia e la mia posizione istituzionale. E non vedo chi meglio di lei e dell'agente Ambrosio possa seguire l'evoluzione dei fatti. Anche perché, vostro malgrado, siete coinvolti fin dall'inizio in questa faccenda ».

Il viceministro sa bene che la sua ultima affermazione suona come una velata minaccia, tuttavia la pronuncia in modo del tutto naturale, come soltanto un politico navigato sa fare.

Mandelli coglie in pieno la sfumatura intimidatoria e cerca di controllare la sua irritazione.

« Se me lo chiede in questi termini non mi lascia altra scelta che accettare, signore. Con tutto il rispetto aggiungo che non posso rispondere a nome dell'agente scelto Ambrosio e che qualcuno dovrebbe comunque informare i nostri superiori di questa... indagine parallela. »

Nel salotto il nervosismo è palpabile. Alba si alza di scatto e guarda suo padre.

« Papà! Mandelli ha ragione. Non puoi costringerli, soprattutto Marica... » dice con aria di sfida.

Andrea Locatelli alza le sopracciglia e fissa sua figlia negli occhi. Passano alcuni secondi in cui nessuno dice nulla, infine una voce ammaliante scioglie la tensione.

« Me ne occuperò anch'io, signor viceministro, ma soltanto con le dovute garanzie richieste dal commissario » dice Marica Ambrosio. « Lasciare i lavori a metà non mi piace e mi sembrerebbe ingiusto soprattutto nei confronti di Carolina e di Alba. E poi ho un conto in sospeso con Lucrezia Lanteri e con quelli che organizzano questi festini. Se hanno fatto del male alla De Bellis la pagheranno. E andare fino in fondo mi sembra il solo modo per tutelare anche lei e la sua famiglia. »

Mandelli intreccia le braccia e si gode quel momento di rivincita. La sua stima per Marica è alle stelle.

« Va bene » dice infine Locatelli. « Informerò subito il ministro e il questore. Voi agirete sotto la mia diretta responsabilità, seppur in modo non del tutto ufficiale. Diciamo che sarà un'operazione riservata. Mandelli, siccome non voglio togliere risorse alla vostra unità mentre siete impegnati sul caso Bessa-Cervignati, mi faccia sapere se avrete bisogno di supporto. Le lascerò il mio numero personale e sarò a sua disposizione per qualsiasi evenienza. Nel frattempo lei faccia reintegrare subito la Ambrosio nella squadra. Per il resto vi chiedo soltanto di tenermi aggiornato e di muovervi sempre con la massima discrezione. »

Dopo una pausa, il viceministro rivolge uno sguardo ammirato a Marica.

« Sono certo che lei sia la persona giusta. Stia dietro a questa Lucrezia Lanteri e veda se la porta da qualcuno. Anch'io voglio sapere chi muove i fili di questa vicenda e colpire i responsabili. »

Adesso sono davanti al portone di ferro. Ormai ha quasi smesso di piovere. Pesanti goccioloni precipitano dall'alto del palazzo schiaffeggiando il marciapiede con un ritmo asincrono e il passaggio continuo delle auto sull'asfalto bagnato genera un fruscio quasi ipnotico.

« Dovete scusarlo. Sembra stronzo ma vi assicuro che non lo è, o perlomeno non così tanto » dice Alba Locatelli con un sorriso.

Mandelli scuote la testa e sbuffa.

« Ma no, Alba, hai ragione. Tuo padre è soltanto un bravo politico che sa come muoversi in certe situazioni. Pensavo che avrebbe minacciato di punirci e invece è stato molto più furbo. Prima ci ha signorilmente chiesto scusa e poi ci ha cotti e impacchettati per bene, legandoci a doppio filo al suo destino. Davvero abile. Ma bisogna ammettere che la mossa di Marica è stata ancora più furba. »

« Io? E cos'avrei fatto? » dice la Ambrosio con aria fintamente innocente.

« Bibi! Bibi! » si sente gridare da sopra le loro teste.

Alzano lo sguardo tutti insieme. Da una finestra del terzo piano spunta il viso di un ragazzino emaciato, con due profonde occhiaie sotto un paio di occhi azzurri come quelli di sua sorella e di sua madre.

Alba alza una mano e lo saluta.

« Arrivo Michi, vai dentro che prendi freddo » dice con dolcezza.

L'adolescente getta un'occhiata sospettosa ai due strani personaggi che parlano con sua sorella e dopo un attimo di esitazione rientra in casa.

« È tuo fratello, vero? » chiede la Ambrosio con una voce ancor più delicata del solito.

« Sì, è Michele. Come ho già spiegato a Marica, è malato » dice a Mandelli. « Ha una forma cronica di leucemia che per fortuna è curabile. Dobbiamo soltanto stare molto attenti che non prenda infezioni o raffreddori... insomma, lo proteggiamo. »

« Capisco, ecco un'altra cosa che non sapevo di te » dice Mario un po' dispiaciuto.

La ragazza scuote la testa in silenzio e cambia argomento.

« Ora che farete? »

« Ci prendiamo un taxi e ce ne andiamo dritti in questura. Marica, la figliola prodiga, riceverà una marea di abbracci affettuosi e io mi rimetterò al lavoro sull'altro caso. »

Alba annuisce soddisfatta e poi li guarda con l'intensità di un cielo azzurro.

« Grazie a entrambi, non so davvero in che altro modo dirvelo. »

« Va bene così, tu nel frattempo stai attenta e se hai novità chiamaci... ci si vede, Alba » dice Mandelli prima di girarsi e allontanarsi insieme alla Ambrosio.

Qualche secondo dopo sentono un richiamo alle loro spalle.

« Aspetta! »

Si fermano.

Alba raggiunge il commissario, gli prende il colletto della giacca, gli stampa un bacio accanto alla bocca e lo stringe forte.

« Ti voglio bene, Mario » gli sussurra nell'orecchio.

46

Il Cacciatore ha fatto bene a seguire le due donne fino a casa della fata e a rimanere nascosto in attesa. Finalmente ne ha la certezza: quei due sono poliziotti che il paparino le ha messo alle costole per controllarla e proteggerla. Li osserva dall'altro lato della strada mentre parlano con lei e sorridono serenamente tra loro con la confidenza dei vecchi amici. Da qualche giorno l'uomo è sparito dall'università e al suo posto è comparsa quella temibile gigantessa. Pentesilea, la guerriera amazzone. Oggi, a dir la verità, somiglia più a uno di quei personaggi ambigui che popolano i fumetti di Corto Maltese. Il Cacciatore la teme. L'ha vista all'opera nel bar dell'università, quando con una semplice occhiata è stata capace di scovarlo in mezzo a quel gruppetto di ragazzi. Ci è mancato davvero poco. Si è salvato soltanto perché conosce a menadito ogni angolo dell'ateneo e ha trovato una via di fuga sicura. Tutto sommato è stato anche eccitante, pensa con un brivido di piacere mentre studia l'improbabile terzetto. All'improvviso qualcuno si affaccia a una delle finestre della casa e i tre alzano lo sguardo. Da lì non riesce a vedere né a sentire nulla, i rami degli alberi nascondono parte della scena e il rombo del traffico soffoca implacabilmente ogni altro suono. Nota soltanto che la fata gesticola verso il palazzo e poi si volta per spiegare qualcosa ai due sbirri.

Restano ancora lì a parlare per un po'. Intanto il Cacciatore si nasconde dietro un furgone in divieto di sosta. Da lì ha una visuale decisamente migliore. La fata dice qualcosa ai poliziotti che la salutano e si allontanano verso le strisce. A un certo punto li richiama, si avvicina al poliziotto, gli dà un bacio e l'abbraccia forte. I due restano lì, sospesi in quel momento d'intimità che nella mente malata del Cacciatore suona come una sfida inaccettabile. Arretra e si appoggia contro la carrozzeria. Ansima. Chiude gli occhi e cerca di prendere fiato, ripensa a quel bacio e una rabbia feroce gli dilaga dentro. Stringe i pugni e sente le unghie affondare nel palmo delle mani. Neppure il dolore lo distoglie dal desiderio di vendetta. La fata dovrà pagare per quell'ennesimo affronto. Poi toccherà anche a quel maledetto ficcanaso che si è messo tra loro.

Mentre si allontana dal furgone il Cacciatore ripassa il suo piano e torna finalmente a respirare a pieni polmoni.

« Ecco il suo caffè, maggiore » dice l'appuntato Garavaglia mentre entra nell'angusto ufficio ospitato nel prefabbricato da cantiere. « Ho selezionato due palline di zucchero, spero che vada bene » aggiunge prima di posare il bicchierino fumante sulla piccola scrivania di metallo.

Il maggiore Zurlo lo ringrazia con una specie di mugugno. Per non scottarsi artiglia il bichierino di plastica con due dita e fa segno al giovane collega di accomodarsi sul divano scassato che occupa l'altro lato della stanzetta.

Alza gli occhi sugli operai che lo guardano speranzosi e intanto gira la paletta nel liquido bollente. Poi ingurgita in due sorsi l'oscura brodaglia che quello sciagurato padano di Garavaglia ha osato chiamare caffè. Un gusto di miscela industriale e plastica bruciata gli aggredisce il palato, e allora si impone di pensare che fuori piove e fa freddo, accontentandosi del triste conforto che quella bevanda di fortuna gli regala.

« Allora, dove eravamo rimasti... » dice allungando gli stivali infangati sotto la scrivania. « Ah, sì... quindi voi siete davvero sicuri di non aver mai visto quella donna prima di oggi? »

Il primo a rispondere è il gigantesco Bonometti, paradossalmente il più fragile dei due testimoni.

« Sì, capitano. »

« Maggiore » puntualizza per l'ennesima volta Zurlo.

« Sì, mi scusi. Mi creda, maggiore, noi quella povera ragazza non l'avevamo mai vista prima. »

Abdeladim Ayoub muove la testa in un tacito sì, poi scioglie le braccia conserte e conferma la tesi del collega.

« È così, maggiore, noi non abbiamo mai visto lei fino a due ore fa. Giuro. E poi abbiamo già raccontato tutto... molte volte. »

« Va bene, ho capito. Voi due potete tornarvene a casa. Lo stabilimento resterà chiuso fino a nuovo ordine. In ogni caso tenetevi a disposizione, verrete convocati presso il comando di compagnia di San Donato per rilasciare le vostre deposizioni. Vi chiameremo noi, ora andate pure. »

I due operai salutano e lasciano frettolosamente l'ufficio. Nello stanzino c'è odore di sudore e di stoffa bagnata. Zurlo si alza, va ad aprire la finestrella e mette il fermo, poi va verso la porta e apre anche quella. Nella piccola anticamera dell'ufficio c'è il direttore dello stabilimento, impegnato in un'animata telefonata con i suoi capi, a cui sta comunicando il sequestro preventivo. L'uomo alza lo sguardo, preme il cellulare contro il petto e indica se stesso. Zurlo gli fa segno di no e quello riprende di malavoglia la conversazione.

Il maggiore si ferma sulla soglia. Un membro dei RIS in tuta bianca scende da un'auto con i lampeggianti accesi e corre verso di lui. Quando arriva a pochi metri dall'entrata abbassa il cappuccio. Il capitano Maria Grazia Necchi ha il volto pallido. Si mette al riparo sotto lo spiovente della baracca e toglie i guanti di silicone. Zurlo si sposta e la invita a entrare.

« Avete finito? » chiede cortesemente.

La donna si passa una mano tra i capelli neri, li riavvia muovendo rapidamente le dita e si guarda intorno.

« Non ancora, ma volevo aggiornarti » dice in tono sbrigativo. « C'è qualcosa di caldo da bere? »

Zurlo le indica il distributore automatico nell'angolo dell'anticamera e intanto la conduce verso il piccolo ufficio.

« Vieni, Maria, chiediamo a Garavaglia di prenderti qualcosa. »

Lei annuisce, si libera delle ghette inzaccherate ed entra nella stanza.

L'appuntato si alza dal divano e accenna un saluto militare, la Necchi lo ferma.

« Comodo, appuntato, comodo. »

« Garava', puoi portare un tè caldo al capitano e due bottigliette d'acqua? »

« Con piacere » risponde il giovane militare, e sparisce oltre la porta.

Mentre Zurlo raggiunge la sua poltroncina, la Necchi si mette sulla sedia di fronte.

« Che tempo di merda » commenta il capitano alzando gli occhi sul soffitto di metallo grigio.

« *L'acqua e 'a mort, stanno areto 'a port*, Mari'... un proverbio perfetto per una giornata schifosa come questa » chiosa Zurlo.

« Veramente, Marcello. 'Sta povera ragazza ha fatto davvero una fine terribile. »

« Com'è morta? » domanda il maggiore.

« L'hanno colpita alla testa, almeno tre volte. »

« Con cosa? »

« Così su due piedi è difficile a dirsi. Però credo che si tratti di un oggetto contundente, pesante ma di dimensioni ridotte. Forse un grosso sasso, oppure un oggetto d'uso comune, come un soprammobile con una superficie liscia. Certamente non un martello né un oggetto appuntito... ci sarebbero delle ferite di profondità, lacerazioni più marcate del cuoio capelluto e quelle che noi chiamiamo fratture a stampo. In questo caso la morfologia delle fratture invece parla chiaro, sono a mappamondo, depresse e infossate. I traumi sono profondi ma uniformi, come se fossero stati inferti dei colpi ripetuti e di forza crescente che hanno causato lo sfondamento della calotta cranica e la conseguente emorragia cerebrale. C'è stata certamente una cospicua perdita ematica, Marcello. E qui siamo davanti alla prima anomalia. »

« Cioè? » domanda Zurlo.

« Sul luogo del ritrovamento non ci sono tracce di sangue. Nonostante la pioggia avremmo dovuto trovarle nel terreno o sui vestiti, invece zero. Niente sangue. »

« Quindi chi l'ha uccisa lo ha fatto altrove, l'ha vestita con quello stupido costume e poi l'ha portata qui. »

« Direi che i primi riscontri parlano chiaro. Quando verrà effettuata l'autopsia avremo un'indicazione sull'ora della morte. E sapremo anche per quanto tempo il cadavere è rimasto in posizione supina e, soprattutto, in quali condizioni è stato tenuto in precedenza. »

Nel frattempo Garavaglia entra con un vassoio. Posa delicatamente un bicchierino colmo di tè gialliccio davanti alla Necchi e mette le due bottigliette d'acqua sul ripiano. Poi preleva il suo cappuccino e una barretta al cioccolato e si siede sul divano. Zurlo punta avidamente lo snack e maledice se stesso per non averci pensato. La Necchi lo guarda con i suoi occhi intensi.

« Maria, un istante fa hai parlato di prima anomalia... quali sarebbero le altre? » chiede Zurlo cercando di non farsi distrarre da pensieri sconvenienti sul suo superiore.

Il capitano beve due sorsi del presunto tè e fa una smorfia disgustata. « Be', tu l'hai vista la ragazza, no? » replica mentre svita il tappo di una delle bottigliette.

« Sì, certo, poco prima del vostro arrivo. Spero che i miei abbiano fatto un buon lavoro, tra l'altro. »

La Necchi sorseggia l'acqua fresca e si appoggia allo schienale.

« Sì, dai. I ragazzi hanno fatto meno casino del solito... diciamo che state migliorando » dice con un sorriso ironico. « Quindi ti sarai fatto un'opinione su quella mascherata... intendo dire il vestito da fata turchina. »

Zurlo annuisce. « Una cosa davvero strana, al limite dell'assurdo » dice convinto.

« Infatti a me tutta 'sta faccenda sa tanto di depistaggio » insiste la Necchi.

« Spiegati meglio, voglio vedere se la pensiamo allo stesso modo. »

« Ma scusa... se si tratta davvero di un pervertito mi sembra anomalo che l'abbia uccisa da un'altra parte e poi l'abbia portata fin qui. Inoltre l'ha rivestita e messa in posa sotto il diluvio di questi giorni e, oltretutto, a pochi passi da un cementificio... ma dai! »

« Sono d'accordo con te » dice il maggiore. « Non ha alcun senso portarla qui, in un'area industriale, e occultare il corpo in modo così goffo. »

« Vero. Ma la tua ipotesi forse non è del tutto esatta. Prova a vederla da una prospettiva diversa » suggerisce la Necchi.

« Cosa vuoi dire? »

« Che non è del tutto vero che non ha senso. Anzi, ne ha molto se chi l'ha uccisa voleva che noi trovassimo il corpo. E soprattutto che lo trovassimo vestito così. »

« Insomma, lo hanno fatto per prenderci per il culo » conclude Zurlo.

« Per prenderci per il culo... o per imbeccarci, scegli tu l'opzione che ti fa incazzare di meno. »

I due restano in silenzio per un momento. L'appuntato

Garavaglia li guarda come uno spettatore davanti a un'appassionante serie televisiva che qualcuno ha messo in pausa. Ha già bevuto tutto il cappuccino e ora sta scartando lo snack per gustarselo insieme al seguito della storia.

La Necchi lo accontenta con un primo colpo di scena.

« A conferma della tesi c'è anche questo » dice tirando fuori il cellulare dal tascone della tuta di polietilene. Apre una foto e la mostra al maggiore. Sullo schermo c'è l'immagine di un fazzoletto bianco stropicciato, con tre lettere ricamate in blu: C.D.B.

« Le iniziali della vittima? » chiede Zurlo quasi a se stesso.

« Molto probabile. »

« Alla faccia dell'imbeccata! »

Maria Grazia Necchi si gode l'espressione sorpresa di Zurlo, tira fuori un paio di guanti di cotone bianco, li indossa e si prepara per il gran finale.

« Il fazzoletto lo abbiamo ritrovato stretto tra le mani della vittima... insieme a questa » dice estraendo una busta di plastica per le prove e facendola ondeggiare.

La apre, fa scivolare una scatolina metallica sul palmo e solleva il coperchio a pressione. Facendo molta attenzione pizzica con la punta delle dita un foglio di carta ripiegato e con delicatezza lo distende sulla plastica della busta. Zurlo si alza e si posiziona dietro le spalle della Necchi. Anche Garavaglia non resiste alla curiosità. Lascia il posto da spettatore e va ad affiancare il suo superiore.

Tutti e tre trattengono il fiato mentre i loro occhi si inchiodano su una strana frase scritta a mano: *Ogni volta che un bimbo dice: « Io non credo alle fate », c'è una fatina che da qualche parte cade a terra stecchita.*

Poi restano lì, come un fotogramma immobile, mentre la pioggia riprende vigore e scatena la sua danza sul tetto metallico del prefabbricato.

47

Il commissario lascia che la voce di Frank Sinatra canti ancora per qualche secondo, poi estrae il cellulare dal giaccone e contempla dubbioso lo schermo.

Prima di rispondere appoggia la testa sul sedile del taxi e osserva la città dal finestrino. La rotonda di largo Cairoli è intasata dal traffico e sullo sfondo la massiccia torre del Filarete domina imperiosa le mura luccicanti del Castello.

Per la verità il commissario avrebbe potuto rispondere anche prima. Ma troncare a metà il meraviglioso crescendo di *My Way* sarebbe stato criminale. Soprattutto per uno che i crimini li deve risolvere e non commettere.

« Mandelli » sbuffa stancamente nel telefono mentre gli occhi arrossati si posano sulla nuca del tassista.

« Non so cosa cazzo hai combinato e nemmeno perché, ma se vuoi che anche stavolta ti pari il culo devi almeno dirmi qualcosa. È il minimo sindacale, porca troia! »

La voce del vicequestore Pinducciu fa lo stesso rumore di un nuraghe che crolla.

« Capo, mi dia almeno il tempo di rientrare in ufficio, no? Sarei venuto subito a parlargliene » si difende Mandelli.

Marica Ambrosio lo guarda preoccupata, il commissario aggrotta le sopracciglia e scuote la testa rassicurandola. Pinducciu intanto torna all'attacco.

« Vai a cagare, Mandelli! Mi ha appena chiamato il questore con una voce tutta miele e zucchero filato dicendomi di darti ogni appoggio possibile per la tua missione riservata... un incarico talmente segreto che io non ne so una benemerita minchia. Gli ho timidamente ricordato che abbiamo un caso molto impegnativo da risolvere e a momenti mi sbrana. Mi ha detto che tu sai benissimo cosa devi fare e che io devo soltanto assecondarti, seguendo le tue direttive senza fare domande.»

«Due cose che per lei sono praticamente impossibili» sussurra il commissario con un sogghigno.

Gli scappa da ridere, ma sa benissimo che quando Pinducciu precipita in questo stato d'animo diventa infiammabile come una bombola di propano e che basterebbe una piccola scintilla per far detonare l'intera questura. Perciò smette di provocarlo, si scusa e inizia a spiegare la storia della De Bellis, tacendo nomi e cognomi illustri per evitare che il tassista si incuriosisca più del dovuto. Quando finisce di raccontare, Pinducciu resta in silenzio per un po', e poi la linea riprende vita.

«Porca puttana, Mario. Tu non ce la fai proprio a non incasinarti l'esistenza, eh? Vedi cosa vuol dire andare in giro a fare il marpione con le universitarie?» dice maliziosamente il vicequestore, segno che la sua arrabbiatura ormai è archiviata.

«Non mi pare il caso di scherzare, capo, le ricordo che in ballo c'è proprio la vita di una di quelle studentesse.»

«E soprattutto il culo del viceministro, mi viene da dire.»

«Già, quello teniamolo entrambi ben presente.»

Dopo un attimo di pausa Pinducciu prende la sua decisione. «Dai, diamoci da fare! Intanto mandami subito su la Ambrosio, che la rimettiamo ufficialmente al lavoro. Tu fammi sapere come intendi muoverti, così mi regolo di conseguenza. E ricordati che se mi terrai aggiornato io ti darò una mano come sempre. E non scherzo.»

«Va bene, Salvatore, lo farò. Ti ringrazio» dice Mandelli passando al tu.

« Mario... »

« Dimmi. »

« Sia chiaro che lo faccio soprattutto per te e per quella ragazza, la De Bellis. Non certo per salvaguardare il tenero culetto del viceministro o le ambizioni carrieristiche del questore » dice Pinducciu prima di interrompere bruscamente la conversazione.

Mandelli resta lì con il cellulare in mano, poi lo fa scivolare nella tasca della giacca e guarda compiaciuto verso Marica. Quando scendono dal taxi il commissario la prende sottobraccio, le dà alcune brevi istruzioni e la guarda entrare in questura. Prima di rimettersi al lavoro inspira l'aria umida della città e riflette sul tono schietto e sincero delle parole di Pinducciu. Al netto di tutti i suoi difetti caratteriali, quella vecchia volpe gallurese possiede la qualità più importante. L'assoluta lealtà nei confronti dei propri colleghi.

Mezz'ora più tardi Mandelli ha finito di parlare con il questore, che ha voluto garantirgli tutto il supporto necessario. Operativo e morale, ha tenuto a specificare il capo. Il commissario sorride amaramente e pensa che nella vita c'è sempre qualcuno più importante di noi a cui rendere conto.

E la cosa vale per tutti. Come in cielo, così in terra.

Nell'istante in cui formula quel pensiero ecumenico, la Donati infila la sua chioma rossa nell'ufficio.

« Ciao, Gabriella. Dimmi tutto » dice il commissario guardando quel volto lentigginoso e familiare.

« Ciao, Mario » saluta confidenzialmente la giovane, come fa sempre quando sono soli.

La Donati avanza nella stanza, riordina i fogli che ha in mano e poi alza la testa.

« Ce l'abbiamo » afferma soddisfatta.

«Cosa?»

«Il titolo del libro che manca dalla biblioteca di Niccolò Bessa Terzaghi! Quello che probabilmente l'assassino si è portato via.»

«Davvero? Come fate a esserne sicuri?»

«Abbiamo incrociato l'elenco ritrovato sul computer della vittima con la lista dei volumi presenti sulla scena del crimine. Un lavoraccio, abbiamo passato centinaia di titoli in latino, italiano, francese e tedesco.»

«Bravi. Immagino che tu e Vacirca vi siate irrimediabilmente appassionati alla biblioteconomia.... Allora, mi dici qual è il titolo?»

«Sì, certo, scusa... si chiama... ecco.» La Donati trova l'appunto preciso e recita: «*Compendio dell'arte essorcistica et possibilità delle mirabili et stupende operationi delli demoni et de' malefici*».

Mandelli la guarda con una faccia stranita.

«Se ho capito bene è una sorta di manuale per esorcisti...» dice con gli occhi accesi dall'interesse.

L'assistente capo annuisce. «L'autore è un tale Girolamo Menghi. Il libro è stato stampato a Bologna nel 1576. Te lo lascio» dice la Donati posando la nota sulla scrivania.

Il commissario riflette su quella notizia e il suo cervello si mette in moto.

«Una cinquecentina...» sussurra.

Osserva a lungo il foglio e poi guarda la collega.

«Gabriella, a che punto siamo con la lista degli amici di Bessa Terzaghi? Abbiamo già tutti i loro riferimenti?»

«Sì. Credo di sì... perché?»

«Quel collezionista di libri» dice facendo schioccare il pollice e il medio, «com'è che si chiama?»

«Philippe qualcosa, ma Vacirca lo sa certamente.»

Il commissario digita il numero interno di una delle postazioni dell'open space. Poco dopo risponde una voce nasale.

«Nicola, mi dici come si chiama il libraio amico di Bessa Terzaghi? Sì, quello francese. Dettamelo, lettera per lettera, per favore... *D-u-c-o-e-u-r*... Okay, Ducoeur. Come il nostro *del cuore*, giusto? Bene. Mi mandi il suo numero di telefono? Grazie, più tardi lo chiamo.»

Quando il commissario mette giù, la Donati lo saluta e si avvia verso la porta.

«Gabriella, sai per caso dove sono finiti Casalegno e la Dei Cas?»

«Credevo lo sapessi... sono da Zilli, che ha organizzato una festicciola per il reintegro di Marica. Io e Vacirca siamo appena tornati, ho visto che eri in ufficio e sono venuta subito ad aggiornarti sul libro. Anzi, se non hai più bisogno di noi tra poco ce ne andiamo a casa.»

«Ah, bene... Quando sono rientrato io manco una gazzosa al bar mi hanno offerto!» esclama il commissario.

La Donati lo guarda dispiaciuta.

«Sto scherzando, Gabriella. Marica mi ha mandato un messaggio. L'intenzione era quella di festeggiare anche il mio ritorno, ma me ne sono completamente dimenticato. Tu e Vacirca andate pure con Dio» la tranquillizza Mandelli facendo il segno della croce con la mano.

«E a Santosuso cosa dico?»

«Porta la mia benedizione anche a lui e digli che può togliersi dai maroni fino a lunedì.»

«Ma poverino...» protesta ridacchiando la Donati.

«Vedrai che lo farai felice, fidati.»

Quando la porta elettrica del laboratorio di Samuele Zilli si apre, Mandelli li trova tutti lì a festeggiare.

Marica e Mac sono appoggiati al grande tavolo centrale, entrambi hanno in mano un bicchiere di plastica trasparente con un residuo di spumante. Il viceispettore Dei Cas sta bevendo la sua dose di bollicine mentre la fetta di pizza che ha nell'altra mano si inclina verso il pavimento sotto lo sguardo preoccupato di Zilli. Casalegno prende il vino e riempie un bicchiere, si avvicina a Mandelli e glielo porge insieme alle sue scuse.

« Perdonami, Mario. Ero nervoso e sono stato un coglione » ammette sinceramente pentito.

« Diciamo che la prima è la variabile giustificabile. Invece la seconda è una costante indiscutibile. Lasciatelo dire, a volte sei proprio un pirla! » commenta Mandelli mentre prende il bicchiere.

Casalegno sorride e alza il suo in una sorta di brindisi.

« Hai ragione, papà. Bentornato. »

« Ma vaffanculo, Antonio. Prima o poi però mi racconti cosa sta succedendo con Stefania, così ci togliamo il pensiero » ribatte Mario sottovoce.

Cinque minuti dopo la festicciola è finita. Mandelli è in attesa di ascoltare il report di Zilli, mentre tutti gli altri hanno già preso posto intorno a loro.

« Allora... » incomincia Mac indicando la consolle dei computer. « Io e il viceispettore Dattoli stiamo analizzando tutte le tracce digitali relative all'omicidio di Bessa Terzaghi. Abbiamo anche finito di visionare le immagini dei servizi televisivi girati quando siete stati circondati dai giornalisti fuori dalla villa, entro lunedì conto di dirvi qualcosa di più su entrambi i fronti. Adesso invece vorrei rivedere insieme a voi il video della telecamera esterna di casa Cervignati. Le immagini sono abbastanza chiare ma a me non dicono molto. »

Samuele muove un mouse sul piano della scrivania e gli schermi si riavviano all'unisono. Sul monitor centrale compare il profilo in bianco e nero di una persona ripresa dall'alto. Zilli avvia il video. L'uomo è vestito di scuro, la testa nascosta da un cappuccio. Armeggia per qualche istante con la porta a vetri che poco dopo si apre e lo inghiotte. Il tutto dura una quarantina di secondi.

« In sintesi: l'uomo, che non è identificabile, forza la serratura ed entra nell'edificio, nient'altro. Cervignati è entrato una decina di minuti prima » conclude Zilli mentre manda indietro le immagini per mostrare l'avvocato che apre il portone.

« E qui siamo davanti alla prima incongruenza » dice la voce della Dei Cas.

Mandelli la osserva e ripensa al suo alter ego elegante che ha conosciuto durante la notte. Adesso Caterina indossa di nuovo la sua corazza da lavoro: giubbotto di pelle, dolcevita nero e jeans grigi. Oltre agli immancabili anfibi.

« Spiegati meglio, per favore » la sollecita gentilmente il commissario.

« Partiamo da un dato di fatto: da ciò che si vede, questo pazzo avrebbe forzato la serratura del portoncino ma non quella di casa, sulla quale non ci sono segni di scasso. Il che ci fa presumere che possa essere stato lo stesso Cervignati ad aprirgli la porta. Oppure, in alternativa, che il nostro assassino avesse le chiavi per entrare... giusto? »

Gli altri annuiscono convinti.

« E allora vi faccio una domanda. Voi fareste entrare uno sconosciuto che si presenta direttamente alla porta di casa senza che prima gli abbiate aperto il portone? Io no. Ma di sicuro mi domanderei come cazzo ci è arrivato, lì sul mio pianerottolo, a quell'ora della notte. E la cosa mi allarmerebbe molto... »

Nessuno la interrompe e lei va avanti.

« Quindi, a meno che non lo conoscesse personalmente, o magari intimamente, escluderei che sia stato Cervignati ad aprirgli. Il che lascia in piedi solo la seconda ipotesi » conclude la Dei Cas.

Mandelli riflette e fa sì con la testa.

« Ovvero che avesse un doppione delle chiavi. »

« Ma se le avesse avute avrebbe aperto anche il portone, mentre le immagini mostrano l'uomo che... » dice Casalegno.

« Samuele, puoi tornare indietro sulla sequenza del sospettato? » lo interrompe il commissario. « E riesci a zoomare sulla serratura e sulle mani? »

Il tecnico muove il mouse e in poche mosse l'inquadratura si focalizza sul particolare richiesto.

« Ecco » dice Mandelli indicando lo schermo. « Lo vedete? »

Nel frattempo Zilli mette in loop i fotogrammi ingranditi.

Casalegno si avvicina, allunga il collo e osserva i dettagli della scena.

« Apparentemente non c'è niente di strano » dice scuotendo la testa.

« Non è del tutto vero, ispettore. Diciamo che non si vede niente di strano » spiega la voce di Marica Ambrosio. « Non si vede perché in realtà in mano non ha nessun attrezzo da scasso... probabilmente invece ha un mazzo di chiavi. Guardate bene quel riflesso metallico che a un certo punto passa dalla mano sinistra alla destra. »

Tutti si concentrano sulle immagini rallentate.

« Cazzo, è vero. Apre con la sinistra e poi passa le chiavi nella destra. Che figlio di puttana! Sapendo della telecamera, ha fatto finta di scassinare il portone per depistarci e per non farci capire che in realtà le aveva » dice Casalegno.

Restano in silenzio riflettendo su quell'importante rivelazione. Tocca a Mandelli sintetizzare il pensiero comune.

« E allora in qualche modo i due si conoscevano! Magari non bene. Forse frequentava lo studio legale o i luoghi in cui andava abitualmente Cervignati. In ogni caso era una persona abbastanza in confidenza con l'avvocato, al punto da potergli rubare le chiavi e farne una copia» dice sovrastando il ronzio dei computer e dell'impianto di aerazione.

«Oppure conosceva il suo amante, Giorgio Palmieri. Può averle sottratte anche a lui» suggerisce la Dei Cas.

Mandelli le rivolge uno sguardo perplesso.

«Teniamo presente anche la tua ipotesi, Caterina. Ma scommetto quello che volete che l'assassino conosceva personalmente Cervignati. Era informato su ogni dettaglio della sua vita, la casa, lo studio, le sue abitudini. Così come sapeva tutto di Niccolò Bessa Terzaghi e della villa.»

Poi prende fiato ed emette una sentenza definitiva. «In realtà, a pensarci bene, credo che 'sto gran pezzo di merda conosca benissimo tutte le sue vittime.»

48

«E tu come fai a saperlo?» chiede Isabella Colaussi contemplando le tristi aiuole del cortile attraverso il vetro bagnato.

«Lo so perché, a differenza tua, io ho delle buone fonti» risponde tra il serio e il faceto la voce dello Spettro. «Mi sorprende che voi del grande giornale a quest'ora non abbiate ancora avuto una soffiata dalla questura.»

La giornalista si mordicchia dubbiosa una pellicina del mignolo, intanto vede arrivare due dirigenti della *Gazzetta* e volta le spalle appiattendosi in un angolo dell'area caffè. Ai piedi della torre di vetro, simbolo della nuova era del gruppo editoriale, alcuni scansafatiche si avviano verso le redazioni affrettando il passo e stringendosi sotto gli ombrelli.

«E perché lo dici proprio a me?» sussurra nel cellulare la Colaussi. «Non hai qualche collega a cui tieni di più?»

«Te l'ho spiegato, no? Il capo mi ha affidato un'inchiesta importante. Ho una pista sulla bancarotta di quel fondo d'investimento che ha truffato mezza Italia, dovresti averne sentito parlare.»

Certo che ne ha sentito parlare, con tutti quei vip coinvolti è la notizia del giorno. Ma Isabella non risponde. Annoda i capelli con le dita, fa un cenno di saluto ai due colleghi che studiano indecisi la lista del distributore automatico e imbocca il corridoio che porta verso i bagni.

«Ho pensato a te prima che a chiunque altro, Isabella»

dice lo Spettro in tono seduttivo. « Perché dovrei passare l'informazione a qualche odioso collega quando posso fare un regalo a una donna affascinante come te? »

La giornalista fa una smorfia soddisfatta, quell'uomo sa come solleticare il suo ego. Ha pensato molto al loro incontro fortuito davanti alla villa di Bessa Terzaghi. A dirla tutta, avrebbe voluto che lui la richiamasse già la sera prima.

Finge disinteresse ma in realtà sorride, si appoggia alla parete del corridoio e dopo qualche secondo risponde: « Ma quindi, tu sei certo che Claudio Cervignati sia stato ucciso in casa sua? »

« Più che certo! Come se lo avessi visto di persona. Anche se, a quanto ne so, l'aggettivo trucidato sarebbe più calzante » conferma laconico lo Spettro. « E non è tutto... pare che tra Bessa Terzaghi e l'avvocato ci fosse un legame profondo, nato da un misterioso fatto personale che risale a molti anni fa. Forse l'assassino li ha presi di mira proprio per quel motivo. Basterebbe sapere qual è... »

La Colaussi ormai è totalmente incuriosita ed elettrizzata, e non soltanto per la clamorosa soffiata.

« Interessante. Chissà quante altre cose eccitanti potresti raccontarmi... »

Non sa nemmeno come possa aver pronunciato una frase simile, ma ormai lo ha fatto e adesso si morde il labbro in attesa di una reazione.

Quando lui esplode in una risata si sente come una che ha passato un esame. Si gode la spontanea allegria della sua voce, immaginando l'espressione intrigante di quell'uomo misterioso.

« E perché no, Isabella? Dipende se vuoi davvero ascoltarle, tutte le cose che ti voglio dire... » sussurra malizioso lo Spettro.

« Allora facciamo stasera a cena. Da me? » propone la Colaussi, abbandonando qualsiasi ritegno.

Restano entrambi appesi a quel silenzio carico di aspettative finché lui non si decide a rispondere.

« Certo, tesoro. Devi solo mandarmi l'indirizzo e l'ora. »

Non appena la connessione si stabilizza, Mandelli si trova faccia a faccia con un distinto signore di circa settant'anni. Il volto gioviale e la calvizie evidenziano un naso aquilino stretto tra due occhi scuri come il carbone, pervasi da una febbrile vitalità. Sui lati del cranio, radi ciuffi di capelli bianchi nascondono a malapena le grandi orecchie mediterranee. Tra le labbra sottili l'uomo stringe il bocchino di una pipa, mentre dal taschino della giacca spunta una pochette di seta gialla che dà un tocco eccentrico all'elegante completo sartoriale. Sullo sfondo incombe uno scaffale zeppo di libri antichi, la cornice ideale per inquadrare quella figura autorevole.

« Buon pomeriggio, commissario Mandelli » lo saluta Philippe Ducoeur in un italiano perfetto, sporcato da un lieve accento francese.

« Anche a lei professore, lieto di conoscerla » risponde Mario con una certa deferenza.

Prima di mandargli un messaggio e accordarsi per la videochiamata, Mandelli ha fatto una ricerca in rete e ha scoperto che Ducoeur, oltre a essere uno dei più stimati e affidabili librai antiquari di Francia, è laureato in storia alla Sorbona e tiene un prestigioso master in « Libri rari e scienze umanistiche » presso l'università di Besançon.

« La prego commissario, diamoci del tu, come dite voi in Italia. »

« Con piacere. Allora per prima cosa ti ringrazio per aver accettato di vederci con così scarso preavviso. »

« Oh, *pas de problème.* Oggi sono impegnato nella valutazione di una collezione privata. Sinceramente ne farei anche a meno ma, come diceva il vostro grande Cesare Pavese, 'per disprezzare il denaro bisogna averne, e molto'» commenta Ducoeur con una fragorosa risata.

«Magari averne tanto quanto il tuo amico Bessa Terzaghi...» dice Mario riportando la conversazione sul motivo della videochiamata.

Ducoeur posa la pipa e riflette per un momento.

«Direi che Niccolò aveva uno strano rapporto con il denaro. Come capita a molti di quelli che nascono ricchi, lo considerava più che altro un mezzo per soddisfare i suoi capricci intellettuali. Ma in realtà aveva un rapporto strano con la vita in generale.»

«Capisco. Sua nipote Carlotta ci ha detto che eravate amici... Tu come hai saputo della sua morte?» domanda Mandelli avvicinandosi allo schermo.

«Ho letto la notizia su internet e poi ho chiamato Lotti per informarmi meglio e farle le mie *condoléances*, ovviamente» dice il libraio concedendosi un attimo prima di procedere. «Per quanto riguarda il rapporto con Niccolò, però, non lo definirei esattamente un'amicizia, caro commissario.»

«Ah, in che senso?»

«Non credo che lui avesse dei veri amici. Aveva piuttosto quelli che definirei dei 'conoscenti selezionati'. Ognuno scelto a seconda delle sue... come dire... peculiarità, ecco.»

Il professore prende la pipa e la picchietta contro un posacenere di cristallo.

«Niccolò e io eravamo un po' come due innamorati della stessa *femme*, che parlano soltanto del loro oggetto del desiderio, non so se mi spiego... ci accomunava l'ardore intellettuale per i libri antichi, gli incunaboli, le cinquecentine e le edizioni rare. Con la differenza che per me quella passione era anche un *métier*, mentre per lui era un vero *amour fou.* Tra di noi discutevamo sempre di quello. Due o tre volte a settimana, negli ultimi dieci anni. Lui viveva per i libri e, in un certo senso, era un fedele. Anzi no, un fanatico. Era fermamente convinto che il contenuto di certi testi potesse influenzare il destino delle persone. Non ho mai conosciuto nessun altro che avesse questa folle convinzione, commissario.» Ducoeur apre un sacchetto di tabacco, carica la pipa e avvicina la fiamma di un accendino al fornello. Mario percepisce il rumore delle boccate e poi vede una nuvola di fumo azzurro annebbiare lo schermo. Gli sembra quasi di percepire la fragranza della miscela che brucia. Per un momento il libraio somiglia a un bonario mefistofele a cui le sopracciglia irsute regalano un'espressione farsesca.

«Non mi fraintendere, Mandelli. Anche se non era un vero amico, Niccolò era una persona a cui ero affezionato e la sua morte mi ha scosso. Soprattutto se è vero quello che ho letto sulle torture che ha subito. Mi domando chi possa essere stato così crudele. È una fine davvero terribile» dice Ducoeur scuotendo il capo.

«Philippe, ora ti devo rendere partecipe di una cosa molto riservata sulla quale ho bisogno del tuo prezioso consiglio. Considerala una consulenza professionale che ti obbliga al silenzio. Tra l'altro gratuita, purtroppo per te» dice il commissario sorridendo.

Il libraio ricambia il sorriso e acconsente con un cenno del capo. Mandelli va dritto al punto.

«Siamo certi che l'assassino abbia sottratto un libro dalla biblioteca di Bessa Terzaghi, un volume che lui aveva nascosto in un comparto segreto e che, evidentemente, riteneva molto prezioso.»

«Quale?» domanda Ducoeur per nulla sorpreso.

Mario guarda verso i suoi appunti.

«È il *Compendio dell'arte essorcistica et possibilità delle mirabili et stupende operationi delli demoni et de' malefici*, di Girolamo Menghi.»

«Quale edizione?»

«Quella del 1576, edita a Bologna» dice pronto il commissario.

«La migliore. È quella firmata da Ioannes Rossius, della stamperia di Mercurio» aggiunge Ducoeur.

«Prego?»

«Era uno dei nomi d'arte dell'editore, Giovanni Rossi, un importante stampatore della scuola veneziana che si era trasferito a Bologna nella seconda metà del sedicesimo secolo. Lì aveva ricevuto il titolo di stampatore episcopale e aveva diretto la Società tipografica bolognese. L'insegna della stamperia rappresentava il dio Mercurio.»

«E questo Menghi, invece?»

«Fra' Girolamo? Era un prete demonologo molto famoso nel Cinquecento. Apparteneva all'ordine religioso dei Minori Osservanti. Incominciò la sua lunga attività esorcistica a Bologna e la praticò in tutta l'Italia del Nord. Era noto come 'il Viadana', dal nome della cittadina vicino a Mantova in cui era nato e dove morì. Fu molto avversato per i suoi metodi. Alcuni medici dell'epoca lo accusarono esplicitamente di utilizzare la metodologia esorcistica a fini educativi, soprattutto nei confronti delle fanciulle in odore di stregoneria. Qualche studioso afferma che il Menghi fu tra i primi a teorizzare e usare il trattamento del silenzio.»

«Cioè?» lo interrompe incuriosito il commissario.

«Si definisce così la pratica di mantenere il silenzio verbale nei confronti di una persona e di manifestare disprezzo nei suoi confronti soltanto attraverso i gesti. Se viene esercitata in modo duraturo si trasforma in un abuso emotivo molto crudele per chi lo subisce. Ci sono numerosi studi recenti che lo considerano una forma di grave punizione manipolativa.»

Il libraio tira una lunga boccata dalla pipa.

« Se ci pensi bene, Mandelli, il fine ultimo di uno pseudoesorcista o di un inquisitore è manipolare il soggetto per farsi dire ciò che vuol sentirsi dire. Una confessione, l'ammissione di essere una strega o di essere posseduti dal demonio, oppure una falsa testimonianza nei confronti di qualcuno che si vuole colpire. Non a caso nel Cinquecento il silenzio era una pratica molto utilizzata da alcuni ordini religiosi, soprattutto dai domenicani. Prese il nome di 'trattamento' soltanto a partire dall'Ottocento, quando veniva usato sistematicamente nelle prigioni come terapia per spersonalizzare i detenuti e renderli succubi del sistema carcerario. Adesso se ne parla perché è un abuso piuttosto diffuso sul posto di lavoro e all'interno delle dinamiche famigliari. Sovente i genitori utilizzano il trattamento del silenzio nei confronti dei figli. E ancor più spesso, sono gli uomini a praticarlo nei confronti delle mogli o delle compagne, per indurle a credere di essere inutili o incompetenti. »

« Hai capito il Menghi... » dice Mandelli.

Ducoeur fa un ghigno sbilenco.

« Ma il nostro frate non era molto amato nemmeno dalle autorità religiose, che lo accusavano di esaltare troppo nei suoi trattati le virtù di demoni e streghe. Insomma, sospettavano che fosse pericolosamente affascinato dal *mauvais côté.* Erano tempi molto bui, caro commissario, si rischiava la testa per accuse simili. Soprattutto a partire dal 1542, quando papa Paolo III istituì la Congregazione della Sacra Romana e Universale Inquisizione. Da quel momento, il temutissimo Sant'Uffizio divenne il braccio armato della Chiesa. Avrai certamente sentito parlare di processi famosi dagli esiti crudeli, come quelli a Giordano Bruno e Tommaso Campanella. Oppure quello che condannò Galileo Galilei per le sue idee eretiche. »

Mandelli annuisce, guarda ammirato il volto del libraio e

prova una punta di sana gelosia per quella meravigliosa competenza professionale maturata negli anni.

«Immagino che quella del Menghi sia una cinquecentina molto preziosa, visto che Bessa Terzaghi l'aveva addirittura nascosta in uno scomparto segreto.»

Ducoeur aspira un'altra boccata dalla pipa e soffia il fumo di lato.

«In realtà no. Non molto. Sul mercato una prima edizione come quella, in ottimo stato, può costare al massimo tremila, tremilacinquecento euro.»

«Ah» fa Mario stupito. «E allora perché credi che abbia nascosto proprio quello?»

Il libraio riflette a lungo poi fa un'espressione dubbiosa.

«*Voilà ce que je peux te dire...* come ti ho raccontato, Niccolò attribuiva un valore enorme ai contenuti di alcuni libri più che all'oggetto in sé. Può essere che il *Compendio* di Menghi per lui rappresentasse qualcosa di importante, magari anche a livello personale. Quello che è certo è che era anche un grande appassionato di demonologia e possessione. Tra i suoi libri preferiti c'erano il *De praestigiis daemonum* di Johann Wier e i libri di Jean Bodin. E poi le edizioni antiche del *Malleus Maleficarum* dei terribili domenicani Jacob Sprenger e Heinrich 'Institor' Kramer, pubblicato per la prima volta in Germania nel 1487 e poi diventato il *livre de chevet* degli inquisitori cattolici, praticamente la loro bibbia. Niccolò possedeva certamente un'edizione rarissima del *Malleus*, quella di Anton Koberger, del 1494... lo so perché gliel'ho venduta io.»

«Costa molto?» chiede ingenuamente Mandelli.

Philippe Ducoeur sorride soddisfatto, appoggia la pipa e slaccia un bottone della giacca.

«Quell'edizione vale almeno quarantamila euro, ma talvolta anche di più, dipende dallo stato di conservazione» dice alzando le spalle. «Credo che Niccolò la tenesse in banca, nella sua cassetta di sicurezza.»

«Il che non ci aiuta a capire perché l'assassino abbia rubato proprio il *Compendio*.»

«*Hélas!* Purtroppo no. Evidentemente aveva un valore speciale anche per lui, *n'est-ce pas*? Ma permettimi un consiglio: se fossi in te mi concentrerei sulla vita di Bessa Terzaghi. Io ne sapevo pochissimo, ma parlando per anni con una persona capisci se è di spirito lieto o se ha qualche buco nell'anima. E, credimi, Niccolò era un uomo molto tormentato. Da cosa, però, non l'ho mai capito.»

Ducoeur guarda l'orologio e apre le mani in un gesto di scuse.

«Caro commissario, se non hai più bisogno di me io tornerei alla mia valutazione e al vil denaro. Devo finire entro stasera e domani devo presentare la mia offerta.»

«Certo. Soltanto un'ultima cosa, Philippe.»

«*Dis-moi*, Mario.»

«Che tipo è Carlotta Rovelli?»

«Una donna particolare. Affascinante, ma in qualche modo un po' triste. Frequentarla dev'essere un po' come vivere un lungo autunno, non so se mi spiego.»

«Ti spieghi benissimo. Ho avuto anch'io la stessa impressione.»

«È come se fosse sempre accompagnata da una profonda inquietudine che nulla è in grado di sanare. Forse perché ha perso il padre in quel misterioso incidente.»

«Sapevo dell'incidente, ma non che ci fosse qualcosa di poco chiaro.»

«Pare che i freni dell'auto su cui viaggiava Rovelli avessero ceduto di schianto. Il cruccio di Carlotta è che all'epoca nessuno abbia indagato a fondo. Me lo raccontò proprio lei, qui a Montpellier, una sera mentre l'accompagnavo in hotel. Non ti immaginare strane cose, però... Era di passaggio ed era venuta a ritirare dei libri per lo zio.»

Mandelli prende nota e poi sorride allo schermo del computer.

«Grazie Philippe, sei stato davvero prezioso. Scusami ancora se ti ho rubato tutto questo tempo.»

«*De rien, monsieur le commissaire.* Quando vieni in Francia passa a trovarmi. Sono nato in Provenza, da mamma catalana, caro Mandelli! Quindi è facile intendersi... in fondo siamo entrambi latini, ci capiamo al volo. Ti aspetto, ci sono tanti libri interessanti da leggere qui» propone Ducoeur indicando lo scaffale alle sue spalle.

Quando la connessione s'interrompe il commissario fa un profondo sospiro. Adesso dovrà far decantare tutte le informazioni per poi selezionare quelle giuste. Senza fretta, seguendo il suo metodo, andando al suo passo, per non perdersi neanche un indizio per strada. Improvvisamente sente sulle spalle tutta la tensione delle ultime ore. Anche se l'esperienza gli dice che quell'interminabile giornata è ben lungi dall'essere finita, Mandelli si alza lentamente dalla scrivania, spegne il computer e prova a sottrarsi alla sua stessa profezia andandosene dritto a casa.

49

Mentre scende le scale della questura il commissario riceve un messaggio. La suoneria si è sentita a malapena, ma il suo orecchio allenato ha immediatamente percepito quel trillo soffocato. Come al solito il cellulare è sepolto da qualche parte nei meandri del suo giaccone. Mario si blocca sul pianerottolo e inizia il rituale di ricerca scavando nei mille tasconi multiuso. Finalmente pesca lo smartphone tra un pacchetto di caramelle alla menta e un fazzoletto mai usato che devono essere lì dal Mesozoico. Sblocca lo schermo con l'impronta del dito, preme sull'icona verde e controlla. Se il nome del mittente promette guai, il testo del messaggio li conferma tutti. Al cento per cento.

Povero Claudio Cervignati, massacrato sul suo bel parquet. E sono due. Ne vogliamo parlare?

Mandelli fa partire una maledizione che rimbomba nel vano scala, percorre l'ultima rampa, ma anziché puntare alla guardiola a vetri dell'uscita si dirige verso il cortile interno, individua un angolo riparato, si appoggia al muro e guarda nervosamente verso lo schermo.

Il messaggio di Isabella Colaussi è molto chiaro. Quella dannata ficcanaso in qualche modo ha saputo dell'omicidio dell'avvocato. Il commissario contempla seriamente l'ipotesi che qualcuno della squadra abbia spifferato tutto o magari parlato a sproposito, lasciandosi sfuggire una confidenza mentre era in compagnia di un collega o di un amico. A meno che, riflette Mandelli, a farlo non sia stato l'amante dell'avvocato, Giorgio Palmieri. In realtà il giovane legale gli è sembrato distrutto per la perdita del suo compagno. Non ce lo vede proprio uno in quelle condizioni che contatta una giornalista per darle un'imbeccata. E poi, a quale scopo? Entrambe le ipotesi suonano improbabili, anche perché il giudice Arnaboldi ha espressamente raccomandato a tutti la massima riservatezza. La notizia della morte di Cervignati non è stata ancora ufficializzata, per agevolare le indagini. Quindi la domanda resta la stessa. Chi cazzo è stato a parlarne con la Colaussi?

Mandelli è indeciso se risponderle o meno. Ci pensa su qualche secondo mordicchiando la vecchia cicatrice che gli segna il labbro superiore, poi digita una risposta evasiva.

Salve Isabella, non so proprio di cosa stia parlando.

Mario intanto saluta due colleghi che si dirigono verso una volante. Mentre la pattuglia sale in auto lui guarda tristemente la cortina grigia e piovosa che incombe su Milano, sente un brivido di freddo e chiude la lampo del giaccone.

Con questa risposta me lo ha confermato. So dell'amicizia che legava Cervignati a B. Terzaghi e presto conoscerò anche il segreto che ha scatenato la furia dell'assassino. Presumo che questa cosa le interessi. Ripeto, ne vogliamo parlare?

« Ma cazzo! » dice Mandelli ad alta voce.

Intanto la macchina con i due poliziotti si avvia verso il portone con la luce intermittente dei lampeggianti che rimbalza sulle pareti della questura.

Il commissario fa un ultimo tentativo e digita velocemente una risposta.

No comment, Colaussi. Se anche ci fosse qualcosa di vero sa che io non potrei dirle niente. Le ricordo che esiste il segreto d'ufficio e che violarlo è un reato. Se lei mi dà un nome e mi dice chi l'ha informata magari chiudo un occhio e ne possiamo parlare.

Preme invio e resta in attesa. Poco dopo arriva un altro messaggio della giornalista.

Bel tentativo, Mandelli... ma lo sa che le fonti non si rivelano mai. Stasera vedrò la mia a cena e dopo ne saprò molto di più. Domani sgancerò la bomba. Vediamo se allora sarà più propenso a stabilire un dialogo vantaggioso per entrambi. Stia bene commissario, passi un buon sabato sera.

« Che stronza! » sibila Mario.

Si stacca dal muro e scrive immediatamente al piemme Arnaboldi e al vicequestore Pinducciu per metterli al corrente dello scambio che ha avuto con la Colaussi, avvisandoli che entro domani uscirà un pezzo sull'omicidio di Cervignati. Da quel momento la loro indagine sarà compromessa. Riflette un istante e manda un messaggio anche a Casalegno. Poi ficca il telefono in tasca, tira su la zip fino al collo e calca il cappello impermeabile sulla testa.

Mentre esce dal portone della questura rivolge un saluto malmostoso al piantone, si guarda intorno e incassando la testa tra le spalle si incammina a passo veloce verso la metropolitana.

Marica Ambrosio è arrivata in corso Genova da una decina di minuti. Giusto in tempo per chiedere discretamente all'anziana portinaia se la Lanteri sia in casa. La vecchia l'ha guardata con sospetto, e allora Marica ha confessato di essere un'agente immobiliare, incaricata dalla zia di Lucrezia di far visitare l'appartamento ad alcuni clienti interessati all'acquisto. Poi ha sfoderato uno sguardo complice specificando che, trattandosi di una faccenda riservata, la zia non voleva far sapere nulla alla nipote. La portinaia si è stretta nel suo consunto cardigan di lana e ha annuito, ben contenta di partecipare al complotto. Dopodiché ha confermato che Lucrezia era ancora a casa, aggiungendo un commento interessante.

«Tanto quelle due gagarelle, la sera son sempre fuori fino a tardi dietro ai loro porci comodi... facile farsi mantenere dai genitori o dai parenti e far la bella vita, neh? Quella mora tra l'altro non la vedo da un po'. Signorina, ci consiglio di far venire i suoi clienti dopo le sei del pomeriggio. Stia sicura che a quell'ora lì, su in casa non trova mai nessuno... »

Ora Marica è dall'altra parte della strada, rannicchiata sotto una delle tende bianche di una gioielleria, al riparo dalla pioggia. Con gli occhi fissi sul cristallo della vetrina, per non perdere di vista il riflesso del portone. Dopo qualche minuto finalmente vede la sagoma di Lucrezia Lanteri uscire dal palazzo. Indossa un cappotto nero che le arriva alle caviglie, un paio di scarpe eleganti con il tacco alto e si è davvero tirata a lucido. I capelli biondi, pettinati a schiaffo, le scendono lungo la spalla destra evidenziando il viso truccato alla perfezione. È proprio vero, Lally è la tipica ragazza trasformista che guadagna punti quando si mette in ghingheri. Adesso apre un piccolo ombrello portatile e inizia a camminare verso l'incrocio. Qualche secondo dopo Marica la segue, rimanendo prudentemente sul marciapiede opposto. Quando arriva davanti al bar pasticceria all'angolo di corso Genova, Lucrezia chiude l'ombrello e si china verso un taxi in attesa. Dice qualcosa all'autista, poi accenna un sì e scivola dentro.

«Merda! » sibila l'agente scelto, e attraversa di corsa la strada prendendosi gli insulti degli automobilisti. Nell'istante in cui arriva davanti al bar nota che l'auto bianca su cui è salita la Lanteri si sta lentamente infilando nel traffico di via De Amicis. Marica si guarda intorno e con un balzo si piazza davanti al cofano di un taxi in coda al semaforo con l'insegna spenta. L'uomo al volante la guarda allibito, lei spalma il tesserino di riconoscimento sul parabrezza.

«Polizia! Mi serve un passaggio, motivi di forza maggiore» grida verso il finestrino socchiuso, e in un lampo si infila sul sedile posteriore.

«Ma... Avevo appena preso una chiamata!» prova a protestare il giovane tassista.

Marica pianta gli occhi sulla macchina della Lanteri e allunga il braccio in mezzo ai sedili.

«La vede quell'auto?» dice puntando un dito che sembra un tondino di ferro.

«Sì!»

«E allora la segua!»

Il tassista si guarda intorno, accelera, passa con il rosso e fa una faccia strana nello specchietto retrovisore. Marica incrocia il suo sguardo intimorito.

«Non si preoccupi, la corsa gliela pago» dice con la sua voce armoniosa.

Il conducente scuote la testa sorridendo.

«No, no, va bene così.»

«E perché, scusi?»

«Perché è da quando ho preso la licenza che aspetto che qualcuno entri nel taxi e mi dica quella frase da film... 'segua quella macchina!' E visto che finalmente è successo, adesso mi dica soltanto cosa devo fare.»

Marica sorride divertita.

«Be', semplice... stia attaccato al culo del suo collega e veda di non perderselo!»

«Ottimo. Mi chiamo Paolo... e col cazzo che lo perdiamo!»

«Ah, una cosa... Paolo» puntualizza la Ambrosio.

«Mi dica...»

«Se le arriva la multa perché è passato col rosso le tocca

pagarla. È una balla che noi poliziotti le possiamo far togliere.»

Qualche minuto dopo l'auto che trasporta Lucrezia Lanteri accosta con le quattro frecce all'angolo tra viale Piceno e piazza Emilia. Marica Ambrosio chiede al tassista di superarla e di fermarsi qualche metro più avanti.

«Perfetto, Paolo, qui va benissimo» dice l'agente scelto mentre si volta con circospezione e guarda attraverso il lunotto posteriore.

Dopo qualche istante Lucrezia Lanteri caccia fuori le gambe dal taxi e apre l'ombrello. Appena chiude la portiera l'auto si allontana. La ragazza resta lì sotto la pioggia, estrae il telefono dalla borsa, digita qualcosa e poi lo mette via.

«Adesso cosa vuole che faccia?» domanda Paolo mentre osserva la bionda nello specchietto retrovisore.

Marica mette una mano nel tascone del suo caban, estrae due banconote da venti e le posa tra i sedili anteriori.

«Grazie» dice senza aggiungere altro.

Il tassista getta un'occhiata ai soldi e scuote la testa.

«Non li voglio, li riprenda. È stato un piacere aiutarla. Posso chiederle una cosa? Ma lei chi è esattamente, un ispettore? Un commissario? O magari una dei servizi segreti, eh?»

Marica ridacchia e fa un gesto vago con la mano.

«Mi spiace deluderla. Sono soltanto un agente scelto in attesa di promozione, o almeno così mi è stato detto.»

Il giovane punta lo sguardo nello specchietto e la osserva. Poi, con la prontezza di chi è in strada tutto il giorno, sposta gli occhi sul retrovisore laterale.

«La stanno caricando!»

Marica piega il collo di lato e osserva la Mercedes GLA nera che ha accostato davanti alla ragazza. Lally Lanteri chiude l'ombrello e sale accanto al guidatore.

«Li faccia passare e poi li segua» ordina decisa la Ambrosio. «Però prima noi due facciamo un patto, ci diamo del tu, prendi quei soldi e li seguiamo finché te lo dico io. Ti va?»

«Certo che mi va. A una condizione, però. Anch'io vorrei sapere come ti chiami, agente scelto.»

In quell'istante la Mercedes si affianca al taxi, e la Ambrosio riesce a sbirciare all'interno dell'abitacolo. Accanto alla Lanteri c'è un giovane sui vent'anni, con un bel viso e i capelli chiari che ricadono sulla fronte in un lungo ciuffo. Gesticola in modo concitato e sembra molto teso. Non appena l'auto li supera, il tassista scende dal marciapiede, fa passare il furgoncino di un corriere espresso e si infila nel traffico. L'agente speciale annuisce soddisfatta.

«Mi chiamo Marica. E visto che questo giochino ti piace così tanto, ti concedo una replica: segui quell'auto e non perderla di vista!» dice imitando una voce da film.

Mentre i due scoppiano a ridere il taxi viene trascinato via dalla corrente del sabato sera.

50

Mandelli esce dalla stazione della metropolitana di Zara sotto una pioggia sferzante. Violente raffiche di tramontana soffiano lungo il viale costringendo i passanti ad abbassare lo sguardo verso l'asfalto o a farsi scudo dietro le cupole degli ombrelli. Fino a qualche decennio fa, riflette Mario, a Milano c'era molto meno vento, molta meno gente e, in generale, molto meno di tutto.

Nel bene e nel male.

Ora invece è diventata una città del troppo, governata da una bulimia sociale che si nutre di una quotidiana sovrabbondanza di idee, parole e tendenze. La città del *trendismo*. Come se per restare al passo con la sua immagine virtuosa ed efficiente dovesse per forza masticare e ingurgitare ogni cosa.

Nel bene e nel male.

Il commissario scivola svelto dietro un'edicola ricoperta di firme e graffiti e fa per attraversare la strada. In quell'istante risuona *My Way* e stavolta Mario arpiona il telefono in un attimo.

Il nome che vede apparire sullo schermo gli manda un brivido lungo la schiena. Per un istante ha la tentazione di proseguire verso casa come se niente fosse, coprendo il mezzo chilometro che lo separa dall'abbraccio di sua moglie e dal rituale di una serata semplice con un finale scontato: il lucore ipnotico della televisione che illumina il bel volto di Isa mentre lui si addormenta sereno sul divano.

Un legittimo desiderio di normalità che invece, come in tante altre occasioni, si piega al senso del dovere e alla curiosità.

« Mandelli » risponde arrendevole.

« Dove si trova, commissario? » chiede una voce diretta, abituata al comando.

« Zara, sotto il diluvio. A pochi metri da casa » puntualizza nella vana speranza di potersi sottrarre all'ineluttabile.

« Le mando subito un'auto, si faccia trovare. »

« Aspetto alla caffetteria accanto alla fermata della metro. All'angolo con viale Stelvio. »

La chiamata s'interrompe senza ulteriori spiegazioni. Evidentemente quello che c'è da sapere non poteva essere detto al telefono. E questa cosa lo preoccupa molto.

Il commissario si volta nella direzione opposta a quella di casa sua e manda un messaggio a Marisa per avvisarla che farà tardi. Poi seleziona il contatto della Ambrosio.

Dove sei?

Pochi secondi e arriva la risposta.

Ho appena sequestrato un taxi e ora siamo incollati alla macchina che ha caricato la Lanteri. Mezz'ora fa è uscita da casa tutta in ghingheri. Spero che ci porti da qualche parte, magari a una di quelle feste. Le sto dietro e la tengo aggiornata.

Mandelli si sofferma sul concetto di « taxi sequestrato » e fa un ghigno compiaciuto, poi entra nel bar e ordina un caffè al banco. Metà della clientela si accorge immediatamente che è un poliziotto. A un tavolo, alcuni maghrebini si mettono a parlare fitto fitto, poi si scambiano qualche incomprensibile saluto e sciamano rapidamente fuori dal locale, verso la metropolitana. Due balordi si staccano dalla mensola della ricevitoria e si rivolgono un segnale con gli occhi, il più grosso lascia dieci euro sul bancone del bar e poi escono entrambi dalla porta che dà su viale Stelvio. Probabilmente sono sanguisughe prestasoldi a caccia di vittime o forse bassa manovalanza della mala. Il resto dei clienti invece continua a farsi i fatti suoi, chiacchierando del più e del meno davanti agli aperitivi, ingozzandosi di arachidi stantie e di patatine fragranti come cartone bagnato.

Pochi minuti dopo un uomo robusto con un completo grigio entra nella caffetteria e si guarda intorno. Ha i capelli corti, la mascella squadrata e una faccia da stronzo. Il rigonfiamento sotto la giacca fa intuire a tutti la pronta disponibilità di un'arma. Si muove con la compostezza controllata di chi ha avuto un rigido addestramento militare e quando vede Mandelli punta deciso verso di lui. Nel locale cala uno strano silenzio e gli sguardi di tutti si fissano su di loro. Qualcuno si muove sulla sedia, preparandosi alla fuga.

Il commissario si stacca dal bancone e saluta il nuovo arrivato con un cenno del capo.

«Buonasera dottor Mandelli, se vuole cortesemente seguirmi... l'auto ci aspetta» dice l'uomo senza far trasparire la minima emozione.

«Sarà meglio, prima che metà di quelli che sono qui dentro se la dia a gambe» risponde Mario depositando due euro sul piano d'acciaio del bar.

Fuori c'è una berlina nera con le quattro frecce accese che occupa tutta la carreggiata. Il guidatore di una piccola utilitaria fa una faccia scocciata e protesta ma un'occhiataccia lo induce alla calma. Mandelli si accomoda dietro mentre il caposcorta siede accanto all'autista. La berlina si muove e dopo un centinaio di metri fa inversione, immettendosi nella corsia centrale del viale alberato. L'uomo alla guida rallenta a un semaforo rosso, inscrisce il lampeggiante, si guarda intorno per controllare se l'incrocio è libero e poi accelera volando in direzione del centro città.

Nell'istante in cui svoltano in via Moscova il commissario intuisce la loro destinazione. La conferma arriva quando transitano davanti al portone del civico 21 e l'autista mette la freccia. Mandelli conosce molto bene quella zona. Nei primi anni di matrimonio lui e Marisa hanno abitato a due passi da lì, in un piccolo appartamento in affitto. L'area è quella su cui anticamente sorgeva il convento dei Carmelitani Scalzi e, dall'inizio dell'Ottocento, la fabbrica della Manifattura Tabacchi. Oggi il bel palazzo bianco che porta il nome dell'architetto che lo progettò ospita il Comando Provinciale e la sede del Comando Legione Carabinieri Lombardia. Sulla parete esterna dell'edificio inizia a lampeggiare una piccola luce di sicurezza e un portone di legno grigio si schiude lentamente lasciando entrare la berlina in uno stretto cortile rettangolare il cui muro perimetrale è sormontato da una rete bordata di filo spinato.

Appena il motore della berlina si spegne, il caposcorta si gira verso il commissario e fa un cenno indicando la caserma.

« Dottore, è atteso all'interno. Il piantone le farà strada. »

« Grazie per il passaggio » dice Mandelli mentre apre la portiera e scende.

Il commissario abbassa la testa per non bagnarsi e percorre di corsa lo spazio che lo separa dall'ingresso semiaperto. Un giovane carabiniere con le gote arrossate accenna un saluto militare e lo fa accomodare all'interno, poi richiude la porta. Percorrono appaiati un lungo corridoio e salgono due rampe di scale fino a un pianerottolo su cui si affacciano alcuni uffici. Da una porta socchiusa giunge un mormorio sommesso. Quando il giovane piantone bussa delicatamente, le voci si zittiscono e poi qualcuno risponde.

« Avanti! »

Mandelli supera la soglia e in pochi attimi inquadra la situazione.

Attorno a un tavolo ovale sono sedute cinque persone.

Tre sono carabinieri, due uomini e una donna. Alla sinistra dell'ufficiale più anziano c'è Andrea Locatelli, accompagnato da una giovane dirigente dal volto severo.

Mentre il viceministro fa le presentazioni, i tre militari e la donna in borghese si alzano.

«Commissario Mandelli, ben arrivato. Le presento il nostro ospite, il generale di brigata Stefano Scardina. Le signore sono il capitano Maria Grazia Necchi, in forza ai RIS, e la dottoressa Luisa Lanfranchi, la nostra direttrice centrale del Dipartimento di Pubblica Sicurezza. E infine il maggiore Marcello Zurlo, che presiede il comando di compagnia di San Donato. Prego, si accomodi» lo invita il viceministro indicando una sedia vuota dall'altra parte del tavolo.

«Piacere...» sussurra Mandelli.

Mentre gli altri si risiedono lui si toglie il giaccone umido e prende posto sotto lo sguardo attento dei presenti.

Per un momento il commissario si sente a disagio. Viene da una giornata lunga e faticosa, è sporco, bagnato, stanco e maleodorante. Stringe i gomiti sul tavolo ritrovando un po' di dignità e attende che qualcuno lo tolga dall'imbarazzo.

Intanto Andrea Locatelli incrocia il suo sguardo e gli lancia un messaggio silenzioso che gli conferma la gravità della situazione.

Il generale si schiarisce la voce.

«Commissario, innanzitutto ci scusiamo per la convocazione irrituale ma, come capirà tra poco, la questione è seria e della massima urgenza. Vado subito al punto. Stamattina, nell'area dello stabilimento della BetonFast di Cava Tecchione, nei pressi di San Donato, due operai hanno rinvenuto il corpo senza vita di una giovane donna. La vittima è stata identificata in seguito a una segnalazione fatta pervenire dal ministero dell'Interno a quello della Difesa. Come avrà capito, purtroppo si tratta di...» Scardina abbassa velocemente gli occhi su un rapporto. « De Bellis Carolina, di anni ventuno, residente a Novara, in via Regaldi 19. »

Mandelli perde la compostezza appena ritrovata e sul suo volto si disegna un'espressione di rabbia e sconforto. Stringe i pugni e passa in rassegna i volti dei presenti. Poi prende nota della frase che ha appena ascoltato – « una segnalazione fatta pervenire dal ministero dell'Interno » – e pensa che Andrea Locatelli è davvero un politico molto astuto.

« Capisco, è quello che temevamo... la cosa mi addolora molto, credetemi » dice dopo un momento.

Il generale Scardina riprende in mano la situazione con il piglio del comandante.

« Il viceministro e la dottoressa Lanfranchi ci hanno già messi a conoscenza di tutti dettagli in vostro possesso. Ovviamente ci hanno anche spiegato le ragioni per cui lei aveva iniziato a interessarsi in via informale della vicenda... Sono stati il maggiore Zurlo e i suoi uomini a recarsi sul luogo del ritrovamento, mentre il capitano Necchi si è occupata dei rilievi scientifici. Pertanto la responsabilità dell'indagine è loro. »

Andrea Locatelli annuisce e precisa: « Commissario Mandelli, anch'io voglio chiarire bene le cose, affinché non ci siano fraintendimenti. L'indagine resta totalmente in capo all'Arma, tuttavia il generale e i vertici della Difesa hanno accettato che lei e l'agente scelto Ambrosio siate messi a conoscenza dei progressi dell'inchiesta e che, seppur in modo non ufficiale, collaboriate alla risoluzione del caso. Il padre di Carolina è già stato avvisato e sta arrivando a Milano. Inutile dire che su tutto questo va mantenuto il più stretto riserbo ».

Appena il viceministro smette di parlare, sul tavolo cala un silenzio assoluto. Mandelli guarda Zurlo e legge nei suoi occhi il suo stesso disagio.

Fuori intanto si è fatto buio. Il maggiore si alza e va ad accendere la luce, e sopra il tavolo s'illumina una serie di lampade a led. Mario nota che è alto quasi quanto Casalegno e più o meno deve avere anche l'età dell'ispettore. Per un istante il carabiniere torreggia alle sue spalle, poi si siede vicino a lui e dice con un sospiro: « Visto che dobbiamo collaborare tanto vale farlo bene. Adesso la aggiorno su tutto quello che abbiamo scoperto, dopodiché lei mi dice se da parte sua ci sono ulteriori novità ».

Intanto allunga un braccio in direzione del capitano Necchi e la donna fa scivolare una cartellina sul ripiano del tavolo, la apre e inizia a raccontare.

Dieci minuti dopo, Mandelli chiede al maggiore: « Quindi lei è davvero convinto che sia tutta una messinscena? »

Zurlo guarda prima il generale e poi il capitano Necchi.

« In realtà lo pensiamo un po' tutti. Ci sono troppi elementi anomali. Il fazzoletto con le iniziali della vittima, il vestito da fata, il corpo composto in quel modo teatrale e lasciato lì, in un luogo dove sarebbe stato sicuramente ritrovato... e poi il bigliettino con quella frase così esplicita... Con tutti questi indizi credo che saremmo comunque riusciti a identificare la De Bellis, anche senza la provvidenziale imbeccata del viceministro » aggiunge il carabiniere con un eccesso di sarcasmo.

« Maggiore! » lo richiama la voce di Scardina. « Le ricordo che stiamo operando nell'ambito di una piena collaborazione istituzionale con il ministero dell'Interno e con la Polizia di Stato. »

Locatelli alza una mano.

« Non si preoccupi, generale. Capisco che al maggiore la cosa possa risultare strana e che il nostro interessamento può essere percepito da qualcuno come un'intromissione. In realtà credo che l'intervento irrituale del commissario Mandelli ci consenta di avere un quadro più chiaro sulla scomparsa di Carolina. Inoltre, caro Zurlo, le assicuro che la mia intenzione non è affatto quella di proteggere mia figlia o di insabbiare il ruolo, seppur marginale, che ha avuto nella vicenda. Ribadisco ufficialmente che Alba è a vostra disposizione per essere sentita in qualità di conoscente della vittima... quando e se lo riterrete necessario.»

Segue un attimo di silenzio in cui Zurlo fa appello a tutto il suo senso del dovere e si costringe a fare ammenda.

«Chiedo scusa, generale» dice senza spostare gli occhi da quelli del viceministro. «E mi scusi anche lei, dottore, non intendevo mancarle di rispetto.»

«È tutto quello che avete?» interviene Mandelli provando a stemperare la tensione.

Zurlo fa un gesto verso la Necchi invitandola a rispondere.

«No, non è tutto... in effetti abbiamo trovato anche dell'altro.»

Nessuno dei presenti sembra sorpreso, e Mandelli capisce che devono averne già discusso prima del suo arrivo.

«Dica anche a me, la prego» chiede cortesemente.

«Certo. Abbiamo trovato due capelli, uno sotto le unghie della vittima e uno incastrato nella chiusura della scatolina che conteneva il foglietto con la frase sulle fate.»

«Ah...» dice Mario sorpreso.

«I miei stanno già estraendo il DNA dei bulbi piliferi, domattina al più tardi potremo cercare dei riscontri nel Casellario Centrale d'Identità e nell'AFIS.»

«Se la vostra teoria è corretta, il DNA potrebbe portarci in dote il nome di chi ha portato lì il corpo» suggerisce Mandelli.

«Può essere» concorda Zurlo, «anzi, secondo me alla fine accadrà proprio questo. Ma in ogni caso non trascurerei nulla. Magari abbiamo davvero a che fare con uno psicopatico poco attento. Non sarebbe la prima volta... Lei che è uno specialista in materia dovrebbe saperlo, no? Piuttosto, voi avete raccolto qualche informazione in più sulla coinquilina della De Bellis? »

Stavolta è Mandelli che cerca con gli occhi l'approvazione del viceministro e della direttrice di Pubblica Sicurezza. Entrambi sembrano non aver nulla da obiettare.

« L'agente scelto Ambrosio è sulle sue tracce in questo momento. Oggi è sabato, uno dei giorni in cui secondo l'agenda della De Bellis si terrebbero i famosi festini. Speriamo che la Lanteri ci possa portare dritti a uno degli incontri. Da quello che sappiamo anche lei è coinvolta nel giro, dobbiamo soltanto scoprire fino a che punto. »

Nella stanza cala un attimo di silenzio.

« Bene. Direi che per ora ci siamo detti tutto quello che c'era da dire » afferma il generale Scardina alzandosi. « Se non vi spiace vorrei scambiare due parole in privato con il viceministro e con la dottoressa Lanfranchi. Abbiamo ancora qualche particolare da mettere a fuoco. »

Poi si rivolge direttamente a Zurlo e a Mandelli.

« Maggiore, nel frattempo le consiglio di istituire un briefing giornaliero con il commissario per tenervi costantemente aggiornati su ogni novità. In quanto a lei, Mandelli, approfitto della presenza dei suoi superiori per ricordarle che né lei né l'agente scelto Ambrosio potete partecipare direttamente alle fasi operative. Quelle restano di nostra esclusiva competenza e sotto il nostro stretto comando. Se durante le indagini vi trovate in difficoltà o avete la necessità di intervenire, avvertite immediatamente il maggiore e ci penseremo noi. È tutto. »

Qualche minuto dopo, il commissario apre la porta che dà sul cortile interno e vede che la berlina nera è ancora in attesa. La pioggia non ha perso d'intensità e l'autista sta fumando una sigaretta sotto la tettoia della caserma. Il caposcorta invece è seduto in macchina e sta parlando con qualcuno al cellulare. Quando Mandelli arriva a un metro di distanza, il finestrino si abbassa.

« Mi spiace, dottore, ma abbiamo l'ordine di attendere il viceministro. Niente passaggio gratis stasera, faccia buon rientro » dice l'uomo guardando il cielo piovoso con un sorrisetto ironico. Dopodiché gli chiude il finestrino in faccia.

Mandelli non fa una piega, indossa con calma il suo cappello impermeabile e si avvia lentamente verso il portone che si sta aprendo davanti a lui. Prima di uscire osserva per un'ultima volta l'auto blindata e guarda l'espressione beffarda del caposcorta illuminata dalla luce di cortesia.

Sorride, alza una mano fingendo un saluto e sussurra tra i denti il suo miglior augurio.

Ma va a ciapal 'n del cü, ciüciamanuber!

51

Isabella Colaussi è agitata come una bambina in attesa di scartare i regali di Natale. Allo stesso tempo, però, non si è mai sentita così stupida. È una donna razionale e non avrebbe mai pensato che un giorno si sarebbe comportata in questo modo per un uomo. Evidentemente c'è sempre una prima volta. E comunque lui le piace molto. Mentre si guarda nello specchio valuta con attenzione il risultato di un'ora di cambi d'abito e di trucco. Alla fine ha scelto un vestito di seta grigia cangiante, con uno scollo a cascata abbastanza ampio ma non troppo sconveniente, elegante ma semplice. In fondo si tratta di una cena a casa sua, mica della prima alla Scala. Guarda l'orologio e dà un'ultima occhiata soddisfatta al suo riflesso, poi si muove verso la cucina a vista sfiorando con la mano il tavolo già apparecchiato. Dopo un'ultima verifica della cottura delle pietanze, spegne la piastra a induzione e sposta nel frigorifero la bottiglia di champagne che aveva messo a raffreddare nel congelatore. Poi fa partire lo stereo, si siede sul divano e prova a rilassarsi un po'.

Un quarto d'ora più tardi suona il citofono. Isabella infila le scarpe e si alza con il cuore in tumulto. Nell'interfono risuona una voce limpida e decisa.

«Sono io! A che piano?»

«Quinto, ma l'ascensore è rotto...» dice lei. Dopo una pausa aggiunge: «Sto scherzando! Secondo. L'appartamento a destra». E subito si sente un'idiota.

«Ah, meno male, stavo già andando via!» ribatte lui ridendo.

Quando gli apre la porta, Isabella si ritrova davanti il suo sorriso e tutto l'esercizio di autocontrollo va a farsi benedire. Gli fa cenno di entrare e arrossendo si aggiusta una ciocca di capelli dietro all'orecchio.

«Prego, accomodati.» Le viene soltanto quello.

Lui le porge una bottiglia di vino e si toglie l'impermeabile. Una maglia di lana a girocollo, una giacca di cachemire sopra un paio di pantaloni sportivi. Informale ma elegante. Quando l'abbraccia e la bacia delicatamente sulla guancia, Isabella indugia qualche secondo di troppo tra le sue braccia.

«Siediti sul divano, io intanto vado a preparare un piccolo aperitivo. Chiudi tu la porta, per favore» dice sciogliendosi da quella stretta profumata.

Mentre si allontana, lo Spettro guarda il tavolo apparecchiato e dà una rapida occhiata alla sala, cercando di intuire la disposizione delle altre stanze. Si volta, accosta la porta blindata e gira la chiave nella serratura. Poi la sfila dall'anello di metallo e la fa sparire nella tasca interna della giacca.

Quando lei lo invita nuovamente ad accomodarsi, sul suo volto si allarga un sorriso maligno che la giornalista scambia per un'espressione di sincera felicità.

Marica Ambrosio si tira su e rialza lo schienale del sedile. Appoggia gli avambracci sul cruscotto e posa il mento sul dorso delle mani. Dopo l'ultima coppia di uomini non è arrivato più nessuno. Nella mezz'ora precedente aveva contato una dozzina di clienti che, dopo aver posteggiato in via Monte Cervino o nelle strade limitrofe, erano entrati con fare circospetto nella palazzina d'angolo.

L'edificio che sta controllando è un'elegante villetta in

stile liberty a tre piani, con una scalinata d'ingresso posizionata esattamente all'incrocio con via Monte Rosa.

Pochi secondi dopo la portiera sul lato del guidatore si apre e Paolo Speroni, di professione tassista, infila la testa nella sua auto e deposita sul tappetino il sacchetto di carta di una famosa catena di fast food.

« Eccomi, scusa l'attesa ma c'era un po' di casino » dice mentre prende posto facendo attenzione a non schiacciare tutto.

« Grazie. Quanto ti devo? » chiede Marica girandosi a fatica sul sedile.

« Offre la ditta, non scherziamo! »

« Dai! Non diciamo cazzate, Paolo, pure la cena... sei stato già troppo gentile a fermarti qui con me fino a quest'ora. »

« Sono serissimo. Non dirmi che non apprezzi i gesti gentili... e poi mi sto divertendo moltissimo » dice Speroni dando un morso pantagruelico al suo panino.

« Come butta? » aggiunge indicando la casa con le dita sporche di maionese.

« C'è un bel movimento, ne ho contati dodici da quando sei andato via... »

« Ma non abbiamo visto entrare nessuna ragazza. »

« Secondo me sono già dentro, da ore. Le faranno arrivare in anticipo e alla spicciolata per non destare sospetti. Il biondino e la ragazza probabilmente organizzano la serata. Passami una Coca, per favore. »

« Mmm... Ma secondo te cosa fanno là dentro? Intendo dire, scopano e basta? » chiede il tassista allungandole un bicchierone con la cannuccia infilata nel tappo di plastica riciclabile.

« Paolo, Paolo... lo sai che non posso dirti niente di più. Fai il bravo, su! In ogni caso puoi sempre usare l'immaginazione » dice lei provocandolo con un sorriso esplicito.

« Ho capito, orge! E pipperanno come dei matti. Sicuramente ci daranno dentro anche con altro... robe sadomaso e cose simili » ipotizza Speroni con gli occhi che brillano.

L'armoniosa risata di Marica riempie l'abitacolo.

« Certo che sei bello carico, eh... comunque mi sa che non ci sei andato troppo distante, più o meno staranno facendo quel genere di cose » dice la Ambrosio prosciugando mezzo bicchiere di Coca-Cola, prima di dare l'ultimo morso al panino. « Ma tu non ce l'hai una fidanzata con cui passare il sabato sera? »

Speroni fa no con la testa e si succhia il pollice sporco di salsa.

« Purtroppo non più, lasciamo perdere l'argomento, che è meglio. E tu? »

« Non ci allarghiamo troppo, signor Speroni... diciamo che ho una relazione un po' strana con un tipo ancor più strano, ma a me piace così. »

« Una persona particolare come te? »

« Ma io non sono particolare, Paolino. Io sono pericolosa, ricordatelo sempre » dice lei con un tono di voce tagliente come l'acciaio. « E adesso rimettiamoci al lavoro. »

Il tassista resta con il panino a mezz'aria e la guarda intimidito. Poi un'altra risata della Ambrosio rimbalza nell'abitacolo e, dopo qualche secondo, contagia anche lui.

Antonio Casalegno si è appena accaparrato un leggendario quartetto gastronomico: chirashi, hokkai-don, sushi mix e puchi puchi maki. Una cena regale per chiudere in bellezza una settimana difficile, strana, sorprendente. Di merda, per farla breve. Per l'ispettore il Shiko Royoro è di gran lunga il miglior ristorante giapponese da asporto di Milano, *no contest*. Un piccolo buco con due salette sempre strapiene di gente e un banco di vetro dietro cui il vecchio Shiko prepara delizie in serie con un perenne sorriso stampato sul volto. Antonio si fa strada alzando il sacchetto di carta sopra le teste degli avventori e fende la coda che nonostante la pioggia si allunga fuori dal locale.

Una volta uscito, costeggia gli edifici di via Eustachi, accelerando il passo verso casa. Quando è a una ventina di metri dal suo portone, la vede e si blocca. Caterina Dei Cas è appoggiata al muro e fuma uno dei suoi sigari aromatizzati all'anice. Indossa le scarpe con il tacco e il cappotto di ieri sera sopra un paio di jeans chiari e attillati e un dolcevita nero che le fascia il collo conferendole un aspetto quasi regale. Il berretto di lana lascia scoperto il lobo sinistro e l'ordinata fila di orecchini d'argento. Quando si accorge di lui gli rivolge un timido saluto con la mano libera, poi lancia il sigaro in una pozzanghera. Casalegno riprende a camminare, si avvicina e le sorride.

«È un modo carino per dirmi che volevi condividere con me il momento più merdoso della tua giornata?» le chiede indicando il mozzicone che ha appena gettato via.

Per un attimo Caterina lo guarda confusa, poi ridacchiando fa segno di no con la testa.

«Ho solo detto che di solito li fumo in quei momenti. Ma di solito non significa sempre, Casalegno.»

«Cosa ci fai qui?» le chiede serio, fissando i suoi splendidi occhi felini.

«In teoria ti dovrei dire che non lo so, ma mentirei.»

«E allora non mentirmi.»

«Diciamo che avevo voglia di passare un po' di tempo con te. Oggi al lavoro siamo stati professionali e abbiamo scrupolosamente evitato di parlare di ieri notte, di quel bacio in auto. Forse volevo sapere cosa ne pensavi tu... Ma magari mi sbaglio e in realtà non c'è nulla da dire.»

Casalegno stira la schiena e fa un respiro profondo. Si chiede se ieri sia stato giusto baciare Caterina e quanto ci sia di naturale in questo momento che somiglia alla scena di un vecchio film: un uomo e una donna che si piacciono e si desiderano, appoggiati contro un umido muro di città, sospesi tra la voglia di abbracciarsi e il pensiero di fuggire lontano. Non c'è spazio per nient'altro dentro questa fotografia. Né per Stefania, né per il giudizio altrui, né per il fatto di essere colleghi. Neppure per i rimorsi, le rispettive solitudini, il raziocinio, il domani. C'è posto soltanto per loro.

Finalmente si volta verso Caterina e i loro sguardi si dicono tutto.

Casalegno increspa le labbra e guarda giù verso la sporta con la cena giapponese.

« Qui dentro c'è da mangiare per due. »

Isabella Colaussi apre gli occhi all'improvviso e per qualche secondo non riesce proprio a capire dove si trova. Ha un doloroso cerchio alla testa e quando prova a sollevarsi sul gomito la stanza incomincia pericolosamente a ondeggiare. Allora strizza le palpebre, fa un respiro profondo e le riapre. Per prima cosa riconosce la foto di sua mamma sul comodino, poi il profilo in noce del settimino e il rassicurante riquadro della finestra. Tra le stecche della tapparella semiabbassata filtrano due flebili strisce di luce che rischiarano le pareti della camera. Scuote delicatamente la testa, inspira ancora una volta e piano piano tutti i pezzi del puzzle vanno al loro posto, a ricomporre gli avvenimenti delle ultime ore: la cena, le risate, i troppi bicchieri bevuti e specialmente quello che è accaduto dopo. Finito lo champagne lui ha insistito per aprire anche la bottiglia di rosso e da lì in avanti tutto si fa molto confuso. Per quanto Isabella provi a sforzarsi, ricorda a malapena di aver assaggiato quel buonissimo vino toscano e poco altro. Almeno fino a quando lui non l'ha baciata e hanno cominciato con il sesso.

Oh, è stato davvero magnifico. Lo hanno fatto ovunque, senza freni. Prima sul tavolo, poi sul divano, anche in piedi contro l'isola della cucina. Mordendosi selvaggiamente si sono trascinati in camera da letto e lì hanno perso la nozione del tempo.

Infine, stremati, sono piombati in un sonno profondo.

A quel pensiero la giornalista allunga istintivamente il braccio sinistro e incontra il profilo dell'uomo che giace accanto a lei. Ritrae la mano d'istinto, un po' intimidita dalla presenza di un estraneo nel suo letto. Una cosa che a Milano non le è mai accaduta, da quando si è trasferita lì, tre anni fa.

Lui biascica qualcosa nel dormiveglia e dopo essersi aggiustato il cuscino sprofonda di nuovo nel sonno. Isabella scosta il copriletto, posa i piedi sul pavimento di legno e si alza. La camera da letto ondeggia di nuovo e lei si sforza di mantenersi dritta. Sente un brivido di freddo e si accorge di essere completamente nuda, allora passa una mano sui piccoli seni e sente i capezzoli ancora turgidi e dolenti. Recupera il vecchio maglione di lana che usa come vestaglia e si allontana silenziosamente dal letto. Prima di uscire dalla stanza indugia per qualche secondo sulla soglia, osserva l'uomo che ora dorme pacifico e richiude piano la porta alle sue spalle.

La sala sembra un campo di battaglia. La bottiglia di champagne è rotolata sul tappeto accanto a un bicchiere semivuoto. I vestiti sono mescolati alla rinfusa sul pavimento. Il suo abito di seta è poggiato su una sedia, i pantaloni di lui giacciono abbandonati sullo schienale di una poltrona. Le mutandine con cui le ha legato le mani adesso penzolano da una lampada accanto al divano. Un caos indistinto, su cui aleggia un odore promiscuo di cibo e sesso. Isabella scuote la testa divertita e raggiunge la cucina, riempie un bollitore e si prepara una tisana. Dopo aver immerso il filtro nell'acqua bollente va a sedersi sul divano e rannicchia le gambe sotto il cuscino, in attesa che la bevanda si raffreddi un po'.

Ora che il turbine del sesso è passato travolgendo ogni cosa, Isabella s'interroga su quella serata e sulla persona che sta dormendo in camera sua. Ora che ha appagato il suo desiderio, in lei si risveglia prepotente la curiosità della giornalista.

Man mano che riprende lucidità le vengono in mente alcuni momenti della cena. A un certo punto, come promesso, lui le ha riferito tutte le notizie che il suo misterioso informatore gli aveva passato sul caso Bessa Terzaghi. Alla fine nella testa di Isabella è risuonato un avvertimento e il suo cervello lo ha registrato. Certamente quella soffiata era una bomba e le forniva l'opportunità di scrivere un pezzo memorabile, che avrebbe lasciato a bocca aperta i lettori di tutto il paese. La fonte anonima era al corrente di particolari molto intimi della vita di Niccolò Bessa Terzaghi e soprattutto conosceva la tragica origine dei suoi rapporti con Cervignati. Erano informazioni talmente riservate che soltanto un famigliare o una persona molto vicina a Bessa Terzaghi poteva conoscere. Ed era quella constatazione che lasciava perplessa la Colaussi. Perché mai una persona così in confidenza con la vittima avrebbe dovuto spifferare tutto alla stampa? A quale scopo? E perché mai un bravo giornalista, con una fonte così importante a disposizione, avrebbe dovuto regalare un simile scoop a una collega?

Certo, forse perché voleva sedurla. Ma la scusa di aver ricevuto l'incarico di scrivere un altro articolo e l'insistenza con cui lui ha voluto renderla partecipe adesso le suonano ancora più strane. Si rende conto che in realtà sa pochissimo di quell'uomo. Davvero troppo poco. E sa che c'è un solo modo per porre rimedio alla cosa.

Finisce di bere la tisana, poi si alza, butta un occhio in

direzione della camera da letto accertandosi che la porta sia chiusa e si fa strada tra i vestiti abbandonati. Quando trova la giacca di cachemire, la raccoglie e la tasta. Per primo trova il cellulare, fa un tentativo ma ovviamente è bloccato da un codice. Lo rimette al suo posto e continua l'ispezione. Nella tasca interna percepisce qualcosa di duro e metallico. Infila due dita ed estrae una chiave. Dopo qualche secondo la riconosce: è la chiave di casa sua!

Si guarda intorno smarrita e nota l'anello metallico con il resto del mazzo appoggiato sulla mensola accanto alla porta. Mentre cerca di darsi una spiegazione si volta impaurita a guardare di nuovo la porta della camera. Il cuore le martella la gola e una sensazione di panico dilaga incontrollata nel suo corpo, facendole tremare le gambe. Per un attimo pensa di correre ad aprire la porta e di scappare via, ma la curiosità di sapere è più forte di tutto.

Si fa coraggio e abbassa gli occhi sulla giacca. Stringe le mani attorno al rigonfiamento del portafoglio, sposta il bavero e trova il bottone della tasca interna.

Mentre le sue dita tremanti tentano di sfilarlo dall'asola, sente una voce alle sue spalle. Vicinissima.

«Lo sapevo che eri una ficcanaso, Isabella... Peccato, perché non scopi neanche male. Avremmo potuto divertirci ancora un po'.»

La Colaussi resta impietrita, percepisce il soffio tiepido del suo alito sul collo e il tocco delle dita sulla spalla sinistra.

Prova a gridare ma dalla bocca le esce soltanto una specie di gemito. Senza voltarsi, chiede: «Ma tu... chi... sei?»

«È strano che prima di morire mi chiedano tutti questa cosa» dice lo Spettro ridacchiando.

«Ti prego... io...»

Isabella non riesce neppure a terminare la sua preghiera.

Un dolore lancinante le trafigge la schiena e un istante

dopo un bruciore incandescente le inonda i polmoni. Boccheggia alla disperata ricerca d'ossigeno e intanto china gli occhi sul petto.

L'ultima cosa che vede è la punta d'acciaio di un coltello che le spunta dallo sterno, poi il tempo si ferma e i suoi occhi si chiudono.

Mentre il sangue sgorga impregnandole il maglione, Isabella Colaussi scivola lentamente in un gelido mare di oscurità.

IL QUARTO GIORNO

52

Alla fine Alba ha fatto bene a uscire con le sue vecchie amiche del liceo. Se fosse rimasta a casa avrebbe pensato incessantemente a Carolina e avrebbe passato la serata a piangere. Di rabbia e di dolore.

Andrea Locatelli è arrivato poco dopo le nove e per prima cosa l'ha cercata. È entrato in camera sua mentre lei faceva i compiti con suo fratello e con un tono gentile ha chiesto a Michele se poteva lasciarli soli per un momento. Il ragazzo, più emaciato e pallido del solito, ha spalancato due occhi blu che sembravano la fotocopia di quelli di sua sorella e dopo aver silenziosamente annuito è uscito dalla stanza accarezzandole le spalle.

Alba ha capito subito, il volto di suo padre era tirato e le sue labbra avevano quella particolare piega che prendono nelle occasioni importanti, una specie di sorriso di circostanza adattabile a ogni situazione e sentimento. Mandelli ha ragione, suo papà è un *bravo politico* e ormai quei modi artificiosi fanno parte di lui e non lo abbandonano mai, neppure tra le mura domestiche.

« Carolina è morta, vero? » ha chiesto Alba alzandosi in piedi.

Il viceministro ha tentennato per un istante di troppo, forse per cercare le parole adatte a spiegare quella realtà ineffabile. Non trovandole, si è arreso e ha mosso la testa accompagnando il gesto con un semplice sì.

Lei è rimasta immobile, apparentemente tranquilla, poco

dopo si è allontanata dalla scrivania e si è seduta sul bordo del letto. Da lì ha osservato la sua stanza, tentando di ricacciare indietro il pianto. Quando credeva di esserci riuscita i suoi occhi si sono allagati, a poco a poco, senza singhiozzi. Una singola lacrima ha travalicato il bordo della palpebra ed è scesa lungo il viso solleticandole la gota. Alba non l'ha fermata, ha atteso che scivolasse fino alle labbra e poi l'ha raccolta con la lingua gustando il sapore agro di quel dolore.

Per non dimenticarlo mai.

Andrea Locatelli si è seduto accanto a lei, Alba ha posato la testa sulla sua spalla facendo una sola richiesta. «Raccontami tutto, papà. Ogni cosa, per favore.»

Suo padre le ha accarezzato una guancia e ha iniziato a parlare, senza omettere nulla.

Adesso che l'auto di Giorgia sta completando il giro di piazza Cadorna, Alba si sente un po' meglio. A tarda notte Milano ha un fascino speciale, soprattutto quando piove. Osserva le luci delle auto deformate dalle gocce che imperlano il finestrino e ascolta distrattamente la conversazione tra le sue amiche.

«Ti dico che quello è un fico pazzesco. Ti rendi conto che mi ha chiesto il numero? La sua tipa mi sta troppo sui coglioni» dice Clara masticando rumorosamente un chewing-gum.

Giorgia ride e la pungola, come quando erano compagne di banco. «Hai ragione, è proprio bono, e lei è la classica stronza arricchita. Stasera sembrava il manichino di una vetrina di Monte Napoleone, tutta firmata da capo a piedi. Dai, non si poteva guardare... persino lui era imbarazzato. Comunque direi che per te è arrivato il momento di passare all'azione... fattelo!»

«Ah, ah... ma sei pazza. Se mi becca Luca mi uccide. Guarda, lo farei soltanto per fare un dispetto a quella. Anzi, sai cosa? Secondo me è firmata pure lì... » grida Clara indicandosi l'inguine e piegandosi in due dal ridere.

Anche Giorgia s'inclina sul volante e sghignazzando rincara la dose. « Ma te la immagini la scena di quei due che si spogliano? Lui le dice: 'Tesoro, levati le mutandine'. E lei: 'Tesoro, le ho già tolte, guarda che questa è la mia patatina firmata'... ah, ah, svengo! »

Alba Locatelli non può fare a meno di sorridere. « Siete due deficienti! E, soprattutto, non cambiate mai... »

Clara si volta e la osserva dal sedile anteriore, fa una faccia seria e le risponde: « Hai ragione, Locatelli... le tue amiche sono proprio inqualificabili... »

Nell'abitacolo esplode una risata generale e in quell'istante Alba si rende conto che la vita, malgrado tutto, deve pur continuare.

Quando la Mini di Giorgia accosta all'angolo di via Canova, le ragazze escono sotto la pioggia per salutarsi. Ci sono rapidi baci sulle guance, abbracci, risate e promesse di rivedersi presto. Poi l'auto si stacca dal marciapiede e si perde nella notte milanese. Alba sorride, aspetta che le luci di posizione scompaiano oltre l'angolo di corso Sempione, si volta e attraversa la strada per raggiungere casa sua.

Il Cacciatore si alza di scatto dal sedile. Ha atteso con pazienza il suo momento, che ora sembra finalmente arrivato. La Mini color argento su cui qualche ora prima è salita Alba rallenta e accosta. Le tre ragazze scendono e si scambiano le ultime parole. Poco dopo l'auto se ne va, la fata resta sola e attraversa le strisce per raggiungere il marciapiede di casa sua. Il Cacciatore indossa frettolosamente un cappellino da baseball e scende. Rasenta il muro, taglia la strada mantenendosi al riparo dietro le auto posteggiate e raggiunge l'angolo di via Canova in modo da prendere alle spalle il suo obiettivo. Lei passa a pochi metri di distanza e indugia per qualche secondo prima di muoversi verso il portone. A lui sembra quasi di sentire una ventata del suo intenso profumo di primavera.

È il momento giusto. Cerca il fazzoletto e la fiala di cloroformio nella tasca del cappotto e fa il primo passo in avanti. In quell'istante vengono illuminati dai potenti fari di un'auto.

Il Cacciatore si gira di scatto e osserva la grossa berlina nera spuntata alle loro spalle. Prima che Alba faccia altrettanto, abbassa lo sguardo, si dirige verso le strisce da dov'è arrivata la ragazza e si ferma in attesa che l'auto blindata gli sfili davanti. All'interno della macchina ci sono due uomini robusti. Quello al posto del passeggero indossa un completo elegante, ha i capelli corti e uno sguardo ottuso e cattivo. Sbirri, probabilmente la scorta del potente papà. Il Cacciatore cerca di restare calmo, inclina la visiera del cappello e si stringe nelle spalle. L'auto rallenta e il passeggero lo squadra per qualche secondo. Il Cacciatore non si ferma e avanza sulle strisce come a chiedere strada, accompagnando il movimento con un gesto spazientito della mano. Lo sbirro cattivo fa un risolino strafottente e la berlina si sposta in avanti.

Poi l'auto si ferma con il motore acceso accanto al marciapiede e resta in attesa che Alba Locatelli richiuda il portone alle sue spalle, dopodiché procede con il motore al minimo lungo via Canova e infine svolta a destra.

Il Cacciatore torna in fretta sui suoi passi per raggiungere la sua macchina. Si lascia cadere sul sedile, scaglia il cappellino contro il parabrezza e inizia a colpire il volante in un crescendo isterico di pugni e manate, poi si piega in avanti e urla tutta la sua rabbia per aver mancato l'obiettivo. Quando riesce a calmarsi asciuga la bocca sulla manica del cappotto e fa un respiro profondo. Nelle sue narici resta un residuo del profumo di primavera della fata e nel cuore, che batte a mille, un profondo desiderio di uccidere.

53

La prima telefonata della domenica è stata a Marica Ambrosio. Dopo un breve saluto il commissario ha aggiornato la collega sugli sviluppi della sera precedente.

Quando Mandelli, senza giri di parole, le ha detto che Carolina De Bellis è morta, l'agente scelto ha trattenuto il fiato e la linea è rimasta silenziosa per quasi un minuto. Poi Marica è tornata a parlare, con una vibrazione malinconica nella voce che lui non aveva mai sentito.

« Povera anima » ha sussurrato la gigantessa, una specie di carezza verbale che ha toccato il cuore di Mario.

Appena si è ripreso da quell'estemporanea emozione, il commissario le ha raccontato tutti i dettagli del ritrovamento del corpo di Carolina e l'ha messa al corrente della collaborazione investigativa che il viceministro ha concordato con i carabinieri.

Dopo aver ascoltato attentamente, Marica è passata a raccontargli del pedinamento della Lanteri riferendo tutte le informazioni che ha ricavato dalle fatiche notturne in compagnia del tassista. Adesso hanno la prova che le note riportate sull'agenda di Carolina De Bellis sono attendibili e sono state ben interpretate. Il coinvolgimento di Lucrezia Lanteri nel losco giro di festini è ormai assodato. Inoltre conoscono la targa della Mercedes del biondino e quelle di almeno sette auto, tra clienti e accompagnatori, che hanno partecipato alla serata e l'indirizzo della villetta dove si è tenuto l'incontro clandestino.

«Ottimo lavoro, Marica» afferma soddisfatto il commissario. «Più tardi fai un salto in questura e cerca di ottenere dei riscontri, voglio nome e cognome dello stronzetto che ha scarrozzato in giro la Lanteri e anche quelli degli insospettabili signori che ieri sera se la sono spassata nella villetta. Chiedi una mano a Zilli. La casa sarà stata sicuramente affittata... cerchiamo di capire da chi e in che modo. Tra poco sentirò il maggiore Zurlo per aggiornarlo, sperando che anche loro abbiano novità. Intanto tu mandami un'e-mail con i dettagli che mi hai appena riferito, così la condivido con i cugini dell'Arma e con Locatelli.»

«Già fatto, dovrebbe averla ricevuta poco prima della mia telefonata» precisa la Ambrosio.

«Perfetto... e adesso invece dimmi cosa pensi tu, della morte della De Bellis. Voglio la tua opinione» chiede secco Mandelli.

«Mmm... anche a me sembra evidente che il travestimento sia una messinscena. Ora si tratta di capire a che cosa è servita questa farsa e che cosa si voleva coprire» dice Marica. «Da quello che mi ha raccontato sulla scena del crimine, tutto farebbe pensare che si tratti dell'opera di un maniaco. Quello che siamo venuti a sapere, però, ci porta a credere che la ragazza sia stata ammazzata perché aveva scoperto qualcosa o per un suo maldestro tentativo di ricatto.»

«E fin qui il ragionamento non fa una grinza» approva il commissario.

«Quindi mi chiedo, e se invece fosse...» dice Marica prima di arrendersi all'incertezza.

«Cosa? Vai avanti...» pungola Mandelli.

«Si ricorda che le ho parlato dell'agenda di Carolina, no?»

«Certo, mi hai anche mandato le foto che hai fatto con il cellulare.»

«Mi aveva molto colpita la nota riferita a quella misteriosa Pupa... aspetti un secondo che riguardo i miei appunti» dice Marica.

Si sente il fruscio di fogli smossi.

«Ecco, l'ho segnata tra le cose rilevanti su cui indagare» riprende la Ambrosio. «In una delle pagine neutre, tra i mesi di settembre e ottobre, Carolina ha scritto la frase POVERA PUPA con un pennarello grosso. Per ben tre volte. Tra l'altro la terza volta il nome è seguito da una serie di punti esclamativi.»

«Secondo te cosa significa?» chiede Mandelli mentre cerca la pagina descritta da Marica tra le foto sul suo smartphone.

«È ciò che volevo dire poco fa... e se questa Pupa fosse una delle ragazze che partecipavano alle feste? Forse Carolina la conosceva di persona. Magari aveva saputo che le era successo qualcosa di brutto e ha minacciato quelli dell'organizzazione dicendo che li avrebbe denunciati. Oppure li ha banalmente ricattati, pretendendo soldi in cambio del suo silenzio.»

«Potresti aver ragione. Questa ipotesi darebbe anche un senso al messaggio che la De Bellis ha mandato ad Alba poco prima di sparire. Quello in cui diceva che si sarebbe fatta valere. Questa di Pupa è un'altra delle tante cose da chiedere alla Lanteri. Mi sa che è arrivato il momento di torchiarla per bene. Ne parlerò al maggiore Zurlo.»

«Vorrei esserci quando la interrogate! Ci tengo. Ho un conto in sospeso con quella vipera.»

«E allora vedrò di esaudire il tuo desiderio.»

Dopo la telefonata Mandelli si versa una seconda tazzina di caffè e infila di nuovo la mano nel sacchetto dei biscotti.

«Mario! Il colesterolo...» grida la voce di Isa da una stanza lontana.

Il commissario si guarda intorno stranito e osserva attentamente ogni anfratto della cucina. Prima o poi troverà le dannate telecamere che sua moglie deve aver disseminato per casa. Con un ghigno divertito prende la tazzina e ciabattando si trasferisce in sala.

Mentre affonda nel divano fa la seconda telefonata della giornata, preme invio e si mette in attesa. Dopo il quinto squillo risponde una voce impastata, palesemente assonnata.

«Chi è che rompe i coglioni alle nove del mattino della domenica?»

«Polizia...»

Un attimo di silenzio e poi parte il prevedibile insulto.

«Ma vaffanculo, dai! Chi cazzo sei? Denis, sei tu?» chiede l'uomo inquinando la domanda con un lievissimo accento straniero.

«No, sono Mandelli... mi dispiace averti svegliato. Ma ho proprio bisogno di te.»

I secondi scorrono mentre dall'altra parte tutto tace, poi la voce roca si manifesta nuovamente.

«Il commissario?»

«Direi di sì. Neanche a 'sto giro mi hanno degradato.»

«Ma allora è davvero lei! Mi scusi, pensavo a uno scherzo idiota di qualche mio amico.»

«Come te la passi, Besmir?»

«Diciamo che tiro avanti con i miei minimarket... ne ho aperto un altro a Baranzate e per ora pare che vada bene. Lei e la sua bella signora invece come state? Non ci vediamo dal funerale della cara Ester...» dice l'uomo con una sfumatura di malinconia nella voce.

Besmir Bazi un tempo era tra i più attivi magnaccia del giro di prostituzione gestito dai clan albanesi. Dopo che Mandelli aveva contribuito a spedirlo dietro le sbarre per un anno, il protettore aveva cambiato vita e si era buttato nel commercio alimentare, mettendo in piedi dei piccoli supermercati nella zona nord di Milano. I loro destini si erano incrociati di nuovo durante uno dei casi più eclatanti di cui si era occupata la squadra dell'UACV. Ester Gallizzi, un'amica e collaboratrice di Bazi, era stata tra le vittime dell'ultimo assassino seriale a cui il commissario aveva dato la caccia. Al funerale della donna Bazi aveva manifestato a Mandelli la sua eterna gratitudine, dicendogli di avere un debito d'onore nei suoi confronti. E adesso il commissario aveva bisogno di riscuotere parte di quel credito.

« Già... povera Ester. Come ti ho detto all'epoca, anch'io non la dimenticherò mai » ricorda Mario con un sospiro.

Besmir si schiarisce la voce e dal cellulare proviene un leggero tramestio di coperte e passi.

« Ieri notte ho fatto un po' tardi, dottore. Sa, il sabato è la mia unica serata libera... mi dia un secondo. »

Si sente trafficare, il rumore di una macchina per il caffè sostituisce la conversazione. Dopo un po' Besmir torna a parlare. « A cosa devo la sua telefonata? Immagino che voglia chiedermi qualcosa di importante, commissario. Se posso essere utile... Mi dica. »

Mandelli va dritto al punto: « Ho ragione di credere che a Milano esista un giro di prostituzione di alto livello, probabilmente organizzato e gestito da un gruppo di ragazzi. Due appuntamenti fissi a settimana in città e forse anche in altri capoluoghi della Lombardia. Ragazze giovani, dell'ambiente universitario. Credo che vengano reclutate da alcune loro coetanee. Circola molta droga e i clienti sono molto danarosi ».

« Mmm... » Besmir sospira e succhia un sorso di caffè. « Un mucchio di soldi... giri pericolosi. »

« Ne sai qualcosa? »

« Qualcosa ho sentito. Ma devo informarmi meglio, quanto tempo ho? »

« Oggi... stamattina » dice secco Mandelli.

Besmir ridacchia e posa rumorosamente la tazzina.

« Ora sì che la riconosco, commissario! Mi faccia fare un po' di telefonate. Una cosa però gliela dico subito. »

« Vai... »

« Un giro così non lo possono gestire solo dei giovani. Ci vogliono protezioni, conoscenze... e poi se c'è di mezzo tanta droga dietro c'è per forza la criminalità organizzata, come la chiamate voi sbirri. »

« Hai ragione, si vede che sei del mestiere » lo punzecchia Mandelli. « Esattamente quale tipo di criminalità? Magari qualche tuo amico albanese? »

« No, ormai i miei connazionali non contano quasi più un cazzo, né nella prostituzione, né in quel giro lì. Lei sa benissimo chi gestisce la droga in città. Intendo dire, chi si occupa dei grossi carichi e dello smercio, non chi la spaccia. A quello ci pensa la bassa manovalanza degli extracomunitari, le gang dei ragazzini e qualche indipendente che si mette in proprio. A Milano ormai funziona così. »

« Quindi come al solito... 'ndrangheta e camorra... la mafia, insomma. »

« Ecco. Ora capisce perché le ho detto che è roba pericolosa? »

« Sì, certo. »

« Adesso però ho bisogno di farmi una doccia. Entro stamattina spero di dirle qualcosa. »

« Grazie, Besmir » conclude Mandelli. « Ah, e scusami per la sveglia... ma ti confesso che mi sono divertito molto, domenica prossima magari ti chiamo un po' prima. »

« 'Fanculo, commissario... detto con tutto il rispetto possibile, s'intende. A dopo. »

L'ultima telefonata è per il maggiore Zurlo, che risponde al primo squillo.

« Stavo proprio per chiamarla io, Mandelli. Visto che mi ha preceduto, dica lei. »

« È davanti a un computer? »

« Tablet... siamo moderni noi dell'Arma, cosa crede! Nonostante i pantaloni con la striscia rossa facciano pensare il contrario. »

« Le ho appena mandato un'e-mail con il rapporto del pedinamento di Lucrezia Lanteri effettuato dall'agente scelto Ambrosio. Lo legga, appena può. »

Il commissario intanto gli racconta brevemente i dettagli.

« Ottimo lavoro » dice il maggiore qualche minuto dopo. « Direi che è arrivato il momento di sentire questa Lanteri, la faccio convocare subito. Quando la Ambrosio le manda i riscontri sulle targhe, lei me li faccia avere per favore, poi decidiamo insieme come procedere. »

Dopo un attimo di riflessione, Mandelli fa una proposta: « Credo sia anche arrivato il momento di darci del tu, Marcello. Sono i nostri superiori che ci hanno messo in questa spiacevole situazione... Io avevo già il mio caso per le mani e tu avevi il tuo, perciò questa indagine congiunta è una rottura di palle per entrambi. Non vedo perché dovremmo complicarci la vita da soli ».

Il carabiniere ride di gusto. A Mandelli ricorda la risata di quel noto chef campano che in tivù distribuisce pacche sulla schiena a destra e a manca.

« Te lo stavo per chiedere io, Mario. Non ti nascondo che ieri all'inizio mi sembravi un po' troppo milanese per i miei gusti, ma poi mi sono ricreduto. Quindi mi trovi d'accordo, da questo momento tra noi metterei al bando tutte le stronzate inutili... »

« Bene, affare fatto, allora. Adesso raccontami quello che volevi dirmi. »

« Abbiamo un nome... come avevamo previsto. Una corrispondenza con il DNA dei capelli che ha rilevato la Necchi. »

« Di chi si tratta? »

« L'uomo si chiama Federico Bergamini... ha trentaquattro anni, architetto e incensurato... risiede a Milano, in via Cosimo del Fante. »

« E come mai abbiamo il suo DNA se non ha precedenti? » chiede il commissario mentre si alza dal divano e va verso la finestra.

« Perché in realtà qualcosa c'è stato. Cinque anni fa ebbe un incidente stradale sulla tangenziale ovest. Apparentemente l'auto sbandò e si schiantò contro il guardrail, lui sopravvisse ma nello schianto morì la sua fidanzata... Erica Landi, una giovane tirocinante di Milano. »

« Perché apparentemente? » chiede Mandelli alzando la tapparella e facendo filtrare nella sala la pallida luce della domenica.

« Perché i rilievi della stradale e le perizie tecniche non evidenziarono alcun segno di frenata. In pratica la macchina di Bergamini sterzò e puntò dritta contro la barriera di sicurezza e poi volò in aria ricadendo sull'asfalto. »

Mario scosta le tende e guarda fuori. Sembra che finalmente abbia smesso di piovere. Un velo di vaporosa condensa si alza dal piccolo giardino all'angolo e per strada non si vede anima viva.

« Immagino che i colleghi abbiano pensato che volesse ammazzarsi insieme a lei... insomma, un omicidio-suicidio da manuale. E invece cos'era successo? »

« Bergamini disse di aver avuto un colpo di sonno e di essersi risvegliato tra le lamiere dell'auto, incastrato tra il volante e il sedile. La donna invece morì all'istante. A lui fecero tutti gli esami possibili e immaginabili... ovviamente l'etilometro, poi il tossicologico, l'ematochimico e numerose perizie psichiatriche. È per questo che abbiamo ancora il DNA, e anche perché due anni fa la famiglia della ragazza ha chiesto e ottenuto la riapertura delle indagini. Sembra però che il magistrato sia intenzionato a confermare l'archiviazione » spiega Zurlo.

« Conseguenze immediate? »

« Non fu possibile provare nulla contro Bergamini, dovettero per forza credere alla sua parola. Lui sembrava davvero affranto per l'accaduto, cadde in depressione e lasciò il lavoro presso un prestigioso studio di architettura. Ha ripreso a lavorare soltanto da due anni, come libero professionista. La famiglia è molto benestante. A quanto risulta dal cassetto fiscale, alla sua morte il padre gli ha lasciato una bella rendita e delle proprietà immobiliari a Milano e in Brianza. La madre invece è morta quando lui era ancora piccolo. »

« Quindi potrebbe essere un soggetto depresso, con tendenze suicide, attitudine omicidiaria e grandi mezzi economici. Se diamo per buona la teoria che possa aver volontariamente provocato l'incidente stradale, direi che abbiamo l'identikit del perfetto psicopatico pronto a esplodere. Il profilo ideale a cui appioppare l'omicidio di Carolina. »

« Già... però la morte della Landi potrebbe anche essere stata davvero casuale e lui potrebbe aver detto la verità. Comunque, subito dopo l'incidente è stato preso in cura da uno psichiatra che ogni tanto lo segue ancora... » Si sente un frusciare di fogli. « Ecco... Pier Carlo Belloni, dicono sia una specie di costosissimo guru... tra i suoi pazienti ha anche moltissimi vip. »

Mandelli resta in silenzio, prende la tazzina vuota e va in corridoio.

« E ora che vuoi fare? » chiede mentre entra in cucina.

« Semplice, Mario, andiamo a trovare questo Bergamini. Insieme. »

54

Il viceispettore Dei Cas ripassa per l'ennesima volta i suoi appunti sul caso Bessa-Cervignati e ogni tanto alza gli occhi. Osserva il profilo greco di Casalegno, la barba, l'attaccatura dei capelli, il volto illuminato dalla luce azzurra del computer. Per un attimo ripensa alla notte che hanno trascorso insieme. Poi, prima che lui si accorga del suo sguardo, si morde il labbro inferiore e trattiene l'eccitazione.

La sera prima, si sono seduti a tavola e hanno mangiato voracemente il delizioso cibo giapponese, chiacchierando del più e del meno. Appena finito di cenare Antonio ha acceso lo stereo e aperto un'altra bottiglia di vino bianco. Si sono spostati sul divano e, tra una battuta e l'altra, è iniziato il rituale delle carezze e degli ammiccamenti. A un tratto hanno cominciato a baciarsi con passione e non hanno più smesso. Hanno fatto l'amore fino a perdere il conto degli amplessi, con un impeto decrescente che ogni volta lasciava spazio a un corollario di gesti sempre più gentili e misurati. Nel pieno della notte sono crollati e si sono addormentati, nudi e spossati, l'una sull'altro.

La mattina si sono svegliati presto e hanno deciso di andare insieme in questura per mettersi a lavorare sul caso. Adesso che hanno capito come darsi piacere non hanno più nessuna fretta. Si godranno il resto del loro tempo con calma, senza rimorsi o troppe aspettative.

«Hai trovato qualcosa?» chiede Casalegno tenendo lo sguardo fisso sul monitor.

«No. Ma prima stavo riflettendo su quanto poco sappiamo di tutta questa vicenda» risponde lei indicando gli incartamenti dell'indagine.

«Di cosa, in particolare?»

La Dei Cas toglie i piedi dalla scrivania e li infila nelle scarpe coi tacchi. «Di Bessa Terzaghi... E sai perché? Perché finora abbiamo ragionato su un arco temporale troppo ristretto, che non va oltre gli ultimi vent'anni. Mandelli ha ragione, questo caso affonda le sue radici nel passato... e a noi manca il quadro generale della vita del professore. Dobbiamo trovare qualcuno che conosca tutta la storia, che sappia cos'è successo prima.»

«E chi?» domanda Casalegno staccandosi dalla sua postazione. «A parte la nipote non saprei proprio a chi chiedere. E comunque la Rovelli era una ragazzina che fino alla morte del padre, nel 1995, viveva con i suoi. Non credo che sappia molto più di quello che ci ha detto.»

Caterina si sfiora il lobo carico di orecchini con le dita e poi le fa scrocchiare una per una.

«Siamo due idioti!» dice all'improvviso scuotendo la testa.

«E perché?»

«Perché basta chiedere a chi era lì prima di Raboni, semplice. Il buon Mariano ci ha sempre detto che lui è al servizio della famiglia Bessa Terzaghi da ventitré anni, giusto?»

«Sì, è vero. Se n'è vantato spesso» conferma Antonio.

«Quindi, prima di lui ci sarà stato qualcuno al suo posto, no?»

«Immagino di sì. È una buona idea, sempre che questo qualcuno sia ancora vivo.»

«E allora cosa aspettiamo a chiamare Mariano Raboni e

a chiederglielo? » domanda la Dei Cas con uno scintillio negli occhi.

Casalegno tira fuori il cellulare e seleziona il numero del custode.

L'appuntato Garavaglia guida con gli occhi fissi sulla strada, le guance arrossate per la concentrazione. Adesso ha smesso definitivamente di piovere e le vie della città sono invase da una spessa foschia. Non è proprio la cara nebbia milanese di una volta, ma quasi. Il maggiore Zurlo occupa il posto davanti, con i folti capelli scuri che accarezzano il tetto dell'abitacolo. Mario Mandelli è seduto in mezzo allo scomodo sedile posteriore e osserva con attenzione il percorso che si snoda davanti a loro.

« Dopo l'incrocio le conviene girare a sinistra, appuntato... facciamo prima » dice cedendo all'irresistibile impulso di fornire indicazioni stradali.

Garavaglia fa sì con la testa e si sposta sull'altro lato della carreggiata.

Il suono ipnotico della sirena aiuta la gazzella a farsi strada nel pigro traffico domenicale. Dopo pochi secondi l'auto imbocca via XX Settembre, per poi accelerare in direzione di piazza Conciliazione.

« Quanti uomini abbiamo sul posto? » chiede il commissario mentre si tiene ai poggiatesta.

« Oltre a noi interviene il nucleo radiomobile del comando di Porta Monforte, sei uomini, con noi siamo in otto... ti ricordo che in base all'accordo tu non sei contemplato tra gli operativi. » Zurlo volta il mento all'indietro, osserva il commissario e sorride. « Rilassati, Mandelli, e goditi il viaggio. Paga il ministero della Difesa. »

Mario fa una smorfia insofferente, si appoggia allo schienale e segue il consiglio.

Un quarto d'ora dopo l'Alfa Romeo 159 si infila in mezzo a due auto di pattuglia posteggiate con i lampeggianti accesi davanti al civico 15 di via Cosimo del Fante.

Mandelli e Zurlo scendono e osservano la bella facciata dell'edificio su cui battono ritmicamente le luci blu dei girofari. Il maggiore indossa il suo cappello, si dirige verso gli uomini in attesa e dà rapide istruzioni.

Quando la squadra entra nell'androne, un uomo sopra i sessanta, con un cardigan blu e un cappello di lana da cui sfuggono delle ciocche bianche, va verso di loro camminando a lato di una passatoia. Li guarda intimorito e china la testa in un gesto di saluto.

« Buongiorno, mi chiamo Alfredo Di Vita, sono il proprietario dell'immobile. Oggi è domenica e il custode è di riposo. Quando ho visto le macchine e le luci son venuto a vedere se avevate bisogno di qualcosa » dice con un marcato accento milanese.

Zurlo lo guarda dall'alto in basso, esercitando tutto il potere intimidatorio della divisa.

« Buongiorno, cerchiamo Federico Bergamini. Sa dirci a che piano abita? »

Di Vita si passa una mano sul volto malrasato e annuisce.

« L'architetto? Certo, sta su al terzo piano. Scala A, la prima porta a destra sul pianerottolo... ma cosa ha fatto? »

« Non sono fatti suoi. Piuttosto, sa se è in casa? »

« Non so, ma non credo. Di solito la domenica va fuori Milano a trovare la madre al cimitero. » L'uomo deglutisce, poi vede che uno dei militari impugna un ariete tattico.

« Oh, ma non vorrete mica sfondare la porta! »

« Abbiamo il mandato. In qualche modo dobbiamo pur entrare, no? »

Di Vita dice loro di attendere, sparisce dietro l'angolo e dopo cinque minuti è già di ritorno.

« Ho il doppione, un mese fa ho seguito dei lavori in casa sua » spiega facendo tintinnare un mazzo di chiavi.

« Ma perché, l'architetto è in affitto? » chiede Mandelli interessato.

« No, no... è il proprietario dell'appartamento, l'ha ereditato. I Bergamini sono i soli a cui io abbia mai venduto, ero un vecchio amico del padre. Tutti gli altri sono affittuari, mi rende di più... anche se ormai sono più i fastidi che altro. »

« Adesso però ci faccia strada! » ordina impaziente Zurlo.

L'uomo si avvia veloce come un furetto verso le scale alla sua destra, ma prima di mettere piede sul ballatoio li ammonisce.

« Non mi camminate sulla passatoia, per cortesia, che il custode l'ha appena pulita. »

Poi si volta e li guida a piccoli passi su per le scale.

Di Vita aveva ragione: Federico Bergamini non è in casa. Dopo aver rapidamente perlustrato il grande appartamento, Zurlo e Mandelli si sono messi comodi, in attesa che i militari perquisissero il resto della casa. L'anomala coppia di investigatori è seduta in sala, su due confortevoli poltrone di fronte a un lungo divano di pelle bianca.

« I soldi non gli mancano di certo » commenta Zurlo guardandosi intorno. « Casa da ricchi. »

Mandelli mastica una specie di sì e si alza per andare a guardare in strada. Giù non c'è quasi nessuno, a parte una coppia di mezz'età che discute appoggiata al cofano di un'auto e un uomo elegante con una borsa da palestra in spalla, che per un istante sembra alzare gli occhi verso di lui.

In quel momento Garavaglia entra nella stanza e schiarisce la voce per farsi notare.

« Ehm... maggiore! »

« Dimmi Garava' » risponde Zurlo alzandosi di scatto e toccandosi la schiena con una smorfia di fastidio.

« Abbiamo trovato qualcosa di interessante nello studio» spiega l'appuntato con un'espressione titubante sul viso.

«Ottimo. Andiamo a vedere» dice il maggiore rivolgendosi a Mandelli.

«Ehm...» fa Garavaglia guardando il suo superiore.

«Che c'è ancora, Guido?» chiede Zurlo un po' irritato.

«Forse è meglio se prima viene a vedere lei... da solo, maggiore» aggiunge il giovane carabiniere visibilmente imbarazzato.

Zurlo si gira verso Mandelli, allarga le braccia dispiaciuto ed esce dalla stanza preceduto dal suo assistente.

Appena imbocca via Cosimo del Fante, il Cacciatore si immobilizza. Davanti al portone di casa sua ci sono tre auto dei carabinieri con i lampeggianti accesi. Due militari sono in piedi accanto alle gazzelle e si guardano attorno sospettosi.

Riprende a camminare a passo lento, si sposta sul lato opposto della strada e procede riparandosi dietro i profili delle auto posteggiate. Quando arriva di fronte al palazzo, aggiusta la borsa da palestra sulla spalla e guarda su, verso le finestre del suo appartamento. Dietro la tenda della sala intravede la sagoma di un uomo robusto, allora abbassa lo sguardo e si sposta qualche metro di lato.

Quei maledetti sono dentro casa sua! Ma perché? Forse gli uomini della scorta di Locatelli non sono così stupidi come credeva e l'hanno identificato. O magari lo stavano seguendo già da tempo. Forse sapevano dei suoi pedinamenti alla fata e lui c'è cascato senza accorgersi di nulla. Ma se anche fosse, cosa possono fargli? Arrestarlo perché ha seguito la figlia del viceministro dell'Interno? E se è così, allora perché i carabinieri e non la polizia?

Il suo cervello gira a mille ma non trova risposte valide.

Inspira l'aria fredda del mattino e cerca di rimanere lucido. Anche se non conosce il motivo della loro presenza non può certo consegnarsi nelle mani dei carabinieri. Non sarebbe più libero di attuare il suo piano. Per un attimo si aspetta che il panico prenda il sopravvento e invece, al contrario, lo invade una calma assoluta. Alza ancora una volta gli occhi verso casa sua e finalmente decide: porterà a compimento il suo progetto e, se le cose dovessero andar male, giura a se stesso che non lo prenderanno vivo.

« Che cos'è tutto 'sto mistero, Garavaglia? » dice Zurlo mentre l'appuntato lo guida dentro lo studio dell'architetto.

« Guardi lei stesso. Lì, nel primo scomparto, sotto il tavolo da disegno. » Il giovane carabiniere indica una cassettiera d'acciaio nascosta sotto il tecnigrafo.

L'ufficiale infila le dita nella fessura di metallo e tira verso di sé. Sul fondo del cassetto giacciono centinaia di fotografie mescolate alla rinfusa. Il maggiore inizia a smuoverle con le dita finché i suoi occhi non si posano su due immagini. Le prende, le avvicina al viso e le osserva per bene. Dopo qualche secondo capisce il motivo di tanto mistero e incrocia lo sguardo complice di Garavaglia.

« Merda » sussurra sventolando le foto con la destra, mentre con la sinistra ne preleva altre due dal fondo del cassettone. « Queste cambiano tutto lo scenario. »

Prima di rientrare nel salone Zurlo indugia per un attimo sulla soglia. Mandelli capisce che c'è qualcosa che non va. Il maggiore gli mostra il mazzetto di foto, si dirige verso il tavolo da pranzo e ne dispone alcune sul piano di vetro. Mario lo raggiunge e le osserva per almeno un minuto.

Le immagini in bianco e nero ritraggono Alba Locatelli, sullo sfondo si riconoscono l'entrata e i chiostri dell'Università Cattolica. Zurlo prende altre tre foto e le affianca alle precedenti. Nei nuovi scatti, la figlia del viceministro è in compagnia di Mandelli: i due si sorridono, parlano fitto e camminano appaiati lungo un corridoio dell'ateneo.

« 'Sto figlio di puttana seguiva anche me e la Locatelli! » esclama il commissario.

« Esatto. E questo potrebbe mandare all'aria la nostra ipotesi della messinscena. Forse è stato davvero lui a uccidere Carolina. E intanto puntava anche la sua amica del cuore, Alba Locatelli. »

« È un cazzo di casino » sussurra il commissario scuotendo la testa.

« E mi sa che non è tutto. Voglio farti vedere anche queste... » Zurlo lascia cadere due foto accanto alle altre.

Mandelli strabuzza gli occhi e osserva l'ultima coppia di immagini. Il soggetto principale in questo caso non è Alba. E non è neppure lui. Quella ritratta nella foto è una persona che gli sta molto a cuore. Moltissimo.

« Conosci questa donna? » chiede Zurlo incuriosito.

Il commissario stringe i pugni e risponde a denti stretti.

« Certo che la conosco! È mia moglie Marisa! »

« Merda, è proprio quello che temevo » dice il maggiore.

« Hai una foto di questo Bergamini? » domanda Mandelli con una faccia lupesca.

Il militare tira fuori il telefono e gli mostra lo schermo. Mario osserva intensamente il volto dell'uomo che stanno cercando e dopo qualche secondo indica la finestra.

« È lui! Quel figlio di puttana era qui sotto cinque minuti fa! Avvisa i tuoi che stanno giù alle auto... Digli cha ha in spalla una borsa da palestra, indossa un completo elegante e una sciarpa scura! »

Mentre Zurlo si allontana abbaiando gli ordini nella sua ricetrasmittente, Mario Mandelli prende una delle foto che ritraggono Marisa e la fa in mille pezzi.

Poi tira fuori il telefono e chiama sua moglie.

55

Antonio Casalegno studia il profilo di Caterina Dei Cas e si appoggia contro il sedile. Quando lei ha insistito per guidare, lui le ha semplicemente lanciato le chiavi, senza opporre resistenza.

«Sei brava a guidare» le dice indicando la strada.

«Cosa vuoi, quando cresci sui monti della Valtellina non c'è molto da fare per divertirsi. Praticamente guido da sempre, ho cominciato con il trattore del nonno, a dodici anni. A quindici ho rubato la macchina a mio padre e sono andata a Sondrio a farmi fare un tatuaggio.»

Casalegno la osserva incuriosito e piega la testa.

«Non ricordo di aver visto tatuaggi» dice maliziosamente.

Caterina non raccoglie la provocazione.

«Quando sono tornata a casa ha provato a cancellarmelo a cinghiate, ma senza successo. L'ho tenuto, vergognandomene per tutta la mia gioventù... me lo sono fatto togliere poco prima del concorso per entrare in Polizia.»

«Un giorno mi dirai che tatuaggio era» dice Antonio tornando a guardare fuori.

«Non ci penso nemmeno!»

«Almeno dimmi dov'era...»

«Vai a cagare, ispettore. Richiama Mandelli, piuttosto.»

Casalegno prova di nuovo ma la linea risulta sempre occupata.

L'Audi intanto sfreccia sulla tangenziale est e supera l'uscita di Cologno. Il lampeggiante semina manciate di luce blu sull'asfalto mentre le auto si spostano sulla destra lasciando libero il passaggio. Una spessa nebbia si alza lungo i bordi della strada e avvolge il paesaggio in un indistinto abbraccio.

Quando arrivano a un chilometro dall'uscita di Carugate, Antonio fa un rapido cenno con il mento.

«Dobbiamo uscire qui.»

«Cos'è questa coda?» chiede Caterina indicando la fila di auto che intasa lo svincolo.

«C'è un grande centro commerciale. Ikea, Decathlon... roba del genere. Aggiungi che oggi è domenica...»

«Pensa che palle di giornata si passano questi!»

«Già...» dice Casalegno mentre attiva la sirena. «Vediamo di non perdere troppo tempo con 'sti lemuri a caccia di sconti.»

La Dei Cas si infila decisa nel varco che si spalanca davanti a loro. Dopo aver percorso le campagne intorno a Bussero imboccano un lungo viale in terra battuta che corre tra due file di pioppi macilenti e puntano verso un cancello di ferro aperto per metà. Attraversano uno spiazzo ricoperto di ghiaia e posteggiano davanti a una villa ottocentesca ristrutturata. L'ingresso è presidiato da un moderno portone in alluminio che fa a cazzotti con il resto dell'edificio e da un'allegra insegna colorata di azzurro: RESIDENZA LA BUSSERINA. Da uno scivolo ricoperto di gomma nera scende una carrozzina sospinta da un robusto paramedico, sopra c'è una donna vecchissima, avvolta come una fragile larva in un bozzolo di coperte.

I due poliziotti entrano e si avvicinano a un bancone dove un'infermiera sta siglando dei registri.

La donna alza la testa dai fogli e li guarda scocciata.

«Come posso esservi utile?» dice con un tono gentile che contrasta con la sua espressione arcigna. Ad Antonio ricorda vagamente la spietata caposala di quel film con Jack Nicholson. Dopo un istante di smarrimento sfodera il tesserino e la guarda negli occhi.

« Polizia, questura di Milano. Sono l'ispettore Casalegno, la collega è il viceispettore Dei Cas. »

Mildred Ratched, ecco come si chiamava quella gran bastarda che aveva fatto lobotomizzare il povero Jack!, ricorda Casalegno.

La donna li osserva, per niente impressionata. Poi si alza e va loro incontro.

« Buongiorno, Lucia Zanetti, vicedirettrice della residenza. Piacere... Ditemi, siete venuti ad arrestare qualcuno dei nostri pericolosissimi pazienti? » dice acida, senza neppure porgere loro la mano.

La Dei Cas accenna un sorriso e poi parla lentamente, guardando la Zanetti negli occhi slavati: « Per adesso no, signora. Ma se preferisce ci ripensiamo, ribaltiamo tutta la baracca e se troviamo anche soltanto uno spillo fuori posto... »

La donna sbianca e balbetta: « Io... perdonatemi, non intendevo... è che non riceviamo spesso visite della polizia. Ditemi pure ».

« Cerchiamo la signora Isella, dovrebbe essere tra i vostri ospiti... Enrica Isella. Dobbiamo parlarle con urgenza » aggiunge la Dei Cas senza cambiare di una virgola la sua espressione incazzata.

« Sì, certo... Enrichetta. Venite, vi accompagno » propone sussiegosa la vicedirettrice, e si incammina lungo un corridoio che è un'infilata di porte tutte uguali. Più o meno a metà, si ferma di fronte a un uscio semiaperto e fa loro segno di seguirla nella stanza.

L'ambiente è immerso nella penombra e nell'aria c'è odore di disinfettante e acqua di colonia. La Zanetti inizia a sollevare l'avvolgibile della finestra e una pallida striscia di luce scivola sul pavimento rischiarando la camera.

« Enrichetta! Sono venute a trovarti delle persone... Svegliati, su, da brava » dice con il tono allenato di chi è del mestiere.

Nel letto c'è una vecchia dal volto avvizzito che porta le mani davanti agli occhi per ripararli dalla luce, poi si solleva a fatica e cerca di mettere a fuoco i due sconosciuti.

« Chi siete... Lucia, chi sono questi signori? » chiede con voce roca e incerta.

La vicedirettrice si avvicina al letto e le aggiusta i cuscini, le versa un po' d'acqua in un bicchiere di plastica e glielo passa.

« Te lo spiegheranno loro, Enrichetta. Bevi, su. Io vi lascio soli e torno tra un po' a vedere se va tutto bene, stai tranquilla » dice, poi si gira verso i poliziotti, fa un secco cenno del capo ed esce dalla stanza. Casalegno e la Dei Cas si avvicinano ai piedi del letto. L'anziana li osserva con attenzione. Due pallide pupille celesti indagano i misteriosi ospiti attraverso le fessure degli occhi.

« Chi siete? » chiede timorosa.

Antonio e Caterina si presentano e le spiegano che è stato Mariano Raboni a dir loro dove trovarla. Enrichetta non sembra per nulla sorpresa e con un dito ossuto indica due sedie di metallo da ospedale.

« Il Mariano... *l'è propi un brav fioeu*... Come sta? Prego, accomodatevi, se volete. »

Casalegno scuote la testa e fa un passo verso il letto.

« Raboni sta bene e le manda i suoi saluti. Ma noi siamo venuti qui per chiederle di Niccolò Bessa Terzaghi » dice l'ispettore senza staccare lo sguardo dal volto della donna.

« Ah... Niccolò... il mio cruccio! » La voce le si incrina, ricorda lo stridio di un gesso sulla lavagna. « Cos'ha fatto? »

« È morto, signora Isella. »

La vecchia resta in silenzio, poi alza il bicchiere di plastica e indica la bottiglia sul comodino. Caterina le versa dell'altra acqua. Enrichetta beve a piccoli sorsi.

« Com'è morto? »

« È stato ucciso » spiega la Dei Cas. « Nella villa, all'interno della biblioteca. »

« Ah, ecco... Come avevo sempre temuto: se lo sarà venuto a prendere il demonio, quell'anima infelice » dice la donna facendosi il segno della croce con la mano destra. « Non ci puoi mica scherzare troppo col diavolo, neh! »

Casalegno guarda la collega e in quel momento nella stanza si abbassa la luce. Probabile che là fuori una nuvola stia oscurando il cielo.

« Cosa intende dire, signora Isella? » le chiede il vice-ispettore.

« Che nella vita se fai del male poi ti torna sempre indietro... e il signorino Niccolò ne ha fatto tanto. Soprattutto a quella povera ragazza. »

« Quale ragazza? » la sollecita Caterina.

La vecchia posa il bicchiere, spinge sulle fragili mani e si solleva con fatica contro la spalliera del letto.

« Voi non sapete niente della Franchina, vero? » chiede quasi stupita.

« No. Chi è? » domanda Casalegno.

La donna alza un braccio scheletrico e indica di nuovo le sedie vuote.

« In realtà si chiamava Franca, Franca Diodato. E adesso sedetevi lì, che vi devo raccontare una storia triste... di quelle che non si possono ascoltare in piedi, per rispetto di tutte le brave persone che han sofferto. »

Caterina prende una sedia e la mette accanto alla sponda del letto. Anche Antonio ubbidisce, e appena prende posto Enrichetta Isella inizia a parlare.

*

Zurlo apre la portiera e scivola accanto a Mandelli, poi lancia il cappello sul sedile anteriore e sospirando si massaggia il volto con le mani.

« Non l'hanno trovato, vero? » chiede il commissario mentre Garavaglia fa retromarcia.

« No, niente, Bergamini è sparito. Abbiamo allertato tutti, anche la Mobile. Tu nel frattempo sei riuscito a parlare con tua moglie? »

« Sì, è già rientrata. Fortunatamente era vicino a casa, all'oratorio, con le sue amiche del quartiere. Ho fatto mettere un'auto davanti al portone per controllare la via, non si sa mai con questo figlio di puttana. Ma ti rendi conto? Ha seguito mia moglie e sicuramente sa anche dove abito! » dice Mandelli ancora furioso.

« Lo prendiamo 'sto schifoso, Mario, lo prendiamo » cerca di tranquillizzarlo il maggiore.

« Hai fatto avvisare Locatelli? Gli hai detto di far mettere sotto scorta Alba? »

« Sì, il comando ha allertato sia il ministero dell'Interno che il viceministro. Però pare che la ragazza sia fuori a fare una passeggiata con il cane. Hanno mandato delle auto a cercarla. »

« Dove? »

« Mi hanno riferito che di solito va a correre vicino all'Arco della Pace o verso l'Arena, comunque nei pressi di casa sua. »

« Ma scusa, non l'hanno chiamata sul cellulare? »

« No, l'ha lasciato a casa. »

« Merda! Sei sicuro? » domanda Mandelli mentre seleziona il numero di Alba.

Al sesto squillo a vuoto scatta la segreteria.

« Visto? » fa Zurlo allargando le braccia.

«Chiedi ai tuoi di informarci quando la trovano» dice brusco il commissario.

«Secondo te non l'ho fatto? Datti una calmata, Mandelli, così agitato non servi a niente e diventi anche *'nu scassapalle.*»

«Hai ragione, scusami, è per la questione di mia moglie... mi ha fatto andare fuori di testa. E adesso che cosa facciamo?»

«Facciamo che mentre i nostri cercano Bergamini, noi due continuiamo a scavare» risponde Zurlo. «Andiamo subito a interrogare il suo psichiatra. Voglio che Pier Carlo Belloni ci racconti tutto quello che sa su questo stronzo.»

Mandelli ridacchia.

«Che cos'ho detto di male?» chiede il maggiore.

«Niente. Pensavo con soddisfazione al fatto che anche voi caramba dite le parolacce.»

«Sì, Mandelli, ogni tanto le diciamo anche noi... ma tu non spargere la voce.»

Quando escono dalla residenza per anziani, Antonio e Caterina non si scambiano neppure una parola e si avviano verso la macchina a testa bassa, riflettendo ciascuno a suo modo sulle parole di Enrichetta. La Dei Cas passa le chiavi all'ispettore, entra dal lato del passeggero e attende che Casalegno risistemi il sedile di guida. Poco dopo l'Audi si muove masticando la ghiaia, supera il cancello e imbocca lentamente il viale alberato. Antonio alza gli occhi verso lo specchietto e osserva l'edificio ottocentesco rimpicciolire alle loro spalle e poi svanire nella nebbia.

«In fondo devi girare a destra» suggerisce Caterina. «Cazzo, che storia pazzesca... credi sia tutto vero? Quella donna ha pur sempre più di novant'anni.»

«Sì, è una storia incredibile, ma sinceramente a me la

vecchia è sembrata tutt'altro che rimbambita. Penso che ci abbia detto la verità e che la chiave degli omicidi sia proprio nei fatti che ci ha raccontato. »

« Ne sono convinta anch'io. E adesso come possiamo procedere? »

« Dobbiamo parlarne subito con Mandelli e confrontarci con la squadra per mettere insieme i pezzi. Partendo dal presupposto che sappiamo una cosa che prima ignoravamo completamente. »

« E quale tra le tante? » chiede Caterina voltandosi verso di lui.

« La più importante, direi... Ovvero che Niccolò Bessa Terzaghi era un bastardo schifoso. »

56

Pier Carlo Belloni abita in un attico all'ultimo piano delle residenze Libeskind, nel quartiere Citylife, come si chiama oggi il vecchio recinto della Fiera, dopo che i padiglioni hanno ceduto il posto a tre grattacieli firmati da altrettante archistar, a un centro commerciale, a un polmone verde in via di sviluppo e a qualche condominio di lusso già perfettamente sviluppato. Come questo.

Quando la porta dell'appartamento si apre, Mandelli e Zurlo si trovano davanti un uomo magro, con una folta capigliatura bianca che incornicia un viso scarno e abbronzato. Il ritratto è completato da un paio di occhiali rotondi che cerchiano due pupille fredde e una camicia a righe stretta al petto da un paio di bretelle rosse.

«Prego, accomodatevi» li invita il padrone di casa con un ampio gesto della mano. Poi si fa da parte e li lascia passare.

Mandelli osserva ammirato l'arredamento moderno in cui spiccano alcune chicche d'antiquariato. Un'antica polena appesa a mezz'altezza in un angolo dell'open space, due orci di epoca medievale disposti accanto a un basso divano privo di spalliera, una bellissima cassapanca di legno scuro con iscrizioni in latino che corrono sul fregio. Sullo sfondo c'è un'enorme finestra la cui vista abbraccia la spianata di piazza Elsa Morante immersa nella foschia della tarda mattinata.

Una casa da urlo.

Il maggiore si toglie il cappello e lo stringe sotto l'ascella.

«Buongiorno dottore, innanzitutto grazie per averci ricevuti e ci scusi per averla disturbata di domenica con un così scarso preavviso.»

L'uomo scuote la testa. «Non c'è problema, maggiore, di solito la domenica scrivo. Sto terminando il mio ultimo saggio. Recupererò dopo, un po' di svago mi fa bene... ma sedetevi, prego.»

Decisamente una strana idea di svago, pensa il commissario mentre si accomoda su un divano accanto a Zurlo.

Pier Carlo Belloni sprofonda in una poltrona di fronte a loro e prende una pipa dal tavolino alla sua destra.

«Non la fumo, la tengo soltanto in mano. Mi rilassa» spiega. «Ma ditemi, a cosa devo l'onore di una visita congiunta di carabinieri e polizia?» Le sue labbra sottili si increspano in una specie di sorriso.

«Come le ho anticipato al telefono, vorremmo farle alcune domande su Federico Bergamini» dice il maggiore posando il cappello sul bracciolo.

Belloni dà un'occhiata infastidita al copricapo.

«Cortesemente, sareste così gentili da ripetermi i vostri nomi, per favore? Perdonatemi, ma ho una scarsa memoria telefonica e mi piace sempre associare un nome a un volto... deformazione professionale, immagino.»

«Lui è il maggiore Marcello Zurlo, del comando di compagnia di San Donato, mentre io sono il commissario Mario Mandelli, della questura di Milano. Stiamo svolgendo un'indagine interforze che ci ha portato a sospettare di Federico Bergamini. Non possiamo dirle altro.»

«Certo, capisco. Ovviamente ho sentito già parlare di lei, commissario. L'Unità di Analisi del Crimine Violento è molto nota. Tempo fa ho avuto il piacere di conoscere la direttrice della sede centrale di Roma a un convegno e abbiamo parlato anche di lei. Per uno psichiatra come me le vostre attività sono molto interessanti dal punto di vista professionale. Magari un giorno mi consentirà di intervistarla per uno studio.»

«Ne dubito, dottore, sfortunatamente sono sempre troppo impegnato. Quando ho del tempo libero lo passo in famiglia» dice asciutto il commissario.

Belloni sorride, poi la sua bocca si stira in una linea sottile. «Ma non divaghiamo troppo. Ditemi, piuttosto, cosa posso fare per voi?»

«Vorremmo sapere chi è davvero Federico Bergamini» chiede Zurlo passandosi una mano sul mento.

«Me lo chiedete come medico o come conoscente? Perché fa tutta la differenza del mondo. Nel primo caso devo attenermi al segreto professionale e non posso dirvi quasi nulla. Come conoscente invece avrei ben poco da dire.»

«È un bel problema allora, vero maggiore?» chiede Mandelli senza staccare lo sguardo da quello del padrone di casa. «Come possiamo farci raccontare qualcosa dal dottore?»

«Diciamo che possiamo rimanere entro il limite. Potremmo essere noi a formulare delle ipotesi oppure a chiederle dei pareri generici. Senza domandare specificamente di Bergamini. Che ne dice?» propone Zurlo.

Belloni annuisce.

«Può dirci per esempio da quanto tempo è in cura da lei?»

«Certo. Direi che suo padre lo mandò da me immediatamente dopo l'incidente in cui morì la Landi. In seguito anche le autorità giudiziarie chiesero il mio parere. Fui io a fornire le perizie sul suo stato psicologico durante e dopo la disgrazia. Immagino sia per questo che sapete di me e ora siete qui nel mio salone.»

Zurlo conferma e Belloni continua.

«In seguito alla tragedia Federico era caduto in uno stato di depressione endogena, quella che si chiama depressione maggiore. Il sintomo più evidente è l'umore deflesso, ovvero una profonda tristezza con perdita di interesse per tutte le normali attività quotidiane. Non riusciva ad amare se stesso né nessun altro. Poi, lentamente, si è ripreso quasi del tutto. Ormai lo incontro soltanto una o due volte l'anno, e più che altro chiacchieriamo. Infatti un po' mi stupisce vedervi qui oggi, perché tecnicamente Federico è guarito... Immagino che se vi chiedessi che cos'ha fatto o di cosa lo sospettate non mi direste molto, vero? »

« Esatto. Immagina bene » interviene Mandelli. « Era solo depresso o aveva anche comportamenti violenti? »

« Diciamo che nell'iter di cura sono emersi aspetti maniacali di cui però non posso dire di più. »

« Aveva manie sessuali? Voglio dire, perversioni particolari? » chiede Zurlo.

« Mi faccia lei degli esempi di cosa intende con manie sessuali, maggiore, se posso farlo confermerò. »

« Va bene, ci provo. Le risulta che amasse far vestire le donne in modo strano prima di consumare un atto sessuale? »

Belloni si sistema sulla poltrona, per un momento sembra a disagio ma poi schiarisce la voce e risponde: « Potrebbe essere, sì ».

« Ad esempio utilizzando costumi e travestimenti simili a quelli... diciamo da... principessa? »

Il dottore stringe le labbra e dopo qualche secondo annuisce in silenzio.

« Ci dica qualcosa, dottore. Potrebbero esserci delle persone in pericolo, là fuori. In qualche modo ci deve aiutare » lo martella il commissario.

Belloni si alza, va alla finestra e guarda giù. Poi torna verso di loro, restando in piedi accanto alla poltrona.

« *Fate* » dice. « Bergamini le chiama fate. »

« Le donne? » domanda Mandelli.

« Sì, o meglio, non tutte. Soltanto un certo tipo, quelle che lui considera speciali e meritevoli d'attenzione, rarissime. Le altre non le ritiene alla sua altezza e le disprezza. Per quelle che considera fate, invece, prova una sconfinata ammirazione, certamente patologica. Federico è affetto da un grave disturbo della personalità, l'acronimo inglese è BPD, *borderline personality disorder*. I borderline hanno un disturbo che impedisce loro di stabilire rapporti d'affetto e d'amore durevoli. Vivono in uno stato di assoluta confusione e tutte le relazioni che imbastiscono sono destinate a fallire, o comunque diventano distruttive per chiunque entri in contatto intimo con loro. Inoltre questi soggetti sono abili mistificatori. Drammatizzano tutto proiettando le loro mancanze sugli altri. Spesso agli occhi delle persone normali appaiono come vittime quando in realtà sono i carnefici. »

Le parole di Belloni restano sospese nell'aria. Poi lo psichiatra posa la pipa sul tavolino e torna a sedersi sulla poltrona.

« Anche nel caso dell'incidente, dottore? Erica Landi fu la vittima e Bergamini il carnefice? » chiede Mandelli con un lampo rabbioso negli occhi.

« È probabile. Ma non ne ho avuto mai la certezza. Posso dirvi che per lui la Landi fu la prima fata che incontrò. O perlomeno che riconobbe come tale. Certamente Federico avrebbe voluto morire insieme a lei in quell'incidente. Credo che la Landi si fosse accorta della sua patologia e lo volesse lasciare, così lui ha pensato di mettere fine alla loro storia in quel modo tragico. »

Prima che i due investigatori possano dire qualcosa, lo psichiatra prosegue: « Tuttavia, come ho detto, non ne ho mai avuto la certezza scientifica, se no lo avrei riferito nelle perizie. Inoltre Federico non me lo ha mai detto in modo esplicito. Ricordo però che durante una drammatica seduta mi rivelò una cosa che mi fece rabbrividire.»

«Cosa?» interviene Zurlo.

«Mi confessò che quando aveva visto Erica Landi morta sul sedile accanto a lui, aveva provato piacere e aveva capito che anche le fate potevano morire. Testualmente. Non l'ho mai dimenticato.»

Dopo aver scambiato uno sguardo con Mandelli, il maggiore apre un taschino della giacca, estrae un foglio ripiegato e lo passa a Belloni.

«È una copia dell'originale che abbiamo trovato sul corpo di una giovane donna vestita da... fata. È stata uccisa con dei colpi ripetuti alla testa e poi ricomposta in una specie di rituale. Tra le mani aveva una scatolina di metallo dentro cui c'era un foglietto identico a quello» spiega Zurlo. «Secondo lei può averlo scritto Bergamini?»

Belloni posa gli occhi sul foglio e legge attentamente la frase scritta a mano. «*Ogni volta che un bimbo dice: 'Io non credo alle fate', c'è una fatina che da qualche parte cade a terra stecchita.*» Qualche secondo dopo solleva lo sguardo verso i suoi ospiti. «Non so se possa aver vergato lui questo biglietto, ma so bene chi ha scritto questa frase. È di James Matthew Barrie, l'autore di *Peter Pan*.»

«Ah... E come mai lei ce l'ha così ben presente, dottore?» chiede Mandelli.

«Semplice. Perché *Peter Pan* è il libro preferito di Bergamini, da bambino sua madre glielo leggeva sempre. Sono giunto alla conclusione clinica che la morte prematura della mamma sia stata un trauma insuperabile per Federico e che, in seguito, lui l'abbia idealizzata come una figura favolosa e mitica... una fata, appunto. Poi, per tutta la vita, ha cercato quel modello femminile in tutte le donne che incontrava sul suo cammino.»

Il commissario riflette a lungo su quelle parole e condivide una riflessione.

« Mi dica se ho capito bene... quindi possiamo supporre che, se una di quelle che lui considera degna di essere definita una fata lo delude, la sua rabbia può diventare incontenibile. »

« La psichiatria non è matematica, dottor Mandelli, ma in alcuni casi e in determinate condizioni emotive potrebbe essere così. Potrebbe provare un desiderio distruttivo nei confronti di una donna che, alla prova dei fatti, si è rivelata... non idonea... non all'altezza dell'icona materna. »

« Distruttivo fino alla violenza più cieca, immagino » suggerisce Zurlo.

« Sì, anche. I borderline sono soggetti che, una volta perso il controllo, spesso non sono assolutamente in grado di trattenersi. Ovviamente con varie sfumature di pericolosità. Non c'è una regola. »

Mandelli si piega in avanti e alza l'indice.

« Un'ultima domanda, dottor Belloni, poi la lasciamo tornare al suo saggio. Lei prima ci ha detto che l'incontro con una fata è da considerarsi un accadimento rarissimo nella vita di Bergamini... »

« È così, infatti. »

« Quindi ritiene possibile che possa averne incontrate due nello stesso momento? » chiede dubbioso il commissario.

« Al contrario. Direi quasi impossibile, commissario. Le ricordo che non stiamo parlando di un normale innamoramento o di una semplice infatuazione. Qui parliamo di fede cieca, assoluta, irrazionale. E si può credere in un solo dio alla volta. »

57

Le porte automatiche si chiudono in un accosto delicato, e i due uomini si guardano senza dire una parola. L'ascensore produce una specie di lieve sussurro e nella cabina aleggia un profumo da donna di cui all'andata non c'era traccia. Mandelli pensa al livello sociale degli inquilini di queste residenze. Tutta gente ricca e famosa, qualche parvenu, una buona dose di calciatori e influencer che non guasta mai e poi scrittori, manager di borsa, attori, giornalisti. La gente che conta, la chiamano, come se tutto il resto del mondo non valesse un cazzo.

Il commissario inspira la deliziosa essenza di agrumi, rosa e gelsomino che permea l'ambiente e rompe il silenzio per primo.

« Cosa ne pensi, Marcello? »

« Di Belloni o di Bergamini? » risponde il maggiore con una smorfia.

« Hai ragione, anche 'sto dottore è un bell'arrogante. »

« Certo che per avere una casa così, di cervelli bacati ne devi aver curati davvero tanti. »

« Oppure di quelli giusti e danarosi. A proposito, si sa qualcosa di Bergamini? Lo hanno trovato? »

Zurlo guarda il cellulare e fa segno di no con la testa.

« Evidentemente non ancora... e neppure Alba, se no mi avrebbero avvisato. »

« Merda, questa cosa non mi piace per niente » dice

Mandelli che intanto clicca sull'icona dei suoi messaggi e ne trova due non letti.

Il primo ha la tipica irruenza di Casalegno e mostra una certa urgenza: *Dove cazzo sei finito? Ti ho cercato cinquanta volte. Sto tornando in questura con Caterina e abbiamo delle novità importantissime su Bessa T. Ci vediamo in ufficio o al nostro bar?*

Risponde subito: *Ero impegnato. Oggi è domenica e il bar è chiuso. Questura, che devo parlare con Marica. Convoca anche Donati e Vacirca, voglio tutti sul pezzo.*

Riflette un attimo e ne invia un altro: *Ci sei andato a letto. Bravo, ma non mi combinare casini nella squadra.*

Il secondo messaggio è di Besmir Bazi. Semplice, diretto, un po' irriverente: *Ho qualcosa per lei. Mi chiami quando vuole, intanto ormai sono sveglio...*

Il commissario sorride, l'umorismo dell'albanese gli è sempre piaciuto. È quasi tagliente come il suo. Lui e il maggiore nel frattempo sono arrivati nei pressi della gazzella.

« Devi andare in questura, vero? Ti accompagniamo noi » propone Zurlo.

« Sì, grazie... Credi che sia stato davvero Bergamini a uccidere la De Bellis? » chiede Mario seguendo il maggiore sul sedile posteriore.

« Se ha ammazzato la fidanzata, vuol dire che ha già ucciso e che prova piacere nel farlo. Però non so, c'è qualcosa in tutta questa storia che mi suona male. Tu che ne pensi? Sei tu l'uomo che va a caccia di mostri. »

Mandelli chiude la portiera e risponde: « È evidente che tutto ci porta a pensare che sia stato lui. Ma il profilo di Bergamini non è certo quello di un assassino psicopatico organizzato. I borderline non hanno il pieno controllo di sé, agiscono sempre sulla base di impulsi difficilmente gestibili. Se l'omicidio-suicidio che ha coinvolto Erica Landi è perfettamente compatibile con il suo profilo, lo è molto meno un omicidio rituale come quello della De Bellis. Oggi Bergamini si è presentato a casa sua come se niente fosse, con la borsa della palestra, senza la minima precauzione. E poi Di Vita aveva le chiavi del suo appartamento. Dai, non è una cosa credibile per un maniaco del controllo. Probabilmente agisce in modo estemporaneo, come ha fatto nel mio caso. Mi ha visto con Alba, mi ha seguito fino a casa e poi ha pedinato anche mia moglie. Ma credo che lo abbia fatto per capire chi sono e per quale ragione frequentavo l'università. E infatti il punto cruciale è proprio quello.»

«In che senso?» chiede Zurlo mentre la gazzella sfreccia verso il centro. «Fammi capire.»

«Hai sentito cosa ci ha detto Belloni alla fine, no? Per soggetti come Federico Bergamini l'oggetto del desiderio è totalizzante. Per lui la fata, o come cazzo la chiama, diventa una vera e propria ossessione, una ragione di vita. Ha detto bene lo psichiatra, Bergamini può adorare una sola dea alla volta.»

«E quindi tu pensi che...»

«Io penso che se la fata da cui era ossessionato fosse stata davvero la De Bellis, a casa sua avremmo trovato le sue foto anziché quelle di Alba. E invece non c'era nemmeno una fotografia di Carolina da sola. Ce n'erano poche e sempre in compagnia della Locatelli. E poi, perché seguire me? Io non ho mai interagito direttamente con la De Bellis. Come ti ho detto, lui aveva bisogno di capire chi fossi, probabilmente mi vedeva come un ostacolo tra lui e la sua dea e voleva saperne di più, magari per farmi fuori se ne avesse avuto motivo. Oppure pensava che in caso di necessità poteva tenermi sotto scacco e perciò ha seguito e fotografato Marisa. La fata di Bergamini è Alba Locatelli! Non ci sono dubbi. Per questo la dovete trovare a tutti i costi, Marcello. Finché lui è in giro lei è in pericolo.»

«Ti lasciamo alla questura e poi vado anch'io sul posto e

mi unisco alle ricerche, tranquillo» lo rassicura Zurlo. «Se diamo per buona la tua ipotesi dobbiamo considerare anche il rovescio della medaglia: qualcuno vuole farci credere che sia stato Bergamini a uccidere Carolina. E noi sappiamo che la ragazza aveva un ruolo molto attivo in un giro di prostituzione in cui sono coinvolti molti esponenti della Milano bene. Quindi, torniamo di nuovo alla nostra conclusione, quella più logica. Ovvero che la De Bellis sia stata fatta fuori per qualcosa che sapeva. E quindi, chi può aver avuto interesse a mettere in piedi tutto questo teatrino?»

Per un attimo la domanda resta sospesa nell'abitacolo.

«Non so dirtelo» sospira infine Mandelli. «Ma sono certo che la chiave di tutto è nel giro dei festini. Dobbiamo scoprire chi li gestisce, e tra qualche ora saprò farti un nome.»

58

Il piccolo open space è ai limiti della capienza. Casalegno è stravaccato su una sedia, con le lunghe gambe distese in avanti e lo sguardo compiaciuto di chi sa che tra poco sarà al centro dell'attenzione. La Donati, eccezionalmente in borghese, condivide la sua scrivania con Vacirca. Caterina Dei Cas si è seduta sul ripiano del tavolino che ospita la stampante. Mandelli nota che indossa ancora le scarpe con i tacchi, un'ulteriore conferma che il viceispettore ha dormito da Antonio. Il commissario ha occupato la scrivania rettangolare accanto alla porta. Dietro di lui la Ambrosio e Zilli, in piedi come due sentinelle, osservano la scena con la schiena appoggiata alla parete di vetro del corridoio.

« Grazie di essere tutti qui nonostante sia domenica. Mi spiace aver convocato anche chi era di riposo, ma era necessario » dice Mandelli guardando la Donati e Vacirca. « Ci sono alcune cose di cui dobbiamo parlare e, soprattutto, a quanto pare abbiamo importanti novità sull'indagine Bessa-Cervignati. »

I componenti della squadra annuiscono in silenzio, nella stanza non vola una mosca.

« Prima però voglio dirvi una cosa importante. Avrete certamente notato che dopo il nostro reintegro, sia io che Marica siamo stati spesso assenti e poco attivi sul caso che stiamo seguendo. Ovviamente c'è una valida ragione, ma arrivati a questo punto mi sembra giusto condividerla con voi, scusandomi per non avervene parlato prima e chiedendovi la massima riservatezza su quello che vi dirò. Ne va della carriera di alcuni di noi e forse del destino della squadra.»

I volti di tutti si fanno ancora più seri e il commissario inizia a raccontare: il suo incontro con Alba Locatelli, la scoperta che è la figlia del viceministro, la pista dei festini e il tragico ritrovamento del corpo di Carolina De Bellis. Dopodiché riferisce dell'indagine interforze, dei sospetti su Bergamini e del colloquio con Pier Carlo Belloni.

Alla fine si sente più leggero e un po' meno in colpa. Intanto nella stanza si è alzato un lieve brusio. All'improvviso Casalegno si raddrizza sulla sedia e riassume il pensiero generale: «Ma porca puttana, Mario... che casino. Ora capisco perché facevi tanto il misterioso. Stavi provando a pararti il culo senza coinvolgerci. E pensare che io ti rompevo anche le palle. Scusami».

Mandelli fa un sorriso amaro.

«Non c'è niente di cui scusarsi. Comunque nel frattempo Marica ha fatto un gran lavoro. Ieri ha seguito la coinquilina della De Bellis e credo abbia novità importanti che condivideremo con i carabinieri, io invece dovrei ricevere una buona soffiata su quelle feste. Vi terrò aggiornati, ma voi non dovete assolutamente occuparvi di questa cosa. Non intendo compromettervi in nessun modo o distogliervi dalla nostra indagine. Volevo soltanto che sapeste come stanno le cose.»

Il commissario si guarda in giro e, visto che nessuno ha niente da aggiungere, riprende: «Quindi torniamo a concentrarci sugli omicidi di Bessa Terzaghi e di Cervignati... Ho avuto un'interessante conversazione con Ducoeur, il bibliofilo francese, che mi ha fornito alcune dritte sul libro che l'assassino ha portato via dalla villa. In pratica si tratta di una specie di antico manuale per esorcisti che, a quanto pare, Niccolò Bessa Terzaghi prendeva un po' troppo alla lettera. Sembra però che oggi le novità più succose ce le porti la benemerita accoppiata Casalegno-Dei Cas... novità di cui peraltro non so nulla neanche io. Quindi direi che è finalmente arrivato il loro momento. Stupiteci! »

Casalegno alza gli occhi verso Caterina e inizia a raccontare della brillante intuizione della collega e della telefonata a Mariano Raboni. Era stato proprio il custode a fornire loro il nominativo della governante che lo aveva preceduto nella gestione della villa di Corneliano Bertario. Si chiamava Enrica Isella ed era stata a servizio della famiglia Bessa Terzaghi per più di quarant'anni, dal 1952 fino al 1993, anno in cui aveva lasciato il lavoro. Ora la vecchia domestica viveva in una residenza per anziani nelle campagne di Bussero, dalle parti di Carugate.

« In realtà la chiamano tutti Enrichetta » interviene Caterina Dei Cas. « Ha novantadue anni ed è praticamente immobilizzata a letto. Tuttavia ha una mente ancora molto lucida e soprattutto un ricordo vivissimo dei tragici fatti che sono successi tra le mura di quella maledetta villa. »

Casalegno conferma e riprende la parola.

« Siamo andati da lei questa mattina. La Isella ci ha rivelato che, contrariamente a quanto ci era stato detto, anche il misogino e solitario professore aveva vissuto una tormentata vicenda sentimentale... Ma andiamo per ordine. All'epoca in cui Enrichetta prese servizio erano ancora vivi i genitori di Niccolò: Filippo Bessa Terzaghi e sua moglie Maria Cristina Modiano. Purtroppo la Modiano soffriva di una grave forma di schizofrenia e dodici anni dopo, nel 1964, si impiccò alla ringhiera del terrazzino sopra l'entrata della villa. Quel tragico mattino, il primo a vederla penzolare senza vita tra le due colonne del patio fu proprio il giovane Niccolò. Il ragazzo, che all'epoca aveva sedici anni, stava uscendo per andare a scuola. La tragedia travolse la famiglia come uno tsunami e la mandò in mille pezzi. Il vecchio Bessa Terzaghi cadde in un profondo stato di depressione e si rinchiuse nelle sue stanze, dove suonava il pianoforte giorno e notte. A poco a poco scivolò nella follia e si dimenticò completamente dei due figli. Niccolò e Mariella, la madre di Carlotta Rovelli, vissero e crebbero in quel clima angosciante. Praticamente fu Enrichetta Isella a prendersi cura di loro e a educarli, mentre delle questioni economiche si occupò un cugino avvocato che gestì il patrimonio famigliare fino alla maggiore età di Niccolò.»

L'ispettore osserva i volti concentrati dei colleghi e beve un sorso d'acqua da una bottiglietta.

«Il vecchio Filippo, ormai pazzo e malato, morì nel 1981. Da quel momento per entrambi gli eredi dei Bessa Terzaghi iniziò una nuova vita. Pochi mesi dopo la dipartita del padre, Mariella sposò un giovane e brillante industriale di Como, Luigi Rovelli, con cui già da tempo intratteneva una relazione. L'anno seguente nacque la figlia Carlotta, che adesso è l'unica erede del patrimonio dei Bessa Terzaghi. Suo zio Niccolò si dimostrò palesemente contrario al matrimonio dell'amata sorella e da quel momento interruppe ogni rapporto con lei. Ma il fatto davvero rilevante di quell'anno fu un altro: l'arrivo di una ragazza tra il personale di servizio della villa. Nel maggio del 1982, su raccomandazione di un amico di famiglia, venne assunta una nuova cameriera. Si chiamava Franca Diodato, era un'orfana nata a Cremona ventitré anni prima e pare che fosse di una bellezza abbagliante. Alta, bruna, con uno sguardo magnetico. Insomma, riuscì a far breccia persino nel gelido cuore di Niccolò, il quale se ne innamorò alla follia. Da quel momento la Franchina, come la chiamavano tutti, diventò l'amante ufficiale del padrone di casa. I primi anni sembrarono trascorrere sereni, alla villa si tornò addirittura a respirare un'aria gioiosa. Il trentaquattrenne Niccolò sembrava finalmente felice: dimenticò persino i dissidi con la sorella, macinò successi professionali e iniziò a lavorare al progetto della sua fondazione.»

Mandelli si alza, va verso la macchinetta del caffè, carica una cialda e fa cenno a Casalegno di proseguire.

«Il dramma ebbe inizio due anni dopo, quando Franchina rimase incinta. Niccolò Bessa Terzaghi da giovane aveva avuto una forma di gonorrea, in seguito alla quale gli era stata diagnosticata una... com'è che si chiama?» chiede Casalegno rivolgendosi alla Dei Cas.

«Cripto-azoospermia, un'insufficiente produzione di spermatozoi nel liquido seminale.»

«Esatto. Insomma, anche se i medici gli dissero che esisteva comunque una possibilità che il padre del nascituro fosse lui, Niccolò era fermamente convinto di essere sterile e quindi la gravidanza della Diodato per lui non poteva che significare una cosa: tradimento. A quanto ci ha raccontato la Isella, alla villa nessuno credeva che la donna avesse tradito il padrone. Franchina amava davvero Bessa Terzaghi e inoltre faceva una vita ritirata. Ma nonostante avesse giurato di non aver mai ingannato Niccolò, nella mente del suo amante iniziò a serpeggiare il dubbio. Bessa Terzaghi impazzì di gelosia. Licenziò tutti i dipendenti uomini tranne i vecchi contadini che si occupavano della terra e, ispirato dalle letture esoteriche che faceva nella sua biblioteca, iniziò a comportarsi in modo assurdo con la Diodato. Non le parlava mai, comunicava con lei a gesti e pretendeva che rimanesse confinata tutto il giorno nelle stanze del secondo piano, quelle un tempo occupate da suo padre.»

«Hai detto che non le parlava mai e comunicava a gesti?» chiede Mandelli con gli occhi fiammeggianti.

Casalegno annuisce.

«Il trattamento del silenzio!»

Vedendo gli sguardi confusi degli altri, riferisce del libro di Girolamo Menghi e dell'odiosa pratica del silenzio punitivo che il prete esorcista aveva teorizzato e utilizzato per primo nella storia.

Casalegno sbotta: « Merda! »

« Continua, Antonio, ti prego » lo sollecita Mario.

« Preferirei che questa parte ve la raccontasse Caterina. »

La Dei Cas scende dal tavolino e completa il racconto alla sua maniera.

« È una trama che sembra rubata a un romanzo. Ma adesso chiedo a tutti voi di immaginarvi la situazione irreale in cui si ritrova a vivere Franca Diodato » dice Caterina girando su se stessa per osservare le reazioni dei presenti. « Abbiamo questa bellissima ragazza incinta che giura di non aver mai scopato con nessuno se non con Niccolò Bessa Terzaghi e dall'altra parte lui: uno stronzo, ricco, misogino, con il sangue di una schizofrenica che gli circola nelle vene. Certo, ha anche delle attenuanti: da ragazzo ha visto sua madre impiccata davanti all'entrata di casa e ha osservato suo padre scivolare giorno dopo giorno nel baratro dell'autocommiserazione. Ma ci mette anche del suo. Pretende di controllare tutti e tutto. Non vuole che la sorella si sposi. È possessivo e solitario. È fissato con le letture esoteriche e le prende alla lettera: legge ossessivamente libri scritti cinquecento anni prima e pretende che quei precetti si possano applicare ai problemi del ventesimo secolo. Questo ci dice tutto, la vena di pazzia dei suoi genitori non si è affatto esaurita con loro. Niccolò inizia a compiere dei rituali, a recitare formule esorcistiche per liberare dal male Franchina. E soprattutto non le parla mai. Mai! Le indica a gesti il cibo, le ordina con un cenno quando sedersi o quando alzarsi. Alla povera Franca riserva solo silenzio e disprezzo. Lei è disperata, ogni giorno di più. Enrichetta le suggerisce più volte di fuggire, ma lei non saprebbe dove andare e non ha nessuno che la possa aiutare. Ha paura ed è sola, prigioniera. Tutto questo va avanti, giorno dopo giorno, fino alla nascita del bambino, un bel maschietto, nel marzo del 1984. Franca lo registra all'anagrafe come figlio suo, ma di padre ignoto, con il nome di Gabriele Filippo Diodato. Da quel momento diventa per lei l'unica ragione di vita. Le cose però, anziché migliorare, vanno di male in peggio. Bessa Terzaghi vede nel bambino il frutto del peccato e della menzogna. E inizia a riservargli lo stesso trattamento che ha inflitto alla madre. Disinteresse, silenzio, rigore punitivo. Enrichetta ci ha detto di aver sentito più volte Niccolò pronunciare formule magiche in latino chino sulla sua culla. Franca lotta, ogni giorno sempre più disperata, ogni giorno sempre più debole. Una sera cerca di fuggire con il bambino ma Niccolò li trova mentre vagano nelle campagne e li riporta a casa. Dopo quel tentativo di fuga la tiene separata dal piccolo per gran parte del giorno. E alla fine Franchina crolla. Alcuni medici compiacenti le diagnosticano un disturbo della personalità ed escludono che possa occuparsi del figlio. La imbottiscono di psicofarmaci e lei pian piano si trasforma in una larva e si spegne lentamente tra le mura di quella maledetta villa. Nel 1988 viene rinchiusa in una clinica per persone affette da disturbi mentali, a Castellazzo di Bollate. Il bambino viene lasciato in affido temporaneo a Niccolò Bessa Terzaghi, in attesa di un procedimento di adozione. Nel 1991 Franchina Diodato muore, si taglia le vene in clinica con un pezzo di vetro. In quello stesso anno il bambino viene adottato e da quel momento di lui si perdono le tracce. Purtroppo Enrichetta Isella non ha saputo dirci nulla della famiglia adottiva, una volta lei aveva chiesto notizie a Niccolò ma lui era diventato una furia e aveva preteso che in quella casa non si pronunciassero mai più i nomi di Franchina e del bambino. La Isella rimase al servizio di Bessa Terzaghi fino al 1993, per non perdere la pensione e la liquidazione, ma maturò un odio profondo per l'uomo che lei stessa aveva contribuito a crescere.»

Caterina abbassa la testa e sospira, poi torna a sedersi accanto alla stampante.

«Ma quello stronzo non poteva richiedere il test del DNA?» domanda la Donati trattenendo a stento l'emozione.

Mandelli le regala un sorriso gentile.

«Era troppo presto, Gabriella, e tu sei troppo giovane. Il primo caso di utilizzo di DNA in un'indagine giudiziaria risale al 1987, era il caso Macchi e il riscontro lo fecero in un laboratorio in Inghilterra, me lo ricordo bene. Ma l'utilizzo del test per l'attribuzione della paternità è stato regolato solo molto tempo dopo e fu definitivamente normato nel 1996. Ci vollero anni per rendere l'accertamento scientifico della paternità una pratica comune.»

«La Isella ci ha raccontato tante cose interessanti. Tuttavia manca ancora la più eclatante» interviene Casalegno.

«Spara» dice Mario incuriosito.

«Adesso sappiamo chi era il giovane avvocato che seguì le pratiche per internare la Diodato e che in seguito si occupò di formalizzare l'adozione del bambino.»

Mandelli strizza gli occhi temendo di sentire quel nome, come puntualmente accade.

«Era Claudio Cervignati, ovvio» dice l'ispettore Casalegno con un sorriso amaro.

59

Susy è un po' vecchia ma dà ancora del filo da torcere a molti cani ben più giovani di lei. Sarà per la sua innata agilità, o forse il merito è delle lunghe passeggiate cui la costringe la sua padrona. Alba Locatelli si ferma, guarda il buffo muso del suo épagneul breton e le accarezza affettuosamente la testa, poi fruga nella tasca della giacca a vento e le piazza una crocchetta davanti alla bocca. Susy resta in attesa fino a quando la ragazza non le dà il via libera, un secondo dopo la ruvida lingua rosa spazzola la mano lasciando il palmo ricoperto di bava.

Alba si pulisce nei pantaloni della tuta, aggancia il cane al doppio guinzaglio e imbocca la tranquilla salita in fondo a via XX Settembre, percorrendo i curvoni che portano nel cuore del parco Sempione. Oggi ha sfruttato la tregua concessa dalla pioggia e non si è limitata al solito giro intorno all'Arena. Si è spinta fino all'università, poi ha camminato fin quasi in Duomo. Ha approfittato del lungo giro per prelevare da un bancomat e per restare un po' da sola con i suoi pensieri. Non c'è stato spazio per le distrazioni: niente telefono, niente messaggi di amici, niente musica, soltanto lei e Susy. E il pensiero fisso a Carolina, a quella strana amica che ha fatto una fine così orribile. Vestita come una triste maschera di carnevale e abbandonata sotto la pioggia, sulla riva di uno squallido laghetto di periferia. *Oh, Carolina. Ma perché?*

Appena formula questa domanda sente una voce alle sue spalle. « Ciao! »

Alba si volta e ci mette qualche secondo a capire chi sia quell'uomo. Poi le sue sinapsi lo collocano al posto giusto. È il ricercatore dell'università con cui qualche tempo fa aveva preso un caffè. Un bel tipo, anche oggi vestito in modo molto elegante.

« Ciao... » dice cercando di ricordare il suo nome.

« Federico! » risponde lui ridendo di gusto. « Vedo che ho fatto proprio colpo... »

« Sì, giusto. Ma no, scusami, è che ho avuto una settimana davvero difficile. »

« Ma figurati, nessun problema. Ti ho vista e mi sembravi tu, così ho pensato di salutarti... »

Sempre molto gentile, forse anche troppo, pensa Alba.

« Ma che bel cane, come si chiama? »

« È carina la mia Susy, vero? »

Sentendosi chiamata in causa la cagnetta abbaia vigorosamente in direzione dell'uomo.

« Non spaventarti. Vuole soltanto un'altra crocchetta, ogni volta che ci fermiamo pretende il suo premio » dice la ragazza mentre mette la mano in tasca.

« La capisco, anche io voglio il mio trofeo » sussurra il Cacciatore.

All'improvviso Alba sente qualcosa che le preme contro il viso, prova a respirare ma un sapore chimico e dolciastro le invade la bocca e il naso. Intanto un braccio le avvolge le spalle, trattenendola e sostenendola allo stesso tempo. Si sente stordita e inizia a girarle la testa, prova di nuovo a respirare ma si rende conto che sta perdendo le forze. Intorno a lei tutto è confuso. Lotta per tenere gli occhi aperti finché le sue palpebre si chiudono definitivamente. L'ultima cosa che riesce a sentire è il reiterato abbaiare di Susy, poi c'è soltanto silenzio.

Susy osserva la macchina a noleggio che si allontana portandosi via in un colpo solo la sua amata padrona e le sue preziose crocchette. Resta lì, abbandonata sulla strada, e inizia a guaire cercando un volto amico. Qualche minuto dopo l'istinto le dice che il tempo dei piagnistei è finito. Si dà una scrollata e si raddrizza, poi punta il naso alla ricerca di una traccia familiare e, trascinandosi dietro il guinzaglio, si avvia trotterellando verso casa.

«Se vogliamo trovare il nostro assassino dobbiamo capire che fine ha fatto il figlio di Franchina.»

Il vivavoce diffonde la lenta parlata di Gian Maria Arnaboldi. Ad ascoltarla, oltre a Mandelli, ci sono l'ispettore Casalegno e il viceispettore Dei Cas, che dopo la riunione plenaria hanno seguito il commissario nel suo ufficio.

«È evidente che è lui la chiave di tutto. Anzi, è molto probabile che sia proprio Gabriele Diodato il mostro che ha massacrato Bessa Terzaghi e l'avvocato Cervignati. Finora non abbiamo trovato piste alternative e una vendetta così crudele non si spiegherebbe in nessun altro modo» prosegue il giudice.

«Pensa davvero che possa essere lui l'autore di quelle mattanze?» chiede Casalegno piegandosi verso il telefono.

«Be', o è lui o è qualcuno che conosce molto bene la sua storia. Da quello che mi avete raccontato, Bessa Terzaghi era uno squilibrato figlio di puttana. Adesso uno così potremmo sbatterlo dentro, ma quarant'anni fa quel tipo di abusi sulle donne e sui minori era all'ordine del giorno. Soprattutto per chi aveva mezzi economici e appoggi politici. È davvero una storia tristissima.»

«Già... tragica, direi. Quindi come intende muoversi, signor giudice?» chiede il commissario.

«Le firmo subito un mandato di perquisizione per lo studio di Cervignati. Spedisca là qualcuno dei suoi il prima possibile. Vediamo se trovano qualcosa di interessante. Io intanto contatto il Tribunale per i Minorenni di Milano per risalire ai documenti dell'adozione. Oggi è domenica e sono chiusi, ma ho una cara amica che lavora proprio lì. Le chiederò un favore personale, vediamo se può accelerare le procedure. Sempre che Cervignati non abbia giocato sporco.»

«Cioè?» chiede il commissario alzando gli occhi su Antonio e Caterina.

«Quei due potrebbero aver fatto ricorso a un'adozione illegale. D'altronde non esisteva nessun altro che potesse legittimamente opporsi e reclamare il bambino. Da quanto ha riferito la Isella sappiamo che Bessa Terzaghi, oltre a essere il probabile padre, era anche il suo legale affidatario. Il che gli rendeva le cose molto più facili. Inoltre Cervignati era avido e senza scrupoli, un astuto azzeccagarbugli che sapeva come muoversi in certe circostanze. Esattamente il genere di persona disposta a falsificare un atto in cambio di una bustarella. Se è così, sarà complicato capire dove sia finito il piccolo Gabriele Diodato.» Dopo una breve pausa il giudice pone un'ultima domanda: «L'altra faccenda come sta procedendo, Mandelli?»

«Stiamo cercando un sospetto che potrebbe essere il responsabile del delitto della De Bellis. Ma non molliamo la pista dei festini, che resta la più ragionevole.»

«Bene, commissario, teniamoci aggiornati su entrambi i fronti. Buon lavoro.»

Appena la chiamata si chiude, Mandelli si rivolge a Casalegno e alla Dei Cas: «Ah, ricordiamoci di sentire Carlotta Rovelli e cerchiamo di capire che cosa sa del cuginetto smarrito. Durante l'interrogatorio di ieri ha accennato a una sola 'triste occasione' in cui suo zio aveva avuto una relazione. Quindi qualche informazione deve averla... un altro punto di vista su questa faccenda può servire».

Casalegno e la Dei Cas annuiscono e si allontanano insieme verso l'uscita, ma quando sono sulla soglia Mario richiama l'ispettore.

« Antonio, chiudi un attimo la porta, per favore » gli dice serio.

Quando restano soli nella stanza, Mandelli sfodera un sorriso indecifrabile.

« L'amore dovrebbe avvertirci prima di arrivare, ma non lo fa quasi mai... Però lasciamelo dire: siete proprio una bella coppia. »

Casalegno resta attaccato alla maniglia, in bilico tra un vaffanculo difensivo e un silenzio enigmatico.

L'entrata di sicurezza del sancta sanctorum di Samuele Zilli si apre con uno scatto metallico. Il commissario spinge l'anta blindata e per prima cosa chiude il giaccone sul davanti. Dentro c'è il solito freddo da ibernazione e il rumore delle torri hardware ricorda il sibilo ovattato di un alveare. Davanti ai monitor ad alta definizione ci sono Samuele e Marica, seduti uno accanto all'altra a esaminare un video. Mario li guarda ed evita di porsi domande sulla rischiosa compatibilità di quella strana coppia, la gigantessa e l'esile nerd. Meglio non immaginarle certe cose, pensa.

« Certo che Casalegno non ha tutti i torti » dice rivolto a Zilli. « In questa stanza fa davvero un freddo cane. Ma come fai a star qui tutto il giorno senza ammalarti? »

Samuele risponde con un sorriso: « È crioterapia, dottore, la faccio per mantenermi giovane ». Poi, indicando Marica, aggiunge: « In realtà io oggi avevo in programma di fare un bel giro al lago. Ma per colpa di qualcuno mi sono fermato in ufficio ».

« Meglio, con questo tempo di merda al lago ti saresti

depresso. Fidati di un lombardo. Che novità abbiamo, piuttosto? »

La Ambrosio fa girare la sedia e incrocia le braccia sul petto. « Come pensavamo, la casa in cui si è svolto il festino di ieri notte è stata affittata. Pagamento in contanti. Venerdì qualcuno ha portato una busta con il denaro all'immobiliare che la gestisce. Le chiavi sono state riconsegnate stamattina, nella cassetta postale dell'agenzia. Hanno saldato in nero, versando il doppio della cifra richiesta. Ovviamente non esiste nessuna documentazione fiscale. »

« Era prevedibile. »

« La Mercedes del biondino è intestata a una società a responsabilità limitata, la EventBlast. Con sede a Milano, in viale Piceno. Proprio dove ieri sera la Lanteri è scesa dal taxi » continua Marica.

« I soci chi sono? »

« Tre ventiduenni. Pierfrancesco Leonardini, Marco Galli e Mattia Tondelli. Tutti incensurati. I primi due sono studenti fuori corso alla Statale. Tondelli invece è un secchione che viaggia a pieni voti al Politecnico... ingegneria elettronica, pare che sia una specie di cervellone. »

« Come si conoscono? »

« Hanno fatto il liceo scientifico insieme. Sul resto sta scavando Samuele. Pensa siano loro, commissario? »

« Molto probabile. Dopo sento il mio informatore, vediamo se mi dà delle conferme. Ti scrivo un messaggio appena ci parlo. Intanto voi raccogliete tutto il possibile su questi tre fenomeni. Famiglie, profili social, eventuali interazioni con la De Bellis e con Lucrezia Lanteri » dice Mario guardando Zilli. « Ovviamente nel rispetto della legge, Mac... se no, va bene lo stesso. »

Zilli annuisce e ridacchia.

« Una cosa sulla Lanteri però la sappiamo già... » dice Marica. « Ha fatto lo stesso liceo dei nostri tre moschettieri. »

Mandelli medita un istante, poi cambia argomento.

« Torniamo al caso Bessa Terzaghi. Zilli, a che punto sei con le riprese delle tivù fuori dalla villa? » domanda indicando il monitor su cui si sta ricomponendo un'immagine.

Prima di rispondere, Samuele si alza, regola la temperatura e torna a sedersi.

« In effetti faceva un po' freddino... Come vede stiamo rielaborando una serie di frame. Il programma renderizza le immagini sostituendo i pixel delle aree sfocate con altri più utili a ridefinire i contorni. In questo modo dovremmo riuscire ad avere maggiori dettagli dei visi. Se il nostro uomo era lì, come credete voi, presto potremmo avere un suo ritratto approssimativo. Con un po' di fortuna. »

La Ambrosio fa un verso strano, sta per dire qualcosa ma poi tace.

« Cosa c'è Marica? » le chiede Mandelli fissandola negli occhi.

« C'è che dopo quello che ci hanno raccontato Casalegno e la Dei Cas non riesco proprio ad avercela con l'assassino. Non che io approvi, ovvio, ma Bessa Terzaghi era davvero un uomo ignobile. Sapendo quel che ha fatto a quella giovane donna e a suo figlio non mi fa poi così pena. In fondo il destino gli ha riservato la fine che meritava » dice lei con la voce inquinata da un'inconsueta nota di durezza.

Mandelli scuote il capo, appoggia le mani sulle ginocchia e si alza in piedi.

« Marica, sai bene come la penso. Non c'è mai soltanto un primo e solo responsabile per questo genere di delitti. Il male lascia sempre un'eredità di dolore, che a sua volta ne genera altro. A noi spesso capita di arrestare soltanto l'ultimo dei colpevoli. È il nostro lavoro. Non è quasi mai bello o giusto. Ma ci tocca farlo. »

Dopodiché il commissario li saluta, si avvia verso l'uscita e se ne va.

60

Appena mette piede fuori dalla questura riconosce l'auto in sosta sull'altro lato della strada. D'altronde non notarla è pressoché impossibile. La Subaru giallo canarino è ferma davanti al bar con le quattro frecce accese e raccoglie gli sguardi scettici dei rari passanti della domenica. Appoggiato al cofano c'è un uomo calvo, con la faccia da duro e un accenno di barba ruvida. Indossa jeans stinti, stivaletti a punta e un bomber nero. Dalla camicia aperta sul petto spunta l'immancabile catena d'oro massiccio.

Non appena vede Mandelli attraversare la strada, l'uomo getta la sigaretta e lo saluta: « Salve, commissario ».

« Ciao, Besmir. Come mai ti sei avvicinato così tanto alla questura? Per tipi come te finirci dentro è un attimo... » dice Mario con una smorfia divertita.

« Di solito preferisco stare alla larga. Ma oggi ho fatto un'eccezione. Volevo passare a prenderla a casa ma i due che stavano di guardia al portone a momenti mi sparano. Ho provato a spiegare che ero lì solo per parlare con lei... per fortuna hanno chiesto alla signora Marisa, che ha garantito per me e mi ha detto che l'avrei trovata al lavoro. Questo tipo di cose è sempre meglio dirsele guardandosi in faccia. »

« No, tranquillo, hai fatto bene. Mi spiace per l'inconveniente ma ho dovuto mettere mia moglie sotto scorta. E comunque mi fa piacere vederti. Andiamo? »

«Ma certo! Non è bello che gli altri sbirri la vedano in compagnia di un pregiudicato.»

Il commissario si incastra nello scomodo sedile sportivo e Besmir parte lanciandosi ben oltre i limiti consentiti. Il rombo da 317 cavalli dell'Impreza WRX riempie le strade, facendo voltare un gruppo di turisti asiatici incolonnati verso la stazione Centrale.

«La porto a casa?» chiede l'albanese mentre si allinea al semaforo di piazza della Repubblica.

«Meglio di no, ci sono quei due di guardia. Non mi va di spiegare chi sei. Andiamo comunque verso l'Isola, poi ci fermiamo lì da qualche parte... che con 'sto motore non si può parlare.»

«Perché non ha ancora sentito il meglio» dice Besmir Bazi prima di sgommare e accendere lo stereo.

Cinque minuti dopo l'ex magnaccia accosta nello slargo del mercato di via Borsieri e spegne tutto l'ambaradan. Oggi non ha mai piovuto ma una nuova schiera di nuvoloni minacciosi si ammassa nel cielo di Milano. La gente approfitta delle ultime ore di tregua per passeggiare e prendere una boccata d'aria. Il pigro viavai festivo delle coppiette ricorda a Mandelli che sua moglie è chiusa in casa da stamattina. Il senso di colpa lo rende improvvisamente irritabile.

«Dimmi cos'hai saputo, Besmir» ordina in modo un po' brusco.

«Nell'ambiente lo chiamano il giro dei ragazzini. Hanno cominciato due anni fa, quasi per gioco. Ma quando le cose hanno iniziato a ingranare, questi si sono ritrovati in mano una Ferrari.»

Mandelli si passa una mano sul volto, sospira e cerca di rilassarsi.

«Lo gestiscono da soli?»

«Non del tutto. Pare che dietro ci sia un finanziatore più

anziano. Dicono che all'inizio l'idea è stata sua. Ma nessuno lo ha mai visto in faccia o sa chi sia.»

«Come sono organizzati? Intendo dire, come funziona?»

«Avevo capito, l'ho fatto quel lavoro» dice Besmir un po' seccato. «Reclutano studentesse nelle università o tra le giovani bene. Roba fresca, tutte sotto i venticinque anni. Nessuna professionista, tutte... come si dice... occasionali. Hanno delle reclutatrici che loro chiamano *faine*. Insomma, queste vanno in giro a trovare le ragazze giuste, le portano alle feste e ci guadagnano.»

«Quante sono le faine?»

«Non so, ma sicuramente non tante. Due, tre al massimo» dice Besmir. «O almeno io farei così. Meno gente sa, meglio è... sa come funziona, no?»

«Okay, e come riescono a tenere a bada le ragazze? C'è il rischio che non essendo professioniste possano chiacchierare troppo...»

«Le ricattano, commissario. Oltre a pagarle bene le imbottiscono di droga e gliela regalano. Ma soprattutto, le filmano e le fotografano mentre sniffano e fanno sesso. E nessuno più di una nativa digitale ha paura dello sputtanamento sui social. È una bella idea.»

Mandelli lo guarda male e l'albanese precisa: «Per loro, voglio dire, per chi gestisce il giro. Logicamente».

«Sono attivi solo a Milano?»

«No, due serate a settimana a Milano e ogni tanto qualcuna anche fuori... Ma solo in Lombardia: Bergamo, Varese, Brescia.»

«E la droga da dove arriva?» chiede il commissario sentendosi subito un idiota.

Besmir gli sorride. «Da chi vuole che arrivi, dottore? Dalla 'ndrangheta, no?»

«E questi riforniscono tre sbarbati sconosciuti senza avere garanzie? Non ci credo, dai.»

«Forse ha garantito per loro il finanziatore misterioso, chissà. In ogni caso anche i calabresi hanno il loro bel tornaconto da quel giro.»

«Cioè?»

«Cioè oltre a farsi pagare per la droga si fanno dare anche una bella fetta dei ricavi. Il quindici percento, pare.»

«Però» dice Mandelli. «Se è così, la vicenda mi sembra più complicata di quanto pensassi.»

Sulla bocca dell'albanese si disegna una smorfia astuta che il commissario conosce bene.

«Che c'è ancora? Sputa il rospo, Besmir.»

«Pare che i compari calabresi abbiano dato una mano per far sparire una delle ragazze.»

Mandelli scatta sul sedile e si appoggia al cruscotto. Un brivido gli scende lungo la schiena.

«Sparire?»

«Sparire. Proprio in quel senso, dottore.»

«Quando? Esattamente, quando?»

«Più o meno due mesi fa. Verso fine settembre. Sembra che la ragazza si sia sentita male durante una festa e sia morta di overdose. Ma non mi chieda di più, purtroppo non so né il nome, né altro.»

«Cazzo! Dev'essere questo il motivo per cui hanno fatto fuori la De Bellis.»

«Chi?»

«Niente, Besmir, niente» lo rassicura Mandelli. «È una cosa mia... Ovviamente non mi dirai mai chi è il tuo informatore...»

«Dottore, lei sa che la rispetto molto. Dopo quello che ha fatto per la povera Ester sarò sempre in debito con lei e l'aiuterò ogni volta che me lo chiederà. Gliel'ho promesso sulla tomba della mia amica. Ma non mi faccia certe domande. È come se io le chiedessi di fornirmi informazioni riservate su un caso.»

Mario ride di gusto.

«Hai ragione. E adesso togliamoci dalle palle, così mi porti da mia moglie.»

Bazi sta per dire qualcosa, ma in quel momento si sente battere sul vetro alle sue spalle.

«Documenti, prego» dice una voce che filtra dal finestrino semiaperto.

Bazi lo abbassa e la testa di un vigile si affaccia nella cornice della portiera.

«Non si può sostare qui! Inoltre non ha nemmeno inserito le quattro frecce lampeggianti. Devo farle il verbale.»

Mandelli guarda verso l'uomo in divisa.

«Ha ragione, ci scusi. Stavamo parlando di una cosa importante, tra poco andiamo. Sia gentile, sto lavorando, è questione di due minuti.»

«Io sto parlando con il signore, lei chi si crede di essere, scusi? Anzi, facciamo così, mi dia anche lei le sue generalità, così ci divertiamo un po'... subito!»

A quel punto Bazi guarda Mandelli e scoppia a ridere.

Il vigile perde la pazienza.

«Fuori dall'auto. Immediatamente! Tutti e due.»

Adesso l'albanese è piegato in due dalle risate.

«Guardi, ne parli con lui» riesce a dire indicando il commissario.

«Altro che parlare, adesso chiamo i rinforzi» minaccia il ghisa mettendo una mano sulla ricetrasmittente e l'altra sulla fondina della pistola.

A quel punto Mandelli sbuffa, esce controvoglia dall'auto e gli squaderna il tesserino davanti alla faccia. Poi, con un'espressione gelida e un tono monocorde, snocciola la sua litania.

«Te l'ho chiesto con educazione, cosa che tu invece non hai mai dimostrato. Quindi adesso ti calmi e mi stai bene a sentire, testa di cazzo. Sono il commissario Mario Mandelli, della questura di Milano, e tu stai interferendo con un'indagine interforze di polizia e carabinieri. Per cui adesso ti togli dai maroni, rientri al tuo bel comando o te ne vai a casa, e mi lasci lavorare in pace. Oppure, se vuoi continuare a fare il cowboy, sono io che ti porto con me in questura e ti denuncio per intralcio alla giustizia. Decidi tu.»

Il vigile impallidisce, osserva il volto deciso del commissario e poi studia bene il tesserino. Dopo qualche secondo si volta e si allontana in silenzio.

Mandelli guarda Besmir, che ha le lacrime agli occhi.

«E tu piantala. Piuttosto, ti ricordi cosa ti stavo dicendo prima che ci interrompessero?»

«Certo... mi stava dicendo di toglierci dai coglioni e di riportarla subito da sua moglie» dice pronto.

Il commissario rientra in macchina, sorride soddisfatto e guarda l'albanese.

«È per questo che mi piaci... sei un avanzo di galera ma sai sempre qual è la cosa giusta da fare.»

61

Il commissario Mandelli osserva le luci di posizione della Subaru sparire oltre l'angolo mentre il rombo dell'auto riecheggia per qualche istante tra i bassi palazzi di via Civerchio. La nebbiolina che ha contraddistinto quella lunga giornata si sta lentamente diradando e nell'aria si percepisce l'odore della pioggia imminente. Il profumo di asfalto bagnato si mescola con l'odore dell'ozono portato dalla tramontana.

Mandelli saluta i colleghi che si sono occupati della vigilanza e li invita ad andarsene a casa. I due agenti lo ringraziano, felici di ubbidire a quell'ordine. Quando resta solo dà un'ultima occhiata alla strada deserta e poi apre il portone.

Mentre sale le scale chiama la Ambrosio per raccontarle quello che gli ha riferito Bazi.

« Lo sapevo che il movente poteva essere legato a qualcosa che Carolina aveva scoperto! » esclama Marica. « Lei che idea si è fatto a questo punto... come pensa che siano andate le cose? »

Mandelli indugia sul pianerottolo del secondo piano. Riflette, si siede su uno scalino e risponde: « Allora, vediamo se la mia ricostruzione ti convince. Basandomi su quello che hai scoperto sono pronto a scommettere che la ragazza che si è sentita male sia la misteriosa Pupa a cui fa riferimento Carolina nella sua agenda. Il che mi fa pensare che alle ragazze coinvolte in questo schifo venga assegnato un soprannome, in modo che nessuno dei clienti possa risalire alle loro vere identità. Probabilmente Pupa è una delle studentesse agganciate dalla De Bellis, oppure Carolina la frequentava e conosceva la sua vera identità.»

Marica approva in silenzio.

«Dopo quell'inattesa tragedia la De Bellis è sconvolta e si sente in colpa, come dimostra l'appunto che hai trovato sull'agenda» continua Mandelli. «Però sappiamo che è anche un'avida incosciente e, dopo qualche titubanza, capisce che può trarre beneficio dalla cosa e ricattare i suoi capi. Ed è questo il suo errore fatale. Prima di agire manda un ultimo messaggio ad Alba, in cui spiega cosa intende fare... com'è che diceva?»

«Qualcosa del tipo 'mi sono rotta le palle di farmi sfruttare per pochi euro'...» ricorda la Ambrosio.

«Ecco, sì. Insomma, si presenta dai tre stronzetti con la bella idea di ricattarli e loro la fanno fuori. E così quelli si ritrovano con un enorme problema da risolvere. Il secondo cadavere nel giro di due mesi. Di rivolgersi agli amici calabresi stavolta non se ne parla, anche perché la cosa confermerebbe la loro inaffidabilità. Questa volta devono cavarsela da soli. Evidentemente qualcuno della banda conosce Federico Bergamini e la sua storia. Si procurano i suoi capelli e quel bigliettino scritto da lui e mettono in piedi lo spettacolino del cementificio. Ed ecco che Zurlo e io, come due pirla, ci troviamo a inseguire quel folle. Ma a questo punto...» Mandelli esita. «C'è il particolare che manda a farsi benedire tutta questa bella teoria.»

«Cioè?»

«Cioè che questo Bergamini frequentava l'università andando a caccia di quelle che lui chiama *fate*. E quindi è plausibile che possa essere stato davvero lui a rapire Carolina e a ucciderla. C'è il movente, c'è un oscuro precedente nel suo passato e ci sono le prove fisiche... le tracce biologiche, il foglietto... sai bene che un giudice lo incriminerebbe senza esitare. Peccato che poi a casa di 'sto pazzo io e Zurlo abbiamo trovato solo foto di Alba Locatelli, e pochissime della sua amica. Per di più abbiamo scoperto che Bergamini spiava anche me.»

«Accidenti! Che bordello...» sussurra la Ambrosio sdrucciolando sul suo accento romagnolo. «Però forse una risposta a questa obiezione c'è, dottore. Che poi è anche la più banale.»

«Sentiamo» sbuffa Mandelli alzandosi dallo scalino e risalendo verso casa.

«Che siano valide entrambe le ipotesi. Ovvero che Bergamini sia stato incastrato e che al tempo stesso l'oggetto della sua fantasia malata sia proprio la figlia del viceministro.»

Come al solito il ragionamento lineare di Marica Ambrosio non fa una grinza.

«Hai ragione, e ci deve pur essere una logica in queste coincidenze Per ora procediamo tenendo per buone entrambe le ipotesi. Io intanto scrivo a Zurlo per aggiornarlo. Tu invece devi concentrarti su una cosa fondamentale.»

«Dica, commissario.»

«Indaga a fondo su tutte le ragazze morte a Milano e provincia in circostanze misteriose, tra metà settembre e metà ottobre. Sospette overdose certamente, ma anche contesti anomali, stranezze o circostanze improbabili. Fallo tu però, non coinvolgere Zilli. Voglio che lui resti concentrato sull'altro caso. Forza Marica, dobbiamo restituire a Pupa il suo vero nome.»

Isa è seduta sulla sua poltrona preferita, con un plaid che le copre le gambe rannicchiate e un libro in mano. Quando Mario fa capolino sulla soglia, alza lo sguardo e gli sorride.

«Hai passato una bella domenica, immagino» dice ripiegando gli occhiali da vista.

Mandelli le dà un bacio sulla fronte, inalando il profumo dei suoi capelli.

«Dentro un frullatore... direi che rende bene l'idea. Mi spiace, ma la minaccia era reale. Ho rovinato la tua uscita con le amiche e poi ti sarai annoiata a morte» si scusa Mario sedendosi sul divano.

«Non ti preoccupare, almeno ho movimentato la loro noiosissima domenica. Clelia e Anna erano eccitate come se fossimo in un film d'azione. Sono state con me finché non sono arrivati i tuoi colleghi. Avresti dovuto vedere le loro facce! S'immaginavano di veder arrivare Brad Pitt e Chris Hemsworth, e invece si sono presentati quei due bravi ragazzi. Che però son tutto fuorché belli.»

«E tu non ti sei spaventata neanche un po'?»

«Ma figurati, dai... se quello voleva farmi del male lo avrebbe già fatto! E poi non capita mica tutti i giorni di essere seguite e fotografate di nascosto, no?»

«Mi arrendo... sei una donna impossibile» dice lui indicando il cuscino accanto a sé.

Marisa si alza dalla poltrona e lo raggiunge. Il commissario la abbraccia e lei posa la testa sulla sua spalla.

Poco dopo Mario rompe il silenzio. «Ma chi è 'sto Chris Hemsworth?»

Isa lo guarda sorpresa, poi scuote la testa.

«Lascia perdere, Mandelli... ci sono cose che è meglio che tu non sappia.»

Cinque minuti più tardi Marisa va in cucina a preparare la cena. Mandelli intanto scrive un lungo messaggio a Zurlo in cui riepiloga la sua teoria sulla tragica fine di Pupa. Dopo aver gettato il cellulare sul divano sbadiglia e opta per una doccia calda. Quando esce dal bagno si sente rigenerato. La testa è ancora bagnata a causa della sua proverbiale avversione per l'asciugacapelli. Marisa lo guarda storto ma non dice nulla, lui torna in sala e recupera il telefono.

Trova due chiamate perse. Il prefisso è quello di Milano ma non riconosce il numero. Accende il televisore e si accascia sul divano. Sullo schermo compare il viso abbronzato di un conduttore che lui trova insopportabile. Mentre pigia sul numero sconosciuto abbassa il volume della tivù e resta in attesa.

« Pronto » risponde una voce stanca.

« Zurlo? Sei tu? »

« Ciao, Mandelli. »

« Hai letto quello che ti abbiamo mandato? »

« Sì, ho letto il tuo messaggio e anche l'e-mail della Ambrosio, grazie » dice asciutto il maggiore.

« Che ne pensi? »

« Penso che tu abbia ragione, ma in realtà non ti avevo chiamato per quello... » Il tono di Zurlo è strano, privo della sua consueta vivacità.

« Cos'è successo? »

« Bergamini... Non so proprio come dirtelo, Mario. »

« Forza, su, falla breve. »

« Alba Locatelli è stata rapita. Tre ore fa, vicino alla Triennale. Hanno visto il suo cane arrivare a casa da lì, solo e con il guinzaglio a penzoloni. »

« Merda! » urla il commissario allontanando per un attimo il telefono. « Ma come cazzo è stato possibile? C'era un esercito che la cercava... dai! Dimmi di più. »

« Non ha fatto il suo consueto giro. La cercavamo tutti sull'altro lato, intorno all'Arena. Abbiamo il filmato di una telecamera posizionata in fondo a via XX Settembre, ha preso la salita che porta al parco Sempione. Bergamini l'ha avvicinata lì con un pretesto e l'ha sedata, probabilmente con del cloroformio, poi si è dileguato insieme a lei sull'auto di un car sharing. Adesso i nostri stanno cercando di ricostruire il percorso con le telecamere e il gps della macchina. »

« Suo padre? »

« Ovviamente è una furia. Sta smuovendo mezzo mondo. Tutti quelli che conosce, e ne conosce tanti, Mario. È sua figlia ed è pronto a tutto. Come dargli torto? »

« Tu sei in via Moscova? Se mi dai un quarto d'ora arrivo... » dice il commissario passandosi una mano tra i capelli umidi.

« No, Mandelli. È arrivato il momento di dirti di no... » dice secco Zurlo. « Me ne occupo io, tu sei troppo coinvolto, lo sai bene. Anche il viceministro preferisce tenerti fuori dalle ricerche, dice che hai già il tuo caso da seguire e che, da adesso in poi, se ne occuperanno anche i Servizi. Cerca di capire. Tu non farne parola con nessuno, nemmeno con la Ambrosio. La notizia non deve assolutamente trapelare. »

Mandelli sta per esplodere, pensa ad Alba nelle mani di quel folle e alla spirale assurda innescata da quella vicenda. La tensione si accumula dentro la sua testa come un temporale pronto a scatenarsi. Percepisce la presenza di Marisa alle sue spalle, si volta lentamente a guardarla e come al solito lei capisce tutto in un istante. Sua moglie gli accarezza il collo, assorbendo con le dita tutta l'elettricità, e le nuvole si diradano. Mandelli fa un respiro profondo.

« Mario, ci sei? » chiede il maggiore.

« Ci sono, Marcello. Va bene... capisco. Al tuo posto farei la stessa cosa, ma tu mi devi tenere aggiornato. E soprattutto la devi trovare a ogni costo. Promettimelo. »

« Ti ho detto che me ne occupo io. Sai bene che nel nostro mestiere non possiamo promettere niente a nessuno, quindi non chiedermelo. Ti devi fidare di me, farò qualsiasi cosa per trovarla. »

62

Più tardi, nella quiete domestica della cucina, Mandelli smette di raccontare e alza gli occhi dal piatto. Marisa gli regala il suo sguardo migliore, quello sereno, con le labbra leggermente dischiuse e gli occhi che brillano d'intelligenza. Uno sguardo ricorrente ma ogni volta diverso, a cui Isa è capace di aggiungere qualche nuovo particolare, un piccolo segno distintivo che connota in modo unico ciascuna occasione: l'eleganza con cui inclina la testa, la delicatezza con cui chiude le palpebre, le piccole rughe d'espressione che disegnano la fronte, le narici che si dilatano impercettibilmente, la graduale intensità con cui fa fiorire il sorriso.

Così Mario riesce a ricordarseli davvero tutti quei momenti speciali, uno per uno.

Quando il cellulare vibra sul tavolino accanto al divano, il ronzio si percepisce a malapena, confuso tra gli effetti speciali del film che stanno guardando. Marisa gli picchietta la coscia con le dita e Mario riemerge dal torpore soporifero in cui era sprofondato e allunga una mano per prenderlo.

« Fermo tutto? » chiede Isa puntando il telecomando verso la tivù.

Il commissario mastica un no e cerca le ciabatte con i piedi. Quando raggiunge il corridoio guarda sorpreso lo schermo e risponde.

«Ciao Mandelli, stavi amoreggiando con la tua bella signora?» dice la voce rocciosa di Salvatore Pinducciu.

«Direi di no, credo che me ne sarei accorto. Che succede?»

«Succede che dobbiamo parlare della tua amica Isabella Colaussi» risponde serio il vicequestore.

«Accidenti, me n'ero completamente dimenticato. Sa, ho avuto proprio una domenica di merda.»

«Certo, ricordati che sono il tuo capo e so sempre cosa succede in questura... e anche fuori.»

«E come potrei dimenticarlo? Quindi alla fine quella ficcanaso ha scritto il suo bell'articolo su Bessa Terzaghi e Cervignati... immagino che così tutta la nostra riservatezza sia andata a farsi benedire» dice Mandelli chiudendosi nel bagno e sedendosi sul bordo della vasca.

«No. Non credo che abbia avuto il tempo materiale per scriverlo, quel pezzo.»

«Be', meglio. E come mai mi chiama a quest'ora della domenica?»

«Perché ce l'ho qui davanti, la Colaussi.»

Mandelli aggrotta le sopracciglia.

«L'ha convocata in questura? Ma non è lei quello che dice che è rischioso flirtare con i giornalisti?»

«No, no. Sono a casa sua.»

«A casa sua? Che cosa....»

«È morta, Mario. L'hanno ammazzata ieri sera, con una coltellata alla schiena.»

«Morta? Ma porca...» esclama Mandelli scattando in piedi. «Com'è successo?»

«Pare che avesse invitato qualcuno a cena. Il tavolo è apparecchiato di tutto punto, bottiglie sul pavimento, il letto disfatto... Cena e dopocena, servizio completo, non so se mi spiego.»

«Si spiega. Chi ci sta lavorando?»

« La Mobile. Montersoli e la sua squadra, c'è anche il sovrintendente Buffagni. L'ipotesi è che abbia cenato con il suo assassino. Un singolo fendente alle spalle che sembra escludere un delitto d'impulso. La Colaussi è seminuda, indossava soltanto un maglione, probabilmente lui è arrivato da dietro. Una coltellata precisa, le ha spaccato il cuore. »

« Chi l'ha trovata? »

« Un suo collega, è passato a prenderla perché si erano accordati per andare insieme in redazione. L'ha chiamata più volte senza mai ottenere risposta. Allora è venuto qui, si è fatto aprire da un vicino ed è salito al piano. Quando ha visto una traccia di sangue sulla porta ci ha chiamati. » Il vicequestore tossisce per qualche secondo. « Il capo si è particolarmente agitato, per usare un eufemismo, e ha mandato me a controllare. Domani stampa e telegiornali si scateneranno. Stavolta hanno colpito una di loro, vedrai che ci bombarderanno su tutti i fronti... Bessa Terzaghi e Cervignati compresi. Pensa che cosa succederebbe se venissero a sapere della De Bellis e di Locatelli. »

Per qualche secondo Mandelli è tentato di calare sul tavolo anche il carico del rapimento di Alba, poi ripensa alle parole di Zurlo ed evita l'argomento.

« Si ricorda che cosa avevo scritto a lei e ad Arnaboldi, no? »

« Certo, non sono mica rincoglionito! » dice Pinducciu sfoderando la sua miglior cadenza sarda. « Ci avevi scritto che la Colaussi avrebbe cenato con il suo informatore e poi avrebbe pubblicato un pezzo che rivelava il collegamento tra la morte di Bessa Terzaghi e quella di Cervignati. »

« Esatto. Quindi probabilmente a ucciderla è stato proprio il suo misterioso informatore. »

« Lo penso anch'io. Tra l'altro, qui non c'è nulla che faccia pensare a un delitto passionale. Comunque, appena arriva Arnaboldi gliene parlo... si occuperà lui del caso. »

«Con lo sputtanamento che gli ha riservato la stampa in passato, per lui non sarà facile occuparsi dell'omicidio di una giornalista. Vuole che venga lì?»

«No, c'è già abbastanza casino, non facciamo irritare Montersoli, e poi ci sono io. Però voglio la tua opinione. Cosa pensi che stia succedendo?»

«Mi dia un secondo.» Mandelli esce dal bagno, va in camera e si distende sul letto. «Allora... Sono dell'idea che il presunto informatore della Colaussi sia in realtà l'assassino di Bessa Terzaghi e dell'avvocato. D'altronde chi meglio di lui poteva far credere alla giornalista di avere notizie sul caso?»

«Nessun altro, direi. Continua» ordina Pinducciu.

«Diciamo che la Colaussi ci casca su tutta la linea, probabilmente lui è un bell'uomo e a lei piace. Lo invita a casa sua, poi mi manda i messaggi per tastare il terreno e provare a ottenere qualcosa in cambio... dettagli sul caso, oppure una mia intervista. Insomma, prova a trattare con me perché non è del tutto sicura che lui possa davvero darle delle informazioni importanti. Ma mi chiedo quale legame ci sia tra questo delitto e la sua sete di vendetta... Voleva davvero fare delle rivelazioni alla Colaussi, in modo che raccontasse la sua versione della storia? E allora perché l'ha uccisa? Qualcosa è andato storto e ha deciso di eliminarla? Oppure l'ha fatto per gioco, per misurare il suo potere? In ogni caso è evidente che gli piace rischiare.»

«Sì, Mario, sono d'accordo. E proprio per questo dobbiamo fermarlo il prima possibile.»

«Io e i miei abbiamo una pista. Ma preferisco verificarla per bene prima di parlarne. Domani ci lavoriamo e appena ho delle certezze la avviso. Lei invece mi tenga aggiornato sulla Colaussi e faccia controllare i suoi tabulati telefonici, magari abbiamo culo e l'assassino ha usato un numero rintracciabile.»

« Va bene, io adesso torno a domare i leoni. Buonanotte, Mandelli » dice Pinducciu prima di chiudere la telefonata.

In fondo al corridoio si diffonde il riverbero azzurrino del televisore e in camera arriva l'eco lontana dei dialoghi del film. Mandelli immagina il volto di Marisa illuminato dal riflesso dello schermo, poi pensa ad Alba Locatelli e si domanda dove possa essere e quali terribili orrori sia costretta ad affrontare.

Se soltanto ricordasse qualche preghiera, in questo momento la direbbe: una per Alba e una per la povera Isabella Colaussi.

Quando finalmente la stanchezza prende il sopravvento, Mandelli si arrende e scivola nel sonno.

IL QUINTO GIORNO

63

L'unità del Gruppo di Intervento Speciale dei carabinieri si muove esattamente cinque secondi dopo il via libera del maggiore Zurlo. Due uomini scivolano lungo il muro di cinta della villetta e dopo una decina di metri risalgono la parete esterna con un'agilità da ragni, scomparendo nel buio oltre la cancellata. Gli altri tre attendono pazientemente l'ordine del loro comandante. Quando lui alza il pugno si calano il mephisto sul volto e lo seguono attraverso il varco aperto nella rete del cantiere, penetrando all'interno della proprietà.

Zurlo alza gli occhi verso Luisa Lanfranchi e le fa un rapido cenno di conferma. Soltanto allora la direttrice del Dipartimento di Pubblica Sicurezza porta il cellulare alla bocca e parla a bassa voce.

«Signor viceministro, l'operazione è iniziata. La aggiorno non appena abbiamo novità» dice prima di interrompere la connessione per adeguarsi al silenzio radio. L'agente di supporto inviato dai Servizi passa alle sue spalle, alza un pollice e indica a tutti i monitor. Gli occhi dei presenti si concentrano sulle immagini inviate dai visori notturni e dalle telecamere a infrarossi posizionate intorno al perimetro dell'edificio.

Marcello Zurlo si appoggia allo schienale della sedia, sente una fitta tra le vertebre lombari e lancia una rapida occhiata al suo vecchio orologio da polso: l'una e venticinque. Osserva per l'ennesima volta lo spazio angusto che ospita la centrale operativa mobile e sente mancare il respiro. Allora si alza, raggiunge la porta metallica del furgone e la spalanca. L'aria fredda della notte gli sferza la faccia e ossigena rapidamente il piccolo ambiente.

Anche ora che l'operazione è partita Zurlo non è affatto convinto che Alba Locatelli si trovi davvero in quella casa. Tutto troppo facile, troppo scontato. Il gps della società di car sharing li ha condotti esattamente lì. La conferma l'hanno avuta poche ore prima, quando una pattuglia del comando dei carabinieri di Desio si è recata sul posto indicato dal satellite e ha ritrovato la piccola utilitaria rossa. L'auto era abbandonata sulla strada provinciale 173 con le portiere spalancate, nei pressi di una villetta in ristrutturazione all'angolo di via dei Boschi, una stradina che si perdeva tra i campi della Brianza. Il viceministro e la Lanfranchi, improvvisamente euforici, hanno smosso mari e monti per preparare l'irruzione nel più breve tempo possibile. L'uomo dei Servizi li ha assecondati e si è messo subito al lavoro. Zurlo invece ha espresso i suoi dubbi, obiettando che in passato Bergamini si era dimostrato molto abile e che quello dell'auto gli sembrava un errore troppo grossolano.

Il maggiore è stato apparentemente smentito dalla telefonata fatta al geometra responsabile del cantiere. L'uomo ha confermato che il progetto di ristrutturazione della villetta bifamigliare era proprio dell'architetto Federico Bergamini. Un ordine diretto del generale Scardina ha incaricato Zurlo di coordinare l'azione dei GIS, ma non ha certo cancellato le sue perplessità.

« Pronti a intervenire » dice la voce del comandante nell'interfono.

Nel furgone tutti trattengono il respiro fino a quando un'esplosione fragorosa e il lampo accecante di una granata stordente decretano l'inizio dell'irruzione.

*

A risvegliare Alba Locatelli è il freddo. Non appena apre gli occhi viene scossa da brividi incontrollabili. Il cloroformio ha evidentemente prodotto un calo termico che la sua giacca leggera non è in grado di compensare. I denti le battono all'impazzata. Le caviglie e i polsi sono legati con del nastro da pacchi che le rende difficile anche il minimo movimento. Raccoglie le forze, si contorce sul divano sgangherato e prova a ripararsi alla bell'e meglio sotto una coperta di lana consunta. Dopo qualche minuto si riprende, un lieve tepore le riscalda il petto e s'irradia per tutto il corpo. Si guarda attorno e cerca di intuire qualcosa nella penombra della stanza. Sembra un vecchio salotto, certamente disabitato da tempo. Nell'aria c'è odore di chiuso, polvere e muffa. Alba prova a rimettere in fila gli ultimi eventi. Ricorda il volto affabile di Federico, il muso di Susy in attesa della crocchetta e poi quel sapore dolciastro che l'aveva soffocata e trascinata nell'oscurità. *Mi ha rapita*, dice a se stessa, *quel bastardo mi ha addormentata e mi ha portata via. Ma perché?* La consapevolezza di quel pensiero accende tutta la sua rabbia. Prova a liberarsi del nastro e quando capisce che è inutile, grida tutta la sua frustrazione nel buio.

Mentre l'eco della sua voce si disperde nella stanza, sente un profondo sospiro provenire dall'angolo più lontano. S'immobilizza e trattiene il fiato.

« Non ti arrabbiare, tesoro. L'ho fatto per stare insieme a te » dice una voce calma.

« Chi sei? »

« Sono Federico... Bergamini, il tuo amico dell'università. Stai tranquilla... finché mi renderai felice non ti farò mai del male, mai. »

« Ma che cosa stai dicendo! Perché mi hai rapito? Vuoi

essere pagato? Vuoi ricattare mio padre? Cosa vuoi? » grida Alba.

La risposta è una risata spontanea, sincera.

« Come, cosa voglio... io voglio soltanto te, Alba... nient'altro che te. »

Ed è proprio dopo quelle parole che un lampo accecante inonda la stanza e cristallizza ogni cosa.

« Il piano terra è libero. Procediamo con l'ispezione » sibila il comandante nel microfono.

Gli operatori del GIS si riuniscono ai piedi della scala di legno che conduce al piano superiore, l'ufficiale in comando fa un segno con le dita e due militari iniziano a salire coprendosi le spalle a vicenda. Raggiungono il pianerottolo, vanno a posizionarsi negli angoli, e gli altri li sorpassano silenziosi come fantasmi per poi sciamare verso le stanze da letto e i bagni. I due uomini rimasti si scambiano un gesto d'intesa e raggiungono la porta di legno del salotto. Dopo pochi secondi uno fa saltare la serratura con un calcio mentre il suo collega lancia una flashbang all'interno. Quando il fumo si dirada finalmente entrano. La stanza è spoglia e malconcia, la vecchia tappezzeria verde cade in lunghi brandelli, il pavimento è deformato dall'umidità e in alcuni punti mancano addirittura delle assi. Le torce degli incursori illuminano un divano scassato appoggiato alla parete di fondo e ai suoi piedi una coperta malconcia. A parte quegli oggetti la stanza è vuota.

« Non c'è nessuno! » esclama Zurlo. « Là dentro non c'è nessuno... »

La dottoressa Lanfranchi abbassa la testa e si mette le mani nei capelli. L'agente dei Servizi fa un gesto di sconforto, come chi ha fatto la propria parte e non vede l'ora di andarsene a casa.

Il maggiore lancia le cuffie sul tavolino ed esce all'aperto. Mentre il suo fiato si condensa nell'aria fredda della notte si volta verso Garavaglia e scuote la testa. L'appuntato lo guarda con un'espressione sconsolata.

Quando la pattuglia dei GIS riemerge dal buio, il comandante si dirige verso Zurlo, sfila il passamontagna dalla testa sudata e lo fissa dritto negli occhi.

« Mi spiace. Evidentemente l'informativa era errata o incompleta. Là dentro non c'è stato nessuno, perlomeno non di recente » dice l'ufficiale prima di congedarsi e raggiungere i suoi uomini.

In quel momento nella mente del maggiore risuona l'accorato appello del commissario Mandelli e lui si sente doppiamente in colpa per quel fallimento.

Alba Locatelli è abbagliata dalle luci al quarzo che all'improvviso hanno illuminato la stanza. Se potesse alzerebbe le mani per proteggersi gli occhi. Invece li deve strizzare forte per impedire che il chiarore dei faretti l'accechi completamente.

« È bella, vero? » chiede la voce di Federico mentre va verso di lei.

« Molto. Avevi ragione, caro. Forse la più bella fata con cui tu abbia mai avuto a che fare » dice una figura avvolta dal fulgore dei fari. « Ti avevo detto che l'università era il territorio di caccia perfetto. Anche se il tuo incarico era controllare le faine e soprattutto la De Bellis, ora che la vedo da vicino capisco perché hai perso la testa per lei. È davvero magnifica, hai fatto bene a dirmi di venire a vederla di persona. »

Alba prova a indovinare i tratti della persona che si nasconde dietro il bagliore delle luci. Le sembra di intravedere un uomo più anziano del suo rapitore, un volto scavato circondato da un alone di capelli bianchi e una figura austera.

Intanto Bergamini avanza reggendo un buffo vestito appeso a una gruccia. Velluto blu e raso azzurro, con strane balze di tulle sulle maniche. Alba lo osserva e sente crescere il disagio, poi d'un tratto ricorda le parole di suo padre. Le aveva raccontato ogni dettaglio del ritrovamento di Carolina De Bellis: il boschetto, le ferite alla testa, le mani intrecciate sul petto, il bigliettino. Le aveva anche descritto quello stupido abito con cui l'assassino aveva vestito la sua amica, inscenando un macabro spettacolo.

Ora che Alba ce l'ha davanti agli occhi, tutti i pezzi vanno al loro posto.

« Sei... sei stato tu a uccidere Carolina! » urla rabbiosa verso il suo rapitore. « Tu! »

Sul viso di Federico si disegna un'espressione sorpresa.

« Cosa stai dicendo? » chiede con un tono di sincero sconcerto.

« Tu hai ucciso la mia amica Carolina. L'hai vista insieme a me all'università, l'hai rapita e l'hai massacrata senza pietà. Poi le hai messo addosso quel ridicolo vestito da bambola. Sei un bastardo! »

Davanti alla sua collera Bergamini sembra smarrito.

« Ma no... lei non era una fata, lei era una faina, dovevo solo controllare che si comportasse bene... e poi ho visto te e ti ho amata da subito! Sei tu quella che voglio! Nessun'altra. » La sua voce si fa più dura e nervosa. « Non ti tradirei mai! Devi credermi, io non le ho fatto niente. »

Alba è una furia, gli occhi blu incendiati dall'odio sembrano un mare in tempesta.

« Bugiardo, l'hai uccisa tu. Hai lasciato anche un biglietto... bugiardo assassino. »

« Io... io, non... » balbetta Bergamini che si volta e guarda verso la figura avvolta nella luce. « Diglielo anche tu che mi conosci, ti prego... non voglio che mi odi! Lei deve amarmi... diglielo che non so di cosa stia parlando! »

Intanto il vestito scivola e cade a terra. In quel momento Alba Locatelli capisce che farà la stessa fine di Carolina. Allora scoppia in un pianto dirotto e scivola priva di sensi ai piedi del divano.

« No! Non voglio che tu pianga! » grida Bergamini mentre si inginocchia, si china sulla ragazza e la stringe al petto. « Ti prego! Io non ho fatto niente! » urla disperato.

L'uomo anziano fa un passo in avanti e il suo profilo magro si staglia contro il fondale di luce. Quando arriva a un passo dal suo allievo, gli posa una mano sulla testa e gli accarezza dolcemente la nuca. Poi con voce gelida emette la sentenza.

« Purtroppo ha ragione lei, Federico. Tutto il mondo penserà che sei stato tu... la tua vita finisce qui, mio caro » dice infilando una grossa siringa nel collo di Bergamini.

Qualche minuto dopo, mentre il suo corpo è scosso da violenti spasmi, il Cacciatore allunga una mano e muore stringendo tra le dita il vestito della fata.

64

Le due di notte sono ormai passate da qualche minuto e Salvatore Pinducciu osserva gli addetti della Mortuaria che portano via il sacco con la salma di Isabella Colaussi. Il vicequestore si passa le mani sul volto stanco e sbadiglia. Intanto i tecnici della Scientifica hanno terminato i rilievi nell'appartamento e stanno riponendo i loro strumenti nelle valigette. Pinducciu si alza dalla sedia e fa un cenno a un uomo robusto dal volto abbronzato che si stacca da un gruppetto di agenti e lo raggiunge.

« La Scientifica ha finito » dice il commissario Montersoli sfregandosi gli occhi arrossati. « Prima di andarsene Arnaboldi mi ha ordinato di sigillare tutto, domani verrà a fare un altro sopralluogo con più calma. Vada pure anche lei, dottore, resto io qui... non c'è molto altro da fare. »

Michel Montersoli forse non sarà un campione di simpatia ma è un bravo poliziotto. Difficile resistere in prima linea senza sacrificare qualcosa sul piano umano. D'altronde se operi da sei anni alla Mobile di Milano e fai carriera, devi essere sveglio per forza.

Pinducciu borbotta un incomprensibile assenso. « Tienimi aggiornato, Michel. Domani in tarda mattinata facciamo il punto con il questore, così vediamo anche cosa scrivono i giornali e ci regoliamo di conseguenza » dice salutando, poi raccoglie il giaccone, ringrazia gli altri poliziotti ed esce.

*

Lo Spettro è fermo davanti all'entrata del Tennis Club Lombardo da più di venti minuti. Ha parcheggiato all'angolo con piazza Adigrat e ha aspettato per due ore al caldo, osservando attentamente il viavai delle volanti e dei mezzi della Scientifica. Non appena ha visto sopraggiungere il furgone bianco della Mortuaria con il lampeggiante acceso, ha verificato di avere con sé tutto il necessario, è uscito dall'auto con un cappello di lana premuto sulla testa e si è piazzato sul lato opposto del condominio della Colaussi, ben nascosto alla vista di chi transita davanti al portone della giornalista.

Ha fatto proprio bene a restare in zona e a monitorare la situazione. Finalmente qualcuno ha scoperto l'omicidio e l'odore del sangue ha attirato gli investigatori come un banco di squali. In fondo è tutta colpa di quella stupida di Isabella. Quell'impicciona ha fatto la fine che meritava. L'avrebbe uccisa lo stesso, prima o poi, ma visto che la Colaussi non aveva resistito e si era messa a frugare tra le sue cose, si era visto costretto ad anticipare la mossa. Un inciampo imprevisto che gli ha creato un bel problema, attirando l'attenzione di Mandelli e della sua muta di segugi. Quindi adesso deve riguadagnare tempo con un diversivo, per poi portare rapidamente a termine la sua missione. Intanto il suo sguardo cade sugli addetti della Mortuaria che spingono la barella sul marciapiede e aprono i portelloni del furgone per caricare il corpo della Colaussi. Due minuti dopo il motore si accende e l'automezzo sparisce sgasando dietro l'angolo di viale Campania.

Nella via torna il silenzio.

Lo Spettro si stacca dal muro, attraversa la strada e si accuccia tra due auto in sosta. Quando il poliziotto esce dal cancello, lo riconosce immediatamente. Lo ha visto arrivare qualche ora prima e mentre aspettava si è anche studiato le foto che ha trovato in rete. Sa benissimo chi è e quale ruolo ricopre, non poteva chiedere di meglio al destino. L'uomo indugia un momento, poi punta nella sua direzione e sfila vicino a lui, ignaro della sua presenza. Lo Spettro sorride maligno, conta fino a dieci e si mette sulle tracce del suo obiettivo.

Lì per lì Pinducciu non ricorda dove ha lasciato la macchina. Quando esce dal condominio della Colaussi ha un attimo d'indecisione, poi gli viene in mente di averla parcheggiata all'angolo con via Ostiglia, poco prima della piazza. Mentre si incammina in quella direzione, sente i propri passi rimbombare nella strada deserta. Gli sembra quasi che producano una duplice eco. Alza il colletto del giaccone per ripararsi dal freddo e rabbrividendo infila la mano in tasca alla ricerca delle chiavi. Appena gira l'angolo si ferma mettendosi in ascolto. Nulla, probabilmente una suggestione dovuta alla stanchezza. Poi riconosce il muso squadrato della Volvo e attraversa sulle strisce.

«Scusi, dottore, ha dimenticato una cosa su nell'appartamento» dice una voce maschile alle sue spalle.

Pinducciu ha un sussulto e si gira.

«Mi ha fatto venire un accidente. Cos'è che ho...»

«Questo!» dice l'uomo facendo un passo verso di lui.

In pochi istanti parte una sequenza di rapide pugnalate al ventre. Il vicequestore guarda sorpreso verso il basso, si piega in due e crolla sulle ginocchia gorgogliando. Per un attimo l'assassino resta a guardarlo dall'alto, godendosi tutta la sua sofferenza. Poi gli pianta il coltello nel petto, lo spinge a terra con la suola dello scarponcino e si china su di lui.

«Porta i miei saluti al tuo amico Mandelli» dice con un ghigno soddisfatto.

Dopodiché intinge un dito nella pozza di sangue che si allarga sull'asfalto e si dirige verso l'auto del poliziotto.

65

Il citofono di casa Mandelli suona poco prima delle sei. Isa si alza di scatto e aspetta qualche istante per verificare che non si sia trattato di un sogno o di un errore. Quando il trillo riecheggia per la seconda volta scuote il braccio di suo marito.

« Mario! Stanno suonando. »

Mandelli spalanca gli occhi, sposta il piumone con le gambe e si avvia barcollando verso la porta.

« Ma chi diavolo è a quest'ora? » mugugna mentre infila la felpa ancora mezzo addormentato.

Afferra la cornetta del citofono e domanda irritato: « Sì... Chi è? »

« Sono io... aprimi, per favore » risponde la voce piatta di Casalegno.

Il commissario pigia il pulsante di apertura. « E ora che succede? » chiede guardando la Isa che si è infilata la vestaglia e lo ha raggiunto.

Sua moglie allarga le braccia ma come sempre dice una cosa sensata: « Non ne ho idea, tesoro... intanto vado a preparare il caffè, qualcosa mi dice che ne avremo bisogno ».

E infatti, quando Mandelli apre la porta a Casalegno, capisce immediatamente che si tratta di qualcosa di molto grave.

L'ispettore si pulisce le scarpe sul tappetino e segue il profumo del caffè, puntando direttamente verso la cucina.

Il fatto che non si sia neppure tolto il cappotto preoccupa ancor di più il padrone di casa.

« Ciao, Isa. Perdonami per l'ora » si scusa con un'espressione triste sul viso.

« Ciao, Antonio, nessun problema. Accomodati » dice lei mentre dispone le tazzine sul ripiano di marmo del tavolo.

I due poliziotti si siedono uno di fronte all'altro e attendono che Marisa appoggi la caffettiera e si sieda insieme a loro. Poi, per qualche secondo, restano tutti in silenzio.

Mandelli prende la moka e serve prima sua moglie e poi Antonio. Dopodiché si versa tutto il caffè rimanente e ci tuffa dentro due zollette di zucchero. Isa per una volta non protesta.

« Dimmi tutto » ordina finalmente il commissario.

« Pinducciu. » Casalegno riesce a dire soltanto quello.

Il commissario finisce di bere e scuote la testa.

« Pinducciu cosa? » chiede nervoso.

« È in sala operatoria. Lo hanno aggredito stanotte, per strada, in via Ostiglia. Era appena uscito dalla casa della Colaussi. »

« Aggredito come? » insiste Mandelli.

« Tre coltellate al ventre e una allo sterno. Quest'ultima ha sfiorato il cuore. Ha il fegato squarciato e ha perso moltissimo sangue. » Antonio prende fiato. « È gravissimo, Mario... non sanno se ce la farà. »

« Continua » sibila Mandelli. « Raccontami tutto. »

« È uscito verso le due. Una decina di minuti dopo lo ha trovato un ragazzo che aveva portato il cane a pisciare. Ha chiamato immediatamente il 112 e la centrale operativa ha allertato Montersoli che era ancora sul posto. Michel ha pensato subito al vicequestore e si è precipitato in strada. Pinducciu era cosciente, ma in un lago di sangue. L'ambulanza è arrivata in pochi minuti e lo hanno portato al pronto soccorso del Fatebenefratelli. È ancora sotto i ferri. »

« Cristo! » grida Mandelli sbattendo la tazzina sul marmo.

La mano di Marisa si posa sulla sua e il commissario si calma.

« È stato quel figlio di puttana, vero? Io e Salvatore eravamo certi che fosse stato lui a uccidere la Colaussi... quel bastardo si dev'essere appostato lì per far fuori qualcuno di noi. »

« Credo proprio di sì, Mario. Anzi, è stato lui. Su questo non ci sono dubbi » afferma deciso Casalegno.

Il volto di Mandelli adesso è una maschera inespressiva.

« Come fai a esserne così sicuro? »

« Perché ti ha lasciato un messaggio scritto con il sangue di Salvatore... sul cofano della sua auto. »

« A me? » chiede gelido Mario.

« Sì, a te. E anche abbastanza esplicito, direi... ha scritto CIAO MANDELLI, con una faccina sorridente sotto. » Casalegno gli mostra una serie di foto sul cellulare.

Il commissario gli strappa il telefono di mano e studia attentamente tutta la sequenza imprimendo nel suo cervello ogni dettaglio. La pozza scura che impregna l'asfalto, la scena del crimine illuminata dalle luci artificiali, il cofano grigio della Volvo con la frase scritta in stampatello, il sangue che cola dalle lettere del suo nome e quella faccina stupida e beffarda.

« E ora cosa facciamo? » gli chiede Casalegno.

« Quello che sappiamo fare meglio. Andiamo al lavoro e staniamo quel serpente velenoso una volta per tutte. »

Mentre Mandelli e Casalegno percorrono i corridoi verso i rispettivi uffici, quasi tutti i colleghi che incrociano abbassano lo sguardo o rivolgono loro dei sorrisi di circostanza. Soltanto quelli con cui hanno più confidenza osano fermarli per informarsi sulle condizioni del vicequestore. La notizia del suo ferimento si è diffusa come un incendio in tutto l'edificio. Pinducciu è un poliziotto integerrimo e molto stimato, da tanti anni a Milano. Colpire lui significa colpire la questura, colpire ogni poliziotto della città.

Quando entrano nell'open space trovano l'unità investigativa al completo. I volti di tutti sono attenti e determinati. Persino Santosuso ha uno sguardo serio e concentrato. La Donati invece è quella con l'aria più triste, forse sta rivivendo i brutti momenti trascorsi in ospedale. Mandelli osserva la squadra e non nasconde una certa emozione. In questo momento non vorrebbe avere nessun altro al suo fianco. Quel gruppo un po' sgangherato ed eterogeneo di donne e di uomini rappresenta tutta la sua vita professionale, una sorta di famiglia allargata. Per un momento ripensa con ironia all'assurda latitanza del suo periodo sabbatico in università. Sono passati soltanto pochi giorni ma gli sembra un secolo.

«Innanzitutto voglio ringraziarvi per essere venuti così presto. L'ultima notizia che abbiamo è che l'operazione è finita da poco ed è andata bene, adesso il vicequestore viene mantenuto in coma farmacologico. La prognosi è riservata e le sue condizioni restano comunque gravissime. Non ci resta che sperare e aspettare» spiega cercando di non mostrare cedimenti.

Casalegno gli posa una mano sulla spalla e viene in suo aiuto.

«Sappiamo che l'assassino della giornalista è il nostro uomo, molto probabilmente lo stesso che ha massacrato Bessa Terzaghi e Cervignati. Quella merda si è nascosto sotto casa della Colaussi e ha atteso che Pinducciu uscisse, poi lo ha seguito e lo ha colpito con un coltello. Tre pugnalate qui» dice indicando il lato destro del ventre. «E una qui» aggiunge puntando l'indice poco sopra lo sterno.

Nella stanza il silenzio è assoluto, Mandelli annuisce gravemente e poi riprende la parola.

« Dell'indagine sull'omicidio di Isabella Colaussi si occupa la Mobile, Pinducciu invece è roba nostra. Anche perché lo psicopatico che ha ferito Salvatore vuole che ce ne occupiamo noi. »

« In che senso, commissario? » domanda il viceispettore Dei Cas piegando la testa e facendo tintinnare gli orecchini.

« Ha lasciato un messaggio indirizzato a me sul luogo dell'aggressione. Ha scritto CIAO MANDELLI sul cofano dell'auto di Pinducciu, con il suo sangue » spiega Mario.

« Merda! » esclama Caterina. « Quello ci gode proprio a giocare pesante. »

« Già... e anche a provocarci, per quello ha colpito uno di noi. È probabile che non avesse previsto di far fuori la Colaussi, o perlomeno non subito. Evidentemente temeva che dopo l'omicidio della giornalista la pressione su di lui sarebbe aumentata a dismisura e allora ha sparigliato le carte. Per questo dobbiamo stare sul pezzo ed essere ancora più lucidi del solito... » dice il commissario sedendosi sopra la scrivania di Vacirca. « Direi di passare alle cose pratiche. Dei Cas, tu e Antonio andate allo studio di Cervignati e trovatemi quel cazzo di certificato di adozione o qualsiasi altra cosa che riteniate interessante. Guardate ovunque, specie nel suo ufficio, magari aveva una cassaforte o un posto segreto in cui teneva i documenti più riservati. Donati, tu e Vacirca invece spulciate di nuovo tutto quello che abbiamo, daccapo... lo so che è una rottura di palle, ma non si sa mai, potrebbe esserci sfuggito qualcosa di importante. Chiedete a Montersoli i tabulati telefonici della Colaussi e guardate se tra le sue chiamate c'è qualcosa di anomalo che la lega direttamente al nostro caso. Tu Zilli continua l'analisi delle immagini e recupera le riprese di tutte le telecamere della zona intorno a via Sismondi, da viale Campania a piazza Adigrat. Magari qualcuna ha inquadrato quel bastardo mentre aggrediva il vicequestore. Santosuso, tu resti qui, raccogli le chiamate di tutti e se qualcuno ha delle novità importanti mi aggiorni immediatamente» conclude Mandelli scivolando giù dalla scrivania.

«E io?» chiede la Ambrosio un po' delusa.

«Tu hai l'onore supremo di accompagnare il capo... andiamo a vedere che fine ha fatto Alba Locatelli e poi facciamo una visitina a Carlotta Rovelli. Voglio capire quanto sapeva veramente di suo zio o se ci ha presi per il culo.»

«Dottore, in che senso andiamo a vedere che fine ha fatto Alba Locatelli?»

Gli sguardi di tutti si fissano sul commissario. Mario li osserva pensieroso e poi decide che per loro non devono più esserci segreti.

«Quella che condivido è un'informazione altamente riservata, per cui sapete come dovete comportarvi. La figlia del viceministro è stata rapita ieri sera al parco Sempione, davanti alla Triennale. Il rapitore è Federico Bergamini, l'architetto di cui vi ho già parlato durante la scorsa riunione. Carabinieri e Servizi Segreti la stanno cercando da ore. Avevi ragione fin dall'inizio, Marica, era lei il suo vero obiettivo.»

«Accidenti a me!» sbotta la Ambrosio furiosa. «Quel fetente ce l'ho avuto a portata di mano in università! Era sicuramente lui il tipo che stava seguendo Alba... e io l'ho anche beccato.»

«Non prendertela con te stessa, Marica. Son sicuro che la troveranno. Bergamini è un soggetto borderline che agisce d'impulso, come fece in occasione della morte della sua fidanzata, ma io non credo che abbia mai ucciso qualcuno a sangue freddo, perlomeno non ancora. E poi, se davvero c'è qualcuno che lo vuole incastrare per l'omicidio della

De Bellis, credo che l'esito del rapimento non sia così poi scontato » conclude speranzoso Mandelli.

« Però almeno una cosa buona l'ho fatta, dottore » dice Marica con una smorfia soddisfatta.

« Cioè? »

« Forse ho trovato la nostra Pupa, ho un nome. Anzi, sono quasi certa che sia lei. »

« Bene. Mi racconti tutto mentre andiamo da Zurlo. »

66

L'agente scelto Ambrosio regola il sedile di guida della vecchia Alfa di servizio, sistema la sua mole contro lo schienale e mette in moto.

«Raccontami di Pupa» dice il commissario mentre allaccia la cintura.

La Ambrosio si getta nel traffico caotico del lunedì mattina e inizia: «All'alba di domenica 25 settembre un atleta che faceva jogging lungo la Darsena ha visto il corpo di una donna galleggiare sotto il pelo dell'acqua. Era il cadavere di Fabiana Malipieri, ventunenne di Milano, di buona famiglia, studentessa di giurisprudenza. È stata identificata grazie alla carta d'identità trovata nella borsa rinvenuta sulla sponda. Dentro c'erano un portafoglio vuoto, una bustina con della coca quasi pura e il solito campionario di oggetti: spazzola, trucchi, profumo, cianfrusaglie, tessere e chiavi. L'autopsia ha stabilito che la Malipieri è morta per un infarto causato dalla contemporanea assunzione di alcol e cocaina. Fabiana soffriva fin da bambina di un lieve scompenso cardiaco e siccome non è stata trovata acqua nei polmoni, l'ipotesi di chi ha svolto le indagini è che la ragazza sia stata stroncata da un infarto quando era seduta sul muretto e che soltanto in seguito sia caduta. Tutti i suoi amici hanno confermato che Fabiana sniffava raramente e sempre con qualche ritrosia dovuta al suo stato di salute. E soprattutto, nessuno di loro ha saputo spiegare perché quella notte fosse lì da sola. Nella loro deposizione i genitori hanno riferito di aver trovato in camera della ragazza dodicimila euro in contanti dentro una scatola di scarpe costosissime. L'esito finale dell'inchiesta è stato morte accidentale in seguito a overdose».

Mandelli osserva le prime gocce di pioggia che si stampano sul parabrezza. «Be', non mi sento di criticare chi ha svolto le indagini. Le prove raccontavano quello e non c'erano indizi sufficienti per pensare ad altro. Dal nostro punto di vista la cosa è differente: il profilo è compatibile con quello della fantomatica Pupa. E poi sembra un lavoro da professionisti, con il portafoglio svuotato, la simulazione della caduta in acqua e il particolare della coca.»

«Davvero un depistaggio riuscito... peccato che io abbia trovato la prova decisiva che conferma la nostra ipotesi.»

Mandelli la guarda stupito.

«Come le ho detto, dentro la borsa della ragazza c'erano parecchie cose, tra cui la tessera di una palestra che sta in pieno centro. Ieri sera, dopo aver parlato con lei, ci sono andata e il direttore mi ha confermato che Fabiana Malipieri era iscritta lì da loro, da poco più di un anno. Siccome il tizio iniziava a fare storie per la privacy, gli ho chiesto gentilmente di fare soltanto un ultimo controllo su un nominativo... e indovini un po' chi era iscritta alla stessa palestra?»

Il commissario conosce già la risposta ma lascia che sia Marica a pronunciare quel nome.

«Carolina De Bellis, ovviamente. A quanto pare le due ragazze seguivano lo stesso corso di pilates. Secondo la loro istruttrice sembravano anche molto in confidenza.»

Mandelli riflette e guarda fuori dal finestrino appannato. La pioggia martella l'asfalto e rimbalza sulle carrozzerie delle auto in coda. È il modo brutale con cui novembre annuncia alla città la fine della tregua domenicale.

«Ottimo lavoro Marica. Ora sappiamo che Pupa era il soprannome di Fabiana Malipieri e abbiamo la conferma che la De Bellis è stata uccisa perché minacciava di rivelare i tragici dettagli della sua fine. A questo punto dobbiamo soltanto scoprire chi è stato a mettere in mezzo Federico Bergamini e a inscenare il ritrovamento del cadavere al cementificio. Io un'idea me la sono fatta.»

Mentre pronuncia quella frase la melodia di *My Way* risuona nell'abitacolo. Il commissario recupera il cellulare dal giaccone e risponde.

«L'abbiamo ritrovata» dice la voce baritonale di Zurlo.

Mandelli trattiene il fiato, non ha il coraggio di chiedere.

Zurlo intuisce il suo timore e si affretta a chiarire. «È viva, Mandelli, sta bene.»

«Dov'è?»

«L'hanno portata in clinica, alla Columbus. Si sta riprendendo. A parte noi e la famiglia nessuno sa niente. Né del rapimento, né del fatto che l'abbiamo liberata.»

«Sei stato bravo, Marcello... grazie.»

Il maggiore sospira. «Abbiamo avuto fortuna, Mario, io non ho alcun merito. Davvero. Quando ti racconterò com'è andata capirai che è la verità.»

«Stanotte sono accaduti dei fatti molto gravi legati al caso che sto seguendo con l'UACV ma ho bisogno di parlarti anch'io. Marica è qui con me, ha scoperto delle cose importanti. Tu dove sei?»

«Sto andando alla Columbus, devo interrogare Alba. Vediamoci lì tra dieci minuti così mi aggiorni su tutto» dice il maggiore prima di chiudere la comunicazione.

Il commissario soppesa il cellulare e guarda il profilo della Ambrosio.

«È viva. Alba è viva» dice commosso.

Marica accenna un sorriso. Restano così, in silenzio, immersi nel rumore della pioggia. Lei con lo sguardo fisso sulla strada, lui goffamente appeso alla maniglia di cortesia. Grato al destino per non avergli portato via la sua giovane sirena dagli occhi blu.

67

Quando arrivano nei pressi della clinica, Marica fatica persino a vedere la strada. I logori tergicristalli dell'Alfa nulla possono contro gli scrosci violenti che cadono a secchiate sul parabrezza. Improvvisamente Mandelli indica alla sua destra.

« Ecco la Columbus, ci siamo. Lasciamo la macchina davanti all'ingresso. »

L'auto si ferma accanto alla guardiola e da uno spiraglio della porta spunta la faccia rubizza di una guardia giurata.

« Oggi non potete entrare senza permesso. Questioni di sicurezza, dovete parcheggiare fuori » dice l'uomo con una flemma che s'intona alla perfezione con la mesta giornata di pioggia.

Mandelli sbuffa guardando dal finestrino semiaperto. « Polizia. Alzi quella sbarra, per favore. »

Il tipo guarda l'Alfa sgangherata, poi abbassa la testa per analizzare meglio l'equipaggio e fa una risatina ironica.

« Son già arrivati quelli della polizia, quelli veri... e anche i caramba. Se voi due siete poliziotti giuro che mi mangio una merda. Secondo me siete dei giornalisti sfigati a caccia di notizie. C'ho occhio, io » dice succhiandosi rumorosamente i denti.

« Vabbè, dai, ho capito! » sbotta la Ambrosio slacciando la cintura e aprendo la portiera.

Quando scende la guardia sbianca.

Marica cammina lentamente sotto la pioggia, estrae il

tesserino, passa un braccio intorno alle spalle dell'uomo e gli parla a bassa voce in un orecchio. Quello annuisce due o tre volte e poi si rintana nel suo gabbiotto. Pochi secondi dopo l'asta metallica si alza.

« Che cos'è che hai detto al *ciucciadenti*? » chiede Mandelli con un ghigno.

« Meglio che non glielo dica, dottore, non mi faccia vergognare. Diciamo che la discussione verteva sulla quantità di merda che avrebbe dovuto mangiarsi » dice Marica mentre ingrana la prima con un'espressione da angioletto.

Vicino al banco dell'accettazione li attende l'appuntato Garavaglia, che accenna un saluto e fa loro segno di seguirlo.

« Il maggiore vi aspetta su » dice mentre ammira affascinato il fisico di Marica.

Mandelli se ne accorge e decide di appagare la sua curiosità. « Ah, è vero, voi due non vi siete mai visti... Appuntato, le presento l'agente scelto Ambrosio. Ne avrà sentito parlare, immagino. »

Il carabiniere arrossisce e si presenta goffamente. « Certo... sì... piacere. Guido Garavaglia » dice allungando una mano.

Marica la prende e la stritola in una morsa d'acciaio. Nonostante la palese sofferenza il giovane militare continua stoicamente a guardarla estasiato.

Al secondo piano l'appuntato svolta a destra e li precede lungo un corridoio azzurro dal pavimento di marmo lucidissimo. Nell'aria c'è profumo di pulito e di gelsomino. A Mandelli ricorda le ventate primaverili che provenivano dal collo di Alba e quel pensiero gli dà l'esatta misura di quanto sia impaziente di vederla.

Quando arrivano in fondo al corridoio si ritrovano in una sorta di sala d'attesa con moderne sedute di pelle nera affiancate da piante ornamentali. In piedi accanto alla poltrona più vicina il maggiore Zurlo sta parlando con un uomo robusto stretto in un completo grigio stazzonato, la camicia aperta fino al secondo bottone. Mario riconosce immediatamente il tipico stile degli agenti dei Servizi Segreti. Su un piccolo divano accanto alla finestra c'è la dottoressa Lanfranchi, impegnata a scrivere un messaggio al cellulare.

«Ciao, Mandelli» dice Zurlo andandogli incontro. «Venite con me, spostiamoci in un posto più tranquillo.»

Il commissario lancia una breve occhiata al dirigente dell'AISI e quello inclina la testa in un rapido saluto, corredato da un risolino ironico. Qualcuno deve avergli riferito della sua amicizia con la figlia del viceministro ed evidentemente il funzionario la considera una ragione sufficiente per comportarsi da stronzo.

Mario si volta senza dargli soddisfazione e punta deciso verso il corridoio. Zurlo e Marica intanto chiacchierano amabilmente camminando sottobraccio come vecchi conoscenti.

Il maggiore ascolta le novità su Pupa e Bergamini e si complimenta con la Ambrosio per aver scoperto l'identità della ragazza.

«Adesso possiamo essere ragionevolmente certi che le due vicende non sono collegate e che Bergamini non ha ucciso Carolina. E questo apre una prospettiva diversa anche su quello che è accaduto stanotte» dice Zurlo esplorando con gli occhi la piccola sala riunioni in cui hanno trovato posto.

«Già» commenta Mario. «Cos'è successo stanotte?»

Zurlo si avvicina alla finestra, scosta la tenda e osserva il giardino sommerso dalla pioggia.

«Federico Bergamini ha abbandonato l'auto a noleggio poco dopo Desio, sulla provinciale 173. Lì, all'angolo di una stradina di campagna, c'è una villetta bifamigliare che lui stava ristrutturando. Quando ci siamo resi conto che Alba non si trovava nella villetta, eravamo disperati. Bergamini doveva aver lasciato nei paraggi un'altra auto su cui allontanarsi insieme alla ragazza. A quel punto non avevamo la minima idea di dove potessero essere andati. Mentre stavamo rientrando, però, al 112 è arrivata una segnalazione anonima. Una voce maschile ha riferito di aver visto una ragazza che corrispondeva alla descrizione della Locatelli in compagnia di un uomo che la trascinava brutalmente all'interno di una casa. L'indirizzo segnalato era una via di Canonica, un antico borgo della Brianza tra Macherio e Lesmo.»

«So dov'è. È un paesino in collina, con qualche locale alla moda. Il classico posto da gite della domenica e da amanti clandestini nei feriali» dice Mandelli.

«Abbiamo verificato subito. Nella strada indicata, via del Castelletto, risultava registrata una vecchia villa intestata al padre di Bergamini.»

«Una bella botta di culo» commenta sarcastico il commissario.

«Già. Un po' troppo bella per essere casuale... Ci siamo precipitati sul posto e quando siamo arrivati abbiamo trovato il cancello aperto e la porta spalancata. In un salotto del secondo piano c'erano la Locatelli e Bergamini riversi a terra, praticamente stretti in una sorta di ultimo abbraccio. Per un istante ho pensato che la ragazza fosse morta, poi, quando ho sentito che c'era polso, ho avuto un tuffo al cuore.»

«Fammi indovinare... Scommetto che il morto invece era lui» afferma sicuro Mandelli.

«Sì, stecchito. Il capitano Necchi ha già fatto le prime analisi. Nel sangue di Bergamini non c'erano tracce di oppioidi, né di veleni.»

«E com'è morto, allora?»

«Maria Grazia ha analizzato il contenuto residuo della siringa rinvenuta accanto ai corpi sul pavimento e la sua conclusione è stata molto chiara: a Bergamini è stato iniettato un bolo di insulina sottocute, almeno otto millilitri.»

«È mortale?» chiede Marica.

«Mortale è dir poco. Pare che sia il delitto perfetto. Si muore quasi sul colpo per ipoglicemia. E a differenza degli anestetici o del curaro, l'insulina non lascia nessuna traccia. Il suo tasso nel sangue non è più rilevabile una volta che la persona è morta. Il capitano dice che possiamo esserne certi soltanto perché ne abbiamo trovate delle tracce nella siringa.»

Mario si muove a disagio sulla scomoda sedia di plastica e intuisce il seguito.

«Son sicuro che sulla siringa la Necchi ha trovato delle impronte... e posso anche dirti di chi sono!» afferma con certezza.

«Prego, Mandelli. Dopo di te...»

«Le impronte sono di Alba Locatelli.»

Il maggiore annuisce.

«Ma com'è possibile?» chiede la Ambrosio stupefatta.

«Perché il pezzo di merda che muove i fili vuole farci credere che sia stata lei a uccidere Bergamini, mentre si stava difendendo» risponde Mandelli.

«Certo, e in questo modo quello schifoso pensa di aver centrato tutti i suoi obiettivi. Eliminare Bergamini lasciandoci il dubbio che sia lui l'assassino della De Bellis, chiudergli la bocca per sempre impedendogli di rivelare la sua identità e far ritrovare la figlia del viceministro per togliersi la pressione di dosso. Davvero astuto, il bastardo» dice Zurlo.

«Bastardo di sicuro, ma forse non così astuto come credi, Marcello» ribatte Mandelli con un lampo feroce negli occhi.

68

Mandelli e Zurlo avanzano timidamente nella stanza. Andrea Locatelli si alza da un piccolo divano e solleva il mento in un saluto silenzioso. Rivolge un sorriso stanco ai due uomini, stringe loro la mano e indica il letto al centro della camera. Alba sta dormendo con la testa leggermente reclinata, mentre la soluzione fisiologica scende a gocce dalla sacca appesa alla piantana della flebo. Una lama di luce filtra dalla tapparella semiabbassata e colora di un riflesso argenteo i lunghi capelli sparsi sul cuscino. Accanto a una chaise longue, c'è Gaia Locatelli che stacca lo sguardo dalla figlia e va loro incontro.

«Buongiorno commissario, il maggiore ci aveva avvertiti della sua visita. Grazie di essere passato» sussurra piano.

«Di nulla, signora, è il minimo. Come sta?» domanda Mario indicando il letto.

«Meglio. Era spossata. Pensi che quando ci ha visti ha parlato ininterrottamente per quasi un'ora, poi è crollata. L'adrenalina, credo.»

«Sì, certamente.»

Intanto Andrea Locatelli si avvicina alla moglie e le appoggia una mano sulla spalla. «Cara, perché non vai a rilassarti per qualche minuto? Non voglio che crolli anche tu. Magari puoi andare giù al bar a fare colazione. Hai bisogno di mangiare, prenditi anche qualcosa di caldo. Ti prego.»

La donna passa in rassegna gli sguardi degli investigatori e comprende subito il vero motivo di quella richiesta. «Sì, certo. Va bene, vi lascio soli. » Prima di uscire guarda Mandelli e gli fa una sola raccomandazione. « Non fatela stancare troppo, per favore. »

Appena la porta si chiude alle spalle di sua moglie, Andrea Locatelli si rivolge al commissario. « La prego, prima di tutto mi dica come sta Pinducciu. »

Mandelli riferisce le ultime novità sul collega e allarga le braccia speranzoso. E finalmente racconta anche a Zurlo i dettagli della brutale aggressione al vicequestore.

« Non ne sapevo nulla! Perché non me ne hai parlato prima? » esclama il maggiore scuotendo la testa.

« Tu hai già le tue belle gatte da pelare. Non ti preoccupare, prenderemo quel figlio di puttana, ce la stiamo mettendo tutta. »

« Sei tu, Mandelli? » dice una voce roca dalla penombra. I tre si voltano e osservano il viso assonnato di Alba.

« Ciao, Bibi » la saluta suo padre con un sorriso. « Hai visto chi è venuto a trovarti? »

La ragazza annuisce contenta, si tira su, aggiusta i cuscini e si appoggia contro la spalliera del letto.

« Ti presento anche il maggiore Marcello Zurlo, dei carabinieri. Ricordi che te ne ho parlato? È stato lui che ti ha cercata per tutta la notte e che ti ha ritrovata, tesoro. »

L'ufficiale arrossisce e si piega in un mezzo inchino.

« È un piacere vederla in salute, signorina » dice visibilmente emozionato.

Alba spalanca gli occhi blu e gli sorride. « Grazie per quello che ha fatto, maggiore. Sapevo che non mi avreste abbandonata... ci ho sempre sperato, anche nei momenti peggiori. »

Poi indica la finestra e suo padre l'accontenta alzando la tapparella. La debole luce del mattino penetra nella stanza restituendo un po' di colore alle pareti azzurre.

« Il maggiore e il commissario vogliono farti qualche domanda, te la senti di rispondere? » chiede premuroso Locatelli.

« Papà, secondo te a loro due posso dire di no? » risponde la ragazza sorridendo.

Il viceministro le sfiora la fronte con un bacio. « Hai ragione, non credo sia possibile. Esco un momento a fare delle telefonate urgenti. Io sono qui fuori se hai bisogno. »

Mandelli prende posto su una piccola sedia di metallo, accanto ad Alba. Zurlo invece torreggia su entrambi dai piedi del letto. Tocca a lui raccontare alla ragazza chi era in realtà Federico Bergamini e cosa è successo dopo il suo rapimento nei pressi della Triennale. Mentre Zurlo ripercorre i passaggi delle ultime ore, Alba ascolta attentamente. Quando il militare accenna all'auto abbandonata, lei inizia a riempire i buchi della storia.

« Sì, siamo scesi davanti a quella villetta, mi sembra che ci fosse una specie di cantiere all'esterno. Bergamini mi ha trascinata verso un'altra macchina... era scura, ma non ricordo bene la marca. Poi mi ha obbligata a entrare nel bagagliaio e mi ha addormentata un'altra volta con quella schifezza. I medici mi hanno detto che era cloroformio.... non mi dimenticherò mai quel sapore orribile. Da lì in avanti non ricordo assolutamente nulla » dice guardando fuori dalla finestra.

« Quando ti sei svegliata cos'è successo? » le chiede con delicatezza Mandelli.

Alba si gira, gli fa un sorriso e allunga il braccio con la flebo verso di lui. Mario le prende la mano, lei gli stringe le dita per qualche secondo e poi si ritrae.

« Mi sono svegliata in una stanza buia e ho sentito la sua voce. Improvvisamente si sono accese delle luci, fortissime. Io ero completamente abbagliata. Delirava, mi diceva che mi voleva, che se lo avessi assecondato sarei stata al sicuro. Poi, a un certo punto, si è messo a parlare con qualcuno. »

«Chi era, Alba? Lo hai visto?» le chiede Mandelli.

La ragazza scuote la testa. «Io... non credo di averlo visto bene... c'era una luce fortissima. Mi sembrava molto più anziano. Magro, non molto alto. Aveva... sì, aveva i capelli bianchi... ma non ricordo nessun altro dettaglio.»

Gli occhi dei due uomini si incrociano per un istante. È evidente che hanno pensato la stessa cosa.

Alba tossisce. Zurlo fa due passi verso il comodino, riempie un bicchiere e glielo porge.

«Grazie, maggiore» mormora la ragazza dopo aver bevuto.

«Ci stavi dicendo di quell'uomo» suggerisce Mandelli.

«Sì. A un certo punto ho visto che Bergamini aveva in mano uno strano vestito blu, come quelli da principessa che si mettono a carnevale. Mi sono ricordata che papà mi aveva descritto anche quell'orribile particolare, parlandomi della morte di Carolina. Allora ho avuto una crisi di nervi, ero sicura che avrei fatto la sua stessa fine e sono impazzita dalla paura.» Alba si ferma per un istante, beve un altro sorso di acqua. «Ho perso il controllo e l'ho accusato. Bergamini sembrava sinceramente scioccato. Ha negato di aver ucciso Carolina. A un certo punto ha pregato l'altro uomo di confermarmi che lui non c'entrava nulla. Mi ha detto che lei non era una fata e che lui desiderava solo me, che ero il suo unico amore. Davanti a quella follia non ho retto... sono svenuta e mi sono risvegliata in ambulanza.»

Alba tace e posa il bicchiere sul comodino. I due uomini restano in silenzio e lei raccoglie tutto il coraggio per far loro una domanda.

«Cos'è successo, dopo? I miei non mi hanno detto niente, ma io voglio sapere. Lo avete ucciso, vero?»

«Federico Bergamini è morto. Ucciso da una overdose di insulina» risponde Zurlo.

Alba spalanca gli occhi. « Com'è possibile? »

Mandelli si alza, verifica che la flebo funzioni e accarezza l'avambraccio della ragazza. « Il maggiore vi ha trovati distesi a terra, quasi abbracciati, e sulla siringa c'erano le tue impronte. »

Prima che Alba possa reagire, le dita di Mario premono gentilmente sulla sua spalla.

« Non sei stata tu... tranquilla. L'ha ucciso la persona che era lì con voi, ha inscenato tutto e poi ha fatto una chiamata anonima per farci sapere dov'eri. Bergamini era solo una pedina. Ormai siamo certi che non è stato lui a uccidere la tua amica. Dobbiamo ancora scoprire chi è stato. Ma dietro a tutto c'è sempre l'uomo con i capelli bianchi che hai intravisto in quella stanza. Bergamini era un malato di mente e tu eri l'oggetto dei suoi desideri... e il bastardo lo sapeva. Probabilmente, dopo averti rapita, Bergamini gli ha raccontato tutto e lui ha colto l'occasione per farlo fuori e far ricadere la colpa su di te. »

« Non è possibile » esclama Alba stringendo gli occhi per ricacciare indietro le lacrime. « Come si può essere così feroci? »

Zurlo si allontana dal letto e raddrizza la schiena dolorante. « Abbiamo bisogno di lei, signorina » dice. « Deve identificare quell'uomo. »

« Ma io... non so come posso aiutarvi. Non l'ho visto bene. »

A quel punto Mandelli prende il cellulare e digita qualcosa. Dopo qualche secondo mette il telefono davanti agli occhi della ragazza.

« Potrebbe essere lui? Guarda bene queste fotografie, senza fretta, prenditi tutto il tempo che vuoi. »

Alba impugna il telefono. Si sofferma su un'immagine in particolare e l'allarga con la punta delle dita. È un uomo magro e abbronzato, con un paio di occhiali tondi e un viso asciutto, circondato da una morbida corona di capelli bianchi. Dietro le lenti s'intravedono due occhi algidi come la sua espressione.

Nel silenzio assoluto della stanza, si sentono soltanto il rumore della pioggia sui vetri e il lieve ronzio del neon sopra il letto.

Dopo una pausa che sembra infinita, Alba Locatelli solleva il capo e restituisce il cellulare al commissario. «Sì. Potrebbe essere lui. O perlomeno è uno che gli assomiglia molto. Chi è?»

Zurlo e Mandelli si scambiano uno sguardo complice, poi il commissario risponde: «Si chiama Pier Carlo Belloni... ed è lo psichiatra di Federico Bergamini».

69

Lo studio Cervignati & Associati è all'ultimo piano di un bel palazzo ottocentesco situato all'angolo tra via Monte di Pietà e via Brera. Nel cuore della Milano più ricca e formale, quella che pullula di uffici legali e di case dai prezzi esorbitanti. Casalegno trova ironico che un tempo quella zona fosse frequentata da torme di disperati che impegnavano i loro ori in cambio di quattro soldi e dai clienti delle prostitute che fino alla metà degli anni Cinquanta esercitavano nei bordelli del quartiere. Durante una delle prime indagini che avevano condotto insieme, Mandelli gli aveva raccontato la storia di Brera e alla fine, con il suo solito sarcasmo, aveva aggiunto che in fondo in quel quartiere era cambiato ben poco. Per le sue strade giravano ancora questuanti a caccia di soldi e puttane travestite da bravi avvocati o da persone dall'apparenza integerrima.

Il viceispettore Caterina Dei Cas si stacca dalla vetrata che si affaccia sulla strada, torna accanto alla scrivania di Claudio Cervignati, si siede sulla poltrona girevole e perlustra la stanza con i suoi occhi da predatore.

« A cosa pensi? » le chiede Antonio mentre rovista tra le cartelline allineate su uno scaffale.

« Penso che abbiamo guardato nei posti più ovvi, ovvero in quelli in cui *noi* avremmo nascosto qualcosa d'importante. Compresa quella cazzo di cassaforte » dice indicando lo sportello aperto del forziere metallico incassato nel muro.

«Dobbiamo provare a pensare dove l'avrebbe nascosta *lui*... cambiare prospettiva e ricominciare da capo.»

Dopodiché alza le lunghe gambe, incrocia le caviglie sull'angolo della scrivania di vetro e riflette.

Casalegno guarda i suoi anfibi e scuote la testa. «Stai molto meglio con i tacchi» dice con un sorriso ironico.

Caterina non lo degna di una risposta e continua a guardarsi intorno. «Secondo te cos'è che stona in questa stanza? A parte te, intendo» conclude con una smorfia da stronza.

Stavolta è l'ispettore a glissare sulla battuta. Si mette alle spalle di Caterina e osserva la stanza.

«Be', ci sono un sacco di oggetti d'arte. Direi belli... Ma come sai non me ne intendo molto. Sei tu quella che ha avuto una storia con un gallerista, non io.»

«Se non la pianti quando usciamo di qui lo chiamo e mi rimetto con lui! Dai, cerca di essere serio, concentriamoci sul lavoro.»

«Va bene. Direi che le sole cose non coerenti con il resto dell'arredamento sono quel quadro antico laggiù» dice indicando la parete accanto alla libreria, «e quella scatola di legno intarsiato là sopra» aggiunge puntando il dito verso un mobile moderno accanto a due poltrone di pelle.

Caterina solleva le gambe dalla scrivania con un movimento atletico, si avvicina al quadro e lo osserva attentamente. Raffigura un campo di grano su cui incombe una tempesta imminente.

«Bellissimo. Se interpreto bene la firma, credo che l'autore sia Francesco Paolo Michetti, un maestro del verismo italiano. Immagino che il quadro appartenesse alla famiglia dell'avvocato. Sulla targhetta di ottone c'è scritto *All'amata Maria Adelaide Cervignati, Milano, 1909.*»

Il viceispettore stacca delicatamente la cornice dalla parete, sbircia dietro la tela e poi la riappoggia al muro con altrettanta attenzione. « Niente di anomalo » dice voltandosi.

Casalegno intanto si avvicina all'elegante scatola di legno. La prende tra le mani e la soppesa cercando di non scuoterla. La Dei Cas lo raggiunge e passa le dita sulla splendida superficie lavorata.

« È davvero molto bella. Guarda, c'è una piccola serratura sul davanti... alzala un po' per favore, fammi vedere sotto. »

Antonio ubbidisce. Incassata nella base della scatola c'è una bustina di velluto rosso. Caterina la estrae dal suo nascondiglio, infila l'indice nell'apertura e tira fuori una minuscola chiave.

Depositano la scatola sul ripiano della scrivania e la Dei Cas gira la chiavetta nella toppa. Non appena solleva il coperchio, all'interno scatta un meccanismo che spinge verso l'alto uno specchio di forma circolare, che simula un laghetto ricoperto di ghiaccio contornato da un piccolo steccato. Sui lati ci sono due figurine metalliche che rappresentano dei pattinatori, un ragazzo e una ragazza. Sono infilate in una sottile fessura che si avvita a spirale sul laghetto di cristallo.

« Un carillon! » esclama la Dei Cas. « Sembra antico. »

« Dovrebbe esserci un modo per farlo partire... sì, ecco, guarda lì » dice Casalegno indicando una piccola toppa simile a quella del coperchio.

Caterina prende la chiave. Dopo cinque giri la serratura si ferma a fine corsa.

Per un po' non accade nulla, poi all'improvviso le figurine si mettono in moto e percorrono la spirale accompagnate da una musichetta metallica. Quando finalmente i due pattinatori si incontrano al centro dello specchio la musica si ferma e, con uno scatto secco, dalla scatola fuoriesce un cassettino nascosto.

« Porca miseria! » esclama Antonio strabuzzando gli occhi. « Roba da pazzi. »

« Sul serio... e guarda qui » dice Caterina indicando il fascio di documenti premuti nel cassetto.

« A lei l'onore, viceispettore. »

La Dei Cas estrae i fogli, ne dà metà a Casalegno e comincia ad analizzare la sua parte. Dopo qualche minuto sbatte le nocche su una pagina.

« Eccolo! »

« È il certificato di adozione? » domanda Antonio impaziente.

« Sì. E finalmente abbiamo il cognome del figlio di Niccolò Bessa Terzaghi. »

70

«Credi veramente che possa esserci Belloni dietro tutta questa storia?» chiede Zurlo mentre indossa la giacca impermeabile.

Mandelli dà un'occhiata all'affollato atrio della clinica e si stringe nelle spalle. «Non so. Non riesco a capire quale potrebbe essere il movente... l'avrebbe fatto per soldi? Uno così ricco? Oppure per il gusto subdolo di esercitare un potere sugli altri?»

«Be', non sarebbe certo la prima volta che vediamo qualcuno che vende l'anima al diavolo per avidità o per tracotanza» osserva il maggiore.

«Hai ragione, spesso la *hybris* trasforma gli uomini in mostri... in ogni caso la domanda è semplice: che cosa può legare un ricco e stimato psichiatra dei vip a tre giovani studenti e a un giro di prostituzione? Belloni sembra davvero uno stronzo, ma non ce lo vedo proprio nei panni dell'uomo d'azione. Te lo immagini, con i suoi occhialini e le sue bretelline rosse, a contrattare con la 'ndrangheta o a infilare una siringa nel collo di Bergamini?»

«Eppure tutto conduce a lui. Il profondo rapporto con Federico Bergamini, professionale e personale. E anche l'atteggiamento arrogante che ha avuto con noi. In fondo può averci raccontato soltanto quello che faceva comodo a lui. Ricordiamoci che è capace di manipolare le persone, lo fa di mestiere. E poi c'è la storia del bigliettino di Peter Pan che, se ci pensi, è davvero una coincidenza clamorosa... quello è un particolare che poteva conoscere solo una persona molto intima di Bergamini.»

«In effetti il tuo ragionamento non fa una grinza. Anche se c'è qualcosa che mi gira in testa e mi sfugge... Vabbè, e ora come intendi procedere? Mi auguro che la procura non voglia mettere in mezzo la Locatelli. Il viceministro rappresenta un bel bocconcino mediatico, spero che qualche giudice in cerca di visibilità non se ne approfitti» dice preoccupato il commissario.

Zurlo chiede a Garavaglia di andare a prendere l'auto. Appena l'appuntato esce dalla clinica il maggiore scruta serio i volti di Mandelli e della Ambrosio.

«No, non credo. Il sostituto procuratore che segue il caso è uno serio ed è pienamente convinto che tutto conduca alla pista dei festini. La testimonianza di Alba non può che avvalorare questa tesi. E comunque, mi sembra che nessuno abbia intenzione di creare casini in questo momento di relativa stabilità politica... se no non avrebbero messo in pista i Servizi Segreti. Ho convocato Lucrezia Lanteri in caserma, sto andando lì a interrogarla. Nel frattempo i miei stanno addosso a Leonardini e compagnia. Appena avremo raccolto prove a sufficienza li arrestiamo tutti. Invece di Belloni voglio conoscere vita, morte e miracoli. Se c'è la seppur minima cosa che lo lega a uno dei ragazzi lo verremo a sapere.»

Mandelli annuisce convinto, poi indicando Marica dice: «Ho una richiesta da farti, Marcello. Vorrei che la Ambrosio venisse con te. Ha un conto in sospeso con la Lanteri, e ti assicuro che se c'è qualcuno in grado di farla cantare è lei».

«Neanche da chiederlo, Mario, sarà un piacere vederla all'opera.»

Marica arrossisce, Zurlo fa un cenno di saluto e se ne va.

Prima di seguirlo la Ambrosio si rivolge premurosamente al suo capo. « Dottore, ma lei è proprio sicuro? »

« E perché mai non dovrei esserlo? »

« Parlo dell'auto, commissario... è proprio sicuro di volerla tenere lei? »

« Ma che, sei matta? Con 'sta pioggia e con il traffico che ci sarà in giro non ci penso nemmeno. Prendila tu. Ti chiamo quando ho finito, se sei ancora in zona mi prelevi e rientriamo insieme. La galleria della Rovelli è in centro, adesso faccio due passi e prendo la metro. Mi raccomando, divertiti con i cugini! »

Appena Mandelli emerge dalla fermata di piazza Cordusio il suo viso viene schiaffeggiato da una violenta folata di pioggia. Il commissario alza il bavero e infila il suo prezioso cappello a cloche, poi si ritrova a contemplare la facciata in stile umbertino di palazzo Broggi. L'edificio, che nei primi del Novecento accoglieva la vecchia Borsa di Milano, fino a qualche anno fa era la sede centrale delle poste italiane.

Mario non indugia oltre, attraversa le strisce pedonali unendosi a un gruppo di frettolosi passanti e accelera il passo verso il suo obiettivo.

Quando finalmente arriva a destinazione, ormai è completamente fradicio. Si mette al riparo schiacciandosi contro il vecchio palazzo di via Santa Marta, scopre la testa e riavvia i capelli. Sulla grande vetrata rettangolare luccica un'elegante scritta in oro, GALLERIA ROVELLI ARTE, all'interno si intravedono alcuni quadri e numerosi scaffali che ospitano opere di ogni tipo.

Mario scuote il giaccone come farebbe un segugio con il suo pelo e poi pigia un lucido campanello in ottone. Dopo qualche secondo la porta si apre con uno scatto e una bella ragazza dai lineamenti asiatici gli viene incontro sorridendo.

« Buongiorno, posso esserle utile? » dice con un lieve accento francese. « Di solito riceviamo solo su appuntamento, vuole prenotarsi per una visita? »

Mandelli recupera il tesserino nella tasca interna e glielo mostra. « Commissario Mandelli, questura di Milano, cerco la signora Rovelli. L'ho avvisata che sarei passato in mattinata. »

« Sì... certo » dice la ragazza guardando il documento come se fosse un'orribile crosta. « Vado subito ad avvertirla. »

Dopodiché si eclissa dietro una tenda scura, dalla quale spunta, dopo qualche secondo, la faccia sorridente di Sandro Nieri.

« Commissario! Prego, si accomodi. Lotti è in videoconferenza con il Giappone, sta ultimando una trattativa importante. Intanto le offro qualcosa, così ricambio l'ottimo caffè della questura. Venga, venga. »

Mandelli supera la tenda e si ritrova all'interno di un luminoso open space con tre moderne postazioni di lavoro addossate alle pareti dorate. In fondo, davanti a una vetrata che dà sul cortile interno, c'è un lungo tavolo nero posizionato sopra un soffice tappeto bianco. Nascosta dietro un computer s'intravede la pettinatura ordinata della Rovelli, il solito chignon perfetto, con tanto di lunghi pendenti alle orecchie. La donna si sporge oltre il filo dello schermo, alza una mano e lo saluta. Gli fa segno di avvicinarsi e con una penna indica una delle poltroncine ai lati del tappeto.

Dopo qualche minuto la gallerista liquida in perfetto inglese i compratori e chiude la connessione. Sbuffa, guarda soddisfatta il suo fidanzato e alza il pollice.

« È fatta, tesoro! Venduti... tutti e tre. Benvenuto commissario! Mi perdoni ma era una transazione difficile a cui lavoravo da tempo. Lei mi ha portato fortuna. Posso offrirle qualcosa da bere? »

Senza attendere una risposta si sfila le scarpe coi tacchi e cammina sulla morbida coltre fino a un mobile bar.

« No grazie, signora Rovelli. Molto gentile » risponde Mandelli osservandola con attenzione.

« Ma neanche un po' d'acqua? »

« E sia. Vada per l'acqua. »

La donna gli porge un bicchiere e sistema sul tavolino accanto a lui una bottiglia tempestata di cristalli. Mario la osserva incuriosito.

« Viene dagli Stati Uniti, a Hollywood ne vanno pazzi, è imbottigliata direttamente alla sorgente, nel Tennessee. I brillantini sono applicati a mano e i disegni personalizzabili. Questa ad esempio ha le mie iniziali » spiega la gallerista con noncuranza.

« Nientemeno... » dice Mandelli versandosene un po'. « Non le chiedo il costo perché se no finisce che mi va di traverso. »

La Rovelli fa una risatina. Poi torna a sedersi, rannicchia i piedi sul sedile della poltroncina e punta i suoi occhi verdi sul poliziotto.

« Mi dica, commissario. A cosa devo la sua visita? Ci sono novità sulle morti dello zio e dell'avvocato? »

Mandelli guarda in direzione di Nieri e la donna comprende subito il significato di quell'occhiata.

« Non ho segreti per lui. »

« Preferirei parlarle da solo » ribatte prima di bere un sorso del prezioso liquido che in fondo sa soltanto di acqua.

« Ma io... » dice la Rovelli.

« Non importa, Lotti, ha ragione il commissario. Comprendo benissimo che preferisca parlare con te, senza interferenze. Per me non ci sono problemi » dice Nieri e, dopo un cenno d'intesa rivolto a Mandelli, scompare dietro le tende.

Il commissario svuota il bicchiere e lo posa sul tavolino. « Mi parli di Gabriele Filippo Diodato » dice asciutto.

Carlotta Rovelli stringe impercettibilmente gli occhi, si accomoda meglio sulla poltroncina e scuote la testa.

« Una faccenda tristissima. Una macchia vergognosa nella storia della nostra famiglia. Ma la prego, non giochiamo tra di noi, commissario. Se mi ha chiesto di lui sa benissimo chi è e come sono andate le cose. »

« Perché non ci ha detto di avere un cugino? »

« Perché in realtà non ce l'ho. Nessuno sa che fine abbia fatto, è un fantasma. Per mio zio era un argomento vietato... gliene ho chiesto conto una volta soltanto ed è diventato una furia, mi ha addirittura schiaffeggiata. È stata l'unica occasione in cui l'ho visto alzare le mani. »

« A lei ne aveva parlato sua madre? »

« In principio, sì. Ma neanche lei conosceva bene tutti i dettagli. Come vi ho già raccontato, dopo il matrimonio di mia madre i rapporti con lo zio si sono interrotti totalmente fino alla morte di mio papà, nel 1995. Franca Diodato è arrivata alla villa proprio nell'anno in cui sono nata, il 1982, ed è morta tragicamente nel 1991. Pensi che lei e mamma si sono incontrate soltanto una volta, poco prima che Franchina rimanesse incinta. »

« E quindi chi è stato a parlargliene? La governante, immagino... Enrica Isella. »

La Rovelli si toglie i pendenti, li appoggia sul ripiano di onice del tavolo e si massaggia i lobi.

« Enrichetta non era una semplice governante. Praticamente ha fatto le veci di mia nonna e si è occupata di mia madre e di Niccolò... per me è come una cara zia. »

Mandelli annuisce e ha un'intuizione. « Quindi è lei che paga la retta della residenza per anziani, vero? »

« Sì » risponde la gallerista senza esitare. « Prima di me se n'è occupata mamma e dalla sua morte sono io che provvedo. È stata Enrichetta a raccontarci come erano andate le cose e a dirci che il bambino era stato adottato in modo sbrigativo grazie al misterioso intervento di Cervignati. Ma anche lei non sapeva altro. Né dove fosse finito, né quale cognome avesse preso.»

«E questa cosa non le ha fatto cambiare opinione su suo zio?»

«Mamma e io sapevamo già che lui era fatto così. Ma era pur sempre suo fratello. Quando è rimasta vedova non le restava altra famiglia che i Bessa Terzaghi e io ho seguito il suo destino. Tra loro due c'era un rapporto molto profondo e difficilmente spiegabile, lo definirei di mutuo soccorso. Probabilmente quella simbiosi si è consolidata negli anni bui seguiti al suicidio di nonna e alla follia del nonno.»

«Quindi lei era a conoscenza delle manie esoteriche di suo zio e della coercizione psicologica che aveva esercitato nei confronti di Franchina e del bambino...»

Carlotta Rovelli si alza e cammina verso la vetrata. Si ferma sul bordo del tappeto e osserva la pioggia che scende fitta nel cortile.

«Sì. Le ho già detto che mio zio era un uomo ossessionato dal controllo» dice la donna mentre si gira verso Mandelli. «Lei crede che con me si sia comportato in modo differente? Ero una ragazzina di tredici anni quando siamo andate a vivere insieme a lui. Certo, mia madre mi difendeva, ma le assicuro che passare i giorni in quella casa piena di fantasmi non era una cosa né allegra, né facile, dottore. Una notte mi sono svegliata e ho trovato lo zio in fondo al mio letto che leggeva a bassa voce un testo in latino. Mi sono spaventata molto e lui mi ha spiegato che si trattava di un'antica formula protettiva contro i demoni formulata da John Dee, un famoso alchimista ed evocatore di angeli del Cinquecento. Come pensa che mi sia sentita in quel momento? Ovviamente mia madre il giorno dopo ne ha discusso con lui e la cosa non si è mai più ripetuta. Comunque sia, da quella volta ho chiuso sempre a chiave la porta della mia camera, ogni notte. »

« Capisco » dice Mario versandosi un po' di quell'acqua insapore che ha fatto un inutile giro del mondo.

« Perché è venuto da me, commissario? » domanda la Rovelli avvicinandosi.

« Perché crediamo che l'assassino di suo zio e di Cervignati possa essere proprio quel figlio perduto, suo cugino Gabriele Diodato, o come diavolo si farà chiamare ora. »

Carlotta Rovelli stringe le labbra sottili in una smorfia di sofferenza.

« Ma... è... impossibile » sussurra impallidendo.

Poi mette insieme tutti i pezzi. Appena nella sua mente si delinea l'esatta portata di quell'immenso orrore, ha un mancamento e scivola tra le braccia del commissario.

71

Nell'ultima mezz'ora Lucrezia Lanteri ha perso tutta la sicumera con cui era entrata nel comando di via Moscova. Si guarda intorno e per l'ennesima volta passa in rassegna quella stanza spoglia. Dietro un tavolo rettangolare di fòrmica, con quattro sedie a corredo, s'innalza uno scaffale pieno di polverosi faldoni. Poco più in là c'è una scrivania di legno identica alle vecchie cattedre del suo liceo. Il ripiano è occupato da una sgangherata macchina per scrivere e da una lampada con il cono di smalto sbeccato. Dalla tapparella tirata su per metà, filtra la luce asfittica di quel lunedì di novembre.

Quando la porta dell'ufficio si apre, la ragazza alza gli occhi. Il riverbero delle pareti le rischiara il viso, facendola somigliare a un fragile ectoplasma dai capelli diafani. Davanti a lei si parano due giganti. Il primo è un carabiniere di mezza età, fasciato da un'inappuntabile divisa, i capelli neri e gli occhi scuri. Il secondo è una donna che ha già incontrato prima, precisamente a casa sua. I due la salutano con un cenno del capo e si siedono. Lucrezia intanto si sforza di ricordare il nome di quella ficcanaso.

Serra la mascella e si concentra finché la memoria non le restituisce un nome. *Giorgia... Giorgia Colombo. Chi cazzo sei, Giorgia Colombo?*

Intanto l'ufficiale si è presentato e ha iniziato a parlare, e ora le chiede un po' indispettito: « Signorina, ha sentito quello che le ho detto? »

Lucrezia distoglie lo sguardo dal viso della donna e risponde: «Sì... io... credo di sì. Lei è il maggiore Sturlo e io sono qui per rispondere a qualche domanda come persona informata dei fatti, anche se non ho ben capito quali siano questi fatti».

«Zurlo, Marcello Zurlo» precisa pazientemente l'ufficiale. «E lei è l'agente scelto Marica Ambrosio, della questura di Milano. Siamo incaricati delle indagini sull'omicidio di Carolina De Bellis e sul giro di prostituzione in cui era coinvolta la vittima. Riteniamo che lei possa essere a conoscenza di informazioni utili all'inchiesta.»

Il volto di Lucrezia sbianca ancor di più e i suoi glutei si contraggono per la tensione. Dopo qualche secondo prova a rilassarsi e si concentra sul vero nome della donna. *Marica Ambrosio, una fottuta poliziotta, ecco chi sei. Un'agente di merda.* Quando è certa di aver ripreso il controllo guarda il maggiore e mette insieme un'espressione triste.

«Oddio! Carolina è stata uccisa? Ma... è orribile... non posso nemmeno pensarci.» Gli occhi le si inumidiscono e per un attimo la sua recita risulta persino credibile.

A Marica invece sembra soltanto un'interpretazione da guitta. Fa un applauso ironico e si mette subito a fare il suo lavoro, quello per cui si trova seduta a quel tavolo.

«Carolina è stata massacrata con una serie di colpi alla testa. Inferti senza pietà. Poi il suo corpo è stato abbandonato in un cementificio, sulla riva di un laghetto, nel tentativo di inscenare un patetico depistaggio. Ma immagino che a te, Lally, di queste cose non importi più di tanto. Se ricordo bene non eravate nemmeno amiche... semplici conviventi, come mi hai detto tu.»

«Sì... noi... condividevamo l'appartamento... e fuori di lì ognuna faceva la sua vita. Ma mi dispiace davvero che sia morta in quel modo orrendo, ve lo giuro. Però non vedo proprio come posso esservi d'aiuto.»

L'agente scelto Ambrosio fa un sorriso comprensivo, intanto apre una cartelletta e dispone alcune foto sul ripiano del tavolo, voltandole a favore della Lanteri. La ragazza osserva le immagini che la ritraggono in viale Piceno, mentre sale sull'auto di Pierfrancesco Leonardini e poi più tardi, quando entra in sua compagnia nella casa affittata per il festino del sabato precedente, in via Monte Cervino.

« Embè? Che cosa vuol dire 'sta roba? Lui è il mio ragazzo, siamo andati a casa di amici. Perché mi avete seguita? Adesso chiamo mia zia e mi faccio mandare un avvocato. La mia privacy è sacra, io ho i miei diritti e voi avete.... »

« Piantala! » grida la Ambrosio colpendo il tavolo con un pugno che fa vibrare la stanza. « Devi piantarla con le stronzate e iniziare a collaborare. Ma tu pensi davvero che siamo dei coglioni? Non abbiamo solo le immagini delle telecamere, Lucrezia. Abbiamo i tabulati telefonici, gli affitti delle location per le feste, l'agenda di Carolina, sappiamo benissimo chi sono Pierfrancesco Leonardini, Marco Galli e Mattia Tondelli e cosa si nasconde dietro la EventBlast. Sappiamo che tu e Carolina eravate le loro *faine*, quelle che adescavano tante brave ragazze con la droga e il miraggio di facili guadagni. E sappiamo anche perché quella poveretta di Fabiana Malipieri si è ritrovata a galleggiare nella melma della Darsena. »

La Lanteri adesso trema visibilmente, travolta da una nausea improvvisa che le sconquassa lo stomaco. Intanto la testa le gira come una giostra e ha la sensazione di precipitare nel vuoto. Marica sente il profumo della paura che dilaga nella stanza. Si volta verso Zurlo che le fa un cenno d'assenso, dopodiché procede come un carrarmato.

« Non hai ancora capito bene il guaio in cui ti sei messa, vero? » dice con un sospiro fintamente dispiaciuto. « Allora provo a spiegartelo in poche parole. Concorso in omicidio, induzione e favoreggiamento della prostituzione, spaccio di droga e associazione per delinquere... probabilmente con l'aggravante del concorso esterno in associazione di tipo mafioso, visto che siete in affari con la 'ndrangheta. La somma di questi reati fa un sacco di anni di galera, Lally. E tu, con i tuoi bei piedini curati e la comoda casetta di zia a disposizione in corso Genova, non puoi nemmeno immaginare che vita di merda ti aspetta nei prossimi decenni. A meno che il buon maggiore non scriva nel suo rapporto che hai collaborato, che ti sei ravveduta e sinceramente pentita per la morte della tua cara amica. Il che, tradotto, significa parecchi anni di merda in meno: di cui la maggior parte, se hai culo e un buon avvocato, agli arresti domiciliari o ai servizi sociali.»

La Ambrosio alza ancora il pugno e lo tiene sospeso in aria, pronto ad abbattersi nuovamente sul ripiano di formica.

«Hai capito, Lally? Se hai davvero capito fai sì con la testolina, smettila di propinarci le tue puttanate e inizia a raccontare la verità. Se no noi ce ne andiamo subito, tu chiami il tuo avvocato e poi sono cazzi tuoi» dice guardandola negli occhi.

Improvvisamente la ragazza esplode in un pianto isterico e scuote il capo disperata. «Sì, va bene... io dico tutto ma voi... vi prego, voi aiutatemi.»

Soltanto allora Marica Ambrosio abbassa il braccio e si rasserena, poi si gode la piena confessione di Lucrezia Lanteri.

L'Audi di Casalegno inchioda davanti alle vetrine della galleria d'arte e una coppia di anziani che cammina a braccetto sotto l'ombrello si volta spaventata e lo manda a quel paese. Mandelli si getta in avanti sotto la pioggia e raggiunge l'auto di corsa. Poi apre la portiera e si siede.

Casalegno non gli dà neppure il tempo di parlare.

« Eravamo qui in Brera, mi è sembrato logico aggiornarti su quello che abbiamo trovato nello studio di Cervignati. È roba importante, credimi. »

Mandelli mugugna una specie di sì e asciuga le mani sui pantaloni. « Avete fatto bene. Soltanto una cosa, però... so che è più forte di te, ma la prossima volta magari evita di fare questi arrivi alla James Hunt. »

« Chi, scusa? » risponde Antonio con uno sguardo interrogativo.

Mario lo guarda allibito. « Ma porca miseria » dice sconfortato. « Visto che guidi sempre come uno stronzo pensavo che almeno Hunt lo conoscessi... »

« Ah, intendi dire James *The Shunt*, ovvero lo schianto. Pilota campione del mondo di Formula 1 nel 1976, mitico rivale di Lauda. Noto per il suo stile di guida spericolato e i troppi incidenti, nonché famoso playboy... *Quel* James Hunt? »

« Ma vai a cagare, Antonio » replica Mandelli mentre si allaccia la cintura e si gira verso il viceispettore Dei Cas. « Ciao, Caterina. Io ce l'ho sul groppone da diciott'anni e ormai mi ci sono abituato, ma tu che sei appena arrivata come fai a sopportarlo? »

« E chi ha detto che lo sopporto, dottore? Per ora faccio leva esclusivamente sul senso del dovere. Ma sul domani non garantisco. »

Mario ride di gusto.

« Forza, *The Shunt*, portiamo via le chiappe da qui. »

Due minuti dopo Mandelli invia un messaggio a Marica avvertendola che sta rientrando in questura insieme agli altri.

« Come ha preso la notizia la Rovelli? » gli chiede Antonio mentre si ferma a un semaforo.

« Prima di svenire o dopo? »

« Be', ci sta che sia rimasta di sasso quando ha saputo la verità » interviene Dei Cas. « Non dev'essere bello sentirsi dire che l'assassino psicopatico che ha massacrato tuo zio molto probabilmente è tuo cugino, non vorrei proprio essere nei suoi panni. Almeno le ha detto qualcosa di rilevante? »

« Purtroppo no, conosceva la storia del cugino dato in adozione ma sembra che Niccolò Bessa Terzaghi avesse proibito a tutti di parlarne e avesse cancellato ogni prova che poteva portare al bambino. La Rovelli mi ha confermato che lo zio ha tentato di 'educare' anche lei con i suoi metodi folli... pensate che di notte se lo ritrovava in fondo al letto a recitare formule magiche in latino. »

« Un pazzo vero, questo Bessa Terzaghi » commenta Caterina con un brivido.

« Be', proprio come i suoi genitori e il suo figlio assassino, vien da dire » chiosa il commissario.

« Notizie della tua bella fidanzatina, invece? » gli chiede Casalegno mentre attiva il lampeggiante sul cruscotto e riparte a razzo.

Mandelli accoglie l'allusione alla Locatelli con un mezzo sorriso. « L'hanno ritrovata. Sta bene, ma per precauzione è stata ricoverata alla Columbus. Ci ha raccontato un bel po' di cose interessanti e forse adesso sappiamo chi c'è dietro il giro di prostituzione. Alba potrebbe aver riconosciuto lo psichiatra di Bergamini. Più tardi vi racconto meglio i dettagli. Adesso ditemi che cosa avete scoperto voi. »

Casalegno non vedeva l'ora.

« Abbiamo messo sottosopra l'ufficio per un'ora e non abbiamo trovato niente, poi Caterina ha avuto un'intuizione geniale. Per fartela breve, nello studio c'era un carillon con un meccanismo segreto. » L'ispettore cerca nella tasca della giacca ed estrae un foglio ripiegato in quattro. « Al suo interno, tra alcuni incartamenti riservati, c'era questo. »

Mario prende il documento tra le dita e lo apre con cautela.

« Il certificato d'adozione che cercavamo! » dice la Dei Cas da dietro. « Dottore, guardi il nome della madre e quello dell'affidatario momentaneo... e soprattutto l'ufficio di competenza. Credo che sarebbe stato impossibile trovare quel bambino nei registri del Tribunale per i Minorenni di Milano. »

Il commissario Mandelli legge con attenzione. Il nome della madre è ovviamente Franca Maria Diodato, mentre quello dell'affidatario è una sorpresa: Claudio Alberto Cervignati, l'avvocato. Il tribunale è quello di Brescia.

La Dei Cas si sporge tra i sedili e spiega.

« Franchina Diodato era di Cremona, per cui la competenza spettava al Tribunale per i Minorenni di Brescia. Quel farabutto di Cervignati se l'era studiata molto bene: chiunque avesse cercato il nome di Niccolò Bessa Terzaghi negli archivi cittadini non l'avrebbe mai trovato. Abbiamo rinvenuto anche la copia di un assegno da cinquanta milioni di lire a favore dell'avvocato... firmato da Bessa Terzaghi e datato luglio 1991... praticamente i trenta denari ricevuti da quel giuda per cancellare una vita dai registri. »

Mandelli scruta il foglio alla ricerca del particolare più importante.

« In basso a sinistra » suggerisce Antonio nonostante tenga gli occhi fissi sulla strada.

Finalmente il commissario trova quello che cercava: i riferimenti dei genitori adottivi, i coniugi Carlo e Raffaella Vannucci, residenti a Lucca, in via Santa Croce. Due righe più sotto è riportata la nuova identità assunta dal bambino, Gabriele Filippo Vannucci. Mandelli imprime quei nomi nella mente e alza la fronte. Il riflesso del lampeggiante rimbalza sul cofano dell'auto illuminando d'azzurro il profilo di Casalegno.

« Avete già avviato le ricerche, immagino. »

Antonio tende le braccia sul volante e accenna a un sì.

« Immediatamente. Carlo Vannucci è un noto restauratore di mobili ormai in pensione, sua moglie era una professoressa molto stimata, lavorava per gli Uffizi e per molte altre istituzioni. Autenticava opere d'arte per importanti acquisizioni pubbliche e private. Probabilmente Cervignati l'ha conosciuta nell'ambito delle sue attività di collezionista » spiega l'ispettore.

« È morta? » chiede Mandelli.

« Sì » conferma la Dei Cas. « Un anno fa, in seguito a una leucemia fulminante. »

« Dobbiamo contattare subito il padre e interrogarlo. Sul figlio invece abbiamo già qualcosa? Precedenti, documentazione scolastica o universitaria, fisco, registro automobilistico, foto di qualsiasi tipo, social, utenze telefoniche, e-mail... » snocciola Mario.

« Zilli, Vacirca e Donati ci stanno dando dentro, ma per ora niente di rilevante. Pare che non risultino profili social compatibili con il nostro Gabriele Vannucci e che non ci siano precedenti a suo carico. Abbiamo chiesto ai colleghi di Lucca di mandarci tutto quello che hanno. Anche contravvenzioni o semplici segnalazioni, qualsiasi cosa » completa Casalegno.

« È impossibile che non ci sia nulla. »

« Qualcosa salterà fuori, dottore, ormai è soltanto questione di tempo » dice sicura Caterina.

72

Il calabrese risponde soltanto al settimo squillo. In realtà non è vero che risponde, accetta semplicemente la chiamata e resta in attesa che sia il suo interlocutore a parlare per primo. Il Maestro conosce benissimo quel genere di trucchi. È del mestiere da troppo tempo per lasciarsi impressionare dalle provocazioni di un misero tirapiedi. Lui è abituato a trattare con quelli che contano, da sempre. Adesso però deve essere paziente, stavolta è il suo turno, tocca a lui subire. Tutto qui. Troppe cose non sono andate per il verso giusto.

L'idea di usare quei ragazzi per mettere in piedi il giro dei festini era stata geniale. Aveva studiato a lungo le loro personalità. Uno lo conosceva benissimo, e lo riteneva all'altezza del compito. Ma anche gli altri due gli erano piaciuti da subito, soprattutto perché erano complementari: il bullo e il nerd, antitetici ma perfetti per mettere in atto le indicazioni di Pierfrancesco.

Tutto era filato alla grande, al di là delle più rosee aspettative. A un certo punto, però, la sfortuna ci aveva messo lo zampino. Più di uno sgambetto, una serie di falli durissimi.

L'infarto di Pupa era stato il primo vero inciampo. Ricorrere all'aiuto dei clan li aveva indeboliti e posti sotto la lente d'ingrandimento. Ma era l'unica mossa possibile in quel momento.

Poi era stato Pierfa a perdere il controllo. Anziché gestire l'avidità di Carolina De Bellis e prendere tempo, si era fatto ottenebrare dalla collera. Da quando trattavano direttamente la cocaina Pierfrancesco ne aveva abusato e la bamba, si sa, è una brutta bestia. Il biondino, di solito lucido e calmo, in un impeto d'ira aveva spaccato la testa della De Bellis e da quel momento le cose si erano complicate. Il Maestro era stato costretto a improvvisare. Conoscendo personalmente le manie di Federico Bergamini, aveva pensato di far ricadere la colpa su di lui, mettendo in piedi il macabro spettacolino del cementificio. L'architetto gli era sembrato il perfetto capro espiatorio contro cui scatenare gli sbirri. Finché non era saltato fuori che quel mentecatto disturbato si era fissato con la figlia del viceministro dell'Interno. Quando lo aveva chiamato tutto trionfante, vantandosi di aver rapito Alba Locatelli, aveva firmato la sua condanna a morte. Il Maestro sapeva benissimo che fine poteva fare la ragazza nelle mani di quel pazzo. Doveva assolutamente evitare che Bergamini facesse fuori Alba e, soprattutto, che rivelasse la sua identità alla polizia. Lo avrebbe ucciso all'istante. Ma poi aveva ragionato, si era calmato e aveva rimediato anche a quel casino.

A quanto pare, però, i problemi non erano ancora finiti: la notizia che aveva appena ricevuto da Pierfrancesco Leonardini cambiava definitivamente il finale della storia. Adesso bisognava chiudere i giochi, per poi ricominciare la partita da zero.

« Peppe, quand'è che la smetterai di fare i tuoi trucchetti con me? » dice la voce del Maestro. Professionale, saldamente milanese.

« Minchia... mi si è offeso il signorino dei quartieri alti! Ti ho trattato male? »

« Devo parlare con il tuo capo, è urgente. »

« E che minchia ci devi dire? Sentiamo... »

« Passamelo! So benissimo che è lì con te... ti avrà mollato il cellulare dicendoti di rispondere al suo posto... sbrigati! »

« Non rompere il cazzo, dottore! » ringhia Peppe nel telefono. « A me tu non mi dai gli ordini. Adesso te ne stai lì buono e aspetti! »

Dopo più di un minuto dall'altra parte della linea si sente una voce che non è quella di Peppe, una voce che pronuncia una sola parola.

« Dimmi. »

« Scusa, ma è una cosa importante. »

La risposta non cambia.

« Dimmi. »

« I carabinieri hanno convocato Lucrezia Lanteri, ormai è in via Moscova da più di due ore... Troppe. Bisogna fare pulizia. »

« Avevi ragione, è una cosa importante... Ma sei sicuro? Guarda che se ci muoviamo, la pulizia dev'essere per forza totale e meticolosa. »

« Meticolosa, certo... Sì, sono sicuro. »

« Lo sai che significa per il tuo pupillo, vero? »

Il Maestro si prende qualche secondo e poi risponde.

« Sì, so benissimo cosa significa. Procedete pure. »

« Come sta Pinducciu? » chiede Mandelli mentre entra nell'open space lanciando il giaccone su una sedia.

Vacirca allarga le braccia: « Nessuna novità, dottore. È stabile, i parametri vitali sono buoni. Ma siccome ha perso tanto sangue devono attendere il risveglio per vedere se ha subito danni neurologici o di qualche altro tipo. Il questore è andato in ospedale poco fa ».

« Il sardo è fatto di pietra, ce la farà » aggiunge Casalegno sedendosi accanto a Santosuso.

Mandelli intanto si rivolge alla Donati: « Come siamo

messi con i media? Ho visto due troupe qui fuori sotto l'acqua. Devono aver fiutato qualcosa di grosso».

«Siamo messi male. La notizia dell'omicidio della Colaussi è dappertutto, e ovviamente si dà per certo che ci sia un legame tra la sua morte e il ferimento del dottor Pinducciu. Noi ufficiosamente stiamo parlando di una generica aggressione. Ma non confiderei molto sulla discrezione di tutti quelli che lavorano qui dentro, sa bene come funziona, dottore. Non ci vorrà molto prima che i giornalisti stabiliscano un collegamento con i casi del nostro squartavip. D'altra parte, che Isabella Colaussi stesse lavorando a un pezzo sul caso Bessa Terzaghi era risaputo tra i suoi colleghi.»

«Quindi abbiamo le ore contate prima che esca tutta la storia. Sull'altro caso, invece? È uscita qualche indiscrezione?»

«Per ora il ritrovamento del corpo della De Bellis è confinato nelle pagine di cronaca nera, con titoli che alludono alle sette sataniche o a un probabile maniaco. Nessun riferimento al giro di festini o al coinvolgimento della figlia del viceministro... se è quello che voleva sapere. Sulla Locatelli invece non c'è una riga, né in rete, né sui giornali. I cugini sono stati davvero bravi.»

«Direi i Servizi, semmai» puntualizza Mandelli.

Nella stanza cala un momentaneo silenzio.

«Che cosa sappiamo di Gabriele Diodato, alias Vannucci?»

Stavolta è Vacirca a riepilogare. «Per ora non abbiamo niente, a parte qualche informazione di base. Anagrafe, scuole superiori... ha fatto il classico al Machiavelli di Lucca. E poi c'è un Gabriele Vannucci che risultava iscritto all'Università di Pisa, laurea *cum laude* in storia dell'arte. Comunque Zilli ci sta lavorando... in rete, con i suoi metodi, prima o poi troverà qualcosa.»

« Possibile che non riusciamo ad avere una sua cazzo di foto? Il padre lo avete cercato? »

« Lo abbiamo chiamato, sia a casa sua che al suo vecchio laboratorio di restauro. Non risponde nessuno a entrambi i numeri. Abbiamo fatto una ricerca sul traffico telefonico del suo cellulare ma non risultano telefonate in uscita da oltre due mesi. Quelle in entrata sono per lo più di call center o simili. C'è un'altra anomalia che riguarda le bollette della luce, di casa e del lavoro: alla società di distribuzione non risultano pagate quelle dell'ultimo bimestre. Hanno già mandato due solleciti per evitare il distacco... ah, prima Vannucci padre non aveva mai saltato un pagamento. »

Mandelli scambia un'occhiata preoccupata con Casalegno e poi punta un dito verso la Dei Cas.

« Caterina, avvisa la questura di Lucca, che vadano immediatamente a casa sua e al laboratorio. Ho un brutto presentimento. »

« Pensi che abbia ucciso anche il padre adottivo? » dice stupito Antonio.

« E perché no? In fondo ha ammazzato anche quello naturale. Evidentemente, quando ha deciso di fare piazza pulita ha eliminato ogni precedente legame e poi si è dedicato alla sua vendetta. »

« Ma ci avrà messo ben più di due mesi, per pianificare tutto. Forse anni. »

« Certo. Ma al momento opportuno sarà sceso a Lucca e avrà chiuso i conti con la famiglia adottiva. »

« Cazzo. Se è così, sai cosa significa? »

« Certo che lo so » dice Mandelli. « Significa che la sua è una missione suicida e che non ha alcuna intenzione di farsi prendere vivo. »

73

«E adesso?» chiede Marica Ambrosio guardando fuori dalla finestra dell'ufficio del generale Scardina. Su quel lato del palazzo il traffico pigro di via Moscova scivola accanto al perimetro ordinato di Parco Square. Dietro una piccola spianata di alberelli spogli s'intravedono i campi da gioco di un vasto complesso sportivo polifunzionale. Non sembra nemmeno di trovarsi nel centro di Milano.

Zurlo finisce di leggere la deposizione di Lucrezia Lanteri, riconsegna i fogli al carabiniere che l'ha raccolta e lo ringrazia. Il giovane militare li ripone in una cartellina e lascia la stanza.

Appena restano soli, il maggiore finalmente le risponde: «E adesso aspettiamo che il sostituto procuratore ci faccia avere i mandati d'arresto e andiamo a prenderli».

Marica si volta e fa un sorriso stanco. «Non tutti, però. Con Belloni come intende muoversi? La Lanteri non immagina neppure che ci sia qualcun altro dietro i tre ragazzi. Nelle condizioni psicologiche in cui era, se avesse saputo qualcosa ce lo avrebbe sicuramente detto. Quindi, a parte la confusa testimonianza della Locatelli, allo stato attuale non abbiamo niente che colleghi il dottore al caso.»

Zurlo si alza dall'elegante scrivania di mogano con una smorfia di fastidio.

«È la schiena, vero?» chiede la Ambrosio con la sua voce di velluto.

«Sì, una lombosciatalgia perenne.»

«Le darò il numero di un bravo fisioterapista.»

«Li ho già provati tutti. Vince sempre la mia schiena.»

«Questo è mio fratello. Imbattibile. Si fidi di un'ex atleta, la rimetterà a posto.»

«Grazie, allora gli darò una chance. Ma se ha lo stesso approccio drastico che ha avuto lei con la Lanteri non so se è il caso di farmi mettere le mani addosso.»

La fragorosa risata del maggiore riecheggia nella stanza.

«E pensi che a un certo punto credevo persino di esserci andata troppo leggera. Temevo che non crollasse.»

«È stata fantastica, Marica. Recita perfetta. Sono quasi tentato di proporle un arruolamento forzato. Anche se temo che poi Mandelli e i suoi colleghi mi darebbero la caccia per tutta la città.»

«Troppo buono, maggiore... ma scusi se insisto, che si fa con Belloni?»

Zurlo riflette per un momento e poi le rivolge uno sguardo astuto. «Lei con gli interrogatori è un asso. Ma come se la cava con i bluff, Ambrosio?»

«Cintura nera, maggiore.»

«Bene, allora siamo in due. Dalle mie parti in costiera diciamo *bone parole e triste fatte 'ngànnano li sàpie e li matte*. Lei non deve rientrare subito in questura, vero?»

«Be', se mi sta proponendo di fare una visita allo psichiatra posso sempre richiedere un permesso medico, no? Non credo che Mandelli si opporrebbe.»

«Perfetto. E ora usciamo subito di qui, non vorrei mai che il generale scoprisse che gli abbiamo rubato l'ufficio.»

«Scusate, sapete dove posso trovare Mandelli?» dice la faccia magra di Zilli mentre si affaccia nell'open space.

Quando si accorge che sono tutti lì, compreso il commissario, fa un passo dentro l'ufficio.

« Hai novità? » chiede speranzoso Mandelli.

Mac si aggiusta gli occhiali di alluminio e poi fa un sorrisetto soddisfatto. « Credo che ci siamo, dottore. Il *rendering* di una delle riprese televisive fatte davanti a villa Bessa Terzaghi ci ha restituito l'immagine della Colaussi che cammina accanto a un uomo. I due sono sullo sfondo, alle spalle di un'inviata che stava facendo una diretta, e si allontanano dagli altri. Fino a un'ora fa non si vedeva quasi nulla, ma adesso la giornalista è riconoscibile e si sta definendo anche il profilo dell'uomo. »

Il commissario recupera il giaccone dalla sedia e senza voltarsi dà un ordine che sembra una frustata: « Andiamo a vedere, tutti! »

Quando Giuseppe Santosuso mette piede per la prima volta nel fantascientifico laboratorio di Samuele Zilli ha l'espressione estasiata di un bambino in gita a Disneyland. Muove gli occhi da furetto in ogni direzione, mentre le labbra si paralizzano in una smorfia di stupore. Gli ci vuole un po' per percepire il gelo.

« *Maronna, sient nu fridd ncopp'a pell ca nun se può spiegà*, pare l'Alaska qui dentro! »

« Santosuso! » lo richiama Mandelli. « Per favore, mettiti in un angolo e stai fermo come l'obelisco di San Gennaro. E soprattutto non toccare nulla, che qui puoi fare danni irreparabili. »

Tutti si sistemano attorno al grande schermo centrale su cui l'immagine misteriosa si sta lentamente ricomponendo.

Mandelli si mette alle spalle della poltroncina ergonomica di Zilli che intanto controlla i parametri tecnici e, dopo aver smanettato per un po' sulla tastiera, approva soddisfatto.

« Mancano ancora una decina di minuti al termine del processo di pulizia e ridefinizione. Si tratta di una porzione di alcuni frame che vengono sovrapposti e rielaborati dal programma, il risultato finale non sarà un'immagine ben definita. Non si vedranno i dettagli dei volti ma potremo farci un'idea della conformazione fisica del soggetto e dei suoi tratti somatici. »

Mandelli si china in avanti e dopo aver riconosciuto la sagoma della giornalista si concentra soltanto sul profilo dell'altra figura. Nell'immagine l'uomo cammina di spalle alla destra della Colaussi, il volto è leggermente inclinato verso di lei, probabilmente i fotogrammi li hanno colti mentre stavano parlando.

« È alto, mi sembra » mormora Casalegno da dietro la sua spalla.

« Sì, la Colaussi era un metro e settanta scarso, lui sarà attorno al metro e ottanta, forse qualcosina di più » dice il commissario.

« I capelli? » chiede la Dei Cas mentre si affianca a Mandelli.

« Neri, direi. Non corti comunque, guarda quella macchia scura all'altezza del colletto, sembra proprio una ciocca » dice Casalegno.

« Accidenti, non si capisce un cazzo! » sbotta il commissario tirandosi su bruscamente.

« Abbia pazienza, dottore, l'immaginc migliorerà. Facciamo lavorare i miei amici » dice calmo Samuele Zilli, indicando le torri hardware che ronzano all'unisono come uno sciame di api.

Mandelli sbuffa, poi trascina una sedia con le ruote e la sistema accanto a quella di Mac. « Hai ragione, scusatemi tutti. Se penso che abbiamo davanti agli occhi quello stronzo che ha accoltellato Pinducciu e non riusciamo a capire chi è, mi girano le balle a elica. »

Dopodiché Mario si siede, incrocia le braccia e si mette in paziente attesa.

*

Lo studio di Pier Carlo Belloni si trova in via Vegezio, a pochi passi dal consolato cinese e a un centinaio di metri dalla splendida abitazione del dottore. La sala d'attesa tuttavia non ha niente a che vedere con l'elegante opulenza del suo appartamento. La stanza è semivuota, l'arredamento spartano: alcune sedie nere disposte lungo una parete, un basso vaso di ceramica bianca ricoperto da un tappeto di piante grasse e qualche litografia in bianco e nero appesa ai muri. Sulla destra c'è un'ampia vetrata oscurata da una tenda a pannelli. Il lato sinistro invece è occupato da un massiccio banco in muratura dietro cui è parzialmente nascosta una procace assistente.

«Buon pomeriggio, come posso esservi utile?» domanda la segretaria mentre il suo sguardo preoccupato si posa sulla divisa dei due carabinieri e sulla massiccia figura femminile alle loro spalle.

Il militare più alto si avvicina al bancone, si toglie il cappello e lo infila sotto il braccio.

«Salve, sono il maggiore Marcello Zurlo, dobbiamo parlare con il dottor Belloni... urgentemente» dice calcando il tono sull'avverbio.

La donna annuisce, alza la cornetta e compone un numero interno.

«Dottore... qui ci sono delle persone che chiedono urgentemente di lei... no, sono due carabinieri e una signora... sì, è proprio il maggiore Zurlo. Va bene.»

L'assistente appoggia la cornetta contro il seno e li invita ad accomodarsi. «Lo studio è in fondo al corridoio, il professore vi aspetta.»

«Ci siamo!» grida Zilli strappando i poliziotti al loro torpore.

Mandelli si volta facendo fare mezzo giro alla poltroncina, Casalegno e la Dei Cas smettono di parlottare tra loro e si avvicinano. Donati, Vacirca e l'obelisco Santosuso, pur restando nelle retrovie, si stringono eccitati verso il tavolo dei monitor.

« Ecco, lì » dice Samuele puntando l'indice, « vedete come si stanno assottigliando i profili? »

Il commissario poggia una mano sulla sua spalla e si inclina in avanti, strizzando gli occhi per cogliere i minuscoli particolari che si fanno via via più evidenti.

« Sbaglio o indossa un impermeabile? » chiede incuriosito.

« Mi sembra di sì » risponde la Dei Cas. « Quella che pende sui fianchi sembra proprio una cintura. »

« E sta ridendo » dice Casalegno sicuro. « 'Sto gran pezzo di merda sta ridendo. »

A mano a mano che i particolari si vanno definendo, Mandelli percepisce uno strano formicolio dietro la nuca e allo stesso tempo il barlume di una folle idea inizia a farsi strada nella sua mente. A ogni secondo che passa quel pensiero assurdo acquisisce forza, credibilità e chiarezza, un po' come accade all'immagine sullo schermo.

Mandelli impallidisce e per un attimo resta incantato davanti alla luce celeste del monitor. Il primo ad accorgersene è Casalegno.

« Mario... Mario, cosa c'è? » dice scuotendogli delicatamente una spalla.

Il commissario muove piano la testa e stacca gli occhi dalle immagini. « Non può essere... ma come diavolo... Non può essere » mormora tra sé.

Antonio sa benissimo cosa sta succedendo, ha già visto altre volte quell'espressione vacua sul volto del suo superiore, una sorta di trance investigativa in cui Mandelli sprofonda prima delle sue migliori intuizioni.

« Cosa? Cos'è che non può essere? » chiede.

Mario fa girare la sedia e si rivolge alla Donati.

« Gabriella, vai di là e portami tutta la documentazione sui Vannucci. Tutto quello che abbiamo. Fai presto! »

Zilli fa immediatamente scattare la serratura elettronica e la Donati vola fuori dalla stanza. Nel frattempo dal monitor proviene un lieve suono metallico, una specie di trillo che segnala la fine del processo di rielaborazione dell'immagine.

Gli occhi di tutti puntano verso la figura di quell'uomo misterioso, appena ridisegnata dai pixel. Per un istante infinito sembra che qualcuno abbia risucchiato l'aria della stanza, si sente soltanto il bisbiglio meccanico delle ventole dei computer e il soffio dei condizionatori. I respiri della squadra sono sospesi in un'involontaria apnea, bloccati in uno stallo carico di elettricità, simile a quello che precede il peggior temporale.

Poi la voce più inattesa disinnesca la bomba.

« Io quello l'ho visto! *A chillo strunz* gli ho fatto pure il caffè! »

A parlare è stato Giuseppe Santosuso, gli occhi spiritati e il dito magro puntato verso il monitor.

Senza dir nulla Mandelli si alza e gli si para davanti. L'agente semplice lo osserva intimorito. L'espressione seria del commissario non lascia trapelare nulla, finché un sorriso di gratitudine gli increspa le labbra.

« Santosuso, sei un genio! Hai appena confermato la mia ipotesi » dice dandogli un affettuoso buffetto sulla guancia. « Adesso non ci resta che aspettare la Donati per avere la certezza. »

74

«Mi dica, maggiore» mormora Pier Carlo Belloni appoggiandosi allo schienale di pelle. «Che cosa posso fare questa volta per lei?»

Zurlo si muove a disagio sulla scomoda poltroncina di fronte alla scrivania di vetro.

«Come le ho detto dobbiamo farle qualche altra domanda su Federico Bergamini e chiarire alcuni aspetti del suo coinvolgimento nella vicenda.»

«Coinvolgimento in cosa, esattamente?» domanda con calma glaciale.

«Federico Bergamini è stato ucciso... stanotte» dice Zurlo, andando dritto al punto.

Lo psichiatra non sembra minimamente scosso dalla notizia. Dietro le lenti le sue pupille da rettile restano immobili.

«Non è stupito?» chiede il maggiore piegandosi in avanti e appoggiando i gomiti alla scrivania.

«Non molto, per la verità. I soggetti borderline muoiono spesso in circostanze tragiche. Più del dieci percento si suicida, il settanta percento è depresso. In molti casi evidenziano comportamenti violenti nei confronti di se stessi e degli altri... insomma, sono soggetti predisposti a fare una brutta fine. Si ricorda cosa le ho detto dell'incidente d'auto in cui morì la Landi? Bergamini avrebbe potuto morire già allora. Anzi, forse lo voleva.»

«Non le interessa neppure sapere com'è stato ucciso?»

chiede Zurlo staccandosi dal piano di vetro. «In fondo era un suo affezionato paziente, no?»

«Relativamente. Nel nostro mestiere non si empatizza mai con i pazienti» dice Belloni unendo le punte delle dita sottili.

«Relativamente...» sussurra la poliziotta che fino ad allora era rimasta in silenzio.

«Scusi, posso sapere chi è lei, di preciso? Il maggiore non ci ha ancora presentati» chiede il dottore con finta cortesia.

«Agente scelto Marica Ambrosio, Polizia di Stato. Collaboro alle indagini.»

Belloni inclina la testa in una sorta di saluto. «Una collega del commissario Mandelli, suppongo... E adesso mi volete dire cosa posso fare per voi? Oggi pomeriggio ho degli appuntamenti importanti e devo prepararmi.»

«Innanzitutto vorremmo sapere dov'era ieri notte» dice Marica con voce ferma.

Sul viso dello psichiatra per la prima volta passa un'ombra d'incertezza.

«Intendete accusarmi di qualcosa?»

«Risponda alla domanda» dice Zurlo allargando le braccia. «È facile.»

«Ero a casa mia, a lavorare al saggio di cui le ho parlato.»

«Tutta la notte?»

«Ma... no, non tutta la notte... io...»

«Abbiamo una testimone che è quasi certa di averla vista sul luogo del delitto» lo interrompe il maggiore. «Si rende conto di cosa significa? Ci dia qualche informazione su Bergamini che la possa scagionare, dottore, lei è in una situazione davvero spiacevole. Mi creda.»

Dopodiché Zurlo infila una mano nella giacca, tira fuori tre foto e le mostra a Belloni.

«Conosce qualcuno di questi ragazzi? Li guardi bene e ci pensi su, prima di rispondermi.»

Il volto scarno di Belloni impallidisce. Poi lo psichiatra prende in mano le foto e le avvicina al volto, osservandole a lungo.

«No, maggiore. Le assicuro che non so chi siano queste persone. Non le ho mai viste in vita mia. Perché mi ha mostrato queste foto? Cos'hanno a che fare con Bergamini?»

L'uomo sembra sincero, per un momento la sua consueta maschera di antipatia ha ceduto il posto a un'espressione di gradevole umanità.

«Mi permette di illustrarle i due possibili scenari che abbiamo di fronte, dottore?» gli chiede gentilmente la Ambrosio.

«Sì, certo... mi dica.»

«Nel primo scenario lei ci racconta tutto quello che sa di Bergamini e ci aiuta a capire chi poteva volerlo morto. Poi verifichiamo sul suo computer fino a che ora ha lavorato stanotte e quali celle ha agganciato il suo cellulare all'ora dell'omicidio e in quelle precedenti... Così ce ne andiamo soddisfatti. Lei rispetta i suoi preziosi appuntamenti e stasera se ne torna a casa sereno come sempre.»

Belloni non batte ciglio.

«Il secondo scenario è molto peggio, vero maggiore?»

Zurlo annuisce.

«Molto peggio...» ribadisce la poliziotta con la sua voce melodiosa. «La premessa ovviamente è che lei non ci dica un cazzo e continui a mantenere questo atteggiamento da stronzo. A quel punto, suo malgrado, il maggiore sarà costretto a portarla al comando con l'accusa di essere il principale sospettato per l'omicidio dell'architetto. Verrà interrogato per tutto il tempo necessario e detenuto in stato di fermo. E lì inizia il vero incubo. Da quel momento infatti si avvia un noiosissimo iter burocratico che, nelle prime ventiquattro ore, porta alla conferma del fermo del piemme, fermo che poi può essere prolungato fino a novantasei ore. Ovvero, quattro lunghissimi giorni di merda in cui può succedere di tutto. In primo luogo un totale sputtanamento della sua immagine su tutti i media nazionali. Siccome è noto che in questi casi la riservatezza degli investigatori e delle procure è quella che è... incominceranno a filtrare indiscrezioni su di lei e sull'omicidio. Ah! Per non parlare delle perquisizioni in casa sua e qui in studio, delle verifiche sui conti bancari e su ogni aspetto della sua vita privata. Ho detto bene, maggiore? »

« Una ricostruzione perfetta, direi » commenta Marcello Zurlo lisciandosi il mento.

Poi entrambi girano gli occhi per valutare l'effetto che hanno avuto quelle parole su Belloni. Anziché apparire spaventato, lo psichiatra ha un'espressione ammirata dipinta sul viso. « Lei è molto convincente. Mi ha davvero persuaso. Il fastidio causato dal secondo scenario in effetti sarebbe per me insostenibile, oltre che distruttivo. Vi dirò tutto quello che so. Tuttavia dovete conoscere la mia vera motivazione: siccome non sono stato io a uccidere Federico Bergamini, a questo punto voglio proprio sapere chi è stato. »

Quando Gabriella Donati rientra nel laboratorio di Zilli posa due corpose cartelline color senape sul tavolo accanto ai monitor.

« Ci vuoi spiegare, Mario? Oppure deve restare un segreto tra te e Santosuso? » domanda impaziente Casalegno.

Mandelli afferra il faldone più vicino e incomincia a spulciare freneticamente i documenti. Intanto alza un dito in direzione di Santosuso.

« Giuseppe, guai a te se fiati! Prima di dire pirlate voglio averne la certezza. »

L'agente semplice fa il gesto di chiudere la bocca con una cerniera e sprizza felicità per l'inatteso ruolo da protagonista.

« Intanto riguardati bene l'immagine, Antonio » suggerisce Mandelli mentre continua a sfogliare le note.

« L'ho guardata, ma non è che si capisca molto... e poi che cosa significa 'sta cosa del caffè di Santosuso? »

Nel frattempo il cellulare di Caterina squilla, lei guarda lo schermo e quindi gli altri.

« È Lucca. »

« Viceispettore Dei Cas... sì, mi dica pure... dove? E da quanto più o meno? Mmm... ho capito. Dove gliel'ha messa? Ah, davvero? Appena avete maggiori dettagli chiamateci subito, per favore. Sì... certo... grazie. »

« Allora? » chiede Mandelli alzando gli occhi dalla cartellina.

« Aveva ragione commissario, Carlo Vannucci è morto stecchito. L'hanno trovato poco fa nella sua bottega di restauro. Il corpo era nascosto sotto una botola del magazzino. Quando sono entrati è bastato seguire la puzza. È morto da parecchio tempo, forse più di un mese, la salma è in avanzato stato di decomposizione. Ci diranno di più dopo l'autopsia. »

« Mutilazioni? » chiede Mandelli.

« Sì, gli ha tagliato la mano destra e gliel'ha ficcata in bocca. »

« La punizione dei ladri... scommetto che anche Vannucci avrà preso dei soldi al momento dell'adozione, il prezzo del suo silenzio... » dice il commissario prima di aprire l'altra cartellina e di rituffarsi nella ricerca.

Dopo qualche minuto la tensione nella stanza è ormai palpabile. La squadra assiste in silenzio al frenetico scartabellare del commissario finché, a un certo punto, Mandelli solleva una mano stringendo un foglio tra le dita.

« Eccolo! » grida. « Ora sappiamo chi è quel figlio di puttana, con rispetto parlando della povera anima di Franchina Diodato. »

La sua squadra si stringe intorno a lui.

« Adesso ascoltatemi bene. Sapete perché il bravo Santosuso ha riconosciuto quell'uomo? » dice indicando lo schermo. « Perché lo ha visto proprio qui, in questura, nella stanza degli agenti. »

Casalegno e la Dei Cas si guardano straniti, Zilli è seduto con le braccia incrociate e osserva ammirato il commissario. La Donati e Vacirca sono increduli.

« L'ha visto e gli ha fatto il caffè perché sono stato io a mandarlo da lui. »

« Ma che cazzo... » dice Casalegno.

« Fatemi finire. Quell'uomo è venuto in questura per accompagnare una persona. Precisamente sua cugina, Carlotta Rovelli. Quell'uomo si chiama Sandro Nieri. O perlomeno, questo è il nome con cui noi conosciamo Gabriele Bessa Terzaghi, il figlio reietto di Niccolò. »

« Ma è incredibile! » sbotta la Dei Cas mentre nella stanza si alza un brusio.

« Il cognome da nubile di Raffaella Vannucci era proprio Nieri, come riportato su questo certificato di matrimonio » dice Mandelli sventolando il foglio. « Quando lei si è ammalata di leucemia dev'essere successo qualcosa. Forse prima di morire ha confessato la verità al figlio adottivo o forse lui è venuto a saperla in qualche altro modo. Fatto sta che, da lì in poi, ha pianificato la sua terribile vendetta per punire chi aveva indotto la sua vera madre al suicidio e lo aveva trattato come una vergogna da nascondere, 'vendendolo' a un'altra famiglia. Ha preso ispirazione dal secondo nome del padre adottivo e ha aggiunto il cognome della madre, così ha creato il suo alias, Sandro Nieri. In confronto a questo qui Edmond Dantès era un dilettante! »

« Chi? » chiede Vacirca.

« Niente, lascia perdere, roba da intenditori... » dice Mandelli.

« Comunque è pazzesco! » esclama Casalegno scuotendo la testa. « Pensate a quella poveraccia di Carlotta Rovelli. Adesso chi glielo dice che per due anni si è scopata il cugino? »

« Già » dice Mario, « in qualche maniera anche lei è una vittima di questa tragedia. »

« Ma perché uccidere la Colaussi e ferire il vicequestore? » chiede la Donati.

« La Colaussi l'ha incontrata lì davanti alla villa » dice Mandelli muovendo il mento in direzione del monitor. « Quel giorno ci ha spiati nel campo e poi si è mescolato ai giornalisti. Deve averla riconosciuta e ha pensato di sfruttare le sue informazioni. Quando lei ha intuito che c'era qualcosa di strano ormai era troppo tardi, ma credo che alla fine l'avrebbe comunque uccisa. Pinducciu invece è stato un colpo basso indirizzato a me, a noi. Mi ha visto fuori dalla villa e poi qui in questura... sapeva che ero io a condurre le indagini e a modo suo mi ha mandato un messaggio. Se Pinducciu è in quel letto tra la vita e la morte in parte è colpa mia. »

« Non diciamo minchiate, Mario, per favore. Quello è un pazzo » ribatte Casalegno. « Se la sarebbe presa comunque con qualcun altro della squadra, ne sono certo. Pinducciu è stato sfortunato a trovarsi lì in quel momento. »

« E pensare che ce l'ho avuto davanti anche stamattina dalla Rovelli! Quel pezzo di merda faceva il gentile, capisci? »

In un istante la faccia di Mario Mandelli si oscura e i suoi occhi s'infiammano.

« Andiamo alla galleria, Antonio. Io aggiorno il questore e chiamo Arnaboldi. Voglio la squadra pronta tra venti minuti giù in cortile, avverti la Mobile che ci diano tutto il supporto possibile e voi preparatevi per bene, giubbotti e il resto. Non voglio correre rischi inutili, questo è un serpente velenoso. Muoviamoci! »

75

Non appena Belloni finisce di raccontare, Zurlo e la Ambrosio si guardano perplessi. Le informazioni fornite dallo psichiatra non hanno aggiunto molto a quello che già sapevano. L'unica certezza che hanno maturato è che Pier Carlo Belloni non sa assolutamente nulla del giro dei festini e che il suo rapporto con Federico Bergamini era di natura professionale.

Il dottore legge la delusione sui loro volti. «Cos'è che volete sapere? Non è meglio se mi dite chiaramente cosa vi serve?»

Intanto alza il telefono e chiama la segretaria. «Greta, per favore, annulli tutti i miei appuntamenti di oggi pomeriggio. Chieda scusa da parte mia ai pazienti e dica che ho avuto un improvviso impegno personale. Capiranno. Intanto può portare qualcosa per i nostri ospiti? Ah, sì, se lo ha già fatto il tè va benissimo.»

«Grazie, dottore, apprezzo molto la sua disponibilità» dice Zurlo appena l'altro posa il telefono.

Belloni lo guarda e stira le labbra sottili in una specie di sorriso. «Sono io che mi scuso, maggiore, siamo partiti con il piede sbagliato ma spero che si possa rimediare. Torniamo a quello che vi interessa sapere.»

Zurlo fa un gesto vago con la mano. «Che lei sappia, nella vita di Bergamini c'era qualcuno di speciale oltre ai suoi genitori e a lei? Voglio dire, non le viene in mente nessuno a cui si sarebbe potuto rivolgere in caso di bisogno? Non so, un cugino, un compagno di scuola, un parente dei suoi genitori, un conoscente della palestra. Magari qualcuno di cui le ha parlato durante le sedute... »

Belloni riflette a lungo, poi toglie gli occhiali, ci alita sopra e li pulisce velocemente sulla manica della camicia.

« Oltre a essere figlio unico, Federico era un ragazzo molto problematico, che aveva difficoltà a relazionarsi con gli altri. Non credo avesse molti di quelli che noi chiamiamo amici. Come le ho già detto, non lo vedevo da molto tempo e nelle rarissime occasioni in cui passava da me per lo più mi parlava del suo lavoro. »

Intanto Greta entra e posa un vassoio con una teiera, delle tazze di ceramica e un piatto ricolmo di paste secche.

Mentre i suoi ospiti si servono, Pier Carlo Belloni raggiunge la libreria e cerca un riferimento tra i dorsi ordinati di alcuni album di pelle nera. Dopo un po' ne estrae uno, torna alla scrivania e lo apre.

« Normalmente le sedute con i pazienti vengono registrate in formato audio. In questi album invece conservo i miei appunti personali, quelli che scrivo a mano durante gli incontri, per lo più commenti, note o idee a margine. Su quello scaffale tengo i casi più interessanti, quelli a cui sono più affezionato professionalmente. Questo è il faldone di Federico Bergamini » dice alzando la copertina. « Vediamo se trovo qualcosa di rilevante. »

Il dottore sfoglia lentamente le pagine di carta pregiata dell'album. Nella stanza cala un silenzio totale, interrotto soltanto dal rumore delle tazze e dai frequenti sospiri dello psichiatra.

« Questo potrebbe essere interessante! » dice all'improvviso Belloni.

Punta l'indice ossuto sul foglio e legge ad alta voce. « *Perché F. sente il bisogno della figura di un mentore? È una proiezione inconscia o realtà, il bisogno di un confessore partecipe, che approvi le sue azioni?*

« Più avanti ho scritto anche altro in merito » prosegue. « *Il mentore esiste solo nella sua fantasia? F. dice che è il sostituto del padre... sono retaggi di un conflitto adolescenziale irrisolto?... afferma che il mentore lo consiglia sulle fate da selezionare, durante la notte sceglie insieme a lui tra le foto delle ragazze – nota: F. dice che 'sta al suo fianco', testuale... approfondire.* »

Zurlo si raddrizza contro lo schienale.

« Un mentore che sceglie insieme a lui tra le foto delle ragazze e che sta al suo fianco? Ha scritto proprio così? »

Belloni annuisce e lo guarda sopra il filo degli occhiali.

« È importante? »

« Forse sì... la prego, vada avanti » sollecita il maggiore.

Lo psichiatra sfoglia gli appunti e poco dopo si sofferma su una pagina in particolare.

« Ecco un altro riferimento. *Oggi ritorna a parlare insistentemente della figura del mentore... Nel caso specifico il disturbo da fantasia compulsiva di F. assume una connotazione di vividezza quasi reale. Nella seduta odierna F. si riferisce esplicitamente a lui ripetendo più volte l'espressione 'il mio mentore di vita', ovvero colui che ha fatto le veci del padre alla sua morte.* »

Gli occhi del maggiore Zurlo si stringono come due fessure. Nell'ultimo appunto letto da Belloni c'è qualcosa che ha fatto scattare un campanello nella sua mente. Una nota acuta che rimbalza nel suo cervello e si amplifica sempre più. Chiede allo psichiatra di rileggere l'ultima frase.

« Ecco... *si riferisce esplicitamente a lui ripetendo più volte l'espressione 'il mio mentore di vita', ovvero colui che ha fatto le veci del padre alla sua morte*. Le dice qualcosa? »

« Mi dice che io e Mandelli probabilmente siamo stati degli stupidi » sussurra Zurlo guardando Marica.

Dopo un attimo di riflessione il maggiore si rivolge di nuovo a Belloni. « Dottore, lei ha detto che ha le registrazioni audio delle sedute, vero? »

« Sì, certo, tutte archiviate. Sono di là, nella sala in cui si svolgono gli incontri. »

« Devo togliermi un dubbio atroce. Può farci ascoltare la registrazione a cui corrispondono quei suoi appunti? Credo che sia molto importante, la prego. »

Pochi minuti dopo Belloni rientra nello studio con un disco rigido arancione tra le mani e lo connette alla porta usb del suo computer. Dopo qualche clic del mouse annuisce soddisfatto.

« Eccola, dovrebbe essere questa » dice facendo partire l'audio.

Lo psichiatra fa avanzare velocemente la registrazione, soffermandosi alcune volte per individuare il punto esatto. Poi finalmente fa un sorrisetto soddisfatto, alza il volume e si appoggia allo schienale della poltrona di pelle.

Dalle casse del Mac esce la voce di Federico Bergamini, molto stanca e strascicata. Il tono affaticato rende l'idea dello sforzo che il paziente sta affrontando.

Lei non capisce dottore... per me la cosa più importante è la sua approvazione, il mio mentore mi rassicura sempre quando ne ho bisogno... lui... lui non mi abbandona mai... non è come i miei che sono morti e mi hanno lasciato solo al mondo... lui c'è sempre per me.

Poi è il turno della voce di Belloni.

Questa cosa è importante, Federico, ma deve rendersi conto che sono fantasie compulsive che lei elabora e proietta nella sua mente e che soltanto lì assumono una valenza reale... non sono vere... restano delle fantasie che lei in qualche modo deve imparare a...

No, dottore!, esplode Bergamini, *lui c'è, esiste davvero...*

il-mio-mentore-di-vita-esiste... deve credermi... è reale... il-mio-mentore-di-vita-esiste!

Un brivido si irradia lungo la schiena di Marcello Zurlo.

« Dottore, può farmi risentire solo l'ultima frase di Federico, per favore? »

Belloni ubbidisce e la registrazione riparte. Appena l'audio finisce il maggiore muove la testa accennando un sì.

« Ascoltate attentamente! Bergamini ripete due volte *il mio mentore di vita*, ma forse non è un'espressione generica, forse Di Vita è proprio un cognome! »

Lo psichiatra riposiziona il cursore digitale e poi si mette in ascolto insieme a Marica.

« È possibile! » esclama Belloni. « Io non me n'ero mai accorto, durante le sedute non ci avevo fatto caso. »

« È vero, in effetti lo ripete » conferma la Ambrosio, fissando Zurlo dritto negli occhi. « Ma chi diavolo è questo Di Vita? Lei lo conosce, vero? »

Il maggiore si prende qualche secondo di tempo per metabolizzare.

« Sì, io e Mandelli lo abbiamo conosciuto quando siamo andati a casa di Bergamini. Alfredo Di Vita è il proprietario dello stabile di via Cosimo del Fante. A suo dire era amico del padre di Federico, a cui aveva venduto l'appartamento dove viveva l'architetto. Quel figlio di buona donna è il mentore di Bergamini, ma soprattutto è un criminale e un assassino spietato. C'è lui dietro il giro di festini gestito da quei ragazzi e dietro le tragiche morti di Fabiana Malipieri e di Carolina De Bellis. Ed è sempre lui che l'altra notte ha piantato una siringa piena di insulina nel collo di Federico Bergamini, ammazzandolo come un cane. »

76

« Io non ci vado in galera per colpa di quella puttanella! » urla Marco Galli dando un pugno contro il muro.

Pierfrancesco Leonardini alza gli occhi verso il suo socio e sposta il ciuffo biondo dalla fronte.

« Devi darti una calmata però. Urlare adesso non serve. Ti ho già detto che ho parlato con il Maestro e che ci sta pensando lui. Se necessario i nostri amici calabresi si occuperanno di quell'idiota di Lucrezia... e senza testimoni non possono incriminare nessuno. Noi intanto facciamo sparire tutto, così i caramba s'attaccano al cazzo. Mattia, tu hai fatto pulizia degli archivi digitali, vero? »

Tondelli si alza dal divano e va lentamente verso il frigobar, apre l'anta e stappa una Coca.

« Tutto a posto. Ho pulito computer, telefoni e cloud. Le cose utili le ho messe su un disco rigido da quattro terabyte. È in uno zainetto, dentro una cassetta del deposito bagagli della stazione Centrale. La chiave è a casa di mia nonna, nel comodino della mia vecchia cameretta. »

« Perfetto » commenta soddisfatto Pierfa. « Se ci interrogano noi dobbiamo soltanto negare e restare uniti. Il Maestro ha uno stuolo di avvocati di prim'ordine che ci tireranno fuori dalla merda. Poi, una volta che le acque si saranno calmate, ce ne andiamo in Svizzera e portiamo via tutta la grana. »

« Sì, la fai facile tu » dice Marco con gli occhi arrossati. « Quelli che ci cercano non sono mica dei coglioni, senza contare poi che i miei mi fanno il culo a strisce. E anche i vostri genitori non credo che saranno molto contenti. La nostra vita ormai è rovinata.»

«Io la farò anche facile ma tu ti dimentichi di quante persone possiamo ricattare. Sai benissimo che tra gli ospiti delle nostre feste ci sono fior di professionisti, avvocati e politici che, pur di restare fuori dallo scandalo, al momento opportuno ci daranno una mano. Abbiamo quintali di foto e di registrazioni di quegli stronzi col culo per aria e il pisello al vento.»

«E chi te lo garantisce?» ribatte Galli sempre più nervoso.

«Ne ho anche parlato con il Maestro e lui dice...»

«Hai rotto il cazzo con 'sto Maestro... scendi dalla pianta, bimbo! Tuo zio non è mica Dio... anzi, non mi stupirei se ci buttasse in pasto ai carabinieri per pararsi il culo.»

Pierfrancesco si alza di scatto e avvampa.

«Sei veramente un pezzo di merda!» grida. «Se non fosse per mio zio saresti ancora a vendere bamba ai ragazzini fuori dalle discoteche! Devi farla finita con queste stronzate!»

«Ma vaffanculo, va'! Se no cosa mi fai? Mi ammazzi come hai fatto con Carolina?» dice Marco andandogli davanti a brutto muso. «Dai, vieni qui e fammi vedere come te la cavi con uno che mena, sfigato!»

«Basta!» urla Mattia Tondelli. «Basta! Adesso avete proprio scassato. Piantatela di fare gli stronzi e finiamo di ripulire. Siamo fratelli e lo rimarremo, qualsiasi cosa succeda.»

Poi sorride, alza la bottiglietta a mo' di brindisi, beve un lungo sorso di Coca e fa un rutto fortissimo. Pierfa e Marco smettono di litigare e lo guardano allibiti. Dopo qualche secondo esplodono in una risata, poi si rimettono al lavoro.

Venti minuti dopo, il ringhio metallico del campanello

rompe il silenzio dell'appartamento. I tre ragazzi restano lì per qualche istante, fermi come statue, finché un secondo trillo non li strappa definitivamente all'immobilità.

« Dammi la pistola, che la nascondo di là » dice Tondelli allungando una mano verso Leonardini.

« Merda! Credi che siano già venuti a prenderci? » soffia Marco Galli stringendo i pugni.

Pierfa riflette un momento, poi sfila la Beretta dalla cintura, la piazza in mano a Mattia e si avvia verso la porta.

Quando guarda dallo spioncino riconosce la faccia deformata di un noto stronzo, si allontana con un sorriso sarcastico e sussurra a Marco: « È quel mentecatto di Peppe stocazzo... credo ci sia anche il suo amichetto silenzioso ».

« Che cosa vogliono 'sti due pirla, adesso? » chiede Galli preoccupato.

Pierfa scuote la testa e si avvicina alla porta.

« Scopriamolo. »

Quando apre si trova davanti il sorriso disordinato e sporco del tirapiedi.

« Buon pomeriggio, bellicapelli » dice Peppe con disprezzo mentre lo spinge all'indietro premendogli un dito sul petto.

Intanto il suo compagno si muove veloce nella sua scia e lo segue dentro casa. Mentre l'altro uomo gli passa accanto Pierfa osserva da vicino l'impressionante cicatrice che gli segna il collo e percepisce il profumo acre del suo dopobarba al mentolo.

« Che cosa volete? » chiede seguendoli nel salone.

Il grosso fa una mezza piroetta su se stesso e allarga le braccia per rassicurarlo. Un gesto che Pierfrancesco ha visto tante volte nei film di mafia. Quel pensiero lo fa sorridere per un secondo.

« Ti faccio ridere, biondino? Devi stare sereno, il capo vi vuole solo parlare. Tra poco arriva e ci ha chiesto di fare un salto su a vedere se è tutto a posto. Non vuole avere sorprese di minchia, lui.»

«Parlare di che?» dice Marco Galli gonfiando il petto e lanciando uno sguardo di sfida ai due uomini.

Il muto fa scrocchiare il collo e fa passare l'aria tra i denti, sembra un serpente pronto a colpire.

La risata di Peppe riempie la stanza.

«Stai calmo, Alfio... *'u cotraru* non conosce le buone maniere. È una questione di mala educazione la sua, non ce l'ha con te.»

Nella casa scende il gelo e per qualche secondo tutti si guardano in attesa che succeda qualcosa. Poi Pierfrancesco fa segno ai due uomini di accomodarsi sul divano.

Il grosso arriccia le labbra e sceglie la poltrona. Il suo partner silenzioso si sposta verso la finestra, guarda giù in direzione di piazza Emilia e poi si appoggia al muro.

«Per rispondere alla gentile domanda di Mike Tyson» dice Peppe alzando il mento verso Galli, «non sappiamo di cosa vuole parlarvi il capo. Magari dei cazzi suoi, o di figa. Oppure di affari... Magari, visto che la vostra amica sta cantando come un usignolo, vorrà fermare l'attività per un po' e ridiscutere i termini dell'accordo.»

«Capisco» dice Pierfa sedendosi sul divano di fronte allo scagnozzo.

Passano alcuni secondi in cui nessuno dice niente, poi il grosso si muove facendo gemere la pelle della poltrona.

«Dov'è lo scienziato?» chiede guardandosi intorno con sospetto. «Il vostro amico secchione, dov'è?»

Leonardini e Galli si scambiano un'occhiata indecisa. Allora Alfio si stacca dalla parete, taglia attraverso il salotto e va a ispezionare il resto della casa. Dopo qualche minuto rientra nella stanza e scuote la testa.

«Di là non c'è» dice con un sibilo rauco.

Pierfrancesco si rilassa e Marco si sposta accanto al divano, sotto lo sguardo attento dei due scagnozzi.

In quel momento dal cellulare di Peppe partono le note reggaeton di una hit estiva. L'uomo risponde e intanto giochicchia con un piccolo cuscino posato sul divano.

« Sì, capo. Siamo su... tutto a posto. Va bene, riferiamo subito il messaggio » dice, poi interrompe la chiamata, apre la tasca del giaccone e fa sparire il telefono.

Nella stanza risuonano due colpi sordi, come il rumore di un martello che batte su un chiodo. Il corpo di Marco Galli rimbalza contro la parete con un tonfo e poi scivola giù, lasciando un binario di sangue a marchiare il muro.

Pierfrancesco osserva la scena come se fosse dentro un film di Tarantino. Tutto è rallentato e fuori sincrono. Soltanto quando si accorge della pistola con il silenziatore stretta nel pugno di Alfio capisce che la prossima vittima prevista dalla sceneggiatura è proprio lui. Prova ad alzarsi dal divano, ma appena appoggia il palmo della mano sul bracciolo la sua spalla schizza violentemente all'indietro. La seconda botta arriva un istante dopo, poco sopra lo sterno. Tremenda. Mentre il suo corpo s'inchioda allo schienale, sente un'esplosione di dolore e abbassa gli occhi sul cratere rosso che gli sfonda il petto. L'ultimo colpo è quello della fine, il proiettile gli attraversa la gola e s'insacca nella gommapiuma della spalliera. Poco prima che i suoi occhi si chiudano per sempre Pierfa sente la voce beffarda di Carolina De Bellis che lo irride. Una risata vendicativa che lo terrorizza molto più della morte stessa.

Peppe osserva il corpo del biondino con indifferenza professionale.

« Ciao, bellicapelli! » dice con un risolino ironico. Poi sfila la pistola dal cuscino con cui ha attutito gli spari e dà un ordine secco. « Diamo una pulita e controlliamo di nuovo la casa, per scrupolo. Questi stronzi ci hanno sempre *cuntatu nu munte e palle* e adesso dobbiamo trovare in fretta anche il terzo minchione.»

Alfio smonta l'adattatore dalla sua Sig Sauer calibro .22 e annuisce.

Quando Mattia Tondelli li sente entrare nella stanza s'immobilizza all'istante. Poco prima ha udito una serie di colpi, poi c'è stato un silenzio, interrotto soltanto dalla voce del tirapiedi più grosso. Adesso segue il rumore dei loro passi mentre frugano ovunque alla ricerca di qualche indizio. Sa benissimo che quei due hanno un compito da svolgere e si fermeranno solo quando l'avranno portato a termine.

Dentro il doppiofondo dell'armadio ormai si soffoca. Mattia respira a fatica e stringe al petto il freddo metallo della pistola. *Non posso restare qui, mi troveranno. Non voglio morire!* È l'unica cosa che riesce a pensare.

Raccoglie le forze e solleva l'anta del suo nascondiglio. L'appoggia lentamente contro il fondo del mobile e gira su se stesso puntando i piedi, stando ben attento a non fare rumore.

Non voglio morire!

Nel frattempo tasta la pistola e sposta la sicura in posizione orizzontale, proprio come gli ha insegnato Pierfa. Poi pianta le spalle contro il pannello dell'armadio, impugna l'arma e tende le braccia in avanti.

Non voglio morire!

Peppe alza la testa di scatto e resta in ascolto. Poco dopo solleva una mano e richiama l'attenzione del suo compagno.

«Hai sentito?» dice muovendo le labbra in un sussurro.

Alfio fa un cenno affermativo e indica l'armadio in fondo alla stanza.

Quando Peppe arriva a un passo dal mobile, allunga una mano verso il pomello e tira l'anta con forza.

Nell'istante in cui Mattia Tondelli si trova davanti la faccia sorpresa di uno dei due sicari, il suo dito preme il grilletto e un tuono scuote la stanza. La testa di Peppe si spacca in due come un cocomero e il lato sinistro del volto si disintegra in un decimo di secondo. Il corpo resta sospeso nell'aria come una marionetta e poi frana ai piedi dell'armadio spargendo ovunque sangue, schegge d'osso e pezzi di cervello. Tondelli annaspa senza fiato, poi cerca di uscire ma picchia il polso contro l'anta e la pistola gli cade sul pavimento.

Non voglio morire!

Appena ha sentito lo sparo Alfio si è accucciato dietro il robusto profilo di una cassettiera. Ora sposta la testa, getta uno sguardo verso l'armadio e si alza lentamente con la Sig Sauer protesa in avanti. Gli basta un'occhiata per fotografare la situazione. Vede il corpo del suo compare riverso a terra, il sangue che dilaga sul pavimento e un arco di materia cerebrale che sporca il muro. Sposta gli occhi e osserva il ragazzo allampanato strisciare fuori dall'armadio in cerca della pistola. Un sorriso da predatore si allarga sul suo viso da iena.

Mentre Mattia scavalca il bordo di legno, sente dei passi avanzare. Alza la testa, lo sfregiato adesso è a meno di un metro da lui. L'arma puntata, gli occhi rossi di odio, la vena che pulsa sotto la cicatrice.

«Sei morto, stronzetto» sibila con un ghigno feroce, allontanando con un calcio la Beretta.

Non voglio morire!

Parte un colpo e in pochi istanti un fiore rosso si allarga sul petto del sicario. Alfio guarda sorpreso verso il basso e riconosce la pistola del suo socio stretta nella mano tremante di Mattia.

Quando crolla a terra accanto al corpo di Peppe, sente la voce del ragazzo che gli sussurra qualcosa all'orecchio: «Sei morto tu, gran pezzo di merda!»

77

Nell'istante in cui le tre volanti inchiodano davanti alla Galleria Rovelli Arte, Mandelli, Casalegno e la Dei Cas attraversano il cortile interno e si appiattiscono contro il muro di mattoni intorno alla vetrata dello studio.

« Questa pioggia del cazzo... » dice Antonio asciugandosi la faccia sulla manica della giacca.

« Stiamo attenti a non farci vedere » mormora il commissario. « Aspettiamo che Vacirca e gli altri facciano irruzione e poi entriamo anche noi. Caterina, accendi la ricetrasmittente. »

Intanto un'ombra sottile si avvicina alla vetrata. Mandelli riconosce il profilo di Carlotta Rovelli che parla al cellulare e guarda fuori.

« Mi ricevete? » gracchia la voce di Nicola Vacirca dalla radio.

« Affermativo » sussurra la Dei Cas.

« Pronti a intervenire. Ripeto, pronti a intervenire. »

Caterina guarda il commissario che abbassa la testa.

« Vacirca, potete procedere. Ripeto, procedere con l'operazione. »

Il viceispettore mette la radio in stand by, controlla che il giubbotto antiproiettile sia ben posizionato sopra la giacca di pelle ed estrae la pistola.

Mandelli si piega in avanti e poi corre insieme agli altri verso la porta a vetri, impugna la maniglia e spinge. Contrariamente alle attese la porta non è chiusa a chiave e in pochi istanti i tre si ritrovano a calpestare il soffice tappeto della Rovelli con le pistole spianate. La gallerista resta a bocca aperta e lascia cadere il cellulare. Intanto dall'atelier arrivano le voci concitate di Vacirca e della Donati che impartiscono secchi ordini agli agenti.

«Dov'è?» chiede Mario alla donna.

«Ch... chi?»

«Sandro Nieri, il suo fidanzato, dove diavolo è?» urla Casalegno con la pistola in pugno.

«Ma io... io non capisco. Cosa c'entra Sandro?»

«Carlotta, si concentri, per favore» dice calmo Mandelli. «Sandro è qui?»

La Rovelli li guarda smarrita, poi scuote la testa facendo danzare i lunghi pendenti.

«No. È partito stamattina, venti minuti dopo di lei, commissario. Doveva andare a Lucca per una cosa molto urgente, mi ha detto che suo padre aveva un qualche problema che adesso non ricordo. Ma perché lo cercate?»

Il commissario mette via la pistola e fa un gesto con la mano. Dei Cas e Casalegno si allontanano per controllare la stanza e il soppalco. Nel frattempo attraverso la grande tenda divisoria fa capolino la testa rossa della Donati.

A Mario basta dare un rapido sguardo al viso dell'assistente capo per capire che Sandro Nieri si è volatilizzato.

Quando si gira incrocia i disperati occhi color smeraldo della Rovelli. Allora la prende delicatamente per un braccio e l'accompagna verso la poltrona su cui era seduto lui quella mattina.

Molto prima che Mandelli possa dire qualcosa, sulle guance della donna iniziano a scendere lacrime amare.

78

«Dannazione!» grida il maggiore Zurlo. Poi chiude la telefonata e scaglia il cappello contro il cruscotto.

L'appuntato Guido Garavaglia non si scompone, mantiene gli occhi sulla strada bagnata, stando ben attento a non investire nessuno. La sirena dell'Alfa Romeo 159 trascina le altre gazzelle in una corsa disperata attraverso le strade del centro di Milano. Ben piantata in mezzo al sedile posteriore c'è Marica Ambrosio che si tiene aggrappata ai poggiatesta con due dita.

«Cosa succede, maggiore?» domanda preoccupata la poliziotta.

«Mezz'ora fa è stata segnalata una sparatoria in viale Piceno.»

«Non mi dica che....»

«Eh sì, Marica... sul posto sono intervenuti gli uomini al comando del generale Scardina. Quando sono entrati nell'appartamento hanno trovato una vera e propria carneficina.»

«Non posso crederci... quindi hanno ucciso i tre ragazzi?»

Il maggiore scuote la testa.

«No, ed è questa la cosa più incredibile. I morti in realtà sono quattro: Pierfrancesco Leonardini, Marco Galli e due uomini che stanno ancora cercando di identificare, probabilmente sicari della 'ndrangheta. Invece non c'è traccia di Mattia Tondelli. Da quello che mi hanno riferito i colleghi sembra che i killer prima abbiano freddato i due giovani in sala e poi siano andati in camera per finire il lavoro. Lì devono essere stati sorpresi dal terzo ragazzo.»

«Da Tondelli?» esclama incredula la Ambrosio. «Mi sta dicendo che ha fatto fuori due professionisti?»

«Pare proprio di sì. Nella camera c'era un armadio con un doppiofondo abbastanza ampio per nascondere una persona. Oltre alle armi dei due sicari i miei colleghi hanno trovato una Beretta con la matricola abrasa abbandonata sul pavimento, accanto ai corpi. Tondelli ha sparato in testa al primo, da distanza ravvicinata. Il secondo invece l'ha centrato al cuore.»

«Hai capito che roba! Quindi adesso i calabresi saranno ancora più incazzati e lo cercheranno.»

«Probabile» concorda Zurlo. «Però non sottovaluterei troppo quel Tondelli. Era senza dubbio il più intelligente dei tre e il fatto che sia scampato a un feroce regolamento di conti la dice lunga. Non mi meraviglierei se avesse qualche altro asso nella manica. Comunque è già stato emesso un mandato di ricerca. Più tardi suggerirò al giudice di richiedere un mandato di arresto internazionale, nel caso tenti di fuggire in qualche paese europeo.»

La Ambrosio annuisce e in quel momento le squilla il cellulare. Quando vede lampeggiare il nome di Zilli alza una mano scusandosi con il maggiore e risponde.

«Ciao, Marica... ho i risultati della ricerca che mi hai chiesto di fare su quel Di Vita, se hai un attimo ti aggiorno. C'è una cosa molto importante che devi sapere.»

«Aspetta un momento, Samuele, lascia parlare prima me. Ho provato a chiamare Mandelli ma il cellulare è sempre staccato. Io e il maggiore Zurlo stiamo andando a prendere l'assassino di Bergamini. Fammi un favore, cerca il commissario e digli che si tratta proprio di Alfredo Di Vita, lui sa tutto. E comunque appena finisco qui rientro subito in questura. »

« Va bene, segnato... ne deduco che non hai letto il mio messaggio. »

« No. »

« Be', se ti interessa sapere chi ha ucciso Bessa Terzaghi e Cervignati, leggilo. Mandelli e la squadra sono andati a prenderlo poco fa. È per quello che non ti risponde. »

Marica non resiste, smanetta sullo schermo e finalmente legge il messaggio di Zilli.

« Porca puttana! Sandro Nieri è il figlio di Bessa Terzaghi? Lo sapevo che mi sarei persa i fuochi d'artificio! »

Zurlo la guarda stupito.

« Adesso però, Samuele, dimmi cos'hai trovato tu. Aspetta che metto il vivavoce così sente anche il maggiore » dice la Ambrosio sistemando il cellulare in mezzo ai sedili. « Vai, ti ascoltiamo... »

« Salve maggiore... Allora, come stavo dicendo a Marica ho fatto delle ricerche sul vostro uomo. Alfredo Di Vita è un commercialista senza scrupoli, un tipo davvero losco, molto attivo negli anni Novanta e all'inizio dei Duemila... è da sempre al soldo di società in odore di mafia, soprattutto quelle partecipate dalla 'ndrangheta. Qualche anno fa è rimasto invischiato in una brutta faccenda legata allo smaltimento illegale di rifiuti tossici nel Bresciano. Ma anche in quel caso se l'è cavata senza un graffio. Insomma, è uno che ha finanziato molte attività illegali e possiede svariati beni immobiliari, compreso lo stabile di via Cosimo del Fante. »

« Parlaci della cosa importante a cui accennavi prima, per favore » lo sollecita Marica.

« Ah, sì, dunque... indagando su di lui mi sono imbattuto in un particolare che mi ha fatto drizzare le antenne. »

« Cioè? » urla il maggiore per farsi sentire.

« Il nome della sorella del Di Vita, ero sicuro di averlo già visto da qualche parte. Poi mi sono ricordato quando. »

« Ovvero? » chiede Marica impaziente.

« Mentre facevo delle ricerche sui ragazzi che gestiscono il giro di prostituzione e stavo indagando sul biondino, Pierfrancesco Leonardini. Il nome di sua madre è Antonella Di Vita, lo stesso della sorella minore del vostro commercialista. Ho fatto una verifica incrociata e vi confermo che si tratta proprio della stessa persona. Alfredo Di Vita è lo zio di Leonardini. Spero che l'informazione possa esservi utile. »

« Altroché! Sei il numero uno, Samu... a dopo » dice Marica prima di chiudere la chiamata.

« Ecco il collegamento! » commenta serafico Garavaglia.

Zurlo sorride compiaciuto.

« Dai gas a 'sta carretta, Guido, che andiamo a prenderlo » dice.

« Sempre che qualcuno non abbia già provveduto a far fuori anche lui » mormora la Ambrosio agganciandosi di nuovo ai poggiatesta.

Quando arrivano al quarto piano del palazzo di via Cosimo del Fante trovano la porta dell'appartamento socchiusa. Due carabinieri provvisti di giubbotto antiproiettile si posizionano ai suoi lati e al segnale di Zurlo entrano coprendosi reciprocamente. Altri tre uomini li seguono a ruota, sparendo rapidi all'interno. Gli ultimi a entrare in azione sono Zurlo e Garavaglia. Raggiunta la soglia, sbirciano all'interno, poi mostrano il pollice alzato a Marica e la invitano a seguirli.

Si ritrovano in una spaziosa anticamera, al centro della quale, accanto a un trolley, c'è Alfredo Di Vita disteso a faccia in giù sul parquet. Sopra di lui incombono gli uomini della squadra d'intervento con le pistole puntate, in attesa degli ordini del maggiore.

L'uomo alza gli occhi e li osserva con un ghigno ironico.

« Non credevo che sareste arrivati così presto » sussurra in un rantolo.

Zurlo non lo degna di una risposta e fa un gesto teatrale con la mano. « Garava', a te l'onore. »

L'appuntato Guido Garavaglia arrossisce, poi avanza con le manette in mano, si piega sull'assassino e lo dichiara in arresto.

Cinque minuti più tardi Zurlo e la Ambrosio sono seduti a un tavolo posizionato al centro di un salone identico a quello di Bergamini. Di fronte a loro c'è Alfredo Di Vita, con le braccia ammanettate dietro lo schienale della sedia e la mano dell'appuntato su una spalla. La faccia è pallida, le pupille elettrizzate da un riflesso cattivo. Le occhiaie profonde contrastano con i capelli bianchi che ricadono disordinatamente sulla fronte. A Zurlo sembra di vederlo per la prima volta: non somiglia per niente all'anziano sussiegoso che li aveva accolti nell'androne del palazzo. Adesso ricorda un relitto marcescente, sputato sulla riva dai marosi della vita, corroso dal tempo e dalla malvagità.

Il maggiore non avrebbe nessuna voglia di parlargli, ma si fa forza, appellandosi al senso del dovere.

« Lei è finito, Di Vita » dice Zurlo mentre fa partire il piccolo registratore digitale. « Adesso il suo cognome mi fa sorridere, perché non ricordo di aver mai visto una persona più morta di lei. » Tagliente come l'acciaio, chirurgico.

« Non avete niente » sibila il vecchio attraverso le labbra secche. Più che una difesa sembra il prodromo di un imminente tracollo.

« Oh! E invece abbiamo moltissimo. Abbiamo lei, innanzitutto... e stia certo che la spremeremo come un limone. Scandaglieremo i suoi conti correnti, le sue telefonate, tracceremo i suoi spostamenti con il gps, troveremo l'insulina da qualche parte e la collocheremo a Canonica all'ora dell'omicidio di Bergamini. E se tutto questo non bastasse abbiamo molto altro, vero agente speciale? »

La Ambrosio chiude gli occhi e recita a memoria.

« Certo. Ad esempio gli scritti recuperati dal computer di Bergamini che raccontano di come sia stato proprio lei a suggerirgli l'università come zona di caccia per le sue fate. I messaggi telefonici che vi scambiavate. E poi abbiamo le decine di foto della Locatelli in compagnia della De Bellis che Federico le ha mandato via e-mail. Sono la prova che lei conosceva Carolina e che ha pensato di mettere in piedi lo spettacolino del cementificio quando suo nipote l'ha ammazzata. Perché è stato Leonardini a ucciderla, vero? »

Di Vita ha un fremito rivelatore, ma nonostante tutto non dice una parola.

« Infine, se tutto questo non bastasse, ci resta sempre la testimonianza di Alba Locatelli » conclude Marica.

« Non è possibile, lei era... » esclama Di Vita prima di mordersi le labbra.

« Stava per dire che Alba era incosciente e non può averla riconosciuta? E se invece le dicessi che la ragazza aveva finto di svenire e l'ha vista mentre infilava l'ago nel collo di Federico? » ribatte con noncuranza Zurlo.

« Ma, no... lei... lei non doveva morire... in realtà io l'ho salvata! Non capite che Federico l'avrebbe uccisa se non lo avessi fermato? Ho dovuto farlo! » urla l'uomo mentre un filo di bava bianca gli si allunga tra le labbra.

Zurlo e la Ambrosio si guardano.

« Dalle mie parti si dice fottuto » dice Marica sollevando le mani. « Dalle sue, in costiera, come dite? »

« Fottuto anche da noi, credo sia universale » conferma Zurlo annuendo.

Poi sospira, tira fuori il cellulare, apre un'e-mail arrivata da poco e scarica due foto. Nella prima immagine si vede il corpo insanguinato di Pierfrancesco Leonardini disteso su un divano, come una marionetta disarticolata. La seconda fotografia è un nitido primo piano della ferita che gli ha sfondato il petto. Posa lo smartphone sul tavolo e lo gira lentamente verso Di Vita.

Il volto dell'uomo si fa ancora più bianco e ora sembra davvero quello di un fantasma, le labbra livide e gli occhi pesti.

« Lo riconosce? » chiede Zurlo con gli occhi fiammeggianti di rabbia.

L'altro schiude la bocca e sussurra qualcosa.

« Lo riconosce? » urla il maggiore piantando i pugni sul tavolo e sporgendosi in avanti.

Di Vita cerca conforto nello sguardo di Marica ma trova soltanto una maschera di feroce disprezzo, allora piega il collo e gorgoglia: « Sì. È mio nipote... » prima che i singhiozzi lo travolgano.

« Voglio sentirle pronunciare il suo nome, per intero » lo incalza Zurlo dall'alto.

« È Pierfrancesco Leonardini... mio nipote. »

A quel punto il carabiniere toglie le manette a Di Vita e gli porge un bicchiere d'acqua.

Dopo aver bevuto il commercialista alza lo sguardo.

« È vero, la De Bellis l'ha uccisa Pierfrancesco, in un impeto di rabbia. Carolina era avida e voleva la sua parte in cambio del silenzio sulla morte accidentale di una ragazza durante una festa. »

« Fabiana Malipieri » dice la Ambrosio.

Di Vita la guarda stupito e poi annuisce.

« È allora che mi è venuto in mente Bergamini con la sua mania per le fate. » Un ghigno si allarga sul volto del commercialista. « Non mi sono mai fidato di Carolina e così, dopo la morte di Pupa, l'ho convinto a cercare le sue prede alla Cattolica. In cambio gli ho chiesto di controllare da vicino la De Bellis e di riferirmi tutti i suoi movimenti. Seguendo lei, Federico ha conosciuto Alba e ha letteralmente perso la testa. Quando Pierfrancesco ha ucciso Carolina ho pensato di addossare a lui la colpa. Poi ha rapito la figlia del viceministro e ha incasinato tutto. Ho dovuto fermarlo prima che la uccidesse. Se l'avesse fatto, le forze dell'ordine l'avrebbero braccato e sarebbero arrivate a me. Peccato, in qualche modo gli ero anche affezionato, a quel mezzo matto. »

Zurlo lo guarda incazzato. « È lei che ha messo su il giro dei festini insieme a suo nipote, vero? »

« Sì. Pierfa e i suoi amici erano... diciamo intraprendenti. Lui sapeva benissimo come vivevo e mi ammirava fin da ragazzino, mi chiamava il Maestro. Io li ho finanziati e li ho messi in contatto con un po' di persone, in cambio prendevo il dieci percento senza fare nulla. Quei tre si sono rivelati fenomenali. Dopo l'accordo con i calabresi per la droga hanno iniziato a fare soldi a palate. »

« Un maestro *facc 'e cazz* » dice Zurlo. « Talmente maestro che ha dato il via libera per farli uccidere tutti. Non so proprio come potrà guardare ancora sua sorella negli occhi... perché prima o poi le toccherà farlo, Alfredo. »

Di Vita si volta verso la finestra e beve un ultimo sorso d'acqua. « Dovevo chiudere i giochi, o loro o io. Quella è gente che non perdona certi errori. Quando avete convocato quella troietta della Lanteri non mi avete lasciato scelta, non c'era più tempo da perdere. In fondo mi dispiace che quei tre ragazzi siano morti. »

« Il suo piano è fallito. Non è riuscito a farli uccidere tutti » precisa Zurlo. « Mattia Tondelli ha fatto fuori i due sicari ed è scappato. »

Di Vita li guarda sbalordito. Poi scuote la testa bianca e sbotta: « Tondelli? Ma com'è possibile? »

« Già. Invece è successo. E se i suoi amici calabresi non lo trovano prima, alla fine lo prenderemo noi. Lui parlerà e voi sarete spacciati. Soprattutto lei, Di Vita... andrà dentro e morirà di vecchiaia in carcere. A meno che non ci dica qualcosa di davvero speciale. »

Il commercialista capisce che l'ufficiale non sta mentendo e dopo un minuto di silenzio gioca la sua ultima carta.

« Va bene. Vi racconterò tutto quello che so, però voglio fare un accordo. Io vi consegno i vertici dei clan calabresi che operano nell'hinterland di Milano e voi mi mettete sotto protezione. Vi darò tutto, nomi, contabilità, società, politici e professionisti a libro paga. Testimonierò, ma voi dovete salvarmi la pelle. »

Zurlo finge di riflettere, ma sa benissimo che davanti a una proposta del genere la procura non potrà tirarsi indietro. Sente una nausea improvvisa che gli spacca lo stomaco in due.

« Mi fai vomitare, Di Vita » dice alzandosi in piedi. « Ma saranno i giudici a decidere cosa fare di te. Il mio lavoro finisce qui. »

Poi si rivolge all'appuntato.

« Garavaglia, portiamo via questo sacco di merda e torniamocene in caserma. »

Pochi minuti dopo Zurlo e la Ambrosio indugiano sulla soglia del portone e osservano impotenti il diluvio. Superato il momento d'indecisione, affiancano velocemente il prigioniero.

« Garavaglia, vai ad aprire le portiere, per favore... così entriamo senza inzupparci come dei babà » dice il maggiore indicando l'Alfa di servizio.

Intanto gli altri carabinieri corrono verso le gazzelle che li attendono con i lampeggianti accesi. Marica scruta attentamente la via, più per deformazione professionale che per un reale timore. Per strada non c'è nessuno. Garavaglia scatta ubbidiente sotto la pioggia e in poche falcate raggiunge la macchina, disinserisce l'antifurto e fa il giro per spalancare le portiere.

Appena l'appuntato si siede al posto di guida, Zurlo e la Ambrosio si muovono decisi verso l'auto stringendo Di Vita.

Escono dal riparo sicuro del portone mentre la pioggia li colpisce con la forza di una sassaiola. Marica aggancia il gomito di Di Vita e quasi lo solleva. Zurlo invece gli mette un braccio intorno alle spalle per aiutarlo a mantenere l'equilibrio sul marciapiede bagnato.

Quando sono a pochi metri dalla macchina, nella strada riecheggia un rumore secco, seguito da una specie di sibilo. La testa di Alfredo Di Vita viene catapultata all'indietro e l'inerzia li fa cadere tutti e tre a terra. Nel frattempo un secondo proiettile va a vuoto, colpendo il terreno e sollevando una zolla d'asfalto a pochi centimetri da loro. Marica prova a rialzarsi immediatamente ma il corpo del commercialista glielo impedisce, allora rotola su un fianco e si guarda attorno. Il maggiore Zurlo ha un'espressione sofferente dipinta sul volto e il braccio sinistro ripiegato in modo innaturale sopra la testa. Di Vita si muove ancora, ma da un foro sul collo esce un copioso fiotto di sangue. La Ambrosio spinge sulle gambe, lo afferra per un braccio e prova a trascinarlo al riparo dietro le macchine posteggiate. In quel momento un altro tuono rimbomba nella strada e il petto di Di Vita sussulta. Marica si volta per capire da dove provengano gli spari, poi carica l'uomo sulle spalle e corre disperata verso una delle gazzelle. Il quarto colpo lo percepisce al momento dell'impatto. La poliziotta vacilla, inciampa, battc la tcsta contro il cofano dell'auto e crolla a terra in una pozzanghera gelida.

L'ultima cosa che vede è il viso preoccupato di Marcello Zurlo chino sopra di lei, poi il sangue le cala sugli occhi.

79

«Ha detto qualcosa di interessante?» chiede Casalegno guardando Carlotta Rovelli attraverso il vetro.

«Poco e niente. Secondo me questa non sa davvero un cazzo» risponde la Dei Cas girandosi verso l'ispettore.

«Tieni» dice Antonio porgendole una lattina di tè freddo e un pacchetto di biscotti prelevati dal distributore automatico.

«Spuntino di lusso» commenta lei ironicamente, sollevando la linguetta di alluminio.

«Per la cena allo stellato dovrai aspettare la fine di questa storia, temo. Come se la cava Mario?»

«L'ha presa un po' troppo alla larga, direi» commenta Caterina.

«Metodo Mandelli, vedrai che adesso le tira fuori qualcosa. Goditi lo spettacolo, come se fossi al cinema. Salute» fa Antonio colpendo la lattina della Dei Cas con la sua.

Dall'altra parte del vetro a specchio, insieme alla tensione si percepisce soprattutto un'enorme stanchezza. Il commissario appoggia i gomiti sul tavolo, s'inclina verso la gallerista e le porge un pacchettino di fazzoletti di carta.

Carlotta Rovelli asciuga le scure linee di rimmel che le segnano le guance e si soffia il naso sporcandolo un po' di nero.

Mandelli la guarda, poi si volta verso Gian Maria Arnaboldi che gli fa segno di continuare.

«Ci aiuti, signora Rovelli. Ci dia un appiglio su cui lavorare. Tra gli oggetti personali di Sandro Nieri che abbiamo sequestrato a casa sua non c'è nulla di rilevante. Magari lui le ha parlato di qualcosa. Oppure si è lasciato sfuggire un particolare che, alla luce delle... diciamo... nuove rivelazioni, può assumere un diverso significato. »

« Lo chiami con il suo nome, commissario, la prego » dice Carlotta Rovelli con uno sguardo carico d'odio. « Mi aiuta a prendere atto di questa orribile realtà. Si chiama Gabriele Bessa Terzaghi... ed è mio cugino. »

La donna si ferma per un momento e porta una mano al petto.

« Ho una tale nausea che non riesco neanche a vomitare. E poi, non saprei nemmeno dire qual è la cosa più ributtante... Essere stata ingannata e essere andata a letto con lui... o aver condiviso parte della mia vita con un assassino psicopatico. Se penso a quello che mi avete raccontato della povera giornalista e del vostro collega, poi... »

La donna strappa con rabbia un altro fazzoletto dalla confezione e si tampona nervosamente gli occhi.

« Capisco il suo stato d'animo, signora, mi creda. Ci pensi bene. Rifletta sulle cose di cui avete parlato, magari della sua famiglia oppure di un particolare inerente a Cervignati... qualsiasi cosa » dice gentile il piemme.

« Lui e l'avvocato si conoscevano molto bene. Gabriele mi accompagnava spesso quando andavo al suo studio per definire qualche contratto. Inoltre credo che gli avesse chiesto delle consulenze legali... non so per quale genere di affari. Erano sicuramente stati a pranzo insieme due o tre volte. »

« Questo spiega come Gabriele si sia procurato le chiavi dell'appartamento di Cervignati. Avrà approfittato di una sua distrazione e si sarà fatto fare un doppione » constata Arnaboldi prendendo un appunto.

« Non so... se lo dite voi... per il resto a me non viene in mente nulla. »

« Immagino che Sandro... scusi, Gabriele, abbia incontrato suo zio in qualche occasione, no? » chiede Mario staccandosi dal tavolo.

Prima di rispondere la donna si guarda intorno un po' smarrita. Nello squallore minimalista della stanza degli interrogatori non c'è proprio nulla che possa interessare una come lei. Niente di apprezzabile su cui far riposare gli occhi, soltanto il grigio delle pareti e il fastidio accecante delle luci.

« Sì, in più di un'occasione. Siamo andati una dozzina di volte alla villa durante i fine settimana o per i ponti. Anche se lo zio non amava molto avere compagnia, pretendeva che ogni tanto io andassi a trovarlo, a suo modo gli faceva piacere vedermi » spiega abbassando lo sguardo.

« Non ha mai avuto l'impressione che lui in qualche modo non si fidasse di Gabriele? »

« No, mai » risponde decisa la Rovelli. « Anzi, piuttosto direi il contrario. Gli ha fatto anche visitare la sua libreria e hanno fatto alcune passeggiate insieme nei dintorni. Erano stranamente in sintonia. Una cosa rara, trattandosi di mio zio. »

« Immagino che lei conosca il codice per disinserire l'allarme » dice il commissario.

« Certo. Era la data di nascita di mia madre. Lo zio la usava quasi sempre per le sue password, per non rischiare di dimenticarsele. »

« Quindi è possibile che anche Gabriele ne fosse al corrente. »

« Be', sì. Sicuramente mi ha visto più volte attivarlo e disinserirlo durante le nostre visite. »

« Presumo che avesse anche una certa confidenza con i cani da guardia. »

Carlotta annuisce. « In effetti Grimm e Flock lo adoravano, gli dava sempre qualcosa da mangiare e a volte li portava a spasso nel parco o giù al fiume.»

«Capisco... Vuole riposarsi un momento?» propone il commissario passandosi una mano tra i capelli.

«No, grazie, voglio solo andare a casa mia, a Ginevra. Quella di Milano la venderò, mi fa ribrezzo il solo pensiero che ci abbia vissuto anche lui.»

«È comprensibile. Stavo riflettendo sul fatto che adesso, paradossalmente, il legittimo erede di tutto il patrimonio dei Bessa Terzaghi sia proprio suo cugino. Almeno formalmente» punge Mandelli.

Carlotta Rovelli si muove infastidita sulla sedia.

«Che cosa vorrebbe insinuare? Io me ne frego del patrimonio di mio zio e di quella dannata villa. Che diano pure tutto in beneficenza. Anzi, chiederò che venga fatto, signor giudice» dice rivolgendosi al sostituto procuratore.

«Non insinuavo nulla, signora, era soltanto un'amara constatazione. Prima di lasciarla andare, davvero non le viene in mente altro? Dobbiamo capire se suo cugino ha intenzione di uccidere ancora. Se la sua vendetta è finita. Ci pensi bene per favore, potrebbero essere in gioco delle vite.»

La stanza degli interrogatori piomba in un silenzio irreale, disturbato soltanto dal ronzio dei neon. La gallerista riflette. Improvvisamente nei suoi occhi verdi passa una scintilla di consapevolezza.

«Forse una cosa c'è... e mi chiedo perché non ci ho pensato prima, visto che all'epoca mi ha colpito molto. Un giorno, in galleria, l'ho trovato seduto alla scrivania che navigava in rete sul mio computer. Quando se ne è andato ho controllato la cronologia, perché è mia abitudine cancellarla sempre dopo ogni sessione di lavoro.»

Il giudice si raddrizza sulla sedia e con la coda dell'occhio guarda nervosamente verso Mandelli.

« Ci dica cos'ha trovato nella cronologia, la prego » chiede Arnaboldi con un sorriso di circostanza.

« Sandro... lui, insomma, aveva fatto delle ricerche su alcune cliniche di Milano specializzate nella cura dei disturbi mentali. Tant'è che io gli ho fatto anche una battuta, chiedendogli se avesse dubbi sulla mia tenuta psicologica. Lui si è risentito e mi ha detto che si era informato a causa di una persona a cui voleva molto bene e che non c'era ragione di ridere su quel genere di disgrazie. Me lo ha detto con un'espressione talmente gelida che sul momento mi sono spaventata un po'. Poi se ne è andato e non ne abbiamo mai più parlato. »

Mario chiude gli occhi e si batte una mano sulla fronte, poi scatta in piedi all'improvviso facendo stridere la sedia.

« Mi scusi, signor giudice, ma forse ho capito chi può essere il prossimo obiettivo. Signora Rovelli, per ora lei può andare. Le chiederei di rimanere comunque a disposizione in città, per precauzione le assegneremo una scorta finché non lo avremo preso. Lasci detto ai miei uomini dove alloggerà. Intanto la ringrazio, probabilmente ci ha fornito uno spunto importante. »

Dopodiché si volta verso lo specchio semiriflettente, fa un gesto imperioso ed esce dalla stanza veloce come il vento.

« Andiamo! » dice Casalegno dopo aver visto la mano di Mandelli muoversi in direzione del vetro. Lui e la Dei Cas posano le lattine sul tavolo, prendono le giacche e si precipitano fuori.

Dopo qualche secondo nel corridoio spunta il volto teso del commissario.

« Tutti da me! Dobbiamo controllare una cosa. Antonio, avverti Zilli, che ci raggiunga subito con il suo portatile » dice prima di sorpassarli ed eclissarsi dietro l'angolo delle scale.

La Dei Cas allarga le braccia e guarda l'ispettore, che intanto si è fermato per telefonare a Samuele. Subito dopo, Casalegno le spara un sorrisetto compiaciuto.

«Cosa ti avevo detto? Mario è come un cane da tartufo. È paziente, gira intorno, annusa, poi al momento giusto scava e qualcosa di buono lo tira sempre fuori.»

Dieci minuti dopo sono disposti nella solita formazione, in modalità ufficio di Mandelli. Fuori ormai fa buio e la luce artificiale delle lampadine evidenzia la tensione sulle facce dei presenti. Il commissario aspetta il silenzio e inizia a esporre la sua teoria.

«Prima di tutto voglio fare una constatazione critica. Gabriele Bessa Terzaghi ha in parte ottenuto ciò che voleva. Uccidendo la Colaussi e aggredendo Pinducciu ci ha distratti e colpiti duramente. Se non ci fossimo fatti accecare dalla rabbia, io per primo, saremmo arrivati da tempo a capire quale poteva essere il suo prossimo obiettivo. In futuro cerchiamo di non ripetere questo tipo di errore. Fortunatamente poco fa la Rovelli mi ha dato uno spunto e mi ha fatto ragionare.»

I membri della squadra si scambiano delle occhiate dispiaciute, Mario li osserva con calma e poi riprende.

«Grazie a lei adesso sappiamo che quello psicopatico ha fatto delle ricerche su alcune cliniche private milanesi specializzate nella cura dei disturbi mentali. Vi suggerisce qualcosa?»

Casalegno annuisce pronto. «Be', sì, sua madre. Franca Diodato è stata ricoverata e si è uccisa in un istituto di quel tipo, come ci ha raccontato Enrichetta Isella.»

«Esattamente, Antonio» conferma il commissario. «Zilli, ci puoi ricordare il nome della clinica in cui si è tolta la vita?»

Il tecnico smanetta sulla tastiera del suo portatile senza neppure alzare la testa.

« Ecco... è la clinica Villa del Bosco, a Castellazzo di Bollate. La Diodato è stata ricoverata lì, dal febbraio del 1988 al giugno del 1991, quando si è tagliata le vene nei bagni idroterapici del piano terra. »

« Mi controlli chi era il direttore della clinica all'epoca? » incalza Mandelli.

« Va bene, ma ci vorrà un po', forse una mezz'ora. »

« No, allora aspetta... verifica chi è il direttore attuale, così facciamo prima. Vacirca, tu hai preso i documenti che ti ho chiesto? »

Nicola solleva una cartellina e muove il ciuffo biondo in un sì.

La Dei Cas guarda affascinata quell'esibizione di efficienza e si sente orgogliosa di far parte di quella squadra.

« Ecco, ce l'ho! » dice Zilli spingendo gli occhialini all'indietro. « Il presidente onorario della clinica è il professor Gregorio Quarenghi, mentre suo figlio Davide è l'attuale direttore sanitario. »

« Vacirca, controlla » ordina secco Mario mentre si alza e va verso la finestra.

L'assistente scartabella per qualche minuto, poi finalmente parla.

« Tra i documenti che l'ispettore e la dottoressa Dei Cas hanno recuperato nello studio dell'avvocato Cervignati c'è una vecchia nota di pagamento effettuato a favore dell'allora dottor Gregorio Quarenghi, per un ammontare di trenta milioni di lire, oltre a un elenco dettagliato dei costi sostenuti per le cure di Franca Diodato. »

« Cazzo! » esclama Casalegno mentre gli altri si scambiano sguardi preoccupati.

Mandelli si volta di scatto.

« Donati, rintraccia subito il professor Quarenghi e avvertilo che è in serio pericolo. Se non lo trovi riferiscimelo subito per favore. Vai! »

Gabriella Donati esce di corsa, lasciando la porta aperta. Qualche secondo dopo la soglia viene oscurata dal profilo di una figura familiare.

Appena Marica Ambrosio fa un passo nella stanza tutti gli occhi si fissano su di lei. Una spessa benda le fascia la testa coprendole in parte il sopracciglio destro, sotto l'occhio pesto si allarga un livido blu. L'agente scelto stira un sorriso stanco e fa una domanda con la sua voce angelica: « Mi sono persa qualcosa? »

80

« Quindi oltre ai due ragazzi è morto anche quel bastardo di Alfredo Di Vita... » commenta Mandelli al termine del rapido resoconto della Ambrosio.

Marica chiude l'occhio ferito e si gratta sotto la benda. « Sì, dottore, è stato colpito da tre proiettili calibro 9x39 millimetri. Pesano il doppio di un normale Parabellum e hanno un impatto devastante. Gli uomini di Zurlo hanno trovato un fucile di precisione silenziato, un VSK-94 russo, abbandonato in un appartamento al terzo piano di uno dei palazzi di fronte, a circa settanta metri in linea d'aria dal portone da cui siamo usciti noi. Due ore prima un uomo con un passamontagna è entrato in quella casa e ha preso in ostaggio l'anziana proprietaria. Dopo averci sparato addosso è passato dal cortile sul retro, scappando attraverso le cantine. I carabinieri pensano che sia sbucato in via Molino delle Armi, dove forse lo aspettava un'auto. Dovevano aver predisposto il piano da tempo e studiato la via di fuga, nel caso fosse stato necessario ucciderlo. »

La Ambrosio beve un sorso d'acqua e stringe due dita della mano di Zilli, che è in piedi accanto a lei. A Mario viene da pensare ancora una volta che, a suo modo, quella strana coppia fa davvero tenerezza.

« Ma... sei stata colpita? » chiede Zilli pallido come un cencio.

« No, Samu. Se mi avesse beccata probabilmente non sarei qui a stringerti la mano. È stato l'ultimo proiettile, quello che ha colpito Di Vita mentre lo avevo in spalla per metterlo al riparo dietro un'auto. E per mia fortuna non gli ha trapassato il corpo, ma l'impatto mi ha sbilanciata. Il maggiore Zurlo mi ha raccontato che sono caduta in avanti, sbattendo la faccia sul cofano. Mi sono aperta il sopracciglio e per un istante, quando ho visto tutto quel sangue colarmi sugli occhi, ho pensato di essere spacciata. Dopodiché sono svenuta.»

«Porca puttana» esclama Casalegno. «Tu sei matta, Marica. In quei casi lì mettiti al riparo, no? Hai sempre 'sta mania di voler fare l'eroina.»

«Sai benissimo come sono fatta, ispettore» gli dice strizzando l'occhio sano. «E poi parli tu... ti ricordo che ero in tua compagnia quando siamo sopravvissuti all'esplosione di una bomba.»

«Mi spiace molto interrompere la celebrazione delle vostre imprese eroiche. Ma, tornando a Di Vita, mi sembra di capire che alla fine Zurlo sia rimasto con un pugno di mosche» rimarca amaramente Mandelli.

«Be', non del tutto, dottore» lo corregge Marica. «In fin dei conti abbiamo dato un nome all'assassino di Carolina De Bellis e sgominato la banda dei festini. Inoltre c'è la confessione registrata di Alfredo Di Vita e i carabinieri contano di recuperare sia i nominativi delle ragazze coinvolte nel giro sia quelli di molti clienti. E poi, nascosto da qualche parte, c'è ancora Mattia Tondelli. Zurlo è convinto che abbia qualche asso nella manica e che prima o poi si farà vivo.»

«È comunque troppo poco» mugugna il commissario scuotendo la testa. «Le informazioni di Di Vita potevano davvero aiutarci a eliminare un bel po' del marciume di questa città e anche a prendere qualche pezzo grosso. Per quanto riguarda Tondelli, purtroppo temo che possa fare la stessa fine del commercialista.»

«Tu non ti accontenti mai, Mario» dice l'ispettore Casalegno. «Da quello che ho capito, Alfredo Di Vita era un gran figlio di puttana, peraltro impunito da anni, e quei tre ragazzi dei delinquenti che avevano sulla coscienza le morti della Malipieri e della De Bellis. Per non parlare poi di quel Federico Bergamini con le sue cazzo di fate.»

«Nel suo caso, però, non dimenticatevi che si trattava di un individuo disturbato» precisa Mandelli.

«Con tutto il rispetto, dottore, vada a spiegarlo ai genitori di Erica Landi!» interviene duramente la Dei Cas.

«Forse hai ragione, Caterina. Ma si tratta pur sempre di una questione di prospettiva, di come si valuta la natura del male. La mia squadra sa come la penso... io credo che chi lo subisce prima o poi ne restituisca altrettanto. Guardate ad esempio cos'ha generato la crudeltà dispensata in vita da Niccolò Bessa Terzaghi. In quel caso, ditemi voi, chi è il vero colpevole? Lui o il suo figlio bistrattato?» domanda Mandelli.

Visto che nessuno ha una risposta, il commissario aggiunge un'ultima considerazione: «Il nostro è davvero uno strano mestiere. Se ci pensate, noi siamo una via di mezzo tra degli spazzini e dei notai: ripuliamo le strade dalla feccia del mondo, poi redigiamo i nostri bei rapporti e li archiviamo. In fondo credo che quelli incaricati di giudicare siano molto più fortunati di noi. Loro si avvalgono del nostro lavoro e devono soltanto attenersi ai codici. Noi invece abbiamo a che fare ogni giorno con la feroce variabile dei sentimenti umani. Una quotidianità che alla lunga ti fa sanguinare l'anima».

Quando Mario tace, la stanza piomba in un profondo silenzio.

Prima che qualcuno possa aggiungere qualcosa, però, si sente bussare alla porta.

«Abbiamo un problema, commissario» dice Gabriella Donati appena entra nella stanza. «Il professor Gregorio Quarenghi non è rientrato a casa. La moglie lo aspettava un'ora fa per andare a una cena di beneficenza. Il cellulare risulta staccato, ma la cosa più grave è che anche alla clinica non risponde nessuno. »

Mandelli incrocia lo sguardo di Casalegno con un'espressione che dice tutto.

« Merda, ora si balla » dice l'ispettore.

« Già... mi sa che abbiamo appena ricevuto l'invito per una serata di gala » conferma Mario appoggiandosi stancamente allo schienale della sedia.

« Credete che Gabriele Bessa Terzaghi sia andato alla clinica per compiere la sua ultima vendetta? » domanda la Dei Cas mentre nei suoi occhi da falco brilla il riflesso delle luci.

« Ci puoi scommettere » conferma Mandelli. « Prepariamoci a regolare tutti i conti in sospeso con quel bastardo: i due omicidi, le prese per il culo, il caffè che gli abbiamo offerto, la spietata esecuzione della Colaussi e l'aggressione a quel povero cristo di Pinducciu, che non c'entrava niente. » Poi si rivolge seccamente alla Ambrosio: « Tu non vieni, Marica, oggi hai già dato. Non sei nelle condizioni di affrontare un'altra situazione di rischio ».

La risata sarcastica dell'ex giavellottista riempie la stanza.

« Sa bene quanto la stimi, dottore, ma non ci pensi neanche. Sono appena stata reintegrata per fare il mio lavoro, se no potevo restarmene a casa a vegetare. E non credo che in questa stanza ci sia qualcuno che possa capirmi meglio di lei. »

« Neanche se te lo ordinassi? » ribatte il commissario con un mezzo sorriso.

« Potrebbe ordinarmelo cento volte, ma io vengo con voi » dice Marica con un'inusuale punta di durezza nella voce.

Prima di alzarsi Mandelli fa un ultimo commento.

« In fondo se siete una manica di teste di cazzo, la colpa è anche mia. E adesso andiamo a fare il nostro dovere. »

81

La clinica è avvolta nell'alone di luce gialla dei lampioni che illuminano la rotatoria d'accesso. Una pioggia torrenziale continua a scendere implacabile sulla macchia di alberi che circonda il profilo rettangolare dell'edificio. Villa del Bosco è posizionata nell'angolo occidentale del parco delle Groane, esattamente al confine tra l'area della brughiera di Castellazzo e la piccola corte di case e cascine che circonda villa Arconati, nel cui giardino ogni estate cantano le migliori voci del jazz e del soul internazionale. Mandelli ricorda di esserci andato una volta, in compagnia di Marisa. Era una sera calda di luglio e avevano assistito a un concerto di Caetano Veloso e Gilberto Gil. Alla fine erano scattati in piedi insieme a tutto il pubblico, intonando l'ipnotico mantra di *Desde che o samba è samba.* Compreso lui, che prima di quella notte non immaginava neppure di saper cantare, figurarsi poi in portoghese. Adesso invece di estivo non c'è proprio nulla. Men che meno di brasiliano. Anche se il ritmo delle gocce che tamburellano sul tetto dell'auto potrebbe tener testa alla miglior scuola di percussionisti del Pelourinho di Bahia.

Casalegno guarda verso il cielo scuro con la fronte appoggiata al finestrino.

«Che merda di tempo» esclama spazzando via in un lampo tutta la milanesissima saudade di Mandelli.

«Lo avrai già detto almeno cinque volte da quando siamo partiti dalla questura» puntualizza nervosamente Mario.

L'ispettore stacca la fronte dal vetro e lo guarda fintamente sdegnato. «Perché, non mi dirai mica che questo non è un tempo di merda?»

Mandelli cerca di rimanere serio, poi si arrende: «In effetti devo ammettere che fa proprio cagare».

La Dei Cas interroga la Ambrosio: «Ma questi due fanno sempre così?»

«Quando sono nervosi danno il meglio di sé, in tutti gli altri casi sono molto peggio.»

Mandelli guarda nello specchietto sorridendo, poi allunga una mano verso la radio e apre la comunicazione con l'altra unità della squadra.

«Vacirca, mi ricevi?»

«Affermativo, commissario.»

«Fra due minuti esatti ci muoviamo. Noi quattro entriamo, tu e la Donati restate fuori a pararci il culo. E d'ora in poi niente radio, se abbiamo bisogno di rinforzi vi chiamiamo al cellulare.»

«Ricevuto. Due minuti da ora. Passo.»

Mandelli fa schioccare le dita.

«Adesso basta cincischiare. Lì dentro c'è una specie di demone pazzo che non ha nulla da perdere. Non sappiamo se sia armato o quale tipo di accoglienza ci possa riservare, ma di una cosa sono certo: voglio che ne usciamo tutti sani e salvi. Se lo scoviamo e riusciamo a prenderlo, bene, se no non mi frega un cazzo delle regole d'ingaggio e delle altre puttanate da serie televisiva. Se vi spara rispondete al fuoco e cercate di colpirlo, magari senza ammazzarlo. E ovviamente state attenti a non far fuori Quarenghi o qualche altro civile.»

Il commissario guarda l'orologio e controlla che il giubbotto di kevlar sia ben aderente al petto, poi allenta il velcro che trattiene la pistola nella fondina in modo da poterla estrarre più facilmente.

« Siete pronti? » chiede muovendo la testa verso gli altri tre.

Il silenzio che riempie l'abitacolo suona come un sì. Mario chiude la lampo del suo vecchio giaccone e scende. L'effetto è quello di una secchiata d'acqua gelata sulla testa, le gocce martellano il cuoio capelluto e poi scorrono giù sulla nuca. Dopo la Dei Cas e Casalegno tocca alla Ambrosio uscire allo scoperto. Per prima cosa la poliziotta si strappa la benda dalla testa, l'appallottola malamente e la getta a terra con un gesto di stizza. Qualche secondo più tardi quattro ombre scivolano lungo la recinzione del muro perimetrale e si avvicinano guardinghe all'entrata.

Dopo essere passati sotto l'insegna luminosa della clinica si separano. Mandelli e la Dei Cas si piegano sulle gambe e camminano rasenti alla siepe che divide lo spiazzo dal parcheggio del personale. Casalegno e la Ambrosio si dirigono verso sinistra e puntano decisi in direzione del gabbiotto di sorveglianza. Quando trovano riparo sotto lo spiovente della struttura metallica, Marica dà una veloce occhiata al di là del vetro brunito e scuote la testa.

« Libero » dice in un soffio. « È normale che non ci sia nessuno? »

« È tardi, avranno semplicemente finito il servizio diurno. Probabile che di notte si affidino soltanto a quelle » spiega Antonio indicando due telecamere abbarbicate su un palo di metallo. « È una clinica per gente abbiente e disturbata, immagino che la loro principale preoccupazione non sia difendersi dagli attacchi esterni ma impedire agli ospiti di uscire. »

« Fino a stasera sicuramente è stato così... ma sono pronta a scommettere che presto cambieranno le procedure. »

« Muoviamoci » dice Casalegno dirigendosi verso una porta a vetri in cima a una bassa scalinata.

*

Quando Mandelli e la Dei Cas vedono i due colleghi raggiungere l'entrata principale, si spostano sulla destra e seguono il muro esterno fino all'accesso di servizio, quello utilizzato dal personale sanitario e dai fornitori. Hanno studiato le mappe catastali e sanno che esiste anche un'altra porta sul retro. Tuttavia, come ha riferito Davide Quarenghi, quell'ingresso è chiuso da mesi a causa dei lavori di ristrutturazione. Mario impugna la maniglia di plastica nera e spinge con forza, ma la porta di metallo non si muove di un millimetro. Caterina gli posa le dita sull'avambraccio e gli fa segno di farla passare, poi scava in una tasca interna del giubbotto di pelle e tira fuori un piccolo corredo da scasso.

«Mi faccia luce con il cellulare» dice inginocchiandosi davanti alla serratura.

Il commissario attiva la torcia dello smartphone e la punta sulle mani della collega.

«Dove hai imparato? Scassinavi le ville dei turisti di Bormio?» chiede con una smorfia divertita.

«A Palermo, ma non forzavo le ville, studiavo» risponde con un sorriso la Dei Cas mentre inserisce un sottile grimaldello nella fessura.

Caterina traffica per qualche secondo, poi finalmente la maniglia si piega all'ingiù e la porta si apre davanti a loro.

Casalegno spinge l'anta del portone con il palmo e fa un passo deciso dentro l'atrio della clinica. Le luci sono basse e l'atmosfera ovattata, in sottofondo non si sente alcun rumore. La Ambrosio scivola alle sue spalle ed estrae la Beretta 92 FS d'ordinanza. L'ispettore la imita e protende le braccia in avanti, impugnando la sua arma con le mani raccolte intorno al calcio.

Marica indica il bancone di marmo della reception. Il vetro satinato di un'applique da parete diffonde una morbida luce sulla postazione deserta. I due poliziotti avanzano con prudenza coprendosi reciprocamente le spalle e appena arrivano a pochi metri dal banco provano a farsi un'idea della situazione. Oltre il profilo del ripiano si vedono una poltrona di pelle vuota e una stampante accesa. Ci sono fogli sparsi ovunque, cartelline aperte e una madonnina di ceramica che benedice dall'alto il disordine.

La Ambrosio si sposta di lato e sbircia verso il retro dell'accettazione. Disteso sul pavimento, tra le rotelle di una poltroncina e una cassettiera d'acciaio, giace il corpo immobile di una guardia giurata. L'uomo è riverso a faccia in giù, una pozza di sangue si allarga all'altezza delle spalle. Marica si piega e gli appoggia delicatamente due dita sul collo. Dopo qualche secondo l'ex atleta scuote la testa e incrocia lo sguardo di Casalegno.

«Merda» ringhia l'ispettore.

In quel momento dalle viscere della clinica giunge un forte rumore metallico. I due poliziotti si avvicinano alla porta basculante che dà sul corridoio del piano terra. Dopo un ultimo momento di indecisione spingono le ante di alluminio e spariscono inghiottiti dal buio.

«Di là» dice la Dei Cas indicando l'ampio disimpegno che collega lo spogliatoio del personale sanitario alle cucine. Mandelli annuisce e avanza deciso. Dopo qualche metro alza una mano e si ferma.

«Hai sentito anche tu?»

«Sì, sembra una specie di lamento» conferma il viceispettore.

«Viene da quella porta sulla destra» dice Mandelli.

Qualche istante dopo la Dei Cas prende la rincorsa e stampa la suola del suo carrarmato all'altezza della serratura. La maniglia salta con un forte rumore metallico e i battenti si aprono di schianto. Chiusi dentro lo sgabuzzino ci sono tre donne e un uomo, i volti terrorizzati. Appena Mandelli si qualifica, riferiscono di essere gli addetti alla cucina e alla distribuzione dei pasti. Raccontano in modo concitato che poco prima un uomo è sbucato dal nulla e li ha minacciati con una pistola. La Dei Cas ordina loro di uscire immediatamente dalla porta di servizio tenendo le mani bene in vista.

Mandelli intanto sta già avvisando Vacirca e la Donati.

«Nicola, sto mandando fuori quattro civili. Useranno l'uscita di servizio. Mi raccomando, non sparate e occupatevi di loro.»

«Devo chiamare un'ambulanza?»

«No, stanno bene... non voglio casino lì fuori e neppure che arrivino dei rinforzi. Questo stronzo lo dobbiamo prendere noi» dice il commissario prima di chiudere la conversazione.

Quando gli inservienti si allontanano, Mario e Caterina si scambiano uno sguardo d'intesa. Poi attraversano il disimpegno e proseguono la caccia.

Casalegno si volta di colpo, puntando la pistola in avanti. Di fronte a lui c'è il viso esangue di un fantasma, gli occhi folli e scavati. Quella che un tempo era una donna lo osserva interdetta. Dietro una corona di radi capelli bianchi spuntano due orecchie avvizzite e dal sorriso guasto esce un rantolo che sa di alito cattivo.

«Giorgio... sei tu?» dice la donna allungando una mano scheletrica verso di lui. «Sei venuto a trovarmi, finalmente, piccolo mio... vieni, ti faccio lo zabaione che ti piace tanto. »

L'ispettore abbassa l'arma e sospira. L'ectoplasma sembra masticare l'aria alla ricerca di altre parole sconnesse.

« Venga, signora » dice la Ambrosio con un'infinita dolcezza. « Venga con me che l'accompagno in camera. »

Marica spinge con un piede la porta da cui era uscita quella larva umana e la scorta dentro al suo bozzolo.

« Che tristezza » dice a bassa voce Casalegno quando la poliziotta riemerge dalla stanza. « Certe malattie sono davvero spietate. »

« A volte a essere spietate sono le persone che si hanno intorno. Pensa a Franchina Diodato e a quello che le ha fatto passare Niccolò Bessa Terzaghi. Quando si è tolta la vita non doveva essere poi tanto diversa da quella povera donna » ribatte la Ambrosio mentre un lampo di rabbia le infiamma le pupille.

« Hai ragione » dice Casalegno ripensando alle sofferenze che lui e sua madre avevano patito tra le mura domestiche. Alla fine erano stati più fortunati di altri. L'incidente stradale in cui era morto suo padre aveva cambiato in un istante il loro destino, schiudendo un inatteso orizzonte di libertà. Per un breve attimo riesce quasi a comprendere le ragioni della rovinosa follia di Gabriele Bessa Terzaghi e il suo disperato desiderio di vendetta.

Poi pensa a Pinducciu riverso sull'asfalto in un lago di sangue e le sue grandi mascelle da lupo si serrano scricchiolando.

« Andiamo, Antonio » gli sussurra Marica. « Andiamo a chiudere questa faccenda. »

82

Mandelli ha avuto ragione fin dall'inizio. La conferma definitiva arriva quando sente un vociare confuso provenire dai bagni del pianterreno.

Caterina Dei Cas rallenta il passo, si nasconde accanto al commissario dietro l'angolo degli spogliatoi e guarda il suo volto stanco.

« Come faceva a essere così sicuro che lo avremmo trovato qui? » gli chiede in un sussurro ammirato.

« Perché per lui non esiste un posto migliore dove concludere la sua vendetta. Esattamente laggiù, nel punto preciso in cui è morta Franca Diodato. Lì l'ultima delle sue vittime deve espiare le colpe di tutti. Una catarsi. Deve averci fantasticato sopra per mesi, dall'istante in cui ha avuto la conferma di essere un Bessa Terzaghi » spiega Mandelli con le spalle appoggiate alla parete rivestita di piastrelle blu.

« E adesso? » chiede la Dei Cas mentre sente i battiti del cuore accelerare esponenzialmente.

« E adesso tocca a me... Soltanto a me, Caterina. »

« Non se ne parla nemmeno! » ribatte il viceispettore cercando di non alzare troppo la voce.

« Infatti, non se ne parla, lo devo a troppe persone. A Pinducciu, alla Colaussi... a me stesso. E poi ho già rischiato di perdere la Ambrosio e non ho intenzione di ripetere lo stesso errore con te. Marica ha ucciso un uomo in una situazione simile e la sua vita è stata sconvolta per sempre. »

«Ma è una follia! E poi io sono... io!»

«Tu sei anche troppo giovane per una cosa così grande. Hai mai ucciso qualcuno, Caterina?»

«No. Certo che no.»

«Meglio per te. Io invece purtroppo ci sono passato... molto tempo fa... e credimi, è un peso che ci si porta addosso ogni santo giorno. È il motivo per cui ora tu te ne starai qui tranquilla e prima di seguirmi aspetterai Casalegno. Mandagli subito un messaggio e digli dove ci troviamo. Io vado.»

«Ma...»

«È un ordine, viceispettore Dei Cas. Se disubbidisci e sopravvivo, giuro che ti sbatto fuori dalla squadra. E non scherzo.»

Mandelli si leva il giaccone e lo lascia sul pavimento. «Ci tengo. Torno più tardi a riprendermelo» dice a bassa voce, prima di sistemarsi il giubbotto antiproiettile, estrarre la pistola e andare incontro al suo destino.

«Gran testa di cazzo!» sibila Casalegno dopo aver letto il messaggio di Caterina.

Marica solleva lo sguardo sull'ispettore e abbassa l'arma all'altezza delle ginocchia.

«Cosa c'è?»

«Mario sta andando ad affrontarlo da solo. Manco fosse Clint Eastwood!»

«Dove sono?»

«Vicino ai bagni idroterapici, sai come ci si arriva da qui?»

La Ambrosio si concentra per un attimo e poi indica un lungo corridoio alla loro destra.

«Dovrebbero essere dall'altra parte dell'edificio. Passiamo da qui, seguimi.»

*

A mano a mano che Mandelli si avvicina alla zona dei bagni, le voci si fanno più nitide e il significato delle parole più chiaro.

Il doloroso lamento che si sente in sottofondo proviene certamente dalla gola del professor Gregorio Quarenghi. Un gorgoglìo a metà tra la sofferenza e la resa. Un patetico tentativo di evitare l'inevitabile.

« Ti prego... io non... io ho soltanto fatto il mio lavoro. Non potevo sapere che quella donna era tua madre. Non... non volevo. »

L'altra voce è quella che Mario aveva già sentito provenire dalle labbra di una persona che in realtà non è mai esistita. La stessa leggera inflessione toscana, il tono educato e composto da bravo ragazzo. Adesso però al registro pacato di Sandro Nieri si è aggiunto qualcosa di diverso, una durezza tagliente che risulta quanto mai spontanea.

È questa la vera voce di Gabriele Bessa Terzaghi, lo Spettro, l'angelo vendicatore tornato dal passato.

Mandelli si sporge leggermente in avanti, guarda oltre il muro e osserva l'interno dei bagni. Lungo le pareti laterali, separate da divisori in muratura, sono disposte sei grandi vasche terapeutiche. Il bianco ormai consunto dei rivestimenti in ceramica contrasta con il lucido pavimento di piastrelle color indaco. Il centro della stanza è occupato da un enorme lavabo in marmo grigio. Sopra il suo ripiano, in ginocchio, c'è il professor Gregorio Quarenghi con le mani e i piedi legati dietro la schiena.

La parete di fondo è stata realizzata in vetrocemento, con l'evidente scopo di lasciar filtrare la luce del giorno. Adesso però quelle mattonelle di vetro zigrinato sembrano tanti occhi smorti che osservano indifferenti la scena irreale che si sta svolgendo nella stanza.

Insensibile alle preghiere di Quarenghi, il figlio perduto di Niccolò Bessa Terzaghi sta recitando un testo in latino.

Miserere mei Deus: secundum magnam misericordiam tuam. Et secundum multitudinem miserationum tuarum: dele iniquitatem meam.

La sua voce rimbomba dentro le pance vuote delle vasche e poi rimbalza contro il soffitto a mosaico. Lo Spettro è completamente vestito di nero, ha una pistola infilata nella cintura e una specie di lungo coltello stretto nella mano destra. Con l'altra regge un vecchio libro aperto a metà. Mandelli sa che si tratta del *Compendio dell'arte essorcistica* di Girolamo Menghi, la cinquecentina rubata alla villa, quella con cui Niccolò Bessa Terzaghi torturava il neonato e la povera Franchina. Mentre cammina lentamente intorno alla sua vittima, Gabriele continua imperterrito a recitare la formula dell'esorcismo con uno sguardo folle dipinto negli occhi.

Amplius lava me ab iniquitate mea: et à peccato meo munda me. Quoniam iniquitatem meam ego...

«Polizia! Getta a terra il coltello e metti le mani sopra la testa, subito!»

La voce di Mandelli ha l'effetto di una frustata.

Dopo un lunghissimo momento di silenzio lo Spettro si volta e ubbidisce. Lo stiletto si abbatte sul pavimento con un fastidioso clangore metallico. Il libro invece resta ben stretto tra le sue dita.

«Commissario! È un piacere rivederla. Come sta il suo amico vicequestore? L'ultima volta che l'ho incrociato non sembrava che se la passasse molto bene» dice Gabriele distendendo le labbra in un sorriso beffardo.

Mandelli ha la tentazione di premere il grilletto e di farla finita per sempre con tutte quelle stronzate. Poi fa un respiro profondo e mantiene la calma.

«Su le mani, pezzo di merda! In alto! Adesso!» insiste puntando la Beretta verso il petto dell'uomo.

«Va bene, va bene. Non si agiti.»

Finalmente le braccia di Bessa Terzaghi si alzano.

«Non pensare nemmeno di usare la pistola» suggerisce il commissario facendo due passi in avanti. «Devi soltanto mettermi alla prova. Se mi dai il benché minimo motivo ti spedisco all'inferno a fare compagnia a tuo padre. Al tuo vero padre, intendo, non a quel poveraccio che hai chiuso in una botola a Lucca.»

Per un istante sul volto di Gabriele passa un'espressione sorpresa.

«Ah, allora avete trovato anche quello stronzo di Vannucci... un altro venduto, il mio paparino adottivo.»

«Be', sai, è il nostro mestiere... trovare i morti e i bastardi che li uccidono, quelli come te.»

«Bravi, molto bravi, niente da dire. Mi lasci appoggiare il libro, commissario, non voglio che si rovini.»

Senza dargli il tempo di replicare Gabriele si sposta all'indietro e sistema delicatamente il volume davanti alle ginocchia di Quarenghi.

«E adesso basta cazzate, faccia a terra... lentamente» ordina Mandelli facendo un altro passo in avanti, le braccia tese in posizione di sparo.

Lo Spettro sposta impercettibilmente la mano sul bordo esterno del lavello e pigia un piccolo pulsante nero. All'improvviso un fragore meccanico invade la stanza, le vasche terapeutiche si attivano e iniziano a riempirsi d'acqua calda.

Quell'inatteso diversivo è sufficiente a ingannare Mandelli, che si guarda intorno cercando di capire cosa stia accadendo. Un istante dopo torna a fissare gli occhi sullo Spettro, ma ormai è tardi. Gabriele Bessa Terzaghi si è già posizionato alle spalle di Quarenghi e ha la pistola puntata verso il commissario.

Un tuono fa vibrare la stanza e un pesante colpo di maglio si abbatte sul torace di Mandelli, catapultandolo all'indietro. Ricade a corpo morto sulla schiena e per qualche secondo annaspa, alla disperata ricerca d'ossigeno. Quando torna a respirare solleva leggermente la testa e osserva lo Spettro raccogliere il lungo coltello e avanzare inesorabile verso di lui.

La Ambrosio svolta all'improvviso e Casalegno la segue accelerando il passo. Poco dopo attraversano una porta basculante e si ritrovano nell'ampio spazio illuminato di un ambulatorio. Davanti a loro, sedute a terra, ci sono due persone in camice bianco, imbavagliate e legate schiena contro schiena.

Marica recupera un bisturi da una vaschetta d'acciaio e taglia il nastro adesivo che le trattiene.

Casalegno osserva impaziente la scena e intanto ispeziona la stanza.

« Grazie » dice una donna sui quaranta appena Marica le libera la bocca dalla striscia adesiva. « Siamo i medici di guardia, eravamo qui insieme al professor Quarenghi. Un uomo ci ha sorpresi e l'ha trascinato via con sé. Sono andati da quella parte, una ventina di minuti fa. Quel pazzo ha ordinato a Quarenghi di portarlo nella stanza dell'idroterapia. »

Nell'istante in cui la dottoressa indica la porta si sente una forte esplosione.

« Cazzo! Muoviamoci, Marica! » grida l'ispettore.

La Ambrosio alza imperiosamente una mano.

« Fermo! Non possiamo permetterci di sbagliare... » Poi si rivolge ai due medici: « Dove si trovano esattamente le vasche terapeutiche? »

« Da quella parte c'è il corridoio dell'ala ovest » risponde il dottore più anziano, « percorretelo fino in fondo e poi girate a sinistra. Vi troverete davanti a tre porte, prendete quella centrale. Una volta superata la zona degli spogliatoi, c'è la stanza dei fantasmi. La chiamiamo così perché in quei bagni si sono ammazzati due pazienti e nessuno di noi ci va volentieri, soprattutto da solo. »

« Grazie » dice Marica. « Uscite pure da dove siamo arrivati noi. Fuori dalla clinica ci sono dei nostri colleghi che si occuperanno di voi. Tenete le mani in vista e fatevi riconoscere. »

Quando i due poliziotti stanno per lasciare l'ambulatorio, la dottoressa li ferma.

« Aspettate! Forse c'è un modo per fare prima! » dice indicando l'uscita di sicurezza. « Venite, che vi spiego. »

Poi la donna si appoggia al maniglione antipanico e spalanca una porta che dà sull'esterno.

Lo Spettro lo guarda dall'alto in basso. Con la mano sinistra stringe la pistola, con la destra impugna saldamente l'artiglio, il lungo e tagliente stiletto che ha conficcato nel cuore di suo padre e dell'avvocato Cervignati, lo strumento di vendetta con cui punisce i peccatori.

La punta d'acciaio scorre sul petto di Mandelli grattando la superficie in kevlar del giubbotto antiproiettile, poi scivola sulla spalla sinistra, trapassa il maglione e gli punge la pelle. Lo sguardo del commissario risale lungo il filo della lama. Poi incontra il ghigno malefico del giovane Bessa Terzaghi e lo sfida senza paura.

Il rumore dell'acqua che continua a riversarsi nelle vasche somiglia al rombo sordo di una cascata. Nell'aria si addensa una spessa nube di vapore che si arrampica sulle pareti per poi calare come nebbia sui protagonisti di quella resa dei conti.

« Vuoi ammazzare anche me, Gabriele? Fallo, ma sappi

che i miei ti prenderanno comunque, e lo faranno prima che tu possa finire il tuo lavoro » dice indicando con il mento Quarenghi.

Sul volto del serial killer passa un'ombra di preoccupazione. Poi, senza neppure girarsi, si rivolge alla sua vittima.

« Non starlo a sentire, professore. Fra poco tocca anche a te. Prima però faccio fuori 'sto ficcanaso di un poliziotto. »

« Ti sbagli! » dice la voce calma di Caterina Dei Cas mentre si affaccia nella stanza. « Tira su quelle cazzo di mani o ti sparo senza pensarci un secondo, gran figlio di puttana! »

Gabriele alza lo sguardo. Adesso la sua faccia è una maschera di pura malvagità.

« Eccola qua! La montanara... Isabella Colaussi mi ha raccontato un sacco di cose interessanti su di te. »

Intanto lo Spettro preme sull'impugnatura dello stiletto. La punta d'acciaio penetra nel corpo di Mandelli per qualche centimetro facendolo gemere di dolore.

« Se spingo, o magari ci cado sopra morendo, il tuo caro commissario è finito. Bum! » grida, prima di iniziare a ridere istericamente.

La Dei Cas si sposta di lato, senza mai perdere di vista il suo obiettivo. Gli occhi color onice sembrano buchi neri privi di pupille. Come quelli di un rapace che ha puntato la preda e volteggia in attesa della picchiata mortale.

« Sai una cosa, Gabriele? Mi sono chiesta perché tutti parlino della tua cara mamma come di una santa... quando invece i dubbi che aveva Niccolò sulla tua nascita erano più che legittimi » sussurra Caterina incrociando gli anfibi in una danza ipnotica. « Cripto-azoospermia! È la malattia di cui soffriva il tuo vecchio. Hai presente cosa significa? »

« Smettila! Brutta stronza! » urla lo Spettro. « Smettila o lo ammazzo! »

Caterina invece ride.

« Oh! Certo che lo sai, cosa significa. Con quella patologia le possibilità di poter ingravidare una donna sono intorno al dieci percento. Dal che si deduce che tu, al novanta percento, col cazzo che ti chiami Bessa Terzaghi. E il novanta percento è tantissima roba, Gabriele. »

La Dei Cas lascia che quelle parole si mescolino al vapore della stanza e facciano il loro effetto.

« Questo tuo piano di vendetta oltre che folle è ridicolo. Tua madre era una donna giovane e bella... e sai che ti dico? Ha fatto benissimo a scoparsi qualcuno che le piaceva molto più di quello stronzo di Niccolò. Quindi tu, nel migliore dei casi, sei il figlio di un contadino o di qualche giardiniere... al massimo di un autista. Nobile 'sto cazzo, ecco cosa sei. »

Tutto detto con una calma assoluta, con il dito pronto a premere il grilletto.

« Basta! » urla Gabriele. « Basta! »

Poi non si contiene più. Incomincia a tremare di rabbia, solleva la pistola e la punta verso la Dei Cas.

« Ti ammazzo, maledetta troia! »

Quando si accorge che Bessa Terzaghi sta per sparare, Mandelli scivola in avanti e lo colpisce violentemente con il piatto dello scarponcino. Lo Spettro urla per il dolore e dalla sua pistola partono due colpi in rapida successione. Il primo si conficca nella parete alle spalle dei poliziotti, il secondo sfiora il braccio di Caterina che cade sul pavimento umido e perde il controllo della sua Beretta. Mandelli intanto raccoglie le forze e si alza a fatica da terra. Quando guarda verso Gabriele Bessa Terzaghi, però, capisce che ormai è troppo tardi. La pistola dello Spettro è già puntata sulla fronte della Dei Cas e lui non sarà mai in grado di fermarlo.

Per un istante il tempo si cristallizza.

L'urlo straziante di Mandelli è soffocato dal furioso ribollire delle vasche. All'improvviso una folata di aria gelida squarcia la nuvola di vapore che vortica nella stanza. Poi il commissario sente il boato dello sparo, chiude gli occhi per non guardare e crolla disperato sulle ginocchia.

Il locale piomba in un silenzio irreale. I motori che alimentano le vasche si spengono di colpo. Il rumore dell'acqua svanisce, sostituito da un lento sgocciolio. Nessuno fiata, si percepiscono soltanto i flebili lamenti di Quarenghi.

Finalmente Mandelli riapre gli occhi. Davanti a lui c'è il corpo di Gabriele Bessa Terzaghi. Il retro del cranio scoperchiato, l'artiglio malamente conficcato in una coscia, il ginocchio ripiegato in modo innaturale. Morto.

Una mano si posa sulla sua spalla. Mario l'accarezza d'istinto e poi incontra il bellissimo sguardo della Dei Cas.

« Adesso mi può anche licenziare » gli dice con un sorriso stanco.

« Ma... come hai fatto? »

« Non sono stata io » risponde la Dei Cas sollevando l'indice. « È stato lui. »

Il commissario Mandelli guarda verso il centro della stanza. Come in un grande numero di magia Antonio Casalegno emerge dalla nuvola di vapore con la pistola in mano. Alle sue spalle c'è il volto rassicurante di Marica Ambrosio.

« E voi due da dove sbucate? »

L'ispettore scavalca il corpo di Bessa Terzaghi, porge una mano al suo capo e lo aiuta a rimettersi in piedi.

« Forse non te l'ho mai raccontato... ma mia nonna mi diceva sempre che per chi non smette di credere le vie del Signore sono infinite. »

Mandelli scuote la testa e alza un sopracciglio. « No, mai raccontato. »

Antonio lo guarda con affetto. « Perché non ci avevo mai creduto. Be', la sai una cosa? Oggi ho scoperto che aveva ragione lei. »

IL SESTO GIORNO

83

Le luci dei lampeggianti rimbalzano sulla vegetazione del parco illuminando il frenetico andirivieni di agenti, tecnici della Scientifica e addetti della Mortuaria che fanno la spola tra la rotatoria e l'entrata della clinica. Ambulanze, volanti della polizia e auto di supporto sono parcheggiate alla rinfusa intorno al piccolo cerchio d'asfalto e ostruiscono gran parte della strada provinciale. E intanto la pioggia continua a martellare senza pietà uomini e mezzi.

« *Nobile 'sto cazzo*... Ma come ti è venuto in mente? » domanda ridendo il commissario Mandelli mentre un giovane paramedico disinfetta la ferita del viceispettore Dei Cas.

Caterina fa una smorfia di dolore che si trasforma subito in un sorriso. « Eh, lì per lì non ho trovato niente di meglio. Forse sarà un retaggio del mio anno di servizio a Roma. Però l'importante è che abbia funzionato, no? »

« Incazzare lo hai fatto incazzare, non c'è dubbio. Diciamo che ci è andata bene. Anche perché, almeno per una volta, Casalegno si è dimostrato affidabile. »

« La sua spalla invece come va, dottore? »

« È una ferita superficiale, niente di che. Invece mi fa malissimo lo sterno. Faccio fatica a respirare. Mi ha sparato da vicino, il giubbotto antiproiettile mi ha salvato la pelle ma è stata comunque una bella mazzata. Passerà... Diciamo che ho avuto la conferma che non ho più l'età per farmi sparare addosso. »

« Guardate che ho sentito tutto! Tengo a precisare che

io arrivo sempre puntuale e sono una persona affidabilissima.» Casalegno entra nella tenda di pronto soccorso con due bottigliette d'acqua. «State bene?»

La Dei Cas e Mandelli si guardano per un secondo e poi annuiscono.

«A posto così, grazie. Vada pure» dice Mario lanciando un'occhiata al paramedico, che li saluta e se ne va.

Dopo essersi fatta velocemente aggiornare sulla situazione anche la Dei Cas si congeda e raggiunge il resto della squadra.

Casalegno prende una sedia pieghevole, la apre e si piazza davanti a Mandelli.

«Tu invece come stai, Antonio?» gli chiede il commissario prima di bere un sorso d'acqua.

L'ispettore fa un profondo respiro. «Credo che uccidere qualcuno sia una cosa impossibile da razionalizzare, soprattutto a caldo. Ma sono consapevole di aver sparato per salvare voi due e quello stronzo del dottor Quarenghi. E poi abbiamo fermato quel pazzo. Mi sembrano tutti validi motivi, almeno per ora. Insomma, ho fatto quello che doveva essere fatto, come dici sempre tu. Comunque non ti preoccupare. Nel caso di future remore morali chiederò una consulenza alla Ambrosio, che ci è passata da poco.»

Mandelli annuisce e fa per dire qualcosa, ma evidentemente Casalegno non ha ancora finito.

«Parliamo un attimo di te, piuttosto. Come cazzo ti è venuto in mente di entrare là dentro da solo?»

Siccome dal suo collega non arriva nessuna risposta, Antonio prosegue dritto come un treno: «Cosa ti sta succedendo, Mario? La fuga in università, la sbandata platonica per la Locatelli, i problemi con Marisa... e poi il caso dei festini, il viceministro, i caramba e i Servizi segreti. Ultimamente mi sembri sempre pronto a inseguire qualcos'altro, sempre in cerca di una scappatoia che ti porti lontano da quello che fai... da quello che sei. La cosa che mi preoccupa è proprio questa tua irrequietezza. Un atteggiamento che non appartiene al Mandelli che ho imparato a conoscere io: solido, deciso, sicuro. Quindi adesso mi spieghi perché stanotte hai rischiato di farti ammazzare... Perché? »

Le parole di Casalegno lasciano posto al rumore della pioggia che rimbalza sulla tenda. Restano entrambi in silenzio. Poi finalmente arriva la risposta.

« Probabilmente per una serie di motivi. Non so, forse sono entrato là dentro per il senso di colpa nei confronti di Pinducciu... o per dimostrare a me stesso che sono ancora capace di mettermi in gioco fino in fondo. In questi giorni ho capito che, nonostante mi sia rotto le palle di inseguire i mostri, in realtà non posso più fare a meno di questo lavoro. Ormai è parte integrante della mia vita e mi chiedo spesso cosa farò quando dovrò lasciarlo. La cosa assurda è che questa cosa vale anche per mia moglie... io e la Isa adesso siamo legati da qualcosa di più complesso del semplice amore. Ho provato davvero a mollare tutto... ma poi mi sono reso conto che questa è la sola cosa che so fare. Quella che mi serve per sentirmi vivo. E non è una consapevolezza gratificante, credimi. »

Mandelli ha raccontato tutto d'un fiato: per levarsi un peso, per non correre il rischio di tenersi qualcosa dentro.

Poi, dopo una pausa studiata, ci mette anche un punto. « Spero che ti basti... anche perché di questa cosa non parleremo mai più. »

Antonio lo guarda con affetto. « Mi basta, Mario, mi basta. Però stabiliamo una cosa: se ti metterai di nuovo nelle condizioni di farti ammazzare come un coglione, giuro su mia figlia che chiedo il trasferimento e me ne vado. »

*

Due ore più tardi, quando l'Audi di Casalegno si ferma in via Civerchio, Mandelli guarda il portone di casa con una sensazione di sollievo. È spossato e il petto gli fa male a ogni respiro. Quando hanno incrociato Lorenzo Bencivenni sulla scena del crimine, il vecchio tricheco toscano l'ha visitato dicendo che gli sarebbero bastati due o tre giorni di antidolorifici per rimettersi in forma.

Come se dopo certe esperienze si potesse davvero tornare quelli di prima.

Mandelli si volta con una smorfia di dolore e osserva i volti delle due poliziotte sedute sul sedile posteriore. Marica e Caterina, così diverse ma anche simili tra loro, due leonesse guidate da un forte senso del dovere.

Mario le accarezza con gli occhi e poi fa un'ultima domanda a Casalegno: « Mi spieghi come avete fatto a sbucare così dal nulla? »

L'ispettore si passa una mano sulla barba prima di rispondere: « Una collega di Quarenghi ci ha suggerito una scorciatoia per raggiungere la stanza dei bagni senza passare dall'interno. Abbiamo seguito il perimetro dell'edificio fino alla porta del vano caldaie, l'abbiamo forzata e abbiamo raggiunto una porta di servizio usata di solito dai tecnici per la manutenzione. Siamo entrati da lì e abbiamo visto che per voi le cose si stavano mettendo male. Il resto lo sai. »

« Devo ammettere che è stato tutto molto scenografico » dice Mandelli aprendo la portiera.

Prima di scendere osserva la pioggia che continua a cadere impietosa e scuote la testa.

« Comunque su una cosa avevi sicuramente ragione, Antonio. È proprio un tempo di merda. »

Quando entra in camera vede che Marisa si è addormentata con la luce accesa. Spegne la piccola lampada di cortesia e si piega in avanti per darle un bacio. Una fitta gli attraversa lo sterno, e allora si accontenta di allungare le dita e di sfiorarle la fronte con una carezza. Poi si siede sul bordo del letto, sfila le pantofole e le affianca ordinatamente davanti al comodino aiutandosi con le dita dei piedi. Mette il telefono in carica e si infila sotto il piumone. Quando appoggia la testa sul cuscino chiude gli occhi e rivede il film di quella terribile notte. Pochi secondi dopo Mario Mandelli s'addormenta, senza neppure aver avuto il tempo di pensare a qualcosa di bello.

84

Si sono dati appuntamento in piazza Cadorna, sotto le tettoie che proteggono gli accessi della stazione ferroviaria e della metropolitana. Una linea di colonne rosse sostiene le pensiline e delimita l'area dei chioschi e delle attività commerciali. Sullo sfondo campeggia l'Ago, Filo e Nodo, la scultura colorata che è diventata un simbolo della laboriosa frenesia di Milano.

Quando l'uomo lo saluta sorridendo, Mandelli quasi non lo riconosce. Marcello Zurlo è in borghese, indossa una cerata verde e una coppola di velluto dello stesso colore. Dal collo penzola l'imbracatura di un tutore che sorregge il braccio ferito.

« Ciao, Mandelli. Non ti dico buongiorno perché mi viene difficile con questo tempo. È da molto che aspetti? »

« No, qualche minuto, tranquillo » risponde Mario stringendogli la mano libera.

« Sai com'è, non vorrei mai aver fatto aspettare l'uomo del giorno. »

Il commissario lo guarda perplesso.

« Quindi stamattina non hai letto le notizie o visto i telegiornali? »

« No, maggiore, di solito ne faccio a meno. Vivo bene lo stesso. Perché, cosa dicono? »

« Dicono che il commissario Mandelli e la sua squadra di cacciatori hanno eliminato il serial killer, testuale. Ovviamente sono tutti affascinati dalla trama da feuilleton. Il figlio ripudiato che si vendica del perfido nobile e dei suoi biechi compari. Carlotta Rovelli è l'eroina femminile ingannata e sedotta dal malefico cugino. E poi c'è il gran finale rocambolesco di ieri notte alla clinica. Ovviamente anche la morte della Colaussi è stata già attribuita a Sandro Nieri, alias Gabriele Bessa Terzaghi. Mentre per quegli scribacchini il ferimento del vicequestore è soltanto un incidente di percorso, un onesto funzionario di polizia vittima fortuita della furia del serial killer. Te l'ho detto, sei la notizia del giorno.»

«Vittima fortuita un cazzo» sibila Mandelli. «Ma invece della tua sparatoria e degli omicidi di Bergamini e Di Vita non scrive nessuno?»

«Siamo finiti in cronaca nera, oscurati dal caso Bessa Terzaghi. Insomma, tra le notizie da pagine interne. Il fattaccio di viale Piceno derubricato a feroce regolamento di conti, mentre l'uccisione del commercialista viene descritta come un'esecuzione mafiosa nel centro di Milano. I titoli più o meno sono quelli. Roba che non fa abbastanza scalpore se paragonata al tuo drammone famigliare. Sì, certo, abbiamo i ragazzi della Milano bene che si improvvisano imprenditori del crimine lasciandoci le penne e le tristi storie della Malipieri, della De Bellis e di quel mentecatto di Bergamini. Ma sono tutte notizie che durano al massimo pochi giorni, più che altro utili a rompere i coglioni al sindaco sul tema dell'intollerabile violenza metropolitana, e di cui in realtà alla fine non frega un cazzo a nessuno. Del rapimento di Alba invece sui media non c'è traccia, è come se non fosse mai avvenuto.»

«I Servizi sono proprio una bella impresa di pulizie... ma meglio così, soprattutto per la ragazza. Mattia Tondelli, invece, che fine ha fatto?»

«Le telecamere della stazione Centrale lo hanno ripreso ieri sera mentre usciva dal deposito bagagli. Poi è stato segnalato sull'ultimo treno per la Svizzera. Probabilmente la banda aveva portato i soldi oltre confine e lui è andato a ritirare il malloppo in qualche banca. Ma lo beccheremo, anche se quel ragazzo è in gamba. Credo che prima o poi ci farà avere qualche informazione utile a incastrare i figli di mignotta che hanno fatto fuori i suoi amici. Vedremo se mi sbaglio. »

« Veniamo a noi » dice Mario guardandolo negli occhi. « Quando lo hai trovato? »

Marcello Zurlo infila la mano destra nella tasca della giacca, estrae un foglio ripiegato in quattro e lo passa a Mandelli.

« Ieri notte, mentre tu eri sul set di *Rambo*. Per la verità lo hanno trovato i miei, in una cartella criptata nel computer di Di Vita. »

Il commissario lo legge attentamente e fa un sospiro. Poi lo restituisce a Zurlo.

« Andiamo, anche se piove facciamo due passi, così nel frattempo ci schiariamo le idee. Tanto da qui sono solo dieci minuti. »

Il viceministro Andrea Locatelli si alza dalla scrivania e va a salutarli con un sorriso scintillante. Stringe le mani dei due investigatori e li fa accomodare su un bel divano di velluto bordeaux, mentre lui sprofonda comodamente in un'elegante poltrona.

« Sono lieto che siate passati a trovarmi, avevo comunque intenzione di invitarvi a cena nei prossimi giorni. Quello che avete fatto per noi è impagabile. Io e la mia famiglia vi saremo per sempre debitori » dice con un tono di sincera gratitudine. « Approfitto di questo incontro inatteso per complimentarmi con entrambi per la risoluzione dei vostri casi. Lei, commissario, è l'uomo del giorno... non me ne voglia, maggiore. »

« Ci mancherebbe, signor viceministro. Ho detto anch'io la stessa cosa al dottor Mandelli poco fa. »

« Intanto posso offrirvi un buon caffè? »

Mario risponde stirando un sorriso imbarazzato.

« No, grazie. Come sta Alba? »

« Bene, grazie a Dio! Oggi dovrebbe tornare a casa, credo in serata. Era soltanto molto stanca e scioccata, ovviamente. »

« Ovviamente » commenta laconico il commissario.

Passa un intero minuto senza che nessuno dica nulla. La pioggia pizzica i vetri dello studio e il ticchettio metallico di un'antica pendola misura i secondi che scorrono.

Alla fine è Locatelli a parlare per primo.

« Ditemi perché siete qui, per favore. Il vero motivo. »

Zurlo infila una mano nel tascone della sua cerata inglese. Poi passa il foglio ripiegato a Mandelli, che lo consegna al viceministro. Una fitta trafigge lo sterno del commissario che fatica a mantenere un'espressione neutra.

Andrea Locatelli dispiega il foglio, lo legge e lo ripiega immediatamente.

« Cosa significa? » dice asciutto, quasi tagliente.

Tocca a Zurlo rispondere. « È una nota amministrativa che attesta una donazione di trentamila euro al suo comitato elettorale. Per la precisone, a sostegno della sua candidatura alle elezioni politiche del 2013. La donazione venne effettuata da una società gestita da Alfredo Di Vita, il commercialista che proprio ieri è stato ucciso da un cecchino nel centro di Milano. Cecchino che, tra l'altro, ha rischiato di far fuori anche me e l'agente scelto Ambrosio. Ma il problema più grave è un altro. La holding in questione ha sede in Lussemburgo ed è, di fatto, una scatola societaria in cui confluiscono i proventi illeciti di crimini riconducibili alle 'ndrine calabresi che operano a Milano e in

Lombardia. Insomma, riciclaggio di denaro sporco, droga, prostituzione, gioco d'azzardo, usura e tutto il repertorio.»

L'eco delle parole del maggiore rimbomba per qualche secondo nell'aria profumata dello studio.

«Grazie di avermelo segnalato» dice calmo Andrea Locatelli. «Ovviamente io non ne sapevo nulla, in caso contrario avrei sottoposto la questione alle autorità giudiziarie. All'epoca non ero io a occuparmi della raccolta dei finanziamenti. Avevo appositamente creato una fondazione insieme a un pool di professionisti che mi sostenevano. Erano alcuni di loro a tenere le relazioni con i donatori. Mi auguro che questo basti a chiarire la situazione e a fugare qualsiasi vostro dubbio. Ma vi assicuro che approfondirò.»

«Balle» dice secco Mandelli.

«Come osa, commissario! Al netto della gratitudine che la mia famiglia le deve, non le permetto di parlarmi così! Si ricordi con chi ha a che fare... sempre che a lei interessi avere un futuro professionale sereno.»

Zurlo si alza di scatto.

«Lei sta minacciando un funzionario di polizia davanti a un testimone, dottore. Davvero crede che le convenga proseguire su questa linea?» La voce del maggiore è un tuono che scuote le pareti della stanza. «Ieri un uomo pagato dai suoi finanziatori occulti mi ha sparato addosso e mi ha quasi ucciso! Pensa che mi faccia paura continuare a indagare su di lei?»

Mandelli alza una mano.

«Calmati, Marcello. Al di là delle inutili minacce alla carriera ormai segnata di un vecchio commissario di polizia, credo che al signor viceministro non convenga in alcun modo rendere pubblica questa vicenda. Quindi, a meno che tu prossimamente non trovi qualcosa di ancor più rilevante sul suo conto, suggerirei una soluzione equa per tutti.»

Zurlo si volta e gli lancia uno sguardo interrogativo.

«Cosa vuoi dire?»

«Già, cosa vuole dire, commissario?» lo incalza a sua volta Locatelli.

Mandelli si mordicchia la cicatrice e poi fa un sorriso cattivo.

«Un patto tra gentiluomini, caro Andrea. Uno scambio di favori.»

«Mario!» esclama Zurlo.

«Tranquillo, Marcello, nulla di compromettente per noi.»

«Cosa vuoi da me, Mandelli?» sibila il viceministro.

«Una cosa molto semplice, in realtà. Voglio che non ti presenti alle prossime elezioni comunali. Voglio che rinunci all'idea di essere il sindaco della mia città.»

Dieci minuti dopo camminano affiancati verso corso Sempione. Percorrono un centinaio di metri in silenzio e poi Zurlo alza il mento.

«Credi che lo farà? Pensi davvero che rinuncerà a candidarsi?»

«Prima di andare a casa sua avevo dei dubbi. Adesso invece ne sono certo. Per due motivi, Marcello. Il primo è che, secondo me, oltre al finanziamento per la campagna politica sotto c'è molto altro. Schifezze ben peggiori che a Locatelli non conviene far venire a galla, grandi interessi economici che non oserebbe mai mettere a rischio, se no gli farebbero la pelle... perlomeno, politicamente. Sai bene che se filtrasse la notizia di quella donazione i segugi della stampa si scatenerebbero e finirebbero per scoperchiare un vaso di Pandora che a molti invece conviene tenere ben chiuso.»

«E il secondo motivo?» chiede il maggiore.

«Il secondo si chiama Alba Locatelli. Se questa storia

diventasse di dominio pubblico la perderebbe per sempre, e lui lo sa. Sono certo che lei mi chiederebbe spiegazioni e guardandomi negli occhi capirebbe che le sto dicendo la verità. Non lo perdonerebbe mai. E questo è un rischio che il viceministro non può correre. Tu tieni al sicuro quel foglietto e i file da cui lo hai ricavato, sono la nostra assicurazione. »

La roboante risata di Zurlo riempie la strada.

« Già fatto, Mandelli. Prima del nostro incontro ne ho spedite alcune copie alla tua e-mail privata. Così tieni al sicuro la tua parte di polizza. »

« Sei proprio un gran figlio di buona donna, maggiore. »

Quando arrivano all'inizio dell'area pedonale di corso Sempione i due uomini si guardano imbarazzati. Zurlo allunga il braccio sano e appoggia la grossa mano sulla spalla del commissario.

« Stammi bene, Mandelli. Salutami quel portento di Marica... ci si vede in giro. »

« Ci si vede, maggiore. Stammi bene anche tu. »

85

Appena varca la soglia della questura i due piantoni scattano sull'attenti, manco fosse arrivato il presidente della Repubblica. Mandelli sventola una mano per fermare quel saluto inatteso, incassa la testa tra le spalle e arrossisce.

« Comodi, comodi. Evitiamo 'ste cose, per favore » sussurra tra i denti.

Gli agenti restano dritti in piedi, mentre anche l'ufficiale in comando esce dal gabbiotto e si unisce a loro. Mario gira intorno alla sbarra e taglia veloce per il cortile, dove un gruppo di vecchi colleghi che stava chiacchierando vicino alle auto di servizio si mette in riga e lo gratifica con una parata di sorrisi sinceri. Il commissario li ringrazia con un mugugno e finalmente entra tra le mura della sua seconda casa, mettendosi al riparo da quelle inusuali manifestazioni di rispetto.

Quando raggiunge il piano che ospita gli uffici della squadra, nel corridoio trova uno strano silenzio. La stanza degli agenti è vuota e anche in quella di Casalegno non vede nessuno.

« C'è ancora qualcuno che lavora in questa squadra? » grida nel corridoio deserto.

All'improvviso la porta del suo ufficio si apre e fa capolino la faccia barbuta di Antonio.

« Ma dov'eri finito? Vieni, dai! Che i ragazzi vogliono festeggiare e farti i complimenti. »

Mario Mandelli congiunge le mani e le muove avanti e indietro in un gesto di diniego.

«Ho capito, oggi è la giornata delle pirlate» dice entrando.

Poi, appena varcata la soglia, li vede tutti lì, in piedi davanti a lui. Senza bottiglie o pasticcini, senza ilarità gratuite o sorrisi di circostanza. Una serie di volti amici, la sua squadra. Gente semplice ma speciale, partecipe e sincera, sempre pronta al sacrificio. Il commissario fatica a trattenere l'emozione. Un altro assassino che non può più nuocere a nessuno, un altro caso da archiviare, altri rapporti da compilare. La routine professionale che riprende, in attesa del prossimo giro di giostra. Mandelli si siede dietro alla scrivania e borbotta qualcosa, poi mette insieme una specie di sorriso e li guarda compiaciuto, ringraziandoli uno a uno per il lavoro svolto. Va tutto bene finché non incrocia lo sguardo di Giuseppe Santosuso. L'agente semplice non dice nulla, la sua consueta incandescenza vesuviana è mitigata da una commozione priva di parole. Al posto dei soliti lazzi due lacrime di gioia scivolano sul volto scarno. Le stesse lacrime che qualche istante dopo inumidiscono gli occhi del commissario.

Nel primo pomeriggio, dopo l'inevitabile visita ai piani alti dove ha raccolto pacche sulle spalle, complimenti e perso tempo in inutili convenevoli, Mario finisce di scrivere il rapporto e si appoggia alla poltroncina con le mani intrecciate dietro la nuca. Guarda fuori dalla finestra: finalmente non piove più, sembra addirittura che un pallido sole si stia facendo largo tra nuvole complici.

Dopo qualche secondo Mandelli sente bussare e il volto di Caterina Dei Cas si palesa oltre il filo della porta. Mario le fa segno di sedersi.

«Dimmi una cosa, Caterina... lasciando per un attimo da parte il fatto che stavano per ammazzarti, sei contenta di questa tua prima esperienza con noi? » le domanda a bruciapelo.

Il viceispettore mette in mostra la bianca chiostra di denti e sorride. « Siete una squadra bellissima... siamo, mi permetta. Se lei è d'accordo, per me sarebbe davvero un onore continuare a farne parte. »

« Mai avuto dubbi. Per cui ti tocca rimanere, sempre che tu riesca a sopportare Casalegno. »

Caterina ridacchia.

« Ho visto anche di peggio, non è poi così male. Ci si può lavorare. »

« Cosa volevi dirmi? » chiede Mandelli indicando la busta sgualcita stretta tra le dita della Dei Cas.

« Si ricorda che mi aveva detto di occuparmi degli effetti personali di Gabriele Bessa Terzaghi? » chiede lei improvvisamente seria. « Ecco... l'ho fatto. Stamattina, prima di archiviare tutto e mandare le scatole in procura, ho ricontrollato per scrupolo. Ho trovato questa nascosta nella tasca interna di una giacca... mi è sembrato importante fargliela avere. »

Mandelli apre la busta e inizia a leggere un foglio fitto di frasi scritte a mano.

« Oh, merda! »

« Ho detto anch'io la stessa cosa, dottore. Che cosa facciamo? »

Il commissario posa il mento sulle mani intrecciate e riflette per un po'. « Allora, Caterina » dice, « ho bisogno che tu mi aiuti a capire cos'è successo veramente quella notte di tanti anni fa. Mi basta avere una conferma generica, un legittimo sospetto, anche perché dubito che troveremo elementi sufficienti per arrivare a un'incriminazione. In ogni caso sentirò il giudice Arnaboldi. Voglio andare in fondo alla faccenda, è una cosa che dobbiamo a molte persone, primo fra tutti a Pinducciu. Tu parlane subito a Casalegno, ma desidero che i nostri lo sappiano. Soltanto i nostri, però, nessun altro. »

La Dei Cas annuisce e si alza. Prima che esca dalla stanza Mandelli la ferma.

« Caterina, il libro... il *Compendio* di Girolamo Menghi... non metterlo a referto. Portalo a me, per favore. Mi serve. Mi prendo io la responsabilità. »

La caposala lo scorta fino alla camera, gli ribadisce il limite di cinque minuti di visita mostrandogli una mano aperta e se ne va con un sorriso gentile.

Mandelli apre delicatamente la porta e resta lì per un attimo a osservare quella scena intollerabile. Salvatore Pinducciu è disteso su un letto regolabile con la testata leggermente rialzata. Un groviglio di tubi, tubicini e sacche di plastica trasparenti avviluppa il suo corpo in una specie di ragnatela sintetica e dai macchinari posizionati ai lati della testa proviene un costante ronzio intervallato da bip regolari. Mario si avvicina lentamente e appoggia le mani sulla sponda del letto. Il colorito del vicequestore è terreo, con gli occhi chiusi assomiglia davvero ai volti nuragici scolpiti nella pietra.

« Ciao, Salvatore » sussurra Mandelli nella penombra della stanza.

Rimane qualche istante in silenzio, poi prende una sedia da sotto la finestra, l'avvicina al bordo del letto e si siede.

« Lo stronzo che ti ha accoltellato era Gabriele Bessa Terzaghi, il figlio segreto di Niccolò. Lo abbiamo preso, sai? In realtà lo ha preso Casalegno, letteralmente... ieri notte gli ha fatto un buco in testa... No, non ti preoccupare, non gli ha sparato a sangue freddo. Magari lo avrebbe anche fatto volentieri, ma è stato costretto. Quel bastardo stava per uccidere il viceispettore Dei Cas... e dopo forse sarebbe toccato a me. Anzi, sicuramente.»

In risposta arrivano soltanto il ronzio del monitor e il respiro regolare di Pinducciu.

Pochi istanti dopo il commissario si alza e va ad aprire la finestra. Rovista nelle tasche della giacca e tira fuori una scatola di sigari toscani. Poi picchietta sul fondo e ne estrae uno. Recupera un accendino e dà due tirate decise. Soffia il fumo tra le ante, ben attento a non farlo disperdere verso il letto del vicequestore.

«Ma non abbiamo ancora finito, Salvatore, o almeno non del tutto» dice guardando verso il cielo che si sta lentamente oscurando. «Manca ancora un piccolo sforzo per arrivare all'ultima verità. Ci servirà per capire come sono andate davvero le cose e magari ti aiuterà a guarire. Forse non cambierà l'esito della storia ma darà un senso al tuo sacrificio e attribuirà a ciascuno le proprie colpe.»

Il commissario fa ancora un tiro di quel tabacco acre e scuro, poi affoga il sigaro in un bicchiere d'acqua e richiude la finestra.

«Tutto il resto te lo racconterò appena tornerai... e parleremo anche di molte altre cose, di tutto quello che vorrai. Ricordati che mi devi far assaggiare quel famoso filu 'e ferru al finocchietto. Ah! A proposito... Lascio qui i tuoi sigari, così quando ti risvegli magari te ne accendi uno. Ci vediamo presto, Salvatore.»

Un minuto dopo, quando la porta si chiude alle spalle di Mario Mandelli, nel controluce della camera volteggia un sottilissimo filo di fumo azzurro.

Il campanello suona intorno alle ventidue e venti. Antonio fa un salto nel letto e guarda Caterina con aria interrogativa.

« Chi cazzo è a quest'ora? » dice preoccupato mentre il suo pensiero vola subito a sua figlia Valentina.

La Dei Cas si gira sul fianco con una faccia perplessa.

« Secondo me la soluzione migliore è andare a vedere, così uno si toglie il pensiero. »

Casalegno scivola fuori dal letto, calza le infradito e tira l'anta scorrevole della camera. Un minuto dopo si presenta davanti alla porta blindata con i boxer stropicciati e una vecchia maglietta dei Rolling Stones. Strizza un occhio e accosta l'altro allo spioncino. Lì per lì non capisce, o forse si rifiuta di capire. Poi si controlla l'alito mettendo una mano davanti alla bocca, si schiarisce la gola, prende coraggio e apre.

Il viso di Stefania Sileri lo osserva dalla soglia con uno sguardo neutro e privo di aggressività.

« Ciao Antonio, posso entrare o mi lasci qui sul pianerottolo? » gli chiede con un sorriso tirato.

« Ah, sì, certo. Scusa » dice lui spostandosi di lato.

La dottoressa trascina un grosso pacco rettangolare dentro casa e si toglie l'impermeabile.

« Scusa l'ora, ma ho finito tardi. Ieri notte alla clinica ci avete procurato un bel po' di lavoro. Ho dovuto supervisionare l'operato della mia sostituta. È una molto in gamba, ti piacerà. »

Casalegno chiude la porta e la guarda un po' imbarazzato.

« Accomodati. » Le indica il tavolo al centro della stanza.

« No, Antonio, è questione di pochi minuti. Anche perché immagino che tu non sia solo... » risponde guardando verso le scale della camera.

Davanti al suo silenzio, la Sileri continua.

« Non ti preoccupare, sono felice se tu sei felice. Lo sarò sempre » dice mordendosi le labbra. « Come state, piuttosto? Ieri dev'essere stata dura. »

Antonio rilassa le spalle e la guarda dolcemente, più di quanto vorrebbe.

« Sì, è stata tosta. Io ho ucciso un uomo e non ho ancora preso coscienza dell'enormità di questa cosa. Ma accadrà, inevitabilmente. Caterina... cioè... la Dei Cas... sta bene. Una ferita superficiale al braccio, le resterà una cicatrice per ricordo. Un po' com'è successo a te, buffo no? » dice guardando il segno sotto il mento di Stefania.

« L'hai salvata. Hai salvato lei e Mario. So come ci si sente nei loro panni. Sono vivi per merito tuo, pensa a quello se arriveranno i rimorsi. Soltanto a quello. »

« Tu non ne hai, di rimorsi? » chiede lui con la voce roca.

« Se ti riferisci a noi è ovvio che ne ho. Ma ho fatto una scelta, ci ho pensato tanto e adesso non ho rimpianti. So che a modo nostro ci siamo amati. Per un po' abbiamo generato luce. Adesso quella luce si è spenta ma non per questo ha perso il suo significato. Il mio era un sentimento sincero e credo che l'amore vero non si possa mai disconoscere. »

Stefania ricaccia indietro le lacrime.

« Scusa, troppo sdolcinata... non è da me. »

« Sì, in effetti non è proprio da te. »

« Parto domani sera, Antonio. Volevo semplicemente salutarti e portarti quello » dice Stefania accennando al pacco.

Antonio si accarezza la barba, si china sull'involucro di carta e lo apre. Quando vede comparire il quadro di Renato Birolli ha un tuffo al cuore. È un'opera d'arte che per Stefania ha un enorme valore sentimentale e che lui ha sempre amato. Spesso, a casa sua, restava per ore davanti a quella tela, ad ammirarla incantato. Un quadro che gli riscalda l'anima, un fuoco di colori che divampa come un incendio estivo.

« Ma... è troppo. Non posso accettarlo, Stefania. È davvero troppo » dice imbarazzato.

« Mi fa piacere pensare che lo abbia tu, Antonio. Trattalo bene, come il ricordo di noi due. »

Stefania fa un passo in avanti e lo abbraccia fortissimo, poi accosta le labbra alle sue ma Casalegno sposta impercettibilmente la testa all'indietro.

Lei si allontana e va verso la porta. Poi lo guarda sorridendo ed esce dalla sua vita.

Epilogo

Due giorni dopo, alle otto e un quarto del mattino di una splendida giornata di sole, l'auto di Antonio Casalegno sfreccia a centotrenta all'ora lasciandosi alle spalle il panorama di Courmayeur.

«Qualche anno fa venivo a sciare qui con una che viveva da queste parti» dice Antonio indicando gli impianti di risalita e la ragnatela di piste che si dirama sul versante opposto.

«Sì, mi immagino proprio le sciate che facevate tu e la bella valdostana» commenta asciutto Mandelli.

«Oh! Devi smetterla di trattarmi come un maniaco sessuale. Sciavamo eccome, io e Monique. Pensa che mi ricordo ancora i nomi delle piste: le Rocce Bianche, Aretù, la pista del Cervo...»

«Monique era sposata, vero?»

«E tu come fai a saperlo?»

«Mi ha insospettito la pista del Cervo» dice il commissario guardando verso i picchi innevati che scorrono davanti al parabrezza.

«Sei davvero un cretino, Mario. La prossima volta col cazzo che ti salvo. E comunque, adesso che ci penso, hai ragione... non è che io e Monique sciassimo poi così tanto.»

«Ecco, vedi che sei un maniaco sessuale? Guida, va', che è meglio. Svegliami quando usciamo dal traforo del Monte Bianco, che quel buco del menga mi fa sempre venire la claustrofobia.»

*

« Svegliati, Mario! Siamo arrivati. »

Il commissario sposta il cappello da pescatore dalla fronte e si guarda intorno ancora mezzo addormentato.

« Ma dove siamo? »

Casalegno sghignazza e sventaglia la mano verso la città.

« *Et voilà... Genève.* »

Mandelli riconosce il lungolago, con il getto d'acqua che si impenna sulla superficie azzurra e sale verso il cielo, dove si arriccia in una nuvola di vapore.

« Ma perché non mi hai svegliato prima? »

« Perché non c'è mai stato un prima. Hai dormito come un sasso dall'Italia, manco al casello ti sei svegliato. E tra l'altro russi come un mantice, non so proprio come faccia quella santa donna di Marisa. »

Il commissario si appoggia al cruscotto, osserva l'andamento ordinato e flemmatico del traffico elvetico e poi guarda l'ora.

« Hai già impostato l'indirizzo esatto? »

« Certo, mentre tu sognavi di danzare nudo sugli alpeggi. Rue des Bains, 50 » risponde Casalegno picchiettando sullo schermo.

« Bene. Allora prima di andare prendiamoci un caffè e qualcosa da sgranocchiare... che poi è un eufemismo per dire che devo pisciare. »

Sono in attesa da più di mezz'ora sull'altro lato della strada. Hanno posteggiato accanto a una caserma dei pompieri che somiglia a un museo d'arte moderna. Il sole intanto si sta alzando in verticale nel cielo azzurro di Ginevra e i suoi raggi tiepidi si riverberano contro i vetri a specchio degli edifici.

« Non dirlo, so che lo stai pensando » fa Mandelli schermandosi gli occhi con la mano.

« Cosa? » chiede Antonio senza perdere di vista il portone.

« Che per trovare un po' di sole in questo novembre di merda dovevamo portare il culo in Svizzera. »

« In realtà stavo pensando che quest'estate potremmo venire al mare qui. »

Per il minuto successivo ridono come due cretini.

« Eccola! » dice Mario all'improvviso.

Carlotta Rovelli scende da un'elegante auto nera e poco dopo scompare dentro gli uffici della sua fondazione.

« Sei pronto per lo spettacolo? » chiede Mandelli prendendo un pacchetto dal sedile posteriore.

« Non vedo l'ora che inizi! »

Pochi secondi dopo escono dall'auto e attraversano la strada di corsa.

Se nell'atrio della Fondation Luigi Rovelli fossero entrati due alieni probabilmente avrebbero destato meno scalpore. La coppia di giovani magrissimi e biondissimi che presidia il banco per l'accoglienza li osserva con un'espressione inorridita. Quello in piedi si mette una mano davanti alla bocca e dice qualcosa al suo clone seduto accanto a lui. Dev'essere una battuta davvero divertente visto che ridacchiano apertamente.

Casalegno si liscia la barba e sbuffa, poi avanza deciso.

« Buongiorno, polizia italiana. Cerchiamo la signora Rovelli. »

Quello in piedi lo guarda come se gli avesse parlato in gallese arcaico, sbatte gli occhi azzurri e inclina la testa da un lato. Prima che l'ispettore lo sbrani, l'altro efebo ginevrino si alza e si spiega in un faticoso italiano.

« Buongiorno, scusate ma Heinrich non parla italiano, è tedesco. La signora Rovelli non credo che è già arrivata. Devo chiedere a sua assistente. »

Mandelli appoggia i gomiti sul fragile ripiano di cristallo e guarda i due lanzichenecchi con un sorriso pericoloso.

« Allora ci accontenteremo della sua sosia, quella che è entrata due minuti fa. »

Poco dopo una bella donna bruna li accompagna lungo un corridoio illuminato dall'alto. Su cubi di altezze diverse sono posizionate strane opere chiaramente realizzate dalla stessa mano. Sono statue d'acciaio brunito che raffigurano busti e volti orrendamente deformati. Il particolare gioco di luci che proviene dalle basi fa sì che sembrino teste e monconi di corpi sospesi nel vuoto.

Si fermano davanti a una porta di legno chiaro contrassegnata da una targa, SALLE D'EXPOSITION.

Carlotta Rovelli è seduta a un lungo tavolo da riunione, circondata da fogli, bozzetti e pile di cataloghi d'arte. Alza gli occhi, fa un sorriso triste e dice qualcosa in francese alla sua assistente. Quando la porta si chiude, si alza e li saluta, poi indica due posti sul lato più corto del tavolo e torna a sedersi insieme a loro.

« L'ultima cosa che mi aspettavo era di vedervi a Ginevra. Immagino che non siate qui per turismo. Spero solo che non ci siano altre brutte sorprese. Per me gli ultimi giorni sono stati già abbastanza scioccanti, direi. E penso che anche per voi non sia stato facile in quella clinica... ho visto i telegiornali... spero stiate tutti bene » dice con apparente sincerità.

Il commissario Mandelli si tocca istintivamente il petto, posa un pacchetto sul tavolo e guarda dentro gli occhi verdi della Rovelli.

« Per fortuna, sì, stiamo tutti bene, grazie al qui presente ispettore Casalegno. »

« Infatti... ho letto che è stato lei a sparare a Gabriele » dice la Rovelli spostando i due smeraldi su Antonio.

« Sono stato io, sì. E per adesso non me ne sono ancora pentito » precisa tagliente.

La gallerista sospira, chiude un grosso catalogo e passa il palmo della mano ingioiellata sulla copertina.

« Ditemi. »

Mario spinge il pacchetto verso la donna.

« Siamo venuti a portarle questo. Adesso appartiene a lei, come l'intero patrimonio di suo zio. Ci sembrava giusto farglielo avere visto che per la vostra famiglia è un oggetto significativo. »

Carlotta prende il pacchetto e lo apre con un piccolo tagliacarte. Appena comprende di cosa si tratta, si ritrae come se avesse visto uno scorpione.

« Lo ha riconosciuto, quindi » commenta Mandelli mordendosi la cicatrice.

La Rovelli spinge l'oggetto con due dita verso il centro del tavolo.

« Un'ossessione di mio zio, Girolamo Menghi. Quel libro è una maledizione, non lo voglio. Se lo riporti pure a Milano, commissario. »

« Quindi sa anche che suo zio lo riteneva uno strumento educativo. Con lei lo ha mai usato? »

« Non ne ha avuto modo. E in ogni caso mia madre glielo avrebbe impedito » ribatte la donna contraendo la mandibola. « Mi dica per favore il vero motivo che vi ha portati qui. Ho molto da fare. »

Mario infila la mano in tasca ed estrae un foglio spiegazzato, poi inizia a leggerlo lentamente.

Caro amore mio,

finalmente intravedo la fine del nostro faticoso progetto. Ti scrivo queste parole prima che sia troppo tardi, prima di andarmene per sempre. Perché ormai mi trovo davanti all'ultima salita. Un Golgota su cui vedo innalzarsi lentamente le croci di tutti i maledetti che hanno masticato il cuore di mia madre. Quelli che mi hanno volutamente destinato all'oblio, costringendomi a una vita che non era la mia, togliendomi tutto quello che conta. Il nome e il destino. Come sai ho sempre nel cuore i tre sentimenti che mi hanno tenuto vivo nei momenti più difficili: la tristezza, la vendetta e l'amore. L'ultimo me lo hai donato tu, superando tutte le stupide convenzioni sociali, amandomi per ciò che sono, andando al di là dei limiti imposti dal mio vero cognome e dal nostro legame di sangue. Presto morirò, perché è questo che accadrà, e allora voglio che tu sappia che prima di incontrare te la mia vita era soltanto un'arida distesa d'inferno. Adesso però bisogna che io concluda la nostra vendetta, perché entrambi abbiamo sofferto per troppo tempo: per troppi anni abbiamo pianto e maledetto. Lui ci ha portato via i nostri genitori, e perciò ha pagato per primo. Il mio regalo per te è stato fargli confessare l'omicidio durante le tremende torture che gli ho inflitto. Ora mi aspetta il sacrificio finale, per mondare con il sangue dell'ultimo aguzzino il luogo maledetto in cui mia madre si tolse la vita. Per me sarà la cosa più difficile. Vedere quel posto, percepire la sua presenza attorno a me. Quando mi assalirà la paura penserò a te, a quei tuoi occhi luminosi e pieni d'amore che mi hanno dato tanta forza. Ti amo con tutto il cuore, tuo Gabriele.

Mandelli ripiega il foglio e ci mette sopra le mani. Le labbra di Carlotta sono ridotte a una striscia sottile, gli occhi luccicano di pianto e rabbia.

«Lei sapeva benissimo chi era Sandro Nieri. Sapeva che in realtà si chiamava Gabriele Bessa Terzaghi ed era suo cugino. E soprattutto condivideva il suo folle progetto di vendetta» sussurra Mario senza perdere il contatto visivo con la donna.

La Rovelli scuote la testa e alza il mento in un'espressione sprezzante.

«Quelli sono i deliri di una mente folle, commissario. La prospettiva malata di Gabriele, la proiezione delle sue fantasie. Nient'altro.»

«Nella lettera c'è un esplicito riferimento alla morte di suo padre, signora Rovelli. Lui lo definisce un omicidio» le dice Casalegno.

«Certo, è ovvio!» sbotta la gallerista. «Gliene ho parlato, tutti quelli che mi conoscono sanno che la storia dell'incidente di mio padre non mi ha mai convinta. Ma pensare che sia stato mio zio a volere la sua morte mi pare un pensiero ascrivibile solo alla follia di Gabriele. Era un pazzo, ispettore! Lei dovrebbe saperlo meglio di tutti, visto che per fermarlo ha dovuto ucciderlo.»

«Purtroppo per lei abbiamo anche i suoi tabulati telefonici» dice Mandelli.

«E allora?»

«E allora abbiamo incrociato i dati con quelli del cellulare usa e getta che abbiamo rinvenuto addosso al cadavere di Gabriele. Abbiamo trovato traccia di una chiamata partita dal suo telefono verso quel numero. Una conversazione durata poco meno di dodici minuti, durante il pomeriggio di lunedì scorso.»

«Ma io...»

«E sa quando è avvenuta esattamente quella chiamata?» la interrompe il commissario. «Nei dodici minuti prima che noi entrassimo nella sua galleria con le pistole spianate. Ricordo bene l'istante in cui ha lasciato cadere il suo telefono sul tappeto. Lei stava parlando con lui! E invece a noi ha rifilato tutta la sceneggiata della cugina sorpresa e disperata. Quindi non ci racconti più cazzate, per favore. Non siamo venuti fin qui per farci prendere ancora per il culo.»

Dopo un attimo di smarrimento Carlotta stringe gli occhi e sorride acida.

« E se anche fosse? E se anche avessi scoperto che era mio cugino? Credo che non sia compito vostro valutare con chi mi piace andare a letto. E soprattutto che sia mio diritto mantenere il segreto su una relazione così... particolare. Ciò non toglie che mi abbia scioccato sapere le cose tremende che ha fatto Gabriele. Cose di cui ovviamente io ero all'oscuro. Questo è tutto, direi, il resto sono vostre ipotesi e supposizioni che vi sfido a provare. »

« Ha ragione, purtroppo » ammette amaramente Mandelli. « Ma io oggi non sono qui per arrestarla e mandarla in galera, dove tra l'altro una come lei meriterebbe di marcire. Di quello semmai si occuperanno i giudici, anche se dubito che riusciranno a contestarle qualcosa di più del semplice favoreggiamento. Io invece sono qui per conoscere la verità. Per me, per la mia squadra, per il vicequestore Pinducciu. »

« Ma è quella che vi ho raccontato, la sola verità. Andavo a letto con mio cugino e mi piaceva... e allora? Voi vivete nel vostro piccolo mondo fatto di convenzioni sociali e regole che non hanno alcun senso. Io no, semplice. »

Il commissario si prende tutto il tempo necessario, poi fa un'espressione disgustata e cala il colpo mortale.

« C'è un'ultima cosa che deve sapere, Carlotta. Io e il giudice Arnaboldi abbiamo chiesto di riaprire ufficialmente l'indagine sull'incidente stradale in cui morì suo padre. Il viceispettore Caterina Dei Cas ha studiato il fascicolo e ha trovato diverse anomalie nei rapporti. È emerso che un dirigente della questura di Como falsificò le perizie tecniche sui freni dell'auto. Per fortuna è ancora vivo e ora lo stanno interrogando. Parlerà. E sa cosa ci dirà? Che fu Cervignati a pagarlo, per conto di Niccolò Bessa Terzaghi. Finalmente verrà fuori la verità, così tutto il mondo saprà che il suo amato padre fu ucciso da suo zio, come lei aveva sempre sospettato. »

Carlotta Rovelli sbianca, il suo mento inizia a tremare.

« Che brutta reazione, eppure dovrebbe essere contenta » commenta Casalegno rivolgendosi con un ghigno al collega.

« E invece non lo è, Antonio » dice Mandelli. « E sai perché? Perché in quel caso tutti i suoi sacrifici saranno stati vani. Andare a letto con suo cugino, condividere i suoi folli progetti di vendetta... gli anni passati a fingere... la fatica fatta per sostenere quella recita davanti a noi, compreso il gran finale con l'imbeccata sulla clinica... tutto inutile. Se avesse davvero voluto, alla signora bastava semplicemente far riaprire il caso. Magari pagare un avvocato, invece di farne ammazzare uno. »

« Basta! » sibila la Rovelli.

Mandelli invece va dritto per la sua strada. Implacabile.

« Ma io so perché non l'ha fatto. Adesso, finalmente, conosco la verità » dice il commissario sporgendosi in avanti.

« Basta... Fuori di qui! » ribadisce la donna con un filo di voce.

« La verità è che lei sapeva già tutto. Da molto tempo. Forse glielo aveva confessato sua madre prima di morire, o glielo aveva suggerito Enrichetta Isella durante le sue visite alla residenza per anziani. Oppure un giorno lei ha semplicemente messo insieme i pezzi che aveva raccolto durante tutta la sua vita e ha completato il mosaico. »

La gallerista resta in silenzio e allora il commissario mette la parola fine alla storia.

« Lei era certa da molto tempo che Niccolò Bessa Terzaghi fosse il mandante dell'omicidio di suo padre. E dal momento in cui ne ha avuto conferma ha desiderato una cosa soltanto: la vendetta. Tutto il resto non era più importante. Né la vita, né l'arte, né l'amore. Non le interessava nemmeno più che venisse a galla la verità. Da quel momento in poi lei ha avuto un solo scopo: uccidere suo zio e vederlo soffrire il più a lungo possibile prima di morire. L'occasione propizia le si è presentata quando suo cugino è venuto a cercarla, disperato e carico d'odio. Lei ha capito subito chi era e come poteva sfruttarlo a suo favore. Ha intuito che per lei era arrivato il momento di mettere in atto il suo piano. Ed è stata fenomenale, Lotti, davvero. È stata lei a sedurre Gabriele e a manovrarlo a suo piacimento come un burattino, non il contrario. Poi l'altro giorno mi ha abilmente suggerito la pista della clinica perché aveva la certezza che Gabriele non l'avrebbe mai tradita e che, soprattutto, non si sarebbe mai fatto prendere vivo. E così è stato. Io e Casalegno, facendo il nostro dovere, le abbiamo servito il suo gran finale su un piatto d'argento: in un colpo solo ha castigato suo zio e ha eliminato il suo legittimo erede. In modo perverso e distorto lei ha reso giustizia a suo padre e ha compiuto la vendetta perfetta, cancellando dalla faccia della terra la discendenza dei Bessa Terzaghi e sostituendola per sempre con il cognome dei Rovelli, il suo. *Chapeau*, come dicono qui a Ginevra.»

Carlotta scuote la testa, il suo volto viene illuminato da un raggio di sole che filtra tra le tende. Per un attimo gli occhi verdi scintillano di una luce viva, poi si spengono di colpo, diventano opachi e assenti. Intanto dalle sue labbra parte un debole mormorio.

«Non potete provare niente. Non potete farmi niente» ripete all'infinito come un mantra.

Mario e Antonio si guardano straniti per qualche secondo, poi si alzano in piedi senza far rumore. Mandelli raccoglie la lettera, prende il libro che giace sul tavolo e lo fa sparire nella tasca del giaccone, rivolgendo un'ultima occhiata disgustata a quel demone in tailleur.

Prima che la porta si chiuda alle loro spalle sentono ripetere per un'ultima volta quella triste cantilena.

Non potete provare niente. Non potete farmi niente.

Durante il viaggio di ritorno si scambiano pochissime frasi, ognuno perso nelle sue riflessioni. È la musica che riempie di senso i loro silenzi e come al solito le parole di Bob Dylan sono quelle che ci riescono meglio. D'altronde mister Zimmerman è uno che contiene moltitudini. Si fermano a mangiare un boccone in autogrill, poi fanno benzina e sgommano lontano da quella desolazione.

Nell'ultimo tratto di strada Casalegno si sente finalmente pronto. E così racconta a Mandelli dell'addio di Stefania, del quadro di Birolli, del fascino di Caterina e della tempesta emotiva che sta ancora attraversando. Stavolta Mario non dispensa nessun consiglio, ma quando Antonio finisce di parlare gli accarezza delicatamente la nuca, come farebbe un padre. Casalegno gira la testa verso il finestrino per nascondere l'emozione. Intanto Mandelli pensa a Marisa e sente una fitta al cuore che non ha nulla a che vedere con il colpo ricevuto in pieno petto. Improvvisamente avverte l'urgenza di tornare a casa, di abbracciare sua moglie e di restare con lei il più a lungo possibile, chiudendo fuori dalla porta tutto lo schifo di questo mondo.

A un certo punto Mario indica il cartello di Novara Est e fa segno a Casalegno di uscire. Lui esegue senza dire una parola, abituato da sempre ad assecondare i desideri estemporanei di Mandelli. Attraversano l'abitato di Galliate e poi scivolano lentamente accanto a una desolata area industriale. Cinque minuti dopo accostano sul lato ghiaioso di un'ampia curva. Davanti a loro c'è un ponte ferrato sotto cui scorre il Ticino. Sull'altro lato della statale si affaccia l'insegna scrostata del River Grill, poco più avanti un'indicazione mendace promette un'inesistente area di campeggio a soli duecento metri. Il cielo adesso è quasi sgombro di nubi e un sole malinconico sta lentamente declinando all'orizzonte. I due poliziotti si avvicinano alla riva e s'appoggiano a una vecchia ringhiera arrugginita. Visto dall'alto il fiume sembra un pavimento d'argento che scivola via in un sussurro.

Il commissario Mandelli infila una mano in tasca e tira fuori la cinquecentina. Accarezza la copertina consunta, soppesa a lungo il volume tra le mani e alza gli occhi verso il cielo terso.

« Ho capito, faccio io » dice Antonio allungando una mano.

Mario glielo consegna e Casalegno lo lancia lontano.

Quando colpisce la superficie del fiume, il libro fa un rumore sordo e galleggia per qualche metro sballottato dalla corrente. Poco dopo s'inabissa di colpo, riemerge per un'ultima volta e poi sparisce per sempre sotto il filo dell'acqua.

Ringraziamenti

Il primo grato pensiero va, come sempre, ai miei cari. Grazie di cuore a tutta la splendida squadra di Guanda per il costante supporto. Infine, un ringraziamento speciale va alla famiglia Raffo-Bagliani, per il tempo sereno trascorso insieme.

Indice

GIAN ANDREA CERONE
LE NOTTI SENZA SONNO

Febbraio 2020: mentre i media diffondono le prime voci ancora confuse su un virus che sta mietendo vittime in Cina, la Questura di Milano si trova di fronte a un macabro ritrovamento e all'ipotesi di un killer seriale che si accanisce contro le donne, seminando indizi indecifrabili. Le indagini sono affidate al commissario Mario Mandelli dell'Unità di Analisi del Crimine Violento, un cinquantacinquenne solido, vecchia volpe del mestiere, innamorato dell'efficientissima moglie Isa e appassionato di storia. Al suo fianco l'ispettore Antonio Casalegno, affascinante e donnaiolo, talvolta fin troppo impulsivo e spregiudicato, perfettamente complementare al suo capo. Ci sarà bisogno di tutto il loro intuito, della loro competenza e della collaborazione di tutta la squadra investigativa – anatomopatologi e smanettoni informatici, ma anche una giunonica agente con un passato da atleta – per risolvere rapidamente il caso prima che il virus dilaghi e blocchi le ricerche. A complicare le cose interviene un altro crimine che scuote la città, l'omicidio di un noto gioielliere durante una rapina. In un'atmosfera da assedio, le indagini si concentrano in otto giornate tesissime fra colpi di scena e percorsi umani e sentimentali che si intrecciano, trasformandosi in una crudele sfida in cui ognuno metterà a rischio la propria esistenza e i propri affetti.

GUANDA

Questo libro è stampato col sole

Azienda carbon-free

Fotocomposizione Editype S.r.l.
Agrate Brianza (MB)

Finito di stampare
nel mese di gennaio 2023
per conto della Ugo Guanda S.r.l.
da Grafica Veneta S.p.A. di Trebaseleghe (PD)
Printed in Italy